중국의 희곡과 민간연예 (民間演藝)

金學主 著

明文堂

〔上〕 **북위(北魏)의 여자 악인(樂人)** 깃이 높은 윗옷에는 유목민 복장의 잔재가 남아 있으나 긴치마는 이미 정착 생활에 적응한 의상이다. 높이 22.5～24.5cm 섬서성박물관 소장.

〔中〕 **악기를 뜯는 토우(土偶)** 경상북도 언양(彦陽) 부근에 있는 고분에서 출토 신라시대의 것으로 추정. 국립 경주박물관 소장.

〔下〕 **쿠차라악(樂)** 실크로드의 중계지(中繼地)로 번영했던 신강(新疆) 위구르 자치구의 도시 쿠차라에서 발견된 사리함(舍利函). 여기에는 쿠차라인(人)들이 분장을 하고 연주하는 쿠차라악의 모습이 생생하게 묘사되어 있다. 호화스런 서역(西域) 의상과 그 악기는 눈길을 끈다. 북과 공후(箜篌)는 모두 퍼레이드용이고, 개와 원숭이 등의 가면을 쓰고 춤을 추고 있다. 당나라 현종(玄宗)도 쿠차라악을 애호했다.

〔다음 페이지〕

〔上〕 **무악(舞樂) 《용왕의 기쁨》** 하르샤왕은 문인(文人)으로서, 궁중에 산스크리트 작가들이 많았는데 그 자신도 4편의 희곡을 쓴 바 있다. 그 중 하나가 《용왕의 기쁨》인데 의정대사(義淨大師 : 635～715년) 때 중국에도 받아들여졌다고 한다.

〔上〕 **영락궁(永樂宮) 벽화** 영락궁은 산서성 서남쪽 끝자락, 황하와 가까운 영락진(永樂鎭)에 있는 도교(道敎)의 도관(道觀)이다. 좌(左)는 순양전(純陽殿) 공안벽(拱眼壁)의 기악인물(伎樂人物)로서 금(琴)을 타는 모습. 우(右)는 순양전 공안벽의 기악인으로서 춤을 추는 모습이다.

〔下左〕 **서역(西域)에서 온 사람들** 위쪽은 아프리카에서 온 것으로 보이는 흑인 곡예사의 용(俑). 왼쪽은 팔자수염에 큰눈의 호인용(胡人俑). 모두 신강(新疆) 위구르 자치구에서 출토.

〔下右〕 **인물화조문(人物花鳥紋) 나전경(螺鈿鏡)** 1955년 낙양(洛陽)의 당묘(唐墓)에서 출토. 직경 25cm. 중앙에 월금(月琴)을 타는 인물, 우측에 술잔을 들고 있는 인물과 시동이 마주 앉아 있고, 위쪽에는 둥근 달에 꽃나무, 아래에는 원앙·학 등을 배열했다. 북경, 중국역사박물관 소장.

책머리에

이 책에 실린 글들은 졸저 《중국 고대의 가무희》(수정본, 명문당, 2001. 10)와 《한·중 두 나라의 가무와 잡희》(서울대출판부, 1994. 7) 두 책에 빠진 부분의 연구성과를 모아놓은 것이다.

필자는 중국 희곡학자들의 자기네 전통연극에 대한 개념에 문제가 있다고 생각하여, 처음부터 중국 고대 연희의 성격을 올바로 규명하는 일에 진력해 왔다. 중국학자들은 그 방면에 전혀 관심도 없었던 1960년대 초에 〈나례(儺禮)와 잡희(雜戲)〉·〈종규(鍾馗)의 변화 발전과 처용(處容)〉(이상 《한·중 두 나라의 가무와 잡희》에 실림) 등 나희(儺戲)에 관한 논문을 여러 편 발표하여, 1985년 무렵부터 그에 관한 연구를 시작한 중국학자들을 놀라게 하였다.

지금까지도 필자는 중국의 전통연극은 원(元) 잡극(雜劇)이나 명(明) 전기(傳奇) 같은 대희(大戲)가 아니라 나희(儺戲) 또는 잡희를 비롯한 민간 연예(演藝)인 소희(小戲)라 믿고 있다. 따라서 《중국 고대의 가무희》 같은 것은 소희인 중국의 옛 가무희(歌舞戲)를 중심으로 하여 중국의 희곡사를 올바르게 다시 써보자는 의욕에서 이루어진 성과이고, 《한·중 두 나라의 가무와 잡희》는 중국을 중심으로 하여 우리나라의 경우도 가끔 돌아다보면서 옛 소희들을 연구해 본 결과물이다.

이 책의 제목도 《중국의 희곡과 민간연예(民間演藝)》라 했지만, 중국학자들이 본격적인 희곡이라 생각하는 대희와 관계되는 글은 단 세 편뿐이다. 여기에서 연토되고 있는 내용은 나희와 잡희 및 민간연예

등에 중심이 두어지고 있다.

희곡에 대한 기본 개념에 문제가 있다면 올바른 희곡사가 이루어질 수는 없는 것이다. 중국학자들도 스스로 이제껏 나온 자기네 희곡사에 문제점이 있음을 깨닫고 이를 바로잡기 위하여 호기(胡忌)·진다(陳多) 등의 학자들이 중심이 되어 《희사변(戲史辨)》을 내고 있지만 (1999년 제1호, 2001년 제2호), 자기네 전통희곡에 대한 올바른 개념부터 정립하지 않으면 소기의 목적을 이루기 어려울 것으로 믿는다.

이런 중국 희곡학계의 실정을 직시하면서, 중국 희곡연구의 올바른 길을 제시하게 되기를 바라면서 이 책을 엮는다. 끝으로 이 자리를 빌어 출판계의 어려운 여건에도 불구하고 이러한 학술서 출간을 승낙한 명문당 김동구 사장의 사명의식에 경의를 표한다.

2002년 6월

김 학 주   인헌서실에서

차 례

I. 나희(儺戲)와 잡희(雜戲)

II. 잡극(雜劇)과 전기(傳奇)

III. 민간의 곡예(曲藝)

Ⅳ. 우리의 옛 희곡

V. 중국희곡 연구상의 문제들

I. 나희(儺戲)와 잡희(雜戲)

1. 한(漢) 평악관(平樂觀)에서 연출된 잡희(雜戲)의 성격

1. 머리말

여기에서 다룰 평악관(平樂觀)에서 연출된 잡희에 관한 자료는 장형(張衡, 78~139)의 〈서경부(西京賦)〉를 위주로 하고, 이우(李尤, 55?~155?)의 〈평악관부(平樂觀賦)〉를 보조자료로 삼는다. 두 작품의 필요한 부분을 아래에 인용한다.

〈서경부〉

천자의 수레가 평악관에 행차하시니
천막이 쳐져 있는데 비취 깃으로 장식했네.
진귀하고 보배로운 노리개를 모아놓은 것들이
기이하고 아름다우며 사치스럽기 한이 없네.
멀리 보이는 광장 바라보니
묘한 각저희(角抵戲)들이 연출되고 있네.
大駕幸乎平樂之館, 張甲乙而襲翠被.

攢珍寶之玩好, 紛瑰麗以奓靡.
臨迴望之廣場, 程角抵之妙戱.

오획(烏獲) 같은 장사가 무거운 솥을 들어올리고,
도로산(都盧山) 사람들처럼 날래게 장대를 기어오르며,
풀 바퀴 속을 제비가 물차듯 지나가는데,
바퀴에 꽂힌 칼끝 사이를 가슴으로 스쳐가네.
공과 칼 여러 개를 공중에 던지며 가지고 놀고,
줄 위를 양편에서 춤추며 건너와 공중에서 만나기도 하네.
烏獲扛鼎, 都盧尋橦,
衝狹燕濯, 胸突銛鋒.
跳丸劍之揮霍, 走索上而相逢.

화산(華山)이 우뚝하고,
봉우리 들쑥날쑥한데,
신기한 나무와 신령스런 풀 자라고,
붉은 과일 주렁주렁 달려 있네.
신선들의 가무놀이 다 모아놓은 듯하니,
표범 재롱떨고 큰 곰 춤추며,
흰 범이 슬(瑟)을 타고,
푸른 용이 퉁소를 부네.
華嶽峨峨, 岡巒參差.
神木靈草, 朱實離離.
總會仙倡, 戱豹舞羆.
白虎鼓瑟, 蒼龍吹箎.

아황(娥皇)과 여영(女英)이 앉아서 목청 뽑아 노래 부르니,

그 소리 맑고 아름다운 여운 남기네.
옛 음악가 홍애(洪涯)가 일어서서 기악(伎樂)을 지휘하는데,
푹신한 털과 깃으로 몸 둘렀네.
女娥坐而長歌, 聲淸暢而蜿蛇.
洪涯立而指揮, 被毛羽而襳襹.

악곡 연주 끝나기도 전에,
구름 일고 눈 날리니,
처음엔 풀풀 날리다가,
마침내는 펑펑 쏟아지네.
지붕 덮인 복도(複道) 위로,
돌이 구르며 우레소리 내는데,
이리저리 부딪히며 나는 벽력 같은 소리,
바위가 깨지는 듯 하늘의 위엄 나타내네.
度曲未終, 雲起雪飛.
初若飄飄, 後遂霏霏.
複陸重閣, 轉石成雷.
礔礰激而增響, 磅礚象乎天威.

8백 자 길이의 큰 짐승이,
만연지희(蔓延之戱)를 연출하고,
높다란 신산(神山)이,
문득 등뒤로 나타나니,
곰과 호랑이 기어오르며 서로 다투고,
원숭이들 튀어나와 높이 기어오르네.
괴상한 짐승들 엉금엉금 기고,

큰 공작 어정어정거리며,
흰 코끼리 새끼를 낳는데,
늘어진 코가 휘청거리고,
바다 물고기 변하여 용이 되면서,
이리저리 꿈틀거리네.
巨獸百尋, 是爲蔓延,
神山崔巍, 欻從背見.
熊虎升而拏攫, 猨狖招而高援.
怪獸陸梁, 大雀踆踆.
白象行孕, 垂鼻轔囷.
海鱗變而成龍, 狀蜿蜿以蝹蝹.

함리(含利)라는 짐승이 입 벌리고 숨 내뿜어,
신선의 수레를 만들어 내는데,
네 마리 사슴이 나란히 수레 끌고,
지초(芝草)로 만든 수레 지붕엔 아홉 송이 꽃이 피어 있네.
두꺼비와 거북이 기어 나오고,
땅꾼은 뱀을 놀리네.
含利颬颬, 化爲仙車.
驪駕四鹿, 芝蓋九葩.
蟾蜍與龜, 水人弄蛇.

기이한 환술(幻術)이 변화무쌍해서
모양을 바꾸고 형체를 달리해 놓네.
칼을 삼키고 불을 토해 내기도 하고,
구름과 안개 자욱이 피어나게 하며,

땅을 긋기만 하면 강물 이루어져,
위수(渭水)로 흘러들기도 하고 경수(涇水)로 흘러가기도 하네.
奇幻儵忽, 易貌分形.
呑刀吐火, 雲霧杳冥.
畫地成川, 流渭通涇.

동해황공(東海黃公)이,
붉은 칼과 월인(越人)의 주법(呪法)으로,
흰 호랑이 물리치려다가,
끝내 성공하지 못하니,
부정한 몸가짐에 마음도 미혹되어,
제대로 하지 못하는 것일세.
東海黃公, 赤刀粵祝,
冀厭白虎, 卒不能救.
挾邪作蠱, 於是不售.

그리고는 희거(戲車)가 나오는데,
긴 깃대가 꽂혀 있고,
여러 아이들 재주 피우며,
오르락내리락하다가는,
갑자기 거꾸로 떨어지다 발꿈치가 걸리는데,
마치 끊어졌다 다시 이어지는 듯하네.
백 마리 말이 고삐를 가지런히 하고,
발 맞추어 나란히 달리고,
깃대 위에서 재주부리는 모습 다함이 없네.
활을 당겨 서쪽 오랑캐 쏘다가는,

다시 머리 돌려 북쪽 오랑캐 쏘네.
爾乃建戲車, 樹修旃,
侲僮程材, 上下翩翾.
突倒投而跟絓, 譬殞絶而復聯.
百馬同轡, 騁足並馳.
橦末之伎, 態不可彌.
彎弓射乎西羌, 又顧發乎鮮卑.

〈평악관부〉

희거(戲車)에는 높다란 깃대 꽂혀 있고
백 마리 말이 이를 끌고 달리는데,
높은 곳을 날듯이 오락가락하고
붙었다 떨어졌다 오르락내리락하네.
간혹 달리다가
수레가 거꾸로 뒤집히기도 하네.
오획(烏獲) 같은 장사가 무거운 솥 들어올리는데
천 균의 무게를 새깃 다루듯하네.
칼을 삼키기도 하고 불을 토하기도 하며
제비가 물을 타듯 까마귀가 뛰어다니듯 몸을 움직이기도 하네.
높다란 줄을 타면서
팔딱팔딱 뛰고 빙글빙글 돌며 춤도 추네.
여러 개의 공과 칼을 공중에 던져올리며 노는데
어지럽고 정신 없을 지경이네.
파유무(巴渝舞)를 한 편에서 추는데,
서로 남의 어깨 위를 뛰어넘네.

신선이 공작을 수레에 매어 끌게 하니
그 움직이는 모양 화려하네.
나귀 타고 달리며 활을 쏘니,
여우와 토끼 놀라 달아나네.
난쟁이와 거인이
짝을 지어 장난치고,
새 짐승 중엔 육박(六駮)이 있고
흰 코끼리가 붉은 머리를 달고 있네.
어룡(魚龍)이 만연(蔓延)하여
산언덕처럼 들쑥날쑥하네.
거북이 교룡 두꺼비들은
금(琴)을 뜯고 부(缶)를 두드리네.
戲車高橦, 馳騁百馬.
連翩九仞, 離合上下.
或以馳騁, 覆車顚倒.
烏獲扛鼎, 千鈞若羽.
呑刃吐火, 燕躍烏峙.
陵高履索, 踊躍旋舞.
飛丸跳劍, 沸渭回擾.
巴渝隈一, 蹴肩相受.
有仙駕雀, 其形蚴虯.
騎驢馳射, 狐兎驚走.
侏儒巨人, 戲謔爲耦.
禽鹿六駮, 白象朱首.
魚龍蔓延, 蔓延山阜.
龜螭蟾蜍, 挈琴鼓缶.

평악관은 서한(西漢) 때의 장안(長安)과 동한(東漢) 때의 낙양(洛陽) 양편에 모두 있었던 대규모의 잡희(雜戱)를 연출하던 장소였다. 동한 유희(劉熙)의 《석명(釋名)》을 보면 '관(觀)이란 위에서 바라보는 곳이다.'[1]고 하였으니, 평악관의 구조는 지금의 경기장이나 야외극장처럼 생겼던 듯하다. 또 앞에 인용한 〈서경부〉 첫머리에선 '천자의 수레가 평악관에 행차하시니, 천막이 쳐져 있는데 비취 깃으로 장식했네.'라고 읊고 있고, 장형의 〈동경부(東京賦)〉에선 '그 서쪽에는 평악이라는 모임 장소가 있는데, 멀리까지도 바라볼 수 있는 관(觀)이 있다.'[2]고 읊고 있으니, 그곳은 굉장히 넓은 장소였음이 분명하다. 곧 백마(百馬)가 나란히 달릴 수도 있는[3] 고장이었다.

서한대의 장안(長安)에는, 《한서(漢書)》 권6 무제기(武帝紀)를 보면 원봉(元封) 6년(B. C. 105) '여름에 경사의 백성들이 상림(上林)의 평악관(平樂館)에서 각저희(角抵戱)를 구경하였다.'[4]라 하였으니, 평악관은 상림원 안에 있었다(又見 《三輔黃圖》 권4). 그리고 사마상여(司馬相如, B. C. 179~B. C. 117)의 〈상림부(上林賦)〉에 의하면 상림원은 장안의 동남쪽에서 서쪽에 이르는 지역에 걸쳐 있었고, 《한구의(漢舊儀)》에는 상림원의 넓이가 사방 3백리라 하였다.

동한대의 낙양(洛陽)에는, 장형(張衡)의 〈동경부(東京賦)〉에 의하면 평악관은 낙양 서쪽에 있었고, 이우의 〈평악관부〉에서는 평악관이 '남쪽으로는 낙수(洛水) 가에 닿아있고, 북쪽으로는 창산(倉山)에 걸쳐있다.'[5]라 하였다.

---

1) '觀者, 於上觀望也.'
2) '其西則有平樂都場, 示遠之觀.'
3) 〈西京賦〉; '百馬同轡, 騁足並馳.' 〈平樂觀賦〉; '馳騁百馬.'
4) '夏, 京師民觀角抵于上林平樂館.'
5) '又設平樂之顯觀, ……南切洛濱, 北陵倉山.'

평악관에서 연출된 각저희(角抵戱)라는 것은 일반적으로는 잡희(雜戱)라 부를 수 있는 것이다. '각저'라는 말은 좁은 뜻과 넓은 뜻 두 가지로 나누어 살펴볼 수가 있다. 《사기(史記)》 이사전(李斯傳)에 대한 《집해(集解)》에서는 동한 응소(應劭)의 말을 인용하여 '전국(戰國)시대에는 강무(講武)의 예(禮)를 약간 늘이어 놀이로 삼아 그것을 서로 과시(誇示)하였는데, 진(秦)나라 때에는 그것을 각저(角抵)라 고쳐 부르게 되었다. 각(角)이란 재주를 겨룬다는 뜻이며, 저(抵)란 서로 맞부딪뜨리다라는 뜻이다.'6)고 각저를 설명하고 있다. 다시 《한서(漢書)》 권6 무제기(武帝紀) 원봉(元封) 3년(B. C. 102)의 동한 문영(文穎)의 주에서도 '이 놀이를 각저라 부르는 것은 둘씩 맞부딪뜨리어 힘을 겨루기도 하고, 여러 가지 재주와 활쏘기·수레몰이 등을 겨루었기 때문에 각저라 부르게 된 것이다.'7)고 설명하고 있다.

다시 《술이기(述異記)》 권상(卷上)에서는 '진한(秦漢)시대에는 알려지기를, 치우씨(蚩尤氏)는 귀와 귀밑머리가 칼과 창끝 같았고, 머리에는 뿔이 났었다 한다. 헌원(軒轅)과 싸울 적에 뿔로써 사람을 받아 사람들은 대항하는 수가 없었다 한다. 지금 기주(冀州)에 이런 놀이가 있는데, 이름을 치우희(蚩尤戱)라 한다. 그것은 두 사람 또는 세 사람씩 나뉘어 머리에 소뿔을 달고 서로 들이받은 데서 이름 붙여진 것이다. 한나라 때에 각저희가 만들어진 것은 대체로 그 유제(遺制)이다.'8)고 각저희의 연원을 설명하고 있다. 이것은 모두 좁은 뜻의

---

6) '戰國之時, 稍增講武之禮, 以爲戱樂, 用相夸示, 而秦更名爲角抵. 角者, 角抵也 ; 抵者, 相抵觸也.'

7) '名此樂爲角抵者, 兩兩相當角力, 角技藝射御, 故名角抵.'

8) '秦漢間說, 蚩尤氏耳鬢如劍戟, 頭有角. 與軒轅鬪, 以角抵人, 人不能向. 今冀州有樂, 名蚩尤戱. 其名兩兩三三頭戴牛角而相抵. 漢造角抵戱, 蓋其遺制也.'

'각저'이다.

《사기》대완전(大宛傳)에 '안식(安息)에서 여헌(黎軒)의 환술(幻術)을 잘하는 사람을 한나라에 헌상(獻上)하였다. 이때 임금님은 막 해변지방을 순수(巡狩)하게 되었는데, 외국에서 온 손님들을 다 거느리고 가서 크게 각저를 벌였는데, 기희(奇戱)와 여러 괴물들을 내보이고 거기에 환술의 재주까지 보태었다. 그래서 각저의 기희가 해마다 매우 성대하게 증가하고 변화하여 더욱 흥성해지는 것은 이로부터 시작된 것이다.'9) 하였고, 앞에서도 인용한 《한서》무제기의 문영(文穎)의 주(注)에서는 또 '각저는 …… 대체로 잡기악(雜技樂)이다. 파유희(巴歈戱)와 어룡만연(魚龍蔓延) 같은 종류이다.'10)고 말하고 있다. 이것은 넓은 뜻으로 각저를 설명한 것이며, 그것은 또 백희(百戱)나 잡희(雜戱)란 말과도 같은 뜻이 된다. 여기에서 쓰고 있는 잡희란 말은 넓은 뜻의 각저란 말과도 같은 것이다.

이 소론(小論)은 한대에 평악관에서 연출된 잡희와 기예(技藝)의 내용을 모두 분석한 다음, 그 연희의 성격과 특징을 밝히려는 데에 목적이 있다. 특히 이들 여러 가지 잡희들은 아무런 분별도 없이 되는대로 벌여놓은 것인가, 그렇지 않으면 이들은 어떤 중심을 이루는 기예를 위주로 하고 다른 것들은 그것을 위한 보조적인 놀이로 연출된 것인가 하는 문제에 중점이 두어질 것이다. 만약 이들 여러 가지 연예 중에 어느 정도 그들의 중심을 이룬다고 볼 수 있는 기예가 있다면, 그것은 중국인들이 가장 좋아하고 보다 중시한 중요한 기예가 될 것이기 때문이다.

---

9) '安息以黎軒善眩人獻于漢. 是時上方巡狩海上, 乃悉從外國客, 大角抵, 出奇戱諸怪物, 及加其眩者之工, 而角抵奇戱歲增變甚盛益興, 自此始.'
10) '角抵 …… 蓋雜技樂也. 巴歈戱, 魚龍蔓延之屬也.'

2. 평악관에서 연출된 잡희(또는 각저희)의 분석

먼저 장형의 〈서경부〉에서 읊고 있는 평악관에서 연출된 잡희와 기예들을 보면 다음과 같은 것들이 있다.

1) 오획강정(烏獲扛鼎) : 무거운 물건 들어올리기.
2) 도로심장(都盧尋橦) : 높은 장대 기어오르기.
3) 충협연탁(衝狹燕濯) : 좁은 공간에 몸 날려 뛰기.
4) 흉돌섬봉(胸突銛鋒) : 사방에 세워놓은 칼 위를 몸을 날려 뛰는 것.
5) 도환검(跳丸劍) : 여러 개의 공과 칼을 공중에 던지고 받고 하는 재주.
6) 주색상(走索上) : 줄타기.
7) 화악(華嶽) : 거기엔 신목(神木)·영초(靈草)가 있고 주실(朱實)이 달려있다.
8) 총회선창(總會仙倡) : 여러 신선들이 모여서 하는 놀이.
9) 동물재주 : 표범과 곰이 춤추며 놀이를 하고, 호랑이와 용이 악기 연주를 한다.
10) 여아장가(女娥長歌) : 아황(娥皇)과 여영(女英)이 노래를 부름.
11) 홍애지휘(洪涯指揮) : 옛 기인(伎人) 홍애가 기악(伎樂)을 지휘함.
12) 운기설비(雲起雪飛) : 구름 일고 눈이 날리게 함.
13) 전석성뢰(轉石成雷) : 돌을 굴려 우레소리를 냄.
14) 거수만연(巨獸蔓延) : 신산(神山)에서 곰·호랑이·원숭이·괴수(怪獸)·큰 공작(孔雀)·코끼리·용 등이 나와 여러 가지 변화를 연출함.

15) 여러 가지 환술(幻術) : 먼저 동물을 만들고, 다시 그것을 신선이 타는 수레로 만든다. 네 마리 사슴이 수레를 끌고, 지초(芝草)로 된 수레 지붕엔 아홉 송이 꽃이 피어있다. 두꺼비와 거북이가 춤을 추고 한 사람이 뱀을 가지고 놀기도 한다. 여러 가지 물건의 모양을 바꿔놓기도 하고, 칼을 삼키고, 불을 내뿜고, 구름과 안개를 일게 하고, 땅바닥에 물이 흐르는 강물을 만들어 물이 위수(渭水)와 경수(涇水)로 흘러들게도 한다.

16) 동해황공(東海黃公) : 동해황공이 호랑이를 물리치는 데 실패한 얘기를 가무(歌舞)로 연출한 가무희(歌舞戱)인 듯.

17) 희거(戱車) : 수레 위에 긴 대를 세워놓고 아이가 그 위에 올라가 뛰어다니기도 하고 뛰어내리기도 한다.

18) 백마병치(百馬並馳) : 백마리의 말이 나란히 달린다. 장대에 올라가 부리는 재주도 계속된다.

19) 활쏘기 : 서쪽과 동쪽의 오랑캐를 쏘는 시늉을 하며 활을 쏜다.

다음엔 이우의 〈평악관부〉에서 묘사하고 있는 평악관에서의 놀이를 아래에 적는다.

1) 희거고장(戱車高橦) : 〈서경부〉의 17)과 비슷.

2) 치빙백마(馳騁百馬) : 〈서경부〉의 18)과 비슷.

3) 오획강정(烏獲扛鼎) : 〈서경부〉의 1)과 같음.

4) 탄인토화(呑刃吐火) : 〈서경부〉 15)에 보임.

5) 연약오치(燕躍烏峙) : 〈서경부〉의 3), 4)와 비슷.

6) 이색(履索) : 〈서경부〉의 6)과 같음.

7) 비환도검(飛丸跳劍) : 〈서경부〉의 5)와 같음.

8) 파유무(巴兪舞) : 서한(西漢) 때부터 유행한 춤.

9) 유선가작(有仙駕雀) : 〈서경부〉 8)의 일부인 듯.

10) 기려치사(騎驢馳射) : 〈서경부〉의 19)와 비슷.

11) 주유거인(侏儒巨人) : 난쟁이와 거인이 하는 놀이.

12) 동물재주 : 〈서경부〉의 14)의 일부와 비슷.

13) 어룡만연(魚龍蔓延) : 〈서경부〉의 14)와 비슷.

14) 거북이·교룡(蛟龍)·두꺼비의 악기 연주 : 〈서경부〉 15)의 일부와 비슷.

이상 놀이들을 분류해보면 다음과 같다.

(1) 기예(技藝) : 〈서경부〉 1)·2)·3)·4)·5)·6)·17)·18)·19). 〈평악관부〉 1)·2)·3)·5)·6)·7)·10).

(2) 신선놀이 : 〈서경부〉 7)·8). 〈평악관부〉 9).

(3) 가무(歌舞) : 〈서경부〉 9)·10)·11). 〈평악관부〉 8)·14).

(4) 동물놀이 : 〈서경부〉 14). 〈평악관부〉 12)·13).

(5) 환술(幻術) : 〈서경부〉 12)·13)·15). 〈평악관부〉 4).

(6) 가무희 : 〈서경부〉 16). 〈평악관부〉 11).

(1) 기예에 있어서 〈서경부〉의 1)~6)의 것들과 〈평악관부〉에 보이는 3)·4)~7)의 것들은 모두 순전한 재주부리기이다. 무거운 물건 들어올리기·좁은 공간을 몸을 날리며 뛰어 통과하기·줄타기·여러 개의 공과 칼을 공중에 던지며 갖고 노는 재주 등은 양편에 모두 보인다. 다만 〈서경부〉의 17)~19)와 〈평악관부〉의 1)·2)·10)은 앞의 재주부리기와는 성격이 약간 다른 기예이다. 양편에 다 보이는 희거(戱車)는 수레 위에 높다란 장대를 여러 개 세우고 아이들이 거기에 오르락내리락하기도 하고 이리저리 뛰어다니기도 하다가, 발꿈치에 줄을 매고 뛰어내리기도 하는 아슬아슬한 재주를 부렸던 듯하다. 그리고 백 마리의 말을 나란히 달리게 하는 재주는 웅장한 볼거리였을 것이며, 활쏘기하는 방법은 서로 달랐을 가능성도 있다. 칼을 입으로

삼키는 탄도(呑刀)와 입에서 불을 뿜는 토화(吐火)는 (5)의 환술(幻術)에 포함시켰으나 일종의 기예라 볼 수도 있을 것이다.

(2) 신선희(神仙戱)에 있어서는 〈서경부〉의 총회선창(總會仙倡) 뒤에 등장하는 (9)의 희표(戱豹)·무비(舞羆)·백호(白虎)·창룡(蒼龍) 등은 여기에 귀속시킬 수도 있을 것이다. 반대로 (4)동물놀이 속에 넣은 14) 거수만연(巨獸蔓延)에 나오는 신산(神山)에서 노는 곰·호랑이·원숭이·괴수(怪獸)·대작(大雀)·백상(白象)·용 같은 것들은 이곳으로 끌어다 붙일 수도 있을 것이다.

(3) 가무(歌舞)에 있어서는 〈서경부〉의 여아(女娥)와 홍애(洪涯)에 대한 서술에 이어 '악곡 연주 끝나기도 전에 구름 일고 눈 날리니, 처음엔 풀풀 날리다가 마침내는 펑펑 쏟아지네. 지붕 덮인 복도(複道) 위로 돌이 구르며 우레소리 내는데, 이리저리 부딪히며 나는 벽력 같은 소리, 바위가 깨지는 듯 하늘의 위엄 나타내네.'하고 읊고 있으니, 구름과 눈 및 돌을 굴리어 내는 우레 같은 소리는 (5) 환술로 분류하였으나, 노래와 춤의 배경으로 쓰였던 것일 가능성도 많다. 또 〈평악관부〉의 파유무(巴兪舞)는 간단한 정절(情節)이 전해지고 있으니, 단순한 가무가 아니라 가무희(歌舞戱)라 부를 수 있는 것이었을 가능성이 많다.11)

(4) 동물희 가운데 등장하는 여러 동물들은 실제로 동물이 아니라 대부분이 사람들이 분장한 것일 것이다. 따라서 (2)신선희에 포함시킨 동물들의 놀이와 성격상 큰 차이가 없을 것이다. 그리고 〈서경

11) 《後漢書》卷86 南蠻西南夷列傳 : '至高祖爲漢王, 發夷人還伐三秦. 秦地旣定, 乃遣還巴中, ……世號爲板楯蠻夷. 閬中有渝水, 其人多居水左右. 天性勁勇, 初爲漢前鋒, 數陷陣. 俗喜歌舞, 高祖觀之, 曰 : 此武王伐紂之歌也. 乃命樂人習之, 所謂巴渝舞也.'

부〉의 '물고기가 변하여 용이 되는' 재주는 환술에 붙여 이해하여도 좋을 것이다. 그러나 〈평악관부〉에서 말한 '어룡만연(魚龍蔓延)'은 후세까지도 전승되었으므로 물고기를 용으로 만드는 재주를 따로 떼어 놓을 수는 없을 것도 같다.

(5) 환술 중 〈서경부〉의 '두꺼비와 거북이 및 뱀'을 가지고 연출하는 재주는 '어룡만연' 속에 포함시켜 이해하여도 좋을 것이며, 앞에서 이미 지적했듯이 '칼을 삼키고 불을 토하는 재주'는 첫 번째 기예 속에 넣을 수도 있다.

(6) 가무희란 간단한 고사(故事)를 가무로 연출하는 놀이이다. 가무희야말로 중국의 전통적인 연극이었다고 한다면12) 이 가무희의 연출은 주의해서 살펴볼 필요가 있을 것이다. 〈서경부〉의 '동해황공(東海黃公)'에 대하여는 부 속에서도 간단한 그에 대한 정절(情節)을 읊고 있다.

곧 '동해황공(東海黃公)이 붉은 칼과 월인(越人)의 주법(呪法)으로, 흰 호랑이 물리치려다가 끝내 성공하지 못하니, 부정한 몸가짐에 마음도 미혹되어 제대로 하지 못하는 것일세.'라고 하는 내용이다. 동해황공에 대하여는 이처럼 번잡한 설명이 붙어있다는 것은, 평악관에서의 잡기 연출 중에 그것이 차지하는 지위가 중요하기 때문이 아닐까 여겨진다.

갈홍(葛洪, 283~343?)의 《서경잡기(西京雜記)》 권3에는 동해황공에 대한 보다 상세한 내용의 고사가 실려 있다.13) 따라서 동해황공이

---

12) 拙著 《중국 고대의 가무희》(명문당, 2001) 참조 바람.
13) 《西京雜記》: '余所知有鞠道龍, 善爲幻術, 向余說古時事. 有東海人黃公, 少時爲術, 能制蛇御虎, 佩赤金刀, 以絳繒束髮, 立興雲霧, 坐成山河. 及衰老, 氣力羸憊, 飮酒過度, 不能復行其術. 秦末有白虎, 見於東海, 黃公乃以赤刀往厭之. 術旣不行, 遂爲虎所殺. 三輔人俗用以爲戱, 漢帝亦

가무희였음은 거의 틀림이 없는 일이다. 다만 〈평악관부〉 속의 '주유거인(侏儒巨人)'은 골계희(滑稽戲)였음에는 틀림없는 것이나, 가무희라고 불러도 될런지는 알 수가 없는 일이다. 오히려 '파유무(巴渝舞)'가 그 속의 대표적인 가무희였을 가능성도 많다.

3. 평악관에서 연출된 잡희의 체계(體系)

먼저 〈서경부〉의 경우를 보면 앞뒤로 기예가 연출되고 있다. 첫머리에는 무거운 것을 들어올리는 오획강정(烏獲扛鼎), 높은 장대 위를 기어올라가는 도로심장(都盧尋橦) 등 지금의 운동과 비슷한 여러 가지 기예가 연출되고 있는데, 이것들은 먼저 관중들의 흥미와 관심을 끌어내려는 데에 주목적이 있는 듯하다. 끝머리의 희거(戲車)와 백마병치(百馬並馳) · 활쏘기 등의 기예는 전 잡희를 끝맺기 위한 연출로 보인다.

앞머리의 기예를 연출하여 관중들의 관심을 집중시킨 다음에는 다시 과일이 주렁주렁 달린 신목(神木)과 영초(靈草)가 자라있는 화산(華山)이 출현하고, 거기에 신선 같은 모습의 사람들이 나와 놀이를 하고 표범과 곰이 춤을 추며 백호(白虎)와 창룡(蒼龍)이 악기를 연주한다. 이것은 이 놀이의 분위기를 한층 화려하고 환상적인 분위기로 이끌어 주기 위한 것이다.

그런 다음에 순(舜)임금의 비(妃)인 아황(娥皇)과 여영(女英)이 등장하여 아름다운 노래를 부르고, 홍애(洪涯)라는 삼황(三皇)시대의 기인(伎人)이 나와 가무(歌舞)의 연출을 지휘한다. 이들이 노래부르

取以爲角抵之戲焉.'

고 춤추는 사이에 구름이 일고 눈이 펄펄 날리며 복도(複道)에 큰 돌을 굴리어 우레소리를 냄으로써 가무의 효과를 강조한다. 평악관에서의 연출은 본격적인 내용으로 들어서는 듯하다.

그러나 다시 앞의 화산에서의 놀이보다도 더 큰 규모의 거수만연(巨獸蔓延)의 놀이가 벌어져, 신산(神山) 위에서 곰·호랑이·원숭이·괴수(怪獸)·대작(大雀)·백상(白象)·물고기·용 등이 등장하여 환상적인 놀이를 한다. 그리고는 더욱 놀라운 환술(幻術)이 이어지는데, 함리(含利)라는 짐승을 수레로 변형시키고, 그 수레는 아홉 마리의 사슴이 끌고 지초(芝草)로 장식된 수레지붕에는 아홉 송이의 꽃이 피어있다. 그리고 두꺼비와 거북이가 나와 춤을 추고 땅꾼이 뱀을 희롱한다. 여러 가지 물건의 형체를 바꿔놓기도 하고, 또 그 형체들을 쪼개어 놓기도 한다. 사람이 나와 칼을 입으로 삼키기도 하고 불을 토해내기도 하며, 구름과 안개를 자욱이 일게도 하고 땅바닥에 물이 흐르는 강물을 만들어 놓기도 한다.

이러한 어룡만연(魚龍蔓延)과 환술로 분위기를 고조시킨 다음에 동해황공(東海黃公)이라는 일종의 가무희(歌舞戱)가 연출된다. 동해황공이라는 가무희의 연출을 위하여 다시 한 번 놀이의 분위기를 고조시키기 위하여 어룡만연과 환술을 연출하였던 것이다.

가무희의 연출이 끝난 다음에는 희거와 백마병치 및 활쏘기를 연출하며 평악관의 각저희(角抵戱) 전체를 마무리한다.

이상 연출체계를 살펴보면 평악관에서의 연출은 두 대목의 중심을 이루는 연회가 있다. 앞쪽의 신선희(神仙戱)에 뒤이어 연출되는 아황과 여영 및 홍애의 가무는 첫 번째의 보다 가벼운 중심이다. 따라서 이들 가무에 대한 서술은 다른 기예에 관한 것들보다 훨씬 길고 자세하다. 그것은 곧 다음과 같은 부분이다.

아황(娥皇)과 여영(女英)이 앉아서 목청 뽑아 노래 부르니,
그 소리 맑고 아름다운 여운 남기네.
옛 음악가 홍애(洪涯)가 일어서서 기악(伎樂)을 지휘하는데,
푹신한 털과 깃으로 몸 둘렀네.
악곡 연주 끝나기도 전에 구름 일고 눈 날리니,
처음엔 풀풀 날리다가 마침내는 펑펑 쏟아지네.
지붕 덮인 복도(複道) 위로 돌이 구르며 우레소리 내는데,
이리저리 부딪치며 나는 벽력 같은 소리,
바위가 깨지는 듯 하늘의 위엄 나타내네.

다시 신산(神山)에서 벌어지는 어룡만연(魚龍蔓延)과 요란한 환술
에 뒤이어, 가무희인 동해황공이 연출되는데, 이 가무희야말로 앞의
가무보다도 한층 더 중요한 평악관에서의 전체 각저희의 중심을 이루
는 연희인 듯하다. 따라서 한 가지 연희의 기술로는 〈서경부〉에 있어
서 동해황공에 관한 설명이 가장 길다.

동해황공(東海黃公)이,
붉은 칼과 월인(越人)의 주법(呪法)으로,
흰 호랑이 물리치려다가 끝내 성공하지 못하니,
부정한 몸가짐에 마음도 미혹되어 제대로 하지 못하는 것일세.

그리고는 서커스 비슷한 몇 가지 기예가 연출된 다음 평악관에서
의 놀이는 끝을 맺는다. 이 각저희라 부르는 큰 규모의 놀이는 아무
래도 그 중심이 앞에 나온 여아(女娥)와 홍애(洪涯)의 가무(歌舞)와
뒤에 보인 동해황공 가무희(歌舞戱)에 있다고 보아야 할 것이다.
〈평악관부〉의 경우에도 앞머리에선 여러 가지 기예가 연출된 다음
파유(巴兪 또는 巴渝)라 부르는 가무가 연출되고 있다. 이어서 신선

희(神仙戲)와 말타고 활쏘는 재주를 연출한 다음엔 주유거인(侏儒巨人)이 연출된다. 주유거인은 이어 '짝을 지어 농지거리를 한다(戲謔爲耦)'는 설명이 붙어있으니 골계희(滑稽戲)였음이 분명하다. 그러나 분위기로 보아 난쟁이와 키다리가 어울리어 우스운 동작의 가무를 하는 가무희의 일종이었을 것으로 여겨진다. 그리고는 여러 가지 동물과 어룡(魚龍)의 놀이로 연출이 끝맺어지고 있다.

〈평악관부〉에 있어서도 그 곳에 연출되고있는 연희의 중심은 파유무라는 가무와 주유거인이라는 골계희에 있었음이 분명하다. 파유무와 주유거인은 실상은 모두가 가무희였을 가능성도 많다.

이상을 종합하면 한대 평악관에서 연출된 이른바 각저희라는 대규모의 놀이는 여러 가지 종류의 잡희들이 함께 연달아 연출되었지만 그 중심은 아무래도 가무 또는 가무희에 있었을 것으로 여겨진다.

4. 후세 잡희 연출의 경우

한대 평악관에서 연출되었던 대규모의 각저희는 후세에도 똑같이 계승되었다. 《진서(晉書)》 권23 악지(樂志), 《남제서(南齊書)》 권11 악지, 《위서(魏書)》 권109 악지 등에는 모두 그 당시에 연출되었던 잡희들에 관한 기록이 있는데, 그 내용은 한대의 각저희에서 연출되던 것들과 거의 같다. 다만 그들이 이들 잡희를 연출했을 적에 그 중심이 어디에 있었는지는 정확하게 아는 수가 없다.

그러나 《수서(隋書)》 권13 음악지(音樂志)에는 보다 상세한 잡희 연출에 대한 기록들이 보인다. 특히 삼조설악(三朝設樂)에 있어서 제1로부터 제45에 이르는 음악·가무·잡기 등의 연출에 대하여 기록이 자세하다.[14] 제1로부터 제12까지는 연회장소로 황제와 장관들이 입장하여 식사를 하는 순서여서 음악의 연주만이 진행된다. 그러나 식사가 끝난 뒤로 제13부터 제20까지는 노래와 춤이 이어지고, 제21부터 제31까지는 가무와 함께 여러 가지 기예가 연출되며, 제32부터 제40까지는 여러 가지 깃발인 당(幢)을 세워놓고 하는 기예들이 이어지고, 제41부터 제43까지는 사악(邪惡)을 물리치고 상서(祥瑞)를 맞아들이는 기예들이 연출되며, 제44에서는 등장인물이 공작(孔雀)·봉황(鳳凰)·문록(文鹿) 등 상서로운 동물들을 이끌고 나타나서 호무(胡舞)를 위주로 하는 〈상운악(上雲樂)〉 가무희를 연출한다.

이 제44의 기록은 특별히 상세하고 분량도 많으니, 이 삼조설악의 각종 음악과 놀이 중에서 〈상운악〉이 가장 중심을 이루는 중요한 가

---

14) '三朝, 第一, 奏相和五引. 第二, 衆官入, 奏俊雅. 第三, 皇帝入閤, 奏皇雅. 第四, 皇太子發西中華門, 奏胤雅. 第五, 皇帝進, 王公發足. 第六, 王公降殿, 同奏寅雅. 第七, 皇帝入儲變服. 第八, 皇帝變服出儲, 同奏皇雅. 第九, 公卿上壽酒, 奏介雅. 第十, 太子入預會, 奏胤雅. 十一, 皇帝食擧, 奏需雅. 十二, 撤食, 奏雍雅. 十三, 設大壯武舞. 十四, 設大觀文舞. 十五, 設雅歌五曲. 十六, 設俳伎. 十七, 設鼙舞. 十八, 設鐸舞. 十九, 設拂舞. 二十, 設巾舞幷白紵. 二十一, 設舞盤伎. 二十二, 設舞輪伎. 二十三, 設刺長追花幢伎. 二十四, 設受猾伎. 二十五, 設車輪折胵伎. 二十六, 設長蹻伎. 二十七, 設須彌山, 黃山, 三峽等伎. 二十八, 設跳鈴伎. 二十九, 設跳劍伎. 三十, 設擲倒伎. 三十一, 設擲倒案伎. 三十二, 設靑絲幢伎. 三十三, 設一傘花幢伎. 三十四, 設雷幢伎. 三十五, 設金輪幢伎. 三十六, 設白獸幢伎. 三十七, 設擲蹻伎. 三十八, 設彌猴幢伎. 三十九, 設啄木幢伎. 四十, 設五案幢呪願伎. 四十一, 設辟邪伎. 四十二, 設靑紫鹿伎. 四十三, 設白武伎, 作訖, 將白鹿來迎下. 四十四, 設寺子導安息孔雀, 鳳凰, 文鹿胡舞等連上雲樂歌舞伎. 四十五, 設緣高絚伎. 四十六, 設變黃龍弄龜伎. 四十七, 皇太子起, 奏雍雅. 四十八, 衆官出, 奏俊雅. 四十九, 皇帝興, 奏皇雅.'

무회였다고 여겨진다. 상운악에서는 호무(胡舞)·신선무(神仙舞)와
함께 봉황무(鳳凰舞)·사자무(獅子舞)도 함께 연출된 비교적 규모가
큰 가무희이다. 송(宋) 곽무천(郭茂倩)의 《악부시집(樂府詩集)》 권51
청상곡사(淸商曲辭) 속에는 양(梁)대의 주사(周捨, 469~520)와 당
(唐)대 이백(李白, 701~762)이 지은 〈상운악〉 가사가 실려있어,15)
그 시대 상운악 가무희의 내용을 살펴볼 수가 있다.

그 뒤의 제45는 높은 줄타기이고, 제46은 어룡(魚龍)과 거북놀이이
며, 여기에서 놀이는 끝을 맺는다. 제47로부터 제49에 이르는 데에서
는 황제와 그 모임에 참여했던 사람들이 모두 퇴장하는 순서여서, 음
악의 연주만이 있다. 이로서도 수(隋)나라 때의 삼조설악(三朝設樂)
의 중심도 〈상운악〉이라는 가무희에 있었음을 알 수 있다.

---

15) 周捨의 〈上雲樂〉:
西方老胡, 厥名文康, 遨遊六合, 傲誕三皇. 西觀濛汜, 東戲扶桑.
南泛大蒙之海, 北至無通之鄕.

昔與若士爲友, 共弄彭祖扶床. 往年暫到崑崙, 復値瑤池擧觴.
周帝迎以上席, 王母贈以玉漿. 故乃壽如南山, 志若金剛.

靑眼智智, 白髮長長, 蛾眉臨髭, 高鼻垂口. 非直能俳, 又善飮酒.
簫管鳴前, 門徒從後, 濟濟翼翼, 各有分部.

鳳凰是老胡家鷄, 獅子是老胡家狗. 陛下撥亂反正, 再朗三光, 澤與雨施,
化與風翔.
覘雲候呂, 志遊大梁, 重馳修路, 始屆帝鄕. 伏拜金闕, 仰瞻玉堂. 從者小
子, 羅列成行.
悉知廉節, 皆識義方. 歌管愔愔, 鏗鼓鏰鏰. 響振鈞天, 聲若鶬皇.

前却中規矩, 進退得宮商. 擧技無不佳, 胡舞最所長. 老胡寄篋中, 復有奇樂
章, 齎持數萬里, 願以奉聖皇. 乃欲次第說, 老耄多所忘. 但願明陛下, 壽千
萬歲, 歡樂未渠央.

이러한 대규모의 한(漢) 각저희(角抵戲)를 계승한 잡희는 송(宋)대에 와서 가장 성행한 듯하다. 맹원로(孟元老, 1126 전후)의 《동경몽화록(東京夢華錄)》만 보더라도, 권6의 원소(元宵), 권7의 가행임수전쟁표사연(駕幸臨水殿爭標賜宴)·가등보진루제군정백희(駕登寶津樓諸軍呈百戲), 권8의 유월육일최부군생일이십사일신보관신생일(六月六日崔府君生日二十四日神保觀神生日), 권9의 재집친왕종실백관입내상수(宰執親王宗室百官入內上壽) 등에 그러한 잡희들의 연출기록이 있다.

권8의 앞에 든 대목을 보면 그때 상연된 백희(百戲)로 상간(上竿)·적농(擢弄)·도색(跳索)·상박(相撲)·고판(鼓板)·소창(小唱)·투계(鬪鷄)·설원화(說諢話)·잡반(雜扮)·상미(商謎)·합생(合笙)·교근골(喬筋骨)·교상박(喬相撲)·낭자(浪子)·잡극(雜劇)·규과자(叫果子)·학상생(學像生)·탁도(倬刀)·장귀(裝鬼)·아고(砑鼓)·패봉(牌棒)·도술(道術) 등 여러 가지가 있었다.

권9의 앞에 든 대목의 기록을 보면, 제1잔(盞)과 제2잔에서는 여러 가지 가무(歌舞)가 연출되고, 제3잔에서는 상간(上竿)·도색(跳索)·도립(倒立)·절요(折腰)·농잔주(弄盞注)·척병(踢瓶)·근두(筋斗)·경대(擎戴) 등의 기예가 연출된다. 제4잔에서는 가무가 연출되면서 참군색(參軍色)이 죽간자(竹竿子)를 들고 나와 치어(致語)와 구호(口號)를 외고 잡극색(雜劇色)이 나와 작어(作語)를 한다. 제5잔에선 음악 연주와 무용에 따라 참군색(參軍色)이 작어(作語)를 하고 소아대(小兒隊) 2백여 명이 나와 가무를 하고, 잡극인(雜劇人)이 상장(上場)하여 일장양단(一場兩段)의 잡극을 연출한다.

제6잔에선 가무와 함께 축구(筑球)라는 놀이가 벌어진다. 제7잔에선 악무(樂舞)의 뒤에 참군색이 작어를 하고 4백여 명의 여동대가 상장하여 성대한 가무를 벌이고, 이어 다시 잡극인이 상장하여 일장양단(一場兩段)의 잡극(雜劇)을 연출한다. 제8잔에선 가무가 연출되고,

제9잔에서는 가무로 시작하여 두 군인 팀의 상박(相撲)이 있은 다음 연회가 끝맺어지고 있다.

여기의 잡희를 종합해 보아도 그 중심을 이루는 것은 역시 제5잔의 소아대(小兒隊)의 가무와 함께 연출되는 잡극과, 제7잔의 여아대(女兒隊)의 가무와 함께 연출되는 잡극이다. 여기에 연출되는 송(宋) 잡극은 중국의 대표적인 가무희의 일종이다. 제7잔에선 여아대의 가무와 잡극 연출을 설명하고 나서 '소아대에 비하여 절차가 많이 늘어났다(比之小兒, 節次增多矣.)'라 말하고 있으니, 무대(舞隊)의 인원수도 여아 쪽이 소아의 두 배인 것과 아울러 생각할 때 제5잔보다 제7잔의 가무희 쪽에 비중을 더 두었음을 알 수 있다.

이를 참고로 하면 〈서경부〉에서 연출되고 있는 잡희 중에서는 뒷편의 동해황공(東海黃公) 가무희가 앞편의 여아(女娥)와 홍애(洪涯)의 가무보다 더 중시되고, 〈평악관부〉에 있어서는 앞에 보이는 파유무(巴渝舞)보다 뒤에 보이는 주유거인(侏儒巨人) 쪽에 비중이 더 두어졌음에 틀림이 없다.

남송(南宋) 오자목(吳自牧, 1270 전후)의 《몽량록(夢粱錄)》, 주밀(周密, 1222~1308)의 《무림구사(武林舊事)》 등 남송에 관한 가록 중에는 이와 비슷한 잡극연출에 관한 기록이 더욱 많다. 다만 원명(元明) 이후로는 잡극(雜劇)과 전기(傳奇)가 크게 흥성하여, 이러한 대희(大戲)가 이전 잡회연출의 자리를 빼앗아버리어, 이전의 가무희는 더 이상 중시되지 않게 되었다.

5. 맺는 말

〈서경부〉와 〈평악관부〉의 기록을 통해서 한대의 장안과 낙양의 평악관에서 연출된 각저희(角抵戱)는 대규모의 잡희였음을 알 수 있다. 그런데 그 여러 종류의 잡희의 연출에서 그 중심을 이루는 것은 가무희였다. 곧 〈서경부〉에 있어서는 여아(女娥)와 홍애(洪涯)의 가무에 이어 동해황공(東海黃公) 가무희가 그 중심을 이루고, 〈평악관부〉에 있어서는 파유무(巴渝舞)에 이어 주유거인(侏儒巨人)이란 골계희(滑稽戱)가 그 중심을 이루었다. 그러한 대규모의 잡희의 연출은 위진(魏晉)과 남북조(南北朝)를 이어 당송(唐宋)에 이르기까지 계속 그러한 성격을 유지하였다.

가무희란 춤과 노래로 간단한 고사를 연출하는 것이다. 그러므로 그 속에는 음악 연주가 있고 노래가 있고 춤이 있으며, 출연자들의 분장과 무대장식이 있으니 종합적인 예술이라 할 수 있다. 다른 기타의 잡희나 기예들에 비하여 예술성이 가장 두드러지는 것으로서, 무엇보다도 중국의 민간예술을 잘 대표하는 것이라 할 수 있다. 그리고 가무희야말로 중국의 전통적인 연극이었다고 할 수 있다.

이 가무희는 일반적으로 여러 가지 잡희와 함께 연출되었고, 그리고 지금껏 가무희의 대본(臺本)은 하나도 남은 게 없는데다가, 근대 서양희곡의 관점에서 본다면 희극(戱劇)이라 하기도 어려운 성질의 것이어서, 중국희곡사를 연구하는 학자들도 그것을 별로 중시하지 않고 있다. 그러나 한대에 평악관에서 연출된 잡희는 전체의 중심이 가무희에 놓여져 있으니, 그것은 그때 사람들이 가장 중시한 연희가 가무희였음을 말해주는 것이다. 그러한 현상은 당송대까지도 이어진 것이다.

그러므로 우리는 한대로부터 당송에 이르기까지 가무희는 중국문화와 중국 전통희곡의 발전을 이해하는 데 있어서 대단히 중요한 지위를 차지하고 있음을 알게 된다. 우리는 중국 고대의 가무희에 대하여 더욱 중시하고 더욱 연구를 하도록 노력해야만 할 것이다.

2. 당송(唐宋) 나례(儺禮)의 변화와 고려조(高麗朝) 나희(儺戲)

1. 머리말

중국문화사상 당송(唐宋)은 가장 중요한 시기이며 변화도 많았던 시기이다. 모든 의식(儀式)이나 연예(演藝)가 시대에 따라 언제나 계속 변화하게 마련이지만 특히 나례(儺禮)에 있어서의 당송대의 변화는 주목할 만하다. 특히 그 시대가 고려(高麗)의 나희(儺戲)와 많은 관련을 갖을 만한 시대이므로, 특히 그 시대의 나례 변화의 성격을 구명해 보려는 것이다. 그것은 고려조(高麗朝) 나희의 특징과 성격을 이해하는 데에 약간의 도움이 될 것이라 믿기 때문이다.

그리고 그에 앞서 중국 고대 나례(儺禮)의 변화란 무엇을 뜻하는가 하는 문제도 먼저 확인해야 할 것 같다. 많은 경우 고대에 있어서 나(儺)는 '역귀(疫鬼)를 쫓아내는 의식'이라 규정하고[1] 그러한 제의(祭儀)에서 벗어나기만 해도 변화라 생각하는 경우가 있고, 의식인 나례가 놀이나 연극의 성격이 강해진 나희라 할 수 있게 된 것도 변화라

---

1) 《中國儺文化論文選》(貴州民族出版社, 1989) 등에 실린 論文 참조.

생각하는 이들이 있기 때문이다. 이러한 변화의 성격을 분명히 한 뒤에야 당송대의 나례의 변화에 대하여 추궁할 수가 있게 될 것이기 때문이다. 그리고 그것은 당송대의 변화의 성격을 이해하는 데에 적지 않은 도움이 되리라 여겨지기도 한다.

2. 나(儺) 변화의 성격

흔히 선진(先秦)시대의 나례가 '역귀(疫鬼)를 쫓아내는 의식(儀式)'인 순전한 제의(祭儀)라 생각하는 데 대하여 검토해보기로 한다. 나례는 일반적으로 연말의 대나(大儺)만을 생각하기 쉬운데, 실제로 나례는 봄과 가을에도 행해졌다. 《예기(禮記)》 권15 월령(月令)편만 보더라도(《呂氏春秋》에도 비슷한 기록이 있음),

> 계춘(季春) : '나라에 나(儺)를 행할 것을 명하고 모든 문에 제물을 내걸어 봄기운을 끊기게 하였다.'[2]
> 맹추(孟秋) : '천자는 이에 나를 행하여, 가을 기운을 통달(通達)케 하였다.'[3]

고 하였다. 이처럼 '필춘기(畢春氣)'하고 '달추기(達秋氣)'하게 하기 위한 나례는 그 의식을 행하는 방법이 역귀를 쫓아내고 불상(不祥)을 막기 위한 대나(大儺)와는 전혀 다를 수밖에 없었을 것이다. 《수서(隋書)》 예의지(禮儀志)에

---

2) '命國儺, 九門磔攘, 以畢春氣.'
3) '天子乃難, 以達秋氣.'

수(隋)나라 제도에는 늦은 봄 저녁에 나(儺)를 행하였는데, 제물을 궁문(宮門)과 성(城) 사방의 문에 내걸어 음기(陰氣)를 물리쳤다. 추분(秋分) 하루 전날에는 양기(陽氣)를 물리쳤다. ……겨울 나는 팔대(八隊)가 하였는데, 두 철의 나는 사대(四隊)가 하였다.4)

고 하였다. 《수서(隋書)》에서 봄에는 음기(陰氣)를 쫓고 가을에는 양기(陽氣)를 물리치는 것이 나의 목적이라 하였다. 그러니 농경사회(農耕社會)에 있어서 봄과 가을의 나는 분명히 역귀를 쫓아내기보다는 우순풍조(雨順風調)케 함으로서 풍년이 들도록 하려는 소망이 담겨있는 것이다.

그리고 명청(明淸)대의 지방지(地方志) 여러 곳에 연말이 아닌 시기에 나례를 거행한 기록들이 보인다. 보기로 호북성(湖北省) 황강현(黃岡縣)의 《황강현지(黃岡縣志)》(明 茅伯符 裁定本)에는 단오(端午)날에 나를 거행한다는 기록이 있다.

단오(端午)날을 천중절(天中節)이라 한다. ……파하진(巴河鎭)에는 영회(迎會)라는 것이 있고 또 나인(儺人)이 있는데. 화관(花冠)을 쓰고 문신(文身)을 하고 징을 울리면서 축역(逐疫)을 한다.5)

여기에서 '축역(逐疫)을 한다'고는 했지만 아무래도 연말의 나와는 축역의 성격이 달랐을 수밖에 없을 것이다. 지금 중국 각 지방의 나희(儺戱)도 연말이 아닌 시기에 연출되는 것들이 더 많은 실정이다.

---

4) '隋制, 季春晦儺, 磔牲於宮門及城四門, 以攘陰氣. 秋分前一日, 攘陽氣. ……冬八隊, 二時儺則四隊.'
5) '端午稱天中節. ……巴河鎭有迎會者, 又有儺人, 花冠文身, 鳴金逐疫.'

오히려 연초 설날에서 보름 사이에 벌이는 나희가 가장 흔한 듯하다.

그런데 보기로 최근에 중국학자 여광군(呂光群)이 서울에 와서 발표한 '중국 안휘(安徽) 지주(池州)의 나희(儺戲)'6)를 보면, 그곳 나희의 레퍼토리를 크게 나무(儺舞)와 정희(正戲)의 두 가지로 나누고 있는데, 나무(儺舞)에는 1) 무산(舞傘, 土地에 제사지내는 춤), 2) 무곤등(舞滾燈, 또는 舞球燈, 二郞神을 모시는 춤), 3) 타적조(打赤鳥, 벼이삭 망치는 새 退治), 4) 무고로전(舞古老錢, 옛 큰 동전을 써서 풍년과 태평성대를 비는 춤), 5) 괴성점두(魁星點斗, 文運을 주관하는 별 魁星이 壯元을 落點하는 내용), 6) 무회회(舞回回, 上雲樂·西涼伎 등에 보이는 胡舞의 傳承인 듯), 7) 성제등전(聖帝登殿, 끝머리의 關羽가 周倉과 關平을 이끌고 큰 칼로 邪惡함을 물리치는 내용)이 있다. 이에 비하여 정희(正戲)에는 1) 유문룡간고(劉文龍趕考, 南戲에 〈劉文龍〉이 있음), 2) 맹강녀(孟姜女, 變文·院本·南戲·雜劇 등 각종 戲曲과 曲藝에 모두 있음), 3) 장문현(章文顯, 包拯 얘기), 4) 요전기(搖錢記, 包拯 얘기), 5) 진주방량(陳州放糧, 雜劇 〈陳州糶米〉 등), 6) 화관색(花關索, 明 說唱詞話에 〈花關索傳〉 등이 있음) 등이 있는데, 모두 지방희(地方戲)의 영향이라고 생각되는 이전의 희곡이나 곡예(曲藝)를 나희로 개조한 비교적 긴 고사로 구성되는 것들이다. 이 중 구역(毆疫)과 관계가 있는 것은 나무의 끝머리 7) 성제등전(聖帝登殿) 한 가지뿐이다. 정희(正戲)의 뒤에 연출된다는 간단한 길상사(吉祥詞)도 1) 신년재(新年齋)와 2) 문토지(問土地) 모두 구역(毆疫)보다는 접복영상(接福迎祥)의 뜻이 더 강하다.

따라서 나(儺)를 '구역(毆疫)을 위한 의식'이라 규정하는 것은 문제

---

6) 한국공연예술원 주최 샤마니카 2000·2001 심포지엄 '마을 굿과 假面놀이'(국립극장 달오름극장, 2000. 9. 29)의 주제발표 논문.

가 있으며, 옛날의 나 중에 구역을 하는 의식에서 벗어나는 성격의
것이 있다 하더라도, 그것이 본래의 나로부터 변화하여 그렇게 된 것
이라 말할 수가 없는 것이다. 그럼에도 불구하고 대부분의 나가 제의
(祭儀)에서 벗어나지 못하고 있는 것은 중국 민간의 거의 모든 연예
가 각 지방 또는 각 마을의 묘당(廟堂)이나 사(社)에서 묘회(廟會)
또는 사화(社火)의 형식으로 행해지기 때문일 것이다. 그리고 종교적
인 동기 없이 지방 사람들을 동원하거나 열광시키기 쉽지 않기 때문
이기도 할 것이다.

다시 《논어(論語)》 향당(鄕黨)편을 보면 공자(孔子)는 '고을 사람
들이 나(儺)를 행하면, 예복을 입고서 동쪽 섬돌에 서 계셨다'[7]라고
하였는데, 이는 공자가 나례에 참여한 것으로 볼 수도 있지만 구경을
했다고 볼 수도 있다. 다시 《예기(禮記)》 잡기(雜記)편을 보면 다음
과 같은 기록이 있다.

자공(子貢)이 사(蜡)를 구경하고 있었는데, 공자가 물었다. "사
(賜)야! 즐거우냐?" 자공이 대답하였다. "온 나라 사람들이 모두
미친 것만 같습니다. 저는 무엇이 즐거운지 알지 못하겠습니다." 공
자가 말하였다. "백일 동안의 노고에 대하여 사를 행함으로써 하루
의 은택이 베풀어지는 것이니, 너로서는 알 바가 못될 것이다. 당기
기만 하고 늦춰주지는 않는다면 문왕(文王)이나 무왕(武王)도 다스
릴 수가 없게 된다. 늦춰주기만 하고 당기지는 않는 일은 문왕·무
왕이라면 하지 않는다. 한 번은 당기었다가 한 번은 늦춰주는 것이
문왕·무왕의 도(道)인 것이다.[8]

---

7) '鄕人儺, 朝服而立於阼階.'

사(蜡)는 매년 12월에 백성들이 농사짓는 데 도움을 준 여덟 가지 것들에 대하여 감사의 제사를 지내는 의식이어서 팔사(八蜡)라고도 불렀으며,9) 한대(漢代)에 와서는 납(臘)이라 고쳐 불러10) 뒤에는 12월을 납월(臘月)이라고도 부르게 된 것이다. 송대(宋代)의 소식(蘇軾, 1036~1101)이 《동파지림(東坡志林)》권2에서 '팔사(八蜡)는 3대의 희례(戲禮)'라 말하기는 하였으나, 기록상으로 보아 나례보다는 훨씬 간소한 의식이었음이 분명하다. 나례에 대하여 상당히 자세한 기록을 하고 있는 《후한서(後漢書)》예의지(禮儀志)의 경우만 보더라도 '납제(臘祭) 하루 전에 대나(大儺)를 행하였다'고 하면서 그것에 대하여 자세한 기록을 하면서도 납제에 대하여는 그 바로 앞에 '수고를 많이 한 농민들이 납제를 크게 지냈다'11)고만 간단히 쓰고 있을 따름이다.

이러한 사를 보고 자공(子貢)이 '온 나라 사람들이 모두 미친 것만 같다'고 말하고 있으니, 그것이 얼마나 성대한 놀이를 겸한 의식이었는가 짐작이 간다. 이를 근거로 추리하면 이미 주(周)나라 시대의 나(儺)는 '온 나라 사람들이 모두 미친 것만 같이' 보이는 팔사(八蜡)의 의식보다도 훨씬 더 법석을 떠는 행사였을 것이다.

다시 《주례(周禮)》권28 하관사마(夏官司馬)에서는 '방상씨(方相氏), 광부사인(狂夫四人)'이라 하였는데, '광부(狂夫)'에 대하여는 아

---

8) '子貢觀於蜡, 孔子曰 : 賜也, 樂乎? 對曰 : 一國之人, 皆若狂, 賜未知其樂也. 子曰 : 百日之蜡, 一日之澤, 非爾所知也. 張而不弛, 文武不能也. 弛而不張, 文武不爲也. 一張一弛, 文武之道也.'(《孔子家語》卷7 觀鄕射편에도 비슷한 말이 보임)

9) 《禮記》卷26 郊特牲.

10) 應劭 《風俗通義》引 《禮傳》.

11) '季冬之月, 星廻歲終, 陰陽以交, 勞農大亨臘.'

무런 주(注)도 없다. 그러니 방상씨 밑에 달려있던 광부가 어떤 역할을 한 인물들이었는지 확실히 알 길은 없다. 그러나 적어도 '미친 사람'은 아니었을 것이니, 이때의 나(儺)가 그 주역들이 광적인 동작을 하는 희례(戱禮)였기 때문에 붙여진 이름이 아닐까 여겨진다. 그러니 주나라 때에도 이미 나례는 연희적(演戱的)인 성격이 더 짙은 놀이였다고 보는 게 옳을 것이다. 《주례(周禮)》나《예기(禮記)》같은 책에서는 예에 합당한 일만을 기록하고 있기 때문에 지금 우리에게 나가 연희(演戱)이기보다는 의식이었던 것처럼 느껴지는 것이다.

유가(儒家)의 경전은 그만두고 정사(正史)의 기록에서도 그런 사실을 발견할 수가 있다. 앞에 인용한《수서(隋書)》예의지(禮儀志)의 경우만 보아도 '추분(秋分) 하루 전에 양기를 물리쳤다'는 정도로 봄 가을의 나례를 설명하고 있으면서도, 끝머리에 '겨울에는 팔대(八隊)였고, 두 계절[春秋] 나는 사대(四隊)였다'는 설명이 보인다. 그런데 여기의 일대(一隊)가 어떻게 구성된 것인지, 또 몇 명이 1대인지 아무런 설명도 없다. 바로 그 기록에 이어 '문사(問事) 12인', '공인(工人) 22인', '방상씨(方相氏) 1인', '창사(唱師) 1인', '고각(鼓角) 각 10인'이라 하였으니, 이들을 모두 합친 56명이 1대일까? 어떻든 '음기를 물리치고' '양기를 물리쳤다'고 간단히 묘사된 춘추(春秋)의 나도 상당히 많은 인원이 동원된, 따라서 놀이의 성격도 짙은 것이었음을 짐작케 한다. 점잖은 사대부들이라 그런 놀이에 대하여는 말을 삼가고, 또 경전의 성격에는 어울리지 않은 내용일 뿐더러 정사(正史)에도 기록할 만한 내용이 못 된다고 여겨져 모두 생략된 것임이 분명하다.

따라서 나례는 이미 주대부터 나희(儺戱)의 성격을 띠고 있던 의식이라고 봄이 옳을 것이다. 다만 기록자들이 사대부들이라 희(戱)에 관한 얘기는 다 빼고 예(禮)에 관한 사항만을 기록하고 강조한 것으로 보아야 한다. 따라서 어떤 나가 연희적인 성격을 띠고 있다 하더

라도 우리는 그것을 변화로 말미암아 그렇게 된 것이라 말할 수 없게
되는 것이다.

3. 나(儺)의 변화

나의 시대에 따른 변화는 나에 등장하는 신의 성격 변화를 중심으
로 고찰하는 것이 가장 좋을 것이다. 대체로 궁중의 대나(大儺)는 당
대(唐代)에 이르기까지 방상씨(方相氏)를 중심으로 하는 구역(毆疫)
활동으로 큰 변화는 없었던 듯하다. 다만 때에 따라 그 규모가 달랐
을 것이고, 시대에 따라 풍습에 있어서 약간의 변화를 보이고 있을
뿐이다. 《문선(文選)》의 장형(張衡, 78~139)의 〈동경부(東京賦)〉의
이선(李善, ?~689) 주(注)에 《한구의(漢舊儀)》를 인용하여 '방상씨
가 호피(虎皮)를 뒤집어썼다'고 한 정도이다.

그런 중에도 시대에 따른 두드러진 변화가 몇 가지 발견된다. 우선
장형(張衡)의 〈동경부(東京賦)〉를 보면 방상씨가 무격(巫覡)과 진자
(侲子) 만동(萬童)을 거느리고 적역(赤疫)·이매(螭魅)·위사(蜲蛇)
등의 악귀들을 잡아낸 뒤, 다시 도삭산(度朔山)에서 울률(鬱壘)과 신
서(神荼)가 못된 짓 하는 귀신들을 지키고 있다가 방상씨가 빠뜨린
귀신을 다 잡아버린다. 《후한서(後漢書)》에는 울률만이 대나의 뒤쪽
에 등장한다. 그러나 채옹(蔡邕, 133~192)의 《독단(獨斷)》 권상(卷
上)에도 방상씨를 중심으로 한 나가 진행되는 기록이 있는데, 그 뒤
쪽에도 다시 신서와 울률이 등장하여 나머지 악귀들을 잡아 이빨이
긴 호랑이에게 갖다주어 잡아먹게 한다 하였다. 그리고 채옹은 그 대
목 끝머리에 '그리고는 신서와 울률을 그리어 위색(葦索)과 함께 문
에 걸어놓음으로써 흉함을 막았다.'[12]라고 쓰고 있다. 중국 민간의 가

장 오래된 문신(門神)인 울률과 신서가 동한 때에는 나례에 조역으로
등장했던 것이다.

양(梁)나라 종름(宗懍, 500~563?)의 《형초세시기(荊楚歲時記)》에
는 다음과 같은 나에 관한 기록이 있다.

　12월 18일은 납일(臘日)인데, 속담에 말하기를 납고(臘鼓)가 울
리면 봄풀이 솟기 시작한다고 하였다. 마을 사람들은 다같이 장구
를 치며 호두(胡頭)를 쓰고, 또 금강역사(金剛力士) 모습을 해가지
고 역귀들을 쫓아내었다.[13]

납일(臘日)에 거행했다고는 하지만 납제가 아니라 나례임이 분명
한 행사이다. 호두(胡頭)는 호공두(胡公頭)로 된 판본도 있는데, 호
인(胡人) 모습의 가면을 뜻할 것이다. 같은 《형초세시기》의 주석 부
분(《五朝小說大觀》本)에서 양나라 은운(殷芸)의 《소설(小說)》을 인
용하여

　손작(孫綽, 314~371)은 늘 희두(戲頭)를 썼다. 한 번은 역귀를
쫓는 사람들과 함께 환온(桓溫, 312~373)의 집에 갔었는데, 환온
은 그의 응대가 비범함을 느끼고 따져 물은 결과 사실이 밝혀졌
다.[14]

---

12) '乃畵荼壘, 幷懸葦索於門戶, 以禦凶也.'
13) '十二月八日, 爲臘日, 諺言, 臘鼓鳴, 春草生. 村人竝擊細腰鼓, 戴胡頭,
　　 及作金剛力士以逐疫.'
14) '孫興公常着戲頭, 與逐除人共至桓宣武家, 宣武覺其應對不凡, 推問乃驗
　　 也.'

라고 설명하고 있다. 초(楚)나라 지방에서는 나희(儺戲)의 가면을 희
두(戲頭)라 불렀으니, 호두(胡頭)란 호인 얼굴 모양의 가면을 뜻할
것이다. 그리고 금강역사는 금강저(金剛杵)를 들고 악귀를 물리치는
불교의 호법신(護法神)이다. 이는 남북조시대가 이족(異族) 문화의
영향을 많이 받고 불교가 성행한 시대임을 반영하는 것이다. 그리고
민간의 나는 이미 방상씨를 중심으로 하여 진행되던 궁나(宮儺)와는
다른 형식의 나희로 변하였음을 알 수 있다. 그리고 민간에는 가면을
쓰고 집집마다 찾아다니면서 축역(逐疫)을 하는 후세의 '타야호(打夜
胡)' 같은 풍습도 있었던 것으로 짐작된다.
　　그러나 이러한 변화는 아무래도 나라가 큰 중국에 있어서 국부적인
현상에 불과했을 것이다. 나가 본격적인 뚜렷한 변화를 보이는 것은
아무래도 '안녹산(安祿山)의 난' 이후, 이른바 '중당(中唐)' 이후라 보
는 것이 옳을 것이다. 왕수조(王水照)는《송대문학통론(宋代文學通
論)》(河南大學出版社, 1997)의 서론에서 이렇게 말하고 있다.

　　당대(唐代)의 '안사지란(安史之亂)'은 당왕조가 성세(盛世)로부
터 쇠미로 향해가는 전환점이 되었을 뿐만이 아니라, 중국의 봉건
사회가 점차 전기로부터 후기로 변해가는 기점도 되었다. 그리고
문화면에서 볼 적에 당나라는 중국 봉건문화의 상승기였음에 비하
여, 송(宋)나라는 중당(中唐) 때부터 점점 발전하여 온 신형문화(新
型文化)의 정형기(定型期)이며 성숙기였다.

Edwin O. Reichauer와 John K. Fairbank 공저의 East Asia,
The Great Tradition(Houghton Mifflin Co. Boston, 1958)[15]을

_____

15) 1990년에는 개정판 East Asia, Tradition and Transformation을 내

보면 위진남북조(魏晉南北朝)와 수당(隋唐 : 당 前期)의 문화사를 다룬 부분이 Chapter Five : The 'Barbarian' Challange and the Regeneration of the Empire이며, 당(唐 : 後期)에 송(宋)을 붙여 Chpter Six : The Late T'ang and Sung : The Golden Age of Chinese Empire이다.

중국문화 발전의 시기를 구분하면서 과감히 당(唐) 제국을 둘로 쪼개어, 대체로 초당(初唐)과 성당(盛唐 : 곧 前期)은 남북조에 붙여 중국문화의 갱생기로 보고, 중당(中唐)과 만당(晚唐 : 곧 後期)은 송나라에 붙여 중국문화의 황금기로 보고 있는 것이다. 다만 이들은 송을 다시 북송(北宋)과 남송(南宋)으로 나누어 보지 못한 점이 아쉽다. 중국문화의 황금기는 북송까지이고, 남송부터는 문화의 발전이 정체현상을 보이기 때문이다.

그것은 주로 중국 주변의 이족(異族)들의 영향인 듯하다. 우선 반란을 일으켰던 안녹산(安祿山)의 군대가 동라(同羅) · 해(奚) · 거란(契丹) 등 오랑캐의 군인들로 이루어진 예락하(曳落河 : 壯士의 뜻)라 부른 8천 명을 기본으로 한 대부분이 이족으로 이루어진 15만의 병력이었다. 이들은 외국인이었기 때문에 중국으로 들어가 무자비한 살육과 약탈을 멋대로 자행하였다. 반대로 숙종(肅宗)도 반란을 토벌하기 위하여 서역 여러 부족의 군대를 불러들였는데, 특히 용맹하기로 이름이 난 회흘(回紇)의 기병(騎兵)을 많이 불러들이기 위해서 '반군의 성을 되찾으면 토지와 백성들은 당(唐)에 돌려주지만, 그곳의 금과 비단 및 자녀들은 모두 회흘이 갖는다'는 약정까지 맺었다 한다.

762년에 천자에 오른 대종(代宗)도 역시 서역 군대를 불러들였는데, 회흘(위구르)의 등리가한(登利可汗)은 직접 군사를 이끌고 당나

있는데, 여기에서 논하는 시기구분에는 변화가 없다.

라로 들어와 약탈을 일삼았고, 당나라 천하병마원수(天下兵馬元帥)인
대종의 아들 이괄(李适 : 뒤에 德宗이 됨)에게 자기에게 절을 하도록
강요하기까지 하였다 한다.16)

그 위에 이 시대의 중국 주변 이족(異族)들은 남북조시대와는 달리
여러 모로 민족의식이 강해지기 시작하였다. 보기를 들면 자기네 문
자를 만들어 사용하기 시작한 것 등이다. 따라서 당나라에는 이족문
화의 영향이 현저해졌다. 이른바 호풍(胡風)은 음악·무용은 물론 일
상생활 속에도 깊숙이 파고들어, 여자들은 호풍의 화장을 유행시켰고
호악과 호무가 성행하였으며,17) 장안(長安)의 술집에는 호희(胡姬)들
이 득실거렸다.18) 외국의 여러 가지 종교도 들어와 유행하였다. 이러
한 이질적인 문화의 자극으로, 중당(中唐)부터는 중국문화가 다양하
게 더한층 발달하기 시작하여 이른바 문화발전의 황금기를 이루게 되
는 것이다. 그리고 그 발전은 북송(北宋)에 이르러 정점에 다다른다.

남송(南宋)부터는 오히려 중국의 전통문화가 이족문화의 압력에 의
하여 밀리는 현상을 보여준다. 그 결과 중국인들의 사회생활 전반에
걸쳐, 곧 음악 무용은 물론 의식주 전반에 걸쳐서까지 변질되는 현상
을 보여준다. 그리고 그 문화는 전반적으로 더 발전하지 못하고 정체
되는 현상을 보이게 된다. 부락성(傅樂成)이 〈당형문화여송형문화(唐
型文化與宋型文化)〉《漢唐史論集》, 臺北 聯經出版社, 1977)에서

송대에 이르러는 불교·도교·유교의 각파 사상의 주류가 이미
융합되어 점차 통일됨으로써 마침내 민족본위(民族本位) 문화의

---

16) 《新唐書》卷6 肅宗 代宗紀, 同 卷217 回鶻傳,《安祿山事迹》卷下 등
    참조

17) 元稹의 〈法曲〉, 白居易의 〈時世粧〉 등의 詩 참조

18) 李白의 시에만도 胡姬를 읊은 시가 대여섯 수나 된다.

이학(理學)이 형성되었다. 그 문화의 정신과 동태도 더욱 단순해지고 수렴되어졌다. 남송(南宋) 때에는 도통(道統)의 사상이 이룩되고 민족본위(民族本位)의 문화가 더욱 굳어져 외래문화를 배격하는 선입관이 날로 심각해졌다.

라고 말하고 있듯이, '당(唐)대 문화는 외래문화를 흡수하는 것을 위주로 하여, 그 문화의 정신과 동태는 복잡하면서도 진취적이었던 것'과는 달리, 외래문화에 대하여 배타적이고 독선적인 성리학(性理學)의 발전에도 문화의 정체는 책임이 있는 듯하다.

그러나 남송의 수도 임안(臨安 : 지금의 杭州)을 중심으로 하는 지역은 도시의 발달과 번영으로 북송 문화 발전의 여유를 그대로 향유하여, 지금 기록으로 전하는 도시의 연예에는 북송과 특별한 차이를 보이지 않으므로, 나(儺)의 발전을 논함에 있어서는 그대로 북송에 붙여 얘기하려 한다. 나희도 중당(中唐)으로부터 큰 변화를 보이기 시작하여 송대로 그 발전이 이어지는 것이다.

4. 당송(唐宋) 나(儺)의 변화

당대(唐代)에 와서도 대나(大儺)는 그 연출방식에 기본적으로 큰 변화를 보이지 않는다.[19] 다만 시기와 중앙 및 주현(州縣)에 따라 그 규모의 크고 작은 차이가 있을 따름이었다. 두우(杜佑, 735~812)의 《통전(通典)》〈대나(大儺)〉에 부기(附記)되어 있는 제주현나

---

19) 《新唐書》卷16 禮樂志 大儺之禮, 杜佑《通典》卷133 大儺, 段安節 《樂府雜錄》驅儺 등의 기록 참조.

(諸州縣儺)를 보면 중앙에서 주현에 이르기까지 그 규모, 주로 나에 동원되는 인원수에 있어 차이가 났던 듯하다. 그러나 궁나(宮儺)의 방상씨와 창솔(倡帥)은 각각 1인인데 비하여 주현나(州縣儺)에서는 '방상 4인' '창솔(倡率) 4인'이라 하였는데, 그 뒤에 '방상창솔(方相倡率), 현나 2인(縣儺二人)'이라 한 것을 보면 앞의 '주현나(州縣儺)'는 '주나(州儺)'의 잘못인 듯하다. 그러나 대나(大儺)를 기술하는 중에 '일대(一隊)'란 말을 두 번이나 하고 있으니, 확실치는 않지만, 방상씨와 창솔은 1대에 각각 한 명씩 있던 것이어서, 주나(州儺)는 4대의 나대(儺隊), 현나(縣儺)는 2대의 나대(儺隊)가 나희를 연출했던 것이 아닐까 여겨진다.

어떻든 기본적으로 크게 변하지는 않고 전승되어 온 방상씨를 중심으로 하는 나희는 중당 무렵부터 뚜렷한 변화를 보이기 시작한다. 그 변화는 주로 돈황(敦煌) 문건을 통하여 확인할 수가 있다. 그 가장 두드러진 변화는 대체로 현종(玄宗)의 개원(開元) 연간(713~741)부터 문신(門神)으로 유명해진[20] 종규(鐘馗)가 방상씨에 대신하여 나의 주역으로 등장한다는 것이다. 앞에서 본 바와 같이 이미 동한(東漢) 대에 문신인 신도(神荼)와 울률(鬱壘)이 나에 등장하고 있으나, 그

---

20) 王仁煦의 《切韻》(唐 中宗 神龍 2年, 706에 完成)에 '鐘馗는 神名'이라 하였고, 張說(667~730)에게는 〈謝賜鐘馗及曆日表〉《全唐文》 卷223 所載)라는 글이 있으니, 玄宗 이전에 鐘馗에 관한 傳說이 있었던 것은 사실이다. 그러나 沈括(1030~1093)의 《夢溪筆談》補 卷26에 인용된 吳道子 鐘馗 그림에 대한 唐人의 題記, 趙翼(1727~1812)의 《陔餘叢考》에서 再引한 《天中記》의 《唐逸史》 등에 쓰여있는, 玄宗 때에 鐘馗가 나와 門神이 되었다는 傳說은 중국에 가장 널리 알려져 있다. 그러니 전국에 鐘馗가 門神으로 行勢하게 된 것은 玄宗 때부터라 보는 게 옳을 것이다.

것은 모두 방상씨의 역할을 보조하는 성격의 것이었다. 앞에 인용한 《형초세시기(荊楚歲時記)》에서는 불교의 호법신인 금강역사가 등장하나 방상씨를 완전히 대신하는 것인지는 확실치 않다. 그러나 문신(門神)이 나례에 등장하는 움직임은 상당히 오래 전부터 있었음을 알 수 있다.

돈황문권에는 〈제석종규구나문(除夕鐘馗驅儺文)〉(p. 2055), 〈아랑위구나(兒郎偉驅儺)〉에 관한 p. 3270, p. 4011, p. 3552, p. 4976, 〈진야호사(進夜胡詞)〉인 p. 3468 등의 문권(文卷)이 보인다. p. 2055의 몇 구절을 보기로 들어본다.

친히 한 해를 주관하고 10만을 거느리는데,
곰과 큰 곰의 억센 발톱 지녔고
무쇠 머리에 은이마 지녔으며,
온몸에 표범 가죽 두르고
온몸을 주사(朱砂)로 빨갛게 물들였으니,
나는 종규(鐘馗)라 감복하여 부르는 신이며
강호(江湖)에 유랑하는 귀신들을 잡아낸다네.
親主歲領十萬, 熊羆爪硬, 鋼頭銀額, 魂身總着豹皮,
盡使朱砂雜赤, 感稱我是鐘馗, 捉取江游浪鬼.

종규(鐘馗)라고는 하지만 옛 대나(大儺)에서의 방상씨의 모습과 흡사한 모습이다. p. 4976에는

낡은 한 해를 현진(玄津)에서 보내고,
새로운 절기 봄을 맞으려 하는데, ……
떠돌아다니는 귀신들 잡는 일은

　　종규대랑(鍾馗大郎)에게 맡겨 처리하네.
　　舊年初送玄津, 迎取新節靑陽, ……
　　膺是浮游浪鬼, 付却鍾大郎.

라는 대목이 보인다.
　그밖에 백택(白澤)이란 신도 보이고, 배화교(拜火敎)인 요교(祆敎)
의 신도 보이고, 특히 아랑위(兒郎偉)라는 특수한 신도 구나(驅儺)의
주역으로 등장한다.

　　구나(驅儺)의 법도는 옛 황제(黃帝)로부터 비롯되었는데,
　　종규(鍾馗)와 백택(白澤)이 여러 선신들 거느리네.
　　驅儺之法, 自昔軒轅. 鍾馗白澤, 統領居仙. ── p. 3552

　　오늘 밤 구나(驅儺)의 대열에는 성을 편안케 할 불의 신 거느리
고 있네.
　　今夜驅儺隊仗, 部領安城火祆. ── p. 3552

　　한 목소리로 아랑위(兒郎偉)!
　　오늘 밤 낡은 해 다 가지 않았으나,
　　내일 아침이면 바로 새해일세.
　　모든 낡은 해의 잡귀들을
　　경내로부터 다른 곳으로 몰아내세.
　　齊聲兒郎偉! 今夜舊歲未盡, 明招便是新年.
　　所有舊歲鬼魅, 逐出境內他地. ── p. 3270

　화요(火祆)는 대체로 요교(祆敎)의 신인 듯하며, 백택은 중국에 전

설로 전해지는 귀신에 대하여 잘 안다는 신수(神獸)이다.[21] 그러나
아랑위(兒郞偉)는 실상 신도 아닐 가능성조차 있기는 하다. 그러나
p. 3552를 비롯하여 아랑위구나(兒郞偉驅儺)에 관한 문권(文卷)이 여
러 개 있다. 그리고 각 권에는 이전과 다른 많은 쫓아내야 할 귀신들
이 등장하고 있다. 특히 p. 3552(p. 3468에도 비슷한 구절이 보임)의
다음과 같은 구절은 '안녹산의 난'을 겪은 당 후기의 정서를 대변한다
고 할 수 있다.

> 성인(聖人)께서는 복록이 막중하여
> 만고에 견줄만한 이 없네.
> 역직들 잘라내어 남기지 않고
> 역귀(疫鬼) 몰아내어 하나도 없네.
> 聖人福祿重, 萬古難籌匹.
> 剪擘賊不殘, 驅儺鬼无一.

성인(聖人)이란 천자를 가리키고, 얼적(孽賊)이란 반역자 또는 오
랑캐들을 가리킨다고 보아야 할 것이다.

그러나 이것들은 돈황문권이므로, 이러한 나(儺)의 변화는 국지적
인 현상이었다고 보아야 할 것이다. 문학이나 문화면에 있어서의 변
화나 마찬가지로, 나의 변화도 중당에 시작된 변화는 송대에 이르러
완성의 국면을 보여준다.

우선 종규는 송대에 이르러 문신(門神)으로 일반화한다. 심괄(沈括,

---

21) 宋 張君房《雲笈七籤》卷100 引《軒轅本紀》云 : '帝巡狩, 東至海, 登
桓山, 于海濱得白澤神獸, 能言, 達于萬物之情. 因問天下鬼神之事. 自古
精氣爲物, 游魂爲變者, 凡萬一千五百二十種. 白澤言之, 帝令以圖寫之,
以示天下.'

1030~1093)의《몽계필담(夢溪筆談)》을 보면 현종(玄宗)과 관계되는
종규의 유래를 설명하고 나서 연이어 이런 말을 하고 있다.

　　희녕(熙寧) 5년(宋 神宗, 1072)에 왕이 화공에게 명하여 (鐘馗像
을) 조각된 목판의 탁본으로 인쇄하여 양부(兩府)의 신하들에게 한
장씩 내려주도록 하였다. 이 해 제야에 입내공봉관(入內供奉官) 양
해(梁楷)를 보내어 동서부(東西府)로 가서 종규상을 나누어 주도록
하였다.[22)]

　　그리고 오자목(吳自牧, 1270 전후)의《몽량록(夢粱錄)》권6 제야
조(除夜條)를 보면, 제야(除夜)에는 대소사서가(大小士庶家)를 막론
하고 어느 집이나 집안을 깨끗이 청소하고 문신을 갈아붙이고, 종규
를 내걸고, 도부(桃符)를 매어달고, 춘패(春牌)를 붙인다 하였다. 이
종규를 중심으로 하는 송대 나의 변화는 눈부시다.
　　북송(北宋) 변량(汴梁)의 모습을 적은《동경몽화록(東京夢華錄)》
권10 제석(除夕)을 보면, 제야에 행한 북송 궁중의 대나에는 여러 사
람들이 가면을 쓰고, 장군·문신·판관·종규·소매(小妹)·토지·조
신(竈神) 등으로 분장한 1천여 명이 나와 '매수(埋祟)'라 부르는 역귀
를 쫓는 행사를 하였다고 기록하고 있다. 남송 임안(臨安)의 모습을
적은 오자목(吳自牧)의《몽량록》권6 제야와 주밀(周密, 1232~
1308)의《무림구사(武林舊事)》권3 세제(歲除)의 구나(驅儺) 기록의
신들도 그러하다.
　　《몽량록》을 보면 궁중의 대나에 여러 사람들이 가면을 쓰고, 장

---

22) '熙寧五年, 上令畵工摹搨鑴板, 印賜兩府輔臣各一本. 是歲除夜, 遣入內
　　供奉官梁楷, 就東西府, 給賜鐘馗之像.'

군·부사(符使)·판관·종규·육정(六丁)·육갑(六甲)·신병(神兵)·
오방귀사(五方鬼使)·조군(竈君)·토지·문호(門戶)·신위(神尉) 등
으로 분장하고 '구수(驅祟)'를 한다 하였다. 이는 모두 잡귀를 몰아내
주는 신들이니, 이들이 쫓아내는 악귀들의 종류는 더욱 많아졌을 것
이고, 그 내용은 더욱 볼거리가 많은 연희적인 성격으로 발전하였을
것이다.

《동경몽화록(東京夢華錄)》에 보인 소매(小妹)는 분명히 종규의 누
이동생일 것이니, 중국 민간에 널리 전해진 〈종규가매(鐘馗嫁妹)〉의
전설도 '구수(驅祟)' 속에 연출되었을 것이다. 그리고 이 신들이 잡귀
를 쫓아내며 벌이던 놀이의 모습은 다른 여러 곳에 묘사하고 있는 포
라(抱鑼)·경귀(硬鬼)·무판(舞判)·신귀(神鬼) 등의 양상과 비슷하
였을 것이다. 특히 신귀(神鬼) 또는 장신귀(裝神鬼)·장귀(裝鬼)·장
귀신(裝鬼神) 등의 기록은 여러 곳에 보인다.

《동경몽화록》권7 '가등보진루제군정백희(駕登寶津樓諸軍呈百戲)'를
보면, 황제가 보진루(寶津樓)에 행차하면 먼저 수십 명이 줄을 서서
북을 치는 중에 한 사람이 나와 치어(致語)를 하고 노래를 합창한 뒤
에, 사표(獅豹)놀이·박기자(撲旗子)·상간(上竿)·재주넘기와 여러
형태의 군진(軍陣) 및 여러 가지 무술시범이 행해진다. 그리고

갑자기 폭장(爆仗)이라 부르는 벽력 같은 소리가 나면……연기와
불이 크게 일면서 가면에 헝클어진 머리를 지니고, 입에서는 긴 이
빨 사이로 연기와 불을 뿜는 귀신 모양을 한 자가 등장하여……나
아갔다 물러났다하며 춤을 추는데, 이를 포라(抱鑼)라 한다. ……
다시 폭장(爆仗)이 울리면 악부(樂部)에선 배신월만곡(拜新月慢
曲)을 연주하고, 얼굴에 청록색 칠을 하고 금빛 눈망울의 가면을
쓰고서 표범가죽과 수놓은 비단 넓은 띠 같은 것으로 장식한 사람

이 나오는데 이를 경귀(硬鬼)라고 부른다. ……쫓고 잡고 보고 듣
는 모양을 한다.

또 폭장이 울리면 긴 수염이 달린 가면을 쓰고 ……종규의 모양
을 한 사람이 옆의 한 꽹가리를 든 사람과 함께 어울리어 춤추며
왔다갔다하는데, 이를 무판(舞判)이라 한다. ……

라는 등의 긴 묘사가 이어지고 있다.

송대의 나(儺)가 종규 중심으로 발전했다고 말할 수 있는 것은, 여
기에 보이는 문신(門神)·판관 등은 실제로 종규와 구별이 어려운 경
우가 많고, 소매(小妹)는 종규의 누이동생이기 때문이다. 그 때문에
원대(元代) 이후의 구나(驅儺)와 관계가 있는 희곡은 종규(鐘馗) 고
사가 그 중심을 이루게 된다. 원잡극(元雜劇)에는 작자를 알 수 없
는 〈태을선야단도부기(太乙仙夜斷桃符記)〉, 명(明) 잡극으로 역시 작
자 불명의 〈경풍년오귀뇨종규(慶豊年五鬼鬧鐘馗)〉, 주유돈(朱有燉,
1379~1439)의 〈복록수선관경회(福祿壽仙官慶會)〉, 명 전기(傳奇)로
장대복(張大復, 1653 전후)의 〈천하악(天下樂)〉, 청(淸) 잡극으로는
포송령(蒲松齡, 1640~1715)의 〈종매경수(鍾妹慶壽)〉, 청대 전기(傳
奇)로 〈종규가매(鐘馗嫁妹)〉 등이 있고, 지금의 경희(京戱)와 지방희
(地方戱) 및 민간곡예에는 종규와 종규가매의 얘기가 연출되지 않는
곳이 없을 정도이다.

다시 《몽량록》 권6 12월을 보면 다음과 같은 기록이 있다.

이 달로 접어들면서 거리에는 가난한 거지들 네댓 명이 한 무리
가 되어, 신귀(神鬼)·판관·종규·소매(小妹) 등의 형상으로 분장
해서 징을 울리고 북을 치면서 집집마다 찾아다니며 돈을 구걸하는
데, 이를 타야호(打夜胡)라 불렀다. 역시 구나(驅儺)의 뜻을 지닌

것이다.[23]

《동경몽화록》권10 12월에도 타야호(打夜胡)에 관한 기록이 보인다. 민간에는 각 지방을 유랑하며 구나를 하여 밥을 먹고사는 무리들까지 있었음을 알 수 있다. 그리고 민간의 나는 궁나(宮儺)보다도 훨씬 자유로운 변화를 하였을 것으로 여겨진다.

원대(元代) 이후로는 중국 희곡사는 이른바 대희(大戲)의 시대로 들어가, 궁전이나 상류계급에서는 나희 같은 의식 또는 놀이도 희곡으로 대체하는 경향이 늘어가, 사대부 사회에 있어서는 나희가 거의 자취를 감추기 시작하였다.

곧 다시 한 번 요약하면 중당 이후로 송대에 이르러 중국의 나희에는 방상씨는 사라지고 대신 수많은 나신(儺神)들이 등장했다. 따라서 이전의 나희보다도 더 내용이 화려해지고 더욱 연극적인 성격을 띠게 되었던 것이다. 반면 민간의 나희는 더욱 하류층으로만 스며들어 여러 가지 희곡과 곡예 및 종교와 풍습 등의 영향을 받으며 발전하여 현재까지 연명하여 오고 있는 것이다.

5. 당송(唐宋)의 변화를 통해 본 고려의 나희(儺戲)

고려시대 궁나(宮儺)는 중국의 것을 고스란히 받아들이고 있다. 《고려사(高麗史)》권64 예지(禮志)의 계동대나의(季冬大儺儀)와 《증보문헌비고(增補文獻備考)》권64 예고(禮考)의 계동대나의(季冬大儺

---

23) '自此入月, 街市有貧丐者三五人爲一隊, 裝神鬼判官鐘馗小妹等形, 敲鑼擊鼓, 沿門乞錢, 俗呼爲打夜胡, 亦驅儺之意也.'

儀)를 보면 《신당서(新唐書)》 권16 예악지의 대나와 거의 같다. 졸문 〈나례(儺禮)와 잡희〉(《한·중 두 나라의 가무와 잡희》, 서울대출판부, 1994 所載)에서 이 두 가지 기록을 나란히 견주어 놓았다.

그러나 때에 따라 나(儺)에 적지않은 변화도 생겨났던 듯하다. 《고려사》 권64 예지에 실린 예종(睿宗) 11년(1116) 12월의 대나 기록에는 다음과 같은 얘기가 붙어있다.

이에 앞서 환자(宦者)들을 좌우의 나(儺)로 나누어 겨루게 하면서, 왕은 또 친왕(親王)들에게 명하여 이들을 나누어 주관토록 하였다. 창우(倡優) 잡기인(雜伎人)과 외관(外官) 유기(遊妓)에 이르기까지 징발당하지 않는 이가 없어서, 원근에서 모여드니, 깃발이 길 위에 널리고 궁중에까지도 가득 찼다. 이날 간관(諫官)이 궁전 문앞에서 절간(切諫)하여, 이에 그 중 특히 괴상한 것들을 쫓아냈으나, 저녁이 되자 다시 모여들었다. 임금이 관악(觀樂)하고자 하였으나, 좌우에서 어지러이 먼저 하려고 다투어 연출되는 기예에 아무런 조리도 없어서, 다시 4백여 명을 쫓아내었다.24)

그런데 이색(李穡, 1328~1396)의 《목은집(牧隱集)》에는 대나를 읊은 〈구나행(驅儺行)〉과 〈산대잡극(山臺雜劇)〉이란 두 수의 시가 있는데, 앞의 대나의 형식과 전혀 다르다.25) 고려 말엽으로 가면서 무

---

24) '睿宗十一年己丑大儺 : 先是, 宦者分儺爲左右以求勝, 王又命親王分主之. 凡倡優雜伎, 以至外官遊妓, 無不被徵, 遠近坌至, 旌旗亘路, 充斥禁中. 是日諫官叩閤切諫, 乃命黜其尤怪者, 至晚復集. 王將觀樂, 左右紛然爭先呈伎, 無復條理, 更黜四百餘人.'
25) 이 두 편의 시는 여러 곳에 인용되고 있어 여기엔 全篇을 다시 적지 않는다.

척 달라진 듯하다. 〈구나행(驅儺行)〉의 12신과 진자(侲子)는 대부분의 고나(古儺)에 보이는 것이니 말할 것도 없거니와, 그밖에 오방귀무(五方鬼舞)·백택(白澤)·노호(老胡)·강남상인(江南商人) 등이 보이고 신라의 처용(處容)이 등장하는데, 모두 이전의 나(儺)에서는 볼 수가 없었던 것들이다.

그밖에 토화(吐火)와 탄도(呑刀) 등의 잡기도 연출되고 있고, 끝머리에는 개와 백수(百獸)도 나와 재주를 부린다. 〈산대잡극(山臺雜劇)〉에는 선인헌과(仙人獻果)·장간희(長竿戲)와 함께 불꽃놀이 같은 것이 보이고, 또 처용무(處容舞)가 보인다. 이를 보면 고려의 나(儺)가 완전히 나희로 발전하였음을 알게 된다. 《고려사》권36 충혜왕(忠惠王) 4년(1343) 오월조(五月條)에는 이런 기록이 보인다.

을유(乙酉)에 왕이 새 궁전을 짓는 역도(役徒)들에게 음식을 먹여주었는데, 문무(文武) 신료들과 창고들에서도 모두 술과 음식 및 비단을 바치어 그 경비를 도왔다. 왕은 술을 마시며 나희를 보았는데 구경하다 흥이 나자 일어나 춤을 추며 재상에게도 명하여 춤을 추게 하였다. 재상은 단판(檀板)으로 박자를 맞추면서 춤을 추었다. 왕은 은 100냥을 내고, 공주와 은천옹주(銀川翁主)는 각각 50냥을 내어 잔치 비용으로 쓰게 하였다. 어떤 사람이 걸호회(乞胡戲)를 하자 은 51냥을 내리고 나머지는 모두 거두어들였다.

이에 의하면 고려 말엽에는 나(儺)가 완전히 놀이로 변하였으며, 중국에서 지금 통용되고 있는 나희라는 말도 여기에서 가장 먼저 쓰여진 것이 아닐까 여겨지기도 한다. 여기의 나희는 '구경하다 흥이 나자' 왕과 재상이 일어나 춤을 추었다니, 가무희적인 놀이였던 것으로 보인다.

이상에 보인 고려(918~1392) 나희의 발전은 대체로 중당(中唐)에서 송(宋)에 이르는 시대(756~1279)의 중국의 나의 변화와 상관이 있는 듯하다. 우선 여기에 연출되고 있는 토화(吐火)·탄도(呑刀)·장간(長竿) 등의 잡기는 한대(漢代) 이전부터 송대에 이르기까지 기타 여러 가지 백희(百戲) 및 가무희와 함께 연출되던 것이다.26) 황견(黃犬)과 백수(百獸) 및 선인(仙人)도 역시 중국의 옛 연희 속에 옛날부터 흔히 등장하는 것이다.

오방귀무(五方鬼舞)도 옛날부터 중국에는 여러 가지 오방무(五方舞)가 있었으니 중국과 무관한 것이라 할 수 없다. 이두현(李杜鉉)도 《한국의 가면극》(一志社, 1989) 제3장 4의 (4) 처용무(處容舞)에서 오방처용무(五方處容舞)가 중국의 오방무(五方舞)의 영향이라 말하고 있다. 다시 백택(白澤)은 중국의 나(儺) 중에서도 돈황문권에만 나오는 희귀한 신수(神獸)이다. 이는 특히 고려 나희의 발전이 중당 이후 중국 나의 변화와 관련이 있음을 암시하는 것이라 여겨진다. 노호(老胡)가 등장하는 가무희는 이미 양대(梁代)에 〈상운악(上雲樂)〉이 있었고, 당대에는 〈서량기(西涼伎)〉를 비롯하여 여러 가지 서호희(西胡戲)와 호무(胡舞)가 성행하였으니 이것도 중국과 무관하다 할 수 없다. 강남상인(江南商人)만은 중국의 나희나 가무희 등에 보이지 않는 등장인물이다.

그러나 〈상운악〉이나 〈서량기〉의 노호(老胡)의 종자(從者)가 고려에 들어와서는 강남상인으로 변한 것이 아닐까 한다. 강남상인은 알아들을 수 없는 말을 지껄이며 '나아갔다 물러갔다 가볍고 빠르기가 바람 속의 반딧불 같네27)'라 하였는데, 〈서량기〉에 연출되는 호등무

---

26) 張衡(78~139)의 〈西京賦〉, 李尤(55?~155?)의 〈平樂觀賦〉 등에도 보임.

(胡騰舞)[28]도 '장막 앞에 꿇어앉아 자기네 말로 아뢰고', ' 빙빙 돌다 급히 걷어차고 하는 것이 모두 절도에 맞네'[29]라 하였으니, 연출 상황 이 비슷한 듯하다. 끝으로 동시에 연출된 불꽃놀이는 앞에서 얘기한 바와 같이 송대 귀신무(鬼神舞)에 있어서의 폭장과 매우 흡사하다.

그러나 고려의 나희의 중심을 이루는 것은 처용무라는 가무희이다. 그것은 중국의 한대 평악관(平樂觀)에서의 연회를 비롯하여 후세 당·송대에 이르기까지의 모든 대규모의 중국 연희(演戱)의 실정이 모두 그러하다. 여러 가지 잡기와 백희가 한꺼번에 연출되고는 있 지만 그 중심을 이루는 것은 언제나 가무희이다.[30] 김재철(金在喆) 은 《조선연극사(朝鮮演劇史)》(朝鮮語文學會, 1933) 제1편 제3절 처 용무에서 '처용은 저……중국의 역신을 쫓아내는 신인 종규의 영향도 받았을 듯하다'고 말하고 있다.

이는 중당(中唐) 이후 중국의 나가 종규무(鐘馗舞)를 중심으로 발 전한 상황과 같다. 똑같이 구역(驅疫)을 하고 똑같이 문신(門神)으로 도 행세하였다. 종규와 처용의 비교는 졸문 〈종규의 변화 발전과 처 용〉《한·중 두 나라의 가무와 잡희》(서울대학교출판부, 1994 所載) 에 자세하므로 생략한다.

이상을 종합하면 고려의 나희는 중당 이후 송에 이르는 중국 나의 변화와 밀접한 관련이 있다고 보아야 할 것이다.

---

27) '江南賈客語侏離, 進退輕捷風中螢.'
28) 元稹의 〈西涼伎〉詩.
29) '帳前跪作本音語', '環行急蹴皆應節'.
30) 앞의 '1. 한(漢) 평악관(平樂觀)에서 연출된 잡희(雜戱)의 성격' 참조 바람.

3. 당희(唐戲)를 통해서 본 이색(李穡)의 〈구나행(驅儺行)〉

1. 들어가는 말

이색(李穡, 1328~1396)의 〈구나행(驅儺行)〉은 김재철(金在喆)의 《조선연극사(朝鮮演劇史)》에서 고려 나례(儺禮)를 읊은 자료로 내세운 이래로, 고려의 나희(儺戲)를 연구할 독특한 자료로 인정되어, 많은 학자들에 의하여 연구되고 검토되어 왔다. 최근에도 필자는 2000년 10월 한국희곡사학회 주최로 개최되었던 학회에서 〈당송(唐宋) 나례의 변화와 고려조 나희〉라는 논문을 발표하면서, 고려 나희의 변화를 보여주는 가장 중요한 자료로 이 시를 이용한 바 있다.

고려의 궁나(宮儺)는 중국이 한(漢)에서 당(唐)으로 이어지며 궁중에서 행해지던 나례를 고스란히 그대로 받아들인 것이었다. 그러나 고려 말엽에 와서 이 나례가 나희라는 용어를 쓰게 될 정도로 내용상 큰 변화를 보여주게 된다. 무엇보다도 가장 큰 변화는 이전까지의 나례는 방상씨(方相氏) 중심의 구역의식(驅疫儀式)이었는데, 이 〈구나행〉에 와서는 방상씨가 사라지고 대신 수많은 신들이 등장하여 보다 더 화려하고 변화 많은 놀이 형식으로 발전하고 있다는 것이다.

그런데 이 나례의 변화는 우리 희곡사에 있어서 독특한 성격의 것이라고 할 수 있다. 첫째, 이 나례의 변화는 그대로 조선조로 계승되지 못하여 이 시에서 읊고 있는 놀이의 내용은 지금껏 정확히 파악되지 못하고 있다. 둘째, 이 변화된 나례는 미처 널리 유행할 겨를이 없어서 그 시대 사람들조차도 잘 알지 못했던 것 같다.

이색 자신이 이 시의 제목 아래에 '이에 대하여 듣고서 삼가 써서 사관에게 보내드린다(聞之敬書上送史官)'고 자주(自注)하고 있으니, 작자도 직접 본 것이 아니려니와, 사관에게 이 자료를 보내주고자 생각했을 정도로 새로운 것이었다. 이색의 《목은시고(牧隱詩藁)》에는 역시 처용무(處容舞)와 잡희(雜戲)가 노래되고 있는 유명한 〈산대잡극(山臺雜劇)〉 시가 있는데, 거기에서도 제목 아래에 '전에 보지 못한 것이다(前所未見也)'란 글귀를 붙이고 있다.

〈구나행〉은 분명히 궁중에서 거행되었던 나희를 읊은 것이고, 〈산대잡극〉 시는 동대문 앞에서 행해진 것임을 밝히고 있다. 그러니 이러한 새로운 놀이들은 궁중이고 민간이고 간에 별로 크게 유행되지는 않았던 것들이다.

끝으로 여기에서 '당희(唐戱)'란 말을 쓰고 있으나, 그것은 '중국희'라 해야 옳다고 여긴다. 중국에서는 일반적으로 희곡학자들이 임반당(任半塘)의 《당희롱(唐戲弄)》 상(上)·하(下)(1958, 北京 作家出版社)라는 획기적인 연구성과가 발표된 이래, 이른바 자기들의 가무희(歌舞戲)를 중심으로 하는 소희(小戲)들은 당대에 성행하였다고 믿는 경향이 있어, 이 '당희'라는 말은 마치 이전 중국의 전통적인 '소희'를 가리키는 말처럼 쓰이고 있다.

그러나 이들 '소희'들은 이미 고대중국에도 성행되고 있었다.[1] 흔

---

1) 拙著 《중국 고대의 가무희》(보충교정판, 2001. 10. 明文堂 刊) 참고 바람.

히 '당악(唐樂)'이라 하지만 당대의 구부악(九部樂)·십부악(十部
樂)은 대체로 수대(隋代)의 칠부악(七部樂)·구부악(九部樂)을 계승
한 것이며, 수나라의 것은 또 모두가 남북조시대(南北朝時代)의 것을
계승한 음악이다. 그리고 당희의 대표적인 종류들, 보기를 들면 참군
희(參軍戲)·난릉왕(蘭陵王)·답요낭(踏搖娘)·상운악(上雲樂) 등이
모두 남북조 이전의 것들을 계승한 것이다.

2. 〈구나행〉 시의 구성과 내용

〈구나행〉은 매우 유명하므로 구성과 내용의 설명을 위하여 시 전체
를 인용하는 일은 생략하기로 한다(〈참고〉로 뒤에 본문 복사본을 붙
여 놓았으니 참고 바람). 우선 이 시의 첫머리 네 구(天地之動何冥冥
부터 雜糅豈得人心寧까지)는 세상에는 정상(禎祥)과 요얼(妖孽)이
뒤섞이어 있어서 사람들은 사는 데 불안하다는 일반론이다. 다음 여
섯 구(辟除邪惡古有禮부터 掃去不祥如迅霆까지)는 그 중의 사악한
것들을 몰아내기 위하여 옛날부터 나례가 마련되어 있어 그 의식을
행하고 있다는 것이다.

세 번째 네 구(司平有府備巡警부터 畢陳怪詭趨群伶까지)는 다음
에 나오는 여러 가지 새로운 가무와 잡희를 준비하는 대목이다. 그리
고 네 번째의 열네 구(舞五方鬼踊白澤부터 蹌蹌百獸如堯庭까지)는
이 시의 중심부로 여러 우령(優伶)들이 나와 여러 가지 가무와 잡희
를 연출하는 것이다. 이 부분이야말로 고려말 나례의 변화를 증명해
주는 소중한 기록이다.

이 열네 구는 다시 오방귀무(五方鬼舞)와 백택무(白澤舞) 및 토화
(吐火)와 탄도(呑刀)를 연출하는 첫 두 구, 서호희(西胡戲)가 연출되

는 다음 네 구, 강남(江南)의 장사꾼이 등장하는 다음 두 구, 처용무
(處容舞)가 연출되는 다음 네 구, 끝머리에 개와 용 및 백수(百獸)가
등장하여 재주를 부리는 두 구로 자세히 나눌 수가 있다.

그리고 끝머리에 붙은 여덟 구(君王端拱八角殿부터 破窓盡日風冷
冷까지)는 구나(驅儺)와는 직접 관계가 없는 임금의 덕을 송축(頌祝)
하는 내용이어서 여기서는 문제삼지 않기로 한다.

여기에서 이 시의 나희로서의 성격을 논함에 있어서는 첫머리 네
구와 끝머리 여덟 구는 전혀 상관이 없는 내용이다. 그리고 세 번째
의 네 구도 다음에 연출되는 가무와 잡희를 준비하는 단계이니 역시
직접 나희와 관계가 있는 것은 아니다. 따라서 여기에서 문제가 되는
것은 두 번째 여섯 十와 네 번째 열네 구이다.

두 번째 여섯 구는 "해마다 거행하면서 궁정 안을 맑게 하였다(歲
歲掌行淸內庭)"는 구절이 들어있으니, 이것은 해마다 거행되던 나례
의 일반적인 현상을 읊은 것이다. 이것은 〈구나행〉을 읊을 당시에 연
출된 것을 묘사한 것이 아닐 가능성이 많다. 여기에는 십이신(十二
神)과 황문진자(黃門侲子)가 등장하는데, 이는 한대[2]와 당대[3]의 나
례에도 등장하는 대표적인 구역신(驅疫神)들이다. 다만 여기에서 고
대로부터 나례의 주신(主神)이었던 방상씨가 언급되지 않고 있는 것
은, 이때의 나례에서는 이미 방상씨가 자취를 감추었기 때문일 것이다.

세 번째 네 구는 다음에 연출될 가무와 잡희를 준비하는 대목이라
하였다. '사평유부(司平有府)'라 한 것은 사평순위부(司平巡衛府)를
가리키며, 다음 구에 나오는 수많은 '열사(烈士)'들이란 사평순위부의
군사들을 뜻할 것이다. 다음 구인 '충의에 격동되어 방패막이를 대신

---

2) 《後漢書》卷15 禮儀志 第5 참조.
3) 《新唐書》卷16 禮樂志 참조.

하고 있다(忠義所激代屛障)'는 것은 사평순위부의 군사들이 '충의심
으로 격동되어 나라의 보호자들이 되어있다'는 뜻이며, '괴이한 놀이
를 여러 가지 연출하기 위하여 여러 우령(優伶)들이 달려나온다(畢陳
怪詭趨群伶)'는 것은 역시 충의심으로 격동된 '여러 우령들이 새롭고
괴이한 여러 가지 놀이와 재주들을 연출하기 위하여 나온다'는 뜻으
로 풀이한 것이다.

그러나 한대의 나례에도 여러 조신(朝臣)들과 집사(執事) 이외에
호분(虎賁)과 우림랑장(羽林郎將)이 참여하고 있고, 뒤에 잡은 역귀
들을 낙수(洛水)에 갖다 버리는 것도 오영기사(五營騎士)들이다.

당대의 나례에는 고각군(鼓角軍) 20명이 구역에 참여하고, 나례를
거행하는 날 새벽부터 금위군(禁衛軍)은 궁문을 단속하며 필요한 물
건들을 준비해 놓는데, 고려의 궁나(宮儺)도 역시 그러하였다. 따라서
이 세 번째 네 구의 앞 두 구인 사평순위부 군사들의 모습을 묘사한
두 구는 앞의 일반적인 나례의 모습을 형용한 둘째 대목에 붙이고,
'충의심에 격동되어 나라의 방패막이를 대신하고자, 여러 우령들이 달
려나와 괴이한 놀이들을 여러 가지 연출한다'는 뒤의 두 구는 다음
대목에 붙여 풀이하는 것이 옳은지도 모른다.

끝으로 이 시의 중심부라고 앞에서 말한 네 번째의 열네 구에 등장
하는 구나원과 그들의 연출내용은 대략 다음과 같은 것들이다.

첫째 구 ; 오방귀(五方鬼)와 백택(白澤)이 나와 가무를 한다.

둘째 구 ; 토화(吐火)와 탄도(呑刀)의 기예를 연출한다.

셋째 구 ; 서호(西胡)가 등장하는데, 넷째 구에 의하면 피부가 검은
자도 있고 노란 자도 있으며 눈은 모두 파랗다.

다섯째 구 ; 그 중에 노호(老胡)가 있는데, 여섯째 구에 의하면 수
성노인(壽星老人)인 듯 하다.

일곱째 구 ; 강남(江南)의 장사꾼이 등장하는데, 여덟째 구에 의하

면 그는 움직임이 매우 민첩하다.

아홉째 구 ; 신라의 처용이 등장한다. 다음 세 구가 모두 처용의 모습과 춤추는 모양을 형용한 것이다.

열셋째 구 ; 누런 개와 용이 등장하여 재주를 부린다.

열넷째 구 ; 백수(百獸)가 등장하여 춤을 춘다.

이상을 검토해 보면 여기에서 연출된 가무회의 중심은 서호희(西胡戲)와 처용무(處容舞)라 할 수 있다. 이 두 가지 묘사에만 열네 구 중 각각 네 구를 충당하고 있기 때문이다. 따라서 이때의 구나(驅儺)는 서호희와 처용무를 중심으로 하여 거기에 몇 가지 잡기가 첨가되어 연출되었던 것이라 할 수 있다.

혹은 십이신과 황문진자를 중심으로 하여 이전과 비슷한 나례를 간단히 치른 다음 놀이를 겸한 구역행사로 이러한 나희가 연출된 것인지도 모른다.

3. 당희를 통해 본 〈구나행〉의 잡기

〈구나행〉에서 새로운 나례의 변화모습을 묘사한 부분에 등장하는 인물들이나 연희 내용이 당희를 바탕으로 본다면 어떤 성격의 것일까 살펴보기로 한다. 먼저 이 구나희(驅儺戲)의 중심을 이루는 서호희(西胡戲)와 처용무(處容舞)는 뒤로 미루고 먼저 비교적 간단한 부수적으로 연출되었던 잡기들의 성격부터 따져보기로 한다.

1) 오방귀무(五方鬼舞) ; 오방(五方)은 오행(五行)과 관련이 밀접한 것인데, 중국에는 이미 주(周)나라 시대부터 오행무(五行舞)가 있어서 그것은 한(漢)·당(唐)·송(宋)에 이르기까지 여러 가지 형태의 가무로 전승되었다.4) 《악학궤범(樂學軌範)》에 보이는 오방처용(五方

處容)도 그 영향 아래 이루어진 것일 것이다. 그러나 나례에 오방귀(五方鬼)가 등장하는 것은 대체로 송대 이후인 듯하다. 오자목(吳自牧)의 《몽량록(夢粱錄)》 권6 제야(除夜)조에는 대나(大儺)에 등장하는 사람들 중에 종규(鐘馗)와 함께 오방귀사(五方鬼使)가 보인다. 명대 작자를 알 수 없는 〈경풍년오귀뇨종규(慶豐年五鬼鬧鐘馗)〉 잡극에도 종규와 함께 오방귀가 등장한다.

한·당의 나례에 있어서는 쫓아낼 역귀(疫鬼)들의 이름을 하나하나 열거하고 있다. 그러나 차츰 세상에 존재하는 역귀들을 일일이 다 열거할 수가 없다고 여기게 되어 마침내는 오방귀가 온 세상에 해당하는 사방과 중앙인 오방에 있는 역귀들을 대표하게 된 것으로 여겨진다. 오방귀는 청황적백흑(靑黃赤白黑)인 오방색의 귀신들이다. 〈경풍년오귀뇨종규〉에는 오궁귀(五窮鬼)와 오려귀(五厲鬼)도 등장하여 종규를 괴롭히고 있다.

원대 이후로 〈오방귀〉는 곡패(曲牌)로도 쓰이게 되는데, 그것은 역시 나례의 영향으로 생겨난 곡패일 것이다. 나례에 있어서의 오방귀는 종규를 좇아 등장하고 있음으로, 확실한 증거를 아직 발견하지는 못했지만 대체로 종규가 구나의 주역신(主役神)으로 등장하기 시작한 중당(中唐) 이후(곧 安史之亂, 755~763 이후)에 생겨난 것일 듯하다.

2) 백택(白澤) ; 중국의 나례에 백택이 등장하는 것도 중당 무렵인 듯하다. 돈황문권(敦煌文卷) p. 3552를 보면

구나의 법도는 옛 황제 때부터 있었는데, 종규와 백택이 여러 선신(仙神)들을 거느리었다(驅儺之法, 自昔軒轅. 鐘馗白澤, 統領

---

4) 《史記》 文帝紀, 《漢書》 禮樂志, 《後漢書》 禮儀志, 段安節 《樂府雜錄》, 吳自牧 《夢粱錄》 등 참조.

居仙).

라는 기록이 있다. 이에 의하면 백택이란 신은 종규와 함께 등장하여 여러 선신(仙神)들을 통솔하며 구나를 한 것이다. 종규는 중당 무렵부터 나례에 방상씨(方相氏)를 대신할 정도로 중요한 역할을 담당하면서 등장하여 송대에 이르러는 나례에서의 그 위치가 더욱 확실해진다. 그러나 백택은 송대에 이르러도 별로 기록에 보이지 않아 어떤 신인지 정확히 아는 수가 없다.

송(宋) 장군방(張君房)의 《운급칠첨(雲笈七籤)》에서는 백택은 사람의 말도 할 줄 아는 신수(神獸)라 하였고, 명(明) 이시진(李時珍)의 《본초강목(本草綱目)》에서는 백택은 사자(獅子)라고 하는 속설을 부정하며 역시 말을 할 줄 아는 신수라 하였다. 따라서 명 왕기(王圻)의 《삼재도회(三才圖會)》에는 당대에 쓰이던 백택기(白澤旗)와 명(明)·청(淸) 시대에 관리들 관포(官袍) 앞뒤에 붙이던 백택보(白澤補)의 그림이 실려 있다. 모두 백택이란 신수의 신령스러움을 취한 것이다.

청대의 고염무(顧炎武, 1613~1682)는 《일지록(日知錄)》 권32 종규(鍾葵)조에서, 종규(鐘馗)는 옛날에는 종규(鍾葵)로 쓰기도 하였고, 선진(先秦)시대부터 중국에 있었음을 증명하고 있다. 그리고 《위서(魏書)》에 보이는 요훤(堯暄)은 본명이 종규(鍾葵)이고 자가 벽사(辟邪)였다는 보기 등을 들어, 옛날부터 종규는 '벽사'의 뜻을 지닌 물건이었다고 말하고 있다. 그러다가 후세에 와서야 다시 종규에게 당 현종(玄宗)과의 관계를 지니는 고사가 보태어지면서 대표적인 문신(門神)이며 나례의 주역으로 발전하게 되었다는 것이다.

같은 《위서》 권34 열전(列傳)에는 장백택(張白澤)이란 인물이 보이는데, 그의 본자(本字)가 종규였다고 설명되고 있다. 그러니 옛날부터 백택은 종규와 관계가 밀접하다고 여겨지던 신수였던 듯하다. 중당 무렵에 종규가 나례의 주역신으로 발돋움하면서 일시 백택도 나례에 상당히 중요한 구역신으로 이용되었던 듯하다.

그러나 앞에서 속설로는 백택은 사자를 이르는 말이라 하였는데, 《사물이명록(事物異名錄)》 같은 데서도 사자를 일명 백택이라고도 한다 하였다. 그리고 《삼재도회》에 실린 백택도(白澤圖)[5]를 보더라도 실지로 사자를 보지 못하였을 옛날 사람들로서는 그것과 사자를 구별하기는 어려웠을 것이다. 따라서 이 〈구나행〉에 보이는 백택은 사자일 가능성을 완전히 배제할 수는 없다.

3) 토출회록(吐出回祿)·탄청평(呑青萍); 회록(回祿)은 불을 뜻하고, 청평(青萍)은 옛 명검(名劍)의 이름이다. 따라서 이는 불을 입으로 뿜어내는 재주와 칼을 입으로 삼키는 재주이다. 이미 한대 평악관(平樂觀)에서 연출된 잡기 중에도 '탄도(呑刀)·토화(吐火)'가 보이고 있다.[6] 송대로 와서도 맹원로(孟元老)의 《동경몽화록(東京夢華錄)》 권6 원소(元宵)조를 보면 '탄철검(呑鐵劍)'의 명인으로 장구가(張九哥)란 이름을 들고 있고, 같은 책 권7에는 '구토낭아연화(口吐狼牙烟火)', 권8에는 '토연화(吐烟火)'가 보이니, 이것들은 중국에 옛날부터 크게 유행하였던 잡기의 일종임을 알 수 있다.

그런데 이전에 잡희와 함께 연출된 무거운 물건 들어올리기·줄타기 등등 여러 가지 잡기들은 버려두고 이 두 가지 잡기만을 연출한 것은 그것이 구역행사(驅疫行事)와 가장 잘 어울리기 때문이었을 것이다. 불을 내뿜는 재주는 역귀들에게 위협을 가할 수가 있고, 칼을 삼키는 행동도 역귀들을 위협하는 한편 그들을 잡아먹는 일도 상징한

---

5) 《隋書》經籍志에는 《白澤圖》 1卷이 收錄되어 있다.
6) 張衡의 〈西京賦〉 및 李尤의 〈平樂觀賦〉 참조.

다고 볼 수가 있다.

4) 황견답대(黃犬踏碓) ; 누렁이 개가 방아찧는 재주를 연출하는 것
인데, 중국의 기록에선 그런 놀이를 발견치 못하였다. 《전국책(戰國
策)》 제책(齊策) 일(一)에 제(齊)나라 수도인 임치(臨淄)의 백성들이
'주견(走犬)'을 하며 즐겼다는 기록이 보이고, 《한서(漢書)》 식화지
(食貨志)에는 부잣집 자식들이 '주구마(走狗馬)'를 하였다는 기록이
보인다. 그리고 《한서(漢書)》 개관요전(蓋寬饒傳)에는 목후무(沐猴
舞)와 함께 구투무(狗鬪舞)를 했다는 기록이 보일 뿐이다. 개는 주로
달리고 싸우고 하는 재주가 놀이에 이용되었다.

황견(黃犬)은 예부터 중국사람들과 관계가 친밀하였다. 《사기(史
記)》 이사전(李斯傳)에 이사(李斯)가 권력 주변을 벗어나 시골에서
'황견'이나 끌고 다니면서 살고 싶다고 말하고 있고, 그 뒤로 많은
시인들이 전원의 안락한 생활을 황견과 결부시켜 읊고 있다.7) 그리
고 《진서(晉書)》 열전(列傳)에 의하면 육기(陸機)에게는 먼 고향집
을 왕래하며 소식을 전해주던 황견이 있었는데, 황이(黃耳)라고도
불렀다.

그래서 〈서상기(西廂記)〉에서도 떠나가서는 소식 없는 님을 '청란
신묘, 황견음괴(靑鸞信杳, 黃犬音乖)'라 표현하고 있다. 게다가 옛날
부터 개는 집을 잘 지키고, 개나 개의 피는 불상(不祥)의 침입을 막
는다고 믿었으니,8) '황견'을 나례에 등장시킨 것은 이유가 있다고 볼

---

7) 白居易 〈池畔逐凉〉, 劉禹錫 〈題歃器圖詩〉. 보기로 蘇軾의 〈石鼓詩〉에
   선 '當年何人佐祖龍? 上蔡公子牽黃狗.'라 읊고 있다.

8) 應劭 《風俗通義》 卷8 殺狗磔邑四門 ; '俗說狗別賓主, 善守禦, 故著四
   門以辟盜賊也. 謹按, 月令九門磔禳以畢春氣, ……九門殺犬磔禳, 犬者
   金畜, ……太史公記 ; 秦德公始殺狗磔邑四門, 以禦蠱蓄. 今人殺白犬,
   以血題門戶, ……'

수 있다.

그리고 방아 또는 절구인 '대(碓)'는 옛날에 형구(刑具)로도 쓰였다. 《북사(北史)》와 《수서(隋書)》에는 '좌대(剉碓)'가 보이는데,9) 방아 모양이면서 죄인들의 손발을 자를 수 있도록 만들었던 것이다. 그보다도 실지로 방아처럼 찧어 사람을 죽이는 용대(舂碓)도 있었다.10) 따라서 방아나 절구도 부정한 자들에게는 위협이 되는 물건이었다.

이상과 같은 이유에서 황견이 방아를 찧는 놀이를 하게 하였을 것이다.

5) 용쟁주(龍爭珠) ; 용의 춤은 이미 한대부터 잡희로서 연출되었다. 장형(張衡)의 〈서경부(西京賦)〉에 보이는 평악관(平樂觀)에서 연출되던 각저지묘희(角抵之妙戱)를 서술한 대목 중에 '창룡취호(蒼龍吹箎)'와 함께 '해린변이성룡(海鱗變而成龍)'이란 서술이 보인다. 이우(李尤)의 〈평악관부(平樂觀賦)〉 중에도 '어룡만연(魚龍蔓延)'이란 말이 보인다. 《위서(魏書)》 권109 악지(樂志)에도 여러 가지 동물놀이 및 백희(百戱) 속에 '어룡(魚龍)'이 들어있다.

《한서(漢書)》 서역전찬(西域傳贊)에는 '만연어룡각저지희(蔓延魚龍角抵之戱)'란 말이 보이는데, 안사고(顔師古)의 주(注)에서는 다음과 같은 설명을 하고 있다.

어룡이란 것은 함리라는 짐승이 먼저 마당에서 놀이를 하고……
변화하여 비목어가 되며…… 여덟 장의 누런 용으로 변화되어 마

---

9) 《北史》魏汝南王悦傳 ; '悦乃爲大剉碓, 置於州門, 盜者便欲斬其手.'
   《隋書》刑法志 ; '齊文宣帝以功業自矜, 恣行酷暴, 爲大鑊, 長鋸, 剉碓之屬, 並陳于庭.'
10) 《南史》侯景傳 ; '景虐于用刑, 酷忍無道. 於石頭立大舂碓, 有犯法者, 擣殺之.'

당에서 놀이를 하는데 햇빛에 번쩍번쩍 빛났다.(魚龍者, 謂舍11)利
獸, 先戲於庭, ……化成比目魚, ……化成黃龍八丈, 遨戲於庭, 炫耀
日光.

여하튼 용춤의 처음 형태는 물고기가 용으로 변하는 것이 그 춤의
중심을 이루었던 듯하다. 《수서(隋書)》권13 음악지(音樂志) 상(上)
에는 삼조설악(三朝設樂) 대목이 있는데, 그중 제46이 '설황룡농귀기
(設黃龍弄龜伎)'이다.12) 용춤의 성격에 변화가 생겼음을 알 수 있다.
본시 중국에서 용은 기린(麒麟)·봉황(鳳凰)·거북[龜]과 함께 '사
령(四靈)'이라 일컬어져 왔기 때문에,13) 용춤은 처음부터 물고기와 관
련되어 연출되지는 않았을 것이다. 더구나 구역(驅疫)을 하고 영상
(迎祥)을 하는 뜻을 담으려 할 적에는 물고기가 용으로 변하는 놀이
나 춤보다는 〈구나행〉에서처럼 용이 구슬을 갖고 노는 놀이나 춤이
더 뜻있게 여겨질 것이다. 따라서 근세에 이르러 중국에서 연출되는
용춤은 거의가 용이 구슬을 갖고 노는 형식이다. 특히 정월 보름 상
원절(上元節)에는 용등(龍燈)과 함께 구슬을 갖고 노는 용무가 중국
전역에 유행되고 있다.
용의 구슬은 본시 용의 턱 밑에 있는 것이라고도 하고,14) 용이 토해
놓은 것이라고도 한다.15) 여하튼 그것은 특별한 상서(祥瑞)를 상징하
는 것이라 믿어졌기 때문에 용으로 하여금 갖고 놀도록 했던 것이다.

---

11) 舍 ; 含의 잘못, 張衡 西京賦 등 참조.
12) 이 중 第四十四가 '設寺子導安息孔雀鳳凰文鹿胡舞登連上雲樂歌舞伎'
   임은 李穡의 驅儺行의 演戲와도 관계가 있는 듯하다.
13) 《禮記》禮運 ; '麟鳳龜龍, 謂之四靈.'
14) 《莊子》列禦寇 ; '千金之珠, 必在九重之淵, 而驪龍頷下.'
15) 《述異記》 ; '龍珠, 龍所吐者.'

〈구나행〉에서는 '용이 구슬을 다툰다'고 했지만, 그것은 가지고 논다
고 표현해도 무방한 것이다. 용이 구슬을 갖고 노는 것은 끝으로 나희
를 통하여 영상(迎祥)을 하였음을 경하하는 뜻이 담겨있는 듯하다.
　그러나 구슬을 갖고 노는 용춤이 언제부터 시작된 것인지는 확실치
않다. 청 요사근(姚思勤)의 〈용등(龍燈)〉 시에

　　거리엔 등불 밝혀지고 사람들은 바다처럼 많은데
　　꿈틀꿈틀 등룡이 꿈틀거리네.
　　시끄러운 북소리 우레소리처럼 놀라게 하고
　　한 알의 빨간 유리구슬 희롱하네.
　　(燈街人似海, 夭矯燭龍蟠. 雷馭千聲鼓, 琉珠一顆丹.)

라고 읊고 있고, 지금의 중국 각지의 용무에서도 '이룡희주(二龍戲
珠)'가 놀이의 중심을 이루는 절목(節目) 중의 하나이다.
　우리는 반대로 이색의 〈구나행〉을 근거로 중국의 용무에는 적어도
송대 무렵부터 '용희주(龍戲珠)'의 대목이 있었을 것으로 미루어 알
수 있다.
　6) 창창백수(蹌蹌百獸) ; '백수솔무(百獸率舞)'라는 말은 이미 《서경
(書經)》 순전(舜典)에도 보인다.16) 그리고 백수희(百獸戲)는 한대의
기록에서부터 후세의 잡희를 기술한 글에는 거의 빠지지 않고 등장하
는 놀이이다. 순(舜)임금 시절의 전악(典樂) 기(夔)의 악기 연주에 맞
추어 백수(百獸)들이 솔무(率舞)한 것은 제왕의 성덕(聖德)과 태평성
세를 상징하는 것이었다.
　〈구나행〉에서 구역의식이 다 끝나는 마지막 대목에 백수(百獸)가

---

16) 《書經》 ; 夔曰 ; '予擊石拊石, 百獸率舞.'

나와 춤추며 놀이를 한 것은 역시 구사(驅邪)가 다 이루어지고 영상
(迎祥)이 잘되어 세상이 깨끗하고 살기 좋은 곳이 되었음을 뜻하는
것이라 할 수 있다.

4. 당희를 통해 본 호무(胡舞)와 처용무(處容舞)

〈구나행〉에 보이는 호무에 관한 서술은 다음과 같다.

서쪽 하늘의 정령(精靈)인 호인이 있는데
피부가 검은 자도 있고 노란 자도 있으나 눈은 파랗게 빛나네.
그 중 늙은이는 구부정하면서도 키가 큰데
사람들은 모두 남극성일 거라며 경탄하네.
金天之精有古月, 或黑或黃目青熒.
其中老者傴而長, 衆共驚嗟南極星.

당대에는 서량기(西涼伎)·호등무(胡騰舞)·소막차(蘇莫遮)·훈탈
(渾脫)·발두(撥頭)·농바라문(弄婆羅門) 등 여러 가지 호희가 유행
하였으나, 무엇보다도 〈구나행〉의 호희에 가깝다고 보이는 것은 남북
조시대(南北朝時代)부터 당대에 이르도록 유행한 〈상운악(上雲樂)〉17)
에 나오는 노호(老胡)의 가무이다. 이백(李白, 701~762)의 〈상운
악〉 시에서는 이렇게 읊고 있다.

---

17) 南朝에 생겨나 唐代까지도 유행하였다. 郭茂倩 《樂府詩集》 卷51 淸商
曲辭에는 梁 武帝와 周捨 및 唐代의 李白·李賀 등의 上雲樂 歌辭가
收錄되어 있다.

서쪽 하늘의 서편, 해가 지는 곳,
문강(文康)이라는 늙은 오랑캐가 아기로,
그곳 월굴에서 태어났다네.……
해와 달이 처음 생겨나는 것을 보고서,
불의 정기와 수은을 부어서 만들었다네.
金天之西, 白日所沒, 康老胡雛, 生彼月窟. ……
云見日月初生時, 鑄冶火精與水銀.

이는 〈구나행〉의 첫 구와 매우 가깝다. 그리고 '월굴'에서 태어나고 해와 달이 처음 생겨날 때 그를 만들었다 해서, 일부러 '호(胡)'자를 '고월(古月)'이라 파자(破字)를 하여 표현한 듯하다. 그리고 '불의 정기'를 부어서 만들어졌으니 '금천지정(金天之精)'이라 할만하다.

양(梁)나라 주사(周捨)의 〈상운악〉에선 노호(老胡)의 모습을 형용하며 '청안완완(靑眼똠똠)'이라 하였고, 이백은

두 눈동자는 푸른 옥이 빛나는 듯하고,
황금빛 꾸불꾸불한 머리의 양편 귀밑머리는 붉네.
碧玉炅炅雙目瞳, 黃金拳拳兩鬢[18]紅.

라고 하였다. 〈구나행〉 둘째 구에서 '목청형(目靑熒)'이라 한 점은 모두 통한다. 다만 '혹흑혹황(或黑或黃)'이 무엇을 형용한 말인지 분명치 않다. 얼굴 피부색일 가능성이 가장 많으니, 이 호무에 등장하는 호인은 한 사람이 아니다. 그리고 다음 구에도 '기중노자(其中老者)'라 했으니 호무에 등장하는 인물이 한 사람이 아님은 분명하다.

---

18) 兩鬢 ; '鬢髮'로 되어있는 판본도 있다.

주사(周捨)는 '서쪽의 노호는 그 이름이 문강이다(西方老胡, 厥名文康.)'라고 하였고, 이백은 '강로호추(康老胡雛)'라 하였으니, 〈구나행〉에서 말한 '기중노자(其中老者)'는 〈상운악〉의 주인공인 노호 문강(文康)과 비슷하다. 다만 그 모습을 '구이장(傴而長)'이라 했는데, 늙었으니 허리가 약간 구부정할 것이고, 서역 사람이니 대체로 키가 컸을 것이다. 이색은 〈제장입성(諸將入城)〉 시에서도 산대회(山臺戱)를 묘사하며 '오랑캐 손님의 허리는 길고 춤추는 소매 돌아간다(胡客腰長舞袖回)'고 했으니, 역시 그곳의 호인도 몸이 '구이장(傴而長)'하여 '허리가 길게' 보였던 것으로 추측된다.

주사는 노호가 '목숨은 남산과 같고, 뜻은 금강과 같다(壽如南山, 志若金剛)'고 하였고, 이백은

> 생사에 끝내 다함이 없으니,
> 그 누가 이 오랑캐 진실한 신선임을 밝히겠는가?
> 生死了不盡, 誰明此胡是仙眞.

라고 읊고 있다. 〈구나행〉 넷째 구에 보이는 남극성(南極星)은 수성(壽星)[19]으로 남극 노인(南極老人)이라고도 부른다. 〈상운악〉에 등장하는 노호가 '수명이 남산 같고' '생사에 끝내 다함이 없다'했으니, 역시 일반 사람들은 이 사람은 남극노인이 아닐까하고 놀라 감탄할 만하다.

〈구나행〉의 다음 두 구는 놀이 성격을 이해하기 쉽지 않다.

> 강남의 장사꾼 이상한 말 지껄이는데
> 진퇴의 민첩함은 바람 속의 반딧불이 같네.

---

19) 壽星은 이미 《史記》 封禪書에도 보인다.

江南賈客語侏離, 進退輕捷風中螢.

그런데 곽무천(郭茂倩)의 《악부시집(樂府詩集)》권51 상운악(上雲
樂)의 해제(解題)에서는 《고금악록(古今樂錄)》을 인용하여

　상운악 일곱 곡은 양무제(梁武帝)가 지어 서곡(西曲)을 대신한
것이다.

라고 하였고, 다시 권50 강남롱(江南弄)의 해제에서는 역시 《고금악
록》을 인용하여

　무제(武帝 ; 梁)가 서곡(西曲)을 고치어 강남상운악(江南上雲樂)
열네 곡과 강남롱(江南弄) 일곱 곡을 지었다.

라고 하였다. 또 같은 시대에는 제무제(齊武帝)가 작곡했다는 고객악
(估客樂) 또는 고객악(賈客樂)도 유행하였다.[20] 강남(江南)과 고객
(賈客)은 모두 〈상운악〉과 밀접한 관계가 있다. 그리고 강남롱(江南
弄)이나 고객악은 당대 시인들도 많이 읊고 있으니, 그에 관한 가무
는 당대까지도 전해졌음을 알 수 있다.
　이들은 〈상운악〉과 모두 간접적인 관련이 있으니, 후세의 〈상운악〉
에 이 '강남롱'이나 '고객악'이 끼어들게 되었던 듯하다. 주사의 〈상운
악〉에선 '문도종후(門徒從後)' '종자소자(從者小子)'란 구절이 보이니
몇 명의 종자들이 노호를 따라 출연하였다. 당대에 연출된 〈서량기
(西涼伎)〉는 〈상운악〉을 그 시대에 맞도록 개조한 것인데, 백거이(白

---

20) 估客樂·賈客樂은 모두 西曲歌에 속하는 歌舞로 《樂府詩集》卷48 西
　　曲歌 中 속에 收錄되어 있다.

居易, 772~846)의 〈서량기〉 시에도 주인공 호인 이외에 치사(致辭)
를 하는 호아(胡兒)와 양주(涼州)가 외적(外敵)에게 함락되었음을 알
리는 자가 따로 있다. '강남고객'이 '어주리(語侏離)' 곧 '알아들을 수
없는 오랑캐 말을 한다' 했으니 역시 노호의 종자나 다름없다. 원진
(元稹, 779~831)의 〈서량기〉 시에선

> 사자가 몸을 흔들며 채색이 빛나는 털을 세우고
> 취하여 호등무를 추는 모습은 근육과 뼈가 부드러운 듯하네.
> 獅子搖光毛彩豎, 胡騰醉舞筋骨柔.

라고 사자춤과 함께 호등무(胡騰舞)라는 오랑캐춤을 춘다 했는데, 이
단(李端, 785 전후)의 〈호등아(胡騰兒)〉 시에서도 '호등무'를 추는 양
주아(涼州兒)가 '장막 앞에 꿇어앉아 자기 고장 말을 한다(帳前跪作
本音語)' 하였다.
   다시 유언사(劉言史, 742?~813?)의 〈왕중승댁야관무호등시(王中
丞宅夜觀舞胡騰詩)〉를 보면 석국(石國)의 호아(胡兒)가 '술통 앞에
몸을 웅크리고 춤을 추는데 날래기가 새와 같다(蹲舞尊前急如鳥)'고
하였고, 이단(李端)도 '삥 돌며 달리고 급히 걷어차기도 하는 것이 모
두 절박(節拍)에 맞네(環行急蹴皆應節)'하고 읊고 있으니, 이들의 춤
추는 동작은 말을 바꾸면 '진퇴경첩풍중형(進退輕捷風中螢)'이라고도
할 만하다.
   그러나 이 강남 장사꾼의 가무는 〈상운악〉과 별도로 독립된 놀이였
을 가능성도 적지 않다. 어떻든 여말(麗末)에 나례를 완전히 나희라
부를 수 있을만한 성격으로 바꾸면서, 그 놀이에 〈상운악〉 비슷한 가
무희를 도입한 것이 분명하다.
   끝으로 〈구나행〉의 처용무 대목은 다음과 같다.

신라 처용은 칠보 장식했는데,
꽃가지 머리 위에 늘어져 향기로운 이슬방울 떨어지는 듯.
낮게 긴 소매 휘두르며 태평을 춤추는데,
취한 얼굴처럼 붉으니 아직도 술 덜 깬 듯.
新羅處容帶七寶, 花枝壓頭香露零.
低回長袖舞太平, 醉臉爛赤猶未醒.

이 처용이 중국의 종규 영향을 받았을 가능성과 그 유사점은 이미
졸고 〈종규(鐘馗)의 변화 발전과 처용(處容)〉[21]에서 자세히 논하였으
니 이곳에서는 간단한 설명으로 끝내려 한다. 우선 종규 설화는 당
현종(玄宗) 개원 연간(開元年間, 719~741)에 생겨난 것으로 전하는
데, 처용은 그보다 백여 년 늦은 신라 헌강왕(憲康王, 875~886 재
위) 때에 생겨난 것으로 전한다. 그리고 이들은 먼저 문신(門神)으로
등장하고, 뒤에 와서 방상씨를 밀어내고 구나의 주역으로 활동한다.

그리고 위의 첫 구에 '대칠보(帶七寶)'라 했는데, 칠보 장식은 알
수 없지만 종규도 처음부터 황제를 역귀(疫鬼)로부터 보호하기 위하
여 등장하므로 관대(冠帶)를 착용하였다. 명 주유돈(朱有燉, 1379~
1439)의 〈복록수선관경회(福祿壽仙官慶會)〉란 잡극을 보면 종규가
긴 소매의 포(袍)를 입고 오각황금대(五角黃金帶)를 두르고 있다.

다만 두 번째 구의 처용처럼 종규는 머리에 많은 꽃을 꽂지는 않고
있다. 그러나 고려 때에도 처용이 《악학궤범》의 경우와 같이 모란(牡
丹)과 도실지(桃實枝)를 꽂았을 것이니, 이는 중국사람들이 도실지는
벽사(辟邪)를 하고 모란은 진경(進慶)을 한다고 믿었던 것과 관계가

---

21) 高大 《亞細亞硏究》 8卷 9號(1965) 原載, 拙著 《한·중 두 나라의 가무
와 잡희》, 1994, 서울大出版部 刊 收錄.

전혀 없지는 않으리라 여겨진다.

세 번째 구에서 '저회장수(低回長袖)'라 했는데, 종규도 대부분의 경우 소매가 긴 포(袍)를 입었으니 비슷하고, 그런 옷을 입고 춤을 추니 '무태평(舞太平)'의 형용일 수밖에 없을 것이다.

끝 구에선 '취검난적(醉臉爛赤)'이라 했는데, 종규의 얼굴과 수염, 머리 등도 붉은 경우가 대부분이다.22) 돈황문권(敦煌文卷) p. 2055 〈제석종규구나문(除夕鐘馗驅儺文)〉을 보면 '온통 주사를 쓴 듯 빨간 색으로 꾸며졌으니, 감히 나는 종규라 일컬어진다네(盡使朱砂雜赤, 敢稱我是鐘馗)'라 했으니, 종규는 얼굴뿐만이 아니라 옷까지도 붉은 계통의 것이 주조를 이루었던 듯하다.

5. 맺는 말

이상 대체로 당희를 중심으로 한 중국 쪽 방향에서 이색의 〈구나행〉의 성격과 중국의 그것들과의 유사성을 따져 보았다. 백거이(白居易)의 〈서량기〉 시 첫머리에 '가면 쓴 호인이 가짜 사자 모는데, 나무 깎아 머리 만들고 실로 꼬리 만들었네(假面胡人假獅子, 刻木爲頭絲作尾)'라 했으니, 〈상운악〉과 함께 〈구나행〉의 가무희도 모두가 가면희(假面戱)였다고 보아야 한다.

대체로 여말 나희의 변화는 중국의 변화를 따른 것이고, 그 변화된 가무나 잡희들도 당희 또는 중국의 것들과 밀접한 관계가 있음을 알 수 있다. 그리고 나례가 나희로 변화 발전하면서 〈구나행〉의 가무잡희들은 구나(驅儺)의 뜻뿐만이 아니라 영상(迎祥)의 뜻도 함께 담아

---

22) 元 無名氏 《太乙仙夜斷桃符記》, 明 無名氏 《慶豐年五鬼鬧鐘馗》 참고.

天地之動何冥冥　有善有惡絲流形　或為禎祥或為祅
爍雜糅宣得人心　寧辟除邪惡古有禮　十又二神恒
赫靈國家大置屛障房歲歲　掌行淸內庭黃門侲子
拜相連裾去不祥如迅　遷司平有府備巡警烈士成
林皆五丁忠義旴激伐屛障畢　陳怪詭趨羣倫舞五
方鬼踊白澤吐出四　祿呑靑萍金天之精有古月或
黑或黃目靑鬓其中老者　傴而長衆共驚差南極星
江南賈客語侏離進退輕捷風中蝥　新羅慶客帶七
寶花枝蹙頭香露零低回長袖舞太平醉臉爛赤猩
未醒黃犬踏碓龍爭珠踯踯　百獸如堯庭
歲辛救臣寺進千嶺海東天子古樂府頭紺一童傳
君王端拱八　九殿群臣侍立圍跁侍中稱觴上萬
汗靑病餘無力阻趑班破窗盡日風冷冷

驅儺行 閭之敬憺 送史憺

참고 〈구나행〉 본문

연출한 것임을 알 수 있다. 그리고 가무는 말할 것도 없고 간단한 잡기에도 모두 구나나 영상의 뜻이 뚜렷함을 알 수가 있었다.

　이 소론이 여말 나희의 발전 변화와 그 영향관계를 규명하는 데 조금이라도 도움이 되었기를 바란다. 이 글은 고려의 나희가 전적으로 중국의 영향 아래 발전하였다고 주장하기 위하여 쓴 것이 아님을 분명히 밝혀둔다. 다만 필자의 전공을 근거로 중국의 것들을 바탕으로 하여 본다면 〈구나행〉의 성격이 어떻게 보이는가, 그 성격의 일부로 어떤 것이 드러나는가를 밝혀보고자 한 것이다.

4. 현대 중국의 탈놀이 나희(儺戱)

1. 중국 탈놀이의 대두

중국에서는 근년에 이르러 나희(儺戱) 또는 나문화(儺文化)란 이름 아래 다시 탈놀이에 대한 관심과 연구가 열기를 띠고 있다. 본시 중국학자들은 중국의 전통 연극이라면 원잡극(元雜劇)·명전기(明傳奇) 및 청(淸)대의 경희(京戱)를 위시한 지방희(地方戱) 같은 이른바 대희(大戱)만을 생각해 왔고, 이전의 '가무희'나 '탈놀이'에 대한 관심은 거의 버려져 있었다. 그러다가 근년에 이르러 여러 지방 민간에 전해지고 있는 탈놀이인 '나희'를 새삼 발견하고는, 그에 대한 연구의 필요성과 그 문화사적 의의가 강조되기 시작하였다. 1987년 가을 중국문련(中國文聯)의 주석(主席)이었던 극작가인 조우(曹禺, 1910~1997)가 귀주민족민간나희면구전(貴州民族民間儺戱面具展)을 보고 나서

기적이다! 장성(長城)이 우리의 기적이라면 '나희'도 우리의 기적이니, 중국에 또 하나의 기적이 많아진 것이다. 이 전람회를 보고 나서 나는 중국의 희극사(戱劇史)를 다시 고쳐 써야만 한다고 생각하게 되었다.[1]

라고 하였다 한다. 이것은 근래 중국 희극학계의 '나희'에 대한 반응을 잘 설명해 주는 것이다. 이러한 중국의 '나문화열(儺文化熱)'은 중국에만 국한되지 않고, 몇 차례의 '나희'에 대한 국제 학술대회를 통하여 널리 밖으로까지 번져, 지금은 대만·일본을 비롯하여 서양의 중국문학계까지도 크게 파급되고 있다.

탈놀이인 '나희'에 관한 논문은 중국에서 1982년에 시작하여 1990년에 이르는 사이 전국에서 간행되는 여러 가지 학술잡지에 400여 편이 넘는 수량이 발표되었고, 이에 관한 총서(叢書)와 전문연구서 및 참고서적들은 1987년에서 1990년 사이에 25종이 나왔다고 한다. 이것은 곧 중국의 '나희'에 관한 연구가 1982년에 시작되었고, 또 '나희'의 연구 열기는 1987년 무렵부터 고조되었음을 뜻하는 것으로 보아도 될 것이다. 1986년 귀주(貴州)에서 가장 먼저 본격적인 '탈'과 '탈놀이'에 관한 자료의 수집과 정리가 시작되었고, 1988년 11월에는 정식으로 중국나희학연구회(中國儺戲學硏究會)가 설립되었다고 한다.2)

대만의 청화(淸華)대학 역사연구소에서 왕추계(王秋桂) 교수 중심으로 편집되어 나온 《중국나희나문화통신(中國儺戲儺文化通訊)》 제1기(1992.3 간행) 제2기(1993.6 간행)에는 그 사이 나온 '나희'에 관한 논문·저서·회의·조사보고 등에 관한 자료가 퍽 소상히 실려 있다. 그리고 왕추계 교수가 편집을 담당하고 있는 《민속곡예(民俗曲藝)》지(財團法人施合鄭民俗文化基金會 발행)에서는 그 사이에 중국에서 발굴된 '나희'에 관한 자료와 연구성과 등을 계속 출판하고 있다.

중국과는 달리 착실히 우리의 탈놀이를 조사 연구해 온 한국의 학

---

1) 庹修明, 〈中國儺文化發掘展覽與硏究成果及意向〉(《中國儺戲儺文化專輯》下, 臺北 《民俗曲藝》69期, 1991) 의거.

2) 이상, 《中國儺戲儺文化專輯》上, 庹修明의 〈前言〉 의거.

계로서는, 앞으로 세계의 탈놀이에 관한 연구와 이해를 위하여 크게
공헌할 수 있을 것으로 믿는다. 중국의 희극학자들은 근래에 와서야
한국의 필자가 이미 1960년대 초에 〈나례(儺禮)와 잡희(雜戲)〉³)를
비롯하여 여러 편의 '나희'에 관한 논문을 발표하고 있음을 발견하고
는 모두 크게 놀라고 있다.⁴) 그뿐 아니라 탈놀이를 '나희'란 말로 부
르기 시작한 것도 실은 중국이 아니라 우리나라인 듯도 하다.⁵)

처음에는 귀주(貴州)·호남(湖南) 지방의 탈놀이인 '나희'가 학자들
의 관심을 불러일으켰으나, 일단 관심을 갖고 조사와 연구를 시작하
고 보니 중국의 거의 모든 지방에 '나희'가 전래되고 있음을 확인하게
되었다. 중국의 탈놀이는 그 종류와 성격이 다양하지만, 무엇보다도
지금 우리의 관심을 끄는 것은 그것이 이전의 중국의 정통연극이라
할 수 있는 '가무희'의 전통을 계승하고 있다는 점이다.

이 때문에 조우(曹禺)도 '중국의 희극사는 다시 쓰여져야만 한다'
고 했을 것이다. 그러나 지금 중국의 탈놀이는 미처 제대로 조사·
정리되지도 못하였고, 많은 종류의 것들이 전승자가 없어 급속도로
사라져 가고 있는 안타까운 현실이다. 보다 적극적인 조사 연구가
절실히 요구되는 시점이다.

---

3) 《亞細亞研究》6卷 2號(高大 亞細亞問題研究所, 1963) 所載. 中國語譯
  《民俗曲藝》第38期, 臺北刊. 日本語譯《朝鮮研究年譜》第6號, 日本 京
  都刊. 그리고 1996년 5월 中國戲曲學會에서 발행하는 《中華戲曲》總第
  18輯에도 다시 이 論文이 번역되어 실렸다.
4) 김학주, 《한·중 두 나라의 가무와 잡희》(서울대학교 출판부, 1994) 참
  고 바람.
5) 《高麗史》卷36 忠惠王四年五月條에 '王置酒觀儺戲'란 기록이 있음.

2. 중국 탈놀이의 발생

중국에는 지금으로부터 3천여 년 전의 상(商)나라 때 이미 탈이 존재하였고, 탈놀이도 행해지고 있었을 가능성이 많다. 주화빈(周華斌)은 미국의 시애틀 미술관과 시카고 예술학원에 소장되어 있는 청동가면이 상나라 말엽 또는 주(周)나라 초기의 것임을 고증하였는데,[6] 그것은 1936년 중앙연구원(中央硏究院)에서 은허(殷墟)를 발굴할 때 출토되었던 가면의 일부가 아닐까 한다. 다시 1955년부터 1976년에 이르는 기간에 섬서성(陝西省) 성고(城固) 지구에서도 은상(殷商)대의 청동 가면이 연이어 48개나 출토되었다.[7] 섬서성 양현(洋縣)과 서안(西安)의 노우파(老牛坡) 등지에서도 역시 은상대 청동 가면이 출토되었다.[8]

다시 1986년에는 사천성(四川省) 광한(廣漢) 삼성퇴(三星堆)에서도 여러 개의 은상대 청동 가면이 발굴되었는데, 그 중에는 순금을 얇게 입힌 가면도 한 개가 있다. 이것들은 지금 사천성 성도(成都)의 사천성박물원(四川省博物院)에 소장되어 있는데, 가장 큰 가면은 너비 168cm, 높이 80여cm의 것이며, 그밖에 보통 크기의 것 7, 8개가 있다.[9] 이들 청동으로 만든 탈들은 대체로 놀이에 쓰였던 것이 아니라 제의(祭儀)에 사용된 것이었을 가능성이 많다. 상나라 시대의 갑골문(甲骨文)이나 금문(金文)에도 가면을 뜻하는 글자들이 있다.[10]

---

6) 周華斌, 〈商周古面具和方相氏驅鬼〉(《中華戲曲》第6輯, 1988 所載).

7) 《考古》第3期(1980), 〈陝西省城固縣出土殷商銅器整理簡報〉.

8) 《文物》第6期(1988), 〈西安老牛坡商代墓地的發掘〉.

9) 《文物》第10期(1987), 〈廣漢三星堆遺址一號祭祀坑發掘簡報〉.

10) 김학주, 《중국 고대의 가무희》(명문당, 2001. 개정증보판) 제2장 3절

그보다도 중국에는 무(巫)가 상당히 일찍부터 활약하여, 옛날 제정일치(祭政一致)의 시대에는 '무'의 사회적인 지위가 상당히 높았다. 하(夏)·상(商)대만 하더라도 '임금과 관리가 모두 '무'에서 나왔고', '축(祝)·종(宗)·복(卜)·사(史) 등의 여러 관원도 모두가 '무'의 변체(變體)로서, 모두 '무'로부터 나온 것이다'[11]고 추측되고 있다. 옛날 춤의 기본 보법(步法)인 '무보(舞步)'는 '우보(禹步)'에서 나왔고, 뒤에 그것이 '무보(巫步)' 또는 '무도(巫跳)'로 발전했다고도 한다.[12]

그리고 《서경(書經)》 상서(尙書) 이훈(伊訓)을 보면 탕(湯)임금의 재상 이윤(伊尹)은 술 마시고 춤추며 놀이하는 무풍(巫風)을 경계하는 말을 하고 있다. 또 상나라 태무(太戊)임금 때의 재상으로 무함(巫咸), 조을(祖乙) 때의 재상으로 무현(巫賢)이 있었는데,[13] 이들은 모두가 '무'였음이 분명한 인물들이다. 그리고 상나라 때의 유물로 유명한 갑골문(甲骨文)도 모두 점치는 습속에서 남겨진 것들인데, 점복(占卜)은 '무'의 중요한 직책 중의 하나였다.

이상 살펴본 바와 같이 상나라 때에는 '무'가 대단히 행세하였으니, 자연히 세상에는 무당춤인 '무무(巫舞)'가 성행하고, 이에 따라 탈이 있었으니 탈을 쓰고 신에게 제사를 지내면서 가무(歌舞)를 하는 간단한 탈놀이도 이미 존재했을 가능성이 많다.

그러나 본격적인 탈놀이에 관한 기록이 보이는 것은 주(周)나라 시대부터이다. 《예기(禮記)》 권15 월령(月令)의 기록에 의하면 주나라 때에는 봄·가을과 늦겨울에 재난과 역귀(疫鬼)를 물리치기 위하여 '나(儺)'라는 행사를 하였다. 《주례(周禮)》·《논어(論語)》·《여씨춘추

참조.

11) 李宗侗, 《中國古代社會史》(臺北, 華岡出版社, 1954) 의거.

12) 揚雄, 《法言》 衆黎편. 李軌의 注 참조

13) 《書經》 周書 君奭편.

〈呂氏春秋〉〉와 《회남자(淮南子)》 등에도 이 주나라 시대의 '나'라는 탈놀이 행사에 대한 기록이 보인다. 《주례》 권31 하관사마제4(夏官司馬第四)에는 다음과 같은 기록이 있다.

방상씨(方相氏)는 곰 가죽을 뒤집어쓰고, 황금빛의 네 눈을 지녔으며, 검은 저고리에 붉은 치마를 입고, 창을 들고 방패를 가지고서 백예(百隷)를 거느리고 철에 따라 '나'를 행함으로써 집안을 뒤져 역귀(疫鬼)를 몰아내었다.

이에 따르면 '나'라는 탈놀이의 주인공은 황금의 눈이 네 개 달린 탈을 쓰고 곰 가죽을 몸에 덮어 쓴 방상씨(方相氏)였음을 알 수 있다. 《논어》 향당(鄕黨)편에는 공자(孔子)가 민간의 '향나(鄕儺)'를 구경하는 기록이 실려 있으니, 이미 주나라 때부터 궁중뿐만이 아니라 민간에 이르기까지도 '나'라는 의식은 널리 행해지고 있었음을 알 수 있다.

이 '나'라는 행사는 연말의 '대나(大儺)'를 중심으로 하여 한(漢)대에서 위진(魏晉)·남북조(南北朝)를 거쳐 당(唐)나라에 이르기까지 계속 발전한다. 그리고 후세의 《후한서(後漢書)》예의지(禮儀志) 등의 기록을 보면 '대나(大儺)'에는 방상씨뿐만이 아니라 진자(侲子) 120명, 12수(獸)·12신(神) 등이 모두 탈을 쓰고 등장하여 함께 어우러져 역귀(疫鬼)를 쫓아내는 의식과 함께 노래와 춤을 섞어가며 놀이를 하고 있다. 이를 미루어 볼 때 주나라 때부터 방상씨 이외에도 상당히 여러 명의 탈을 쓴 사람들이 '나'라는 탈놀이에 참여했었음을 짐작할 수 있다.

어떻든 이 '나'라는 연말 행사가 후세로 올수록 더욱 놀이의 성격을 짙게 띠면서 여러 가지 다른 형태로 발전하여 갔다. 진(晉)나라 종름

(宗懍, 500~563 전후)의 《형초세시기(荊楚歲時記)》를 보면 다음과
같은 기록이 있다.

> 12월 8일은 납일(臘日)이다. 속담에 이르기를 납일의 북소리가
> 울리면 봄풀이 돋아난다 하였다. 마을 사람들은 모두 장구를 치며
> 탈을 쓰고 금강역사(金剛力士) 모습을 하고서 역귀를 쫓아내었다.

이에 따르면 이미 진(晉)대에도 민간의 '향나'는 지역에 따라 크게
변화하여, 방상씨가 아닌 불교의 신인 금강역사(金剛力士)가 주인공
이 되어 역귀를 쫓아내는 탈놀이를 하기도 하였음을 알 수 있다. '나'
의 등장인물이 바뀌고 탈놀이로서의 연출 내용도 여러 가지로 다양해
졌음을 미루어 알게 된다.

한편 이 '나'라는 탈놀이의 영향 아래 중국에는 선진(先秦) 시대부
터 노래와 춤으로 간단한 고사(故事)를 연출하는 여러 가지 '가무희
(歌舞戱)'가 성행한다. 이 '가무희'는 한(漢)대 이후로 더욱 발전하여
당(唐)대에 이르기까지 전통적인 중국의 연극으로 자리를 잡게 된다.
한대의 '동해황공(東海黃公)'·'공막무(公莫舞)'·'관동유현녀(關東有
賢女)' 등을 비롯하여, 위(魏)·진(晉)대의 '요동요부(遼東妖婦)'·'왕
명군(王明君)', 남북조시대의 '상운악(上雲樂)'·'답요낭(踏搖娘)'·'난
릉왕(蘭陵王)' 등 여러 극종(劇種)의 연출이 알려져 있다.14) 그리고
이들 '가무희'는 탈놀이가 그 중심을 이루고 있는 것이 특징이다.

이러한 탈놀이를 중심으로 하는 '가무희'는 수(隋)·당(唐)으로 이
어지면서 더욱 다양한 발전을 이룬다.15) 여하튼 지금 중국에서는 자

---

14) 김학주, 《중국 고대의 가무희》 참조.
15) 任半塘, 《唐戱弄》 참조.

기네 탈놀이를 보통 '나희(儺戲)'라 부르는데, 그것은 옛날 역귀를 쫓
아내던 행사인 '나'에 뿌리를 두고 있는 탈놀이를 주종으로 하여, 그
밖에 파생되어 발전한 자기네 탈놀이를 모두 포괄하는 뜻으로 쓰고
있다.

3. 중국 탈놀이의 발전

중국의 '가무희'는 당(唐)대로 들어와 '안사(安史)의 난'이 일어난
이후 중당(中唐, 756~835) 때에 와서 성격상의 큰 변화를 일으키기
시작하였다. 첫째로 '가무희'의 중심을 이루어왔던 탈놀이가 표면상
사라지기 시작하였고, 둘째로 후세 중국 희곡에 널리 쓰이게 된 여러
가지 정식(程式)들이 이루어지기 시작했다는 것이다. 중당 때에 유행
한 가무희를 보면 '서량기(西凉伎)'만이 탈놀이이고, 그밖의 한세(旱
稅)·의양주(義陽主)·유벽책매(劉闢責買) 등이 모두 탈과 무관하다.
이에 따라 탈놀이는 다시 각 지방의 '나' 속으로 숨어들어 민간에서만
주로 성행되기 시작하였던 듯 하다.

한편 '가무희'에 생겨나기 시작한 정식(程式)은 송(宋)대에 이르기
까지 계속 발전하여 송잡극(宋雜劇)과 금원본(金院本)이라는 소희(小
戲)로서는 최고로 정식이 발달한 형식의 가무희를 이룬다. '송잡극'은
일장양단(一場兩段)으로 이루어지는데, 이는 염단(艷段)과 정잡극(正
雜劇) 2단을 뜻한다. 후에 다시 산단(散段)이 덧붙여졌으니, 뒤의 원
잡극(元雜劇) 4절(折)과 비슷한 형식의 가무희가 된 것이다. '금원본'
에는 염단(艷段)이 있었다는 기록밖에 없으나 여러 가지 정황으로 미
루어 그 정식은 송잡극에 뒤지지 않았을 것이다. '송잡극'과 '금원본'
에는 그밖에 여러 가지 각색(脚色) 이름도 갖추어져 있었으니, 바로

뒤이어 등장하는 원잡극(元雜劇) 등 대희(大戲)가 지닌 정식(程式)의 기본은 이미 송·금에서 이루어졌음을 알게 된다.

중당(中唐)대에 와서는 '가무희'뿐만이 아니라 '나' 자체에도 변화가 더욱 두드러지기 시작한다. 중당대의 기록임이 확실한 돈황문권(敦煌文卷)에는 대나(大儺)의 구역신(驅疫神)으로 방상씨가 아닌 종규(鍾馗)가 등장하였음을 알려주는 〈제석종규구나문(除夕鍾馗驅儺文)〉(p. 2055) 등이 있다. '종규'는 대체로 현종(玄宗)의 개원(開元) 연간(713~741)부터 문신(門神)으로 중국 민속에 자리잡은 신의 이름이다. '종규'와 함께 백택(白澤)[16]이란 신수(神獸)[17]도 등장하고 화요(火祅)도 구나(驅儺)에 참가하며[18] 아랑위(兒郎偉) 구나에 대한 기록은 여러 곳에 보인다.[19]

또 돈황사본에는 〈진야호사(進夜胡詞)〉 3수(p. 3468)가 있는데, 잔문(殘文)이기는 하나 당대 구나(驅儺)의 모습을 비교적 상세히 서술한 내용이다. 그 첫째와 둘째 글만 보더라도 수많은 귀신들이 등장하고 있으니, '나'의 성격이 여기에서 크게 달라졌었음을 확인할 수가 있다. 셋째 글에서는 못된 귀신을 백성들을 고난으로 몰아넣는 이족(異族)에 비유하고 있으니, 이는 중당 이후의 시대상을 반영하는 것으로 보인다. 뒤에 얘기할 송(宋)대 민간의 '타야호(打夜胡)'도 여기에서 나온 것인 듯하다.

송대로 들어와서는 이 '나'의 성격 변화가 더욱 두드러진다. 맹원로

---

16) 白澤은 중국의 전설에서 귀신에 관하여 잘 안다는 神獸임. 宋 張君房 《雲笈七籤》 卷100 등 참조.

17) 敦煌文卷 p. 3552 참조.

18) 敦煌文卷 p. 3552 참조.

19) 敦煌文卷 p. 3270, p. 4011, p. 3552, p. 4976 등. 兒郎偉는 偉兒郎으로 역귀를 쫓아내는 용감한 남자 이름이라 보는 이도 있다.

(孟元老, 1126 전후)의 《동경몽화록(東京夢華錄)》권10 제석(除夕)
의 궁중 대나(大儺)에 관한 기록을 보면, 여러 사람들이 탈을 쓰고 장
군(將軍)·문신(門神)·판관(判官)·종규(鍾馗)·소매(小妹)·토지
(土地)·조신(竈神) 등으로 분장한 1000여 명이 나와 역귀를 쫓는 행
사를 하고 있다. 오자목(吳自牧, 1270 전후)의 《몽량록(夢粱錄)》권6
제야(除夜)의 궁중 대나의 기록에도 여러 사람들이 탈을 쓰고 장군
(將軍)·부사(符使)·판관(判官)·종규(鍾馗)·육정(六丁)·육갑(六
甲)·신병(神兵)·오방사귀(五方使鬼)·조군(竈君)·토지(土地)·문
호(門戶)·신위(神尉) 등으로 분장하고서 구수(驅祟)를 한다고 하
였다.

이처럼 중국의 '대나'가 중당 이후 변화를 일으키기 시작하여 이전
의 방상씨(方相氏)와 진자(侲子) 및 십이신(十二神)을 중심으로 행해
지던 것과는 완전히 다른 성격의 신들에 의하여 행해지는 것으로 변하
였던 것이다. 이러한 등장하는 신의 변화는 구나(驅儺) 의식은 물론
그 탈놀이로서의 성격이나 내용에도 곧 변화가 생겨났음을 뜻하는
것이다. 궁나(宮儺)뿐만이 아니라 민간의 '나'에도 큰 변화가 있었
다. 《몽량록》권6 십이월(十二月) 대목에는 다음과 같은 기록이 있다.

이날로 들어오면서 거리에는 가난한 거지 너댓 명이 한 무리가
되어, 신귀(神鬼)·판관(判官)·종규(鍾馗)·소매(小妹) 등의 형상
으로 분장하고서 징을 울리고 북을 치면서 집집마다 찾아다니며 돈
을 구걸하는데, 이를 타야호(打夜胡)라 불렀으며, 역시 구나(驅儺)
의 뜻을 지닌 것이다.

곧 민간에서는 이전의 '나'와는 달리 거지들에 의하여 '타야호'라는
탈놀이가 행해졌다는 것이다. 이 '타야호' 비슷한 습속은 후세 명

(明)·청(清)대에 이르기까지도 중국 각지에 계속 행해진다.

다시 육유(陸游, 1125~1210)의 《노학암필기(老學菴筆記)》에는 다음과 같은 기록이 있다.

> 정화(政和) 연간(1111~1117)의 대나(大儺)에 계부(桂府)에 탈을 진상하도록 명을 내렸다. 곧 한 죽이라면서 탈을 진상해 왔는데, 처음에는 너무 적어 의아해했는데, 알고 보니 그 한 죽은 800장이었고, 늙고 젊고 예쁘고 못생기고 한 것이 하나도 서로 비슷한 것이 없어서 그제서야 크게 놀랐다.

여기의 계부(桂府)란 지금의 광서(廣西) 계림(桂林)이다. 800종의 탈이 있었다는 것은 그 지역의 '나'에는 800명의 서로 다른 등장인물들이 탈놀이를 하였음을 뜻하는 말도 된다. 어떻든 중국의 '나'는 송대에는 궁중과 민간을 막론하고 여러 가지로 다양하게 발전하였음을 알 수 있다.

그러나 북송 말엽에는 대희(大戲)인 남희(南戲)가 생겨나고, 원(元)나라에는 잡극(雜劇)이 생겨나 성행하게 된다. 이미 북송 때부터도 중국의 북부 넓은 지역을 차지하고 있던 만주(滿洲)족의 금(金)나라와 뒤이어 일어나 온 중국을 지배하게 되었던 원나라 같은 이족(異族)의 지배층에서는 새로 생겨난 희문이나 잡극 같은 대희에서 놀이에 대한 그들의 욕구를 충족시키기 시작했던 듯 하다. 이에 따라 탈놀이는 말할 것도 없고 가무희를 중심으로 하는 '소희'들은 표면상 자취를 감추게 된다.

'대희'인 희문이나 잡극은 이족 지배계급의 욕구에 따라 그 연출양식이 귀족화한 것이었다. 명(明)나라는 한족(漢族)의 왕조였지만 그 지배계층들은 여전히 귀족화한 대희를 좋아하여, 희문을 좀더 발전시

킨 '전기(傳奇)'를 즐기게 된다. 청(淸)나라는 특히 가무(歌舞)를 좋아
하는 만주족의 왕조였기 때문에 대희는 더욱 크게 발전하여, 모든 지
방마다 제각기 자기네 지방희(地方戲)를 발전시켜 성행케 하는 지경
에 이르게 한다.

이에 따라 탈놀이는 민간으로 스며들어 특히 외진 지역에서만 전
승되는 것으로 물러났다. 중국에서는 도시는 말할 것도 없고 시골
마을까지도 모든 놀이의 욕구가 이 대희에 의하여 채워지게 된 것
이다. 옛날 민간기예(民間伎藝) 연출의 주요 무대였던 각 지방의
묘당(廟堂) 같은 데에서도 탈놀이를 비롯한 소희들은 모두 밀려나
고 그 지방의 지방희를 중심으로 하는 '대희'들이 그 자리를 차지하
게 되었다.

이에 따라 탈놀이 같은 것은 완전히 중국학자들의 관심 밖으로 밀
려나게 되었다. 대부분의 중국의 희곡을 연구하는 학자들은 중국에는
탈 같은 것은 거의 존재하지도 않은 것처럼 여겼었다. 대부분의 중국
의 종교나 민속을 연구하는 학자들은 중국에는 탈놀이인 나희(儺戲)
의 뒷받침이 되고 있는 무속(巫俗) 같은 것은 사라진 지 이미 오래인
것처럼 여겼었다.

그러다가 근년에 이르러서야 우연한 기회에 탈놀이인 '나희'를 외진
지역에서 새삼 발견하고, 이 탈놀이에 대한 관심과 연구가 열기를 띠
게 되었다. 이 중국 탈놀이에 대한 열기는 중국에만 국한되지 않고,
거의 해마다 한 두 차례 열리고 있는 '나희'에 관한 국제 학술회의를
통하여 널리 밖으로 번져, 지금은 대만·일본을 비롯하여 서양의 중
국 학계에까지도 크게 파급되고 있다.

4. 중국 탈놀이의 현황

탈놀이는 학자들이 일단 관심을 갖고 보니 곧 거의 중국 전역에 널리 행해지고 있음을 알게 되었다. 곡육을(曲六乙)은 중국 전체의 나문화권(儺文化圈)을 다음과 같은 여섯 가지로 분류하고 있는데,20) 이를 보아도 탈놀이가 중국에 얼마나 널리 전승되고 있는가 쉽사리 알 수 있게 된다.

1) 북방의 샤먼 문화권

중국의 동북부·북부·서북부지구. 옛 민족으로는 흉노(匈奴)·숙신(肅愼)·선비(鮮卑)·돌궐(突厥)·여진(女眞) 등이 활약한 지역이고, 지금은 만주·몽고·조선·에웬키[鄂溫克, Ewenki]·오로첸[鄂倫春, Oroqen]·헤쩐[赫哲, Hezhen]·시뻐[錫伯, Xibe]·다우르[達斡爾, Daur]·위구르[維吾爾, Uygur]·키르기스[柯爾克孜, Kirgiz]·카자흐[哈薩克, Kazah] 등의 부족이 있는데, 모두 샤먼을 믿었었다. 다만 위구르족·키르기스족·카자흐족 등은 점차 이슬람교로 종교가 바뀌었고, 몽고족은 원(元) 세조(世祖) 무렵부터 불교[黃敎]를 믿기 시작했다.

2) 중원나문화권(中原儺文化圈)

황하유역 중원문화(中原文化)의 중심지역으로, 지금의 감숙(甘肅)·섬서(陝西)·산서(山西)·하남(河南)·하북(河北) 등 한족(漢族)들이 사는 곳, 옛날의 '나'가 행해지던 고장이다.

---

20) 曲六乙 〈漫話儺文化圈的分佈與儺戲的生態環境〉 참조.

3) 파초문화권(巴楚文化圈)

운남(雲南)의 북부·귀주(貴州)의 대부분·사천(四川)·호남(湖南)·호북(湖北)·안휘(安徽)·강서(江西)·강소(江蘇) 등에 걸친 지역으로, 대체로 장강(長江) 유역의 지방이다. 현재로는 '나희'가 가장 성행하는 곳으로 알려져 있다. 이족(彝族)·토가족(土家族)·묘족(苗族)·흘로족(仡佬族)·동족(侗族)·포의족(布依族) 등이 한족(漢族)과 함께 섞여 살며 제각기 독특한 '나희'들을 지니고 있다.

4) 백월문화권(百越文化圈)

대체로 동남 연해와 주강(珠江) 유역 지방, 지금의 절강(浙江)·복건(福建)·대만(臺灣)·광동(廣東)·광서(廣西)와 운남(雲南) 및 귀주(貴州)의 일부 지역이다. 한족들과 함께 장족(壯族)·여족(黎族)·요족(瑤族)·사족(畲族)·동족(侗族)·묘족(苗族)·수족(水族)·마로족(僗佬族)·모남족(毛南族)·고산족(高山族) 등이 살며, 무속(巫俗)이 성행되고 있고, '나희'도 상당히 유행하고 있다.

5) 청장 '분'[21]불문화권(青藏 '苯'佛文化圈)

청해(青海)·서장(西藏)의 고원지대로, 장족(藏族)·문파족(門巴族)·낙파족(珞巴族) 등이 살고 있다. 장족(藏族)에겐 분교(苯敎)의 무속(巫俗)에 불교가 보태어졌으나, 문파·낙파족은 분교의 영향 아래 있다.

6) 서역나문화권(西域儺文化圈)

감숙(甘肅) 북부와 신강(新疆) 지역으로, 유명한 실크로드의 중간

---

21) '苯'은 苯敎 또는 苯波敎라고도 하며, 佛敎가 吐蕃에 들어오기 이전 青海·西藏의 고원지대에 살던 藏族이 믿은 '만물에 모두 靈이 있음을 믿는' 원시종교이며, 그들의 巫師를 苯波라 부른다.

지역이다. 세계의 각종 문화와 종교가 들어와 뒤섞이고, 수많은 민족과 종족들이 살고 있다.

그리고 지금까지 중국 각지에 행해지고 있는 탈놀이에 대하여 각 종류마다 개괄적인 설명을 해주고 있는 글로 타령(駝鈴)의 〈나희극종 자료휘편(儺戲劇種資料彙編)〉(《中國儺戲·儺文化專輯》下, 臺北, 民俗曲藝)이 있다. 거기에는 귀주(貴州) 이족(彝族)의 나희 '춰타이지 〔撮泰吉〕', 귀주 덕강(德江) 토가(土家)족의 '나당희(儺堂戲)' 등 지금 중국의 한(漢)족을 비롯한 56종의 민족 가운데 한(漢)·장(壯)·동(侗)·묘(苗)·토가(土家)·이(彝)·흘로(仡佬)·장(藏)·문파(門巴)·몽고(蒙古) 등의 부족이 보유하고 있는 총 40종의 탈놀이에 대하여 간략한 소개가 되어 있다.

중국에서 옛날 역귀를 쫓는 행사였던 '나'가 현재의 탈놀이인 '나희'로 발전한 데 대하여, 곡육을(曲六乙)은 다시 옛 민간 '나'의 종교적 배경도 무속(巫俗)이었다고 규정하고는 다음과 같은 설명을 하고 있다.

　무당이 귀신을 몰아내고 신을 공경하며 역귀를 쫓고 불행을 물리쳐 재난을 없애고 복이 들어오게 하는 종교적 제사활동을 '나' 또는 나제(儺祭)·나의(儺儀)라 부른다. 무당이 부르는 노래와 추는 춤을 나가(儺歌)와 나무(儺舞)라 부른다. '나희'란 바로 나가·나무의 기초 위에 출현한 것이다. '나'로부터 '나희'가 생겨나기 위해서 중국은 대단히 긴 세월을 보내야만 하였다. 일반적으로 한족지구(漢族地區)에 유행하는 각종 탈놀이인 '나희' 중에서 가장 빠른 것은 송(宋)대에 이루어졌고, 가장 늦은 것이라 하더라도 대략 1, 2백 년 전이라고 여기고 있다. 그러나 그 모체인 '나'는 역사의 흐름과 사회의 발전을 따라서 필연적으로 세 가지 중요한 전변(轉變)을 거쳐

야만 하였다. 이 세 가지 전변에다가 다시 또 다른 주관적·객관적 조건과 요인이 보태어져야만 비로소 '나희'가 형성될 가능성이 갖추어지게 되는 것이다.

그리고 그는 그 '세 가지 전변'으로써 다음 세 가지를 들고 자세한 설명을 가하고 있다.

① 사람의 '신화(神化)'로부터 신의 '인화(人化)'로의 전변

② 신을 즐겁게 하는 것으로부터 인간을 즐겁게 하는 것

③ 예술의 종교화로부터 종교의 예술화로의 전변22)

다시 곡육을(曲六乙)은 같은 논문에서 '나'로부터 발전하여 이루어진 '나희'의 기본적인 특징에 대하여 다음과 같이 다섯 가지를 들고 자세한 설명을 가하고 있다.

① '나희'는 여러 가지 종교문화의 혼합적인 산물이다.

② '나희'에는 상고시대로부터 근대에 이르는 여러 역사적 시기의 종교문화와 민간예술이 축적되고 침전되어 있다.

③ 가면은 '나희'에서 조형예술(造形藝術)의 중요한 수단이다.

④ 초기 '나희'의 연출자는 대부분 나사(儺師)들이 겸임하였다. 나제(儺祭)를 행하는 중에 희극성(戲劇性)을 지닌 인물이 나타날 때 나사(儺師)는 특히 종교와 희극의 두 가지 직분을 겸했었다. 뒤에 와서 연출되는 연극의 종류가 늘어나고 극 속의 인물도 많아지게 되자 적당히 비종교적인 활동을 하는 인원을 흡수하여 참가시키게 되었다.

⑤ 종교는 '나희'의 모체이며, '나희'는 종교의 부속물이어서, 종교는 '나희'에 생명을 부여하고 '나희'는 종교에 활력을 부여하였다.

---

22) 이상 曲六乙, 〈中國各民族儺戲的分類·特徵及其'活化石'價值〉(《中國儺文化論文選》, 貴州民族出版社, 所載) 참조.

곡육을은 아직 정식희극으로서의 품격을 갖추지 못하고 저급의 단계에 머물러 있는 '아나희(亞儺戲)'[23]를 제외한 정식 '나희'를 크게 다음과 같은 세 종류로 분류하였다.

첫째, 제사의 의식활동 내용에 속하는 가무의 소절목(小節目)으로, 호남(湖南)·귀주(貴州)·사천(四川) 지방의 '충나(沖儺)'의 제사활동 중의 〈출토지(出土地)〉·〈출개산(出開山)〉·〈도원동(桃源洞)〉·〈반사낭(搬師娘)〉·〈관공목요(關公牧妖)〉 등은 '충나(沖儺)' 제사활동의 필수적인 단계이며 과정이다. 이들을 노래하며 춤추는 제사활동에 점차 예술성분이 더 보태어져 후에 '나희'의 소절목을 이루게 된 것이다. 그것들의 특성은 '나희'가 제사와 하나로 뒤섞여 있어서, 그것은 '나희'인 동시에 제사의식이기도 한 것이다.

둘째, 나제(儺祭) 활동과 '나희'의 연출이 나뉘어져 행해지는 것으로 앞의 것은 초저녁, 뒤의 것은 밤늦게 진행된다. 초저녁의 제사활동에서 연출되던 〈출개산(出開山)〉 등은 '음희(陰戲)'라 부르며, 그것은 신령들에게 보이기 위하여 연출된 것이다. 밤늦게 놀이터에서 연출되는 극은 '양희(陽戲)'라 부르며, 그것은 사람들에게 보이기 위하여 연출된 것이다. '양희'의 극종은 대체로 세상의 전설을 제재로 한 것들로 〈맹강녀(孟姜女)〉·〈안안송래(安安送來)〉·〈유의전서(柳毅傳書)〉·〈유문룡(劉文龍)〉·〈포삼낭(鮑三娘)〉 같은 것들이 있다. 그 연출형식면에 있어서는 어느 정도 지방 희곡의 영향을 받고 있다.

셋째, 종교적인 제사와 철에 따른 민속활동과의 연관으로부터 완전

---

23) '亞儺戲'는 '前儺戲' '準儺戲'라 부를 수도 있으며, 아직 희극으로서의 독립된 품격을 갖추지 못한 儺戲의 雛形이라 曲六乙은 설명하고 있다. 그러나 이는 大戲에 젖은 중국학자의 선입관 때문이 아닐까 여겨지기도 한다.

히 벗어나 독립적으로 연출이 진행되는 것으로 귀주(貴州) 안순(安順) 지방의 여러 아마추어 지방희(地方戱)가 연출하는 〈양가장(楊家將)〉·〈설가장(薛家將)〉·〈와강채(瓦岡寨)〉와 〈삼국희(三國戱)〉 같은 것이 있는데, 모두 이미 종교적 제사내용과는 관계없고 그 분위기조차도 없어진 것이다. 예를 들면 호남(湖南)의 대용시희단(大庸市戱團) 같은 경우로, 그들은 일찍이 종교적 제사활동으로부터 이탈하여, 그들이 연출하는 여러 가지 극종(劇種)은 그 지방의 희곡극단(戱曲劇團)이 연출하는 것들과 같은 것이 되고 말았다.

이상 현대 중국의 탈놀이인 '나희'에 대하여 대체적인 상황을 살펴보았다. 그러나 이들 탈놀이는 많은 종류가 극히 외진 곳의 좁은 범위에 행해지는 것이 많기 때문에 아직도 제대로 조사 연구되지 못한 부분이 상당히 있는 듯하다. 그리고 가장 안타까운 것은 농촌 현대화의 진행과 젊은 사람들의 탈놀이에 대한 무관심 때문에 발굴되자마자 곧 기능보유자들의 사망으로 말미암아 계속 각종 탈놀이의 전승이 끊어지고 있다는 것이다. 현재의 탈놀이에 대한 연구열이 이러한 탈놀이가 사라져 가는 경향을 어느 정도 막아주기를 바랄 따름이다.

Ⅱ. 잡극(雜劇)과 전기(傳奇)

5. 〈앵앵전(鶯鶯傳)〉으로부터 〈서상기(西廂記)〉에 이르기까지

1. 서 언

〈서상기(西廂記)〉는 중국문학에서 특출한 희곡작품일 뿐만 아니라, 우리 국문학에서도 그 영향으로 말미암아 자주 의론의 대상이 되는 유명한 작품이다. 그것은 당대(唐代)의 전기소설(傳奇小說) 〈앵앵전 (鶯鶯傳 : 일명 會眞記)〉에서 고사가 형성된 이래 송대(宋代)에는 여러 가지 그 시대에 성행하였던 강창의 형식을 빌어 그 얘기가 민간에 널리 퍼졌으며, 금대(金代)를 거쳐 원대(元代)에 이르러 잡극(雜劇)의 성행과 함께 〈서상기〉라는 대작이 형성된 것이다. 그 사이 앵앵(鶯鶯)의 이야기는 다른 유명한 설화들처럼 민간에 널리 퍼져, 중국 민중들이 가장 애호하는 이야기의 하나가 되어왔다.

그러나 시대에 따라 사회의 인심이나 도덕관도 변천하기 때문에 민중들의 기호에 따라 앵앵(鶯鶯)의 이야기나 성격에 변화를 가져왔다. 또 시대에 따라 백성들이 좋아하는 예술형식도 달랐기 때문에, 앵앵의 이야기는 시대마다 다른 형식으로 민간에 전파되었다. 그것은 〈서상기〉가 나온 원대(元代) 이후도 마찬가지이다. 지식계급의 사람들

은 〈서상기〉의 글을 통하여 앵앵의 이야기를 즐길 수 있었지마는, 그
것은 전체 사회에서 볼 때 극히 일부에 지나지 않는다. 일반 백성들
은 곤곡(崑曲)이 유행하던 명대(明代)에는 곤곡으로, 화부희(花部戲)
가 성행한 청대(淸代)에는 각 지방희(地方戲) 또는 고사(鼓詞)나 탄사
(彈詞)와 같은 민간예술형식을 빌어 앵앵의 이야기를 익혔던 것이다.
  그러므로 〈앵앵전〉으로부터 〈서상기〉에 이르는 고사나 인물의 성
격변화를 살펴봄으로써 그때그때의 사회배경의 작용을 더듬어 볼 수
있을 것이다. 또 전기소설(傳奇小說)로부터 잡극(雜劇)에 이르는 과
정을 고찰함으로써 소설과 음악 또는 강창 문학·희극과의 관계도 좀
더 구체적으로 이해할 수 있게 될 것이다. 이러한 기대에서 이 소론
을 시도한다. 원대(元代) 잡극 '서상기' 이후의 변천에 대하여는 뒷날
로 미루고 이곳에서는 간략한 소개만 하기로 한다. 곤곡(崑曲)이나
지방희(地方戲)로 상연된 이야기는 문장상으로 볼 때 잡극 '서상기'보
다 뚜렷한 퇴보현상을 나타내고 있어 이곳은 이 소론과 다른 각도에
서 다룰 필요가 있다.

2. 원진(元稹)의 〈앵앵전(鶯鶯傳)〉

  〈앵앵전〉은 당대의 사회시인으로 유명한 백낙천(白樂天)과 이름을
함께 날린 그의 친구 원진(元稹, 779~831)의 작품이다. 이 소설은
당나라 덕종(德宗) 정원(貞元) 말년, 802년부터 804년경에 쓰여졌
다.[1] 이 정원(貞元, 785~804) 원화(元和, 806~820) 연간은 전기소

---

1) 陳寅恪 元稹詩箋證考 第一章 : 〈鶯鶯傳之作, 距微之婚期(貞元 18年,
   802) 必不甚近, 貞元 20年(804)乃最可能.〉

설(傳奇小說)이 가장 성행하였던 시기이다.

문학의 발달은 사회적인 여건으로부터 이탈하지 못한다. 위진남북조(魏晉南北朝)로부터 수(隋)나라를 거쳐 당초(唐初)에 이르기까지 혼란했던 사회상과는 반대로 사람들은 지나친 화미함을 추구하여 대체적으로 문학은 염려한 시를 중심으로 사치한 형식미를 추구하였다. 그러나 당(唐)나라가 통일한 지 백여 년이 지나 사회생활이 안정되고 상업이 발달하자 사람들의 눈은 평이한 산문으로 쏠리었다. 그것은 민중들의 개인적인 자유의식의 발로라고 볼 수도 있을 것이다. 그러기에 성당(盛唐)시대의 대성한 시를 배경으로 한유(韓愈, 768~824)의 고문운동이 일어났던 것은 우연이 아니다.

더욱이 한유(韓愈)는 미장이를 주제로 〈오자왕승복전(圬者王承福傳)〉을 썼고, 같은 고문의 대가 유종원(柳宗元, 773~819)은 〈종수곽탁타전(種樹郭橐駝傳)〉과 〈재인전(梓人傳)〉을 썼다. 사회의 생활안정은 소시민들의 개인의식을 높였을 뿐만 아니라 문인들의 눈을 민중에게로 돌리게 하였다. 이에 문인들과 소시민들의 대화의 길이 모색되었다. 그 결과 생겨난 것이 이 전기소설(傳奇小說)인 것이다. 그러기에 전기(傳奇)의 내용은 다양하다. 이곳에서 얘기하려는 〈앵앵전〉과 같은 연애얘기, 협객의 얘기, 신괴얘기, 창기얘기, 장사꾼얘기 등 민중들의 관심을 끄는 온갖 소재가 전기(傳奇)로 쓰여진 것이다.

원진(元稹)의 수한림백학사대서일백운시(酬翰林百學士代書一百韻詩)에 '한묵제명진(翰墨題名盡), 광음청화이(光陰聽話移)'란 구절이 있는데 자주(自注)에 '백낙천은 늘 나와 함께 노닐면서 집 벽에 이름을 적어 놓았다. 그리고 일찍이 신창댁에서 일지화 얘기를 강설하는데, 인시(寅時)에서 시작하여 사시(巳時)가 되었는데도 강설이 끝나지 않았었다(樂天每與予從 無不書名屋壁 又嘗於新昌宅 說一枝花話 自寅至巳 猶未畢詞也)'고 하였다. 이곳의 일지화란 당대(唐代)의 명

기 이아선(李亞仙)[2]이다. 원진과 백낙천이 밤 인시(寅時)에서 사시
(巳時)까지 일지화의 얘기를 들었다는 것은 이들이 설화를 좋아하였
다는 얘기도 되지만, 한편으로 송대(宋代)에 성행한 '설화(說話)'가
당대(唐代) 전기(傳奇)가 성행한 정원(貞元) 원화(元和) 연간에 이미
싹트고 있었다는 것을 알려준다.

이 설화는 본질적으로 민간오락이라는 것을 생각할 때, 이것이 사
대부들 사이까지 파고들기 전에 민간에는 이미 상당한 유행을 하고
있었으리라 생각된다. 다만 이 설화는 송대(宋代) 설화인(說話人)의
화본(話本)과 꼭 같은 것은 아니었을 것이다. 단성식(段成式, ?~863)
의 《유양잡조(酉陽雜俎)》에도 '내가 태화 연간 말에 동생의 생일을
맞아 잡희인 시인소설을 구경했는데, 편작(扁鵲)을 상성(上聲)인 편
작(褊鵲)으로 발음하고 있었다(予太和末 因弟生日觀雜戲 市人小說
呼扁鵲作褊鵲字 上聲)'란 말이 있어 이러한 가정을 뒷받침해준다.

한편 이 설화는 당대(唐代)의 여러 가지 변문 속강과 송대(宋代)
화본(話本)으로 미루어 볼 때, 틀림없이 얘기와 함께 노래와 악기의
반주가 있었으리라 생각된다. 다만 변문이나 후세의 강창들보다도 얘
기의 성분이 더 많은 것이 아니었을까? 이렇게 볼 때 이 시대에 성행
한 전기(傳奇)와 설화는 불가분의 관계가 있을 것이다. 이 정원(貞
元)·원화(元和) 간에 나온 소설들은 한편의 얘기를 산문으로 쓴 뒤
에, 흔히 칠언시 한 수를 붙여놓았다. 이것은 당시의 변문·송대(宋
代)의 평화(平話)·명대(明代)의 시화(詩話)나 사화(詞話)들과 같은
성격의 것이라고 볼 수는 없을까?

또 장방(蔣防, 약 813 전후 재세)의 〈곽소옥전(郭小玉傳)〉의 대화
를 예로 인용해 보자.

---

2) 宋 羅燁 《醉翁談錄》癸集 李亞仙不負鄭元和條 ; '李亞仙, 舊名一枝花.'

소옥(小玉)의 말 : '저는 본시 창녀이니, 자신이 배필이 아님을 압니다. 지금은 용모를 사랑하시어, 어짊과 현명하심을 기탁하고 계시나, 다만 걱정되는 것은 언제건 용모가 시들어지면 애정이 바뀌어져 의지할 곳 없는 덩굴풀이나 버려진 가을 부채처럼 되는 것입니다. 기쁨을 누리면서도 모르는 사이에 슬퍼집니다(妾本倡家 自知非匹 今以色愛 托其仁賢 但慮一旦色衰 恩移情替 使女蘿無托 秋扇見捐 極歡之際 不覺悲至).'

이에 대한 이생(李生)의 대답 : '평생의 소원을 오늘에야 이루게 되었으니 뼈와 살이 부서진다 하더라도 버리지 않을 것을 맹세하오. 부인은 어찌하여 이런 말을 하시오? 흰 비단에 맹세를 써드리기로 하지요!(平生志願 今日獲從 粉骨碎身 誓不相捨 夫人何發何言 ! 請以素縑 著之盟約).'

이것은 산문이라기보다는 음영체의 고사식(鼓詞式) 문장이 아닌가! 앞에서 '단려(但慮)'와 '사부인(使夫人)' 자들은 희곡에서 친자(襯字)처럼 간주한다면 완전한 사자구(四字句)의 글이다. 이 작품의 기타 대화도 모두 이렇다. 전기(傳奇)를 전체적인 면에서 볼 때 서사의 곡절이 잘 그려져 있고, 인물의 정태묘사가 생동하고 세밀하다는 것도 중국 강창의 일반적인 특징과 통한다. 이렇게 보면 전기(傳奇)는 처음부터 음악을 대동한 이 시대의 속강이나 설화와 밀접한 관계 속에 발생하였고, 또 이 〈앵앵전〉의 얘기처럼 앞으로 노래의 요소가 점점 더 가미되어 희곡에까지 발전할 숙명적인 성격을 띠고 있던 것으로 생각된다.

〈앵앵전〉은 여러 학자들의 고증에 의하면 원진(元稹)이 자신의 젊은 시절의 경험을 쓴 것이라 한다.3) 소설의 남주인공 장생(張生)이란

---

3) 趙令時의 《侯鯖錄》卷五에 인용된 王性之의 〈辨傳奇鶯鶯事〉의 고증에

바로 원진(元稹) 자신이요, 앵앵(鶯鶯)은 그가 젊었을 때 잠시 연애
한 일이 있는 여자라는 것이다. 이제 이 소론을 전개함에 편의를
위하여 〈앵앵전〉의 줄거리를 대강 다음에 적는다.

때는 당대(唐代) 정원(貞元) 연간, 용모가 단정하고 품행이 방정
한 장생(張生)이라는 젊은이가 있었다. 나이 23세가 되도록 여색을
가까이 해본 적이 없는 남자이다.

이 장생이 포(蒲)라는 곳에 노닐다 보구사(普救寺)라는 절에 머
물게 된다. 마침 이때 부잣집 미망인인 최씨도 집안의 많은 살림을
꾸려 가지고 열일곱 살 난 딸 앵앵(鶯鶯)과 열 살 갓 넘은 아들 하
나를 데리고 장안(長安)으로 가다 이 절에 머물게 된다. 여기에 군
란이 일어나 군인들이 민간의 재물을 함부로 약탈한다. 최씨 부인
이 어쩔 줄 모르고 있을 때 장생은 포(蒲) 땅의 장수와 친분이 있
어, 군대를 데려다 이들을 보호해준다. 10여일 후 천자의 명으로
두확(杜確)이란 사람이 내려와 군란이 가라앉는다.

이에 부인은 장생의 은혜에 보답하기 위하여 잔치를 베풀고 자
기 자식들을 인사시킨다. 부인은 인척으로 장생의 이모뻘이었으므
로 형제의 예로써 만나게 한다. 그러나 이때 장생은 앵앵의 아름
다움에 넋을 잃는다.

의하면, 〈鶯鶯傳〉의 張生과 元稹의 나이가 맞고, 元稹의 외조부 鄭濟에
게는 永寧尉 崔鵬에게 출가한 다른 딸이 있어 鶯鶯의 어머니가 張生의
이모뻘이 된다는 것과 부합된다. 따라서 張生이란 바로 元稹이요, 鶯鶯
은 崔鵬의 딸이라 하였다. 陳寅恪은 〈讀鶯鶯傳〉에서 鶯鶯이 崔鵬의 딸
이라는 점에는 반대하였으나, 元稹이 젊었을 때 한번 사랑한 일이 있는
여인이라는 점에는 동의하였다. 蘇東坡의 〈張子野八十五尙聞買妾述古
令作詩〉에 '詩人老去鶯鶯在'란 구절이 있는데 '張生卽張籍'이라 自注하
고 있다. 무엇에 근거를 두었는지 모른다.

이 뒤로 장생은 자기의 연정을 고백하려고 앵앵의 하녀 홍낭(紅娘)을 구워 삶는다. 장생이 홍낭에게 자기 심정을 털어놓고 힘써 줄 것을 부탁한다. 그 결과 홍낭의 권으로 우선 장생은 춘사(春詞) 두 수를 앵앵에게 지어 보낸다. 그러나 답으로 '명월삼오야(明月三五夜)'라는 다음과 같은 시가 앵앵으로부터 보내어져 온다.

서상 아래에서 달뜨기 기다리며,
바람 마중하기 위하여 문은 반쯤 열어놓으리라.
담을 스치는 꽃그림자 움직이면,
님이 오시는가 생각하리라.
待月西廂下 迎風戶半開 拂牆花影動 疑是玉人來.

장생은 이 시를 보고 '달밤에 문을 반쯤 열어놓고 기다릴 터이니 꽃가지를 타고 담을 뛰어 넘어 오라'는 뜻으로 풀이하고 기뻐한다.

밤이 되자 장생이 담을 넘어가 보니 정말로 문이 반쯤 열려 있다. 장생은 먼저 홍낭을 만나 앵앵에게 온 것을 알린다. 그러나 앵앵은 장생의 예에 벗어나는 행동을 준절히 꾸짖는다. 이에 장생은 크게 절망하고 되돌아온다.

며칠 뒤 장생이 홀로 방에서 잠을 자고 있는데 갑자기 홍낭이 금침을 가지고 와 장생을 깨워놓고 금침을 깔아놓고 간다. 장생이 놀라 앉아 있으려니 다시 홍낭이 앵앵을 부축해 온다. 장생은 신선이라도 된 듯 기뻐하며 앵앵과 하룻밤의 환락을 즐긴다. 앵앵은 밤새껏 한마디 말도 없이 몸을 바치고 아침이 되자 다시 홍낭의 부축을 받아 되돌아간다.

이 뒤로 10여 일 소식이 없기에 장생은 진회시(會眞詩) 30운을 지어 홍낭을 시켜 앵앵에게 전한다. 이 뒤로 이들의 밀회는 다시 1

개월 계속된다. 얼마 안 있어 장생은 이별하고 장안으로 간다. 앵앵은 수심 띤 얼굴만을 지을 뿐.

몇 달 뒤 장생은 다시 포 땅으로 와 앵앵과 몇 달을 즐긴다. 앵앵은 거의 무표정하다. 글을 잘 짓는다 하여 장생은 그의 글을 보고자 하였으나 끝내 글을 짓지 않는다. 금을 잘 탄다기에 장생은 금을 타 달라고 간청하나 끝내 타지 않는다. 장생을 위하여 이별하는 날에야 마지 못하듯 반곡을 탄다.

장생은 장안에 가 급제를 못하고 그대로 머무르며 편지와 선물만을 한 번 주고받는다.

한편 장생은 친구들에게 자기 경험을 얘기한 뒤 '최앵앵(崔鶯鶯) 같은 여자라는 요물은 어떻게 둔갑할지 모른다. 그 스스로 요망한 짓을 하지 않으면, 반드시 남에게 요사스런 짓을 할 것이다(不妖其身, 必妖於人). 옛부터 여인 때문에 패가망신한 사람들이 많다. 나의 덕으로는 요물을 이기지 못할 터이니 정을 누르고 참아야겠다'는 뜻의 말을 한다.

그리고 뒤에 장생은 딴 여자와 결혼하고 앵앵도 딴 곳으로 출가한다. 그 뒤 장생이 앵앵 사는 곳을 마침 지나게 되어 외형(外兄)이 됨을 핑계로 그를 만나고자 하니 시만을 한 수 써보내고 거절한다. 떠나가려 하니 앵앵은 '당신 부인이나 이제 잘 사랑해 주라'는 내용의 시를 다시 한 수 보낸다. 이때 사람들은 장생을 '허물을 잘 수습한 사람(善補過者)'이라 칭찬했다.

이 소설은 봉건사회 사대부들의 몰염치한 부녀관의 표현이다. 한때 그토록 사랑했던 여인을 요물이라 규정하고 관계를 청산하는 장생의 마음가짐에 사대부들의 허위에 찬 예교주의를 엿볼 수 있겠다. 소녀를 범하기까지는 몸이 닳던 장생이 일이 생기면 홀홀이 그를 남겨두고 왔다갔다하다가는 종내 딴 여자와 결혼하고 만다. 그의 태도에는 일말의 진정이나 책임감도 찾아볼 수 없을 뿐만 아니라, 그때 사람들은 장생의 얘기를 듣고 '선보과자(善補過者)'라 칭찬했다는 것이다. 작자는 장생과 앵앵의 관계를 '사랑'이라 보지 않고 '허물'로 간주한 것이다.

당대(唐代)는 안사(安史)의 난(755~763) 이후로 사회의 질서가 무너져 대부분의 세가대족들이 몰락하였다. 특히 전제의 파괴는 토지의 고도집중을 초래하여 대부분의 대족들이 안온한 발판을 잃었다.

그러나 지난날의 문벌의식과 복잡한 혼례 및 막대한 혼수의 습속은 그대로 남아 있었으므로 사대부 집안의 젊은이들은 만족한 결혼을 이루기가 힘들었다. 백낙천(白樂天)의 의혼시(議婚詩)에도 '가난한 집안에선 딸 시집보내기 어렵다(貧家女難嫁)'고 하였으니 돈이 없어 혼인 못하는 예가 허다하였다. 여기에다 당대(唐代) 사회에서의 남녀교제는 송대(宋代) 이후보다 훨씬 자유스러웠다. 이에 젊은 남녀들은 예교의 테두리로부터 벗어나 자유로이 연애하는 경향이 늘어났다. 백낙천의 시만 보아도 강주(江州)에서 옷과 물건을 햇볕에 내 말리다가 옛날 이웃 소녀가 보내준 신을 한 켤레 발견하고 지난날의 이루지 못한 사랑을 되새겨 보는 감정시(感情詩)4)가 있다.

또 그의 신악부(新樂府) 정저인은병시(井底引銀瓶詩)5)도 이루지 못한 소녀의 애틋한 사랑을 읊은 것이다. 이렇게 볼 때 〈앵앵전(鶯鶯

---

4) '中庭曬服玩, 忽見故鄉履. 昔贈我者誰? 東鄰嬋娟子. 因思贈時語, ……
  雙行復雙止. ……人隻履猶雙, 何曾得相似?……'

5) '井底引銀瓶, 銀瓶欲上絲繩絶. 石上磨玉簪, 玉簪欲成中央折. 瓶沈簪折
  知奈何? 似妾今朝與君別. 憶昔在家爲女時, …… 妾弄青梅憑短牆, 君騎
  白馬傍垂楊, 牆頭馬上遙相顧, 一見知君卽斷腸. 知君斷腸共君語, 君指
  南山松柏樹. 感君松柏化爲心, 闇合雙鬟逐君去.……'

傳)〉에 나타난 장생의 일시적인 관계는 당시 사회에서는 보편적인 사회문제였다고 생각된다.

또 한 가지 특이한 당대의 습속은 과거에 합격한 새 진사들 중에서 조정의 대신들이 택서(擇壻)[6]하는 풍습이다. 앞에든 장방(蔣防)의 〈곽소옥전(郭小玉傳)〉은 애인을 둔 새 진사를 권세가가 강제로 사위를 삼는 데서 얘기의 파란이 일어난다. 〈앵앵전〉에는 분명한 서술이 없지만 본시 장생이 과거를 보러 앵앵을 버려 두고 장안으로 갔었으므로 장생은 딴 여자와 결혼하기 전에 과거에 급제했었을 것이며 딴 여자란 문벌 좋은 집안의 딸이었으리라 짐작이 간다.

이 반면 몰락한 사대부 집안의 딸인 앵앵은 처음부터 끝까지 당하는 처지에 놓여 있다. 앵앵의 장생에 대한 사랑은 봉건적인 예교의 중압에 할말을 못하며 모든 것을 희생하고 진행된다. 장생이 그를 버리더라도 호소할 곳도 동정해줄 사람도 하나 없다. 더욱이 앵앵은 뛰어난 절색인데다가 재예를 겸비한 가냘픈 규수처녀이다. 그러기에 앵앵의 내심의 고민은 곧장 독자들의 폐부를 찌른다. 이러한 앵앵에 대한 동정과 공감 속에 이 소설은 널리 사람들에게 읽혀지게 된 것이다.

이 시대의 연애소설로는 〈곽소옥전(郭小玉傳)〉과 백행간(白行簡, 776~826)의 〈이와전(李娃傳)〉 같은 것도 있다. 〈앵앵전〉이 사대부들의 연애관을 주제로 한 데 비하여 〈곽소옥전〉이나 〈이와전〉은 억압을 받은 민중들의 입장에서 얘기를 전개하고 있다. 또 얘기의 서술이나 문장도 모두 훌륭하다. 그럼에도 불구하고 〈앵앵전〉이 이들보다 더 유명하고 더 많이 읽힌 것은 무엇 때문일까?

---

6) 《당척언(唐摭言)》에 과거에 급제한 진사들을 모아 곡강(曲江)에서 잔치 베푸는 모습을 쓴 대목이 있다. '曲江之宴, 行市羅列, 闐闐爲之半空, 公卿家以是日揀選東床, 車馬塡塞, 莫何殫述.'

아무래도 앵앵의 아름답고도 가련한 형상이 원만한 단원을 이루는 이들의 얘기보다도 사람들에게 더욱 심각한 공감과 동정을 안겨주었기 때문일 것이다. 혹은 앵앵의 얘기는 후에 〈서상기(西廂記)〉라는 대작으로 개작 보충되어 더 유명해졌다고 볼 수 있을 것이다. 그러나 근본적으로 송원대(宋元代)의 문인들이 〈앵앵전〉의 얘기에 많은 관심을 보이어 〈서상기〉라는 대작을 형성케 한 것은 역시 앵앵의 소설에서의 형상이 그들의 마음을 사로잡았기 때문일 것이다.

3. 진관(秦觀)과 모방(毛滂)의 〈조소전답(調笑轉踏)〉 및 조덕린(趙德麟)의 〈상조접련화(商調蝶戀花)〉

앵앵(鶯鶯)의 얘기는 송대(宋代)에 들어오면서 더욱 유명해진다. 송초(宋初) 태평흥국(太平興國) 2년(977)에 칙편(勅編)으로 이루어진 《태평광기(太平廣記)》 속에는 이 소설이 실려있다. 그리하여 관각 문인(館閣文人)이던 안수(晏殊, 991~1055)나 소식(蘇軾, 1036~1101) 같은 문호들의 시문 속에는 〈앵앵전〉을 읽은 흔적이 산견된다.[7] 이처럼 당대의 문호 소식이 〈앵앵전〉을 읽고 깊은 감명을 받았다는 것은 앵앵의 얘기를 전파시킴에 큰 역할이 되었을 것이다. 그 증거로는 소식의 문인들 중에 당시 유행하던 가사(歌詞)나 고자사(鼓子詞)로 작품을 쓴 사람들이 여럿 있다.

그 중에 대표적인 것으로 우선 진관(秦觀, 1049~1101)과 모방(毛滂, 약 1055~1112)에게 각각 〈조소전답(調笑轉踏)〉이 있다.[8]

---

7) 蘇軾 〈雨中花〉 慢詞, '吹笙北嶺, 待月西廂.'
　　晏殊 〈浣溪紗〉 詞, '不如憐取眼前人'(鶯鶯의 시구 인용).
8) 진관(秦觀)의 《회해사(淮海詞)》 및 모방(毛滂)의 《동당사(東堂詞)》에

〈조소전답〉9)이란 일종의 가무곡(歌舞曲)으로서 칠언팔구(七言八句)의 인시(引詩 : 전 사구는 平韻, 후 사구는 仄韻)와 한 수의 '조소령(調笑令)'으로 이루어졌으며, 앞에는 '치어(致語)', 뒤에는 '방대(放隊)'가 붙어 있다. 진관(秦觀)과 모방(毛滂)의 〈조소전답〉은 모두 그러한 형식으로 최휘(崔徽) · 소군(昭君) · 반반(盼盼) 및 앵앵 등 여덟 사람의 미인의 얘기를 읊어 연결함으로서 한 투(套)를 이루고 있다. 이제 그들의 앵앵 얘기를 읊은 부분을 적으면 다음과 같다.

> 최씨 집안에 이름이 앵앵이라는 딸이 있는데,
> 봄빛을 알기도 전에 춘정(春情)을 지녔네.
> 하교에 병란이 일어날 적에 절에 묵게 되었는데,
> 교묘한 인연으로 장생을 만나게 되었네.
> 장생은 한번 앵앵을 보자 춘정이 무거워져,
> 밝은 달밤 담 위에 스치는 꽃가지 잡고 담 넘어 갔었네.
> 밤중에 다시 홍낭이 이부자리 안고 와서
> 걷잡지 못하는 놀란 혼은 봄밤의 꿈만 같았네
>
> 봄밤의 꿈! 신선의 고장!
> 한들한들 담을 스치며 꽃가지 움직이네.
> 서상에서 달뜨기 기다린 것은 누구와 함께 그리한 건가?
> 님의 애정 소중함이 더욱 느껴지네.
> 홍낭이 깊은 밤에 이부자리 보내와
> 비스듬히 가로 늘어진 금봉 비녀 어찌하나!

실려 있다.

9) 전답(轉踏)은 '전답(傳踏)' 또는 '전달(纒達)'이라고도 쓴다. 오자목(吳自牧)의 《몽량록(夢粱錄)》.

崔家有女名鶯鶯, 未識春光先有情.
河橋兵亂依蕭寺, 怨紅愁緣見張生.
張生一見春情重, 明月拂牆花影動.
夜半紅娘擁抱來, 脈脈驚魂若春夢.

春夢, 神仙洞, 冉冉拂牆花樹動.
西廂待月知誰共, 更覺玉人情重.
紅娘深夜行雲送, 困嚲釵橫金鳳.
－秦觀－

봄바람 부는 문 밖엔 꽃잎 펄펄 날리고,
푸른 창 수놓은 병풍을 어머니는 사랑하네.
백옥 같은 낭군은 사랑의 힘만 믿고 있어서,
머리에 쌍비취 장식 꽂은 여인 술통 앞에 마음이 취해 있네.
서상의 차가운 달빛은 안개 서린 꽃나무 비치고,
담장 동쪽의 나무들은 저녁노을 아래 어지럽네.
오늘 밤 두 사람 마음은 이미 남모르게 통하고 있는데,
옥환에 한스런 마음 붙여 보내려는데 님은 어디에 계신고?

어디에 계신가? 장안의 거리이지.
담장 동쪽 꽃나무 가지 움직이게 했던 일은 잊고 있네.
옥 금으로 예상무의곡(霓裳舞衣曲)을 뜯고 났는데도,
여전히 창에는 달 비치고 문밖엔 바람만 불고 있네.
박정한 젊은이는 날아다니는 버들솜이나 같은데도,
꿈은 옥환을 좇아서 서쪽으로 달려가네.
春風戶外花蕭蕭, 綠窗繡屏阿母嬌.

白玉郎君恃恩力, 樽前心醉雙翠翅.
西廂月冷濛花霧, 落霞零亂牆東樹,
此夜靈犀已暗通, 玉環寄恨人何處?

何處? 長安路, 不記牆東花拂樹.
瑤琴理罷霓裳譜, 依舊月窗風戶.
薄情年少如飛絮, 夢逐玉環西去.
　　　　　　　　－毛滂－

　진관(秦觀)의 것은 유회(幽會)를, 모방(毛滂)의 것은 기환(寄環)을 노래한 것이다. 이 노래에 맞추어 앵앵의 분장을 한 아가씨가 춤을 추었을 것이다. 이처럼 이들이 〈앵앵전〉의 일부밖에 노래하지 못한 것은 〈조소전답(調笑轉踏)〉이란 가무곡의 체재상 부득이한 일이었을 것이다. 그러나 이 〈조소전답〉에 등장하는 인물들이 모두 누구나가 다 아는 유명한 사람들이라는 것을 전제로 할 때 이러한 인상적인 애기의 일부를 가무하는 것은 관중들에게 상상력을 통한 깊은 감동을 호소하는 수단이었을 것이다.

　여기서는 앵앵을 '요물(妖物)'로 보고 또 장생을 '선보과(善補過)'하는 자로 취급하였던 취향은 전혀 보이지 않는다. 특히 모방(毛滂)의 노래를 보면 박정한 장생에게 옥환(玉環)을 보내는 앵앵의 애절한 사랑에 대하여 깊은 동정을 보내고 있다. 벌써 안정된 송대(宋代) 사회의 모럴은 불성실한 남녀관계를 용인 못하게 되었기 때문이다. 이학자(理學者)들의 도학적인 생활관은 이미 그 사회에 충분한 소지를 얻고 있었던 것이다.

　이들 〈조소전답〉보다도 조령치(趙令畤, 字 德麟, 약 1110년 전후 재세)의 〈상조접련화고자사(商調蝶戀花鼓子詞)〉[10]에는 이러한 〈앵앵전〉에 대한 송대의 특성이 더욱 명확하게 나타나 있다. '고자사(鼓子詞)'란 그때 민간에 가장 유행하던 강창문학(講唱文學)의 한 형식이다. 이 고자사(鼓子詞)는 '강(講)'의 부분과 '창(唱)'의 부분으로 이루어진다. 조령치의 상조접련화(商調蝶戀花)는 '강(講)'의 부분 맨 앞과 끝 두 단만이 그의 창작이고 나머지 10단(段)은 모두 원진(元稹)의 〈앵앵전〉을 그대로 따다가 차용한 것이다. 이 '강(講)'의 부분만을 볼 때 조령치는 완전히 원진의 〈앵앵전〉을 부연하려는 의도에서 이 작품을 썼다 하겠다. 나머지 창의 부분인 운문은 자신이 창작한 12수(首)의 접련화사(蝶戀花詞)로 구성되어 있다. 여기에 그 앞머리 일부를 초록한다.

전기는 당나라 원진(元稹)이 지은 것이다. 그의 문집에는 실려있지 않고, 소설로 나와 있는 것이라서 어떤 이들은 그것이 사실이 아니라고 한다. 그러나 그 문장을 볼 것 같으면, 대문호가 아니라면 또 누가 이런 글을 쓸 수 있겠는가? 지금 사대부들이 오묘한 얘기들을 하기 좋아하고, 기이한 일들을 찾아 기록들을 하는데, 모두가 이것을 아름다운 얘기로 열거하고 있다. 배우나 기녀들에 이르기까지도 모두가 이것을 대강 강설(講說)할 줄 안다.

애석하게도 음악으로 작곡되지 않아 노래로 널리 노래부르고 악기로 연주하는 수가 없다. 호사가들은 음악으로 즐김을 다할 적에 그 강설을 한번 듣고자 하나, 어떤 이는 그 말단적인 것만을 강설하고 근본적인 부분은 잊고 있으며, 어떤 이는 그 개략만을 알아 그 얘기를 끝까지 다하지는 못하므로 이것이 우리들 모두가 한스럽게 여기던 바였다.

---

10) 趙德麟의 《侯鯖錄》 권5에 실려 있다.

지금 한가한 때에 그 글을 자세히 읽어 번거롭고 지저분한 부분은 생략한 뒤, 그것을 10장으로 나누고, 매 장 아래 그 글을 붙여 놓았다. 혹 그 글을 완전히 인용하기도 하고, 혹은 그 뜻만을 취하기도 하였다. 또 달리 한 곡조를 지어, 이 앞에 실음으로써, 먼저 앞편의 뜻을 서술하였다.

그 가락은 상조(商調)이고, 곡명은 접련화(蝶戀花)이다. 구절마다 애정을 표현하고 편마다 뜻을 드러내었다.

가창하는 친구의 수고로움으로 먼저 격조를 정하고, 뒤에 얘기를 들어보기로 합시다.

고운 바탕의 선녀같은 여인이 달의 궁전에 태어났다가
인간 세상으로 귀양을 왔는데,
보통 사람들의 애정으로 어지러워지지 않을 수가 없었네.
미남이 담 동쪽에서 아름다운 눈길 흘려보내자
어지러운 꽃가지 깊은 처소에서 서로 만났다네.
은밀한 뜻과 짙은 기쁨에 즐겁기만 한데,
헛된 명성 어쩌지 못하여
곧 가벼이 헤어져 떠나가게 하였다네.
더욱 한스러운 건 재주 많은 이 정은 너무도 얇아서
까맣게 떠나보낸 이의 사랑 생각지도 않게 되었다네.

전기에 이르기를, 나와 잘 아는 장생(張生)은 성격이 온화하고 따스하며, 외모와 거동이 아름답고, ……

장생은 약간 말로써 유도하여 보았지만 대답하지 않은 채 그 자리가 끝나서 파하게 되었다.

가창하는 친구의 수고로움으로, 먼저 곡조를 다시 화창하세!

비단 장막 겹겹의 발은 얼마나 깊게 쳐져 있나?
수놓인 신 끝 뾰족한데,
자기 집 문 떠날 줄 몰랐다네.
억지로 나오니 부끄러움에 전혀 말을 못하고,
붉은 비단 수건으로 연거푸 우유빛 흰 가슴만 문질렀네.
검은 눈썹 얕은데 수심은 깊어 엷은 화장으로 우뚝 선 채,
원한이 솟고 정은 엉기어
잠시 돌아보려고도 하지 않네.
아리따운 얼굴 새로 더럽힌 눈물 매만지지도 못하여,
매화꽃에 봄 아침이슬이 내린 듯하네.

夫傳奇者, 唐元微之所述也. 以不載於本集, 而出於小說, 或疑其
非是. 今觀其詞, 自非大手筆, 孰能與於此. 至今士大夫極談幽玄,
訪奇述異, 無不擧此以爲美話, 至於倡優女子, 皆能調說大略. 惜乎
不被之以音律, 故不能播之聲樂, 形之管絃. 好事君子, 極音肆歡之
際, 願欲一聽其說:或擧其末而忘其本, 或紀其略而不及終其篇, 此
吾曹之所共恨者也. 今於暇日, 詳觀其文, 略其煩藝, 分之爲十章.
每章之下, 屬之以詞. 或全摭其文, 或止取其意. 又別爲一曲, 載之
傳前, 先敍前篇之義. 調曰商調, 曲名蝶戀花. 句句言情, 篇篇見意.
奉勞歌伴, 先定格調, 後聽蕪詞.

麗質仙娥生月殿, 謫向人間. 未免凡情亂. 宋玉牆東流美盼. 亂花
深處曾相見. 密意濃歡方有便. 不奈浮名, 旋遣輕分散. 最恨多才情
太淺, 等閑不念離人怨.

傳曰, 余所善張君, 性溫茂, 美丰儀……
張生稍以詞導之, 不對, 終席而罷. 奉勞歌伴, 再和前聲.

錦額重簾深幾許? 繡履彎彎, 未省離朱戶. 强出嬌羞都不語, 絳綃
頻掩酥胸素. 黛淺愁深妝淡竚, 怨絶情凝, 不肯聊回顧. 媚臉未勻新
淚汚, 梅英猶帶春朝露.

송대(宋代)는 가무희(歌舞戲)와 함께 설창문학(說唱文學)이 크게
성행했던 시대이다. 그것은 금(金)나라의 압력에도 불구하고 남방을
중심으로 하여 상업이 발달하고 도시가 번성하였기 때문일 것이다.
소시민들의 생활여유는 오락으로 사람들의 마음을 돌리게 하였다. 그
러기에 특히 '설화인(說話人)'들의 청중은 소시민을 중심으로 한 일반
민중들이었다. 조령치(趙令時)가 이 고자사(鼓子詞)에서 그때의 사대
부들이나 창우(唱優) 여자들이 이 장생(張生)과 앵앵(鶯鶯)의 얘기를
다 얘기하고 듣고 하였다는 것도, 대부분이 '설화'와 가무를 통한 유
행이었을 것이다.

고자사(鼓子詞)는 당대(唐代) 변문(變文)의 계통을 이은 강창문학
(講唱文學)의 일종이다. 이것은 송대의 사설(詞說)로 노래하는 소형
의 변문이라 할 수도 있을 것이다. 송대는 이러한 강창(講唱)이 극히
발달했던 시대이다. 《청평산당화본(淸平山堂話本)》 속에서 '풍월상사
(風月相思)'라는 화본(話本)의 한 대목을 하나 뽑아보았다.

생은 웃으며 대답은 하지 않고, 모란꽃을 가지고 한 수의 시를
지어 읊었다.

아리따운 자태 고운 바탕은 절세미인임에 틀림없는데,
말을 할듯하다가는 그만두니 뜻이 전해지지 않네.
한 점의 향기로운 마음 누구와 더불어 호소할까?
여러 겹 빽빽한 잎새가 괴롭게도 사이를 떼어놓네.
임금의 웃음 앞에 타고난 향기 가득차고,

왕비를 보면 아름답기 나라의 절색일세.
난간에 기대어 함께 감상하는 게 얼마나 다행인가?
한스러운 건 향기를 적셔줄 한 잔의 술 없다는 것일세.

경은 시를 보고서, 생의 뜻이 지기에게 끌리고 있음을 알았다. 이에 한 번 웃고 탄식하며 떠나면서 거듭 되돌아보는 것이었다.

생은 이런 일이 있은 뒤로, 그의 빼어나게 아름다운 모습을 보고는 자기 마음을 안정시킬 수가 없었다. 경은 이 뒤로는 바느질 같은 데에는 마음쓰지 않고 때때로 나와 놀면서 시간을 보냈다. 벌과 나비와 제비와 꾀꼬리 등과 경치가 화려한 것을 보고는 이런 시를 한 수 읊었다.

봄빛이 고루 퍼지는 2월에,
작은 신 신고 아장아장 연못가를 거니네.
기나긴 창자 끊기는 듯한 시름 호소할 길 없어,
한 점의 향기로운 마음 어쩔 수가 없네.
화려하게 핀 꽃의 기특한 향기는 나비가 와 머물게 하고,
그늘진 고목은 꾀꼬리 와서 울게 하네.
아침이 되어 시름 안고 화장대 앞에 서니,
누굴 위하여 눈썹 아리땁게 그린단 말인가?

경에게는 소화라는 시녀가 있었는데, 매우 영리하고 노래를 잘하였다. ……
두 사람은 남매의 관계를 맺어, 이 뒤로부터 생과 내왕이 매우 잦아졌다. 어느 날 생이 물었다. "여러 날 경낭자를 보지 못했는데, 무고하셨어요?" 대답하였다. "낭자께선 요새 학질 같은 병이 걸려 정신과 심사가 편안치 않은데, 침대에 기대어 〈망강남〉 사를 지으

셨지요." 생이 말하였다. "그것 듣고 싶소!"
소화가 읊었다.

향기로운 규방 안에서
공연히 스스로 좋은 인연 맺어지는 생각만 하네.
꽃그늘 홀로 걸으니 정서가 어지러워져
부질없이 구슬 같은 눈물 두 줄로 흘러내리네.
좋은 만남은 언제나 이루어질까?
시름시름 병으로 앓다보니
이밤 정말 견디기 어렵구나!
한 점의 향기로운 마음은 의탁할 곳도 없는데,
장미덩굴 시렁 위에 달만이 덩그렇네.
이 슬픔 누가 알아주랴?
生笑而不答, 又將牧丹花題詩一首 :
嬌姿艷質解傾城, 似語還休意未成.
一點芳心誰共訴, 千重密葉苦相屛.
君王笑處天香滿, 妃子觀時國色盈.
何幸倚欄同一賞, 恨無盃酒浥芳馨.
瓊見詩, 知生意有屬於已, 乃一笑歎息而去, 回顧再三.
生自此之後, 見其姿容秀麗, 其心不能自持. 瓊此後, 無心針指,
時出遊戲消遣. 見蜂蝶燕鶯, 景物繁華, 賦詩一首 :
春色平分二月時, 弓鞋款款步蓮池.
九回腸斷無由訴, 一點芳心不自持.
灼灼奇芳留粉蝶, 陰陰古木囀黃鸝.
曉來悶對粧臺立, 巧畫娥媚爲何誰 ?
瓊有侍女韶華, 頗巧慧能謳. ……

二人拜爲兄妹, 自此之後, 與生來往甚密. 一日生問曰 : 連日不見
瓊娘子, 固無恙乎? 答曰 : 娘子近日偶疾如瘧, 神思不寧, 倚床作望
江南詞. 生曰 : 願問. 韶華云 :

香閨內, 空自想佳期. 獨步花陰情緒亂, 慢將珠泪兩行垂. 勝會在
何時?懨懨病, 此夕最難持. 一點芳心無托處, 荼蘼架上月遲遲. 惆
悵有誰知?

이곳에 인용된 부분만 보더라도 이것은 〈앵앵전〉 얘기의 영향 아
래 이루어진 작품임을 알 것이다. 얘기의 성격뿐만 아니라 '화본(話
本)'이라 하여 소설로 흔히 취급하지만 강창(講唱)의 성격에 있어서
고자사(鼓子詞)와 통함을 알 것이다. 이것은 송대 작품이 아닐 가능
성이 많고 또 비교적 창의 성분이 많은 것을 골랐으나 하여튼 '화본'
도 고자사나 마찬가지로 변문(變文)의 영향하에 이루어진 같은 성질
의 설창문학(說唱文學)임엔 틀림없다.

더욱이 같은 《청평산당화본(淸平山堂話本)》 중의 〈문경원앙회(刎頸
鴛鴦會)〉 같은 화본은 거의 완전한 고자사라 보아도 좋을 것이다. 산
문은 유려한 구어체를 쓰고 있고 운문은 상조조호려십수(商調醋葫蘆
十首)를 쓰고 있다. 제일수(第一首) 앞에는 조령치(趙令畤)의 고자사
처럼 '봉로가반(奉勞歌伴), 선청격률(先聽格律), 후청무사(後聽蕪詞)'
란 말이 붙었고, 나머지 9수 앞에는 '봉로가반, 재화전성(再和前聲)'
이란 상투어를 쓰고 있다. 송대 화본(話本) 중에 '창(唱)'의 성분이 비
교적 적은 것은, 이러한 여러 가지 사정으로 미루건대 명인들에 의하
여 산문화(散文化)된 것이라 할 것이다.

고자사(鼓子詞)는 관현(管絃)의 반주를 수반하였으며[11] '강(講)'에

---

11) 前引 〈商調蝶戀花〉에 '惜乎不被之以音律, 故不能播之聲樂, 引之管絃.'

서 '창(唱)'으로 들어가기 전에는 언제나 '봉로가반(奉勞歌伴), 재화전성(再和前聲)'이라 하였으니 '강'하는 자와 '창'을 하는 자가 달랐음을 알겠다. 이처럼 성격은 모두 본질적으로 비슷하지만 '강(講)'에 치중하느냐 '창(唱)'에 치중하느냐 또는 어떤 악기의 반주로 어떤 노래를 부르느냐 춤이 있느냐 없느냐에 따라 소설이나 전답(轉踏) 또는 고자사(鼓子詞)로 나뉘어진 것이다.

조령치(趙令時)는 이처럼 10수의 접련화사(蝶戀花詞)로 앵앵과 장생의 얘기 전부를 열정적으로 노래하고 있다. 그러나 편말(篇末)의 일단(一段) 산문과 수미(首尾)의 두 수 '접련화(蝶戀花)'에는 앞에 든 조소전답(調笑轉踏)보다는 더 명확히 앵앵에 대한 동정과 장생에 대한 불만을 표시하고 있다.

장생과 앵애의 관계는 이치에 따라 그들의 감정을 안정시키지도 못하고, 또 의리에 맞지도 못하는 것이었다. 처음 그들이 만났을 적에는 그처럼 정이 두터웠는데, 끝머리에 서로 정을 잃는 것이 그처럼 빠르기도 한 것이다.
張之於崔, 旣不能以理定其情, 又不能合之於義. 始相遇也, 如是之篤, 終相失也, 如是之遽.

가장 두드러지는 것은 재주는 많으면서도 정은 너무 얕은 것이니, 조금 뒤에는 떠나보낸 사람의 그리움 같은 것은 생각지도 않네.
最是多才情太淺, 等閑不念離人怨.

이전의 즐거웠던 일 내버리는 것도 모두 참기 어려운 일이어늘, 맹세한 말을 전혀 믿을 수 없는 것으로 만들 줄이야 어이 알

이라 하였다.

았으리?

棄擲前歡俱未忍, 豈料盟言, 陡頓無憑准.

이상과 같은 말들이 그것이다. 그러나 대담하게 결미를 단원으로 개조까지 하지는 못한 것은, 원진(元稹)으로부터 시대가 그리 멀지 않기 때문일까?

이들은 모두 북송(北宋) 때 사람들이다. 이러한 설창(說唱)이나 가무는 남송(南宋)에 이르러 더욱 성황을 이룬다. 다만 〈앵앵전〉의 얘기를 소재로 한 작품들이 눈에 뜨이지 않으나 이 앵앵의 얘기도 남송에 들어와 더욱 보편화되었을 가능성은 많다. 남송 나엽(羅燁)의 《취옹담록(醉翁談錄)》에는 당시 설화인(說話人)의 소설로 첫머리에 〈앵앵전〉을 들고 있다. 또 주밀(周密, 1222~1308?)의 《무림구사(武林舊事)》 소재 〈관본잡극명목(官本雜劇名目)〉 중에는 '앵앵 육요(鶯鶯六么)'가 보인다. '육요(六么)'는 '녹요(綠腰)'라고도 하는 대곡(大曲)의 일종이다. 아깝게도 이들 작품은 전하여지지 않고 있지만 남송 때 앵앵의 얘기가 민간에 유행하던 강창(講唱)이나 가무로 널리 보편화되었음을 알 수 있겠다.

그밖에 《장협장원(張協狀元)》 희문(戲文) 중에는, '새홍낭(賽紅娘)', '첨자새홍낭(添字賽紅娘)'이라는 곡패(曲牌)명이 보인다. 또 도종의(陶宗儀)의 《철경록(輟耕錄)》 〈송금원삼조원봉명목(宋元金三朝院本名目)〉에는 '홍낭자(紅娘子)' 원본(院本)이 실려있는데 이것은 금대(金代) 작품일지도 모른다.

영락대전(永樂大典) 권13983 희문(戲文) 69 및 서위(徐渭, 1521~1593)의 《남사서록(南詞敍錄)》 〈송원구편(宋元舊篇)〉에는 〈최앵앵서상기(崔鶯鶯西廂記)〉라는 희문(戲文)의 명목(名目)이 보인다. 근인 전남양(錢南揚)은 《송원희문집일(宋元戲文輯佚)》에 《강희악부(康熙

樂府)》,《성세신성(盛世新聲)》,《구편남구궁보(舊編南九宮譜)》등 책에서 〈서상기(西廂記)〉 희문의 곡사(曲詞) 28곡을 모았다. 이것들은 남송 때로부터 유전되어온 것일 것이며 적어도 잡극(雜劇) 〈서상기〉 보다는 연대가 빠른 것이다. 그리고 이것들은 남송 이후 〈앵앵전〉의 얘기가 더욱 성행하였다는 추리를 뒷받침하기에 충분할 것이다.

4. 동해원(董解元)의 〈서상기〉 제궁조(諸宮調)

〈앵앵전〉 얘기는 여러 가지 형식의 민간예술을 통하여 전승되는 사이에 거기에 당시 사회의 모럴이나 민중들의 사상 감정이 작용하여 부단한 자가보충과 수정이 가하여졌다. 그 결과 금대(金代)에 이르러 동해원(董解元)이란 사람의 손을 통하여 당시 유행하던 '제궁조(諸宮調)'라는 강창(講唱) 형식으로 위대한 〈서상기〉 제궁조가 이루어졌다. 제궁조는 비파나 쟁(箏) 같은 현악기의 반주를 수반하였으므로 '서상추탄사(西廂搊彈詞)' 또는 '현색서상(絃索西廂)'이라고도 부르며, 작자의 성을 붙여 '동서상(董西廂)'이라고도 약칭한다.

동해원(董解元)의 생평에 관하여는 상세한 기록이 전혀 없다. 종사성(鍾嗣成, 1321년 전후 재세)의 《녹귀부(錄鬼簿)》의 '동해원(董解元), 금장종시인(金章宗時人)'이라는 기록이 고작이다. 장종(章宗)은 1190년부터 1208년 사이, 즉 남송(南宋)의 광종(光宗)·영종(寧宗) 때에 해당한다. '해원(解元)'도 이름이 아니다. 당(唐)나라 제도에 향시(鄕試)에 급제하는 것을 '해(解)'라 하여 후세에는 향시(鄕試)를 '해시(解試)', 향시(鄕試)에 일위(一位)로 급제하는 자를 '해원(解元)'이라 하였다.

그리하여 주권(朱權, ?~1448)의 《태화정음보(太和正音譜)》와 모기령(毛奇齡, 1623~1716)의 《서하사화(西河詞話)》에서는 그를 금(金)나라에 벼슬한 금장종(金章宗) 때의 학사(學士)라 하였다. 그러나 금원대(金元代)에는 해원을 선비의 뜻으로 써서 공부한 사람이면 누구에게나 붙일 수 있었던 말이었음을 생각할 때[12] 수긍되지 않는다. 그러나 〈서상기〉 제궁조(諸宮調) 인자(引子)에 자신의 생활을 자서(自敍)한 일단(一段)이 있다.

[**선려조**(仙呂調)]

〈취락백전령(醉落魄纏令)〉
장안의 누각과 기루(妓樓)와 원앙새 수놓인 장막 쳐진 곳에서는
풍류객이라는 명성이 약간 있었네.
똑똑하다는 부랑자들 모두 굴복케 하였으니,
아무렇게나 경박한 짓 하지 않는 생활 하였다네.
秦樓榭館鴛鴦幄, 風流稍是有聲價.
敎惺惺浪兒每都伏咱, 不曾胡來俏倬是生涯.

〈정금관(整金冠)〉
한 병의 술 들고,
한 가지 꽃 꽂고,
취하면 노래하고,
흥이 나면 춤추고,
깨어나야 그만두네.

---

12) 왕실보(王實甫)의 〈서상기〉 잡극(雜劇)에서도 장생(張生)을 '장해원(張解元)'이라 부르고 있다.

携一壺兒酒, 戴一枝兒花 :
醉時歌, 狂時舞, 醒時罷.

이로 보면 동해원(董解元)은 풍류에 이름을 날린 방탕한 성격의 사람임을 알겠다.
같은 인자(引子)에

〈태평잠(太平賺)〉
나는 평생 성질이 매우 거칠고 멋대로였으니,
거칠고 멋대로인 성질 잡아두기 어려웠네.
잠시 생각해보니 시를 무척 좋아하여
다정한 곡조 고르기 좋아했다네.
俺平生情性好疏狂, 疏狂的情性難拘束.
一回家想應詩魔多, 愛選多情曲.

라고 한 것도 그가 호방한 인간이었음을 알려준다. '애선다정곡(愛選多情曲)'한 결과로 이루어진 것이 〈서상기〉 제궁조임은 말할 것도 없다.

동해원이 활동한 금(金)나라 장종(章宗) 때는 남송과 거의 30년의 평화를 유지하여 도시는 상업과 수공업의 발달로 번영을 극하였다. 그리하여 소시민은 생업의 여가를 즐길 여유가 생기었고, 낙백한 선비들은 그들의 수업을 통속문학 창작에 바치며, 가슴속의 분만을 쏟아냈기 때문에 그 시대의 연희를 전문적으로 연출하는 구란(句欄)이나 와사(瓦肆)가 대성하였다. 동해원은 바로 이러한 낙백한 선비들 중의 한 사람이었고 제궁조(諸宮調)는 이 시대 와사(瓦肆)에 유행한 강창(講唱)의 일종이었다.

제궁조는 북송(北宋) 때 시작되어[13] 남송(南宋)에 이르기까지 몇 개의 작품명이 알려져 있으나[14] 작품은 전하는 게 조금밖에 없다. 현 존되는 것으로는 이 〈서상기〉 제궁조와 무명씨(無名氏)의 〈유지원(劉智遠)〉 잔본(殘本) 및 원인(元人) 왕백성(王伯成)의 〈천보유사(天寶遺事)〉 곡문(曲文)의 일부가 있을 뿐이다. 제궁조란 명칭은 여러 가지 궁조(宮調)의 악곡(樂曲)을 사용한 데서 온 것으로 제반궁조(諸般宮調)라고도 하였다.[15] 당시에 유행하던 전답(傳踏)·고자사(鼓子詞)나 대곡(大曲)·법곡(法曲)들이 모두 동일 궁조의 곡조를 반복해서 여러 개를 사용한 것과 다르다.

잠사(賺詞) 같은 것은 비록 동일 궁조(宮調)의 여러 가지 곡조를 모아 투곡(套曲)을 이루기는 하였으나, 역시 제궁조처럼 여러 가지 궁조의 투곡(套曲)을 연용하지는 못하였다. 이렇게 볼 때 그 음악은 다른 악곡들보다 훨씬 진보한 것임을 알 것이다. 그 궁조는 수당(隋唐) 연악(宴樂)의 28궁조(宮調)에서 온 것이나 금대(金代) 제궁조에 서는 그 중의 16개 궁조만을 사용하고 있다.

산문으로 된 '강(講)'의 부분을 보면 다른 강창(講唱)들보다도 일인의 서술이지만 훨씬 대화의 색채가 짙어져 있다. 많은 '강(講)'의 부분에서 원(元) 잡극(雜劇)의 빈백(賓白)의 기분을 느끼게 되는 것도 이러한 때문이다. 이처럼 제궁조를 문학작품으로 따질 때 그것은 희곡으로 발전하기 바로 전의 강창이라는 것을 알게 될 것이다.

---

13) 王灼《碧鷄漫志》권2, '熙寧·元豐間(1068~1085), 袁州張山人以詼諧 獨步京師, 時出一兩解, 澤州有孔三傳者, 首創諸宮調古傳, 士大夫皆能 誦之.'

14) 周密의《武林舊事》권10 諸宮調覇王, 諸宮調卦鋪兒 두 가지가 보이고, 《太平樂府》권9에는 雙漸蘇卿諸宮調가 있다.

15) 120回本《水滸傳》제29회.

제궁조의 강창은 한 사람이 징과 박판을 치며 하였고, 대부분의 경
우 옆에는 비파나 쟁의 현악반주가 있었다. 따라서 그 상연은 단조로
움을 면치 못하였을 것이니 원대(元代)에 이르러 잡극의 홍성과 함께
거의 자취를 감췄던 것은 당연한 일이라 할 것이다. 그러나 한두 개
명청대(明淸代)까지도 제궁조에 관한 기록이 있는 것으로 보아 명맥
은 간혹 유지되었던 것 같다. 도종의(陶宗儀, 1360 전후)의 《철경록
(輟耕錄)》에는 '동해원이 처음으로 〈서상기〉를 만들었는데, 지금와서
는 그것을 전하여 익힌 사람이 적어졌다(董解元始造西廂記, 今世傳
習已寡)'고 하였고 청초(淸初)의 괴유(怪儒) 김성탄(金聖歎)도 〈서상
기〉에 그토록 감복하면서도 〈서상기〉 제궁조가 있는 줄은 몰랐다.

앵앵의 얘기는 이 〈서상기〉 제궁조에 이르러 마침내 대단원의 결미
를 이룬다. 이것은 송대를 통하여 쌓여온 관중들의 장생에 대한 불만
이 그렇게 만든 것이다. 이처럼 결미가 대단원으로 바뀜에 따라서 구
성이나 인물의 성격상에 많은 변화를 가져왔다. 이제 중요한 인물들
의 성격변화를 더듬어 보기로 한다.

(1) 장생(張生) — 원진(元稹)의 소설에 나타난 장생은 봉건적인
예교사상의 화신이었다. 일시는 지극히 사랑했던 여자를 재미를 보고
나서는 '요물'이라 규정하고 딴 여자와 결혼하는 파렴치한이었다. 동
서상(董西廂)에서는 이러한 장생의 형상을 완전히 개조하여 합리적인
정열아(情熱兒)로 만들었다.

우선 앵앵(鶯鶯)과의 처음 관계부터 자연스럽다. 장생이 보구사(普
救寺)에서 앵앵을 얼핏 보고 그 아름다움에 매혹된다. 그리하여 달
밝은 밤 마음속의 가인을 그리며 장생이 시 한 수 읊는다.

  달빛이 휘영청 밝은 밤,

봄의 꽃그늘은 적적하기만 한데,
어찌하여 달빛은 비치고 있는데,
달 속 사람은 나타나지 않는가?
月色溶溶夜, 花陰寂寂春,
如何臨皓魄, 不見月中人?

그러자 의외로 '월중인(月中人)'은 일진(一陣)의 향내를 풍기며 문
을 열고 나온다. 그리고 섬섬옥수(纖纖玉手)로 한 가지 꽃을 꺾고 달
을 향해 절한 뒤, 장생의 시운(詩韻)을 밟아 답시(答詩)를 읊는다.

향기로운 규방은 오랫동안 적막하여
향긋한 봄을 보낼 길이 없었는데,
생각건대 길가며 시를 읊는 이는
응당히 긴 탄식하는 사람 동정하시리라.
蘭閨久寂寞, 無計度芳春,
料得行吟者, 應憐長歎人.

이 시를 통하여 반군(叛軍)이 절을 포위하기 전에 두 사람의 마음
은 연결된 것이다. 따라서 이들의 사랑이 만난을 무릅쓰고 밀회까지
발전했어도 이상할 게 없이 된 것이다.
앵앵과의 이별도 소설에서처럼 장생의 자의로 간단히 이루어지지
않는다. 이 두 사람의 관계가 노부인에게 알려지자 엄격한 노부인은
벼슬 못한 백의(白衣)의 사위는 가문을 위하여 볼 수 없으니, 정식으
로 결혼하기 전에 과거부터 보고 급제한 뒤 다시 오라고 장안(長安)
으로 장생을 쫓아보낸다. 이에 장생은 어쩔 수 없이 앞날을 기약하며
앵앵과 단장(斷腸)의 이별을 하게 된다.

이렇게 하여 '시란종기(始亂終棄)'하던 당대(唐代)의 장생은 송대 (宋代) 이후의 사회에 용납되는 합리적인 호남으로 진보된 것이다.

(2) 앵앵(鶯鶯) —— 소설에서의 앵앵의 형상은 지나치게 부자연스럽 다. 장생이 보낸 춘사(春詞)에 '명월삼오야시(明月三五夜詩)'로 답하 고, 장생이 찾아오자 준절히 꾸짖어 돌려보낸다. 그런 뒤 며칠 후 갑 자기 금침을 싸 가지고 장생에게 찾아가 말 한 마디 없이 몸만을 바 치고 돌아온다. 이 뒤로 기약없는 헌신이 계속되나 결국은 버려지고 만다. 흡사 발길에 자원해서 짓밟히는 꽃잎과 같다.

그러나 제궁조에서의 앵앵은 피가 도는 열정적인 미인이다. 장생이 앵앵을 사랑하였을 뿐만 아니라 앵앵도 이에 못지 않게 장생을 사랑 한다. 그러나 이들의 사랑은 봉건적인 예교주의에 의하여 봉쇄당한다. 두 사람은 괴로워하고 또 괴로워한 뒤에야 하는 수 없이 모든 형식을 초극하여 밀회를 감행하게 된다. 우리는 여기에서 진실한 인간감정과 사회 예교의 상충을 보게 된다. 그 뒤로도 앵앵의 사랑은 생동하는 진전을 보여준다.

(3) 홍낭(紅娘) —— 소설에서의 홍낭은 앵앵의 하녀로서 부수적인 등 장인물에 불과했다. 그러나 제궁조에서의 홍낭의 위치는 적극성을 띠 게 되고 개성도 뚜렷해진다. 장생과 앵앵의 사랑은 홍낭의 적극적인 활약없이 결과를 맺기 어려웠을 것이다. 그는 정의감이 강하고 용감 한 여인이다. 보수적인 노부인이 '망은부의(忘恩負義)'하고 장생에게 앵앵을 허했던 뜻을 번복했을 때 홍낭은 노부인을 꾸짖는 노래를 부 른다.

〈출대자(出隊子)〉
…… 상국부인께선 정말 고약하시니
매우 남을 해치려는 심보 지나치게 악독하시네.

〈미(尾)〉
부인이 되시어 부인 노릇은 제대로 못하시고
세상에 드믄 악한 노파 노릇을 하시니,
양편 모두 이처럼 불행을 겪게 되었네.
〈出隊子〉 …… 相國夫人端的左, 酷毒害的心腸忒煞過.
〈尾〉 做個夫人做不過, 做得個積世虔婆. 教兩下裡受這般不快活.

그밖에 노부인이 두 사람의 밀회를 알고 크게 화를 냈을 때도, 의
리를 따져 노부인을 공격하고 설복시킨다. 이처럼 홍낭을 활발한 성
격으로 만듦으로써 규수 앵앵의 사랑이 자연스러운 단원을 이룰 수가
있었던 것이다.
 (4) 기타 ── 그밖의 등장인물, 예를 들면 노부인의 봉건적인 성격
은 장생이나 홍낭의 진보적인 태도와의 충돌로 더욱 명확해진다. 또
앵앵이 어릴 적에 그의 아버지가 허혼했던 정항(鄭恒)이란 인물의 역
할도 두 사람의 사랑을 가로막는 봉건적인 잔재로 뚜렷한 위치를 점
하게 된다. 법총(法聰)이나 손비호(孫飛虎)・백마장군(白馬將軍)의
출현도 모두 남녀의 사랑에 적극적인 참여를 하게 된다.

 이처럼 〈앵앵전〉의 등장인물 성격이 뚜렷해지고 고사의 성격이 민
중의 감정에 가까워지자 앵앵의 얘기는 가일층 민중들과 친근하여졌다.
 동서상(董西廂)은 기본적으로 〈앵앵전〉의 얘기를 대본으로 하였
고, 또 원진(元稹)이 소설의 말미에서 언급한16) 이신(李紳, ?~846)
의 앵앵가(鶯鶯歌)도 근거의 하나가 되었다. 그러기에 제궁조의 산문

---

16) '公垂(李紳의 字)卓然稱異, 遂爲鶯鶯歌以傳之. 崔氏小名鶯鶯, 公垂以命
  篇.'

중에는 〈앵앵전〉 속의 대화를 거의 그대로 인용한 곳이 허다하고, 또 이신(李紳)의 앵앵가의 일부도 차용하고 있다. 그런데 〈서상기〉 제궁조의 말미를 보면 다음과 같은 한 대목이 있다.

장생은 앵앵과 원만히 대단원을 이루어 장안으로 돌아가 벼슬을 하게 되었고, 정항은 스스로 수치스런 마음을 품게 되어 섬돌에서 몸을 던져 죽어버렸다. 그리하여 재자(才子)는 사랑을 베푼다는 것이 드러나고, 가인(佳人)은 은덕에 보답한다는 것을 알게 되었다. 이런 일이 있었음을 어찌 알게 되었는가? 봉래의 유예(劉汭)가 이런 시를 짓고 있다.

포동의 아름다운 만남은 예부터 많지 않던 일이니,
판각(板刻)하여 놓음으로써 끝내 지워지지 않게 하려는 것이네.
만약에 원진(元稹)이 이 새 가락 보았더라면
오로지 이신(李紳)의 앵앵가만을 칭송하지 않았으리라.
君瑞鶯鶯美滿團圓, 還都上任：鄭恒衙內自懷羞恥, 投階而死. 方表才子施恩, 足見佳人報德. 怎見得有此事來? 蓬萊劉汭題詩曰：
蒲東佳遇古無多, 鏤板將令竟不磨：
若使微之見新調, 不敎專美伯勞歌.

끝머리의 백로가(伯勞歌)란 이신(李紳)의 앵앵가(鶯鶯歌)를 가리킨다. 이에 의하면 말미에서 앵앵의 옛날 허혼자인 정항(鄭恒)이 간계로 장생과 앵앵의 결혼을 방해하다 실패하자 자살을 한다. 그러나 이러한 대목은 현재 〈서상기〉 제궁조 이전의 앵앵고사(鶯鶯故事)에는 보이지 않는다. 그러나 이곳에 인용한 어투로 보아 이러한 얘기도 근거가 있었음이 분명하다. 적어도 유예(劉汭)가 제시한 각본(刻本)의 얘기는 그렇게 되었음이 분명하다.

〈서상기제궁조〉는 작품의 구성에도 탄력있는 수법을 쓰고 있다. 서정부분과 서사 및 서경부분이 유기적인 결합을 이루고 있는 인물의 성격이나 감정의 묘사가 탁월하다. 사용된 문장도 후세 잡극의 대표작으로 꼽히는 왕실보(王實甫)의 〈서상기〉가 그 영향을 여러 면에서 받고 있지만, 잡극(雜劇) 〈서상기〉보다도 우수한 문장이 여러 곳에 눈에 뜨인다. 예로 초순(焦循, 1763~1820)이 그의 《역여약록(易餘籥錄)》에서 열거한 문장 몇 조목을 들어 잡극 〈서상기〉의 것과 비교해 본다.

〔송별(送別)〕

남자의 마음 쇠같다 말하지 마라! 그대는 보지 못하는가? 강가에 가득한 붉은 단풍잎이, 모두가 이별한 사람 눈 속의 피인 것을!
莫道男兒心如鐵! 君不見滿川紅葉, 盡是離人眼中血! (諸宮調)
새벽이 되자 서리 내린 숲을 술취한 듯 누가 물들여 놓았는가? 모두 이별한 이들의 눈물이지.
曉來誰染霜林醉? 總是離人淚. (雜劇)

나귀의 채찍 하늘거리고, 시 읊는 두 어깨 들먹거리니, 이별의 시름 얼마나 무거운가 묻지 말게나! 말 위로 올라타려 해도 태운 뒤 움직이지 못할 걸세.
驢鞭半裊, 吟肩雙聳, 休問離愁輕重! 向個馬兒上駝也駝不動.
(諸宮調)
사방의 산색에 한 줄기 저녁해 비치는 속에, 오직 인간의 번뇌가 가슴에 메워진, 이들 크고 작은 수레를 헤아려 보아도 어찌 그 무거운 것을 실을 수 있으랴?

四圍山色中, 一鞭殘照裏, 徧人間煩惱塡胸臆, 量這些大小車兒如何載得起? (雜劇)

한 사람은 긴 한숨 멈추지 못하고, 한 사람은 찌푸린 눈썹 펴지 못하니, 두 사람의 심사엔 똑같은 정회 담겨 있네.
一個止不定長吁, 一個頓不開眉黛, 兩邊的心緒, 一樣的情懷.
(諸宮調)
한 사람은 저쪽, 한 사람은 이쪽에서, 번갈아 쉬는 긴 한숨소리만 나네!
一個那壁, 一個這壁, 一遞一聲長吁氣! (雜劇)

이처럼 탄력있는 구성에 뛰어난 문장으로 민중들을 모두가 눈물 흘리게 한 앵앵의 얘기를 썼으므로, 앵앵의 얘기는 더욱 깊숙이 사람들의 마음속으로 파고들었다. 〈서상기〉 제궁조는 후에 잡극 〈서상기〉라는 대작이 출생할 온상이 되었던 것이다.

5. 왕실보(王實甫)의 〈서상기〉

잡극(雜劇) 〈서상기〉는 앞에서 언급한 여러 가지 앵앵의 얘기를 다룬 작품들을 기반으로 창작된 위대한 희곡이다.
잡극이란 송금대(宋金代)의 잡극·원본(院本) 같은 잡희(雜戲), 대곡(大曲)·곡파(曲破) 같은 가무곡(歌舞曲), 제궁조(諸宮調) 같은 강창문학(講唱文學), 송대(宋代)에 생긴 남곡(南曲) 희문(戲文) 등의 종합적인 영향 아래 원초(元初)에 이루어져 원대에 대성한 중국의 대표적인 고극(古劇)이다.

그 중요한 특징은 다음과 같다. 첫째, 창(唱)·과(科 : 동작)·백(白대화)의 삼요소에 의하여 입체적으로 연출된다. 둘째, 한 개의 작품은 사절(四折)로 구성됨이 원칙이며, 일절(一折)은 한 궁조(宮調)의 투곡(套曲)으로 이루어진다. 셋째, 음악은 제궁조나 마찬가지로 수당대(隋唐代)의 연악(燕樂) 23조(調)에서 나왔으나 그 중의 14조만이 사용되었다. 간단히 이를 거듭 설명하면 잡극이란 4막으로 이루어진 대화와 노래로 엮어지는 음악극(音樂劇)이다. 그러나 〈서상기〉는 일절사본(一折四本)인 오본(五本)의 특수한 구성으로 이루어진 장극(長劇)이어서 그 길이는 명대(明代)의 전기(傳奇)에 견줄 만하다.

〈서상기〉의 작자는 왕실보(王實甫, 1300년 전후 재세)이다.[17] 그에

---

17) 鍾嗣成의 錄鬼簿, 朱權의 太和正音譜, 賈仲明이 續錄鬼簿를 지을 때 쓴 凌波仙詞에 모두 〈西廂記〉를 王實甫 작이라 하고 있다. 그러나 〈서상기〉의 第五本이 앞의 四本들만 문장이 못한 데서, 明 嘉靖(1522~1566) 때부터 前四本은 왕실보가 짓고 나머지 一本은 關漢卿이 지었다는 설이 강력해졌다. 그밖에 반대로 전4본은 관한경이 짓고 나머지 1본을 왕실보가 지었다느니 전부를 관한경이가 지었다느니 하는 설도 떠돌았다.

　그러나 明初 이전 曲家들이 모두 왕실보 작이라 하였고, 관한경에게 〈서상기〉란 작품이 있다는 말을 한 이가 없으니 우리는 왕실보 작임을 믿어야 할 것이다. 또 〈서상기〉가 董西廂을 대본으로 삼았고, 사회조류가 이들의 대단원을 요구하였을 때라는 것을 생각하더라도 전4본과 後一本을 분리시킬 수 없다. 후1본의 문장이 약간 손색이 있는 것은 작가의 반항정신이 단원으로 얘기를 이끄는 과정에서 약화되어 억지로 작품을 끝맺기 때문일 것이다. 관한경이나 馬致遠 같은 작가들의 작품도 거의 전부 최후의 一折의 曲辭는 前面만 못하다. 또 관한경도 왕실보에 못지 않은 대가인데 문장에 손색이 있다고 해서 그것을 관한경의 작으로 돌리는 것은 이치에 맞지 않다.

관한 전기(傳記)도 종사성(鍾嗣成)의 《녹귀부(錄鬼簿)》에 이름은 덕신(德信, 據 天一閣抄本)이고 대도(大都 : 지금의 北京) 사람이라는 기록이 있을 따름이다. 그러나 〈서상기〉는, 가중명(賈仲明, 1383 전후 재세)이 《속녹귀부(續錄鬼簿)》를 지을 때 왕실보에 대하여 쓴 능파선사(凌波仙詞)에서 '서상기천하탈괴(西廂記天下奪魁)'라 하였으니 원대부터 사림간에 가장 훌륭한 희곡작품으로 인정되었음을 알겠다. 왕실보의 작품으로는 〈서상기〉 이외에도 〈여춘당(麗春堂)〉·〈파요기(破窰記)〉 2종이 전해지고, 〈판차선(販茶船)〉·〈부용정(芙蓉亭)〉·〈쌍거원(雙渠怨)〉·〈교홍기(嬌紅記)〉·〈우공고문(于公高門)〉·〈칠보성장(麗春園)〉·〈다월정(多月亭)〉·〈명달매자(明達賣子)〉 등의 작품이 있었던 것으로 알려져 있다.

잡극 〈서상기〉는 〈서상기〉 제궁조를 고사(故事)나 곡사(曲辭)에 있어 기초로 삼고 있지마는, 진일보하여 더욱 완선(完善)하고 아름다운 작품을 이루고 있다. 왕실보에 이르러 앵앵의 이야기의 등장인물들의 성격이 더욱 생동하게 되었고 아직도 남아있던 불합리한 구성들이 많이 개선되었다. 예를 들면 제궁조에서는 앵앵이 장생을 만난 뒤부터 노부인과 사고방식에 있어 충돌이 생기지만 잡극에서는 앵앵의 규원(閨怨)과 춘수(春愁)를 통하여 처음부터 노부인과 세대적인 감각의 차이를 보여준다.

그리하여 장생이란 젊은 남자를 보자 열렬히 사랑하게 되어도 이상하지 않게 된 것이다. 또 제궁조에서는 앵앵이 처음으로 장생이 보낸 연애시들을 보고 하녀 홍낭(紅娘)에게 경대(鏡臺)를 집어던진다. 뒤에 노부인이 정항(鄭恒)의 거짓말을 믿고 앵앵을 정항에게 주려 하자 앵앵과 장생은 법총(法聰)에게 찾아가 진정을 호소하고 함께 허리띠로 목을 매어 죽는다고 법석을 떤다. 이런 지나친 행동들은 잡극에 와서 모두 잘 고쳐진다.

장생이나 앵앵 노부인도 이야기의 진전과 어울리는 뚜렷한 성격의 소유자로 발전한다.

첫째, 앵앵을 보면 규원(閨怨)과 춘수(春愁)를 통하여 그가 열정적인 여인임을 처음부터 얘기하여 주고 있다. 그리하여 장생을 처음 만났을 때에도 떠나가며 추파를 던지고 달밤에 몰래 빠져나가 서로 주고받으며 밀회로까지 발전하는데 아무런 무리도 없게 되는 것이다. 이러한 적극적인 앵앵의 성격은 봉건적인 노부인과 더 심각하게 서로 충돌함으로써 독자들에게 더욱 많은 문제를 드러내 보여준다.

노부인이 장생과의 결혼을 거절할 때도 앵앵은 노골적인 반항을 표시한다. 장생의 행동은 이러한 앵앵의 성격으로 말미암아 더욱 자연스러워진다. 두 사람의 사랑에 결정적인 장애가 생겼을 때에는 내세를 약속하며 목숨을 바치는 열혈가들이기에 예교를 무시한 그들의 밀회가 자연스러워진다.

제궁조에서는 손비호(孫飛虎)가 절을 포위했을 때 장생은 반군(叛軍)을 물리칠 방책이 있다고 스스로 말하면서도 잠시 그대로 보고만 있어 그의 협기(俠氣)가 축소되어 있으나 잡극에서는 자진하여 난(亂)을 해결한다. 또 '고홍(拷紅)'에서 노부인이 장생에게 앵앵을 허혼(許婚)하자 제궁조에서는 장생이 먼저 과거보러 가겠다는 말을 꺼낸다. 그러나 잡극에서는 문벌을 내세우는 노부인의 고집 때문에 장생은 어쩌는 수 없이 앵앵과 이별을 하게 된다.

홍낭도 잡극에서는 더욱 정의감이 강하고 용감하고 기지가 있는 여인이 된다. 부정을 보면 노부인이고 정항(鄭恒)이고를 가리지 않고 덤벼든다. 이리하여 잡극에서의 홍낭의 활약은 오히려 주인공인 앵앵보다 더 활발할 정도이다. 그리고 연애의 보조자이면서도 거추장스러운 존재인 홍낭에 대한 장생과 앵앵의 감정묘사도 재미있다.

김성탄(金聖嘆)은 〈제육재자서(第六才子書)〉에서 정항이 나무에

부딪쳐 자결하는 장면에,

'나는 아주 참지 못하겠다. 무엇 때문에 억지로 이렇게 쓰는가? 정
말 나쁜 글이 한스러워서 한이 된다(我大不忍也, 何苦寫至此? 眞
爲惡札, 可恨恨也).'

고 평하고 있다. 그 이외에도 많은 사람들이 처참한 정항(鄭恒)의 종
말을 지나친 것으로 보았다.

그러나 〈서상기〉가 쓰여진 시대성을 참조할 때 우리는 오히려 이곳
에서 작자의 반항정신을 찾아볼 수 있다. 정항은 장생과 정혼할 때,

'아가씨가 만약 말을 안듣는다면 2, 30명 장정들을 시켜 잡아다 가
마에 태운 다음, 바로 옷을 벗기고서 서둘러 너를 한 명의 아주머
니로 만들 거다!(姑娘若不肯, 着二三十個伴僧, 攙上轎子, 到下處
脫了衣裳, 趕將來, 還儞一個婆娘!)'

라고 앵앵을 약탈해 가겠다고 공갈한다. 손비호(孫飛虎)도 보구사(普
救寺)를 포위하고는 앵앵을 약탈해가려 한다. 이것은 북쪽 오랑캐들
의 풍습의 하나인 약탈결혼에 대한 반감의 표현이다.

북쪽의 여진족(女眞族)과 몽고족(蒙古族)들은 중원(中原)에 들어
와 한족들을 무력으로 누르며 가진 행패를 자행하였다. 그러기에 한
족들의 약탈자들에 대한 혐오(嫌惡)는 통절하였을 것이다. 강진지(康
進之)의 〈이규부형(李逵負荊)〉 잡극에서는 왕림(王林)의 딸 만당교
(滿堂嬌)를 약탈해간 난폭자를 이규(李逵)가 잡아 산으로 끌고가 여
러 사람들 앞에 효수(梟首)한다. 이때의 민중들은 〈서상기〉의 정항
(鄭恒)이나 〈이규부형〉의 난폭자가 죽음을 당하게 된다고 하더라도
칭쾌(稱快)를 했을지언정, 김성탄처럼 지나치다고 눈살을 찌푸리지는
않았을 것이다.

금(金)나라와 원(元)나라 때에는 외족(外族)이 중원(中原)을 다스
렸지만 중국의 경제와 문화는 고도로 발전하고 도시와 상업은 더욱 번

성하였다. 그러기에 시민의식을 반영하는 평화(平話)나 강창(講唱) 희곡(戱曲) 등은 북송(北宋) 이래로 발전을 극하였다. 이 시대의 혼인이란 문벌과 신분을 따져 부모들이 정하는 대로 결정되고 있었다. 제궁조나 잡극 〈서상기〉에서 최상국(崔相國)이 생존시에 앵앵과 정혼한 정항(鄭恒)이 큰 역할을 하게 되는 것도 이 때문이다. 노부인이 장생과 앵앵은 벌써 실질적인 부부가 되었다는 것을 알면서도 자기 집안에서는 여러 대를 두고 벼슬 안한 사위를 보지 않았다고 장생에게 먼저 과거를 보도록 강요하는 것은 봉건적인 의식에서 나온 것이다.

그러나 한편 앵앵이나 장생·홍낭이 대표하는 서민들의 의식 속에는, 형식적인 문벌이나 신분을 떠나서 재자(才子)는 가인(佳人)과 짝이 되어야 하고 '감정이 통하는 사람'끼리 어울려야 한다는 사상이 짙었던 것이다. 다시 말하면 송대(宋代)처럼 당대(唐代)의 장생이 옛날 애인을 요물 취급하는 태도에 단순한 반감만을 보인 것이 아니다. 진일보하여 금원대(金元代)에는 사랑과 결혼을 연결시키려는 사회의식이 보편화한 것이다. 이때 사람들은 전기에서처럼 버림받는 연약하고 가련한 앵앵보다는 열렬하고 반항적이고 행복을 위하여는 용감히 추구하고 괴로워하며 싸우는 앵앵에게 갈채를 보내었다.

동서상(董西廂)의 곡사(曲辭)를 하나하나 따져보면 잡극 서상기 못지않게 훌륭한 것이 많다. 그러나 전체적으로 볼 때 앞뒤 곡사와의 연결 또는 조화면에서 잡극 서상(西廂)이 훨씬 뛰어나다. 주덕청(周德淸, 1314 전후 재세)이 《중원음운(中原音韻)》에서 말한 '문이불문(文而不文), 속이불속(俗而不俗)'은 이 〈서상기〉 문장에 알맞는 표현이 된다. 희곡(戱曲)이란 구란(句欄)에서 모든 계층의 민중들이 듣는 것이기 때문에 너무 단아하기만 하여도 안되고 너무 속된 문장만을 써도 안된다. 예로 제4본(第四本) 제1절에서 장생이 앵앵을 기다리며 부르는 혼강룡(混江龍)을 들어보자.

채색 구름 어디에 있나?
달은 누대가 물에 잠긴 듯이 밝게 비치네.
중은 선실에 있고
까마귀는 정원 느티나무에서 지저귀네.
바람은 대나무 그림자 희롱하여
금 패식(珮飾)이 울리는 듯하네.
달은 꽃그림자를 옮겨놓아
님이 오시는가 여기게 하네.
뜻은 눈으로 본 이에게로 멀리 달려가
정회는 걷잡을 수 없이 다급해지네.
몸과 마음 한 조각
편안히 둘 곳조차 없구나!
나는 그저 우두하니 문에 기대어 기다리기만 하는데,
더욱 소식 아득하고 편지조차 없구나.
彩雲何在? 月明如水浸樓臺.
僧居禪室, 鴉噪庭槐.
風弄竹影, 則道似金珮響.
月移花影, 疑是玉人來.
意懸懸業眼, 急攘攘情懷.
身心一片, 無處安排.
我則索呆打孩, 倚定門兒待,
越越的靑鸞信杳, 黃犬音乖.

'채운(彩雲)'이며 '명월(明月)' '화영(花影)' '죽영(竹影)' 등은 흔히
쓰이는 말들이며, '의현현업안(意懸懸業眼), 급양양정회(急攘攘情懷)'
등은 서민적인 표현이고, '청란(靑鸞)' '황견(黃犬)'은 속담처럼 알려

진 고사이다.

그밖에 잡극 〈서상기〉는, 제궁조가 일률적인 곡사나 표현을 사용한 데 비하여 말하고 노래하는 사람의 심경이나 성격에 맞는 노래나 대화를 사용하고 있다. 따라서 등장인물들의 감정의 기복이나 심리변화가 독자에게 자세히 전달된다. 전체적으로 볼 때 장생의 노래에서는 시종 활달함과 정열을 느끼게 되고, 앵앵의 노래에서는 규수다운 전아(典雅)함과 유수(幽愁)를 느끼게 되며, 홍낭의 노래에서는 발랄과 경쾌를 느끼게 된다.

이것은 장생의 정열적이고 낙관적인 성격, 앵앵의 뜨거우면서도 수줍은 성격, 홍낭의 용감하고 기지가 있는 성격들과 부합된다. 또 잡극의 대화가 생동하는 것은 이것이 상연된 희극인 이상 필연적인 결과이려니와, 사경(寫景)에서도 관한경(關漢卿) 일파의 희곡에서는 찾아볼 수 없는 아름다운 시를 발견하게 된다.

> 사원 위에 달 높이 떠서
> 유리 같은 푸른 하늘을 상서로운 안개로 감싼 듯하네.
> 향불 연기는 구름처럼 엉겨있고,
> 독경 소리는 파도 소리처럼 요란하네.
> 깃발 그림자 펄렁이고
> 시주님들 다 모여드네.
> 梵王宮殿月輪高, 碧琉璃瑞烟籠罩.
> 香煙雲蓋結, 諷咒海波潮.
> 幡影飄飄, 諸檀越盡來到. (第一本 四折 雙調 新水令)

> 파란 구름 뜬 하늘,
> 국화로 덮인 땅,

가을바람 쌀쌀한데,

북녘 기러기 남녘으로 날아가네.

새벽이 되자 누가 서리내린 숲 취한 듯이 물들였나?

모두가 저 이별한 이들의 눈물이지!

碧雲天, 黃花地,

西風緊, 北雁南飛.

曉來誰染霜林醉, 總是那離人淚! (第四折 三折 正宮 端正好)

〈서상기〉가 민중들의 마음을 사로잡자 그 각본도 무수히 나왔다. 원대의 각본은 지금 전해지는 것이 없고, 명대 각본만도 다음과 같다.

1. 명(明) 홍치(弘治) 11년(1498) 금대악가각본(金臺岳家刻本) (臺灣 世界書局 全元雜劇初編 影印)
2. 명 만력간(萬曆間) 교산당유룡전각본(喬山堂劉龍田刻本)
3. 명 만력 38년(1610) 기봉관각본(起鳳館刻本)
4. 명 만력 42년(1614) 향설거각본(香雪居刻本)(民國 19년, 1930년 北京 富晉書社 影印)
5. 명 만력간 각(刻) 중교북서상기(重校北西廂記) 나무등(羅懋登) 주(注)
6. 명 만력간 주거이교각본(周居易校刻本), 도룡(屠隆) 교(校)
7. 명 만력간 환취당각본(環翠堂刻本), 왕정눌(汪廷訥) 교(校)
8. 명 만력간 소등홍각본(蕭騰鴻刻本), 진계유(陳繼儒) 평(評)(淸 乾隆間 修文堂重印, 民國 5년, 1961년 國學扶輪社 覆印)
9. 명 만력간 왕기후(汪起侯) 교각본(校刻本)
10. 명 만력간 금릉(金陵) 문수당(文秀堂) 각본(刻本)
11. 명 만력간 금릉호씨(金陵胡氏) 소산당(少山堂) 각본(刻本)
12. 명 천계간(天啓間) 오정릉씨(烏程凌氏) 주묵투인본(朱墨套印

本), 능몽초(凌蒙初) 교주본(校注本)(民國 5년, 1916년 貴池劉
氏 暖紅室彙刻傳奇 第二種 重刻, 1927년 日本 東京 文求堂
影印 暖紅室刻本)

13. 명 천계간 오정민씨(烏程閔氏) 집각(輯刻) 육환서상주묵투인
본(六幻西廂朱墨套印本), 민제급(閔齊伋) 교주(校注)

14. 명 천계숭정간(天啓崇禎間) 주묵투인본(朱墨套印本), 손광
(孫鑛) 평(評), 제신(諸臣) 교(校)

15. 명 숭정(崇禎) 3년(1630) 문립당각본(文立堂刻本), 정국헌(鄭
國軒) 교(校)

16. 명 숭정 12년(1639) 각본(刻本), 장심지(張深之) 교(校)

17. 명 숭정 13년(1640) 서릉천장각각본(西陵天章閣刻本), 이지
(李贄) 평(評)

18. 명 숭정간 휘금당각본(彙錦堂刻本), 탕현조(湯顯祖)·이지(李
贄)·서위(徐渭) 합평(合評)

19. 명 숭정간 각본

20. 명 숭정간 진장경(陳長卿) 교각본(校刻本), 위완초(魏浣初) 평
(評), 이예번(李裔蕃) 주(注)

21. 명 숭정간 급고각육십종곡본(汲古閣六十種曲本)

22. 기타 9종

이처럼 명 각본만 해도 30종이 있고 그밖에 청(淸) 각본 38종과 무
수한 현대인들의 교각본(校刻本) 또는 영인본(影印本)들이 있다. 그
러나 이들 명대 이후의 각본은 모두가 왕실보(王實甫)의 본래 면모을
그대로 지닌 것이 아니다.[18] 〈서상기〉에 대한 열애는 사람마다 붓을
들어 이 작품에 첨삭을 시도하게 하였던 것이다.

---

18) 鄭騫 교수 〈關漢卿雜劇總目〉(《大陸雜誌》 참조).

그 중에서도 〈서상기〉에 가장 왜곡된 영향을 남긴 것은 김성탄(金聖嘆)의 〈제육재자서(第六才子書)〉이다. 특히 우리나라에는 〈서상기〉라면 주로 〈제육재자서〉가 읽히었으므로, 그것은 〈서상기〉 자체에 대한 왜곡뿐만 아니라 독자들로 하여금 원 잡극 전체에 대하여도 그릇된 인상을 갖게 하였다. 명말(明末) 청초(淸初), 일반 사대부들은 소설·희곡을 사도시(私道視)하고 있을 때 김성탄은 〈서상기〉는 경(經)·사(史)와 같은 지위로 올려놓아 〈제육재자서〉라 칭하였다. 이러한 진일보적인 견해는 그 뒤로 많은 문사들의 동의를 얻었지만, 그는 또 〈서상기〉를 좋아한 나머지 멋대로 문장에 손을 대어 이를 고쳤던 것이다.

우선 그는 〈제육재자서〉의 서문인 통곡고인(慟哭古人)이란 명문(名文)에서 〈서상기〉를 비개(批改)한 것은 '소견(逍遣)'을 위한 것이라 하였다. 그리고 '소견'한 것을 '유증후인(留贈後人)'[19]하려 하였던 것이다. 그의 소견으로 한 비개를 '유증후인'한 것이 얼마나 큰 〈서상기〉에 대한 왜곡이었나를 깨닫지 못한 것이다. 소설이나 희곡이 경(經)·사(史)와 같은 지위에 오르는 것은 이를 창작하는 사람들이 경·사 못지 않게 사회의식이나 인생문제를 진지하게 다뤘기 때문인 것이다.

우선 그는 〈서상기〉는 응당히 '경몽(驚夢)'에서 끝나야 한다고 주장하였다. 그의 의식 속에는 당대(唐代)의 원진(元稹)과 같은 봉건적인 사대부의 독선이 도사리고 있었다. 천지(天地)는 몽경(夢境)이오 중생(衆生)은 몽혼(夢魂)이라는 것이다. 지난밤에는 꿈에 통곡을 하고 아침에는 음식을 먹게 되며 지난밤에는 꿈에 음식을 먹고 아침에는 통곡하게 되는 것이 사람이다. 우리도 밤에 통곡하였기 때문에 아침

---

19) 제육재자서(第六才子書) 第二序文.

에 음식을 먹는 꿈을 꾸고 있는 것인지 밤에 음식을 먹었기 때문에 아침에 통곡하는 꿈을 꾸고 있는 것인지 아무도 모른다. 어찌 밤의 것만이 꿈이고 아침의 것만이 꿈이 아니겠는가라는 것이다(序文).

그리하여 장생이 꿈에서 깨어난 뒤 '아! 본시 꿈이었구나!(呀! 原來是夢哩!)'하는 말을 '아! 본시 일장의 대몽이었구나!(呀! 原來是一場大夢!)'로 고치어, 장생과 앵앵의 반예교적인 사랑을 예교에 맞는 일장(一場)의 남가몽(南柯夢)으로 돌리려는 것이다. 장생은 진실한 '상부자제(相府子弟)'요 '공문자제(孔門子弟)'라 하였고(讀第六才子書 西廂記法 五十五), 앵앵은 진실한 '재상대의 천금 예를 지키는 아가씨(相府千金秉禮小姐)'(鶯艶의 批語)라 하였다.

또 금심절(琴心折)의 앞에서는 선왕의 예와 재자 가인의 정의를 내린 뒤,

그러므로 남자는 반드시 아내가 있어야 하고, 여자는 반드시 집안이 있어야 하는 것이니, 이것은 또한 고급의 대법도여서, 꺼리지 않아도 되는 것이다. 그러나 비록 재자(才子)와 가인(佳人)이 있다 하더라도, 반드시 부모님 뜻을 따라야 되고, 반드시 먼저 중매를 통한 혼약이 있어야 하며, 혼수를 갖추어 공경히 진행하여야 하며, 고을 분과 친구들에게는 술상을 차려놓고 아뢰어야 한다. 그렇게 하지 않는다면 부모와 나라 사람들이 먼저 그들을 천하게 여기고, 그렇게 하지 못한다면 효자와 자손으로서 끝내 그것을 수치로 여기게 될 것이다. 왜냐하면, 그 예에 어긋나는 것을 모두가 싫어하기 때문이다.

是故男必有室, 女必有家, 此亦古今之大常, 如可以無諱者也. 然而雖有才子佳人, 必聽之於父母, 必先之以媒約, 棗栗段修, 敬以將之, 鄉黨朋友, 酒以告之. 非是則父母國人先賤之：非是則孝子子孫終羞之. 何則? 徒惡其非禮也.

라고 노골적인 예교주의를 내세우고 있다. 그러나 실은 장생과 앵앵
은 부모의 승낙이나 매약을 거치지 않고 본인들의 뜻대로 사랑하고
밀회하고 결합하였던 것이다. 그러기에 일부 도학자들은 〈서상기〉를
음서(淫書)라 규정하였지만 민중들의 애호에는 조금도 변함이 없었다.
김성탄은 이러한 장생과 앵앵의 사랑을 시종 예에 벗어나지 않도록
세심한 비개(批改)를 가하고 있다. 김성탄의 손을 거쳐 노부인과 앵
앵의 사상적인 충돌이나 희곡의 시대성은 모두 말살되었다.

우선 경염절(驚艷折)에서는 장생과 앵앵이 절에서 만나 사랑하게
되는 것은 최상국(崔相國)이 이 절을 보수했기 때문이라고 '조인(造
因)'을 찾아 최상국을 공격한다. 전정(前庭)으로 앵앵이 나간 것은 노
부인의 잘못이라 화살을 돌린다. 그리고도 모자라서 앵앵의 집안 사
람들의 보구사(普救寺)의 서상(西廂)에 머문 것을 보구사 서쪽의 별
원으로 고치고, 앵앵이 불전 쪽으로 나가 산보한 것을 별원(別院)의
전정(前庭) 안에서 산보한 것이라 하였다. 이 별원 안에서의 산보도
여자는 규문(閨門)을 나가서는 안된다는 교훈에 어긋나는 것이라고
노부인을 공격한다.

그리고 불정(佛庭)에 노닐다 장생과 앵앵이 만나 앵앵도 연연(戀
戀)한 마음으로 떠나가는 것을, 김성탄은 장생이 우연히 문틈으로 앵
앵을 멀리서 보게 되고 앵앵은 장생의 존재를 의식 못하는 것으로 고
쳤다. 이러한 식으로 전편의 장생과 앵앵을 처음부터 끝까지 예교에
벗어나지 않는 남녀들로 고쳐 놓은 것이다. 양정남(梁廷枏, 1796~
1861)은 그의 곡화(曲話)에서 김성탄의 망개(妄改)를 통행본(通行本)
과 비교하여 조목조목 들고 있다. 통행본과 그처럼 본문에 차이가 있
을 때 왕실보(王實甫)의 원(元) 각본(刻本)과는 얼마나 먼 거리가 있

는지 모른다. 우리나라에서는 보통 이처럼 왜곡된 김성탄본을 왕실보의 〈서상기〉로 알고 있는 것이다.

앞에서도 이미 언급했던 것처럼 잡극 〈서상기〉 이후에도 그때그때 가장 유행하던 악곡에 맞추어 〈서상기〉의 개작이 계속되었다. 다만 문장에 있어 잡극 〈서상기〉는 극치에 이른 것이기에 개작은 〈서상기〉의 아름다움에 미칠 수 없어 여러 사람들에 의하여 거듭 시도되었으나 성공작이라 할 수 있는 것은 발견되지 않는다.

우선 잡극으로 개작 또는 속작을 꾀한 것으로 명(明) 만진왕생(晚進王生) 위기틈국(圍棋鬪局) 1본(本), 명 육환서상본(六幻西廂本), 도준(屠畯)의 최씨춘추보전(崔氏春秋補傳) 1본(遠山堂明劇品), 청 사계좌(查繼佐) 속서상(續西廂) 1본, 벽초헌주인(碧蕉軒主人) 불료연(不了緣) 1본(曲海總目提要) 등이 있다.

명대 곤곡(崑曲)이 성행하자 전기(傳奇)로의 개작도 성행하였다. 최시패(崔時佩) 남조서상기(南調西廂記) 1본(明 富春堂 刻本), 이일화(李日華) 남서상(南西廂)(六十種曲) 1본, 육채(陸采) 서상기(西廂記) 1본(周居易 校刻本), 탁가(卓珂) 신서상(新西廂) 1본(劇說), 주공로(周公魯) 번서상(翻西廂)(曲海總目提要 作錦西廂, 明 崇禎刻本), 황수오(黃粹吾) 속서상승선기(續西廂升仙記) 1본(明 來儀山房刻本), 무명씨(無名氏) 금취서상(錦翠西廂) 1본(寶文堂書目), 청 주탄륜(周坦綸) 경서상(竟西廂) 1본(新傳奇品), 정단(程端) 서상인(西廂印) 1본(曲海總目提要), 연설자(研雪子) 번서상(翻西廂) 1본, 무명씨(無名氏) 후서상(後西廂) 1본(曲海總目, 揚州畵舫錄) 등이 있다.

그밖에 여러 지방희(地方戱)에서는 물론 탄사(彈詞)·고사(鼓詞)·자제서(子弟書) 등에도 모두 앵앵의 얘기가 있다. 이로써 잡극 〈서상기〉 이후에도 앵앵의 얘기는 더욱 유행하였음을 알겠다. 또 오사(五四) 이후로는 현대적인 소설이나 화극(話劇)으로 여러번 개작 연출되었다.

6. 맺는 말

지금껏 중당(中唐)시대에 〈앵앵전〉이라는 한 유명한 얘기가 형성
된 이래 중국사회에서 그것이 어떠한 성격 어떠한 형태로 유전되었는
가를 살펴보았다. 앵앵의 연애 얘기뿐만 아니라 중국의 모든 유명한
얘기들, 예를 들면 《삼국지(三國志)》·《수호전(水滸傳)》·《서유기(西
遊記)》같은 것은 어느 한 시대 어느 한 작가에 의하여 창작된 것이
아니라, 그 얘기가 생긴 이래 오랜 시대를 통하여 민간에 전승되는
사이에 천재적인 작가들이 나와 그것을 종합하고 다듬어 작품화함으
로써, 위대한 소설 또는 위대한 희곡으로 이루어진 것이다.

한 번 위대한 작품이 출현한다해도 그것은 그대로 다시 전승되지
않는다. 또 다시 그 시대 그 시대의 민중들이 좋아하는 형식으로 다
듬어지고 보충되어 간혹 더 훌륭한 작품이 이루어지기도 한다. 설령
후인의 문재(文才)가 전인들만 못하여 가필(加筆)이 어느 의미에서는
개악(改惡)을 뜻하게 된다 하더라도 첨삭은 멎어지지를 않는다. 〈서
상기〉뿐만 아니라 중국의 사대기서(四大奇書) 같은 명작들이 모두
이러한 과정을 거쳐 형성되고 전승된 것이다.

따라서 〈서상기〉가 왕실보(王實甫)의 순수한 창작이 아닌 것과
같이 《삼국지》나 《수호전》·《서유기》는 시내암(施耐庵)·나관중(羅
貫中) 또는 오승은(吳承恩) 같은 문인들의 순수한 창작이 아니다. 또
지금 우리가 읽고 있는 〈서상기〉가 왕실보의 원작과는 상당한 거
리가 있는 작품인 것처럼, 지금 우리가 읽고 있는 《삼국지》·《수호
전》·《서유기》도 시내암·나관중·오승은의 원작에서 상당한 변모를

한 작품이다.

이러한 면에서 중국의 고사를 생각할 때, 앵앵의 얘기는 한 패턴으로서 그 전승과정을 따져볼만한 충분한 가치가 있다고 믿는다. 여기에서 발견된 중요한 특질은 다음과 같다.

첫째, 앵앵의 얘기의 서술은 모두 음악과 관련이 있다. 최초의 〈앵앵전〉이라는 전기소설(傳奇小說)도 이미 초보적이나마 강창(講唱)의 형식을 배태하고 있었고, 그 이후로는 본격적인 강창 또는 가곡을 통해서 이 얘기가 민간에 유전되었다. 그리고 마침내는 〈서상기〉라는 잡극을 형성시킨다. 그러나 잡극도 입체적이라는 요건을 제외하면 노래와 대화로 엮어지는 강창이라고도 할 수 있겠다. 여기에서 우리는 음악과 중국문학의 불가분의 관계를 발견한다.

둘째, 이러한 유명한 얘기들은 그 시대 그 시대에 유행하는 가장 저명한 형식의 민간예술을 중심으로 전승된다. 앵앵의 얘기가 발생하던 시대에는 전기(傳奇)가, 송금대(宋金代)에는 강창(講唱)과 가무가, 원대(元代)는 잡극이, 명대(明代)에는 곤곡(崑曲)이, 청대(淸代)에는 각 지방희(地方戱)와 탄사(彈詞)·고사(鼓詞)가 성행한다. 이처럼 각 시대마다 다른 형식의 앵앵의 얘기가 유전되었다.

셋째, 얘기의 내용이나 성격은 각 시대의 사회적인 배경에 의하여 변모한다. 당대(唐代) 전기(傳奇)에서는 장생이 뒤에 앵앵을 의식적으로 끊어버리고 문벌을 찾아 딴 여자와 결혼한다. 이것은 봉건적인 사대부들의 자가중심의 도덕관을 대변한다. 송대(宋代)에 들어오면 장생의 이러한 파렴치를 못마땅하게 여기게 된다. 이것은 이학파들의 예교사상과 일맥 상통하는 것이다. 금원대(金元代)에 오면 앵앵과 장생의 자유연애를 행복한 단원(團圓)으로 개작하고 젊은이들과 노부인의 사고방식을 대치시키고, 강폭한 자들에 대한 반감을 노골화시킨다. 이는 외족(外族)들의 지배와 폭정 밑에 신음하던 한인(漢人)들의 반항정신의 구현이라 할 것이다.

넷째, 각 시대에 성행되는 독특한 형식의 문학들은, 그 시대에 돌연히 생겨나는 것이 아니라 모두가 이전시대에 성행하던 형식의 문학을 계승 발전시킨 것이다. 당대 '전기(傳奇)'와 그 시대에 유행하던 '설화(說話)'의 영향아래 송대의 '화본(話本)' 또는 '상조접련화(商調蝶戀花)' 같은 강창문학(講唱文學)이 이루어진다. '조소전답(調笑轉踏)'은 시와 사가 엇섞이어 이루어지지마는 이것도 강창의 성격을 띄고 있는 것들이라 할 수 있다. 즉 강창의 '강(講)'의 부분이 시로 변한 것이다.

'전답(轉踏)'이란 일종의 가무곡(歌舞曲)이어서 설백(說白)이 끼일 여유가 없다. 이에 하는 수 없이 산문부분을 다른 일종의 운문인 '시'로 바꾼 것이다. 다시 송대의 강창에서 노래와 설백(說白)의 성분이 발전하여 '제궁조(諸宮調)'를 이룬다. 그리고 이 '제궁조'가 입체화하고 상연에 알맞도록 체재가 가다듬어진 것이 '잡극'인 것이다. 이렇게 볼 때 〈서상기〉는 그 고사나 체재 모든 면에 있어 이전에 존재하던 여러 가지 형식의 예술의 기초 위에 이루어진 것임을 알겠다.

또 한 가지 전기(傳奇)로부터 잡극으로 〈앵앵전〉의 얘기가 발전하는 동안 눈에 뜨이는 것은, 노래 즉 음악의 성분이 점점 더 가강(加强)되고 있다는 것이다.

다섯째, 중국문학에서는 소설이나 희곡을 막론하고 모두 노래의 성분이 들어 있어 '강창(講唱)'과 일맥상통한다. 송대 화본(話本) 같은 것은 일반적으로 소설로 간주되고 있지만 한편 '강창문학(講唱文學)'이라고도 할 수 있다. 또 '강창'의 일종인 제궁조(諸宮調) 같은 것은 곡사(曲辭)가 희곡음악과 상통하고 산문에는 대화적인 요소가 다분히 있어, 그것을 입체화하기만 하면 쉽사리 희곡화할 수 있는 성격의 것이다.

강창과는 무관할 듯한 장회소설(章回小說)도, 각 회말(回末)에는

'뒷일이 어찌 되는가 알지 못하겠거든 다음 회의 연출을 들어보시오!(未知後事如何, 且聽下回分解)'라는 상투(常套)와, 문중에 시구가 많이 끼는 것과 한 대목의 얘기가 시작될 때마다 '설화(說話)', '각설(却說)' '차설(且說)' 등의 말을 쓰는 것과 매회 앞에 시나 사가 보통 한 수씩 붙어 있고 매회 끝머리는 대개 한 수나 두어 수의 시 또는 한 쌍의 대어(對語)를 써서 매듭짓는 것 같은 것은 모두가 화본(話本), 즉 강창의 잔재라 할 것이다. 이렇게 보면 중국의 소설과 강창문학(講唱文學)·희곡은 근본적으로 공통적인 특질을 지니고 있다고 하겠다.

6. 〈비파기(琵琶記)〉의 몇 가지 문제점에 대하여

1. 서 언

〈비파기(琵琶記)〉는 42척(齣)의 장편으로 이루어진 중국 최초의 전기작품으로서, 작자는 원말(元末)에서부터 명초(明初)에 걸쳐 생존하였던 고명(高明)이다. 고명은 자를 칙성(則誠), 호를 유극재(柔克齋)라 하였으며, 절강(浙江) 서안(瑞安) 사람이다. 그는 지정(至正) 5년(1345)에 진사(進士)가 되었으며, 처주록사(處州錄事)를 제수(除受)하였는데 능리(能吏)로 이름을 떨쳐 강절행성(江浙行省)의 승상연(丞相掾)이 되었다.

1348년 11월 방국진(方國珍)이 절동(浙東)에서 난을 일으키자, 그는 난을 평정하는 절동통수부(浙東統帥府)의 도사(都事)가 되었다가, 1352년 방국진이 원(元)나라에 투항한 뒤에는 강남행대연(江南行台掾)이란 벼슬을 받았고 뒤에 복건행성도사(福建行省都事)가 되었으나 곧 사임하고 말았다. 이것은 모두 1356년 이전의 일이며, 그 뒤로는 병란을 피하여 절강(浙江) 운현(鄞縣)의 사명역사(四明櫟社)에서 사곡(詞曲)으로 자오(自娛)하며 여생을 마치었다.

〈비파기〉가 쓰여진 것은 대략 이곳 사명역사에 은거하였을 때이다. 《명사종속편(明詞綜續編)》에 의하면 명태조(明太祖) 주원장(朱元璋)이 《원사(元史)》를 찬수(纂修)하기 위하여 고명을 남경(南京)으로 불렀으나(약 洪武 元年, 1368) 그는 병로를 핑계로 가지 않았다 한다. 명 전예형(田藝蘅, 1570년 전후인)의 《유청일찰(留靑日札)》에 의하면 주원장이 황제가 되기 전에 〈비파기〉를 읽고 감동하였다 하였으니, 이 〈비파기〉를 통하여 그가 고명의 재능을 인정하게 된 것이라 보아도 좋을 것이다. 어떻든 〈비파기〉가 명 이전 원말에 쓰여졌음은 거의 의심 없는 일이다. 〈비파기〉 이외에도 고명의 작으로 〈민자건단의기(閔子騫單衣記)〉〉(戱文)와 《유극재집(柔克齋集)》(文集)이 있었다 하나 모두 전하여지지 않으며, 몇 편의 시와 사가 이곳 저곳에 보이고 있을 따름이다.1)

〈비파기〉는 원말(元末)에 나온 희문의 대표작으로 북곡(北曲)에 눌려 명맥만을 겨우 유지하고 있던 남희(南戱)를 부흥시켜, 명대를 전기(傳奇)의 황금시대로 만드는 데 가장 큰 원동력이 된 작품인 것이다. 〈비파기〉는 이러한 희곡사상의 위치뿐만 아니라, 그 체재나 문장, 고사에 있어서도 많은 혁신적인 공헌을 하였으므로 〈비파기〉는 그 후 600년간 중국에서 가장 많이 읽히고 상연된 희곡작품 중의 하나가 된 것이다.

그러나 〈비파기〉에 대하여는 많은 기왕의 연구에도 불구하고 적지 않은 문제점들이 남아 있다. 이곳에서는 〈비파기〉에 대한 일반적인 이해에 관한 몇 가지 문제를 골라 검토함으로써 그 작품의 성격을 뚜렷이 하여 보려는 것이다.

---

1) 고명의 생애에 관하여는 錢南揚의 〈琵琶記作者高明〉, 戴不凡의 〈高則誠事略〉(劇本月刊社編 《琵琶記討論專刊》 所載)이 자세하다.

2. 〈비파기〉는 '남희지조(南戲之祖)'인가?

1) 희곡사상의 검토

소위 '남희(南戲)'라는 것은 늦어도 남송(南宋) 초에는 이미 중국의 남부지방에 유행하였던 희극의 총칭이다. 그러나 일반적으로 훨씬 그 후에 나온 〈비파기〉를 가리켜 '남희지조(南戲之祖)'라 한다. 이곳에서는 이 칭호의 타당성을 검토하려는 것이다.

중국은 역대로 전란이 잦았으나, 그 화는 중국의 남부지방에까지는 별로 심하게 미치지는 못하였다. 그렇기 때문에 남부지방의 농촌은 북방처럼 거듭되는 전쟁으로 인한 파괴를 겪지 않아서 비교적 편안한 생활을 즐길 수가 있었고, 도시들은 상업과 수공업이 발전하여 날로 번영하고 있었다. 맹원로(孟元老, 1126 전후)의 《동경몽화록(東京夢華錄)》, 오자목(吳自牧, 1270 전후)의 《몽량록(夢粱錄)》, 주밀(周密, 1222~1308)의 《무림구사(武林舊事)》 및 역시 송(宋)대인 내득옹(耐得翁)의 《도성기승(都城紀勝)》 같은 책들의 서술에 의하면, 당(唐)대 이후 절강(浙江) 연해일대의 도시들은 상업자본이 극히 발달하여, 인문(人文)이 회집(薈集)하는 중심지를 이루었다.

그 중에서도 동구(東甌, 溫州의 옛 이름)는 특히 남희(南戲)의 중심지였으니, 후대에도 이 지방은 역대로 많은 중국의 연극인 또는 편극인들을 내고 있다. 그러나 남희가 정확히 어느 때부터 시작되었는지 단정하기는 곤란하다.

명 초 섭자기(葉子奇)의 《초목자(草木子)》에는

'배우들의 희문은 영가(永嘉) 사람이 만든 왕괴(王魁)에서 비롯되었다.'

라고 하였고, 서위(徐渭, 1521~1593)의 《남사서록(南詞叙錄)》에서는

'남희(南戲)는 송(宋)나라 광종조(光宗朝, 1189~1194)에 시작되었
는데 영가(永嘉) 사람이 만든 조정녀(趙貞女)와 왕괴(王魁)의 두
작품이 맨 먼저 나왔다.'

라고 하였다. 또 축윤명(祝允明, 1460~1526)의 《외담(猥談)》에는

'남희(南戲)는 선화 연간(宣和年間, 1119~1125) 이후로부터 송
(宋)나라가 남도(1127)할 무렵 사이에 나왔는데 온주잡극(溫州雜
劇)이라 불렀다. 내가 본 옛 공문에는 그때의 조굉부방금(趙閎夫榜
禁)이라는 것이 있었는데 조정녀(趙貞女)·채이랑(蔡二郎) 등의 희
문 제명(題名)이 여러 개 있었으나 그다지 많은 것은 아니었다.'

라고 하였다. 위의 영가(永嘉)는 곧 온주(溫州)의 현명(縣名)이다. 이
상 세 사람의 기술에 의하면 남희가 온주에서 발생하였음이 확실하다.
그러나 발생시기에 관하여는 서위(徐渭)와 축윤명(祝允明) 사이에
6,70년간이란 차이가 있다. 그러면 이러한 차이를 어떻게 이해하여야
할 것인가?

《영락대전(永樂大典)》 중에는 〈장협장원(張協狀元)〉이라는 희문(戲
文)이 있는데 대략 송대에 동구(東甌, 溫州)의 구산서회(九山書會)에
서 만들어진 것이라고 믿어진다.[2] 그렇다면 이 작품은 앞에 나온 조
정녀(趙貞女)·채이랑(蔡二郎) 및 왕괴(王魁)와 만들어진 장소가 같
고, 시대도 비슷하니 그 내용도 서로 비슷하였으리라고 상상하여 틀
림없을 것이다. 따라서 조정녀와 채이랑 및 왕괴는 모두 현재 전하여
지지 않고 있으나, 그 성격이 〈장협장원(張協狀元)〉과 비슷할 것이라

---

2) 〈張協狀元〉 제1척에 '狀元張協傳, 前回曾演, 汝輩搬成. 這番書會, 要奪
魁名. 占斷東甌盛事, 諸宮調唱出來因. ……' 또 開場 燭影搖紅中에는
'九山書會, 近目翻騰, 別是風味.'라 하고 있다. 東甌는 溫州니 이들을 종
합하면 〈장협장원〉은 온주의 九山書會에서 만들어진 것임을 알 수 있을
것이다.

고 본다 하더라도, 이들이 일시에 창작되어 나왔다고는 할 수 없을 것이다. 원(元) 잡극(雜劇)이 송(宋) 잡극이나 제궁조(諸宮調)를 거쳐 형성된 것처럼, 이 희문(戱文)도 틀림없이 조정녀 등의 완정한 희문 이전에 송(宋) 잡극에 근사한 그 추형(雛形)이 먼저 형성되었을 것이다.

이러한 추리 밑에 축윤명이 말한 선화(宣和) 이후 남도지제(南渡之際)에 발생하였다는 것은 희문의 추형이 발생한 시대를 가리키고, 서위(徐渭)가 말한 남송(南宋) 광종조(光宗朝)는 완전한 희문이 나온 시기를 뜻한다고 본다. 서위가 뒤에서 '혹은 선화간(宣和間)에 이미 남상(濫觴)하였다고도 한다'고 말한 것도 이 추측을 이증(裏證)한다.

원대로 들어와서는 북곡(北曲)인 잡극이 성행하여 남희(南戱)는 거의 자취를 감추었으며, 순제(順帝, 1333~1367) 때에는 약간 부흥하는 듯하였으나 역시 북곡에 눌리어 고개를 들지는 못하고 말았다. 그러나 원말에 가까워지면서 잡극은 그 체재상 곡률상(曲律上)의 지엄한 규율과 매너리즘에 빠져 생기를 점점 잃어가던 중, 고명(高明)이 나와 남희(南戱)라는 혁신적인 체재와 곡률에다 신사묘률(新詞妙律)로 감동적인 조오낭(趙五娘)의 얘기를 42척(齣)이란 장편의 희곡으로 작품을 엮어내니, 아연 곡단(曲壇)에서는 새로운 창작의 출구를 향하여 활발한 움직임을 보여주기 시작했던 것이다.

〈비파기〉를 뒤이어 나온 것이 유명한 형(荊)·유(劉)·배(拜)·살(殺)로 약칭되는 〈형차기(荊釵記)〉·〈백토기(白兎記)〉·〈배월정(拜月亭)〉·〈살구기(殺狗記)〉이며, 명대에 들어오면서 희문은 전기(傳奇)로서 체재와 곡률이 정립되면서 무수한 작품이 나왔으니, 이에 남희(南戱)는 북곡(北曲)을 누르고 부흥을 이루게 되었던 것이다.

그러나 현대인 전남양(錢南揚)의 《송원희문집일(宋元戱文輯佚)》에 의하면 송원(宋元)간에 나온 희문(戱文)의 작품 수는 167종이 알려지고 있다. 그 중에서 전본(傳本)이 있는 것이 15종, 전혀 전하여지지 않는 것이 33종, 잔문(殘文)이 있는 것이 119종이라 한다. 〈비파기〉도 물론 위 15종 가운데에 포함된다. 이로서 조정녀(趙貞女)와 〈비파기〉 사이에는 희문(戱文)이 비록 시대조류를 타지는 못하였을 망정 꾸준한 창작활동이 있었음을 알 수 있겠다. 서위(徐渭)는 《남사서록(南詞叙錄)》에서,

'영가잡극(永嘉雜劇)(戱文)의 발생은 곧 시골에 유행하던 소곡(小曲)들로 이루어진 것이어서, 본시 궁조(宮調)도 없거니와 절주(節奏)도 드문 것이며 마을 아낙네들의 입에서 흘러나오는 노래를 그대로 취하였을 따름이다.'

라고 말하고 있으니, 희문은 그 성격으로부터 미루어 각지의 서민들에 의하여 그 명맥이 유지되어 왔음을 알 수 있을 것이다. 그렇다면 그 시대 민간에 유행되던 희문 중에는 지금 와서는 그 명목조차도 알 길이 없게 된 작품도 많았으리라고 상상이 된다.

따라서 〈비파기〉를 가리켜 '남희지조(南戱之祖)'라 함은 모순이 있다. 어떻게든 꼭 '조(祖)'라는 칭호를 〈비파기〉에 붙이고 싶다면 '남희중흥지조(南戱中興之祖)'라 함이 옳을 것이다.

2) 남희(南戱) 결구(結構)상의 검토

중국의 고극(古劇)에는 잡극(雜劇)과 희문(戱文)이 있으며, 희문은 또 명대에는 전기(傳奇)라 불리우게 된다. 음악상으로 따지면 또 잡극은 북곡(北曲), 희문은 남곡(南曲)이라 할 수도 있어서, 희문은 또 남희(南戱)라고도 부르는 것이다. 이 남희와 잡극의 결구상의 차이는 대략 다음과 같다.

우선 잡극은 1본 4절(一本四折)로 형성되며, 1절은 1투곡(一套曲)으로 이루어지고, 1절의 창사(唱詞)는 동일 운(韻)을 사용한다. 그러

나 남희(南戲)에는 척(齣)(잡극의 折) 수에 일정한 제한이 없어 보통 수십 척에 달하는 장편이며, 1척은 반드시 1투곡은 아니며, 1척 중에서도 환운(換韻)이 가능하다.

노래에 있어서도 잡극은 전극(全劇)을 그 연극의 주인공인 '정말(正末)'이나 '정단(正旦)' 1인이 노래함이 원칙이지만, 남희에 있어서는 등장인물이면 누구나 노래할 수 있고, 창법도 잡극에 비하여 다양하다. 그리고 곡패(曲牌)에 따라서 매 곡은 일정한 구식(句式) 및 자식(字式)이 있고 평측음양(平仄陰陽)에도 규정이 있다. 그런데 남희는 1척 중에서도 궁조(宮調)를 바꿀 수가 있고 또 '집곡(集曲)'도 가능하기 때문에 작곡에 있어서 잡극보다 훨씬 자유로이 창의(創意)를 발휘할 수가 있는 것이다. 그밖에도 형식이나 곡률에 있어서 많은 세부적인 차이를 들 수 있겠으나, 이상으로도 남희는 잡극보다 연극으로서는 훨씬 발전한 형식임을 알 수 있을 것이다.

이상과 같은 잡극과 다른 남희(南戲)의 결구 중에서 〈비파기〉로부터 비롯되었다고 여겨지는 것은 그 분척(分齣)일 것이다. 명대의 부춘당(富春堂)·세덕당(世德堂) 간본(刊本) 각종 전기(傳奇) 중에는 옛날부터 있었던 남희의 명목(名目)이 많다. 그것들은 최소한 구본(舊本)을 개편한 것이라고 믿어지는데, 〈동창기(東窗記)〉나 〈백토기(白兔記)〉 같은 것이 모두 분절되어있다. 그밖에도 명인들의 교정을 거친 작품, 예를 들면 〈교자심친(敎子尋親)〉·〈조씨고아(趙氏孤兒)〉 같은 것이 모두 분척(分齣)되어 있다. 그러나 〈비파기〉 이전의 작품에는 분척이 되어 있는 것이 없으므로 남희의 분척은 고명(高明)으로부터 시작되었다고 여기는 수밖에 없을 것이다.

그밖에도 〈비파기〉는 희곡창작의 수법이나 경향에 있어서, 명대 작곡가들의 규범이 되어 새로운 형식의 희곡을 이루게 되었던 것도 사실이다. 그러나 이런 것만으로 〈비파기〉를 '남희지조(南戲之祖)'라 부르는 것은 역시 과분한 일임을 알 수 있을 것이다.

3) 곡률상(曲律上)의 검토

〈비파기〉의 부말개장(副末開場) 수조가두(水調歌頭) 제2단 중에서 고명(高明)은 '우스갯짓과 우스운 소리는 말할 것도 없고 궁조(宮調)도 따지지 않으며 오직 아들이 효성스러운 것과 처가 현명한 것만을 보기로 한다(休論揷科打諢, 也不尋宮數調, 只看子孝共妻賢.)'고 선언하고 있다. 많은 곡가(曲家)들이 고래로 이 희곡창작에 있어서의 '불심궁수조(不尋宮數調)'는 〈비파기〉의 수창(首創)이라 말하고 있다. 예를 들면 명 장진숙(臧晋叔, 약 1595 전후)은 《원곡선(元曲選)》 자서(自序)에서,

'남곡(南曲)과 북곡(北曲)은 성조는 비록 다르지마는 궁조를 사용하고 압운을 하는 데 있어서는 같다. 고칙성(高則誠)의 〈비파기〉에서 처음으로 불심궁수조(不尋宮數調)의 설을 제창하여 그 단점을 가리었다. 그러나 지금은 마침내 곡에 있어서 북곡은 엄하지마는 남곡은 허술하다는 구실로 삼게 되었으니 어찌 착오가 아니겠는가?'

라고 말하고 있다. 또 왕기덕(王驥德, ?~1623)은 《곡률(曲律)》에서
'남곡(南曲)도 관현(管絃)으로 연주될 수 없었던 일은 없었으니, 사실상 북곡(北曲)과 율조가 같은 것인데도 어찌하여 남곡은 조잡해졌는가? 희곡작법(戲曲作法)은 처음에는 신중히 정하여졌던 것인데 비파기와 배월정(拜月亭)에서 처음으로 그 곡률로부터 이탈하였다. 이들 두 작품의 작자의 재능으로서야 하지 못할 일이 무엇이랴? 그러나 그 뒤로는 불심궁수조(不尋宮數調)라는 한마디 말에 은연중 버릇이 들어, 천고(千古)의 잘못의 단서를 열어놓은 셈이 되었으니 한심스런 일이 아니라 할 수 없겠다.'

라고 하였다. 오매(吳梅, 1884~1939)는 또 《사여강의(詞餘講義)》에서
'비파기와 배월정(拜月亭) 두 작품이 나와 불심궁수조(不尋宮數
調)한 이래, 그후의 작자들은 그들의 작품을 함부로 써서 혼잡과
착란을 일으키는 일이 많아졌으니 이것은 고인(古人)을 잘못 배운
것이다.'
라고 말하고 있다. 지금까지도 이러한 주장을 하고 잇는 학자들이 적
지 않다. 그러나 그 불심궁수조(不尋宮數調) 곧 '궁조를 따지지 않는
다'는 선언을 만약에 원(元) 잡극에 대하여 말한 것이라면 고률(古
律)을 타파한 창거(創擧)라고 할 수가 있을 것이다. 그러나 〈비파
기〉나 〈배월정〉 이전에도 남희(南戲)는 존재한 지 오래이며, 남희는
본시부터 궁조를 따지지 않았던 것이다. 앞에서 인용한 서위(徐渭)
의 《남사서록(南詞叙錄)》에서 남희는
'곧 시골에 유행하던 소곡(小曲)들로 이루어진 것이어서, 본시 궁
조(宮調)도 없거니와 절주(節奏)도 드문 것이며, 마을 아낙네들의
입에서 흘러나오는 노래를 그대로 취하였을 따름이다.'
라고 말한 것은 그러한 사실을 증명하여 준다고 하겠다. 따라서 남희
는 송(宋)대의 초기작품인 조정녀(趙貞女)나 채이랑(蔡二郞) 같은 데
서도 이미 불심궁수조(不尋宮數調)하였던 것이며, 〈비파기〉는 다만
이러한 남희의 이전 습관을 계승하여 그 태도를 앞에서 선언하였을
따름인 것이다. 이처럼 남희의 개장(開場) 중에서 작자의 의도나 창
작태도를 선언하는 것은 남희 개장의 상투(常套)인 것이다.
　예를 들면 〈소손도(小孫屠)〉의 개장(開場) 만정방사(滿庭芳)에서
'시험삼아 옛날 전하는 얘기를 찾아서 지난 일들에 의거하고, 곡단
(曲壇)의 규범을 상상하며 악부의 신성을 편찬한다(試追搜古傳, 往
事閒憑. 想像梨園格範, 編撰樂府新聲.)'
고 한 것이나, 〈장협장원(張協狀元)〉 개장(開場) 수조가두(水調歌頭)

에서

'만약 분장을 하고 우스갯소리를 할 수 있다면 얼굴에 흙을 바르고 재를 문지르는 것을 어찌 꺼리랴? 만당 중에 노래하고 웃고 하는 것이 계속 장강의 높은 물결 같을 것이니, 별다른 일가의 기풍이라 할 것이다(若會搜科使砌, 何吝抹土搽灰? 歌笑滿堂中, 一似長江千尺浪, 別是一家風).'

고 한 것은 모두 〈비파기〉 개장에서 불심궁수조(不尋宮數調)를 선언한 수조가두(水調歌頭)의 취향과 같은 것이다. 이로써 남희에 있어서 불심궁수조는 고명(高明)의 수창(首創)이 아님이 명백해졌을 것이다.

이밖의 남희의 곡률도 모두 〈비파기〉로부터 비롯된 것이 아님은 말할 것도 없다. 남희의 독특한 경향의 하나인 불심궁수조 조차도 〈비파기〉의 창시가 아님을 볼 때, 음악상으로도 〈비파기〉는 '남희지조(南戲之祖)'라고 할 수 없음을 알았을 것이다.

4) 결 론

이상 역사적으로나 결구상으로나 곡률상으로 따져서 〈비파기〉를 '남희지조(南戲之祖)'라 부르는 일반적인 부당성을 지적하였다.

원대 남희(南戲)는 잡극의 대흥(大興)에 눌리어 비록 그 명맥은 순순히 유지되었다 하더라도, 그 유행은 대체로 향촌(鄕村)의 민간에 국한되어 사대부들은 거의 거들떠보지도 않는 저속한 것이었다. 그러나 곡가(曲家)들은 원(元) 말로 가까이 오면서 지엄한 잡극의 형식과 곡률에 스스로 억매이어 그 조직의 불건전함을 점차 느껴가고 있었다. 이런 때에 고명(高明)의 〈비파기〉가 출현하자 그 결구의 청신(淸新)함과 그 곡사(曲詞)의 묘절(妙絶)함은 일대에 관절(冠絶)하여, 탁연히 일조(一朝)를 휩쓴 잡극과 희곡으로서의 수준을 다투게 되었으며, 사대부들을 위하여도 남희에의 한계를 크게 넓혀주었던 것이다.

심지어 명 태조(太祖) 같은 이도 〈비파기〉를 보고 나서 '오경사서 (五經四書)는 오곡(五穀)과 같은 것이어서 집집마다 없을 수 없는 것 이지만, 고명(高明)의 〈비파기〉는 진수백미(珍羞百味)와 같은 것이어 서 부귀한 집안이라면 빼놓을 수 없는 것이다.'[3]고 극찬함에 이르렀 으니, 향촌에서만 명맥을 부지하던 남희는 일시에 대아지당(大雅之 堂)에 오르게 된 셈이다.

〈비파기〉를 뒤이어 많은 희문이 세상에 나왔다. 예를 들면 〈왕상와 빙(王祥臥冰)〉 같은 작품은 〈비파기〉보다 뒤에 나온 작품이 아닌 듯 싶고, 그 직후에 나온 형(荊)·유(劉)·배(拜)·살(殺) 중의 〈배월정 기(拜月亭記)〉 같은 것은 그 문장이나 결구에 있어서 〈비파기〉보다 크게 뒤지지 않는 것 같다. 어떤 이들은 〈배월정〉을 〈비파기〉보다 낮 게 평가하는 이유를 전자는 원인(元人) 관한경(關漢卿)의 잡극(雜 劇) 〈배월정〉을 번안한 것이라는 데서 찾고 있지마는 이것은 중국문 학의 특징을 이해하지 못한 데서 온 주장이다.

중국문학에 있어서 소설이나 희곡의 명작, 예를 들면 사대기서(四 大奇書)나 〈서상기(西廂記)〉 같은 것 모두가 번안 아닌 작품은 없는 것이다. 〈비파기〉도 역시 그 이전에 조정녀(趙貞女)와 채이랑(蔡二 郎)이란 두 개의 희문이 있었고 또 맹사(盲詞)로도 유행하였던 유명 한 고사를 다시 작품으로 다듬어 낸 것이다.

이러함에도 불구하고 〈비파기〉가 거의 독보적일 수 있었던 이유는 그 주제가 풍화유지(風化維持)를 내세워 교충교효(教忠教孝)하는 내 용을 갖추고 있다는 데도 큰 원인이 있을 것이다. 명대에는 팔고문 (八股文)으로 취사(取士)하였는데 그 본지(本旨)는 바로 교충교효(教 忠教孝)에 있는 것이다. 〈비파기〉는 바로 이러한 시대적인 도덕관념

---

3) 黄溥言 《閒中古今錄》 所載.

과 상호부합(相互符合)하였고, 그 교충교효의 효과는 사서(四書)에 못지 않은 것이라고 일반적으로 인정되었다. 다만 이 작품의 교충교효의 성격에 있어서는 적지 않은 문제가 있는 것이 사실이나 여기에서는 논외로 한다. 어떻든 명초에는 희곡을 저속한 풍교(風敎)를 위해(危害)하는 것으로 보고 여러 번 희극을 금(禁)하는 방(榜)이 나왔지마는[4] 〈비파기〉는 언제나 금조(禁條)에서 벗어나고 있었다. 따라서 원말, 명초에 나온 많은 남희(南戱)들이 이러한 방금(榜禁) 밑에 자취를 감추어 버렸을 것이라고 여겨진다. 그러나 〈비파기〉는 황제의 칭허(稱許)까지 받으면서 크게 행세하였다.

〈비파기〉는 문장이나 결구가 훌륭하다는 이유도 있지마는, 또 위에서 말한 이유로 세상에 작품이 전하여질 수 있었기 때문에 희곡 작가들의 규범처럼 되었다. 즉 문장은 되도록 전아(典雅)한 것을 쓰려하고, 그 결미는 반드시 대단원으로 이끌고, 그 내용은 반드시 권선징악(勸善懲惡)하는 것이려 들고, 그 곡률에 있어서는 반드시 불심궁수조(不尋宮數調)하려 든 것이 그것이다. 원말, 명초의 희문이 원잡극의 거북스런 옛 껍질을 벗어버리어 명대 전기(傳奇) 부흥의 길을 열

---

4) 《大明律講解》卷二十六 : '凡樂人搬做雜劇戱文, 不許粧扮歷代帝王后妃忠臣烈士先聖先賢神像, 違者杖一百. 官民之家 容令粧扮者與同罪. 其神仙道扮及義夫節婦孝子順孫勸人爲善者, 不在禁限.'
顧起元(1565~1628) 《客座贅語》卷十 : '洪武二十二年三月二十五日, 奉聖旨, 在京, 但有軍官軍人學唱的割了舌頭, 下棋打雙陸的斷手, 蹴圓的卸脚, 做賣買的發邊充遠軍.' (沈德符 野獲編補遺三 亦見.)
又 '永樂九年七月初一日…… 今後人民倡優裝扮雜劇, 除依律神仙道扮義夫節婦孝子順孫, 勸人爲善及歡樂太平者不禁外, 但有…… 一時拿送法司究治. 奉聖旨, 但這等詞曲, 出榜後, 限他五日, 都要乾淨, 將赴官燒毀了, 敢有收藏的, 全家殺了.'

어놓았는데, 그 중에서도 〈비파기〉의 공이 가장 크다고 하겠다. 그러나 곤곡(崑曲)이 발흥한 이후 명대 전기가 더욱 부자연스러운 생기 없고 독창성 없는 문학으로 타락하여 중국 고극(古劇)의 몰락의 단서가 된 데에도 〈비파기〉는 그러한 경향을 선도한 책임을 면치 못할 것이다.

위의 사실들을 종합하여 볼 때 〈비파기〉는 '남희지조(南戲之祖)'는 아닐 망정 명대 전기를 위하여는 개조(開祖) 못지 않은 영향을 미치고 있음은 시인하지 않을 수가 없겠다.

3. 〈비파기〉가 성행한 원인에 대하여

1) 내용상의 검토

〈비파기〉 고사의 줄거리는 대략 다음과 같다.

채옹(蔡邕, 23세)은 조오낭(趙五娘)과 결혼한 지 두 달만에 주위 사람들의 권에 못이기어 노부모를 젊은 처에게 맡기고 서울로 과거를 보러 떠난다. 집을 떠날 때 이웃 노인 장태공(張太公)에게 자기 집 가사를 돌보아 줄 것을 부탁한다.

채옹은 서울에 가 과거에 장원으로 급제하는데 어명과 권세에 눌리어 상국(相國) 우승유(牛僧儒)의 사위가 되어 데릴사위로 들어간다.

한편 조오낭은 남편의 귀가만을 고대하며 힘겨움에도 정성을 다하여 늙은 시부모를 봉양한다. 그러나 마침 흉년이 겹치어 생활은 극도로 곤궁해져, 조오낭은 자기 의복을 다 잡히어가며 곡식을 구하여 와서 생활을 지탱하지만 당해 내지를 못하고 자신은 몰래 숨어서 쌀겨로써 연명한다. 시부모는 늘 조오낭이 몰래 숨어서 자기만 좋은 음식을 먹고 있는 줄 알고 하루는 몰래 다가가 조오낭이 먹고 있는 음식 그릇을 뺏는다. 자기 며느리가 쌀겨를 숨어서 먹고 있었음을 안 시어머니는 놀랍고도 한탄이 극하여 기절하여 죽는다. 시아버지도 역시 얼마 안 가서 병사한다.

한편 채옹은 우상국(牛相國)의 사위가 되어 아름다운 처와 함께 부귀영화를 홀로 누리고 있지마는 고향의 부모와 처를 잊지 않고 소식을 전할 길을 찾는다. 이때 한 악한이 이 사실을 알고 그의 부모의 가신(家信)을 위조하여 전하여 주고 다시 채옹의 편지를 받아낸다. 이 사기꾼은 결국 돈만 우려내어 차지하고 편지는 전하여 주지 않으니 채옹과 고향 사이의 소식은 영영 두절된다.

조오낭은 시부모를 여의고 장사지낼 비용이 없어 자기 머리를 잘라 팔아 이에 충당하려 한다. 뒤에 장태공(張太公)이 이를 알고 비용을 내어 간단히 장사를 치른다. 그 뒤 조오낭은 홀로 산 속에서 자기 시부모 무덤에 흙을 치마폭에 쌓아 날라 봉분을 만든다. 이때 산신이 조오낭의 효성에 감격하여 그를 도와 봉분을 이루어 준다.

그 뒤 조오낭은 장태공의 권유로 시부모의 초상을 그려 짊어지고 서울로 남편을 찾아 길을 떠난다. 천리의 먼 길을 조오낭은 비파(琵琶)로 행효(行孝)의 곡을 타며, 걸식으로 온갖 고난을 맛보며 서울로 간다. 서울에서는 다행히 남편을 만나 약간의 파란을 겪은 뒤 마침내는 우상국의 딸과 함께 세 사람이 대단원을 이루어 고향으로 돌아오고 온 집안이 황제의 정장(旌獎)을 받는다.

〈비파기〉의 조오낭은 마치 우리나라의 춘향처럼 중국 여성의 유순함과 견강(堅强)을 겸한 정절(貞節)과 지효(至孝)의 이상을 대표하는 인물로 화하였다. 위로는 왕공구경(王公九卿)으로부터 밑으로는 노동자 인력거꾼에 이르기까지 중국사람이면 이 얘기를 모르는 사람은 거의 없다고 할 것이다.

그러나 그 고사를 냉정히 따져 보면 이치에 어긋나는 곳이 적지 않게 있다. 이어(李漁, 1611~1676 이후)는 그의 《한정우기(閒情偶寄)》 사곡부(詞曲部) 논결구(論結構)에서 그것을 다음과 같이 지적하고 있다.

'원곡(元曲) 중에서 가장 엉성하기로는 〈비파기〉보다 더한 것이 없을 것이니, 얘기의 줄거리나 그 세부를 막론하고 사리에 어긋나는 곳이 대단히 많다. 예를 들면 아들이 장원급제하여 3년이 넘도록 집사람들이 몰랐고 승상(丞相)집의 데릴사위가 되어 온갖 영화를 누리면서도 한 명의 하인을 내어 집에 보내는 편지를 길가는 사람 편에라도 전하지 못하였으며, 조오낭은 남편을 찾아 천 리 길을 홀몸으로 갔으니 과연 도중에 정절을 끝까지 지킬 수 있었는지 아무도 그것을 증명할 수 없을 터이니 의심이 간다는 것 등이다. 이와 같은 것은 모두가 사리에 심히 어긋나는 것이다.'

그밖에도 따지자면 쌀겨만을 먹고 사는 데도 병이 들지 않고, 한 사람의 머리 값이 얼마나 되기에 그것을 잘라 팔아 양친의 장사를 지낸다는 것이며, 산신이 어디 있어 조오낭을 도와 봉분을 만드는가 등등 불합리한 곳이 적지 않게 존재한다.

그렇지만 이러한 불합리나 논리의 비약은 소설이나 희곡에 있어서 경우에 따라서는 힘이 될 수도 있는 것이다. 〈비파기〉 고사는 얼핏 보기에 '조강지처(糟糠之妻)'라는 중국의 봉건적인 윤리관념을 형상화한 것이다. 그러나 사실상 고사의 전개에 있어서는 위에서 든 숱한 사리에 어긋나는 정절(情節)의 처리에도 불구하고, 조오낭의 행각을 따라 모든 중국 백성들이 함께 느끼고 함께 울어 줄 현실모순의 폭로가 커다란 감동을 안겨주는 것이다. 아무런 사회의 보장도 없는 혼란

한 사회에서 가냘픈 여인의 몸으로 쌀겨를 먹어가며 시부모를 봉양한
다는 것은, 몇 천년 내려온 중국의 윤리사상과 상류계급들로부터 수
모와 약탈만을 당해온 백성들의 현실생활과의 모순을 폭로한 것이다.

조오낭은 전통적인 윤리와 현실의 협공 밑에 일방적으로 한없는 희
생을 요구당한다. 한편 남편인 채옹은 일약 장원급제하여 승상의 데
릴사위로 온갖 영화를 누리는데, 이 남편의 영화와 처의 곤궁 및 남
편의 흐리멍텅한 태도와 처의 희생적인 지극한 효도는 언제나 대조적
으로 고사 속에 전개되어 독자들로 하여금 조바심이 나도록 조오낭
편에 서서 그와 함께 호흡케 한다.

그러기에 겨를 먹고 병이 어째서 안나느냐, 어째서 3년이 되도록
집안사람들이 몰랐느냐 하는 것은 그럴 수도 있는 일인 이상 문제가
되지 않는다. 산신이 감동하여 조오낭이 봉분을 만드는 것을 도울 때,
독자들은 칭쾌(稱快)는 할망정 산신이 어디 있느냐고 따질 여유를 못
느끼는 것이다. 왜냐하면 조오낭은 적어도 독자 자신의 일부와 사회
의 모순을 극단적으로 대변하고 있기 때문이다. 이렇게 보면 〈비파
기〉 고사 자체에 있어서의 모순은 오히려 강력히 독자들을 끌어들이
는 힘의 일부가 되고 있는 것이다.

송원희문(宋元戱文) 중에서 〈장협장원(張協狀元)〉의 고사는 여러
가지 점에서 〈비파기〉와 공통점이 있다. 과거를 보러 가고, 장원급제
를 하며, 그리고 다시 장가들며, 그 본처는 남편을 찾아 나선다는 것
등이다. 등장인물에 있어서도 우승상(牛丞相)은 왕덕용(王德用)과, 우
소저(牛小姐)는 왕승화(王勝花)와, 조오낭(趙五娘)은 빈녀(貧女)와,
장태공(張太公)은 이대공(李大公)과, 채옹(蔡邕)은 장협(張協)과 같
은 성격의 사람들이다. 그리고 고사 속에는 다 같이 머리를 잘라 그
것을 파는 한 대목이 들어있다.

〈왕괴부계영(王魁負桂英)〉도 역시 동형(同型)의 고사로서 그 속에

는 여인이 머리를 자르는 얘기도 들어있다. 〈유지원제궁조(劉知遠諸宮調)〉에서도 주인공이 본처를 버려둔 채 다시 장가드는 얘기가 동형(同型)이라 할 것이며, 그 가운데에서 이삼낭(李三娘)은 두 번이나 머리를 자른다.

이렇게 보면 〈비파기〉의 고사는 송원(宋元)간에 민간에 유행하였던 고사의 한 유형임을 알 수 있을 것이다. 따라서 양친의 장사를 위하여 머리를 잘라 파는 것 같은 고사의 모순은 이미 민중들의 감정속에 용납된 것이어서 독자들은 거의 사리에 어긋남을 모르는 얘기라고 여겨진다.

이렇게 보면 〈비파기〉의 고사가 민중들 사이에 친숙되어온 얘기를 더욱 심각하고 힘있게 전개하여 나간다는 것이 〈비파기〉가 널리 세상에서 성행된 한 가지 원인이 되었음을 알 수 있다.

2) 문장상의 검토

〈비파기〉는 고사뿐만 아니라 그것을 묘사한 문장도 우미심각(優美深刻)하며 생동하는 듯한 힘을 가지고 있다. 우선 예로서 〈비파기〉중에서도 특출한 조강자염(糟糠自厭)과 축발매장(祝髮買葬)의 두 대목을 들어본다. 전자는 부모에 대한 생양(生養)이요, 후자는 사양(死養)으로서 다같이 조오낭(趙五娘)의 대효불궤(大孝不匱)를 묘파(描破)한 글이다.

조강자염(糟糠自厭)(제22척)

[효순가(孝順歌)]
구역질이 나서 내 간장 병들고,
구슬 같은 눈물 흐르며,

목구멍은 더욱이 콱 메인다.

(겨야!)

너는 맷돌에 갈리고 절구질 당하고,

채로 쳐지고 키로 불리며 온갖 학대 다 받았으니,

마치 내가 곤경에 처하여 온갖 고생 다 겪은 것과 같구나!

괴로운 사람이 괴로운 맛을 먹으니 두 괴로움이 만난 셈일세!

삼키려 해도 삼켜지지 않는 게 당연하지.

(시아버지와 시어머니가 몰래 등장하여 살펴본다)

　　〔전강(前腔)〕

겨와 쌀은 본시 서로 의지하고 있었는데

키질로 날리어 두 곳으로 날라가게 된 거네.

하나는 천해지고 하나는 귀해졌으니

마치 나와 남편이 끝내 만날 날이 없게 된 것과 같네.

(여보! 당신은 쌀인데)

쌀은 딴 곳으로 가서 찾을 길도 없고,

(나는 마치 겨 같은데)

어찌 겨를 가지고 사람의 굶주림 구해줄 수 있으랴!

마치 남편이 집나간 것 같은 형편인데

어떻게 내가 시부모님을 맛있는 음식으로 봉양하랴?

嘔得我肝腸病, 珠淚垂, 喉嚨尙兀自牢嘎住.

(糠哪!) 你遭礱被舂杵, 篩你簸颺你, 喫盡控持. 好似奴家身狼狽,
千辛萬苦皆經歷.

苦人喫着苦味, 兩苦相逢, 可知道欲吞不去. (外淨潛上探覰介)

　　〔前腔〕

糠和米本是相依倚, 被簸颺作兩處飛. 一賤與一貴, 好似奴家與夫
婿, 終無見期.

(丈夫! 你便是米呵) 米在他方沒尋處.
(奴家恰便似糠呵) 怎的把糠來救得人饑餒.
好似兒夫出去, 怎的教奴供饍得公婆甘旨.

원 잡극의 문장처럼 자연스런 맛은 이미 없어졌지마는, 문장이 평이하고 감동적이다. 조오낭이 겨를 먹으면서 자기와 남편을 겨와 쌀에 비유하며 자신의 고난을 토로하고 있다. 다른 경우라면 이 겨와 쌀의 비유가 유치하게 느껴지기 쉽겠으나, 독자들은 끝내 저속함을 느끼기는커녕 더욱 조오낭의 지극한 효성과 어려운 처지를 통감하게 됨은 문장의 힘이라 할 것이다. 조오낭의 어려운 처경을 배경으로 남편의 영화와 애매한 태도가 있음은 감동을 더욱 심각하게 만드는 작자의 수법이라 할 것이다.

왕세정(王世貞, 1526~1590)은 《휘원상주(彙苑詳注)》에서
'고명이 〈비파기〉를 지을 때 홀강절(吃糠折)의 겨와 쌀이 각각 날리어 간다는 구절에 이르러서, 책상 위의 두 촛불이 하나로 합치어서 한참동안 함께 비친 다음에야 떨어졌다 한다. 호사자(好事者)들은 그것이 문장의 상서(祥瑞)라 여기고 서광루(瑞光樓)를 지어 그 일을 표창하였다.'
라고 하였다. 이것은 믿기 어려운 전설적인 이야기이나 이 조강자염(糟糠自厭)의 일절(一折)이 사람들에게 얼마나 깊은 감명을 주었나를 증명하기에는 족한 것이다.

축발매장(祝髮買葬)(제25척)은 문장만을 놓고 따질 때 홀강(吃糠)보다 훨씬 정채(精彩)가 있다.

[향라대(香羅帶)]
봉황새가 갈라져 떨어진 이래로,

누가 구름 같은 머리 빗으랴?

화장대 앞에 잘 가지 않으니 먼지만 쌓였네.

더욱이 비녀와 빗과 머리장식은 모두 전당 잡히고 없네.

(머리야!)

나는 너를 늘어뜨리고 청춘을 보냈거늘,

지금 또 너를 잘라 시부모를 보내드리게 되었구나.

머리 자르는 것 가슴아파,

머리 얹어준 박정한 그이가 원망스럽구나!

　〔전강(前腔)〕

박정한 사람 생각해보니,

내 이 몸 배신했네.

자르려다가 자르기도 전에 눈물이 먼저 흘러 떨어지네.

내 일찍이 머리를 깎고 불문(佛門)에 들어가 여승이 되었더라면,

오늘의 어려움은 당하지 않을 것을!

(아이고! 오직 내 머리만이 이처럼 괴로움 당하니, 미인이라 한들
무슨 소용있으랴!)

주옥 주렁주렁 달고 비취 장식하고 남향(蘭香) 사향(麝香) 피워야
하는데!

(아아! 이런 낭패를 당할 줄이야!)

내 이 몸 죽어도 묻을 곳 없거늘

머리를 자르려는 어리석은 이 여자 더 무슨 말을 할까!

　〔전강(前腔)〕

어리석은 이 여자 정말 가련한지고!

몸은 단신(單身)이고 궁하기까지 하네.

(머리야! 내 너를 자르지 않으려니)

입 벌려 남에게 얘기할 적에 부끄러움 어이 참으리?

(내 너를 자르려니)

칼이 닿을 적마다 마음도 아파진단다.

그러나 까마귀 털 같고 춤추는 봉황새 깃 같은 머리로

까마귀처럼 머리 흰 부모님께 보답하리라.

사람들은 구름 같은 머리를 가지고 며느리가

눈처럼 흰머리의 부모님 장사지내드렸다고 말하리라!

　一從鸞鳳分, 誰梳鬢雲, 妝臺懶臨生暗塵. 那更釵梳首飾典無存也.

　(頭髮!) 是我擔閣儞度靑春. 如今又剪儞資送老親, 剪髮傷情也, 怨只怨結髮薄倖人.

　〔前腔〕

　思量薄倖人, 辜倖負此身.

　欲剪未剪, 敎我先淚零.

　我當初早披剃入空門也. 做個尼姑去, 今日免艱辛.

　(咳! 只有我的頭髮恁般苦. 少甚麼佳人的!) 珠圍翠擁蘭麝薰.

　(呀! 似這般狼狽呵!)

　我的身死兀自無埋處, 說甚麼剪頭髮愚婦人.

　〔前腔〕

　堪憐愚婦人, 單身又窮.

　(頭髮! 我待不剪儞呵), 開口告人羞怎忍.

　(我待剪儞呵), 金刀下處應心疼也.

　却將堆雅髻, 舞鸞鬢, 與烏鳥報答鶴髮親.

　敎人道霧鬢雲鬢女, 斷送霜鬢雪鬢人.

　조오낭이 시부모를 장사지내주기 위하여 돈을 마련하려고 자기의 머리를 팔려고 자를 적의 처절한 처경(處境)이 절실히 독자의 가슴에 느껴진다. 적빈(赤貧)에 의지할 곳조차도 없으면서 최후로 자기 머리라도 잘라 팔아 부모의 장례를 치르겠다는 것이다. 그의 남편의 영화와 대조될 때 중국의 예교와 사회풍조에 대한 신랄한 풍자가 되지 않을 수 없겠다. 그 속에서도 자기 머리에 대한 여인의 애착이 더욱 가련하다. 이러한 작자의 신묘한 수법이 많은 독자를 끌지 않을 수가 없겠다.

고명(高明)은 또 때로는 시(詩)·사(詞)·부(賦) 같은 운문으로 염백(念白)에 대신하기도 하였으나, 그것은 대체로 자연스럽고도 참신한 등장인물의 말투로서 어울리는 것이어서, 별로 그 후의 전기(傳奇)처럼 사의(詞意)가 회삽(晦澀)해지는 폐단이 없다. 예를 들면 제29척 걸개심부(乞丏尋夫)에서 장태공(張太公)이 조오낭(趙五娘)에게 당부하는 다음과 같은 백(白)이 있다.

그는 말하기를 만약 약간의 출세만 하더라도 곧 돌아오겠노라고 하였소. 그런데 지금 흉년이 들고 부모가 돌아가셨는데도 줄곧 돌아오지 않고 있소. 그의 뱃보가 어떠한지 당신이 알겠소? 정말 호랑이를 그리는 것은 껍질을 그리는 것이지 뼈를 그리기는 어렵고, 사람을 안다는 것은 그의 얼굴을 안다는 것이지 마음은 알지 못하는 것이오. 아아! 채랑(蔡郎)은 본시 공부한 사람이니, 단번에 명성을 얻으면 천하에 알려질 것인데, 오래도록 머물러 있는 것이 무슨 까닭인지 모르겠소. 흉년이 들고 부모가 돌아가셨는데도 집으로 돌아오지 않으니. 낭자(娘子)! 당신은 서울로 가서 자세히 알아보되 사람들을 만나서 자기 기분은 억누르고 진실을 알아봐야 하오. 만약 채랑을 만나게 되더라도 온갖 고생한 것 다 얘기하지 말고 오직 비파(琵琶)를 가지고 감정에 호소하시오. 곧바로 그의 처라고 말하면 안되고, 곧바로 부모님이 돌아가셨다고 말해도 안되고, 곧바로

치마폭에 흙을 싸서 날라 봉분(封墳) 만들었다 말해도 안되고, 곧
바로 머리 잘라 팔아 그 돈으로 장사지냈다 말해도 안되오. 만약
채랑이 고향생각 하거들랑 친한 이웃의 장영감을 가엾게 생각하라
하시오. 올해 내 나이 칠십인데, 그의 아버지보다는 열흘이 젊으며,
그가 떠나갈 적에는 그 장영감이 전송해 주었지만, 그가 돌아올 적
에는 장영감이 죽었을지 살아있을지 모른다 하시오. 내 당신을 전
송하려니, 정말 눈물 흐르는 눈으로 눈물 흐르는 눈을 보며, 애끊는
사람이 애끊이는 사람을 전송하는구려!

　　他道是若有寸進, 即便回來. 如今年荒親死, 一竟不回. 儞知他心
腹事如何? 正是畵虎畵皮難畵骨, 知人知面不知心. 唉! 蔡郎元是讀
書人, 一擧成名天下聞. 久留不知因個甚, 年荒親死不回門. 五娘子!
儞去京城須仔細, 逢人下氣問虛眞. 若見蔡郎謾說千般苦, 只把琵琶
語句訴元因. 未可便說他妻子, 未可便說喪雙親. 未可便說裙包土,
未可便說翦香雲. 若得蔡郎思故舊, 可憐張老一親鄰, 我今年已七十
歲, 比儞公公少一旬. 儞去時猶有張老來相送, 儞回時不知張老死和
存. 我送儞去呵! 正是流淚眼觀流淚眼, 斷腸人送斷腸人.

이처럼 대화가 운문 형식으로 짜여져 있지마는 부자연스러운 느낌
이 없으며, 조오낭을 떠나 보내는 장태공의 어진 마음이 독자의 폐부
를 찌른다. 이 대백(對白)이 운문이 아니었다면 그 감동이 이처럼 크
지는 못할 것이다.
　　그리고 제16척(齣) 단폐진정(丹陛陳情)의 황문관상장백(黃門官上
場白) 같은 데에서는 5,6백자 정도의 변체문(駢體文)을 사용하고 있
고 전고(典故)의 사용도 곳곳에 발견된다. 그러나 이러한 변체문이나
전고의 사용도 회삽(晦澁)한 느낌보다도 아속공상(雅俗共賞)하는 고

상한 감동을 줌은, 그것이 정절에 알맞는 참신한 문구의 운용인 데서 올 것이다.

이처럼 대백(對白)에 운문이나 변체(騈體) 및 전고(典故)를 많이 사용한 것은 원잡극(元雜劇)의 질박자연(質樸自然)한 성격과는 대조적으로 남회(南戲)의 성격을 전아(典雅)하게 만들었다. 원잡극의 저속한 외래어도 불사하는 속되고 조잡한 문장에 지친 독자들에게 이러한 문장은 새로운 안계(眼界)를 열어주었을 것이다. 따라서 〈비파기〉의 성행이 그 특출한 문장에도 크게 힘입었음은 재론을 요치 않는다.

3) 결 론

이상 중국에서 〈비파기〉가 성행된 원인을 종합하면 대체로 다음의 세 가지를 들 수 있겠다. 첫째, 그 형식적인 주제가 지충지효(至忠至孝)여서 그 시대의 윤리관에 들어맞을 수 있었다. 따라서 사대부들은 희곡이란 미풍양속을 해치는 소기(小技)라 여기었고, 위정자들은 그 유행을 금하는 방(榜)을 여러 번 내리었으나 〈비파기〉는 언제나 방금(榜禁)의 밖에 있었다. 뿐만 아니라 제왕의 칭허(稱許)까지 받았으니 그 시대에 〈비파기〉는 독보할 수 있었던 것이다.

둘째, 그 고사가 무척 감동적이다. 간판은 지충지효(至忠至孝)지마는 조오낭을 비롯한 기타 등장인물들의 현실적 · 윤리적인 갈등은 독자들에게 충효보다도 더 심각한 모순을 통하여 깊은 감명과 공감을 부여한다.

셋째, 우아한 문장은 중국희곡의 새로운 세계를 개척하였다 할 것이다. 그리고 더욱 뚜렷한 등장인물들의 성격을 묘출(描出)하고 고사의 전개를 힘있는 생동한 것으로 만들었다. 따라서 이 아속공상(雅俗共賞)할 수 있는 단아한 문장은 〈비파기〉 성행의 중요한 요인이 되었을 것이다.

　이리하여 〈비파기〉의 풍행(風行)은 마침내 〈서상기(西廂記)〉와 어깨를 나란히 하게 되었고 사대기서(四大奇書)에 비하더라도 크게 뒤지지 않는 유명한 고사로 알려지게 된 것이다. 중국 극단에서는 현재도 〈비파기〉는 상극(湘劇)이나 천극(川劇)의 전통 극목(劇目)으로 상연되고 있다. 그밖에 이원희(梨園戲)나 곤곡(崑曲), 소흥고강(紹興高腔) 같은 데에서도 모두 〈비파기〉가 고명(高明)의 원본을 따라 창연(唱演)되고 있다. 이로써 명초부터 지금에 이르기까지 중국 고극 곡단에서의 〈비파기〉의 위치를 짐작할 수 있었을 것이다.

4. 〈비파기〉 고사의 형성에 대하여

1) 고설(古說) 몇 가지

　고명이 〈비파기〉를 창작한 동기에 대하여 다음과 같은 몇 가지 전설이 알려지고 있다.

　첫째, 왕세정(王世貞, 1526~1590)은 《예원치언(藝苑巵言)》에서 《설부(說郛)》 가운데의 당인소설(唐人小說)을 인용하여

'상국(相國) 우승유(牛僧孺)의 아들 우번(牛繁)은 동향의 채생(蔡生)을 만나 글로써 사귀었다. 뒤에 그는 채생의 재능을 인정하여 함께 과거에 급제하고자 자기의 누이동생을 그에게 출가시키려 하였다. 채생에게는 이미 처 조씨(趙氏)가 있었으나 마지못해 결혼하였는데, 뒤에 우씨(牛氏)와 조씨(趙氏)는 서로 양보하여 잘 화합하였고 채씨(蔡氏)는 절도부사(節度副使)의 벼슬까지 지냈다.'

라고 말하고 있다. 이 얘기를 근거로 하여 고명이 희극화하였다는 것이다.

둘째, 유수(鈕琇, 1681년 전후)는 《고잉(觚賸)》에서

'비파기의 우승상(牛丞相)은 곧 우승유(牛僧孺)이다. 우승유의 아들 우울(牛蔚)은 동갑인 등창(鄧敞)과 사귀어 억지로 누이동생을 그에게 출가시켰다. 그런데 우씨(牛氏)는 대단히 어질었고 등창의 본처 이씨(李氏)도 겸양하여, 등창이 우씨를 데리고 돌아가니 우이(牛李) 두 사람은 서로 집안과 나이를 가지고 사양하여 자매가 되어 잘 지냈다.'

하였다. 이것은 《태평광기(太平廣記)》 권498의 옥천자(玉泉子)의 얘기를 인용한 것이다.

셋째, 〈모덕음평비파기(毛德音評琵琶記)〉에서는 《대환색은(大圜索隱)》을 인용하여

'고동가(高東嘉)는 이름이 칙성(則誠)이고 원말인(元末人)인데 왕사(王四)와 서로 친하게 사귀었다. 왕사도 당시의 명사였는데 뒤에 출세하자 지조를 바꾸어, 그의 본처 주씨(周氏)를 버리고 그때의 승상 불화씨(不花氏)집에 장가들었다. 동가(東嘉)는 이를 말리었으나 뜻을 이루지 못하자 책을 지어 이를 풍자하였다. 이름을 채옹(蔡邕)이라 한 것은 왕사가 젊었을 때 남의 용인(傭人)이 되어 채소를 길렀기 때문이다(傭과 邕, 蔡와 菜는 음이 비슷하다). 조오낭(趙五娘)이라 한 것은 성전(姓傳)에 조씨(趙氏)부터 주씨(周氏)까지 꼭 다섯 번째이기 때문이다. 우승상(牛丞相)이라 한 것은 불화씨집이 우저(牛渚)에 있었기 때문이다. 책을 비파(琵琶)라 이름 붙인 것은 왕(王)자가 네 개 있기 때문이다. 또 장태공(張太公)은 동가(東嘉) 자신에 해당한다.'

라고 하였다. 전예형(田藝蘅, 1570년 전후)의 《유청일찰(留青日札)》에도 이와 비슷한 얘기가 실려 있다.

넷째, 양소임(梁紹壬, 1792~?)은 《양반추우암수필(兩般秋雨盦隨

筆)》에서

　‘고칙성(高則誠)의 〈비파기〉는 왕사(王四)를 풍자하기 위하여 지은 것이라고들 한다. 그러나 허종언(許宗彦, 1768~1818)의 말에 의하면 〈비파기〉는 채변(蔡卞)에 관한 일을 쓴 것이라 한다. 채변은 본처를 버리고 왕안석(王安石)의 딸에게 장가들었음으로 이 작품으로서 그를 풍자한 것이다. 그곳에 우승상(牛丞相)이라 한 것은 왕안석의 성이 우(牛)자와 비슷하기 때문이라 한다.’

라고 하였다. 그러나 냉정히 따져 볼 때 〈비파기〉 중의 채백개(蔡伯喈)는 당대의 채생(蔡生)이나 등창(鄧敞)도 아니려니와 송대의 채변(蔡卞), 또는 원대의 왕사(王四)도 아니다. 또한 동명의 동한의 채옹(蔡邕)도 아니다. 동한의 채옹은 본시 사(士)족 출신이며 아버지는 채릉(蔡棱)으로 자(字)는 백직(伯直)이오 채종간(蔡從簡)이라 불리지 않았다. 어머니는 원씨(袁氏)요 진씨(秦氏)가 아니며, 또 그의 평생에 본처를 버린 사실이 없다.

　혹시 위의 얘기들이 〈비파기〉 고사의 발생이나 〈비파기〉 저작의 동기가 되었다 하더라도 지금 와서는 〈비파기〉와 아무런 관련도 없는 것이다. 〈비파기〉는 다른 중국의 소설이나 희곡의 걸작들처럼 오랫동안 민간에 유행하던 전설이 여러 단계의 작품으로 윤식(潤飾)을 거쳐 고명(高明)에 이르러 대성한 것이다.

2) 〈비파기〉 이전의 〈비파기〉 고사

　육유(陸游, 1125~1210)의 〈소주유근촌사주보귀사수(小舟游近村舍舟步歸四首)〉의 제4수는 이러하다.

　　늙은 버드나무에 저녁 해가 비치고 있는 조가장에서
　　북을 둘러맨 장님이 마침 놀이판을 벌이고 있네.

죽은 뒤의 시비야 누가 상관하랴?

온 마을 사람들이 채중랑 얘기 창하는 것 듣고 있네.

斜陽古柳趙家莊, 負鼓盲翁正作場.

身後是非誰管得? 滿村聽唱蔡中郎.

이로써 채중랑(蔡中郎)의 맹사(盲詞)가 송대(宋代)에 이미 유행하고 있었음을 알 수 있다. 지금도 절강성(浙江省) 영가(永嘉) 지방에는 채중랑의 맹사가 유행하고 있다니 이것은 송대의 유물이라 보아 틀림없을 것 같다. 맹사란 고자사(鼓子詞)의 일종으로 역시 강창(講唱)을 하는 것이다. 맹인들은 생계를 위하여 이 맹사란 일종의 고사를 배워 가지고 마을로 돌아다니며 양식을 구걸한다. 대개는 한 개의 둥근 단피고(單皮鼓)와 박판(拍板)을 반주악기(伴奏樂器)로 써서 여기저기를 돌아다니면서 강창을 하는 것이다.

또 앞에 인용한 《남사서록(南詞叙錄)》에는

'남희(南戱)는 송(宋)나라 광종조(光宗朝, 1189~1194)에 시작되었는데…… 조정녀(趙貞女)와 왕괴(王魁) 이종(二種)이 맨 처음 나온 작품이다.'

라고 하였고, 또 그곳의 송원구편(宋元舊編) 채이랑(蔡二郎)·조정녀(趙貞女)의 명목 밑에는

'바로 옛날에 백개(伯喈)가 양친을 버리고 본처를 배반하여 벼락을 맞아 죽었다는 민간의 얘기를 쓴 것이다.'

라고 주를 달고 있다. 또 앞에 인용한 《외담(猥談)》에도

'남희(南戱)는 선화(宣和, 1119~1125) 연간 이후에 나왔는데…… 조정녀(趙貞女)·채이랑(蔡二郎) 등의 작품이 있었다.'

라고 말하였고, 원대의 초기작가 악백천(岳伯川, 1279 전후)의 잡극(雜劇) 〈철괴리(鐵拐李)〉에는

'너는 저 세 가지 정절을 지킨 조정녀가 비단치마에 흙을 싸 날
라다 봉분을 만든 것 배워라.(你學那守三貞趙貞女, 羅裙包土將墳
基建.)'

란 구절이 나온다. 이로써 조정녀(趙貞女)와 채이랑(蔡二郎)의 얘기
는 송원(宋元)대를 걸쳐 민간에 이미 널리 유행하였던 것이며, 또 그
것들은 〈비파기〉 고사의 전신임을 알 수 있을 것이다. 즉 채중랑(蔡
中郎)이 채이랑(蔡二郎)으로, 다시 채옹(蔡邕)으로 주인공의 이름이
와전(訛傳)되었을 뿐이다. 그리고 《남사서록(南詞叙錄)》의 간단한 주
에 의하면 송대 희문(戲文) 속의 채백개는 벼락을 맞아 죽은 것으로
종말이 〈비파기〉의 대단원과 같지 않음을 알 수 있겠다. 또 금원원본
(金元院本) 중에도 〈채백개(蔡伯喈)〉라는 작품이 있다.

이로써 〈비파기〉는 송원대에 있던 희문(戲文)의 번안임을 알았다.
다만 〈비파기〉의 내용이 이전 것을 보다 더욱 심각생동(深刻生動)
하고, 그 구성이나 곡률이 완미(完美)하여 〈비파기〉가 나오자 이전의
희문들은 무대로부터 잠적하게 되었다고 믿어진다. 〈비파기〉의 번안
에 관하여도 한 가지 전설이 있다. 《모덕음평비파기(毛德音評琵琶
記)》에 이지(李贄, 1527~1602)의 말을 인용하여

'전설에 의하면 동가(東嘉)가 비파기를 지을 때에 처음에는 채중랑
(蔡中郎)이 불충 불효한 인물이었다. 뒤에 꿈에 중랑(中郎)이 나타
나 말하기를 선생님께서 저의 행적을 옳게 고쳐주시면 꼭 은혜를
갚겠습니다 라고 말하였다. 그는 꿈을 깨자 곧 그를 전충전효(全忠
全孝)한 인물로 바꾸었다 한다.'

라고 말하였다. 명 장일규(蔣一葵)의 《요산당외기(堯山堂外紀)》에도
이와 비슷한 얘기가 실려있다. 그러나 민간에 유행하였던 조오낭 전
설을 위에서 본 바와 같이 작품으로 번안한 것은 벌써 여러 사람의
손을 거쳤다. 따라서 〈비파기〉의 대단원도 혹은 고명 이전에 개작되

었는지도 모를 일이다.

〈비파기〉가 성행된 이후에도 대단원으로 개작되지 않은 송원 희문(戲文)의 계통을 이은 민간희(民間戲)가 지방에는 여전히 유행하고 있다. 피황극(皮黃劇) 중에는 〈소상분(小上墳)〉이라는 극이 있는데 〈녹경영귀(祿敬榮歸)〉라고도 부르는 유자강(柳子腔)(一作 南羅)에 속하는 것이다. 그 본사(本事)는 남희(南戲) 〈유문룡릉화경(劉文龍菱花鏡)〉인데 극중의 소업정(蕭業貞)의 창사(唱詞)에서 이렇게 노래하고 있다.

> 걸어가고 있는 중에도 눈물이 줄줄 흘러,
> 옛사람 채백개(蔡伯喈)가 생각나네.
> 그는 서울로 과거를 보러 갔는데,
> 한 번 과거를 보러 가서는 돌아오지 않았네.
> 아버지와 어머니 두 분 모두 굶어 죽고
> 오낭(五娘)이 흙을 싸 날라다가 봉분을 만들어 드렸네.
> 봉분의 흙을 석 자 정도 쌓아올리자
> 하늘로부터 한 개의 비파(琵琶)가 내려졌네.
> 몸에 비파를 둘러메고 용모를 그린 다음
> 온 정성 다해 서울로 가 남편 찾아 다녔네.
> 서울 장안에서 찾아냈으나 모른 체하여
> 현명한 처는 우느라고 치맛자락 다 찢어졌네.
> 똑똑한 오낭은 그의 말발굽에 밟히기까지 했지만
> 그 채백개는 다섯 대의 벼락이 머리를 쳤다네.
> 正走之間淚滿腮, 想起了古人蔡伯喈.
> 他上京中去趕考, 一去趕考不回來.
> 一雙爺娘都餓死, 五娘子包土築墳台.

墳台築起三尺土, 從空降下一面琵琶來.
身背着琵琶描容相, 一心心上京找夫回.
找到京中不相認, 哭壞了賢妻女裙釵.
質慧的五娘遭馬踹, 到後來五雷轟頂是那蔡伯喈.

이곳에는 채백개가 벼락을 맞아 죽는다는 정절 이외에, 조오낭도 말발굽에 짓밟힌다는 완전히 비극적인 종말을 맞았던 것으로 되어 있다. 여하튼 이것을 통하여 비극적인 조오낭 고사가 민간에는 여전히 전하여지고 있었으며 그 전래방식은 민간희(民間戲)를 통해서였으리라 여겨진다. 그밖에 사천산가(四川山歌, 鄭振鐸《中國俗文學史》 p. 250 所引)〈십이월채차(十二月采茶)〉중에도 이런 구절이 있다.

칠월달에 찻잎 따는데 차꽃 피었네.
불충불효한 채백개는
집안의 부모님을 봉양하지 않아
효성스런 며느리만 고생케 하였네.
七月采茶茶花開, 不忠不孝蔡伯喈,
堂上雙親他不奉, 苦了行孝女裙釵.

사천(四川) 민간에 유행하는 조오낭 고사도〈소상분(小上墳)〉의 것과 같음을 알 수 있다.

3)〈비파기〉통행본(通行本)과 고명(高明)의 원작
〈비파기〉의 통행본으로 가장 보편적인 것은 급고각(汲古閣) 육십종곡본(六十種曲本), 모덕음평제칠재자본(毛德音評第七才子本), 사검당진계유평(師儉堂陳繼儒評) 난홍실간본(暖紅室刊本)의 삼종(三種)이다. 그밖에도 명간(明刊) 충효전본(忠孝傳本), 명(明) 능몽초간(凌濛初刊) 주묵본(朱墨本), 방제관간본(方諸館刊本), 왕씨교감(汪氏校勘) 출상점판본(出像點板本), 이탁오왕봉주합평본(李卓吾王鳳洲合評本) 등이 알려져 있다. 그러나 이상 통행본들은 자구(字句)에 약간의 이동이 있는 것을 제하면 관목(關目)이나 곡조 등 모두 같다.

그러나 심경(沈璟, 1555?~1615?)의 《남구궁십삼조보(南九宮十三調譜)》에 수록된 선려입쌍조(仙呂入雙調) 조원령(朝元令) 사곡(四曲)은 이상 통행본에는 들어있지 않은 노래이다. 보기로 첫 곡만을 아래에 든다.

〔조원령(朝元令)〕
새벽별 하늘에 떠있는데 일찍 일어나 서울을 떠났네.
저녁별 반짝이니 갈 길 재촉하기 좋네.
물 위에 자고 바람 속에 밥 먹지만 어찌 길 멀다 꺼리랴?
친상을 당한 뒤 제사를 모시러 가려니 피눈물만 줄줄 흐르고
날씨는 춥고 땅은 험하여 가는 길 더디네.
머리 돌려 서울 바라보니 가을바람 불고 해 서쪽으로 사라졌네.
〔합창(合唱)〕
낙양은 점점 멀어지는데,
우리 옛집은 우리 옛집은 어디메뇨?
晨星在天, 早起離京苑,
昏星粲然, 好向程途趲.
水宿風餐, 豈辭遙遠?
要盡奔喪通典, 血淚漫漫, 天寒地坼行步難.
回首望長安, 西風夕照邊.
〔合〕

洛陽漸遠, 何處是舊家庭院, 舊家庭院.

원주(原註)에 또 이런 설명이 붙어있다.

'이 한 투(套)의 곡은 고본 〈비파기〉에도 들어있지 않으니 고칙성(高則誠)의 원작이 아닌 것 같다. 그래서 내가 〈비파기〉를 고정(考正)할 때에 감히 편입시키지 못하였던 것이다. 그러나 음률은 형차기(荊釵記)와 서로 들어맞을 뿐만 아니라 더욱 협화(協和)가 잘 되는 듯하니 역시 천학(淺學)한 사람이 지을 수 있는 것은 아니라 여긴다.'

그 곡사를 통하여 추측컨대 이들 노래가 제39척(齣) 산발귀림(散髮歸林) 속의 것인 듯하다.

명 장효(蔣孝)의 《구편남구궁보(舊編南九宮譜)》에 들어있는 옥산공(玉山供) 일결(一闋)도 역시 통행본에는 없는 노래이다.

　　〔옥산공(玉山供)〕
　아버님께 삼가 올리오니, 날씨 추워지면 특히 제게 부탁하십시오
　우리 부모님은 3년 동안 헐벗고 굶주리셨으니
　내 어찌 지금 처참해지지 않을 수 있으랴?
　마음속으로 경모(敬慕)하면서도
　부질없이 향기로운 술 있으되 올려드리기 어렵네.
　　〔합창(合唱)〕
　이 두터운 은혜 생각하니
　술은 사양 못하고 갖다 올려야 할 것이니
　눈을 밟고 가서라도 받아오리라.
　公公尊賜, 念天寒特來問吾.
　我雙親受三載飢寒, 我怎不禁一旦凄楚.

心中想慕, 漫有這香醪難度.

〔合〕

感此恩情厚, 酒難辭念取, 踏雪也來沽.

황비렬(黃丕烈, 1763~1825)의 〈사례거장본비파기(士禮居藏本琵琶記)〉의 발문(跋文)에서는 원각본(原刻本)인 것 같다고 하였는데, 그 속에 이 곡(曲)이 들어있다. 심경(沈璟)이 말한 〈고본비파기(古本琵琶記)〉라는 것도 혹은 이것일지도 모른다. 이 곡은 제41척(齣) 풍목여한(風木餘恨)에 속할 것 같은데 통행본에는 이 소묘전주(掃墓奠酒)하는 일단(一段)이 빠져있다.

명(明) 주맹진(朱孟震, 1582 전후)은 《하상저담(河上楮談)》에서 '고칙성(高則誠)의 〈비파기〉는 서관상봉(書館相逢)에서 끝나며, 상월(賞月)·소송(掃松)은 주교유(朱教諭)가 보작(補作)한 것이다.' 라고 말하고 있다. 또 명 서복조(徐復祚)는 그의 《삼가촌로위담(三家村老委談)》에서 주교유(朱教諭)가 어떤 사람인지 모르지마는 상월(賞月)의 초천과우(楚天過雨) 같은 것은 웅기염려(雄奇艶麗)한 천고걸작(千古傑作)이어서 고명(高明)이 아니면 지을 수 없는 것이다. 그래서 그의 원작은 소송척(掃松齣)까지라고 본다고 말하고 있다.

그러나 〈비파기〉의 개장(開場) 심원춘(沁園春)의 전극시말(全劇始末)의 서술은 일반 통행본이 모두 같은데 그 결미(結尾)를 분명히 '다시 여묘(廬墓)를 하고 한 남편에 두 부인이 되며, 옛 집안에 정표가 세워지네.(重廬墓, 一夫二婦, 旌表舊門閭.)'라 읊고 있으니 제42척(齣) 일문정장(一門旌獎)은 이미 앞에서 예정된 결말이다. 따라서 주맹진(朱孟震)과 서복조(徐復祚)의 말은 거의 믿을 수 없는 것이다.

명대 사람들이 말하는 고본(古本)은 개인이 산개(刪改)를 슬쩍한 것이 대부분이다. 예로 장진숙(臧晋叔)은 《원곡선(元曲選)》을 어희감

(御戲監)의 비본(秘本)이라 내놓아 한동안 세인을 속였지만 사실은 그의 망개(妄改)투성이의 작품들이라는 것과 같다. 그러므로 앞에서 말한 조원령(朝元令) '사결(四関)'과 '옥산공(玉山供)'은 도리어 고명의 원작일 가능성이 많다. 곧 명대 사람들의 산개(刪改)에 의하여 탈락된 부분의 일부라 보는 것이다.

이렇게 보면 〈비파기〉는 〈서상기(西廂記)〉처럼 그렇게 심한 개산(改刪)을 거치지는 않았을지도 모르지마는, 통행본들은 모두가 고명의 원작과는 상당한 거리가 있는 작품이라고 단언할 수 있겠다.

4) 결 론

〈비파기〉 고사는 송원(宋元)대를 통하여 이미 민간에 널리 작품으로 또는 전설로서 유행하였던 것인데 고명의 문재(文才)를 통하여 발군(拔群)한 걸작품으로 집대성된 것이다. 그러나 고명 이전에도 여러 작가들이 이 고사를 작품화하였던 것처럼, 고명 이후에도 여러 사람들의 윤필(潤筆)과 산필(刪筆)을 거쳐 현행본과 같은 모습으로 다듬어진 것이다. 다시 말하면 고명은 〈비파기〉가 작품으로 깎이고 다듬어지는 과정에서 중심이 되는 역할과 위치를 점유하고는 있지마는 그의 전후로 가하여진 많은 손들도 간과할 수는 없는 것이다.

이것은 중국문학의 한 특징이라 말할 수 있을 것이다. 《서상기(西廂記)》・《수호지(水滸誌)》・《삼국지(三國志)》・《서유기(西遊記)》 등 중국의 대표적인 소설이나 희곡들은 모두가 일시의 창작품이 아니라, 오랜 시일을 두고 다듬어져 어느 뛰어난 문인의 손에서 집대성되고 그 후에도 또 여러 문인들의 손으로 다듬어져 오늘날의 모습으로 전하여지고 있는 것이다. 이러한 성격은 시(詩)에까지도 적용될 것이다. 어떤 묘구(妙句)는 그 시구가 나오기 이전의 여러 시인들의 표현에 의하여 다듬어진 것이고, 또 이후로도 그 묘구(妙句)는 다른 시구를 위하여 또 깎이고 다듬어질 것이다. 그러므로 중국문학의 이해를 위하여 더욱이 역사적인 연구방법이 요청된다. 〈비파기〉도 통행본만을 가지고 고명의 문학을 속단할 수는 없는 것이다.

7. 탕현조(湯顯祖)와 그의 전기(傳奇)

1. 그가 산 시대와 그의 생애

탕현조(湯顯祖, 1550~1617)는 중국문학사상 명(明)대의 특출한 문학자 중의 한 사람이다. 자는 의잉(義仍)이고, 호는 약사(若士) 또는 해약사(海若士)라 하였고, 만년에는 그가 거처하던 옥명당(玉茗堂)을 호로 쓰기도 했고, 또 청원도인(淸遠道人)이라 자서(自署)하기도 하였다.

명대는 원(元)을 이어 시를 중심으로 하는 중국 정통문학(正統文學)이 극도로 쇠미해진 시대이다. 따라서 명대는 초엽으로부터 이후 200여년 동안은 이른바 전칠자(前七子)와 후칠자(後七子)1)가 연이어 나와 잃어버린 정통문학을 되찾아 부흥시켜 보려고 '문은 반드시 진

---

1) 前七子는 李夢陽·何景明·徐禎卿·邊貢·王廷相·康海·王九思이고, 領袖는 李·何이며, '文崇秦漢, 詩必盛唐'을 標榜하였다. 弘治(1488~1505)·正德(1506~1521) 연간에 활약하였다.
　後七子는 李攀龍·王世貞·謝榛·宗臣·梁有譽·徐中行·吳國倫이고, 領袖는 처음엔 謝榛이었으나 곧 李·王으로 바뀌었으며, '文必西漢, 詩必盛唐'을 標榜하였다. 嘉靖(1522~1566)·萬曆(1573~1619) 연간에 활약하였다.

한(秦漢)을 본받고, 시는 반드시 성당(盛唐)을 본받아야 한다(文必秦漢, 詩必盛唐)'는 구호를 내걸고 활약하였다.

그들은 영광된 옛날을 재현시키려 하였으나, 그들이 지은 시문(詩文)은 결국 의고(擬古)의 테두리를 벗어나지 못하였다. 이 때문에 명일대는 의고의 풍조가 온 세상을 휩쓸었다. 그들의 의고의 풍조는 시와 산문의 형식을 본뜨는 데에만 그치지 아니하고, 문학의 소재나 사상까지도 본뜨려 했으니, 그들 작품에는 창의(創意)가 살아있을 수가 없었다.

주이존(朱彝尊, 1629~1709)이 편찬한 《명시종(明詩綜)》 100권에 들어있는 시는 수량에 있어서는 당(唐)나라나 송(宋)나라에 못지 않지만, 그것들은 문학사상 가벼이 다루어질 수밖에 없는 것들이다. 탕현조가 살았던 만력연대(萬曆年代)는 의고의 풍조가 더욱 성하였던 시기이다. 당시의 문인들은 2백 년 동안 이어온 기성세력을 바탕으로 무리를 이루어 문단을 지배함으로써, 다른 문학 주장들은 머리를 들기도 어려운 실정이었다.

그러기에 진전(陳田, 1909 전후)은 《명시기사(明詩紀事)》 기첨(己籤) 서(序)에서

'세상에서 시를 얘기하는 자가 이·왕의 가르침을 받들지 아니하면 마치 국법을 존중하지 않는 오랑캐처럼 여겨졌다'[2]

라고 말하고 있다.

그러나 이때 그러한 의고주의적인 문학풍조에 대한 반발도 고개를 들기 시작하였다. 특히 개인의 양지(良知)를 주장하던 왕양명(王陽明, 1472~1528)의 사상은 본시부터 자유주의적인 경향이 있었는데, 이 시기에 와서는 그 학파의 사상경향이 더욱 자유로운 방향으로 발전하

---

2) '海內稱詩者, 不奉李王之敎, 則若夷狄之不尊正朔.'

고 있었다. 왕양명은 《전습록(傳習錄)》을 보면 이런 말을 하고 있다.
'배움이란 마음에서 얻어지는 것이 귀한 것이니, 마음으로 추구해
보아서 글렀다면 비록 그 말이 공자에게서 나왔다 하더라도 감히
옳다고 할 수는 없는 것이다.'[3]

이처럼 왕양명의 전통적인 방법을 과감히 부정하고 간결하게 학문
을 추구하려는 자유주의적인 방법은 당시에 적지 않은 반향을 일으키
었다. 그리고 뒤에는 그의 제자 왕간(王艮, 1482~1540)에 의하여 왕
양명좌파(王陽明左派)라고도 불리게 되는 이른바 태주학파(泰州學
派)가 이루어지는데, 그들은 스승의 자유주의적인 경향을 더욱 발전
시키어, 개인의 양지(良知)를 더욱 중시하면서 전통에 도전하였다. 그
학파에 속한은 인물로 지목되는 이지(李贄, 1527~1602)는 〈답경중
승(答耿中丞)〉에서 한 걸음 더 나아가

'하늘이 한 사람을 낳았으면 자연이 그 한 사람의 쓰임이 있는 것
이니, 공자에게서 주는 것을 받고 난 뒤에야 충족되게 되는 것이
아니다.'[4](《李卓吾尺牘》)

라고 말하고 있다. 결과적으로 그들의 학문은 광선(狂禪)에 가까워지
고, 그들의 성격이나 행동도 광(狂)에 가까워질 수밖에 없었다. 경전
은 읽지도 않고 멋대로 자기 생각만을 하며 공리(空理)를 전개하여
오히려 학문의 폐해가 되었다고도 할 수 있다. 그러나 문학에 있어서
는 이들이 의고에 물든 당시 문단에 어느 정도 생기를 불어넣는 역할
도 하였다고 할 수 있다.

명말에 활약하였던 공안파(公安派)와 경릉파(竟陵派)의 낭만주의
적인 문학풍조는 그러한 사상의 조류를 배경으로 하고 있다. 공안파

---

3) '夫學貴得之心, 求之心而非也, 雖其言之出於孔子, 不敢以爲是也.'
4) '夫天生一人, 自有一人之用, 不待取給於孔子而後足也.'

는 원종도(袁宗道, 1560~1600)·원굉도(袁宏道, 1568~1610)·원중도(袁中道, 1570~1623)의 삼형제가 중심을 이루며, 그들의 주목적은 당시의 의고적인 문학풍조를 일신하자는 것이었다. 따라서 그들의 주장을 요약하면 대체로 다음과 같다.

1. 창작에 있어 복고(復古)나 모의(模擬)를 반대한다.
2. 문학의 시대성(時代性)을 중시하였다.
3. 작품에 개인의 성령(性靈)과 창조정신을 중시하였다.
4. 소설과 희곡의 문학적인 가치를 중시하였다.

그러나 공안파 작가들의 작품이 간혹 경박한 방향으로 흐르는 것을 깨닫고, 종성(鍾惺, 1574~1625)·담원춘(譚元春, ?~1631)이 나와 깊고 빼어난 표현으로 공안파의 폐단을 바로잡겠다고 나섰다. 이들을 경릉파라 한다.

이 두 파의 문학운동은 잘 되었다면 명대의 의고주의적인 문학풍조를 일신하고, 문예부흥을 일으킬 수도 있었을 듯하다. 그러나 이들의 문학창작은 실지로 이들의 문학주장을 제대로 뒷받침해 줄만한 수준의 것들을 써내지 못하였고, 또 명나라의 멸망을 따라 이들의 문학운동도 끝나버려 별로 큰 결실을 이루지는 못하였다.

그러나 이들에 앞서 명대의 복고와 의고를 반대하여 이들의 선구가 되었던 문인으로 서위(徐渭, 1521~1593)·초횡(焦竑, 1541~1626)·이지(李贄) 등과 함께 탕현조가 있다. 이들은 모두 독자적인 문학활동을 했지만 모두 세상을 휩쓸고 있던 의고주의를 반대하고 자유롭고 개성적인 문학을 창작하려던 사람들이다.

서위는 탕현조보다도 20여년이 위인데, 탕현조는 그의 청년기의 문집인 《문극우초(問棘郵草)》 권두(卷頭)의 총사(總辭)에서

'정말로 기재(奇才)이니, 평생을 두고 많이 볼 수 있는 사람이 아니다(眞奇才也, 生平不多見.)'

라고 극찬하고 있는데, 문학이념의 상통 때문이었을 것이다. 원굉도
도 〈희봉매계표(喜逢梅季豹)〉 시(《袁中郎全集》 詩集)에서

　'서위는 굉장히 뛰어난 재사이나, 신분이 낮은 것은 올바른 도를 만
　나지 못했기 때문이네(徐渭饒梟才, 身卑道不遇).'

라고 읊고 있는데, 그에게서 받은 영향 때문이다. 그리고 서위는 사성
원(四聲猿)이라 불리우는 잡극(雜劇) 여러 편을 지은 작가여서, 탕현
조와 함께 희곡창작을 통해서도 공안·경릉파들에게 영향을 주었다.

　이지와 초횡은 문학이념은 물론 사상 전반에 걸쳐 영향을 끼쳤다.
따라서 그들의 문집에는 공안파와 통하는 문론이 적지 아니 보인다.
특히 이지는 원씨 삼형제들이 스승으로 모셨던 터이라 공안파 문학사
상의 대강(大綱)은 이지를 통해서 이루어졌다고 할 수도 있다. 그러
나 탕현조를 중심으로 한 공안파와의 삼각관계는 서위가 가장 밀접했
던 듯하다. 원굉도가 앞에 인용한 〈희봉매계표〉 시에서 서위를 칭송
한 두 구절에 바로 이어

　'근래 탕현조는 매우 빼어난 가구(佳句)가 있네(近來湯顯祖, 凌厲
　有佳句).'

라고 읊고 있는 것으로도 알 수가 있다.

　명말에 새로운 문학운동이 전개되었던 것은, 그 시대의 정치와 사
회도 배경으로 한몫을 하고 있다. 그때에는 정치의 기강이 해이해지
고, 간사한 자들이 날뛰는 세상인데다가, 외환(外患)과 천재(天災)가
겹쳐 백성들의 고난이 극심하였다. 그러므로 뜻있는 선비들은 모두가
자기 몸을 숨기어 보신(保身)을 꾀하면서 소설과 희곡으로 소일하는
사람들이 많았다. 이런 사람들은 모두 세속의 번거로운 예법을 싫어
하고 자유로움을 추구하는 경향이 생겼다. 그 때문에 문학을 창작하
는 데 있어서는 자연히 공안파의 주장에 접근하게 되었던 것이다. 이
지와 서위 같은 사람들이 바로 그런 성격 때문에 공안파의 선구자가

되었던 사람들이다.

그런데 이상에 든 공안파 문학의 선구자들 중에서도 시문(詩文)과 희곡 등의 문학창작을 통하여 공안파 문학이념을 잘 구현한 사람이 탕현조이다. 앞에서도 든 진전(陳田)의 《명시기사》에는 이런 말이 보인다.

'가정(嘉靖) 연간에 시로 이름을 날린 사람들로 후칠자(後七子)가 있는데, 이반룡(李攀龍)과 왕세정(王世貞)이 우두머리였다. 전칠자(前七子)들과는 수십년 떨어져 있지만, 서로 창화(唱和)하면서 성기(聲氣)로 호응하는 것이 완전히 같았다. 세상에서 시를 일컫는 사람으로 이반룡과 왕세정의 가르침을 받들지 아니하면 마치 오랑캐들이 국법을 따르지 않는 거나 같이 여겼다. ……이런 물결의 흐름을 따르다 보니, 모방을 너무 심하게 하게 되고 폐해가 더욱 불어났다. 황금에 자기(紫氣)를 띤 문사와 시끄럽게 격한 듯 소리치는 글들이 천편일률이어서 사람들로 하여금 싫증이 나게 하였다. 그들을 탕현조가 앞에서 공격하고, 공안·경릉파가 그들을 뒤에서 쳤다.'5)

탕현조는 명대 문학사상 뚜렷한 자기 위치를 차지하고 있는 것이다. 그는 1550년(嘉靖 29년) 강서(江西) 임천현(臨川縣)의 선비집안에서 태어났다. 그의 아버지와 할아버지가 모두 그 지역의 유명한 학자였고,6) 강서는 태주학파(泰州學派)가 생겨나 성행한 지역이다. 탕

---

5) '嘉靖之季, 以詩鳴者, 有後七子, 李王爲之冠. 與前七子隔絶數十年, 而此唱彼和, 聲應氣求, 若出一軌. 海內稱詩者, 不奉李王之敎, 則若夷狄之不遵正朔.---曁乎隨波之流, 模倣太甚, 爲弊滋多. 黃金紫氣之詞, 叫囂亢壯之章, 千篇一律, 令人生厭. 臨川攻之於前, 公安竟陵掊之於後.'

6) 할아버지 懋昭는 자가 日新, 호는 西塘이었고, 어린 나이에 弟子員이 되었으며, 시험을 치르기만 하면 一等이라 學者들이 그의 將來를 囑望하

현조의 나이 열두세 살 때 나여방(羅汝芳, 1568 전후)에게 배웠는데, 이후 평생을 두고 그를 스승으로 모셨다. 나여방은 왕간(王艮)의 재전(再傳) 제자로, 당시 태주학파의 거장(巨匠)이었다. 탕현조는 젊어서부터 정상적으로 유가 경전의 공부를 하면서 공명(功名)을 추구하는 데 뜻을 두었으나, 뒤에 그의 문학이 낭만주의적인 경향으로 흐른 것은 이러한 스승의 영향이라 할 수도 있을 것이다.

세종(世宗, 1522~1566 재위)은 탕현조가 17세 때까지 왕위에 있었는데, 만년에는 토목(土木) 공사를 크게 일으키고, 방사(方士)의 말에 넘어가 단약(丹藥)을 복용하여, 조정엔 음욕(淫慾)과 간사(奸詐)의 분위기가 만연하였다. 탕현조 24세 이후의 황제 신종(神宗, 1573~1620 재위)도 탐욕스러웠고 간신들을 등용하여 정치를 그르치어 민생의 어려움과 사회의 혼란이 극심한 지경이었다. 만력(萬曆) 5년(1577)에는 그때의 재상 장거정(張居正, 1524~1582)이 그의 아들을 전국의 명사들과 함께 과거에 급제시키고자 하여, 탕현조에게도 사람을 보내어 만약 이번에 과거에 응시하면 장원(壯元)으로 급제시켜 줄 것을 제의하였으나, 거절하였다 한다.[7]

그 뒤 3년되는 해 장거정의 셋째 아들이 과거를 볼 때 다시 탕현조를 불러들이면서 장원(壯元)에 급제시켜 주겠다 하였으나 거부하였다 한다.[8] 그처럼 탕현조는 성격이 곧아서, 어려서부터 문명(文名)이 있었지만 권세가들의 미움을 사 여러 번 과거를 보았으되 급제하지 못

였다. 그의 아버지 尙賢은 글이 高古하였고 행실이 端正하였다《文昌湯氏宗譜》).

7) 《明史》卷230 湯顯祖傳 : '張居正欲其子及第, 羅海內名士以張之. 聞顯祖及沈懋學名, 命諸子延致. 顯祖謝非往, 懋學遂與居正子嗣修偕及第.'

8) 《文昌湯氏宗譜》卷首 鄒迪光 湯顯祖傳 : '庚辰, 江陵子懋修與其鄉之人王篆來結納, 復啖以巍甲而亦不應. 曰 : 吾不敢從處女子失身也.'

하였다. 다행히도 만력(萬曆) 10년(1582)에 장거정이 죽어 그 다음
해 진사(進士)에 급제하였다. 그때에도 권세가인 재상 신시행(申時
行)과 장사유(張四維)의 아들이 함께 진사가 되어, 두 사람이 그의
자식들을 탕현조에게 보내어 문하(門下)로 들어오라고 요청하였으나
역시 사절하고 가지 않았다 한다.9)

정계는 부패해 있는데 탕현조는 성격이 그처럼 강직했으니, 벼슬길
이 평탄할 수 없다는 것은 분명한 일이다. 만력 12년(1584)에 남경태
상시(南京太常寺) 박사(博士)로 임명되었다가, 후에 남경첨사부(南京
詹事府) 주부(主簿)를 거쳐 남경예부사제사(南京禮部祠祭司) 주사
(主事)가 되었는데, 모두가 한직(閒職)이어서 늘 만족치 못하였다.

만력 19년(1591) 그가 42세 되던 해에는 혜성(彗星)이 나타나자
신종(神宗)은 급사(給事)와 어사(御史)들의 참핵(參劾)이 공정치 못
했기 때문이란 말을 듣고 그들의 녹봉(祿俸)을 모두 1년치나 감봉
시켰는데,10) 탕현조는 언로(言路)를 널리 연 거라고 여기고는 마침
내 〈논보신과신소(論輔臣科臣疏)〉11)를 올리어 당시의 정치와 신하들
의 그릇됨을 통렬히 논하였다. 그 글 속에는 이런 말이 보인다.

'폐하께옵서 천하를 다스려 오신 지 20년이나 되었습니다. 그런데
앞의 10년의 정치는 장거정이 강하면서도 욕심이 많아 여러 사인
(私人)들을 모아 시끄럽게 굴면서 망쳤고, 뒤의 10년의 정치는 신
시행이 부드러우면서도 욕심이 많아 또 여러 사인들을 모아 뒤얽힘
으로써 망쳤습니다.'12)

---

9) 錢謙益 編 《列朝詩集》 小傳 丁集中 湯顯祖傳 : '癸未, 與吳門(申時行)
蒲州(張四維)二相子同擧進士. 二相使其子召致門下, 亦謝勿往也.'

10) 《明史》 神宗本紀 및 《明實錄》에 보임. 다만 《明史》에는 萬曆 18년의
일로 잘못 기록되어 있음.

11) 《玉茗堂文集》 卷16 所載.

이처럼 글의 논조가 매우 과격했기 때문에 황제는 화가 나서 그를 광동(廣東) 서문현(徐聞縣) 전사(典史)로 쫓아냈다.

만력 21년(1593)에는 절강(浙江) 수창현(遂昌縣) 지현(知縣)이 되었는데, 너그러운 백성을 위한 정치를 펴 절강에 명성이 자자하였다 한다.

만력 26년에는 이부(吏部)에 사의를 표명하고 고향 임천(臨川)으로 돌아왔다. 그리고 그곳에 옥명당(玉茗堂)과 청원루(淸遠樓)를 마련하고는 전기의 창작과 시문(詩文)으로 여생을 보내게 된다. 그가 희곡 창작에 전념하면서 때때로 희곡의 연출까지도 직접 담당하여, 임천 부근의 배우들이 모여들어 그를 스승처럼 모셨다 한다.[13]

그는 만력 45년(1617), 68세의 나이에 노질(老疾)로 죽었다. 죽기 1년 전에 스스로 〈결세어병서(訣世語并序)〉란 글을 짓고 있는데,[14] 거기에서 자기가 죽은 다음 1) 곡을 하지 말기 바란다, 2) 중을 불러 재(齋)를 올리지 말기 바란다, 3) 희생(犧牲)을 쓰지 말기 바란다, 4) 명전(冥錢)을 태우지 말기 바란다, 5) 만장(挽章)을 쓰지 말기 바란다, 6) 애목(崖木)을 쓰지 말기 바란다, 7) 시체를 오래 두지 말기 바란다는 유언을 미리 하고 있다. 그가 쓸데없는 예절을 번거로이 여기는 한편 삶과 죽음에 대하여 무척 초연하였음을 알게 된다.

탕현조의 생애를 통하여 나여방(羅汝芳) 이후 만년에 그에게 많은 영향을 준 사람은 자백대사(紫柏大師) 달관(達觀, ?~1603)이다. 자백대사는 선(禪)을 근거로 예교(禮敎)를 공격했던 이로, 심덕부(沈德符, 1578~1642)는 그를 '기개일세(氣蓋一世)'했던 사상가로 이지(李

---

12) '陛下經營天下二十年於玆矣. 前十年之政, 張居正剛而有欲, 以群私人囂然壞之. 後十年之政, 時行柔而有欲, 又以群私人靡而壞之.'

13) 《玉茗堂文集》卷7〈宜黃縣戲神淸遠師廟記〉등 참조.

14) 《玉茗堂詩集》卷13 所載.

贄)와 함께 당세(當世)의 이대도사(二大導師)라 했는데, 뒤에 계묘요
서(癸卯妖書) 사건에 연루되어 옥중에서 죽었다.[15] 탕현조와 자백대
사의 관계는 두 사람이 주고받은 시문(詩文)[16]을 통해서도 잘 드러나
고 있으며, 탕현조 만년의 사상 중에 도교와 불교의 색채가 짙어지고
있는 것은 자백대사와의 깊은 사귐의 영향이라고도 할 수 있다.

   탕현조의 강직한 성격은 자연이 정치적인 견해에 있어 명말 시정
(時政)을 비판하던 동림당(東林黨)[17]에 가까워지지 않을 수가 없었
다. 동림당 초기의 영수 중의 한 사람인 추원표(鄒元標, 1555~1624)
는 탕현조와 동향사람이어서 그의 문집 속에 자주 그 이름이 보일 정
도로 두 사람의 관계는 매우 밀접하였다. 만력 29년에 탕현조가 벼슬
을 그만두자 추원표는 편지를 보내어

   '넓고 넓은 이 세상이 마침내는 탕현조 한 사람을 받아들이지 못하
   누나! 만약 탕현조가 이런 중에 또 한 세상을 받아들이지 못한다
   면 바로 그건 장난이 되리라.'[18]

라고 하였으니 이들의 두터운 우의를 짐작할 수 있을 것이다.[19] 그리
고 추원표가 장거정을 탄핵하고, 신시행을 공격했던 것도 탕현조와

---

15) 《萬曆野獲編》 卷27에 보이는 말.
16) 《紫柏老人集》 및 《玉茗堂全集》에 여러 편이 보임.
17) 東林黨은 明末 鄒元標·顧憲成 등이 중심이 되어, 宋代 楊時가 세운
   無錫의 東林書院을 改修하고, 高攀龍 등과 講學을 하는 한편 朝政을
   論하니 많은 지식인들이 모여들어 東林黨이라 指目하게 되었다. 뒤에 奸
   臣 魏忠賢은 이들을 싫어하여 마침내 黨獄을 일으키어 이들을 쓸어버리
   다시피 하였다. 그러나 곧 魏忠賢이 죽자 東林黨은 다시 성하여져, 다시
   內侍들 餘勢의 報復을 되풀이 받으면서 禍亂이 明이 망하기까지 계속되
   었다. 淸 陳鼎에게 《東林列傳》 24권이 있다.
18) '茫茫海宇, 遂不能容一若士! 倘若士此中又不能容一海宇, 卽便爲弄矣.'
19) 《玉茗堂尺牘》 卷3 〈答馬心易〉 所引.

행동이 일치하는 일이다.

　그밖에도 탕현조의 문집을 보면 동림당의 또 다른 영수 중의 한 사람인 고헌성(顧憲成, 1550~1612)과도 편지를 주고받으며 밀접한 교유관계를 맺고 있고, 동림당의 후원으로 조정에 들어가 재상이 되었던 이삼재(李三才)와도 남경(南京)에서 벼슬할 적에 매우 밀접한 교유관계를 맺고 있었다. 그러기에 반대당에서 이삼재의 비행을 날조하여 이삼재를 맹렬히 공격할 적에, 탕현조는 처음부터 끝까지 동림당과 같은 말과 행동을 견지하였다.

　그리고 탕현조의 아들 대기(大耆)와 개원(開遠)·개선(開先)이 모두 복사(復社)에 참여하였고, 탕현조를 스승으로 받드는 제자들도 거의 모두가 복사와 관계가 깊었다. 복사는 본시 시사(詩社)라고는 하지만 정치적인 견해에 있어서는 동림당의 후신이라 할 수 있는 것이다. 어떻든 이를 통해서도 탕현조와 동림당과의 관계를 짐작할 수가 있을 것이다.

　요약하면 명말의 자유주의적인 풍조는 문학사조면에 있어서는 공안파(公安派) 문학운동으로 나타났고, 정치면에 있어서는 동림당의 활동이란 양상으로 나타났는데, 탕현조는 이들 양편과 무관할 수가 없는 인물이었던 것이다.

2. 문학사상

　탕현조가 지은 전기(傳奇) 작품으로는 〈자소기(紫籬記)〉·〈자차기(紫釵記)〉·〈환혼기(還魂記, 又名《牡丹亭記》)〉·〈한단기(邯鄲記)〉·〈남가기(南柯記)〉의 다섯 종류가 있는데, 뒤의 네 가지를 합쳐 옥명당사몽(玉茗堂四夢)이라 흔히 부른다. 그밖에 시문집으로는 《옥명당전집(玉茗堂全集)》이 문(文) 16권, 시(詩) 18권, 척독(尺牘) 6권, 부(賦) 6권으로 나뉘어져 있고, 또《옹조(雍藻)》·《홍천일초(紅泉逸草)》·《문극우초(問棘郵草)》등 청년기의 작품집이 따로 있다. 이들 문집은 각기 다른 시기의 시문들이 실려있어 중복되는 것이 없다. 다만《옹조》는 지금 전하지는 않고,《중각옥명당전집(重刻玉茗堂全集)》의 진석린(陳石麟)과 능씨(陵氏)의 제서(題序)에 그 이름이 보일 따름이다.

그는 이처럼 상당히 많은 시문을 남기고 있으나, 주로 문학사상 전기작가로 알려지고 있다. 이어(李漁, 1611~1685)는《한정우기(閒情偶記)》에서 이런 말을 하고 있다.

'탕현조는 명대의 재사이다. 시문(詩文)과 척독(尺牘)도 모두 볼만 하나, 사람들의 입에 회자(膾炙)되는 것은 척독이나 시문이 아니라 〈환혼기〉한 작품이라 할 수 있다. 만약 탕현조가 〈환혼기〉를 짓지 않았더라면 그의 시대에도 남들이 존재를 알지 못했을 것이니 하물며 후대에야 어떻겠는가? 그러니 탕현조가 전해지고 있는 것은 〈환혼기〉가 그를 전해주고 있는 것이다.'[20]

곧 〈환혼기〉는 그의 문학을 대표하는 작품이라는 것이다. 그것은 이어뿐만이 아니라 모두가 공인할 정도로 되어있는 사실이다. 명말 사람 심제비(沈際飛)는《옥명당선집(玉茗堂選集)》을 편찬하면서 그 시집(詩集)의 제사(題詞)에서 이런 말을 하고 있다.

'전체의 시 중에는 남과 주고받은 작품이 대부분이다. 남과 주고받는 시는 상대를 크게 칭송하거나 걱정을 위로하는 작품들이 없을

---

20)《閒情偶記》詞曲部 結構 第一 : '湯若士, 明之才人也. 詩文尺牘盡有可
觀, 而其膾炙人口者, 不在尺牘詩文, 而在還魂一劇. 使若士不草還魂, 則
當日之若士, 已雖有而無, 況後代乎? 是若士之傳, 還魂傳之也.'

수가 없는데, 상대를 크게 칭송하거나 걱정을 위로하는 것들은 절실할 수가 없는 것이다.'21)

그리고 탕현조 자신도

'나는 남들을 위하여 시나 고문이나 서문을 짓기 매우 싫어한다.'22)

라고 하였으니, 그의 시문은 대부분이 부득이해서 지은 것들이라 할 수 있다. 그러나 그는 전기 작품을 지은 뒤에 스스로 말하기를

'내 7년 간의 신혈(神血)이 여기에 있다.'23)

라고 하였으니, 전기 창작을 위하여는 얼마나 심혈을 기울였는가 짐작이 간다. 초순(焦循, 1763~1820)의 《극설(劇說)》 권5에서도

'전하는 말에 의하면 탕현조가 〈환혼기〉를 지을 적에는 홀로 괴로워하며 생각을 거듭하였다. 하루는 집안 사람들이 그를 찾았으나 간 곳이 없어 두루 찾아보니 마당 가운데 땔나무 더미 위에 누워서 소매로 눈물을 닦으며 통곡을 하고 있었다. 놀라서 물으니 말하기를 '창사(唱詞)를 짓다가 상춘향환시구라군(賞春香還是舊羅裙) 구절이 떠올랐기 때문이라'고 대답하더란다.'

라는 얘기가 있다. 사계좌(查繼佐, 1601~1677)의 《죄유록(罪惟錄)》 권18 탕현조전(湯顯祖傳)에도

'그러나 그가 생각을 하여 입신(入神)하는 정도가 가끔 옛날에도 없었을 정도였다. 전하는 말에 의하면 그가 네 종류의 전기를 지을

---

21) '全詩贈送酬答居多. 惟贈送酬答, 不能無揚詡慰恤, 而揚詡慰恤, 不能切着.'
22) 《玉茗堂尺牘》 卷5 〈答董嘉生〉.
23) 張大復 《梅花草堂筆談》 卷10에 인용된 湯顯祖의 序文. 張氏는 분명히 말하지 않았지만 여기의 傳奇란 가장 늦게 이루어진 《邯鄲記》나 《南柯記》인듯.

적에 가마 안에 앉아 손님을 만나는 중이라 하더라도 한 구절의 기
구(奇句)가 떠오르면 그때마다 수레를 내려 상점의 닳아빠진 붓을
구해가지고 종잇조각에 그것을 써서 수레 천장에 붙여놓았다 한다.
몇 걸음 걷다가는 또 쓰게 되는 형편이었으나 스스로는 그 수고로
움을 알지 못하였다 한다.'[24]

라고 하였다. 그가 전기의 창작에 얼마나 열의를 다했는가 짐작케 하
는 얘기들이다. 이 얘기가 사실이 아니라 하더라도 적어도 그가 전기
창작에 성의를 다한데서 생겨난 얘기임에는 틀림이 없을 것이다.

그러나 그의 문학사상은 전기에만 국한되지 않고 시문까지 포함하
여 문학 전반에 걸쳐 참신한 면을 보여주고 있다. 그는 문학창작에
있어서 개성을 중시함으로서 당시의 문단을 휩쓸던 의고적(擬古的)인
풍조를 배격하였다. 그는 우선 그 시대의 복고주의(復古主義) 문인들
을 이렇게 비난하고 있다.

'우리 왕조의 문학은 송렴(宋濂)에게서 멈춰져서, 방효유(方孝孺)도
이미 약해진 것이며, 이몽양(李夢陽) 이하 왕세정(王世貞)에 이르
기까지는 기력의 강약과 굵고 가늘이 같지는 않지만 가짜 글이나
같은 것이다.'[25]

그리고

'하경명(何景明) 이몽양의 색깔이 마르고 엷은데, 나머지 사람들이
야 무엇이 더 있겠는가?'[26]

하고 읊고도 있다. 이러한 그의 반의고적(反擬古的) 문학개념은 문학

---

24) '然其遣思入神, 往往破古. 相傳譜四劇時, 坐輿中謁客, 得一奇句, 輒下
興索市塵禿筆, 書片楮粘輿蓋. 數步一書, 不自知其勞也.'
25) 《玉茗堂尺牘》卷4 〈答張夢澤〉: '我朝文字, 宋學士而止, 方遜志已弱,
李夢陽而下至瑯琊, 氣力强弱, 巨細不同, 等贋文耳.'
26) 《玉茗堂詩集》卷2 〈答陸君啓孝廉山陰〉: '何李色枯薄, 餘子定安有?'

론에 있어 자연히 공안파(公安派)의 선구자적인 색채를 띠게 된다.
그들의 성령(性靈)의 개념도 탕현조에게서 구체화하기 시작한 것인
듯하다. 그는 〈장원장허운헌문자서(張元長噓雲軒文字序)〉에서 문장
에 있어서의 영성(靈性)을 다음과 같이 강조하고 있다.

'천하에는 대체로 열 명 중 34명이 영성(靈性)을 지니고 있는데, 잘
된 문장을 지을 수 있는 사람은 다시 수백 명이나 수천 명중에서도
그 이름을 찾을 수 없는 것은 바로 그들 성(性)에 영(靈)이 적기
때문인 것이다.'27)

다시 〈합기서(合氣序)〉에서는 영기(靈氣)를 말하고 있는데, 비슷한
개념일 것이다.

'내 생각으로는 문장의 묘는 남을 흉내내어 비슷하게 만드는데 있
지 아니하고, 자연스런 영기(靈氣)가 황홀히 울어나 생각하지 않아
도 닥쳐와야만 할 것이다.'28)

또 〈서구모백고(序丘毛伯稿)〉에서는 문장에 있어서의 심령(心靈)
을 애기하고 있다.

'천하 문장에 생기가 있게 되는 까닭은 완전히 기사(奇士)로 인한
것이다. 사(士)가 기(奇)하면 곧 심령(心靈)하게 되고, 심령하면 곧
날아 움직이게 되며, 날아 움직일 수 있으면 곧 천지를 오르내리고
고금(古今)을 왕래하게 되어 굴신(屈伸)과 장단(長短)과 생멸(生
滅)이 여의할 수 있게 되며, 그것이 여의하면 마음대로 되지 않는
게 없게 될 것이다.'29)

---

27) 《玉茗堂詩文集》文之五 : '天下大致十人中三四有靈性. 能爲伎巧文章, 竟
伯什人乃至千人無名能爲者, 則乃其性少靈者與.'

28) 《玉茗堂詩文集》文之五 : '予謂文章之妙不在步趨形似之間. 自然靈氣, 恍
惚而來, 不思而至.'

29) 《玉茗堂詩文集》文之五 : '天下文章所以有生氣者, 全在奇士. 士奇則心

영성(靈性)이 있거나 영기(靈氣)가 있고 심령(心靈)하면 비로소 뛰어난 문장이 이루어진다는 것이다. 그는 문장의 기(氣)와 기(機)도 논하고 있다. 탕현조는 〈주무충제의서(朱懋忠制義敍)〉에서

'천지의 조화에 통달하는 것도 기(氣)와 기(機)에 달렸고, 천지의 조화를 빼앗는 것도 역시 기(氣)와 기(機)에 달려있다. 조화가 이르는 곳에 기(氣)가 반드시 이르게 되고, 기(氣)가 이르는 곳에는 기(機)가 반드시 이르게 된다.'30)

라고 하였다. 기(氣)가 영기(靈氣)라면 기(機)는 영기의 작용인 듯이 느껴지기도 하지만 그 개념이 확실치 못한 것이 그의 문학론의 한계이다. 그는 이어 이런 설명을 하고 있다.

'그러므로 정(靜)으로 양기(養氣)를 하는 사람이 있는데, ……그 사람은 마음이 깊고 생각이 완전하며, 기(機)는 고요하면서도 돌아서 문장으로 표현되면 산악이 바르게 굳어있는 것과 같이 되어 비록 강물이라 하더라도 반드시 막히어 고요해진다. 그래서 인자(仁者)의 표현이라 한다.

동(動)으로 양기를 하는 사람이 있는데, ……그 사람은 마음이 단련되고 생각은 정교(精巧)하여, 기(機)는 빛나면서 빨리 움직이어 문장으로 표현되면 물결이 고였다 흘렀다 하듯 되어 비록 산이 우뚝 서있다 하더라도 들쭉날쭉할 것이다. 그래서 지자(智者)의 표현이라 한다.'31)

靈, 心靈則能飛動, 能飛動則下上天地, 來去古今, 可以屈身長短生滅如意, 如意則可以無所不如,'

30) 《湯顯祖詩文集》文之四 : '通天地之化者在氣機, 奪天地之化者亦在氣機. 化之所至, 氣必至焉 : 氣之所至, 機必至焉.'

31) 上同 : '故有以靜養氣者, ……其人心深而思完, 機寂而轉, 發爲文章, 如山嶽之凝正, 雖川流必溶淯也. 故曰仁者之見.

다시 〈손붕초수초당집서(孫鵬初邃初堂集序)〉에서는 글에 있어서의 신명(神明)도 논하고 있다.

'그리고 말이란 사람의 신명(神明)이다. 말을 표현해서 전하여지고 또 오래까지 전하여지는 것은 신명의 작용인 것이다.'[32]

이 신명이란 다음에 소개할 희곡론(戲曲論)에서 제시하고 있는 의(意)·취(趣)·신(神)·색(色) 중의 신색(神色)에 가까운 말인 듯도 하다. 그는 〈답여강산(答呂姜山)〉이란 글에서 이렇게 주장하고 있다.

'모든 글이란 의(意)·취(趣)·신(神)·색(色)을 위주로 하는 것이니, 이 네 가지가 갖추어져 있을 때에야 간혹 아름다운 문사(文辭)와 빼어난 음악이 있다면 쓸 수가 있는 것이다. 그런 때에 일일이 구궁사성(九宮四聲)을 돌볼 수가 있겠는가?'[33]

그의 시대는 전기(傳奇) 창작에 있어 곡률(曲律)이 매우 중시되던 시대였다. 그러나 그는 곡률이란 희곡창작에 있어서 이차적인 것이고, 보다 중요한 것은 '의·취·신·색'이라고 주장하면서 〈모란정(牡丹亭)〉을 비롯한 이른바 사몽기(四夢記)를 내면서 시대조류에 도전했던 것이다.

특히 그의 문학론에서 두드러지는 것은 정(情)을 매우 강조하고 있다는 것이다. 그는 〈이백마고유시서(耳伯麻姑遊詩序)〉에서 신(神)에 정(情)을 붙여 이렇게 강조하고 있다.

'세상은 모두가 정(情)이어서, 정이 시가(詩歌)를 낳고 신(神)으로 행하여지게 된다. ……그 시가 전하여지는 것은 신과 정이 합치어

有以動養其氣者, ……其人心鍊而思精, 機照而疾, 發爲文章, 如水波之淵沛, 雖山立必陂陀也. 故曰智者之見.'

32) 上同 : '而言者, 人之神明. 言而有以傳, 傳以久, 則神明之所際也.'

33) 《玉茗堂詩文集》尺牘之四 : '凡文以意趣神色爲主, 四者到時, 或有麗辭俊音可用. 爾時能一一顧九宮四聲否?'

드러났거나 혹은 그 중 한가지라도 드러났을 때이다. 한가지도 드러나지 않았는데도 전하여진다고 고집하는 것은 세상이 허락하지 않을 일이다.'[34]

다시 〈동해원서상제사(董解元西廂題辭)〉에서는 지(志)에 정(情)을 붙여 이렇게 말하고 있다.

'《서경(書經)》에 '시는 지(志)를 표현한 것이고, 가(歌)는 말을 길게 늘인 것이며, 성(聲)은 길게 늘이는 데서 이루어지고, 율(律)은 성(聲)의 조화에서 이루어진다' 하였는데, 여기의 '지(志)'란 바로 정(情)인 것이다. 선민(先民)들의 이른바 정에서 출발하여 예의에 머문다는 것이 바로 그것이다. 아아! 만물의 정에는 제각기 지(志)가 있는 것이다. 동해원은 동해원의 정으로 화월(花月) 속에 왔다 갔다하는 사이에서 최앵앵(崔鶯鶯)과 장생(張生)의 정을 추구하였고, 나도 역시 나의 정으로 필묵(筆墨)이 연파(烟波)를 일으키는 그의 글에서 동해원의 정을 추구하고 있는 것이다.'[35]

곧 정은 신(神)과 함께 있고, 지(志)와도 함께 있다는 것이다. 〈모란정기제사(牡丹亭記題詞)〉에서는 더욱 정을 강조하고 있다.

'천하의 여자 중에 정이 있다 하더라도 어찌 두려낭(杜麗娘) 같은 이가 있겠는가? 그 사람에 대한 꿈을 꾸자 병이 났고, 병이 더해지자 손수 자신의 형상을 그려 세상에 전해놓은 뒤에 죽어 버린다. 죽은 지 3년 만에 다시 어두운 저승 속에서도 그가 꿈꾸었던 사람

---

34) 上同 文之四 序 : '世總爲情, 情生詩歌, 而行于神. …… 其詩之傳者, 神情合至, 或一至焉. 一無所至, 而必曰傳者, 亦世所不許也.'

35) 明刊 湯顯祖 評 《董解元西廂》 '書曰: 詩言志, 歌永言, 聲依永, 律和聲. 志也者, 情也. 先民所謂發乎情, 止乎禮義者, 是也. 嗟乎! 萬物之情, 各有其志, 董以董之情而索崔張之情於花月徘徊之間, 余亦余之情而索董之情於筆墨烟波之際.'

을 찾아내어 살아난다. 두려낭 같은 사람이야말로 정이 있는 사람
이라 말할 수가 있을 것이다. 정은 생겨나는 곳을 알 수 없지만, 한
번 생겨나 깊어지면 산 사람도 죽게 할 수 있고 죽은 사람도 살아
날 수 있게 하는 것이다. 살아있다 해서 죽을 수가 없고 죽었다 해
서 다시 살아날 수가 없는 것은 모두 정의 극치(極致)가 아닌 것이
다.'36)

탕현조의 일생에 그의 사상과 문학관은 대체로 3기(三期)로 나누어
그 변화를 살펴볼 수가 있다. 그것은 33세(萬曆 10년, 1582) 이전이
1기(一期)이고, 33세로부터 49세(萬曆 26년, 1598)에 이르는 시기가
2기이며, 49세 이후가 3기가 되는 것이다.37)

제1기는 '약관(弱冠)에《문선(文選)》을 읽기 시작하여 육조(六朝)
시대의 정이 실린 아름다운 글을 좋아하던 때'38)이며, 《홍천일초(紅泉
逸草)》·《옹조(雍藻)》·《문극우초(問棘郵草)》 등에 실린 시문(詩文)
과《자소기(紫簫記)》가 이 시기에 속하는 작품이다. 전기(傳奇) 작품
인《자소기》 조차도 결구(結構)와 곡률(曲律)면에서 적지않은 문제를
들어내보이면서도 문장만은 농려(穠麗)함을 추구하고 있다.

제2기는 주로 남경(南京)에서 벼슬하던 시기로《옥명당전집(玉茗
堂全集)》에 실린 조기(早期)의 시문과 〈자차기(紫釵記)〉 및 대표작
인 〈환혼기(還魂記)〉가 이 시기에 속하는 작품들이다. 이 시기는 문
학을 통해서 자신의 이상을 추구하면서 개성을 발휘하며 자기의 문

---

36)《玉茗堂文集》文之六 題詞 : '天下女子有情寧有如杜麗娘者乎? 夢其人
卽病, 病卽彌連, 至手畫形容傳於世而後死. 死三年矣, 復能溟莫中求得
其所夢者而生. 如麗娘者, 乃可謂之有情人耳. 情不知所起, 一往而深, 生
者可以死, 死者可以生. 生而不可與死, 死而不可復生者, 皆非情之至也.'
37)《玉茗堂文集》尺牘之四 : 〈與陸景鄰〉 대체로 의거.
38) 上同.

학과 문장을 추구하던 시기이다. 이 시대에 이미 그는 복고적(復古的)이던 그 시대 문학조류와는 전혀 다른 방향의 문학을 추구하고 있었다.

제3기는 벼슬살이를 청산하고 물러나 한거(閑居)한 시기이다. 《옥명당전집》 중의 후기 시문들과 〈남가기(南柯記)〉와 〈한단기(邯鄲記)〉가 이 시기에 속하는 작품들이다. 이 시기엔 인생에 대하여도 초연하여졌고, 문학에서도 이전의 뜨거운 정열은 사라지고 완숙한 경지를 보여주고 있다. 이전의 작가의 이상이 퇴색하고, 두드러진 개성이 사라진 것은 매우 아쉬운 일이다.

여하튼 탕현조는 명대에 있어서 전기에 있어서뿐만이 아니라 문학 전반에 걸쳐 매우 진보적인 문학사상의 소유자였다고 하겠다. 그런 문학사상을 바탕으로 하여 명대의 전기를 대표하는 〈환혼기〉 같은 걸작이 나올 수가 있었던 것이다.

3. 그의 전기(傳奇)와 곡률(曲律)

탕현조의 전기 중에서 후세까지도 많이 연출되고 있는 것으로는 〈환혼기〉의 학당(學堂)·유원(遊園)·경몽(驚夢)·심몽(尋夢)·습화(拾畫)·규화(叫畫)·경고(硬拷)의 여러 척(齣)과, 〈자차기〉 중의 절류(折柳)·양관(陽關) 이척, 〈한단기〉 중의 소화(掃花)·삼취(三醉) 이척, 〈남가기〉 중의 요대(瑤臺) 일척이 있다. 주로 곤곡(崑曲)을 통하여 연출되고 있는데, 지금까지도 이처럼 많은 분량이 전창(傳唱)되고 있다는 것은 희곡 애호가들이 그의 작품을 얼마나 좋아하고 있는가를 증명해주는 것이라 할 수 있다.

전기는 본시 송원(宋元) 희문(戲文)을 계승한 것이며 '중국촌방지음(中國村坊之音)'[39]이어서, 고명(高明)이 〈비파기(琵琶記)〉개장(開場)에서 말한 것처럼 '궁조를 따지지 않는 것(不尋宮數調)'이었다. 그러나 만력(萬曆) 연간(1573~1619)에 와서 크게 유행했던 곤곡(崑曲)은 '유려유원(流麗悠遠)'한 것이어서, 창사(唱詞)의 일자일구(一字一句)를 모두 곡률에 맞게 짓게 되었다. 따라서 심경(沈璟, 1550~1615,《南九宮十三調曲譜》의 저자)·왕기덕(王驥德, ?~1623,《曲律》의 저자)·여천성(呂天成, 1573?~1619?,《曲品》의 저자) 등을 중심으로 그때엔 희곡창작에 곡률이 매우 중시되던 시대였다. 심경은 늘

'마땅히 문장은 시원찮더라도 곡률에 잘 맞아야 하며, 읽어서는 제대로 구절을 이루 지 못하더라도 노래로 부르면 비로서 조화가 잘 되는 것이 곡 중에서 잘된 것이라 할 수 있다.'[40]

라고 말했다 한다.

그러나 탕현조는 문학에 있어 복고(復古)를 반대하는 한편 전기의 창작에 있어서는 곡률을 무시하다시피 하였다. 그는 〈답손사거(答孫俟居)〉에서 이렇게 말하고 있다.

'아우(자신)는 여기에서 스스로 곡의 뜻을 알고있다고 여기고 있는데, 붓놀림이 서툴어서 운을 빠트리는 경우도 때때로 있을 것이니, 천하 사람들의 목청을 비틀어 꺾어놓게 된다 하더라도 바로 상관없는 일입니다.'[41]

그 때문에 당시의 희곡 애호가들은 많은 사람들이 그의 작품이 빼어나면서도 곡률에 맞지 않는 것을 한하였다. 그래서 심경(沈璟) 같

---

39) 徐渭《南詞敍錄》의 말.

40) 呂天成《曲品》卷上 所引.

41)《玉茗堂全集》尺牘之三〈答孫俟居〉: '弟在此自謂知曲意者, 筆懶韻落, 時時有之, 正不妨拗折天下人嗓子.'

은 이는 탕현조 작품을 곡률에 맞도록 개작을 시도하기도 했다 한다. 거기에 대하여 왕기덕(王驥德)의 《곡률(曲律)》에는 다음과 같은 얘기가 실려있다.

'(심경이)일찌기 탕현조를 위하여 〈환혼기〉의 자구가 곡률에 맞지 않는 것을 개작하였는데, 여옥승(呂玉繩)이 그것을 탕현조에게 전해주었다. 탕현조는 기뻐하지는 않고 여옥승에게 회신하기를 '그가 어찌 곡의 뜻을 알겠는가? 내 뜻이 제대로 표현된다면 천하 사람들의 목청을 비틀어 분지르게 된다해도 상관이 없다'고 하였다 한다.'42)

탕현조는 심경의 《남구궁십삼조곡보》를 두고도 이렇게 말하고 있다.

'곡보 같은 것들은 그 이론이 훌륭하다. 그러나 오래 완상(玩賞)해보면 그 요점이 크게 이해되지 않는다. 장자(莊子)는 말하기를 "제가 어찌 예의 뜻을 알겠느냐?"고 하였는데, 이들이야말로 어찌 곡의 뜻을 알겠는가? 그들이 여러 곡에서 운을 빠트린 것을 가려낸 것은 대강 이해가 된다. 주덕청(周德清, 1314 전후)은 《중원음운(中原音韻)》을 지었으나 그는 정덕휘(鄭德輝, 1294 전후)와 마치 원(馬致遠, 1251 전후) 사이에서 곡의 작가로 이름이 없었다. 심의보(沈義父, 1247 전후)는 《악부지미(樂府指迷)》를 지었으나 그는 황승(黃昇, 1240 전후)과 장염(張炎, 1248~1320?) 사이에서 사(詞)의 명수가 아니었다. 사(詞)가 사로 지어지는 근거가 구조(九調)와 사성(四聲)뿐이겠는가? 또한 인용한 강조(腔調)의 증거는 무슨 조(調)에서 나온 것이어서 무슨 조를 범하고 있는 것인지 알지

---

42) '(沈璟)曾爲臨川改易還魂字句之不協者, 呂吏部玉繩以致臨川. 臨川不懌, 復書吏部曰: 彼烏知曲意哉! 余意所至, 不妨拗折天下人嗓子!'

못한다고는 말하지 않고, 곧 또 한 체(體)고 또 다른 한 체라 하고
있다. 저들이 인용하는 곡조가 열 개도 되지 않는데 이미 그러하니
다시 어떻게 전체를 둘러보며 그 자구와 음운을 정할 수가 있겠는
가?'43)

그리고 곡률을 주장하는 사람들의 자기 작품 개정에 대하여는 의령
(宜伶) 나장이(羅章二)에게 주는 편지에서 다음과 같이 말하고 있다.
'〈모란정기〉는 반드시 내 원본을 따라야지 여씨(呂氏, 呂胤昌을 가
리킴)가 개정한 것을 절대로 따라서는 안된다. 비록 한두 자를 늘
이거나 줄이어 속창(俗唱)에 편리하다 하더라도 내가 원래 만들은
의취(意趣)와는 크게 달라진다.'44)

그는 희곡창작에 있어서도 무엇보다도 중요한 것은 곡률이 아니라
개성이라 믿었던 것이다. 그는 곡률에 대하여도 자기 나름대로의 확
호한 견해가 서있던 것이다. 따라서 그는 희곡의 곡률을 중시하는 그
시대에 있어서도 일반적인 곡률에 구애받지 않고 자기 나름대로의 작
품을 썼던 것이다. 그래서 청(淸)나라 섭당(葉堂)의《납서영곡보(納
書楹曲譜)》처럼 후세에는 그의 작품이 곡률에 맞지 않는 점을 밝혀
내기에 힘쓰는 사람들도 많이 나왔으나, 후세까지도 실제로 무대 위
에서는 다른 어떤 곡률파(曲律派)의 작가 작품보다도 많이 탕현조의

---

43) 《玉茗堂全集》尺牘之三〈答孫俟居〉:'曲譜諸刻, 其論良快. 久玩之, 要
非大了者. 莊子云: 彼烏知禮意? 此亦安知曲意哉? 其辨各曲落韻處, 麤
亦易了. 周伯琦作中原韻, 而伯琦於伯輝致遠中無詞名. 沈伯時指樂府迷,
而伯時於花菴玉林間非詞手. 詞之爲詞, 九調四聲而已哉? 且所引腔證,
不云未知出何調犯何調, 則云又一體又一體. 彼所引曲未滿十, 然已如是,
復何能縱觀而定其字句音韻耶?'
44) 上同 尺牘之四〈與宜伶羅章二〉:'牡丹亭記, 要依我原本, 其呂家改的,
切不可從. 雖是增減一二字而便俗唱, 却與我原做的意趣大不同了.'

작품들이 연출되고 있다. 그것은 대부분의 희곡애호가들이 탕현조의 창작정신을 지지하고 있음을 뜻하는 것이라 할 수 있을 것이다.

4. 탕현조의 전기(傳奇)

탕현조의 작품은 앞에서 얘기했듯이 시문(詩文) 이외에 다섯 가지 전기가 있다. 아래에 그 전기들에 대하여 그 특징은 무엇인가 추구해 보기로 한다.

1) 〈자소기(紫簫記)〉와 〈자차기(紫釵記)〉

〈자소기〉는 탕현조가 남경(南京)에 가서 벼슬하기 전인 만력(萬曆) 5년(1577) 가을로부터 만력 7년 가을에 이르는 2년 사이에 임천(臨川)에서 쓰여진 작품이다.[45] 그리고 〈자차기〉는 그가 남경에서 벼슬하던 만력 14년(1586) 8월에서 만력 18년 사이에 쓰여졌다. 〈자소기〉와 〈자차기〉는 다같이 당(唐)나라 장방(蔣防)이 지은 〈곽소옥전(霍小玉傳)〉을 극화한 것이다. 그는 먼저 〈자소기〉를 지었으나 만족스럽지 못하여 곧 새로이 〈자차기〉를 다시 지었던 것이다.

그러므로 작품의 얘기 줄거리는 같은 소설을 근거로 했다 하더라도 그 내용이나 성격에는 큰 차이가 있다. 우선 〈자소기〉는 〈곽소옥전〉을 근거로 하면서도 그 얘기 줄거리를 다시 창작하다시피 한 것이나 〈자차기〉는 보다 많이 소설의 얘기 줄거리를 살리고 있다. 작자 자신은 〈자소기〉는 미완성의 작품이어서, 뒤에 남경에 벼슬하면서 〈자차기〉로 개작한 것이라 말하고 있다.[46]

---

45) 徐朔方 《湯顯祖年譜》 附錄 丙 〈玉茗堂傳奇年代考〉 參照.
46) 《湯顯祖全集》 文之六 題詞 〈紫釵記題詞〉 依據.

〈자소기〉의 얘기 줄거리는 대략 다음과 같다.

농서(隴西)의 이전 상국(相國)의 아들 이익(李益)은 병란을 피하여 장안(長安)에 와서 지내다가 곽소옥(霍小玉)이라는 묘령의 가인(佳人)을 소개받아 결혼을 한다. 뒤에 이들 부부는 화청궁(華淸宮)으로 관등(觀燈)을 하러 갔다가 불의에 서로 헤어진다. 곽소옥은 혼란 중에 자옥소(紫玉簫) 한 개를 줍는데, 그 덕분에 황제 앞에까지 끌려간 뒤 이익을 다시 만나게 된다. 뒤에 이익은 과거를 보러 가 장원급제(壯元及第)를 하는데, 마침 변경의 군정(軍情)이 다급하여 이익에게는 변경의 직책이 내려져 두 부부는 눈물로 이별하게 된다. 이익은 변경에 가 책무를 잘 수행하여, 변경이 안정되자 칙명으로 조정으로 돌아오게 된다. 한편 곽소옥은 매일 남편을 그리다가 마침 칠석(七夕)이 되어 걸교(乞巧)를 하며 소원을 비는데, 이익이 돌아와 다시 잘살게 된다는 것이다. 이것은 세상에 흔히 유행하던 이른바 재자가인(才子佳人)의 이합(離合) 고사이다.

〈자차기〉에서는 우선 이익과 곽소옥이 맺어지는 동기가, 소옥이 떨어뜨린 옥차(玉釵)를 이익이 주워, 이를 매개로 하여 둘이 결혼을 하게 되는데, 이는 소설과 전혀 다른 정절(情節)이다. 그리고 이익이 곽소옥을 떠나 장원급제를 하고 변경 등지에 벼슬하면서도 권세가 노태위(盧太尉)가 사위가 되라는 강요를 완강히 거역하며 투쟁하다가, 결국은 두 부부가 대단원을 이루게 되는 것도 소설과는 전혀 다른 얘기 줄거리이다. 이는 탕현조가 재상 장거정(張居正)이 자신의 아들과 함께 과거를 보아달라고 요청한 것을 두 번이나 거절하여 곤경에 처했던 경험과 신시행(申時行)과 장사유(張四維) 같은 권세가들이 탕현조가 과거에 급제한 뒤 자기네 문하(門下)로 들어와 달라고 한 요청을 거절하여 벼슬살이를 어렵게 하였던 경험을 작품에 살린 것인 듯하다.

어떻든 이들 두 전기는 아름다운 사조(辭藻)가 뛰어나며, 특히 여사(麗辭)를 추구한 창사(唱詞)가 두드러진다. 명(明)대의 기표가(祁彪佳, 1602~1645)는 《원산당곡품(遠山堂曲品)》에서 이들 전기의 문장을 '삼도(三都)' '양경(兩京)'[47]에 견주고 있다. 그러나 이들 작품에 있어서는 너무나 아름다운 표현을 추구한 나머지 문장의 뜻이나 연극으로서의 결구(結構) 면에 있어서는 적지 않은 문제를 들어내고 있다. 보기를 하나 들기로 한다.

　　[북기생초(北寄生草)]
　이 눈물은,
　볼 가득히 붉은 실 드리운 듯하고
　아리따운 울음에 푸른 진주가 구르는 듯.
　얼음 호리병이 깨어져 장미 이슬 쏟아지는 듯,
　난간 위에 배꽃에 내리는 빗방울이 떨어져 부숴지는 듯,
　쟁반에 교인(鮫人) 눈물방울 튀겨 젖으며 붉은 비단 같은 안개에 싸이듯,
　물결 일듯 흐르는 눈물은 이별로 말라가고,
　이 옷소매는 소상(瀟湘)에서 이비(二妃)의 눈물로 함박 물든 반죽(斑竹)[48] 두 개 같네.

---

47) 蕭統의 《文選》에 실린 左史의 〈蜀都賦〉·〈吳都賦〉·〈魏都賦〉 등 三都賦와 班固의 〈西都賦〉·〈東都賦〉 및 張衡의 〈西京賦〉·〈東京賦〉 등 辭藻로 뛰어난 漢賦들을 가리킴.

48) 瀟湘斑竹：舜임금이 南方을 巡狩하다가 蒼梧之野에서 죽었는데, 그의 二妃 娥皇과 女英은 남편을 瀟湘 가에서 기다리다 돌아오지 않자 통곡을 하였는데, 눈물이 그 곳 대나무에 묻어 斑竹이 되었다 한다.

這淚呵, 慢頰垂紅縷, 嬌啼走碧珠,
冰壺迸裂薔薇露, 闌干碎滴梨花雨,
鮫盤濺溼紅綃霧, 層波淚眼別來枯,
這袖呵, 斑枝染盡雙璚筋. (〈紫簫記〉 第24齣 送別)

이 창사는 곽소옥이 이익과 이별할 적에 흘리던 눈물을 묘사한 창사이다. 구절구절 아름다운 표현이 이어지고 있으나 실감과는 거리가 있는 지나친 묘사에 힘쓴 쓸데없는 장식같은 창사임에 틀림이 없다. 〈자차기〉 제25척에도 이 창사가 거의 그대로 쓰이고 있으니, 비록 연극으로서의 짜임새가 훨씬 발전하였다 하더라도 역시 수사(修辭)에 너무 치우쳐져 있다는 비판을 면할 길은 없을 것이다.

빈백(賓白)에 있어서조차도 수사를 중시하는 경향은 여전하다. 보기로 〈자소기〉 제6척 심음(審音)에서 육낭(六娘)과 사낭(四娘)의 대화를 들기로 한다. 본문을 그대로 인용한다.

〔六娘〕 四娘! 他年輕靦腆, 聽奴一話. 此際香塵麗日, 紫陌靑臺, 多有新傳錦曲, 別製檀歌. 靈娥芳樹之音, 上客幽蘭之曲. 織綃泉上, 歌成字字明珠 : 拾翠洲前, 唱出篇篇綠羽. 雲謠西北, 驚敎鶴舞成雙 : 日照東南, 聽和魚麗數菓. 敎西家之好女, 須南國之佳人.

〔四娘〕 六娘! 奴家慣舞仙仙之珮, 笑他生舞草迎人 : 能歌昔昔之鹽, 恨半死歌泉喜客. 淸聲奏笛, 空隨郭字長生 : 澀指縫絲, 曾敎石家羣少. 怎到得高雲不動, 虛傳秦伎之名? 那些有逸響猶飛, 浪借韓娥之食? 便唱淮南麗曲, 敢向河間數錢. 只是六娘請自方便者.

변체(騈體)의 아름다운 글이기는 하지만, 절대로 사람들의 대화라 볼 수는 없는 글이다. 연극을 상연할 적에 배우들의 대사가 이러하다면 어떤 사람들이 이를 알아듣겠는가? 곡률에 어긋나지 않는다 하더라도 이쯤 되면 '안두지서(案頭之書)'로 읽는 글이지 연극의 대본이라 볼 수는 없는 것이다.

앞에서도 이미 얘기했듯이 그는 젊어서는 육조(六朝)의 화미(華美)한 문학풍조를 따라 아름답고 멋진 시문을 쓰는데 힘썼다. 그러한 문학습성이 전기의 창작에까지도 영향을 끼치고 있는 것이다.

그러나 〈자차기〉에 있어서는 문장상으로는 〈자소기〉의 것을 많이 취했다 하더라도 보다 연극적인 효과와 결구(結構)에 주의를 기울이어 많은 발전을 이룩하고 있다. 결국 〈자차기〉를 매우 뛰어난 전기 작품으로 완성시키지는 못하였다 하더라도, 곧 이어 〈환혼기〉를 만들 수 있는 터전은 이룩했던 것이다.

2) 〈환혼기(還魂記)〉

〈환혼기〉는 〈모란정기(牡丹亭記)〉 또는 〈모란정환혼기(牡丹亭還魂記)〉라고도 부른다. 대략 만력 19년(1591) 6월 무렵에 쓰기 시작하여[49] 만력 26년(1598)[50]에 완성한 것이다. 이때는 작자가 〈자소기〉와 〈자차기〉라는 전기의 습작과정을 거쳐, 문장이나 곡률 모든 면에서 나름대로의 전기에 대한 사상이나 창작기교가 완전한 경지에 도달해 있었다. 그리고 그는 몇 년 동안의 벼슬살이와 그간의 생활경험을 통하여 자신의 인생관도 완숙한 경지에 도달해 있었다.

만력 19년에는 시정(時政)을 비판하는 〈논보신과신소(論輔臣科臣疏)〉를 올렸다가 서문현(徐聞縣) 전사(典史)로 좌천당하는데, 여기에

---

49) 任二北 《曲海揚波》 卷2에 인용된 江熙의 《掃軌閑談》에서 王錫爵이 고향 婁江에서 역시 歸鄕한 湯顯祖가 길을 가면서도 〈牡丹亭〉을 짓고 있는 것을 보았다는 기록을 根據로 推算한 시기임.

50) 〈牡丹亭還魂記題詞〉에 萬曆戊戌(26년) 秋라 自署하고 있음.

서 그는 젊었을 적의 꿈도 강직한 자신의 성품 때문에 당시 사회의
무너진 윤리와 정계의 썩어빠진 현실 앞에서는 더 이상 받아들여질
여지가 없음을 절감하게 되었다. 그는 본시 매우 거침없는 성격의 소
유자였는데 거기에 태주학파(泰州學派)의 자유로운 학문방법의 영향
으로 이루어진, 그의 인생과 사회에 대한 매인 데 없이 자유로운 이
상이 이 〈환혼기〉에 그대로 반영케 된 것이다.

〈환혼기〉의 고사의 남본(藍本)에 대하여는 많은 학자들이 논난을
벌이고 있다. 그 논난을 정리해보면 대략 아래와 같다. 첫째 《태평광
기(太平廣記)》에 보이는 이중문(李仲文)·풍효장(馮孝將)·담생(談
生)의 얘기를 근거로 하였다는 설,51) 둘째 원(元) 잡극(雜劇) 〈천녀
이혼(倩女離魂)〉을 바탕으로 하였다는 설,52) 셋째 원 잡극 〈벽도화
(碧桃花)〉를 근거로 했다는 설,53) 넷째 당인(唐人) 소설(小說)에서
나온 진진(眞眞)의 얘기를 바탕으로 하였다는 설,54) 다섯째 화본(話
本) 〈두려낭모색환혼(杜麗娘慕色還魂)〉을 근거로 하였다는 설 등이
있다.55) 이처럼 남본에 대하여 논난이 많은 것은 확실한 남본이 없다
는 것을 뜻하기도 하는 것이다.

곧 〈환혼기〉는 중국의 다른 어떤 고전 소설이나 희곡보다도 그 고
사가 창작적이라는 특징을 지니고 있다. 그는 주인공 두려낭(杜麗娘)
의 생사도 초월하는 정(情)과 사랑을, 살았을 적에는 꿈에서밖에 만나
지 못한 유몽매(柳夢梅)와의 관계를 통해서 추구하려 했기 때문에 그

---

51) 湯顯祖 〈牡丹亭記題詞〉 依據.
52) 焦循의 《劇說》, 孟稱舜의 《柳枝集》, 宋犖의 《西陂類稿》 등의 설.
53) 焦循의 《劇說》, 〈倩女離魂〉과 함께 擧論.
54) 蔣瑞藻 〈小說考證〉 卷4에 보임. 거기에는 《還魂記》가 時事를 근거로
   하였다는 등의 설도 제기하고 있음.
55) 楊振良 《牡丹亭硏究》 牡丹亭故事探源 참고.

고사가 보다 창조적일 수밖에 없는 것이다. 그는 두려낭의 사랑 얘기의 전개를 통하여 작자는 자유로운 사랑의 극치를 추구해보고자 했던 것이다. 작자는 〈모란정기제사(牡丹亭記題詞)〉에서 이렇게 말하고 있다.

'천하의 여자 중에 정이 있다 해도 어찌 두려낭 같은 이가 있겠는가? 그 사람 꿈을 꾸자 곧 병이 났고, 병이 더욱 심해지자 손수 자기 형용을 그려 세상에 전해놓고는 죽었다. 죽은 지 3년 만에 다시 저세상에서 그가 꿈꾸었던 사람을 찾아 살아난다. 여낭 같은 사람이야말로 정이 있는 사람이라 말할 수가 있을 것이다. 정이란 생겨나는 곳을 알지 못한다. 그러나 정이 한 번 깊어지면 산 사람도 죽을 수 있고, 죽은 사람도 살아날 수 있다. 살아있다 해서 죽을 수가 없고, 죽었다 해서 다시 살아날 수가 없는 것은 모두 정의 극치가 아니다. 꿈속의 정이라 해서 어찌 반드시 참된 것이 아니겠는가? 천하에는 어찌 꿈속의 사람이 적겠는가? 반드시 베개를 함께 베고 누워 자야 부부가 되고, 관복을 벗고 어울려야 친밀해진다는 것은 모두 육체적인 이론이다.'56)

탕현조에게 있어 '꿈'과 '정'은 인간으로서의 자유의 극치를 추구하는 매개였던 듯하다. 그 때문에 〈환혼기〉는 고사의 구성부터가 일반적인 명대의 전기와는 다를 수밖에 없었던 것이다.

〈환혼기〉의 남녀 주인공 두려낭(杜麗娘)과 유몽매(柳夢梅)는 각각

---

56) 《玉茗堂全集》文之六 題詞〈牡丹亭記題詞〉:'天下女子有情寧有如杜麗娘者乎? 夢其人卽病, 病卽彌連, 至手畫形容傳於世而後死. 死三年矣, 復能溟莫中求得其所夢者而生. 如麗娘者, 乃可謂之有情人耳. 情不知所起, 一往而深, 生者可以死, 死可以生. 生而不可與死, 死而不可復生者, 皆非情之至也. 夢中之情, 何必非眞? 天下豈少夢中之人也? 必因薦枕而成親, 待掛冠而爲密者, 皆形骸之論也.'

당대의 문호 두보(杜甫)와 유종원(柳宗元)의 후손이다. 이들 젊은 남
녀는 한 봄에 각각 춘정(春情)을 못이기어 몇 백리 서로 떨어져 있으
면서도 꿈속에 두씨네 집 정원 안에서 만나 정을 나눈다. 두 사람의
사랑의 행위는 마치 정원에 만발하고 있는 꽃처럼 아름답고 자연스럽
다. 그들은 정을 따라 움직이는데, 그것은 자연스러울 따름이다. 세상
의 습속도 예의도 이들의 정의 움직임을 막지는 못한다.

꿈에서 깨어나 현실세계로 돌아오자 두려낭은 자기 마음 속에 뜨거
워진 정을 가늘 길이 없다. 결국 병이 들어 더욱 깊어만지는 정을 안
은 채 죽어 버린다.

뒤에 유몽매는 과거를 보러 가다가 두씨네 집에서 묵게 되는데, 다
시 여낭의 혼을 만나 려낭을 무덤에서 다시 살아나게 한다. 유몽매는
과거에 장원으로 급제하고, 두 사람은 적지 않은 파란을 겪은 끝에
다시 원만히 부부로 화합한다는 것이다. 이 작품에서 이들은 유정지
인(有情之人)으로 생동하는 움직임을 보여준다. 실은 이들뿐만이 아
니라 여기에 등장하는 두려낭의 가정교사 진최량(陳最良)이나 하녀
춘향(春香) 등이 모두 개성을 지닌 생동하는 인물로 역할을 다하고
있다.

〈환혼기〉는 고사의 전개가 특출하고 등장인물들이 생동할 뿐만이
아니라 문장도 아름답다. 보기로 제10척 경몽(驚夢)의 두 곡을 든다.

　　[조라포(皂羅袍)]
　벌써 고운 자주색 꽃 예쁜 빨간 꽃이 만발하여 있는데
　이런 것들을 모두 물마른 샘과 낡은 담장 같은 것들에게 맡겨두
었구나!
　좋은 철 아름다운 경치 주체 못할 자연,
　마음으로 기뻐하고 즐기고 있는 곳은 어느 댁 정원인가?

原來姹紫嫣紅開遍, 似這般都付與斷井頹垣.
良辰美景奈何天, 賞心樂事誰家院?
　〔합창(合唱)〕
아침 되면 날아가고 저녁 되면 밀려오는
구름과 노을 서리는 아름다운 집이 있고,
부슬비 내리고 산들바람 부는데
안개 서린 물결 위에 배 한 척 떠있네.
규방(閨房) 안 사람들은 이 아름다운 풍광 앞에 어쩔 줄을 모르네.
朝飛暮卷, 雲霞翠軒. 雨絲風片, 煙波畵船.
錦屛人忒看的這韶光賤.
　〔호저저(好姐姐)〕
푸른 산은 온통 두견새 울며 토한 피로 붉게 물들었고,
넝쿨장미는 안개로 취하여 하늘거리는 듯.
모란꽃 좋다지만
그 꽃은 봄이 가는 걸 어찌 먼저 알았다더냐?
遍靑山啼紅了杜鵑, 荼蘼外煙絲醉軟.
牡丹雖好, 他春歸怎占的先?
　〔합창(合唱)〕
한가히 바라보고 있노라니
싱싱한 제비소리는 분명하기 가위로 자르는 듯,
꾀꼴꾀꼴 꾀꼬리 노래는 둥글게 미끄러지는 듯.
閒凝盼, 生生燕語明如剪, 嚦嚦鶯歌溜的圓.

　이 노래들은 두려낭이 하녀 춘향을 데리고 자기 집 정원에 나와 봄
경치의　아름다움을　노래하는 대목이다. 정말 아름다운 문장이다.
곡률파(曲律派)의 여천성(呂天成, 1573?~1619?)이　그의《곡품(曲

品)》권 상(上)에서

　'〈환혼기〉의 두려낭 일은 매우 신기하다. 착상(着想)의 발휘에서 춘
정(春情)을 품고 이성을 그리는 정이 마음을 놀래이고 넋을 뺏는
정도이다. 또한 교묘함이 거듭 나와 새롭지 않은 경지란 없으니 진
실로 천고의 명작이라 할만하다.'57)

라고 감탄하고 있는 것도 주로 그 문장 때문일 것이다. 두려낭의 생
사를 초월하는 정도 이런 멋진 문장이 있어서 더욱 잘 살아나고 있는
것이다.

　빈백(賓白)에도 변체문(騈體文)까지도 쓰고 있으나 그 쓰임이 능숙
하여 문장으로서는 인위적인 수식이라 느껴지지 않는다. 그리고 일반
적으로는 일상용어로 대화를 이끌면서 극정(劇情)을 표현하고 있어,
등장인물들이 생동감을 준다. 보기를 들면 제7척 뇨숙(鬧塾)의 두려
낭과 진최량 및 춘향 세 사람의 대백(對白)에서, 농지거리조차도 꺼
리지 않는 자유 로운 대화 속에 진최량의 고지식함과 두려낭의 정숙
(貞淑)함 및 춘향의 천진스러움이 잘 드러나고 있다.

　이어(李漁, 1611~1685)는 《한정우기(閒情偶寄)》권3 제5 과원(科
諢)에서

　'과원(科諢)의 묘는 속됨에 가까운 데 있으나 꺼려야 할 일은 너무
나 속된 것이다. 속되지 않다면 부유(腐儒)의 말 같고, 너무 속되
면 문인의 글 같지 않게 된다. 나는 근래의 연극 중에 속되면서
도 속되지 않은 것을 들라면 〈환혼기〉이외엔 〈찬화기(粲花記)〉5
종을 들 수 있을 뿐이다. …… 〈환혼기〉는 기운이 긴데 〈찬화기〉는
약간 짧고, 〈환혼기〉는 힘이 충분한데 〈찬화기〉는 약간 부족하

---

57) '還魂杜麗娘事甚奇, 而著意發揮, 懷春慕色之情, 驚心動魄. 且巧妙疊出,
　　無境不新, 眞堪千古矣!'

다.'58)

라고 하였는데, 창사뿐만이 아니라 빈백의 뛰어난 표현력을 중심으로 그런 말을 하였을 것이다.

결구(結構)에 있어서도 짜임새에 빈틈이 없어서 고사의 전개는 독자들을 사로잡는다. 특히 냉장(冷場)과 열장(熱場) 및 수장(愁場)과 환장(歡場)을 잘 섞어 배합하고 있어서, 작품에 들랑날랑 기복이 있어서 사람들로 하여금 더 큰 감동을 불러일으키게 하고 있다. 〈환혼기〉를 읽는 사람이나 연출을 보는 사람이나 작품 내용에 넋을 빼앗기어 몰아지경(沒我之境)에 빠지게 한다.

그러나 옛날부터 희곡논자들 중의 많은 사람들이 〈환혼기〉가 곡률에 어긋나는 곳이 많음을 안타까워하였다. 그러나 탕현조 자신은 곡률을 모른 것이 아니라 희곡에 있어서의 곡률에 대한 자기 나름대로의 견해가 확실히 서 있었던 것이다. 그러기에 탕현조의 희곡은 모두 곡률에 어긋나는 '안두이서(案頭異書)'라고 비평한 왕기덕(王驥德)의 《곡률(曲律)》에서도

'〈환혼기〉는 묘한 곳이 여러 곳이어서 기이함과 아름다움이 사람들을 감동시킨다. ……그 본색(本色)을 주어모아 아름다운 표현을 뒤섞어 새로운 경계(境界)와 신묘(神妙)함을 표현하고 교묘함을 다하였으니, 또 원(元)대 작가들과 견준다 하더라도 또다른 길을 개척한 것이다. 기교의 표현이 천연(天然)의 것이어서 사람에 의하여 창작된 것 같지 않다.'59)

---

58) '科諢之妙, 在於近俗. 而所忌者, 又在於太俗. 不俗則類腐儒之談, 太俗則非文人之筆. 吾於近劇中, 取其俗而不俗者, 還魂而外, 則有粲花五種. …… 還魂氣長, 粲花稍促, 還魂力足, 粲花略虧.'

59) 《曲律》: '還魂, 妙處種種, 奇麗動人. ……其掇拾本色, 參錯麗語, 境往神來, 巧湊妙合, 又視元人別一谿徑. 技出天縱, 非由人造.'

라는 칭송도 함께 하지 않을 수가 없었던 것이다.

탕현조 전기의 사회적인 반향은 매우 컸다. 후세까지도 오히려 곡률파(曲律派) 작가들의 작품보다 더 많이 상연되었음은 말할 필요도 없고, 전해지는 〈환혼기〉에 매료(魅了)되었던 여자들의 얘기만으로도 그 반향의 큼은 짐작하고도 남음이 있다. 그 보기를 아래에 들어본다.

첫째, 유낭(兪娘) : 장대복(張大復, 1554~1630)의 《매화초당집(梅花草堂集)》권7 유낭(兪娘) 조목에 이런 기록이 있다.

유낭은 미인이었다. 형제 항렬(行列)이 세 번째였고, 어려서부터 예쁘고 똑똑했는데 몸이 약하였다. ……나이 열일곱에 죽었다. 유낭이 병상에 있을 적에 글과 역사책을 읽기 좋아했다. 그의 아버지는 가엾게 여기고 그에게 책을 갖다 주었는데, 읽으면서 주해를 썼는데 그의 아버지로서는 이해하지 못할 것이 많았다. 어느 날 〈환혼기〉를 주자 한동안 들여다보더니 기색이 암담해졌다. 그가 말하기를 "책이란 뜻을 전달하는 것인데, 옛부터 저자들 중에는 뜻을 제대로 표현하지 못한 사람들이 많았다. 그런데 '살아있다 해서 죽을 수가 없고 죽었다 해서 살아날 수가 없는 것은 정의 극치가 아니다'고 한 것 같은 것은 진실로 뜻을 잘 표현한 작품이다."고 하였다. 그리고 단사(丹砂)를 잔뜩 갈아 가지고 글 옆에 빽빽이 동그라미를 치며, 가끔 자기 소견을 써넣기도 했는데 사람들의 의표를 찌르는 내용이었다. 보기를 들면…… 이와 같은 빼어난 말이 책 안에 연이어졌다.[60]

---

60) '兪娘, 麗人也. 行三, 幼婉慧, 體弱, ……年十七夭. 當兪娘之在床褥也, 好觀文史, 父憐而授之, 且讀且疏, 多父所未解. 一日, 授還魂傳, 凝睇良久, 情色黯然. 曰 : 書以達意, 古來作者多不盡意而出. 如生不可死, 死不

곧 유낭은 〈환혼기〉를 읽으면서 평어를 쓰다가 죽었다는 것이
다.《옥명당전집》 시지십일(詩之十一)에는 〈곡루강여자(哭婁江女子)
이수(二首) 유서(有序)〉라는 시가 있다.

'서(序) : 오(吳) 땅의 장대복(張大復)과 허중희(許重熙)가 연이어
와서 말하기를 "누강 여자 유이낭(兪二娘)61)은 빼어나게 똑똑하고
글을 잘 하는데, 아직 출가를 않고 있었다. 〈모란정(牡丹亭)〉 전기
를 너무나 좋아하여 파리 머리 같은 가는 글자로 그 옆에 비어(批
語)와 주(注)를 달았다. 홀로 생각하고 괴로이 읊조리면서 그 글을
통애(痛愛)하다가 열일곱 나이로 억울하게 죽었다." 하였다. 장대복
이 그의 별본(別本)을 구하여 사이백(謝耳伯) 편에 보내어주며 그
를 조상토록 하려 했다 한다. 그 때문에 주명행(周明行) 중승(中
丞)의 말이 생각난다. 전에 누강의 왕상국(王相國, 錫爵) 저택으로
조정에 나가 벼슬을 하도록 권하러 갔을 적에 가악(家樂)을 내어
이 작품을 연출시켰는데, 왕상국께서 말하기를 "나는 늙은이인데도
근래에는 매우 이 곡 때문에 슬퍼하고 있다." 하였다 한다. 왕우태
(王宇泰)도 말하기를 "유씨 집안의 여자가 이를 좋아하여 죽기까지
하였으니, 정이란 사람에게 있어 대단한 것이다"고 하였다.'

　화촉은 아름다운 규방(閨房) 안에 흔들리고
　수놓인 창 앞에 진주 같은 눈물 흘리며 울고 있네.
　어찌하여 이 곡 때문에 몸까지 망쳤는가?
　누강 여인만의 일인가?

　　可生, 皆非情之至, 斯眞達意之作矣. 飽硏丹砂, 密圈旁注, 往往自寫所見,
　　出人意表. 如 ……, 如斯俊語, 絡繹連篇.'
61)《梅花草堂集》에서는 '兄弟 行列이 세 번째'라 잘못 적고 있다.

畫燭搖金閣, 眞珠泣繡窗.
如何傷此曲, 偏祇在婁江?

어찌 정 때문에 죽었단 말인가?
슬프고 가슴아파도 반드시 정신은 있으련만.
한때의 문자업으로 간
천하의 유정한 사람이여!
何自爲情死? 悲傷必有神.
一時文字業, 天下有心人.

탕현조의 서문과 시는《매화초당집》의 기록과 합치되므로 〈환혼기〉를 너무나 좋아하다 죽은 유낭이란 여자는 실제로 존재하였던 인물임에 틀림이 없다.

둘째, 상소령(商小玲) : 초순(焦循)의 《극설(劇說)》권6에는 다음과 같은 〈간방아술당한필(礀房蛾術堂閒筆)〉의 얘기가 인용되어 있다.

'항주(杭州)에 여자배우 상소령이란 사람이 있었는데, 용모와 기예가 뛰어나 유명하였다. 그는 〈환혼기〉를 더욱 잘하였다. 일찍이 그가 좋아하는 사람이 있었는데 형편이 가까워질 수가 없는 처지여서 마침내 끙끙 걱정하다가 병이 되었다. 언제나 '심몽(尋夢)'과 '뇨상(鬧傷)' 같은 척의 두려낭 역할을 할 때면 정말로 자신의 일인 듯이 하였다. 은근히 슬퍼하면서 눈물이 눈에 가득 고였다. 어느 날 '심몽' 척을 연출하다가 '향그러운 혼을 한 조각으로 뭉쳐, 날 흐린 부슬비 오는 날도, 매화나무62) 뿌리 지키고 있다가 다시 만나리라 (待打幷香魂一片, 陰雨梅天, 守的個梅根相見.).' 대목을 창하는데

---

62) 매화나무는 꿈에 만난 애인 유몽매(柳夢梅)를 상징한다.

이르러 얼굴엔 눈물을 가득 고이게 하고는 노랫소리를 따라 땅에 쓰러졌다. 춘향이 가까이 가서 보니 이미 숨이 끊겨 있었다.'[63] 〈환혼기〉에 푹 빠진 여자배우의 얘기이다.

셋째, 김봉전(金鳳鈿) : 장서조(蔣瑞藻)의 《소설고증(小說考證)》권 4에는 〈삼차려필담(三借廬筆談)〉에서 인용한 다음과 같은 얘기가 실려있다.

'전하는 말에 의하면 양주(揚州)에 김봉전(金鳳鈿)이란 여자가 살고 있었다. 부모님은 모두 작고하고 동생들은 나이가 아직 어렸으나, 집에서 본시 소금장사를 하여 유산이 매우 많았다. 김봉전은 어려서부터 영리하고 글을 좋아했는데 특히 사곡(詞曲)을 좋아했다. 그때 〈보란성기〉가 막 나오자 그것을 읽는 것이 버릇처럼 되었다. 낮이나 밤이나 그 책을 들고 읊고 감상하는 일을 멈추지 아니하였다. 그때 그 여자는 아직 정혼을 하지 않고 있었는데, 마음이 통하는 하녀에게 넌지시 말하였다. "탕현조가 이처럼 다정한 사람이라면 반드시 천하의 기재(奇才)일 것이다. 애석하게도 그가 사는 고장과 나이와 용모도 알지 못하니, 네가 나를 위해 알아봐 주게나! 나는 이 몸으로 그를 기다릴까 하네."

하녀는 곧 다른 사람에게 부탁하여 사실을 알아보도록 하였다. 그리하여 탕현조는 나이가 아직 장년(壯年)이 되지 못하였으나 이미 장가를 들었고, 그때엔 마침 서울로 과거를 보러 가려 하고 있어서 명성이 자자하게 사람들 입에 전해지고 있음을 알게 되었다.

---

63) '杭有女伶商小玲者, 以色藝稱. 於還魂記尤擅場. 嘗有所屬意, 而勢不得 通, 遂鬱鬱成疾. 每作杜麗娘尋夢鬧傷諸劇, 眞若身其事者. 纏綿凄婉, 淚 痕盈目. 一日演尋夢, 唱至待打幷香魂一片, 陰雨梅天, 守得個梅根相見, 盈盈界面, 隨聲仆地. 春香上視之, 已氣絶矣.'

곧 그 사실을 김봉전에게 알리자 김봉전은 한동안 말도 않고 있다가, 편지를 써서 연도(燕都)로 보내어 자기의 뜻을 전하려 하였는데, '재자(才子)의 부인이 되고 싶소'라는 구절이 있었다 한다.

한 해가 다 가도록 답장이 없었는데, 이미 홍교공(洪喬公) 편에 붙여졌다 한다. 다시 편지를 써서 보내어 그럭저럭하는 사이에 반 년이 더 지나서야 편지가 도착했다 한다. 그때 탕현조는 과거에 급제하고 있었는데, 여자의 뜻에 감동하여 밤을 도와 광릉(廣陵)으로 달려갔는데, 김봉전은 죽은 지 이미 한 달이나 되었었다. 죽을 적에 하녀에게 유언하기를 "탕상공(湯相公)은 언제까지나 가난하고 천한 사람이 아닐 것이다. 이제 과거를 보고 귀해진 뒤에 만약 내 편지를 본다면 반드시 나를 찾아올 것이다. 다만 내 운명이 기박하여 재인을 한 번 뵙지도 못하니 죽는다 해도 눈을 감기 어렵겠다. 내가 죽거든 반드시 〈모란정기〉로 순장(殉葬)해다오. 내 뜻을 어기지 않도록 하라!" 말을 마치자 바로 죽었다.

탕현조는 그가 자신을 알아준 것에 감동하여 자기의 돈을 내어 장례를 치러주고, 한 달 넘게 여묘(廬墓)를 하고서야 돌아왔다. 그리고 김씨네 재산을 정리하여 그의 아우들도 모두 데리고 돌아왔다. 뒤에 그의 아우들도 유명해졌다 한다. 양운생이 내게 전해준 것이다.'64)

---

64) '相傳揚州有女史金鳳鈿, 父母皆故, 弟年尙幼. 家素業鹺, 遺貲甚厚. 鳳
鈿幼慧, 喜翰墨, 尤喜詞曲. 時牡丹亭書方出, 因讀而成癖. 至於日夕把
卷, 吟玩不輟. 時女未字人, 乃謂知心婢曰 : 湯若士多情如許, 必是天下
奇才. 惜不知里居年貌, 爾爲我物色之. 我將留此身以待也. 婢果托人探
得耗, 知若士年未壯, 已有室. 時正待試京師, 名藉藉傳人口, 卽以復鳳
鈿. 鳳鈿嘿然久之, 作書寄燕都達意, 有願爲才子婦之句. 年餘亡復書, 蓋
已付洪喬公矣. 復修函寄之, 轉展浮沉, 半年始達. 時若士已捷南宮, 感女

김봉전도 〈환혼기〉에 매료된 채 일생을 마친 여자이다.

넷째, 풍소청(馮小靑) : 장서조의 《소설고증》속편(續編) 권2 요투갱(療妒羹) 제20십에 〈화조생필기(花朝生筆記)〉의 다음과 같은 얘기를 인용하고 있다.

'여사 풍원원은 자가 소청(小靑)이고 광릉(廣陵)사람이다. ……나이 열여섯에 항주의 풍생(馮生)에게 첩으로 시집갔다. ……얼마 안 있어 병이 들어 죽었다. ……그의 유작으로 남은 것은 고시(古詩) 1수, 절구(絶句) 9수, 사(詞) 1수와 죽기 전에 본부인(질투가 심했다)에게 보내는 편지와 절구 한 수가 있다. ……절구에 읊기를 '찬 빗방울 어두운 창을 때리는 소리 들을 수가 없어, 등불심지 돋우며 한가히 〈모란정〉을 읽네. 세상에는 나보다도 더 치정(癡情)된 사람 있으니, 어찌 홀로 소청만이 마음아파하는 것이겠나?' ……오석거(吳石渠, 炳)가 〈요투갱(療妒羹)〉 전기를 지어 그에 관한 얘기를 자세히 부연하였다.'[65]

풍소청이란 여자도 〈환혼기〉에 마음을 빼앗기고 살다가 죽은 여인이다. 소청의 얘기는 오병이 전기로 지었을 뿐만이 아니라, 서례(徐 鄰)의 〈소청낭정사춘파영(小靑娘情死春波影)〉 잡극, 주경번(朱京藩)

意, 星夜來廣陵, 則鳳鈿死已一月矣. 臨死, 遺命於婢曰 : 湯相公非長貧賤者. 今科貴後, 倘見我書, 必來見訪. 惟我命薄, 不得一見才人, 雖死目難瞑. 我死, 須以牡丹亭曲殉. 無違我志也. 言畢遂逝. 若士感其知己, 出己資力任葬事, 廬墓月餘始返. 因理金氏産, 並其弟悉載以去. 後弟亦成名. 楊雲生爲余述.'

65) '女史馮元元, 字小靑, 廣陵人. …… 年十六, 嫁杭州馮生爲妾. …… 未幾感疾卒. …… 存者惟古詩一, 絶句九, 詞一, 臨卒訣某夫人書, 並絶句各一. …… 絶句云 :……'冷雨幽窓不可聽, 挑鐙閒看牡丹亭. 人間亦有痴於我, 豈獨傷心是小靑?' …… 吳石渠(炳)爲讚療妒羹傳奇, 衍說甚詳.'

의 〈풍류원(風流院)〉 전기, 호사기(胡士奇)의 〈소청전(小靑傳)〉 잡극,
내집지(來集之)의 〈소청도등(小靑挑燈)〉 잡극 등 많은 희곡작품을 이
루게 하였다.

다섯째, 내강여자(內江女子) : 초순의 《극설》 권2에는 여소운(黎瀟
雲)의 말이라 하며 다음과 같은 얘기를 인용하고 있다.

'내강(內江)의 한 여자가 있었는데, 스스로 재능과 용모를 뽐내어
가벼이 어떤 사람에게 시집가려 하지 않았다. 〈환혼기〉를 읽고 그
것을 좋아하여 곧장 서호(西湖)로 작자를 찾아가 부인이 될 것을
자원하였다. 탕현조는 나이가 늙었다하여 사양하였으나 여자는 그
말을 믿지 않았다. 하루는 탕현조가 서호 가에서 손님들을 초청하
여 잔치를 벌였는데, 그 여자가 보러 갔다. 탕현조를 보니 머리가
새하얀 늙은이로 허리는 구부정해가지고 지팡이를 짚고 걷고 있었
다. 여자가 탄식을 하였다. "나는 평생토록 재능을 흠모하며 내 몸
을 평생 의탁하려 하였다. 지금 늙어서 추하기 이와 같으니 운명이
로구나!" 그리고는 몸을 물에 던졌다.'[66]

여섯째, 오오산삼부(吳吳山三婦) : 청(淸)대 강희(康熙) 갑술(甲戌)
33년(1694)에 유명한 오오산삼부합평본(吳吳山三婦合評本) 〈환혼
기〉가 나와 세상에 읽히고 있다. 그 합평본(合評本)의 유래에 대하여
는 장서조가 《소설고증》 권4에 〈청우헌췌기(聽雨軒贅記)〉의 다음과
같은 글을 인용하고 있다.

'오산(吳山)은 이름이 인(人)이고 자는 서부(舒鳧)이며, 오산은 그

---

66) '內江一女子, 自矜才色, 不輕許人. 讀還魂而悅之, 徑造西湖訪焉, 願奉
    箕帚. 湯若士以年老辭, 女不信. 一日若士湖上宴客, 女往觀之. 見若士皤
    然一翁, 傴僂扶杖而行. 女歎曰 : 吾生平慕才, 將托終身. 今老醜若此, 命
    也! 因投於水.'

의 호이다. 시문과 사곡을 잘 지어 같은 마을의 홍승(洪昇)과 나란
히 강절(江浙) 지방에 이름을 날렸다. 오산은 처음에 진(陳)씨에게
정혼을 했는데, 결혼하기 전에 일찍 죽었고, 담(談)씨에게 장가들자
1년을 넘기고는 죽었다. 이어서 전(錢)씨에게 장가들었는데 오산과
해로하였다. 세 부인은 모두가 뛰어난 재주를 지니고 있어서 청려
(淸麗)한 시를 지었으며, 그 〈모란정〉 한 작품은 진씨와 담씨가 그
전반부에 평을 가하였고, 전씨가 그 뒤를 이어 완성했다 한다. 평
어(評語)는 모두 위쪽에 배열되어 있고, 오산이 다시 《시경》의 말
들을 인용하며 곁에 비어(批語)를 써넣은 것을 간행한 것이라 한
다. 사람들은 모두 멋진 일이라 칭송하고 있다.'67)

지금 전하는 삼부합평본에는 남편 오인(吳人)과 두 부인 담칙(談
則)·전의(錢宜)의 서문이 실려있고, 합평본의 유래가 보다 상세하다.
그러나 많은 사람들이 한 사람 손에 쓰인 듯한 삼부합평은 남편 오인
이 꾸며낸 것일 거라 믿고 있다. 그러나 오인의 세 부인들이 〈환혼
기〉를 무척 좋아한 여인들이었다는 사실만은 믿어도 좋을 듯하다.

이상 보기를 들은 사람들은 모두가 여인들이다. 여인들뿐만이 아니
라 남자들 중에도 〈환혼기〉에 심취하였던 사람들은 적지 않을 것이
다. 초순의 《극설》 권5에는 이런 얘기가 실려있다.

'내 친구 담성부(談星符)는 이름이 태(泰)이고 강녕 사람이다. ……
음율(音律)의 학문에 깊어 평생토록 〈모란정기〉를 사랑하여 상세
히 주석을 달았다.'68)

67) '按吳山名人, 字舒鳧, 吳山其號也. 工詩文詞曲, 與同里洪稗畦昇, 並馳
名江浙間. 吳山始聘於陳, 未婚而夭. 取談, 踰年亡. 繼取爲錢, 與吳偕老.
三婦皆具妙才, 詩筆淸麗. 其牡丹亭一曲, 則陳談評其前半, 而錢續之. 評
語咸列於上方, 吳山復引詩經語作旁批, 梓行於世, 人皆艷稱之.'
68) '吾友談星符, 名泰, 江寧人. ……深於音律之學, 生平愛牡丹亭, 詳爲

　다시 기균(紀昀, 1724~1805)의 《열미초당필기(閱微草堂筆記)》권 17 고망청지삼(姑妄聽之三)에는 이런 기록이 있다.

　'전향심(田香沁)이 말해주었다. 그가 일찍이 별장에서 공부를 하고 있을 적에 하루 저녁에 바람은 고요하고 달은 밝은데, 곤곡(崑曲)을 창하는 자가 있었다. 소리가 밝고도 맑게 트여서 마음을 슬프게 하고 정신을 감동시켰다. 자세히 들어보니 바로 〈모란정〉의 규화(叫畵) 척이었다. 그 까닭도 잊은 채 창이 끝날 때까지 조용히 들었다. 그러다가 갑자기 담 밖은 모두가 황량한 벌판과 언덕이라 사람들의 발길이 거의 닿지 않는 곳임을 깨닫게 되었다. 이 노래는 어디에서 났는가? 창문을 열고 바라보니 오직 갈대만이 바삭거릴 따름이었다는 것이다.'[69]

　이것도 〈환혼기〉에 심취해 있는 사람의 환청이었을 것이다. 남자들은 여린 정을 드러내기 꺼리기 때문이지 실제로는 〈환혼기〉에 치정(癡情)된 사람이 적지 않았을 것이다. 이것은 모두 일반사회의 〈환혼기〉에 대한 반향이라 보면 될 것이다.

3) 〈남가기(南柯記)〉와 〈한단기(邯鄲記)〉

　이 두 가지 작품은 탕현조의 전기 중에서 가장 뒤늦게 쓰여진 것이다. 〈남가기〉는 만력 28년(1600, 작자 51세), 〈한단기〉는 만력 29년에 쓰여진 작품이다.

　탕현조는 만년에 고향으로 돌아와 한가히 지내면서 오직 글짓는 일로 시간을 보내었다. 그의 학문도 도(道)를 추구하는 방향으로 바꿔

---

69) '田香沁言：嘗讀書別業, 一夕, 風靜月明, 聞有度崑曲者. 亮析淸圓, 悽心動魄, 諦審之, 乃牡丹亭叫畵一齣也. 忘其所以, 靜聽至終. 忽省牆外皆斷港荒陂, 人跡罕至. 此曲自何而來? 開戶視之, 惟蘆荻瑟瑟而已.'

어 50세에는 호를 해약사(海若士) 또는 약사(若士)라고 바꾸는데, 해약(海若)은 《장자(莊子)》 추수(秋水)편에 보이는 도를 터득하고 있는 대해(大海)의 신이며, 약사는 《회남자(淮南子)》 권12 도응훈(道應訓)에 보이는 우주(宇宙)를 내왕하며 노니는 선인(仙人)이다. 그리고 그가 49세 때 고향 임천(臨川)으로 돌아갔을 때 오랫동안 교유한 달관선사(達觀禪師)도 임천으로 돌아와 그와 교분을 더욱 두터이하며 불교, 특히 선(禪)사상의 영향도 커지게 된다. 다시 자백대사(紫栢大師)와의 교유도 선(禪) 사상에 크게 기울어지게 되는 원인이 되고 있다.

이 〈남가기〉와 〈한단기〉는 그러한 작자 만년의 사상경향을 잘 대변하는 것이다. 〈남가기〉는 불교사상을 〈한단기〉는 도교사상을 바탕으로 한 작품들이기 때문이다. 처음 〈자차기〉를 쓸 적에는 감정도 풍부하고 정력과 패기도 넘치던 때이라, 그 주인공 남녀들이 서로 열정적으로 사랑하며, 황삼객(黃衫客) 같은 협객(俠客)도 등장시켜 활약케 하고 있는 것이다. 그 시절에는 인생에 대하여도 자신이 있어 사회에 대한 비판이나 풍자는 없이 오직 아름다운 문장으로 아름다운 인생사를 추구하려 했던 것이다.

〈환혼기〉에 이르러는 이미 사회의 부조리를 경험하고 현실과 싸우면서 초현실적인 경지의 이상을 추구하려 했던 시기이다. 그의 의욕 앞에선 옛 전통이나 인습도 무시당하였고, 그는 오직 자신의 재능과 개성을 마음껏 발휘하여 작품을 이룩하려 했던 것이다. 그 때문에 탕현조의 문학사상의 특징은 〈환혼기〉에 가장 선명히 드러나 있는 것이다.

〈남가기〉와 〈한단기〉의 시기에 이르러는 이미 사회의 모순과 인생의 여러 가지 불합리에 대하여 달관(達觀)함으로써, 그의 사상은 현실을 초월하여 도교적 또는 불교적인 방향으로 기울고 있었다. 〈남가기〉는 당(唐)나라 이공좌(李公佐, 813 전후)의 〈남가태수전(南柯太守

傳)〉을 극화한 것이고, 〈한단기〉는 당(唐)나라 심기제(沈旣濟, 780 전후)의 〈침중기(枕中記)〉의 얘기를 바탕으로 한 것이다. 하나는 불교 다른 하나는 도교적인 입장에서 인생의 영욕(榮辱)이란 허무한 것임을 밝히는 것이 주제이다. 〈환혼기〉에서 종횡무진으로 거칠 곳이 없었던 정도 살아지고, 이들 두 작품에선 유정(幽靜)하고 초탈(超脫)한 경지에 이르러 있는 것이다.

〈남가기〉와 〈한단기〉의 주인공들은 꿈속에서 갖가지 인생의 영화(榮華)를 다 누리고 나서 모든 인생사가 실은 덧없는 것임을 풍자하고 있다. 명말 제왕은 우매하고 정치는 어지러워 인심은 간악하여 작자의 열정이나 의욕을 갖고는 현실을 어이할 수 없었던 실정을 잘 반영하고 있다고 할 수 있다.

〈자소기〉 이외의 그의 네 가지 전기 작품들을 합쳐 흔히 사몽기(四夢記)라 부르는데, 거기에는 모두 꿈의 성분이 중심을 이루고 있기 때문이다. 그러나 이들 사몽기의 꿈은 네 가지가 제각기 그 성격이 다르다. 우선 〈자차기〉에 있어서의 꿈은 그 작품 속의 극히 작은 일부분에 불과하다. 곽소옥(霍小玉)이 사랑하는 이익(李益)과 이별한 후 그리움으로 상사병(相思病)을 앓게 되는데, 그들이 다시 만나게 되는 전 날 소옥이 자다가 황삼객(黃衫客)이 신발[鞋]을 한 켤레 건네주는 꿈을 꾼다.

그때 포사낭(鮑四娘)이 '혜(鞋)는 해(諧)의 뜻'이니 곧 만나게 될 거라 해몽하는데, 과연 그대로 그들은 다시 만나게 된다. 여기의 꿈은 보통 사람들이 늘 꾸는 일상적인 짧은 꿈에 불과하다. 설사 이들이 다시 만나는 사실을 미리 알려준 꿈이라 하더라도, 이 작품의 얘기의 전개에 있어서는 극히 짧은 한 대목이다. 이것을 근거로 '몽기(夢記)'라 부르는 것은 과분한 칭호인 듯하다.

〈환혼기〉에 있어서의 꿈은 현실의 부조리를 뛰어넘어 이상을 추구하게 하는 적극적인 매개체(媒介體)이다. 젊은 남녀들이 그들의 춘정 (春情)을 이기지 못하여 처음에는 꿈에 서로 만나 합쳐진다. 여주인 공 두려낭(杜麗娘)은 꿈에 본 애인을 못 잊고 그리워하다가 병이 되어 죽어 버린다. 뒤에 남주인공 유몽매(柳夢梅)는 과거를 보러 가다가 두씨 집에 머물게 되는데, 꿈에 여낭의 혼이 나타나 다시 만나게 되고, 마침내는 무덤 속으로부터 살아 나와 이들 남녀는 다시 결합하여 부부가 된다.

여기에서 꿈은 현실과 엇섞이면서, 뜻대로 되지 않는 현실을 극복하고 이상을 추구하는 수단이 되고 있다. 꿈을 통하여 작가는 생사까지도 초월하는 사람의 정을 강조함으로써 현실을 이겨내고 있다. 따라서 그 꿈은 현실생활과 상통하고 현실과 함께 하면서 현실 속에서는 부자유스러운 정을 한껏 자유케 하는 것이 되고 있다.

〈남가기〉와 〈한단기〉에서의 꿈은 바로 인생 그 자체의 허무함을 상징한다. 사람들은 살아가면서 온갖 부귀(富貴)와 공명(功名)을 추구하고 있지만 그러한 인생은 결국 꿈과 같은 환상에 불과하다는 것이다. 그가 젊었을 적에 추구하려던 이상이나 공명 같은 것은 모두가 일장춘몽(一場春夢)에 지나지 않는다는 것이다. 여기에서는 현실이 바로 꿈이고, 인생이 바로 꿈으로 발전하고 있다. 인생에 대한 초연 (超然)함과 달관(達觀)을 뜻하는 것이다.

작품에서 구사하고 있는 문장의 성격도 사몽기가 서로 다르다. 이미 앞에서도 말한 것처럼 〈자차기〉는 〈자소기〉처럼 아름다운 표현을 탐하여 미사여구(美辭麗句)를 늘어놓은 듯한 느낌의 글이다. 대화인 빈백(賓白)조차도 변체문(騈體文)을 많이 사용한 정도이니 더 말할 필요도 없다. 〈환혼기〉의 문장도 아름답지만 그 글은 작품 내용과 잘 융화되고 있다. 작품에서 강조하려던 작가의 정은 아름다운 문장을 통하여 더 잘 살아나고 있다. 그런데 〈남가기〉와 〈한단기〉에 있어서는 작가의 사상적인 초일(超逸)과 함께 그 문장도 염담(恬淡)하고 평용(平庸)한 성격으로 변하고 있다. 문장에서 오는 감동은 〈자차기〉만도 못하게 된 셈이다. 모두 작가의 사상의 변화가 그렇게 만든 것이다.

탕현조가 곡률에 맞지 않는 작품을 쓴 것은 작품창작에 있어서의 개성을 무엇보다도 중시했기 때문이다. 작품을 쓰는 데 있어서 개성과 이상의 추구를 위하여는 옛 전통이나 사회의 습성 같은 것쯤은 가벼이 보아도 무방한 것으로 여겼다. 그러나 만년에 와서는 그처럼 전통이나 인습을 외면할 용기가 줄었기 때문에 곡률에 있어서는 〈남가기〉와 〈한단기〉가 이전의 작품들보다도 훨씬 완전하여졌다.

따라서 문장도 평용(平庸)하고 개성도 적은 위에 결구(結構)와 배장(排場)면에 있어서도 별 특징이 없음에도 불구하고 곡률파의 사람들은 이 만년의 두 작품을 이전의 작품들보다도 월등히 높이 평가하고 있다. 보기를 들면 왕기덕은 그의 《곡률(曲律)》잡론(雜論) 제39 하(下)에서 탕현조의 희곡작품을 다음과 같이 평가하고 있다.

'임천(臨川) 탕현조의 곡은 바로 '법'자를 놓고는 논할 것이 못되는 모두가 안두(案頭)의 이서(異書)이다. 그가 지은 다섯 가지 전기는, 〈자소기〉와 〈자차기〉는 다만 아름다운 사조(辭藻)만을 강구하여 표현에 쓸데없는 말이 많아 편장(篇章)을 이루지 못하고 있다. 〈환혼기〉는 묘한 곳이 많고 기이하고 아름다워 사람들을 감동시킨다. 그러나 썩은 나무나 시든 풀 같은 것이 때때로 붓끝에 감기어 있는 것을 어찌하는 수가 없다. 〈남가기〉와 〈한단기〉 두 작품에 이르러서는 잡된 실마리가 점점 없어지고 굽히어 법도에 따르게 되었다. 구성도 새로워졌거니와 문장 표현도 더욱 빼어났다.'[70]

---

70) '臨川湯奉常之曲, 當置法字無論, 盡是案頭異書. 所作五傳, 紫簫紫釵第

청(淸)대의 황주성(黃周星, 1611~1680)도 《제곡지어(製曲枝語)》
에서 이렇게 논하였다.

'근대의 전기로 말하면 나는 오직 탕현조의 사몽(四夢)을 취한다.
그런데 사몽 중에서는 〈한단기〉가 제일이고, 〈남가기〉가 그 다음이
며, 〈모란정〉은 또 그 다음이고, 〈자차기〉 같은 것은 〈담화기(曇華
記)〉[71]나 〈옥합기(玉合記)〉[72]와 비슷한 수준이어서, 탕현조 득의
의 작품은 아닐 것이다.'[73]

임이북(任二北)의 《곡해양파(曲海揚波)》 권4에는 풍몽룡(馮夢龍,
?~1646)이 14종의 전기의 정본(定本)을 내면서 여덟 번째로 〈한단
기〉를 싣고 그 총평(總評)에서 말한 다음과 같은 대목을 싣고 있다.

'옥명(玉茗)의 여러 작품 중에서 〈자차기〉와 〈모란정〉은 정(情)을
표현했고, 〈남가기〉는 환(幻)을 표현했는데, 이 작품《한단기》)만은
정(情)을 근거로 하여 도(道)로 들어가고 환(幻)을 바탕으로 하여
진(眞)을 깨닫게 하고 있다. 이것을 읽으면 범속한 사람이라도 모
두 먼지를 가까이하는 것을 싫어하게 만드니, 사몽 중에서 첫째로
꼽아야 할 것이다.'[74]

곡률을 중시하던 희곡 전문가들 중에는 그처럼 말년의 작품일수록

修藻艶, 語多瑣屑, 不成篇章. 還魂妙處種種, 奇麗動人, 然無奈腐木敗草,
時時纒繞筆端. 至南柯邯鄲二記, 則漸削蕪纇, 俛就矩度. 布格旣新, 遣辭
復俊.'

71) 〈曇華記〉: 明 屠隆(?~1604?)의 작품, 〈曇花記〉라고도 쓴다(六十種
曲本).
72) 《玉合記》: 明 梅鼎祚, 1564~1620)의 작품.
73) '若近代傳奇, 余惟取湯臨川四夢. 而四夢之中, 邯鄲第一, 南柯次之, 牡
丹亭又次之, 若紫釵, 不過與曇華玉合相伯仲, 要非臨川得意之筆也.'
74) '玉茗諸作, 紫釵牡丹以情, 南柯以幻, 此獨因情入道, 卽幻悟眞. 閱之令
凡濁俱厭薄塵埃, 四夢中當推第一.'

더 잘되었다고 생각하는 사람이 많았던 것이 사실이다. 그러나 우리는 그 곡률이 희곡사상 희곡의 창작은 물론 연출에 있어서까지도 아무런 작용을 하지 못했음에 유의해야 한다. 따라서 탕현조라는 전기작가가 그 시대의 인습이었던 곡률을 무시하고 자신의 이상과 개성을 추구하며 작가정신을 발휘했던 점을 무엇보다도 높이 사야 할 것이다. 그리고 그런 점에서 〈환혼기〉야말로 그의 대표작이 되고 있는 것이다.

아무래도 〈남가기〉와 〈한단기〉는 곡률면에서는 인습상 더 잘된 작품이어서 무난하다고 할 수 있을런지는 몰라도, 탕현조의 창작정신이 제대로 발휘된 작품은 아닌 것이다.

5. 맺는 말

〈비파기(琵琶記)〉에서 작자 고명(高明)이 '궁조를 따지지 않았다(不尋宮數調)'고 선언한 뒤로, 명대의 전기는 점차 문인들의 문학작품으로 발전하였다. 곧 무대효과는 돌보지 않고 멋진 곡사(曲辭)를 이루고 빈백(賓白)조차도 고아(高雅)한 문장으로 써서 원잡극(元雜劇)의 속되고 자연스러웠던 경향이 사라져갔다. 곤곡(崑曲)이란 이처럼 문인화한 성격의 전기를 무대에서 창하면서 발전한 청아(清雅)한 강조(腔調)였다. 따라서 곤곡 성행시대의 전기는 무대에서 상연되는 연극이면서도 그 문장이나 음악이 전아(典雅)한 경향을 띨 수밖에 없었다.

전기를 주로 문인들이 짓게 되자 문인들은 대체로 곡률에 소원하므로 작법이 음악면에서 문란하지 않을 수가 없었다. 이에 심경(沈璟) 같은 곡률파(曲律派)가 나와 문장이 전아하면서도 그 글이 곡율에 맞는 작품을 지을 것을 주장하게 되었다. 그들은

'마땅히 곡율에 맞으면 문장은 잘 되지 않아도 되는 것이다. 읽어서
는 글이 되지 않는다 하더라도 그것을 노래부르면 잘 조화된다면
이것이 곡 중의 기교를 다한 것이다.'[75]
라고 주장하였다. 희곡은 문장보다도 음악이 더 중요하다는 것이다.

탕현조의 시대의 희곡계는 이러한 곡률파가 중심을 이루어 심경이
편찬한 《남구궁십삼조곡보(南九宮十三調曲譜)》는 그 시대 희곡작가
들 모두가 규범으로 받들고 있었다. 이들 곡률파 작가들은 실제로는
곡률에 억매이어 자신의 창의(創意)나 개성은 발휘하지 못하고 재미
없는 작품들만을 내놓고 있다.

그러한 시대풍조에도 불구하고 탕현조는 과감히 시문(詩文)에 있어
서는 복고주의를 반대하고 전기에 있어서는 곡률보다도 자신의 창의
와 개성을 내세우며 그의 사몽기를 썼던 것이다. 그의 사몽기가 세상
에 나오자 모든 희곡전문가들이 그 작품들은 모두 곡률에 어긋나는
형편없는 작품이라 비판하면서도, 한편으로는 모두 그 새롭고 살아
움직이는 것 같은 개성있는 작품에 끌렸던 것이다. 따라서 그 작품들
은 창할 수 없는 '안두지서(案頭之書)'란 비판을 계속 받으면서도 실
제 무대 위에서는 다른 어떤 그 시대의 작가의 작품보다도 후세까지
더 많이 연출되었던 것이다. 그 때문에 지금 와서는 그 곡률을 문제
삼는 학자들은 볼 수 없게 되고, 어떤 희곡사에서나 탕현조의 〈환혼
기〉를 중심으로 하는 작품들은 명대 전기의 대표작이라 인정하게 된
것이다.

그리고 그러한 탕현조의 창작정신은, 시문(詩文)면에 있어서는 복
고(復古)를 반대하고 영성(靈性) 등을 내세워 개성있는 글을 주장함

---

75) 呂天成 《曲品》 卷上 引沈璟語 : '宜協律而詞不工. 讀之不成句, 而謳之
始協, 是曲中之工巧.'

으로써 원굉도(袁宏道) 등의 공안파(公安派) 문학운동을 선도했던 사실과 표리(表裏)를 이루는 것이다. 그러나 그에게 있어서도 가장 아쉬운 것은 이 전기를 절대 다수의 연출가와 애호가들이 있는 백성들 곁으로 돌려보낼 생각은 전혀 해보지도 못한 점이다. 명대의 희곡작가들이 아무도 그런 착상을 하지 못한 것이 중국희곡의 발전을 저해하게 된 가장 큰 원인이라 여겨지기 때문이다.

[이 논문은 1961년 대만대학에서의 碩士學位論文 《湯顯祖研究》(中文)의 일부 縮約 〈湯顯祖與其傳奇〉(中文, 中國學報 第3輯, 1965)를 우리말로 옮긴 것임.]

Ⅲ. 민간의 곡예(曲藝)

8. 연화락(蓮花落)의 형성과 발전

1. 머리말

이 소론(小論)은 지금도 중국의 여러 지방에 널리 연출되고 있는 〈연화락(蓮花落)〉이라는 곡예(曲藝)의 형성과 전승 및 발전 과정을 밝히고, 그것이 다른 중국의 여러 가지 곡예와 어떤 관련이 있는가를 밝혀 보려는 것이다. 그리고는 중국 민간곡예의 성격과 특징의 한 면을 아울러 밝혀 보자는 목적도 지니고 있다.

여기에서 중국에 연출되고 있는 수많은 종류의 곡예 중에서도 특히 〈연화락〉을 연구의 대상으로 선택한 이유는, 그것이 다른 어떤 종류의 곡예보다도 일찍 생겨나 보다 널리 다양하게 발전하고 있기 때문이다.

곡예란 연출자가 노래 형식의 '창(唱)'을 위주로 하여 가끔 이야기 형식의 '설(說)'도 섞어가며 일정한 내용을 청중들에게 들려주는 간단한 형식의 민간 연예이다. 그 형식은 거의 '설'로만 이루어지는 것도 있고 '창'으로만 이루어지는 게 있는가 하면은 '설'과 '창'을 엇섞는 것도 있고, 그 내용은 서사적(敍事的)인 것, 서정적(抒情的)인 것, 풍자(諷刺)를 위주로 하는 것, 일종의 기교(技巧)를 위주로 하는 것 등이 있다. 간단한 짧은 노래와 같은 것도 있지만 양주(揚州)의 '평화(評

話)'나 산동(山東)의 '쾌서(快書)' 같은 데에는 하루에 다 설창(說唱) 할 수 없을 정도의 장편도 있다.

간단한 타악기인 박판(拍板)과 북이 기본적인 반주 악기이지만 현악기의 반주가 있는 것도 있고, 한 사람이 반주를 하면서 설창(說唱) 하는 게 원칙이지마는 반주자와 설창자가 다른 경우도 있고, 설창자가 두 명 이상으로 늘어난 경우도 있다. 그리고 설화(說話) 형식에서 발전하여 두서너 명의 연출자가 연극 형식의 연출을 하는 경우도 생겨났다. 여하튼 중국의 곡예는 전국에 현재 400여종이 행해지고 있으며1) 곡예는 바로 중국 민간예술의 보배라고 할 만한 것이다.

그 중에서도 〈연화락〉은 불교에서 이루어져 발전하는 중에 남송(南宋) 이후로는 청대(淸代)에 이르기까지 중국 거지들의 가장 대표적인 장타령으로 노래불리어졌다. 특히 옛날 중국의 민간 연예인들이란 모두 거지에 가까운 신분의 사람들이었으므로, 거지들의 장타령으로 유행한 〈연화락〉은 중국의 민간 곡예를 가장 잘 대표할 수 있는 성격의 것이라 할 수 있을 것이다. 거지는 언제 어디에나 흔히 있었던 것이기 때문이다.

〈연화락〉은 본시 강창(講唱)을 하는 간단한 노래 형식의 것이었으나, 명대(明代)에 와서는 고사(故事)를 설창하는 형식의 것들도 생겨났고, 다시 청대(淸代)에 와서는 전문 연예인들까지도 〈연화락〉을 창(唱)하는 사람들이 늘어나면서 몇 명의 각색으로 이루어진 간단한 희곡 형식의 연출을 하는 것으로도 발전하였다. 곧 〈연화락〉은 지방에 따라 여러 가지 다른 형식의 곡예로 발전하였기 때문에, 또 그것은 종류가 다양한 중국의 민간 곡예를 다른 어떤 것보다도 잘 대표할 수 있다고 하겠다.

---

1) 《中國大百科全書·戲曲曲藝》 참조.

그러나 다른 모든 종류의 민간 곡예들이 그러하지마는 〈연화락〉에 관한 기록이나 참고할만한 자료들은 그다지 많지 않다. 따라서 이 소론에서 어떤 결론을 이끌어내는 데에는 다소 무리가 따르게 되지 않을까 걱정이 되기도 한다.

2. 중국 고대의 음악가와 연예인

옛날 중국의 음악가들은 대부분이 장님이었다. 《주례(周禮)》만 보더라도 권17 춘관종백삼(春官宗伯三) 대사(大師) 대목에

> 대사(大師)는 하대부(下大夫) 2명이 맡고, 소사(小師)는 상사(上士) 4명이 맡고, 고몽(瞽矇)에는 상고(上瞽) 40명, 중고(中瞽) 100명, 하고(下瞽) 160명이 있으며, 시료(視瞭) 300명, 부(府) 4명, 사(史) 8명, 서(胥) 12명, 도(徒) 120명이 있었다.[2]

고 하였는데, 여기에 정현(鄭玄, 127~200)의 주(注)를 보면,

> 모든 음악의 노래는 반드시 고몽(瞽矇)으로 하여금 하도록 하였다.

하고, 다시 정사농(鄭司農)을 인용하여

> 눈동자가 없는 이를 고(瞽)라 하고, 눈동자가 있으면서도 보지 못하는 것을 몽(矇)이라 한다.[3]

---

2) 大師, 下大夫二人 : 小師, 上士四人 : 瞽矇, 上瞽四十人, 中瞽百人, 下瞽百有六十人 : 視瞭, 三百人, 府四人, 史八人, 胥十有二人, 徒百有二十人.
3) ‘凡樂之歌, 必使瞽矇爲焉.’ 又 ‘鄭司農云 : 無目眹謂之瞽, 有目眹而無見

라는 설명을 달고 있다.

그밖에 《시경(詩經)》 대아(大雅) 영대(靈臺)에서도 '몽수(矇瞍)가 일에 맞는 음악을 연주한다."[4]고 하였는데, 몽수도 고몽(瞽矇)이나 같은 장님들이다. 《예기(禮記)》·《국어(國語)》 등에도 비슷한 기록이 있다.[5] 그리고 춘추시대의 유명한 악공인 사광(師曠)이 장님이었고,[6] 정(鄭)나라의 악공 사혜(師慧)도 장님이었으니,[7] 사을(師乙)·사양(師襄)·사연(師涓) 등 대부분의 옛 유명한 음악가들이 장님이었을 가능성이 많다.

이러한 장님들은 제왕이나 귀족들의 비호로부터 벗어나기만하면은 바로 거지가 되는 수밖에 없었다. 그들은 배운 것이라고는 음악밖에 없었기 때문에 음악을 연주하거나 노래를 하면서 구걸하여 목숨을 부지하는 수밖에 없었을 것이다. 그리고 음악에 자질이 없는 수많은 장님들은 음악을 공부해도 전문가가 되지는 못하고, 처음부터 약간 배운 악기 연주를 하거나 노래를 부르면서 구걸이나 하는 수밖에 없었을 것이다.

이런 풍조 때문에 불우한 처지에 빠진 많은 사람들이 구걸을 할 적에도 흔히 악기를 연주하거나 노래를 불렀다. 춘추시대 초(楚)나라의

　　謂之矇.'

4) '矇瞍奏公.'

5) 《禮記》 明堂位注 : '瞽宗, 樂師瞽矇之所宗也.' 《國語》 楚語注 : '瞽, 樂太師, 掌詔吉凶.'

6) 《淮南子》 主術 : '師曠瞽, 而爲六宰, 晋無亂政, 有貴于見者也.' 이밖에 도 《禮記》 檀弓下, 《孟子》 離婁, 《莊子》 騈拇, 《左傳》 襄公 14년·18년·30년·昭公 8년, 《韓非子》·《說苑》·《新序》 등 여러 곳에 師曠에 관한 기록이 보임.

7) 《左傳》 襄公 15년에서 師慧 스스로가 '淫樂之矇'이라 일컫고 있음.

오자서(伍子胥)는 자기 아버지의 원수를 갚으려고 오(吳)나라로 도망쳐 나와서 오왕(吳王) 합려(闔閭)에게 발견되기 이전까지 소(簫)를 불면서 구걸하고 다녔다.[8] 송대(宋代) 이후 민간에 널리 유행했던 얘기를 주제로 한 〈비파기(琵琶記)〉에서도 여주인공 조정녀(趙貞女)는 시부모를 다 잃은 뒤 구걸을 하면서 남편을 찾아가는데, 구걸을 하는 방법으로 비파를 연주하고 있다.

따라서 거지들 중에는 특출한 음악 재능을 지닌 사람들도 많았다. 《열자(列子)》 탕문(湯問)편에는 다음과 같은 한아(韓娥)라는 거지에 관한 얘기가 실려있다.

옛날 한아(韓娥)가 농쪽 제(齊)나라를 여행하다가 먹을 것이 떨어져 옹문(雍門) 앞에서 노래를 하면서 음식을 빌어먹었다. 그가 떠나간 뒤에도 집의 들보에 여음(餘音)이 사흘이나 끊이지 않고 서려있어, 근처 사람들은 그가 떠나가지 않은 줄 알았었다. 그가 여사(旅舍)를 찾아가자 여사의 사람들이 그를 욕보였다. 한아는 이에 긴 소리를 뽑으며 슬피 울었는데, 한 마을의 노유(老幼)가 모두 눈물을 흘리고 슬퍼하며 서로 쳐다보고 사흘 동안이나 밥도 먹지 않았다. 급히 쫓아가 다시 데리고 와 한아가 다시 목청을 뽑아 노래를 부르자 온 마을의 노유가 기뻐 날뛰며 춤을 추고 스스로 어쩌지를 못하는 채 조금 전까지의 슬픔을 잊었다.[9]

---

8) 《史記》卷79 范睢列傳 : '伍子胥橐載而出昭關, …… 鼓腹吹簫, 乞食於吳市, 卒興吳國, 闔閭爲伯.'

9) '昔韓娥東之齊, 匱糧, 過雍門, 鬻歌假食. 旣去而餘音繞梁欐, 三日不絶, 左右以其人弗去. 過逆旅, 逆旅人辱之, 韓娥因曼聲哀哭, 一里老幼悲愁垂涕相對, 三日不食. 遽而追之, 娥還復爲曼聲長歌, 一里老幼善躍扑舞, 弗能自禁, 忘向之悲也.'

위와 같은 신묘한 경지의 예능을 터득한 거지도 있었기 때문에, 대체로 노래로 구걸하는 거지는 그다지 싫어하거나 천대하지 않았을 것으로 여겨진다. 그뿐 아니라 중국 사회에서는 거지도 어느 정도 존숭되는 일면이 있었다. 일찍이 한대(漢代)의 양웅(揚雄, B.C. 53~A.D. 18)은 〈축빈부(逐貧賦)〉에서 거지들과 이웃하며 가난하게 사는 것을 자랑삼아 쓰고 있고, 당대(唐代)의 원결(元結, 719~772)은 높은 지위나 재물을 추구하는 사람들이나 약삭빠르게 살아가는 사람들 대부분이 실상 거지보다도 더 비천하다는 뜻에서 〈걸개론(乞丏論)〉을 쓰기도 하였다.

따라서 중국에는 예로부터 '가난'을 숭상하는 철학도 있었고, '궁유궁지기(窮有窮志氣)'·'궁인자유궁인적골두(窮人自有窮人的骨頭)'라는 생각들도 보편적이었다. 게다가 탁발승(托鉢僧)이나 수도자(修道者)의 일부는 실제로 거지나 다름없는 생활을 하였으니[10] 종교적으로도 거지는 무시되지 않았다.

그뿐 아니라 민간에서 연예를 담당하던 연예인들이란 실제로 거지나 비슷한 계층의 사람들이었다. 이들 민간 연예인들에 관한 기록은 송대(宋代)에 와서 많이 발견된다. 특히 서민들이 즐기는 민간 곡예는 대체로 전국 각지를 떠돌아다니는 유랑연예인들에 의하여 연출되었다. 민간의 연예가 성행하였던 송대에는 이들 떠돌이 연예인들을 '노기인(路岐人)'이라 불렀다. 주밀(周密, 1222~1308)의 《무림구사(武林舊事)》 권6 와자구란(瓦子勾欄) 대목에

간혹 노기(路岐)라는 것이 있는데, 구란(勾欄)에는 들어가지 않

---

10) 중국의 대표적인 장타령인 〈蓮花落〉이 佛教에서 나온 것도 그 때문일 것이며, 道教에서 나온 거지들의 장타령으로는 〈道情〉이 있다.

고 오직 널찍한 곳에서 떠들썩하게 놀이를 하는 자들로, 이들을 타야가(打野呵)라 불렀는데 이는 기예가 처지는 자들이다.11)

라고 하였다. 오자목(吳自牧, 1270 전후)의 《몽량록(夢粱錄)》권20 기악(妓樂) 대목에는 또

거리나 저자에는 악인 네댓 사람이 한 패가 되어 한두 명의 여자아이 무동을 어깨 위에 태우고 무선(舞旋)을 하고 소사(小詞)를 창하면서 전문적으로 거리를 돌아다녔다. 정월 보름 등불놀이를 하거나 한 봄에 꽃놀이를 하거나 서호(西湖)에 물놀이를 하고 전당강(錢塘江)의 물결 구경을 하거나 또는 술집이나 기생집 같은 데 불려나가 창을 하였는데, 받는 돈은 별로 많지 않았고 그것을 황고판(荒鼓板)이라 불렀다.12)

라고 하였다. 또 같은 곳에 '노기인(路岐人)' 왕쌍련(王雙蓮)과 여대부(呂大夫)의 이름도 보인다. 같은 책 백희기예(百戲伎藝) 대목에도 노기인 송희(宋喜)와 상왕(常旺)의 이름이 보인 뒤 '촌락백희지인(村落百戲之人)이 자녀들을 데리고 다니면서 백희기예(百戲伎藝)를 연출하고 먹고 살 돈을 구걸하였다' 하였으니, 같은 노기인의 생태를 형용한 것이라 할 수 있다. 내득옹(耐得翁, 1235 전후)의 《도성기승(都城紀勝)》와사중기(瓦舍衆伎) 대목에도 '황고판(荒鼓板)'에 관한 기

---

11) '或有路岐, 不入勾欄, 只在耍鬧寬闊之處做場者, 謂之打野呵, 此又藝之次者.'
12) '街市有樂人三五爲隊, 擎一二女童舞旋, 唱小詞, 專沿街赶趁. 元夕放燈, 三春園館賞玩, 及游湖看潮之時, 或于酒樓, 或儞柳巷妓館家只應, 但稿錢亦不多, 謂之荒鼓板.'

록이 보이는데, 역시 같은 노기인들이다.

더구나 연말이나 명절 같은 때가 되면은 가난한 사람들 몇 사람이 패거리를 지어 각지를 돌아다니면서 연예를 함으로써 푼돈을 벌었다. 맹원로(孟元老, 1126 전후)의 《동경몽화록(東京夢華錄)》권10 12월 대목에는

　　이달로 들어서면서 곧 가난한 자들 서너 명이 한 패가 되어 부녀자와 귀신으로 분장하고서 북과 꽹과리를 치며 집집마다 돌면서 돈을 구걸했는데 이를 타야호(打夜胡)라 불렀으며 역귀를 쫓는 방법이었다.13)

라는 기록이 있다. 《몽량록(夢粱錄)》권6 12월 대목에도 비슷한 기록이 있는데 '가난한 거지들 네댓 명이 한 패를 이룬다'14)고 하였다. 또 양연령(楊延齡, 1082 전후)의 《양공필록(楊公筆錄)》에는 '타야호(打夜狐)', 조언위(趙彦衛, 1195 전후)의 《운록만초(雲麓漫鈔)》에는 '타야호(打野胡)'에 관한 기록이 보이는데, 앞에 인용한 《무림구사(武林舊事)》의 '타야가(打野呵)'와 함께 같은 것이다. 청대(淸代)에 와서는 고철경(顧鐵卿)의 《청가록(淸嘉錄)》권12 12월 대목을 보면

　　12월 초하룻날이면 거지 네댓 명이 한 패가 되어 조공(竈公)과 조파(竈婆)로 분장하고, 각기 대나무 가지를 들고 문앞 마당에서

---

13) '自入此月, 卽有貧者三數人爲一火, 裝婦人神鬼, 敲鑼擊鼓, 巡門乞錢, 俗呼爲打夜胡, 亦驅祟之道也.'

14) '街市有貧丐者三五人爲一隊.' 그리고 楊彦齡의 《楊公筆錄》에는 '打夜狐', 趙彦衛의 《雲麓漫鈔》에는 '打野胡'라 부르며 비슷한 얘기를 적고 있다.

시끄러이 굴며 돈을 구걸하기 시작하여 24일이 되어야 그치는데, 이를 도조왕(跳竈王)이라 하였다.

거지가 해어진 갑옷을 입고 종규(鍾馗)로 분장하고 집집마다 찾아다니며 뛰고 춤추며 귀신을 쫓아 주었다. 역시 달 초에 시작하여 그믐날 저녁이 되어서야 그쳤는데, 이를 도종규(跳鍾馗)라 하였다.15)

하고 도조왕(跳竈王)과 도종규(跳鍾馗)에 관한 기록이 보인다. 청(淸) 초 저가헌(褚稼軒)의 《견호속집(堅瓠續集)》 권2 나(儺) 대목에도 이런 말이 보인다.

지금 오현(吳縣) 지방에서는 섣달 초하루에 나(儺)를 행하여 24일이 되어야 끝나는데, 거지들이 그것을 하며 도조왕(跳竈王)이라 불렀다.16)

이상의 실정으로 보아 중국의 민간 연예는 거지의 신분에 가까운 사람들, 또는 거지들에 의하여 전승되어 왔다고 할 수 있다. 따라서 〈연화락〉이 중국의 대표적 장타령이었다는 것은, 곧 그 곡예가 민간 연예의 성격이나 특징을 추구하는 데 있어서도 보다 중요한 길잡이가 됨을 뜻하게도 되는 것이다.

---

15) '月朔, 乞兒三五人爲一隊, 扮竈公竈婆, 各執竹枝, 噪於門庭以乞錢, 至二十四日止, 謂之跳竈王.' '丐者衣壞甲冑, 裝鍾馗, 沿門跳舞, 以逐鬼, 亦月朔始, 屆除夕而止, 謂之跳鍾馗.'
16) '今吳中以臘月一日行儺, 至二十四日止, 丐者爲之. 謂之跳竈王.'

3. 연화락의 형성

〈연화락〉은 연화악(蓮花樂)이라고도 부르는, 일찍부터 거지들이 구걸을 할 때 흔히 창하던 곡예인데, 불교에서 모화(募化)의 방법으로 쓰이던 산화(散花) 또는 산화악(散花樂)에서 발전하여 이루어진 것인 듯하다.[17] 불교에서는 이미 위(魏)·진대(晉代, 220~316)에 교리를 창하는 범패(梵唄)가 있었고,[18] 곧 남북조시대(396~588)로 들어와서는 창에다가 강설(講說)을 엇섞으며 불교의 교리를 쉽게 해설하는 창도(唱導)라는 것이 생겨났다.[19] 창도는 창설(唱說)이라고도 불렀으며,[20] 불교의 경전과 직접 관계가 없는 얘기를 창설하는 경우도 생겨났다. 수말(隋末) 당초(唐初)로 와서는 이 창도가 더욱 발전하고 통속화하면서 낙화(落花)라는 것을 이루었다.[21] 이 낙화는 중들이 절이나 탑을 새로 세우거나 절간을 수리하기 위하여 돈이 필요할 때 공개적으로 모화(募化)를 하기 위하여 흔히 연출되었던 듯하다. 다만 낙화도 확실한 작품이 남아 전하는 것이 없다.

당대(唐代) 남탁(南卓, 848 전후)의 《갈고록(羯鼓錄)》에 실린 곡명

---

17) 關德棟《曲藝論集》(中華書局)〈讀 '落花'〉및〈'散花' 源流及其他〉참조.

18) 《書言故事》釋敎類에 의하면, 曹植이 魚山에 놀러갔다가 空中에서 들려오는 梵天의 음악을 듣고 처음으로 만들었으며, 梵音이라고도 부른다고 했다.

19) 梁나라 慧皎의 《高僧傳》에는 唱導를 잘했던 高僧들 여러 명의 전기가 실려 있다.

20) 《高僧傳》曇宗傳 등 참조.

21) 唐 道宣《續高僧傳》卷30 참조.

중에는 산화(散花)가 보인다. 당대에 이미 낙화가 다시 산화로 발전하였던 듯하다. 낙화와 산화는 실상 같은 뜻으로 같은 내원(來源)을 갖고 있기 때문에,[22] 그 쓰임이나 설창의 형식이 거의 서로 비슷하였을 것이다. 그런데 허국림(許國霖)의 《돈황잡록(敦煌雜錄)》하집(下輯)에는 산화악(散花樂)이 세 편 모아져 있고,[23] 여영(如瑛, 1280 전후)의 《고봉룡천원인사집현어록(高峰龍泉院因師集賢語錄)》권9의 '제반불사문(諸般佛事門)'에도 여러 편의 산화의 창설문이 실려있다. 그 중 《돈황잡록(敦煌雜錄)》에 실려있는 한 편을 여기에 인용한다.

산화악(散花樂, 周字 90號)

〔산화연락산화범(散花蓮落散花梵), 산화연락만도장(散花蓮落滿道場)〕

머리 숙여 귀의하니 모든 배움 가득차고(산화악)

啓首歸依三學滿(散花樂),

천인과 대성은 온 세상에 존귀한 분(만도장)

天人大聖十方尊(滿道場).

옛날 설산에서 진리 추구하고자(산화악)

昔者雪山求半偈(散花樂),

---

22) 《維摩詰所說經》觀有情品第七 : '時維摩詰室有一天女, 見諸大人聞所說法, 便觀其身, 卽以天華散諸菩薩大弟子上. 華至諸菩薩卽墮落, 至大弟子便著不墮. 一切弟子神力去華不能令去. 爾時天女問舍利弗 : 何故去華? 答曰 : 此華不如法, 是以去之. 天曰 : 勿謂此華爲不如法. 所以者何? 是華無所分別, 仁者自生分別想耳.'(鳩摩羅什譯文)

23) 《敦煌雜錄》에 실린 세 편의 散花樂 중 '制字五號'에만 '建隆三年歲次癸亥五月四日律師僧保德自手題記, 此丘僧慈愿誦'이란 題記가 있는데, '建隆三年'은 서기 963년이다.

목숨 돌보지 않고 온몸을 내던졌네(만도장)
不願驅命舍全身(滿道場).

　괄호 안의 글은 범성(汎聲)으로 원본에는 작은 글자로 약간 옆쪽에
쓰여있다 한다.24) 《고봉룡천원인사집현어록(高峰龍泉院因師集賢語
錄)》에 실려 있는 산화문은 앞머리에 산설(散說)이 있고 뒤에 칠언의
창사(唱詞)가 붙어있는 형식이 대표적인 것인데, 산화의 중심을 이루
고 있는 것은 칠언사구(七言四句)의 창사임은 쉽사리 알 수 있다.
　곧 산화에 뒤이어 크게 유행할〈연화락〉은 이 산화악의 범성(汎聲)
인 '산화연락산화범(散花蓮落散花梵), 산화련락만도량(散花蓮落滿道
場)'에서 나온 것임이 분명하다. 연화(蓮花)는 불교의 꽃이기 때문에,
산화악에 이러한 범성이 노래 불려졌고, 또 연화락이란 말은 결국 산
화악이란 말이나 같은 것으로 여겨져, 그것이 좀 더 발전하면서 새로
운 곡예의 칭호로 일반화된 것이라 추리할 수가 있다.
　연화락은 불교에서 모화(募化)를 하기 위해 연창(演唱)하던 것이었
는데, 일반 서민들의 환영을 받아 속곡(俗曲)으로 발전하는 한편, 가
난한 거지들이 구걸을 할 때도 배워 부르게 된 것이라 여겨진다. 그
것은 특히 탁발(托鉢)을 하는 중들이 간혹 창하면서, 불쌍한 거지들
에게도 창하는 방법을 가르쳐준 때문인지도 모른다.
　송(宋) 조령치(趙令時, 1110 전후)의 《후청록(侯鯖錄)》 권6에는 집
문앞에 한 거지가 와서 춤을 추며 노래하는 모습을 '집판담가걸개전
(執板談歌乞個錢)'이라 쓰고 있으나, 이것이 어떤 종류의 설창(說唱)
이었는지는 알 길이 없다. 아마도 남송(南宋) 때의 중 보제(普濟)가
편한 《오등회원(五燈會元)》에 거지가 부르는 기록이 거지의 연화락

　24) 黃芝岡〈'落花' 商兌〉《通俗文學》第15期) 의거.

에 관한 가장 빠른 기록인 듯하다.[25]

유도파(兪道婆)는 금릉(金陵) 사람으로 기름 깻묵을 파는 것을
업으로 삼았었다. 어느 날 가난한 자가 연화락(蓮花落)을 노래
하는데 '불인류의전서신(不因柳毅傳書信), 하연득도동정호(何緣得
到洞庭湖)?'라는 말을 듣고 문득 깨닫게 되었다.[26]

여기에는 단 두 구절이 인용되었지마는 그 창사(唱詞)가 이전의 낙
화나 산화와 비슷한 성격의 것이었음을 알 수 있다. 그리고 남송 때
에 이미 '가난한 자' 곧 '거지'가 연화락을 창하며 구걸하기 시작했음
을 알 수 있다.

그러나 이 거지들이 부르는 연화락은 원대(元代) 이후로 더욱 보편
화되고, 명청대(明淸代)에 가서는 거지들의 노래로서보다도 서민들의
민속곡예로 더욱 발전하게 된다.

4. 연화락의 발전

연화락이 거지들의 노래로 자리잡고 민간에 크게 유행하기 시작
한 것은 원대(元代)인 듯하다. 원대로 와서는 무엇보다도 잡극 여러
곳에 연화락에 관한 기록이 보인다. 우선 관한경(關漢卿, 1249 전후)
의 〈구풍진(救風塵)〉 제1절에서

---

25) 關德棟 〈'散花' 源流及其他〉 의거.
26) 淸 翟灝 《通俗編》 引. '兪道婆, 金陵人, 賣油米玆爲業. 一日聞貧子唱蓮
花落云 : 不因柳毅傳書信, 何緣得到洞庭湖? 忽然興悟.' 宋 釋 曉瑩의
《羅湖野錄》 卷2에도 兪道婆 얘기가 실려있다 한다.

　내가 안수재(安秀才)에게 시집을 가면 부부가 연화락(蓮花落)이
나 부르게 될 거요.27)

라고 하면서, '연화락을 부른다'는 말로 '거지가 되어 밥을 빌어먹는다'
는 뜻을 나타내고 있다. 같은 작자의 〈금선지(金線池)〉 제1절에도 '연
화락을 부른다(打蓮花落)'는 말을 같은 뜻으로 쓴 글이 보인다. 장국
빈(張國賓, 1279 전후)의 〈합한삼(合汗衫)〉 제1절에서는 진호(陳虎)
가 묵고 있던 집에서 쫓겨나 추위와 굶주림을 참지 못한 끝에

　저 높다란 집은 틀림없이 좋은 사람의 집일 거야. 하는 수 없지.
연화락이나 부르면서 밥이라도 빌어먹자.

라는 말을 하고 있다.28) 그리고는 이어서

　한 해 봄이 가고 또 한 해 봄이 되네. 리리, 연화!
　一年春盡一年春, 哩哩蓮花.

라는 가사의 연화락을 창하다가 쓰러진다. 정정옥(鄭廷玉, 1251 전
후)의 〈인자기(忍字記)〉 설자(楔子)에서도 유균우(劉均佑)가 헐벗고
굶주린 끝에 밥을 빌어먹기 위하여 부잣집 문앞에 가 연화락이나 부
르자고 하면서

　한 해 봄이 가고 또 한 해 봄이 되네.
　一年家春盡一年家春.

---

27) '我嫁了安秀才呵, 一對兒好打蓮花落.'
28) '兀的那一座高樓, 必是一家好人家. 沒奈何, 我唱個蓮花落, 討些兒飯吃咱.'

하고 창을 하다가는 쓰러진다. 석군보(石君寶, 1260 전후)의 〈곡강지 (曲江池)〉 제2절에서는 이아선(李亞仙)이 거지 노릇을 하다가 자기 아버지에게 발견되어 죽도록 얻어맞은 정원화(鄭元和)에게

당신 아버지가 당신을 때린 것은 누가 당신보고 '한 해 봄이 가 고 또 한 해 봄이 되네(一年春盡一年春)'를 창(唱)하라고 시켰느냐 하는 뜻이다.29)

라고 하면서, 거지 노릇을 한 정원화를 책하는 '채다가(採茶歌)'를 부 르고 있다. 이를 보면 '일년춘진일년춘(一年春盡一年春)'이라는 말은 연화락을 대표할만한 가사 중의 유명한 구절이었음을 알 수 있다. 원 대 연화락의 보다 자세한 가사 내용에 대하여는 알 길이 없다. 뒤에 얘기할 명대(明代) 연화락인 '사계연화락(四季蓮花落)'과 비슷한 성 격의 가사가 아니었을까 하고 짐작이 갈 따름이다.

한편 원말(元末) 종사성(鍾嗣成, 1321 전후)이 지은 산곡(散曲) 〈취 태평(醉太平)〉30) 둘째 수(首)를 보면

정원화(鄭元和)를 나는 전부터 스승으로 모셔왔는데, 연화락의 원고(原稿)를 전수해 주셨다.31)

라고, 몰락해 거지 노릇을 하는 사람의 신세를 읊고 있다. '연화락고 자(蓮花落稿子)'가 있었다면 원대의 연화락 창사(唱詞)도 상당한 체

---

29) '你爹打你呵, 誰敎你唱一年春盡一年春.'
30) 《樂府群玉》(散曲叢刊本) 所載.
31) '鄭元和俺當日拜爲師, 傳留下蓮花落稿子.'

재를 갖추고 있었을 것으로 여겨진다.

또 같은 〈취태평(醉太平)〉에는 '효퇴(炙槌)를 두드리며 회자고사(會鷓鴣詞)를 창(唱)한다'[32]는 구절이 보이니, 연화락의 반주 악기로는 딱딱이 종류의 효퇴라는 간단한 것이 쓰였고, 연화락 속에는 회자고(會鷓鴣)라는 사곡(詞曲)도 들어있었음을 알 수 있다. 다시 진간부(秦簡夫, 1320 전후)의 〈동당로(東堂老)〉 제1절에는 '너는 결국 요퇴(搖槌)나 치면서 연화락이나 부르는 법을 배워야 할 거다'[33]고 거지 노릇밖에 할 수 없는 상황을 형용하고 있다. 여기의 요퇴(搖槌)는 효퇴나 같은 악기일 것이다.

명대(明代)의 작품 속에는 연화락의 가사가 온전히 실려있는 것들이 있다. 주유돈(朱有燉, 1379~1439)의 잡극 〈이아선화주곡강지(李亞仙花酒曲江池)〉 제4절에는 다음과 같은 대목이 있다.

[이정(二淨)이 남루하게 차려입고 등장하여 말한다] : 나는 조우근(趙牛筋)이고 동생은 전마력(錢馬力)인데, 우리 두 사람은 공연한 일에 끼어들어 남의 돈과 재물을 속여먹다가 관원에게 잡히어 배상해 주느라고 가재(家財)를 홀랑 날려버렸습니다. 오늘은 길거리에 나가 연화락을 노래하며 음식을 구걸하여 요기나 해야겠습니다.

[외정(外淨)이 말한다] : 사람들 얘기가 오늘은 어느 대갓집에서 장례를 치른답디다. 우리 잠깐 앉아서 몇 명의 패거리가 더 오기를 기다렸다가 함께 구걸하러 갑시다.

[이어서 말색(末色)이 정원화(鄭元和)로 분장하고 등장하자 정정

---

32) '打炙槌唱鷓鴣詞.'
33) '你少不的撤搖槌, 學打一會蓮花落.'

(正淨)이 말한다] : 우리 갑시다. 거리로 나가 사계연화락(四季蓮花
落)을 부르며 먹을 것을 구걸합시다.

그리고 이어서 말(末)과 사정(四淨)이 함께 '사계연화락(四季蓮花
落)'을 창하는데, 그들이 부른 가사는 다음과 같다.

　봄이 오면은
　정월 이월 삼월은 햇빛 따스한 철.
　(和) 재자(才子)와 가인(佳人)들을 볼 것 같으면
　　　푸른 버드나무 아래
　　　붉은 살구나무 곁에
　　　향거(香車)를 타고
　　　좋은 말 몰면서
　　　왔다갔다 호사스러움을 다투네.
　(和) 몇 쌍의 꾀꼬리와
　　　흰나비 볼 것 같으면,
　　　진흙을 물기도 하고
　　　벗을 부르기도 하며
　　　향을 훔치기도 하고
　　　꿀을 따기도 하느라
　　　어지럽고 시끄럽네.
　(和) 성 안 사람이나
　　　성 밖 사람이나
　　　선비들이나
　　　농군들이나
　　　공인(工人)들이나

상인들이나
모두 와서 태평세월 경하하세.34)

이 뒤로 같은 형식의 여름·가을·겨울의 노래가 이어지고 있으나
생략한다.

다시 명대(明代) 서림(徐霖, 1462~1538)의 〈수유기(繡襦記)〉35)라
는 전기(傳奇)도 〈이와전(李娃傳)〉의 얘기를 극화한 것인데, 제28척
(齣) 교창연화(敎唱蓮花)의 내용은 주인공인 정원화가 낙백(落魄)하
여 밥을 빌어먹기 위하여 소굴에서 여러 거지들로부터 연화락을 배
우는 것이다. 그리고 뒤의 제31척 유호랑한(孺護郞寒)에서는 결국
정원화가 여러 거지들과 함께 등장하여 다음과 같은 연화락을 한 곡
부른다.

한 해가 지나자마자
어느덧 또 한 해의 봄.
닐리리 연화
닐리리 연화락일세.

작은 거지는 이미 동악(東嶽) 서묘(西廟)로 가서
영험한 신에게 복을 빌고 왔네.
하하하 연화락일세.

---

34) 到春來, 正月二月三月是豔陽天, (和) 見才子共佳人, 綠楊中, 紅杏外,
載香車, 乘寶馬, 來來往往鬪駢闐. (和) 見幾對黃鶯兒, 粉蝶兒, 啣泥的,
喚友的, 偸香的, 採蜜的, 鬧喧喧. (和) 城裡人, 城外人, 爲士的, 爲農的,
爲工的, 爲商的, 都來慶和太平年.
35) 〈繡襦記〉가 薛近兗의 작품이라는 이도 있다.

작은 거지는 요퇴(搖槌)와 상판(象板)을
몸에서 떼어놓는 법이 없네.
닐리리 연화
닐리리 연화락일세.

징소리 딩딩
북소리 둥둥
딱때기 소리 딱딱
적(笛)소리 비비비,
훠리훠리 훠훠리 훠리훠.

작은 거지는 일찍 정양문(正陽門) 앞에서
한바탕 놀아 보았다네.
하하하 연화락일세.

저 버드나무 그늘 밑을 볼 것 같으면
향기로운 수레에 좋은 말 몰고
화려한 장식 달고서
빈틈없이 많이 나와
시끄럽게 구는 것들
모두가 예쁜 여자들일세.
닐리리 연화
닐리리 연화락일세.

또 저들 부자 행세 볼 것 같으면
거친 들판에다

술잔과 제물 벌여놓고
종이돈 찢어발기며
모두가 새 무덤에 성묘하고 있네.
하하하 연화락일세.36)

이 뒤로 역시 여름·가을·겨울에 관한 연화락이 이어지는데, 형식이 모두 이와 완전히 같다. 가사 내용으로 보아 이것은 앞에 인용된 연화락 가사보다 지금 각지에서 노래 불려지고 있는 것들에 매우 가깝다고 하니,37) 앞의 것들보다는 작자의 손질이 덜 보태어진 민간에서 거지들이 부르던 내용에 보다 가까운 것일 듯하다.

그밖에 능몽초(凌濛初, 1580~1644)의 《남음삼뢰(南音三籟)》에는

갑자기 또 문사설창(文詞說唱)으로 변하였는데, 연화락 가락을 함부로 쓰며 촌부(村婦)들의 고약한 소리와 속부(俗夫)들의 지저분한 말들을 모두 동원하는 것이었다.38)

라는 대목이 보인다. 그 자세한 내용은 알 수 없지마는 또 연화락으

---

36) 一年纔過, 不覺又是一年春, (哩哩蓮花, 哩哩蓮花落也). 小乞兒也曾到東嶽西嶽裏賽靈神, (哈哈蓮花落也). 小乞兒搖槌象板不離身, (哩哩蓮花, 哩哩蓮花落也). 只聽鑼兒鍚鍚, 鼓兒鼕鼕, 板兒喳喳, 笛兒支支支, 夥里夥里夥夥里夥里夥. 小乞兒便也曾鬧過了正陽門, (哈哈蓮花落也). 只見那柳陰之下, 香車寶馬, 高挑着闌竿兒, 挨挨拶拶, 哭哭啼啼, 都是女妖嬈, (哩哩蓮花, 哩哩蓮花落也). 又見那財主每, 荒郊野外, 擺着杯盤, 列着紙錢, 都去上新墳, (哈哈蓮花落也).
37) 倪鍾之《中國曲藝史》第五章 曲藝的穩定與變化 참조.
38) ‘忽而又變文詞說唱, 胡謅蓮花落, 村婦惡聲, 俗夫藝語, 無一不備矣.’

로 '문사설창(文詞說唱)'을 하는 경우도 있었던 듯하다. 이는 이미 명대(明代)에 고사(故事)를 설창하는 연화락이 생겨났었음을 뜻한다. 후세의 예로 보아 이미 명대에는 지방에 따라 여러 가지 서로 다른 연화락이 유행하였을 것으로 추측된다.

다시 고명(高明, 1305?~?)의 〈비파기(琵琶記)〉 제17척을 보면 정(淨)이 도진(陶眞)을 부른다고 하며 실제로는 연화락을 부르는데, 옆에서 축(丑)이 화창(和唱)하고 있다.

〔淨〕 효성스런 이는 또 효성스런 아들 낳고,
〔丑〕 따따 얼씨구 연화락!
〔淨〕 고약한 놈은 또 고약한 아들 낳는다네.
〔丑〕 따따 얼씨구 연화락!
〔淨〕 못 믿겠거든 지붕 처마에서 떨어지는 물을 보게나,
〔丑〕 따따 얼씨구 연화락!
〔淨〕 한 방울 한 방울 어긋남이 없다네.
〔丑〕 따따 얼씨구 연화락!
〔淨〕 좀 쉬자!
〔丑〕 당신이 쉬자고 하지 않았다면 나는 날이 새도록 창할 뻔했네!39)

아무래도 이 〈비파기(琵琶記)〉의 것이 일반적으로 거지들에 의하여 불려지던 전통적인 연화락 가사에 가까운 것이 아닐까 여겨진다.

---

39) 〔淨〕孝順還生孝順子,〔丑〕打打唅, 蓮花落.〔淨〕忤逆還生忤逆子.〔丑〕打打唅, 蓮花落.〔淨〕不信但看簷前水,〔丑〕打打唅, 蓮花落.〔淨〕點點滴滴不差移.〔丑〕打打唅, 蓮花落.〔淨〕住休!〔丑〕你若不叫住,我直唱到天明.

청대 말엽의 서가(徐珂)는 《청패류초(淸稗類鈔)》 걸개류(乞丐類)
에서 거지의 종류를 열거하고 있는데, 창을 하며 구걸하는 거지들은
불규칙적인 희곡이나 도정(道情)·산가(山歌) 또는 연화락을 불렀다
고 적고 있다. 청초(淸初) 사람 귀장(歸莊)의 〈만고수(萬古愁)〉곡 중
에 '저 거지를 만나니 연화락을 한 곡조 창하네'[40]하는 구절이 보이
고, 정섭(鄭燮, 1693~1765)의 〈도정(道情)〉 제6곡에는 '아주 멋들어
지게, 작은 거지가 연화를 헤아리며 죽지(竹枝)를 창하면서, 집집마다
찾아다니며 북을 치면서 온 거리를 쏘다니네.'[41]하는 구절이 있으니,
청대에도 연화락은 계속 거지들의 노래로 유행하였음을 알 수 있다.
다만 동광 연간(同光年間, 1862~1908)에 나온 〈쌍금화보권(雙金花
寶卷)〉 제7회를 보면 채금련(蔡金蓮)과 왕문호(王文虎)가 거리로 나
가 구걸을 하면서

　　거리를 누비며 연화락을 창하는 것은 일종의 강호(江湖)의 생업
　　(生業)이라 하겠으나, 구걸하는 것에 비하면 얼마간은 고급인 셈
　　이지.[42]

라는 말을 하고 있다. 거지 중에서도 연화락을 창하는 거지는 약간
격이 높은 것으로 생각하는 경향도 있었던 듯하다.
　　연화락은 본시 청창(淸唱)하는 노래였고, 간단한 죽판(竹板)으로
박자를 맞추면서 부르는 게 보통이었다. 지금까지도 쓰이고 있는 죽
판에는 '사판(乍板)'과 '절자(節子)'가 있다는데, '사판'은 길이 여섯

---

40) '遇着那乞丐兒, 唱一回蓮花落.'
41) '儘風流, 小乞兒, 數蓮花, 唱竹枝, 千門打鼓沿街市.'
42) '沿街打唱蓮花, 也是江湖生意, 比起求乞, 要高幾分.'

치, 너비 두 치 정도의 대 쪽 두 장을, 위쪽에 구멍을 뚫어 줄로 연결시켜놓고, 이것들을 서로 부딪히게 하여 소리를 내는 것이며, '절자'는 길이 세 치, 너비 한 치 정도의 대 쪽 다섯 장을 같은 방법으로 줄로 연결시켜 놓았는데 중간에 동전 두 개를 끼워 놓아 쉿소리까지도 나게 하는 것이라 한다.[43)

그러나 《청패류초(淸稗類鈔)》 걸개류(乞丐類) '이아칠창연화락이행걸(李阿七唱蓮花落以行乞)' 대목에는 '거지들이 세 치짜리 대쪽 두 장을 연결시킨 죽판(竹板)'으로 쓴다 하였고, 《중국속문학사전(中國俗文學辭典)》(吉林敎育出版社, 1990) '연화락' 대목에는 연화락의 노예인(老藝人)인 하춘양(夏春陽)의 말을 인용하여

'옛날 연화락은 단판연화락(單板蓮花落)이라 불렀는데, 오직 한 개의 곡패(曲牌)만이 있었고, 한 사람이 왼손에는 다섯 쪽, 오른손에는 일곱 쪽으로 된 죽판을 치면서 창하였다.'[44)

하였으니, 사람과 곳에 따라 죽판의 모양이 여러 가지로 달랐음이 분명하다.

청나라 건륭(乾隆, 1735~1795 재위) 무렵에는 연화락이 성행하여, 직업적인 연예인들도 이것을 창하기 시작했고 만주족 중에도 이를 좋아하는 사람이 많았다 한다.[45) 따라서 연화락의 가사 내용도 인과응보(因果應報)를 나타내는 것 및 간단한 사경(寫景)과 서사(敍事)를 하는 것이 보통이었으나 민간전설까지도 연창(演唱)하는 것들이 생겨났다. 고사(故事)를 연출한다해도 한 사람이 단곡(單曲)을 창하는 형

---

43) 曲彦斌 〈中國乞丐史〉(上海文藝出版社, 1990) 참조.

44) '生于1874年的唐山蓮花落老藝人夏春陽說 : 老的蓮花落, 叫單板蓮花落, 只有一個曲牌, 一個人左手五塊, 右手七塊的打着竹板唱.'

45) 《中國大百科全書》(中國大百科全書出版社刊) 戱曲 · 曲藝卷 '十不閑蓮花落' 대목 참조.

식이었던 것이, 북경 등지에 유행하던 '십불한(十不閑)'과 합류하면서 '십불한연화락(十不閑蓮花落)'46)을 이루고, 희곡 형식의 '채분연화락(彩扮蓮花落)'으로 발전하였다. '채분(彩扮)' 또는 '채창(彩唱)'의 연화락은 대체로 두세 명이 단(旦)과 축(丑)의 두 가지 각색으로 분장하여 희곡처럼 고사를 연출하되, 우스갯짓과 재담 등을 위주로 하여 관중을 즐겁게 하는 성격의 것이었다.

이는 가경(嘉慶, 1796~1820) 무렵부터 성행하게 된 현상이며, 그 뒤로는 거지 아닌 아마추어인 '청문(淸門)'이나 전문적인 연예인들인 '혼문(渾門)'이 연출하는 것은 '소구연화락(小口蓮花落)', 거지들이 부르는 것을 '대구락자(大口落子)' 또는 '대판락자(大板落子)'47)라 구별하게 되었다. 따라서 그로부터 연화락(蓮花落)은 중국의 각 지방에 여러 가지로 더욱 발전하여 지금에 이르게 되는 것이다.

5. 연화락의 현황

그러면 지금 중국의 각 지방에 연창(演唱)되고 있는 연화락으로는 어떤 것이 있는가? 먼저《중국대백과전서(中國大百科全書)》희곡·곡예권(曲藝卷) 및《중국희곡곡예사전(中國戲曲曲藝詞典)》(上海古籍, 1981) 두 책을 참고로 하여, 지금 중국 각지에 연출되고 있는 중요한 연화락을 간추려보기로 한다.

〈소흥연화락(紹興蓮花落)〉은 절강(浙江) 불산(茀山)·항주(杭州)·가흥(嘉興)에서 소흥(紹興)에 이르는 지역에 유행되고 있는데, 본시

---

46) '十不閑'의 '十'은 '什'으로도 쓰며, '十不閑蓮花落'도 간단히 '十不閑' 또는 '蓮花落'이라 부르기도 하였다.

47) 蓮花落을 경우에 따라 '落子'라고도 불렀다.

는 연출자가 거지로 분장하여 길거리에서 신도(神道)를 선전하거나 사람들에게 권선(勸善)을 하는 내용의 설창(說唱)을 하였으며, 한 사람이 창을 주로 하고 다른 한 사람이 죽판을 치고 또 다른 한 사람이 창을 돕는 형식이었다 한다. 그러나 뒤에는 사호(四胡)와 삼교판(三翹板) 같은 악기도 동원되고 내용도 시사(時事)까지도 설창하게 되어 농민들의 환영을 받는 곡예로 발전하여 유명한 예인까지도 배출되었다. 전통적인 곡목으로는 〈진주탑(珍珠塔)〉·〈하문수(何文秀)〉·〈요계산(鬧稽山)〉 등이 있고, 최근의 것으로는 〈혈루탕(血淚蕩)〉·〈임해설원(林海雪原)〉 등이 있다.

〈강서연화락(江西蓮花落)〉은 강서 전역에 걸쳐 유행하며 '타연화(打蓮花)'라고도 부른다. 한 사람이 서서 창하는 것, 두 사람이 서서 대창(對唱)하는 것, 여러 사람들이 함께 창하는 것 같은 여러 가지 형식이 있고, 연화판(蓮花板)·우피고(牛皮鼓)·꽹과리·쌍발(雙鈸) 등 여러 가지 타악기가 쓰인다. 설창(說唱) 내용은 즉흥적인 짧은 것이 많았으나 점차 중편(中篇)·장편(長篇)의 작품이 지어졌다. 특히 국내혁명전쟁 시기에 정강산(井岡山) 같은 혁명근거지에서는 이를 이용하여 혁명을 선전하여, 〈과신년(過新年)〉·〈소구경(蘇區景)〉 같은 작품을 남겼다. 일부 지역에선 이호(二胡)·삼현(三絃)·적자(笛子)·쇄납(嗩吶) 같은 악기까지도 반주에 쓰이고 있다.

〈요안연화락(姚安蓮花落)〉은 운남(雲南)에 유행하고 있는데 청대에 사천(四川)으로부터 들어온 것이라고 한다. 처음엔 서너 가지 곡조밖에 없던 것이 30여 곡조로 늘었고, 거지들이 주로 부르던 것을 아마추어 예인들이 창하게 되었다. 죽판으로 박자를 맞추며 한 사람이 창을 주도하고 여러 사람들이 이에 따라오는 형식인데, 〈십불친(十不親)〉·〈홍군항일(紅軍抗日)〉 등의 곡목이 유행되고 있다.

〈민동연화락(閩東蓮花落)〉은 복건(福建) 동부지방에 유행한다. 연

화락이 이곳으로 들어와 그 지방의 민요를 흡수하여 독특한 형식을
이루었다. 한 사람이 창을 주도하고 여러 사람들이 그를 따라 부르는
형식인데, 어고(漁鼓)와 간판(簡板)을 반주악기로 써서 '팽팽고(嘭嘭
鼓)'란 별명도 생겨났다. 본시는 인과응보(因果應報)와 효도를 주제로
한 민간전설이 설창의 주내용이었으나, 지금은 신중국(新中國)을 반
영하는 곡목들도 만들어져 연출되고 있다.

〈광서령령고(廣西零零鼓)〉는 계림(桂林)·유주(柳州) 지구의 장족
자치구(壯族自治區)에 유행하고 있다. 한 사람이 창을 인도하고 여러
명이 그를 따르는데, '장판락(長板落)' 또는 '영령고(零零鼓)'라는 화
성(和聲)을 흔히 쓴다. 죽판 이외에도 전패(錢牌)·양금(楊琴)·이호
(二胡) 등을 반주악기로 쓰며, '칠자령령락(七字零零落)'을 비롯하여
'점병가(點兵歌)'·'고령령(苦零零)' 등 여러 가지 창강(唱腔)이 있다.

이밖의 다른 지역에도 연화락이 있음은 두말할 것이 없으나, 지금
은 거지들이 줄어들어 전문화하지 않은 고장은 연화락의 전승이 끊이
어가고 있는 듯하다. 정진탁(鄭振鐸, 1898~1958)은《중국속문학사
(中國俗文學史)》에서

> 또 연화락이 있으나 앙가(秧歌)와 같이 특별한 뜻은 없는 것이
> 며, 다만 전고(典故)를 몇 가지 헤아릴 따름이다.[48]

라고 하였다. 이는 거지나 순수한 민간의 연예인들이 창하던 연화락
의 창사(唱詞)를 두고 한 말일 것이다. 뒤에 전문 연예인들이 이를
창하게 되면서 창사도 크게 세련되어, 문학적인 가치까지도 느끼게

---

48)《中國俗文學史》下冊 第十四章 清代的民歌 三 : '尙有蓮花落也和秧歌
同樣的無甚意義, 也祉是數數典故而已.'

하는 대본들도 나온다. 근래의 연화락의 변화와 발전의 모습을 좀 더
살펴보자.

먼저 소주(蘇州) 지방에서 왕무능(王無能)과 장치아(張治兒)가 대
창(對唱)했다는 연화락의 창사(唱詞)를 소개한다.[49] 제목은 〈신편시
조연화락(新編時調蓮花落)〉이며 상하본(上下本)으로 나뉘어져 있는
데, 여기엔 상본만을 번역한다.

> 아이와 아삼이 함께 나를 따라 거리로 놀러 나갔는데,
>   (和) 유채꽃 피었네.
> 한 개의 구리비녀 구해 가지고 갔다네.
>   (和) 날씨 풀리자 매화꽃 피고
>   꽃 피자 매화 떨어지네.
>   밤중에 연꽃도 떨어지네.
> 어여여! 오는구나!
> 한 분의 멋진 영감님이 오시누나!
> 너 보거라!
> 팔자 눈썹에, 붉은 봉황새 눈,
> 오관(五官)이 바르니, 밀어도 넘어지지 않겠네.
> 장사를 하면 틀림없이 돈 벌겠고
> 상점을 차리면 매판(買辦)노릇 하겠네.
> 작은댁 얻으면 정말로 현명하고 똑똑하여
> 자식 낳아 길러 후대를 이어 주겠네.
> 당신의 복과 수명 무궁하고 부귀를 누리겠네.
>   (和) 유채꽃 피었네,

---

49) 蘇州 恒志書社 發行 《新編蓮花落》 上·下 의거. 淸末 무렵의 木板本임.

　　　한 가지 매화꽃도 피었네.
둥둥 척척척, 얼씨구나!
맘껏 창하세, 척척 창창!
　(和) 피었네, 매화가 피었네,
　　　　피자마자 매화꽃 떨어지네!
　　　　어허이야!
어허, 저런!
네 구리비녀는 너무 작은걸!
가도 떨어져 없고, 눈도 떨어져 없고,
사방 떨어져 나간 게 너무너무 많아,
잘 가져오긴 했네만 쓸데가 없네!
술도 사 마실 수 없고
아무것도 살게 없다.
속담에 한 개 비녀도 헛되이 생기는 건 아니라 했으니,
일부러 잣단것 버리면 짐짓 대가가 생기리라.
　(和) 유채꽃이 피었네!
아! 영감님께 한 잎 큰 동전을 달라고 하는 게 좋겠네요!
　(和) 날씨 풀리자 매화꽃 피고
　　　　꽃 피자 매화꽃 떨어지네!
　　　　밤중에 매화꽃 떨어지네!
　(白) 너희 이 건달놈들아! 네놈들 구리비녀 있으면 됐지 또 무
　　　슨 동전이 필요하다는 거냐! 꺼져라, 이 빌어먹을 놈들아!
　(唱) 아야! 동전은 주지 않는다해도 그만이지만,
　　　　얼굴 빳빳이 세우고, 눈알 부릅뜨고,
　　　　동전을 땅바닥에 내던지네.
　　　　여러 사람들에게 돈 좀 나누어줘도

네겐 안될 것도 없고 아무 것도 아닐 테고,
야단칠 것도 없는데 야단치네.
본시 거절할 것도 없는 것이고
흉악하고 고약한 얼굴 뻣뻣이 할 것도 없는 것이어늘!
네 하는 꼴을 보니, 주인영감 노릇은 못할 것 같구나.
가게를 열면, 곧 문닫게 될 거고,
마누라 얻으면, 현명하고 똑똑하지 않을 거고,
오입질이나 많이많이 하고
집안에 갇힌 자라새끼처럼 되리라.
아들놈은 길러봤자 작은 건달놈 될 것이고,
애비 비슷한 망나니 되리라.
　(和) 유채꽃이 피었네!
　　　아아, 피었네 매화가!
둥둥 척척, 척척 와서
맘껏 창하세! 50)

---

50) 上本《新編時調蓮花落》
　阿二阿三一道跟我街浪向去兜.
　　菜子花兒開!
　討着子个銅鈿就好走.
　　九九梅花開, 花門梅花落,
　　在子落蓮花.
　喔唷唷, 來个哉, 來子一位漂亮个大老板. 㑚看哪!
　八字眉, 丹鳳眼, 五官正, 勿推扳.
　做生意, 包發財, 開洋行, 做買辦.
　討家小, 眞賢慧, 養呢子, 傳後代.
　㑚福壽綿綿享富貴.
　　菜子花兒開, 花開一枝梅花.

하본(下本)의 창사(唱詞)는 위의 상본보다도 더 엉성하고 읽기 어렵다. 이 연화락은 거지들의 장타령 맛을 아직도 상당히 간직하고 있지마는, 이것을 창한 왕무능(王無能)과 장치아(張治兒)는 전문 연예인임에 틀림없다.

다음에는 북경 및 하북(河北) 지방을 중심으로 이 연화락이 전문 연예인들에 의하여 발전하는 모습을 창사를 통해서 살펴보기로 한다. 먼

哆哆催催催个來催, 唱个浪唱催催唱唱.
　一開梅花開, 一開梅花落. 嗳野嗳!
嘿嘿嘿, 俫个銅鋼脫小哉!
也無邊, 也無眼, 四面缺, 脫交交關.
在便落里用勿來, 亦勿好買酒, 亦勿好買.
常言道一鋼勿落虛空地, 明中去仔暗中來.
　茱子花兒開.
呵可以請俫老板調一个大銅板.
　九九梅花開, 花開梅花落.
　在子个落梅花.
(白) 俫个臭瘟三把子俫銅鋼還要銅板, 滾俫娘个蛋!
(唱)
阿呀! 勿調銅板也勿碍, 勿應該,
面孔板, 眼睛蛋, 拿个銅板地下甩!
灘呢大家台, 不勿不在俫, 拿勿拿在呢.
本來勿推關, 用勿着窮凶極惡面孔板!
看俫樣式, 勿像做老板,
開子店, 包要關, 討老婆, 勿賢慧,
拼頭軋子交交關, 等勒屋哩做烏龜,
養个呢子要做小瘟三, 个種阿像一个豬頭山!
　茱子花兒開, 咦開咦子梅花.
哆哆催催, 催个來催, 唱个浪唱! (再唱下本)

저 청(淸) 함풍 연간(咸豐年間, 1851~1861)에 〈서상기(西廂記)〉 중의
한 대목인 〈십리정전별(十里亭餞別)〉을 창한 연화락을 보기로 든다.

거친 말은 잘라 버리고 책의 바른 대목으로 돌아가서, 지금과 옛
날을 연이어 다음 얘기를 밝혀 한 바탕 창(唱)을 하자.
　　장군서(張君瑞)가 방 안에 시름 속에 앉아 전에 편지 주고받던
일 생각하네.
　　한스러운 것은 입싼 환랑(歡郞)이 기밀을 누설한 것이니,
　　노부인께서 알고는 크게 노하여,
　　당장 홍낭(紅娘)을 불러 다그쳤다네.
　　"너와 아가씨는 밤중에 무슨 일로 화원(花園)에 갔었느냐?"
　　작은 홍낭이 그런 일없다고 하자 노부인은
　　"내가 매질 않으면 넌 불지도 않고 사실을 밝히지도 않겠구나."
하고, 손에 가죽 채찍 들고 때리려 하자,
　　때리는 게 무서운 홍낭은 가법(家法)을 받들어 :
　　"노부인께서 귀하신 손 높이 드시니 제가 아뢰겠습니다. 편지를
　　전한 것은 바로 이 홍낭입니다."
하고 불었다네.
　　노부인은
　　"원망스러운 것은 서상(西廂)의 장군서(張君瑞)로다."
하고는, 곧 하녀 홍낭을 보내어, 다음날 상부(相府)에 잔치 벌여 놓
았다고 하면서
　　서상원(西廂院)의 이 장생(張生)을 초청하였다네.
　　그때 친히 백은(白銀) 1백 냥을 주면서
　　내게 동경(東京)으로 가서 과거(科擧)를 보라 하였는데,
　　과거에 급제 못하면 장가들지 못하고

급제한 뒤에야 돌아와 장가들기로 약정하였네.
장군서(張君瑞) 서상원(西廂院)으로 돌아와보니
어느덧 붉은 해는 뉘엿뉘엿 지고 있네.
  〈금전연화락(金錢蓮花落)〉
꼬마 금동(琴童)아 꾀부리지 말거라,
손에 호롱불 들고 방 안으로 가서
주인을 불러 들어보라고 이렇게 말하라.
"날씨 저물었으니 그만 쉬십시오! 아리류 연화(蓮花)야, 에야 매
화(梅花)야! 내일 주인께선 길 떠나셔야죠!"
에라, 아아! 연화 떨어지네.
한 송이 금전 같은 연화 쳐서 떨어뜨렸네.
뚜루루 매화야!
어얼씨구나 매화야
꽃 한 송이 피자 매화 떨어지네.

이어서 〈태평년(太平年)〉·〈호광조(湖廣調)〉·〈배산조(扒山調)〉·
〈첩단교(疊斷橋)〉·〈과앙가(侉秧歌)〉·〈갈갈강(喝喝腔)〉·〈방자불
(梆子佛)〉·〈변관조(邊關調)〉·〈귀창(歸唱)〉 등의 곡을 창하여 십리
정(十里亭)에서 장군서(張君瑞)와 앵앵(鶯鶯)이 이별하는 장면까지
연출된다.51)

---

51) 〈十里亭餞別〉(北京 百本張鈔本) 剪斷荒言書歸正, 接連今古往下明. 唱
一回 : 張君瑞悶坐在房中, 思想起那寄柬傳書事一宗. 恨只恨多嘴的歡郞
兒把機關漏, 老夫人知道怒冲冲, 開言就把紅娘叫:"你與小姐夜到那花
園什麽事情?" 小紅娘回答說:"斷無此理." 夫人說:"我不打, 你不招,
不肯實明." 手擧皮鞭纔要打, 怕打紅娘把家法擎:"老夫人高抬貴手容奴
稟 : 寄柬傳書是我小紅." 夫人說:"恨只恨西廂的俺叫張君瑞." 那時節

吩咐丫環, 派差小紅. 次日相府安排酒宴, 聘請西廂院的俺叫張生. 那時節親賜白銀壹白兩, 叫俺上東京求取功名. 原說下功名不成親不娶, 得中回還再把親成. 張君瑞回在西廂院, 霎時之間紅日歸宮.

〈金錢蓮花落〉小小琴童不怠慢, 手挑着燈籠, 走進了房中, 開言有語把相公叫, 叫了聲相公你是聽："天氣不早, 安歇了罷, 呀哩口留蓮花口亦呀朵梅花, 明日主僕好登程!" 也麼嗜嗜落蓮花打拉了一朵金錢落蓮花, 一嘟嚕子梅花喲呵哦呵口亦呀朵梅花, 花開一朵爾梅花落.

〈太平年〉"好登程, 好登程, 琴童說話你欠聰明! 功名好比浮萍草, 太平年, 美滿的夫妻火化冰! 年太平, 不該借宿在普救寺中, 絶不該佛殿巧相逢, 那也是前世前因安排定. 太平年, 說話之間譙樓起了更," 年太平.

〈湖廣調〉一更一點月兒東升, 君瑞悶坐在房中, 心中惱恨老詰命, 改變前言. 罷喲嗜嗜, 叫我們把兄妹稱. 〔重句〕二更二點月兒正明, 寄柬傳書多虧了小紅, 細思量小姐待我的恩情重, 再三叮嚀. 罷喲嗜嗜, 餞別十里亭. 〔重句〕三更三點月被雲矇, 乏睏的相公瞌睡增, 夢入陽台鸞交鳳, 好事多磨. 罷喲嗜嗜, 又聽得花楞楞. 〔重句〕四更四點月兒轉西行, 夢回的個相公, 嗜, 長嘆了一聲. 細思量方纔作的南柯夢, 再相逢. 罷喲嗜嗜, 萬萬不得能! 〔重句〕五更五點月兒歸宮, 架上的金雞報曉鳴. 一夜方纔丑時正, 月宿禪林. 罷喲嗜嗜, 鐘鼓一齊鳴. 〔重句〕丑末寅初到了天明, 君瑞披衣喚醒琴童："你把那琴劍書箱安排定, 打點行囊. 罷喲嗜嗜, 快奔十里亭." 〔重句〕

〈扒山調〉小小琴童不怠慢, 口亦呀口亦呀呀, 慌慌忙忙拉過走龍, 呀呀口亦呀口亦呀呀. 君瑞攀鞍上坐騎, 口亦呀口亦呀呀, 閣寺的僧人又來送行, 口亦呀口亦呀呀. 小琴童挑起了書箱擔兒, 口亦呀口亦呀呀, 不住的馬後催路程, 口亦呀口亦呀呀. 主僕二人來的快, 口亦呀口亦呀呀, 這不就在下十里長亭, 口亦呀口亦呀呀, 鶯鶯紅娘在此等, 口亦呀口亦呀呀, 豫備下酒宴來餞行, 口亦呀口亦呀呀. 紅娘提壺, 鶯鶯執盞, 口亦呀口亦呀呀, 滿滿斟上酒三盅, 口亦呀口亦呀呀. 雙手高擎遞過去, 口亦呀口亦呀呀, 尊聲相公聽奴明, 口亦呀口亦呀呀.

〈疊斷橋〉"逢山莫把馬乘, 哎喲, 遇水莫把船爭, 早早的下店, 晚晚行. 你在路途上, 要你身保重. 一去奔京都, 哎喲, 住在旅店中, 用心讀書, 苦苦

이보다 약간 뒤진 청 광서(光緒) 연간의 역시 〈서상기(西廂記)〉의 한 대목을 주제로 하고 있는 〈고홍(拷紅)〉이란 연화락 창사(唱詞)는 형식이 이와 다르다. 곧 앞에서와 같은 곡조의 사용이 하나도 보이지 않는다. 앞머리 한 대목만을 보기로 번역한다.

노부인이 외로이 화당(畵堂)에 앉아 계시다가 문득 한가지 일을 생각하게 되었다. 어제 밤중에 잠을 이루지 못하고 있을 때 뒤 화원(花園) 안에서 사람 소리가 났던 것 같았다. 도적이 들어와 물건을 훔쳐간 것도 아니고 귀신이나 도깨비도 아니었을 테고, 문득 서상원(西廂院)이 생각났으니
　그곳엔 장생(張生)이 머물고 있는지라.
　아마도 홍낭(紅娘)이란 년이

的用工, 千萬哪莫要你有了性, 科考進了場中. 哎喲, 見了老考功, 問一答十, 文章作的通. 奉明君哪凌烟閣上標名姓, 傳臚點頭名, 哎喲, 中了狀元紅! 急速打點, 回在相府中. 那時節呀, 對的過老誥命."
〈傍秩歌〉張君瑞飮乾送行的酒, 托地毛腰身打一躬:"小姐的良言, 我全都記住, 何勞小姐細叮嚀?"
〈喝喝腔〉鴬鴬一見眼落淚, 吩咐一聲丫頭叫小紅.
〈梆子佛〉叫小紅, 你是聽:"忙斟酒, 遞與琴童, 鞍前馬後多侍奉." 琴童接酒笑臉迎:"小姐說話欠聰明, 相公他功名如山重, 俺主僕應當侍奉, 何勞這小姐你叮嚀?"〔重句〕有鴬鴬淚珠兒傾, 一把手拉住張生, 開言哪又把相公奉.
〈邊關調〉"你去爲功名, 〔重句〕抛奴在家, 獨伴小紅:但願早成名, 高跳龍門, 身得中!" 說罷就登程. 〔重句〕身上了雕鞍寸步兒懶行, 走十步九回頭哇, 兩下裏心酸痛!
〈歸唱〉東京去了個赴考的擧子張君瑞, 十里亭哭壞鴬鴬, 嘆壞小紅. 一言唱不盡十里亭餞行段, 念衆位福壽康寧.

괴이한 짓을 꾸미어

앵앵이를 충동하여 장생을 만나게 한 게 아닐까?

그래서 앵앵이가 병이 났다는데

좋은 약과 영단(靈丹)을 써도 효험이 없지!

노부인 생각이 이에 이르자 소리쳐 불렀네.

　"하화야! 들어라!

　빨리 가라, 어서 가라!

　너 빨리 가서

　앵앵이 방에 있는 홍낭이 불러오너라!"

하화가 어찌 미적거릴 수 있으랴,

앵앵이 방으로 달려가 홍낭이 불러왔지.

이 홍낭은 노부인이 부르신단 말 듣자,

자기도 모르게 마음속으로 깜짝 놀라

뱃속으로는 앵앵 아가씨 원망하네.

　이 뒤로 홍낭이 노부인 앞에 불려나와 결국은 앵앵과 장군서(張君瑞)의 관계를 모두 자백하게 된다. 노부인은 이미 쏟아진 물 어찌하는 수가 없어, 장군서를 낙양(洛陽)으로 가서 과거를 보아 급제한 뒤에 돌아와 결혼하라고 떠나보내게 된다.52) 앞에 인용한 〈십리정전별

---

52) 〈拷紅〉(北京 別埜堂鈔本) 老夫人悶坐畵堂中, 忽然想起事兒一宗. 昨日三更, 未曾睡覺, 後花園內, 似有人聲? 又不是賊人來偸盜, 又不是鬼怪與神靈, 忽然想起了西廂院, 院院院裏住張生. 多半是紅娘丫環他作怪, 引動小姐會張生. 怪不得小姐說有病, 妙藥靈丹不見功. 夫人想罷開言道："叫聲荷花兒要你聽, 快去, 去, 去! 你快去, 小姐房中叫小紅!" 荷花兒答應那怠慢, 小姐房內叫小紅. 這紅娘聞聽夫人叫, 不由心內暗吃驚, 腹內只是怨小姐："這件事兒了不成. 奴本說夜間來往加仔細, 又誰知偏

〈十里亭餞別)〉은 이 뒤에 이어지는 얘기이다. 어떻든 비슷한 시기의 같은 〈서상기(西廂記)〉를 주제로 한 연화락이지마는 형식상 큰 차이가 있음을 알 수 있다.

이밖에 은개(殷凱)가 편찬한 《북경리곡(北京俚曲)》(1957, 上海太平洋書店刊) 제1집에 실려있는 대고서(大鼓書) 중간에 끼어있는 연화락 창사 〈유령취선(劉伶醉仙)〉이나, 같은 책 제3집에 끼어있는 연화락 〈왕파매계(王婆罵鷄)〉도 모두 이와 비슷한 형식이다. 이 작품들

向人前要逞能. 奴爲你披星帶月常不睡, 獨自在窓外受清風. 如今夫人知道了, 這事叫我怎麼應? 事到頭來難迴避, 去見夫人見機而行." 紅娘想罷朝上走, 進了畫堂跪流平. 夫人一見紅娘到, 滿懷怒氣二目圓睜, 用手一指, 就開言道:"叫聲賤人你是聽! 小姐往花園有什麼事? 終朝每日半夜三更. 後花園接連西廂院, 西廂院裏住張生. 你今若要說實話, 家法之下饒了小紅. 但有虛言一字假, 皮鞭一下不容情!" 紅娘聞聽尊詰命:"夫人在上請聽明: 那日小姐停針黹, 忽然想起張相公. 他說張生病在西廂院, 熬藥煎湯是琴童. 他說瞞着夫人往西廂去看病, 盡盡兄妹情. 那張生一見小姐到, 恰好似至寶明珠掌上擎. 他叫奴家先回去, 小姐暫且留在房中. 這就是已往從前事, 若有虛言天不容. 夫人哪, 得放手時且放手, 得干休處免究情. 依我小紅從頭論, 夫人行事不公平! 曾記當年普救寺, 孫飛虎帶領半萬賊兵, 圍住廟門高聲喊, 裏三層來外三層, 只說要搶鶯鶯小姐, 還有丫環叫小紅. 夫人一見無主意, 跟望西廂語高聲: 有人退去兵和將, 願把小姐配婚成! 這纔驚動張君瑞, 他與白馬將軍書一封, 登時退去人和馬. 夫人回家語變更, 不叫他們二人成夫婦, 反叫他二人兄妹相稱. 曠夫怨女常見面, 常言道:女大不可留在家中. 這都是夫人作的事, 爲何苦苦問小紅?"這夫人聽罷前後語, 無語低頭他不作聲, 後悔當時行事錯, 不該西廂院裏住張生. 半晌開言把紅娘叫, 叫聲紅娘聽分明:"眼看京中開大比, 打點君瑞上京城, 非是我不叫成婚配, 惟恐張生誤前程. 先叫他上京去趕考, 然後回家把婚成." 紅娘說:"這是夫人明白的事!" 卽日張生就起程. 這一回唱的拷紅的段兒, 下一回餞行十里長亭.

은 모두 7·8언이 중심을 이루고 있다는 게 가장 두드러진 특징이다. 그러나 비슷한 시기의 연화락사(蓮花落詞)인 〈모자고묘(耗子告猫)〉 (寶文堂 刊, 木板本)는 맨 앞에 서강월(西江月) 사(詞) 한 수와 칠언 사구의 시를 한 수씩 읊은 다음 10언 약 250구를 이용하여(중간에 七言四句 한 번 인용) 억울하게 고양이에게 잡혀 먹힌 생쥐가 염라대왕 (閻羅大王)에게 고양이의 못된 짓을 고발한 얘기가 전개되고 있다. 이로써도 연화락은 지방에 따라 여러 가지 형식의 창사들이 유행하였음을 알 수 있을 것이다.

호사(胡沙)의 《평극간사(評劇簡史)》(中國戱劇出版社, 1982)를 보면 북경(北京)과 천진(天津)으로부터 동쪽 하북(河北)의 풍윤(豐潤)·순화(遵化)·옥전(玉田)·창려(昌黎)·낙정(樂亭)·난현(灤縣)·당산(唐山) 지방에서 유행하였던 연화락의 1900년대에 들어와서의 발전단계를 1) 대구연화락(對口蓮花落)의 시기, 2) 당산락자(唐山落子)의 시기, 3) 봉천락자(奉天落子)의 시기로, 중·일전쟁으로 봉천(奉天)이라 불리던 심양(沈陽)에서 연예인들이 피난을 떠나기 이전 (1935)까지 10여년씩 단락을 지어 설명하고 있다.

1) 대구연화락(對口蓮花落)은 한두 사람이 연화락을 창하던 시기로, 앞에 소개한 창사(唱詞)들은 모두 이 시기의 것을 대표한다. 이때의 이 지방 연화락 예인(藝人)은 본시 가난한 농민들로 마을마다 있었는데, 이들이 많으면 열 명 적어도 네댓 명이 무리를 이루어 사람들이 많이 모이는 도시로 나가 창하기 시작하면서 서서히 직업적인 반사(班社)를 이루었다 한다. 이러한 작은 연화락의 반사가 이루어진 뒤 도시로 나가 창(唱)을 하는데, '대구(對口)'만으로는 단조로워 결국 '탁출(拆出)'이라 부르는 일종의 소희(小戱)인 연화락을 만들어냈다 한다.[53]

2) 당산락자(唐山落子)의 시기에 와서는 연화락을 창하는 반사(班

社)들이 더욱 발전하고, '대구(對口)'는 버리고 '탁출(拆出)'만을 창하
게 되었다. 당산(唐山)은 탄광공인(炭鑛工人)이 많아 특히 연화락이
환영을 받아 성행하게 되었으며, 이에 따라 성조재(成兆才)·월명주
(月明珠) 같은 유명한 연원(演員)이 나와 새로운 '탁출(拆出)'의 작품
들을 많이 만들어내기 시작하였다.54) 그리고 성조재와 월명주가 이끄
는 경세희사(警世戲社)는 그 지방에서 대단한 인기를 누리었다 한다.

  3) 봉천락자(奉天落子)의 시기에는 낙자반사(落子班社)가 더욱 발
전하여 완전히 직업적인 조직이 되었고, 또 수많은 여연원(女演員)들
이 나와 큰 인기를 끌었다. 이금순(李金順)·벽연화(碧蓮花)·금령지
(金靈芝)·소계화(筱桂花)·부용화(芙蓉花) 등 이루 헤아릴 수도 없
는 여연원이 활약하였다. 이들은 연화락뿐만 아니라 붕붕희(蹦蹦
戲)·대고(大鼓)·십불한(什不閑) 등 다른 곡예도 닦고 익혔으며, 방
자(梆子)의 예인들과 경극(京劇)의 예인들 중에도 낙자반사(落子班
社)의 활동에 함께 참여하는 이가 많아 자연히 방자희(梆子戲)나 경
극(京劇)의 여러 가지 장점도 흡수하게 되어, 연화락의 악기와 음악
및 분장과 연출 기교 등을 크게 발전시켰다.

  그리하여 결국 완전히 희곡화한 연화락은 평극(評劇)으로 발전하게
된다. 일본의 침략으로 피난을 떠난 봉천락자(奉天落子)의 연예인들
은 주로 상해(上海)로 몰려가 평극을 연출함으로써 당시 상해 사람들
을 열광시켰다 한다.

  연화락이 대구(對口)에서 탁출로 발전하던 초기에 나온 〈소고현(小

---

53) 이때의 對口蓮花落의 劇目으로는 〈打登州〉·〈潯陽樓〉·〈斬韓信〉·
  〈大西廂〉·〈打狗勸夫〉·〈武松打虎〉·〈朱洪武放羊〉·〈安安送米〉 등
  이 있었고, '拆出'로는 〈小姑賢〉·〈借女吊孝〉·〈小過年〉 등이 있었다.
54) 이때 成兆才가 새로 만들거나 改編한 작품으로 〈馬寡婦開店〉·〈杜十
  娘〉·〈安安送米〉·〈后娘打孩子〉 등이 있다.

姑賢)〉·〈양이사화연(楊二舍化緣)〉·〈소왕타조(小王打鳥)〉등의 극본도 모두 민간문학으로서 상당한 수준의 것이라 한다. 호사(胡沙)는 《평극간사(評劇簡史)》제1편 제6장에서 주양(周揚)이 〈양이사화연(楊二舍化緣)〉의 사상성과 예술성은 셰익스피어의 〈로미오와 줄리엣〉에 견줄 만하다고 하면서 다음과 같은 한 대목을 인용하고 있다.[55]

王 : 차를 마시거나 밥을 먹거나 나는 늘 당신 생각,
  혼백이나 꿈속에서나 모두 똑같아서
  천리 먼 곳의 당신이 오기만 바랐는데,
  뜻밖에도 지금 눈앞에 와있구려!
  5백 년 전에나 한 번 만났던 듯한데
  만약 하녀가 아니었다면
  만나기란 정말 어려웠으리라!
  하늘이 할 일이 없다면
楊 : 응당 하늘이 변하겠지요.
王 : 땅이 할 일이 없다면
楊 : 곡식 싹 온전치 못하겠지요.
  ......
王 : ......
  영감님은 그의 눈이 먼 것을 알지도 못하지만,
  나는 오늘 당신이 우리집으로 올 것을 알고 있었는데,
  당신은 한밤중에 화원(花園)으로 들어왔지요.
  나는 안방으로 가서 은과 동을 끄집어내어
  당신과 돈을 갖고 관왕묘(關王廟)로 가서

---

55) 번역은 그 앞뒤 절반 정도만 보기로 한다.

선생님 모셔놓고 글공부하여

글공부 잘하여 장안(長安)으로 가 과거를 보고

벼슬을 한 다음 돌아와 장가를 들기로 하였지요……56)

---

56) 王 : 茶裏飯裏我常想你,

魂裏夢裏俱是一般,

千里迢迢吩你來到,

想不到如今在眼前,

五百年前有一會,

要不是丫鬟, 見面實在遭難,

天無事,

楊 : 該變天!

王 : 地無事,

楊 : 苗不全!

王 : 人無事,

楊 : 低頭難!

王 : 鳥無事,

楊 : 落在樹間.

王 : 王母娘娘九個女,

楊 : 四個單一都落凡.

王 : 神仙都有那落凡日,

楊 : 可嘆你我不能團圓.

　……

王 : 濕了你的藍衫心疼死我, 回頭來我把老爺罵幾聲, 你有眼不識金鑲玉,
你拿生金當黃銅, 我老娘死了我穿重孝, 你老狗死了我穿大紅, 我送
靈送到大門外, 我哭你三聲, 我笑你三聲, 我爲什麽哭來爲什麽笑,
因爲你不認河南二相公. 老爺他不認怨他眼瞎, 我今天認你到我府中,
你半夜三更花園進, 我到在繡樓取銀銅, 你銀子拿到關王廟, 請個先
生把書攻, 念好書上京去赶考, 作了官來把爲妻爭. ……(胡沙《評
劇簡史》에서 옮겨 실음.)

그러나 본격적으로 '탁출(拆出)'이 연출되고, 또 새로운 작품이 만들어지거나 개작되기 시작하면서 연화락의 대본은 훨씬 짜임새가 있게 되고 대화와 창사(唱詞)도 세련된다. 당산락자(唐山落子)의 명예인(名藝人)인 성조재(成兆才)의 초기 작품인 〈마과부개점(馬寡婦開店)〉에서 마과부(馬寡婦) 이씨가 적인걸(狄仁杰)과 만나는 장면의 창사를 보기로 든다. 번역은 그 앞부분 일부만을 하기로 한다.

적인걸(狄仁杰) : (등장하여 唱)
　집 고당(高堂)의 어머님 작별하고
　한 마음으로 과거보러 서울로 달려왔네.
　도중에 마침 봄경치 대하니
　온갖 꽃 아름다움 다투고 버들가지 휘날리고,
　길가의 아름다운 경치 한량없는데,
　또 잡새들 숲으로 돌아가고 해는 저물고 있네.
서동(書童) : 아저씨! 날이 저물었으니 주막에 드셔야겠어요!
적인걸(狄仁杰) : 알았다! (唱)
　서동(書童)이 날이 저물었으니 주막에 들자고 하니
　서둘러 가서 머물 집 찾아야겠네.
　말 채찍질하여 곧장 마을로 들어가자.
　[주막 머슴아이 등장]
머슴아이 : (唱)
　손님! 날 이미 저물었으니 주막에 드셔야죠?
　손님! 주막에 드시겠습니까?
적인걸(狄仁杰) : 마침 주막에 들려는 참이다.
머슴아이 : 그래요? 제가 손님 말을 받겠습니다. (안내하여 집으로 들어간다)

　　　　손님, 뭐 필요하신 게 있습니까?

　　적인걸(狄仁杰) : 밝은 등불 하나와 따끈한 차 한 주전자.

　　머슴아이 : (퇴장했다가 등불과 차를 갖고 되돌아온다.) 손님! 등
　　　　불도 있고 차도 있습니다.

　　적인걸(狄仁杰) : 널 부르거든 다시 오너라!

　　머슴아이 : 네! (퇴장)……57)

---

57) 狄仁杰 : (上唱) 在家辭別高堂母,
　　　　　　　　　　一心赶考奔京都.
　　　　　　　　　　行程正逢春光景,
　　　　　　　　　　見百花爭艶柳林稀疏,
　　　　　　　　　　一路美景觀不盡,
　　　　　　　　　　又只見雀鳥歸林墮落金烏.
　　書　童 : 大叔, 天色不早, 該住店啦!
　　狄仁杰 : 曉得了. (唱)
　　　　　　　　書童說天色不早該住店,
　　　　　　　　赶緊躓行尋店屋.
　　　　　　　　催馬就把村莊進……
　　　　　(店小二上)
　　店小二 : (唱) 客爺, 天已不早, 您該住店屋.
　　　　　　客爺, 你要住店嗎?
　　狄仁杰 : 正要住店.
　　店小二 : 好, 我給你拉馬. (引路進屋) 客爺用些什麼?
　　狄仁杰 : 明燈一盞, 暖茶一壺.
　　店小二 : (下. 取燈·茶後返) 客爺, 燈到·茶到.
　　狄仁杰 : 喚你再來.
　　店小二 : 是. (下)
　　狄仁杰 : 好一座寬闊的店房! (唱)
　　　　　　　　滿滿斟上茶一碗,

頂上高茶香味足.

叫書童裏裏外外加謹愼,

你要小心着! 一匹坐馬兩箱書.

(李氏上)

李　氏： (唱)　聽前店聲音響亮,

人們說話他是哪一個?

又是馬來又是書.

來至在窗櫺以外止住步,

二是站穩點破窗戶.

斜身單目往裏觀看,

有兩個男子看不大清楚.

噢, 一個坐來 一個站,

看光景好象是一主一僕:

那個坐着的人看年紀不過二十二三歲,

那個站着的人十四歲可多十六歲不足:

那個坐着的人右手端着小茶碗,

左手拿着一本書.

只見他天庭飽滿面帶忠厚多主貴,

地閣方元蓋世無,

他好象終南山的韓湘子,

又好象三國呂布又重出.

他目不斜視把書看,

端端正正倒雅儒,

一定是位斯文客,

想必是赶考的擧子奔京都.

他行路難免不受風霜苦,

爲何一進店房就用功把書讀.

看前店人多吵又嚷,

鬧的客爺怎麽讀書,

若不然我把他讓至後客廳.

哎, 慢着哇……

新來乍到的面不熟.

心裏躊躇倒退幾步,

叫一聲堂官大師傳.

(向內喊) 我說堂官呀!

(店小二上)

店小二：本家奶奶.

李　氏：你看前店人多吵又鬧, 人家赶考的擧子, 怎麼能住那樣的屋!

店小二：(來白) 依着你說呢?

李　氏：(唱)　倒不如把他請到後客廳,

那裏淸靜好讀書,

快請客爺莫要耽誤. (下)

店小二：(唱)　小堂官進屋把客爺招呼. (進屋)

客爺, 你看前店人多不淸靜, 不如請到後客廳, 那裏讀書也方便.

狄仁杰：怎麼還有後客廳? 好, 托燈! (唱)

叫堂官托燈前引路,

吩咐童兒擔起兩箱書.

出了房門擡頭看,

高竿之上懸掛燈燭.

轉過月亮門一座,

甬道俱用方磚舖.

盆淸水秀生奇草,

就地池塘草蓬舖,

左邊厢長着幾棵芭蕉樹,

右邊暗綠叢叢是翠竹.

轉過影壁留神看,

閃出三間書房屋.

靑檐明柱黑又亮,

雲匾高懸配簾竹,

門前貼着一副對,

　　　　　　趁此燈光看淸楚.
　　　　　　上聯寫：天地德, 父母恩, 當敬當報,
　　　　　　下聯寫：皇王土, 聖賢書, 可耕可讀.
　　　　　　仰目我把橫披看---
店小二：(夾白) 客爺請進!
　　　　　　堂官那裏打起簾竹. (進屋)
店小二：(夾白) 客爺還有何吩咐?
狄仁杰： (唱) 叫書童你隨小二去用飯,
　　　　　　明日早起好奔路途.
書　童：是.
　　　　　(店小二與書童退下)
狄仁杰： (唱) 舉目留神仔細看,
　　　　　　好一個雅靜的書房屋.
　　　　　　紙糊天棚賽雪洞,
　　　　　　斗大方磚把地舖.
　　　　　　楠木板凳檀椅,
　　　　　　金漆八仙在當屋.
　　　　　　靠西墻有一個七尺多長的大條案,
　　　　　　上擺着二龍吐鬚古銅爐.
　　　　　　瑤琴棋盤上邊放,
　　　　　　案頭上還有幾部聖賢書.
　　　　　　開店之家爲何有這樣的好擺設,
　　　　　　啊, 想必是他的先人都讀書.
　　　　　　一路上仁杰我住了許多招商店,
　　　　　　還不曾住過這樣的書房屋.
　　　　　　撥燈花趁此良夜把書念,
　　　　　　聖賢之書要記熟,
　　　　　　但願得此去京城能高中,
　　　　　　不枉我十年寒窗苦讀書. (坐下讀書)
李　氏：(上唱) 將客爺讓至在後客廳,

다음엔 성조재(成兆才)가 붕붕조(蹦蹦調)의 창본(唱本) 얘기를 개작한 〈노마개방(老媽開膀)〉을 보자. 본시 창본은 원명(原名)이 〈노마회가탄십성(老媽回家歎十聲)〉이며, 창사는 10언 또는 11·12언으로 이루어진 모두 700여자에 달하는 짧은 것이다. 그러나 그는 이를 1만 7,8천자에 달하는 세련된 창극본으로 개편한 것이다.

그 중에서 젊은 소로마(小老媽)가 남편과 활대야(闊大爺)의 집 대문 앞에서 만나는 장면 한 토막을 보기로 든다.

　　　주(柱) : (唱) ……
　　　　　　　　……

　　　긴요한 일을 아주머니께 부탁드리나니
　　　내 마누라에게 편지 좀 갖다가 전해 주소!
　　　우리 집사람은 아주머니댁에서 잡일을 한다오

　　　　　　　　　　到那裏看客爺有什吩咐.
　　　　　　　　　　挑起竹簾把房進, (進屋)
　　　　　　　　　　瞧見客爺正讀書.
　　　　　　　　　　我怎好驚動人家誤功課.
　　　狄仁杰 : (驚訝) 啊!
　　　　　　　　　　你時進來一位年少婦,
　　　　　　　　　　只見她周身穿着一身素,
　　　　　　　　　　好象是新喪未滿一孀婦.
　　　　　　　　　　常言說授受不親分男女,
　　　　　　　　　　我只得急忙忙快躱出. (欲走)
　　　李　氏 : (擋住)
　　　　　　　　　　尊客人你不必疑心不必走,
　　　　　　　　　　我本是開店的東家店主婦.
　　　　　　　　　　(胡沙《評劇簡史》에서 옮겨 실음.)

그 여자는 여기에서 식모사리 하는 거지요!

마(媽) : (창) 당신 부인은 이름이 무어지요?

주 : (唱) 우리 집사람은 미불구(美不夠)라 하는데 만인미(萬人迷)라는 별명도 있지요. 우리집은 삼하현(三河縣)에 있고 제 이름은 사주자(傻柱子)라 합니다. 여기 온 건 다름이 아니라 마누라를 데리고 가기 위해서입니다.

마 : (唱) 소로마(小老媽)는 이 말 듣자 입술 오므리고 웃으며
삼하현의 사주자 우리 남편아 하고 소리치네.
당신 생각에 나는 누군 것 같소?

주 : 당신 누구요?

마 : (唱) 당신 보시오!
당신은 나의 남편, 저는 당신의 처,
당신은 몰라보겠소?

주 : 아이고! (唱)
이 말 들으니 발을 껑충거리며 즐거워하는데,
4년 반 못보는 동안 당신 아주 달라졌구려!
머리 빗은 위엔 원보전(元寶轉)과 우시반(牛屎盤)과 마마계(媽媽髻)와 전자료(剪子料)로 치장했는데,
당신은 어떻게 이렇게 아름다워졌소?
온 머리의 장식이며 목걸이는 모두 가짜겠지?

마 : 어떻게 진짜가 있겠어요?

주 : 그렇지, 우리 마누라, 나와 함께 집으로 돌아갑시다. 집으로 가서 우리 둘이서 당신은 만두 속 이기고 나는 만두 피 밀어서 만두 만들어 먹읍시다! …… 58)

---

58) 柱 : (唱) 我在這裏正發楞,

在裏邊走出一個扭扭捏捏, 花不龍冬什麼東西?
頭上青絲明又亮,
臉擦宮粉鬢角齊,
上身穿的粉紅襖,
鸚哥綠的褲子脚面齊.
走路好似風擺柳,
一陣陣的香味撲過鼻.
不用人說我知道,
她不是闊大奶奶也是小點的.
要見闊大奶奶有點不好見,
必須是渾身上下衣帽整齊.
頭上正正我的破氈帽,
撣撣塵土撸撸辮子:
走上前施了一個文明禮,
趴下磕頭再作揖.
尊一聲闊大奶奶你老可好?
你老的身板可壯實?
有件事情托付您老,
您給我老婆帶去信去,
我媳婦在您府下把活做,
她在你這裏當老媽子.

媽:(唱) 你媳婦叫什麼名字?

柱:(唱) 我的媳婦叫美不够,
有個外號叫萬人迷,
我家住在三河縣,
我名叫住傻柱子,
到此不爲別的事,
接我老婆回家去.

媽:(唱) 小老媽聞此言抿着嘴的笑,
叫一聲三河縣的傻柱子我的女婿.

이상은 국한된 한 지방에서의 연화락의 변화 모습이다. 이 한가지 보기를 통해서도 전국적으로 연화락이 얼마나 다양하게 발전했는가 짐작해 볼 수 있을 것이다.

6. 결 론

이상 중국의 가장 대표적인 민간 곡예의 하나인 연화락이 어떻게 이루어져 어떤 모양으로 발전하였으며, 지금은 어떤 모양으로 각지에 전승되고 있는가 대충 살펴보았다. 여기에서 우리는 연화락이 보여주는 중국 민간 곡예의 몇 가지 특징을 발견하게 된다.

첫째, 중국에서는 옛날부터 장님들이 음악을 공부하여 유명한 음악가 중에는 장님이 많았다. 그러나 이들이 제왕이나 귀족들의 보호를 벗어나기만 하면 스스로 살아갈 능력이 없어 거지가 되는 수밖에 없다. 이들은 음악에 재능을 갖고 있기 때문에 자연히 구걸을 할 적에

你當我是哪一個?
柱 : 你是哪個?
媽 : (唱) 你來看, 你是我的丈夫, 我是你的妻, 你怎麼不認的?
柱 : 哎呀! (唱)
聞聽此言我蹦着脚的樂,
四年半沒見面你可大有出息,
在頭上梳了一個 "元寶轉"・"牛屎盤"・"媽媽髻"・"剪子料",
你咋這麼臭美, 帶一頭簪環首節都假的.
媽 : 那會有眞的呀.
柱 : 是我的媳婦跟我回家走, 進了門, 咱們兩口子, 你剁餡, 我才幹皮,
包餃子吃.
………

는 음악 연주를 하거나 노래를 하게 되었을 것이다. 중국 거지들이 일찍부터 음악이나 노래로 구걸하게 된 원인의 하나가 여기에 있을 것이다. 한편 이 때문에 구걸하는 거지이면서도 사람들에게 혐오감을 적게 주었고, 그 중에는 그의 기예나 사람됨을 높게 평가받는 거지까지도 있었을 것이다.

둘째, 옛 중국의 민간 연예인은 가난한 농부들이거나 떠돌아다니는 거지의 신분과 별다름이 없는 사람들이었다. 청(淸) 동광(同光) 연간의 유명한 설창 예인인 주소문(朱少文)이 애용하던 죽판에는 '매일 여러 집 밥 얻어먹고, 밤이면 낡은 묘당(廟堂)에서 잠자네.(日吃千家飯, 夜宿古廟堂.)'라는 글이 새겨져 있었다니 근래까지도 민간 연예인과 거지는 거의 같은 처지였던 듯하다.

셋째, 연화락은 불교에서 나왔으니, 본시는 탁발승들이 부르며 다녔을 것이다. 이 중들이 자기네와 처지가 비슷한 거지들에게 연화락을 가르쳐 주어 세상에 널리 퍼졌고, 다시 전문 연예인들도 그것을 창하기 시작하여 마침내는 중국의 대표적인 민간 곡예로 발전한 것이다.

곧 연화락은 중국의 대표적인 민간 곡예인데, 그것을 전승해온 사람들이란 거지 또는 거지에 가까운, 민간에서도 가장 낮은 계층의 사람들이었던 것이다. 다시 말하면 중국의 민간 연예란 주로 민간에서도 가장 낮은 계층들이 지탱하여 온 것들이라 할 수 있다.

넷째, 한마디로 연화락이라 하지만 그 형식을 보면, 본시 간단한 노래인 청창(淸唱)이었으나, 뒤에는 얘기를 설창(說唱)하는 강창(講唱) 형식의 것도 생겨났고, 몇 명의 각색(脚色)이 함께 등장하여 연출하는 희곡(戱曲) 형식의 것도 있게 되었다. 곧 그 대본의 문학형식은 시사(詩詞)와 소설과 희곡이 모두 갖추어지게 된 것이다. 연화락 이외의 중국의 민간연예는 거의 모두 이런 성격을 띠고 있다.

연화락을 비롯한 대부분의 민간 곡예들은 그 창사(唱詞)를 보면 정진탁(鄭振鐸)이 그의《중국속문학사(中國俗文學史)》에서 지적한 것처럼 그 구성이나 내용이 세련되지 못한 보잘것없는 것들이 대부분일 것이다. 그러나 이러한 곡예를 바탕으로 중국의 소설과 희곡은 발전하고 있는 것이다. 다시 말하면 중국의 소설이나 희곡은 후세까지도 민간 곡예에서 개발된 표현기법이나 구성방식 등을 다분히 보유하고 있는 것이다. 구성이나 내용이 세련되지는 못했다 하더라도 연화락 같은 곡예들은 진정한 중국 인민들의 예술의식과 생활감정을 그대로 담고 있는 것이다.

따라서 중국의 소설이나 희곡은 이 때문에 서양의 그것들과는 다르게 발전하였고, 근대적인 문학의식을 갖고 접근해서는 참된 가치를 파악할 수 없게 되는 것이다. 참된 중국의 소설과 희곡을 올바로 연구하고 이해하기 위해서도 이러한 민간 곡예의 연구는 선행되지 않으면 안될 것으로 믿는다.

9. 중국의 민간곡예(民間曲藝) 도정(道情)에 대하여

1. 머리말

도정(道情)은 지금도 중국 여러 고장에 연창(演唱)되고 있는 대표적인 민간 곡예(曲藝) 중의 하나이다. 본시 도정은 도교(道敎)에서 생겨나 도교의 범진(凡塵)을 초탈(超脫)하는 경계를 노래하거나 어리석은 세속(世俗)을 일깨우는 내용의 도곡(道曲)을 이용하여 도교사상을 선양하는 노래였다. 그 초속(超俗)적인 경지 때문에 일찍이 당대(唐代)부터 그 형식을 따라서 시인들이 도정시(道情詩)를 짓기도 하였지만, 민간에도 널리 유행한 나머지 불교에서 나온 연화락(蓮花落)과 함께 중국 거지들이 구걸할 때 부르던 대표적인 장타령의 일종으로 행세하기도 하였다. 그러니 도정은 다른 어떤 민간 곡예보다도 중국의 상류 사회로부터 하류사회에 이르기까지 가장 넓은 폭으로 유행되었던 곡예라 할 수 있다.

게다가 도정은 본시 청창(淸唱)이었으나 차츰 고사(故事)를 연창하는 것들이 생겨나고, 다시 간단한 희극형식의 소희(小戲)로 발전하기도 하였다. 따라서 도정은 그 연창 형식이 매우 여러 가지여서, 중국

민간 곡예의 여러 가지 연창 형식이 그 한 가지 속에 다 갖추어져 있
다고도 할 수 있다.

따라서 도정에 관한 연구는 중국의 민간 곡예에 있어서 청창(淸唱)
과 설창(說唱)의 관계, 설창(說唱)과 희곡(戲曲)의 관계를 밝힐 수 있
고, 다시 중국 민간 곡예가 지니는 여러가지 민속적 또는 예술적 특
징을 밝힐 수 있게 될 것으로 믿는다.

다만 거지들이 창하던 도정같은 것은 실질적인 창사(唱詞)나 연창
에 대한 기록같은 것이 매우 적어, 그 발전 과정이나 연창의 실상(實
相)같은 것을 밝히기가 매우 어렵다는 것을 전제로 이 문제를 대하여
야만 할 것이다.

2. 도정의 형성

도정이 이미 한대(漢代)에 그 초보적인 형식이 이루어져 있었다고
주장하는 이도 있으나 믿기 어렵다.[1] 대체로 남북조(南北朝)로 들어
와서야 불교의 영향을 받아 도교에서도 여러 가지 제도의식(祭禱儀
式)에 악기(樂器)와 성악(聲樂)을 사용하여 가곡(歌曲) 형식의 송
(頌)・찬(贊)・보허(步虛)・게(偈) 같은 것을 노래한데 그 연유가 있
을 것이다.《연감류함(淵鑑類函)》을 보면 보허(步虛)의 유래에 대하
여 다음과 같은 기록을 인용하고 있다.

진사왕(陳思王) 조식(曹植)이 어산(魚山)에 놀러갔다가 바위 속

---

1) 秦나라가 韓나라를 멸망시킨 뒤, 張良은 道情을 노래하고 다니며 四方
   의 志士를 모아 韓나라를 復興시키려 하였다는 전설이 있다.

에서 경전 외는 소리가 맑고 낭랑하게 나는 것을 들었다. 이에 음
악을 아는 사람을 시켜 그 음률을 베끼도록 하고 이를 신선의 소리
라 하였다. 도사들이 이를 본떠서 보허성(步虛聲)을 만들어냈던 것
이다.[2]

이처럼 조식(曹植)과 연관되는 불교의 범패(梵唄)의 유래와 비슷한
전설이 전하고 있는 것은 보허(步虛)가 불교의 영향 아래 생겨남으로
써 말미암은 것일 듯하다.

뒤의 당대(唐代)로 와서는 왕실에서 도교를 숭상하여 직접 황제들
이 도교의 가곡인 도조(道調)를 작곡케 하기도 하였다. 《신당서(新唐
書)》 권21 예악지(禮樂志)를 보면 당나라 고종(高宗)에 관한 다음과
같은 기록이 보인다.

조로(調露) 2년(680) 낙양성(洛陽城)의 남루(南樓)에 납시어 여
러 신하들에게 잔치를 베풀었는데, 태상(太常)에서는 〈육합환순(六
合還淳)〉의 춤을 연주하던 것이 그 제도가 전하지 않고 있어서, 고
종(高宗)은 스스로 이씨(李氏)는 노자(老子)의 후손이라 여기고 이
에 악공에게 명하여 도조(道調)를 짓게 하였다.[3]

제목으로 보아 〈육합환순(六合還淳)〉도 도교의 음악이었을 것이
다. 《당회요(唐會要)》 권33에는 〈구진(九眞)〉·〈승천(承天)〉 같은 도

---

2) 《淵鑑類函》 卷319 道部 道士三, 步虛聲條 引《吳苑記》曰 : '陳思王遊
魚山, 聞岩裏有頌經聲, 淸遠廖亮, 因使解音者寫之, 爲神仙之聲. 道士效
之, 作步虛聲.'
3) '調露二年, 幸洛陽城南樓, 宴群臣, 太常奏六合還淳之舞, 其容制不傳.
高宗自以李氏老子之後也, 於是命樂工製道調.'

곡(道曲)이 보이는데, 이때 만든 도조(道調)와 같은 성격의 노래였을 것이다.

이에 따라 당대의 시인들도 도정시(道情詩)를 짓게 되었다. 보기로 백거이(白居易, 772~846)에게는 〈세모도정(歲暮道情)〉 두 수[4]가 있는데, 그 첫 수를 인용한다.

젊은 시절엔 일찍이 세월을 놀래키기에 고심했고,
나이 먹도록 전혀 광음(光陰)을 아낄 줄 몰랐네.
불교의 평등의 원칙을 공부하여
먼저 늙음 젊음과 죽음 삶에 대한 마음을 한결같이 하려 하네.
壯日苦曾驚歲月, 長年都不惜光陰.
爲學空門平等法, 先齊老少死生心.

이는 선(禪)의 심오한 경지를 도정의 형식을 빌어 읊은 것이다.

다시 당(唐) 석교연(釋皎然, 760 전후)의 《시식(詩式)》 해속(駭俗) 대목에는 왕범지(王梵志, 592?~?)의 다음과 같은 도정시가 인용되어 있다.

내가 전에 태어나지 않았을 적엔
까마득히 지각이라곤 없었는데,
하나님이 억지로 나를 낳게 하였으나
내가 태어난 건 또 무엇 때문인가?
옷이 없으면 나는 추워지고
먹을 것 없으면 나는 굶주리니,

---

4) 《白氏文集》 卷15.

하나님에게 나를 되돌려주어
내가 태어나지 않았을 적으로 되돌아갔으면!
我昔未生時, 冥冥無所知,
天公强生我, 生我復何爲?
無衣使我寒, 無食使我飢,
還你天公我, 還我未生時.5)

　세상의 영욕(榮辱)뿐만이 아니라 사람의 지각(知覺)까지도 초월하
려는 수도(修道)의 뜻이 담겨져 있다.
　관휴(貫休, 832~912)의 《선월집(禪月集)》에는　도정게(道情偈)가
권5에 한 수, 권19에 세 수가 실려 있다. 5권에 실린 작품 한 수를 인
용한다.

초목도 성(性)이 있어서
나와 분별이 되지 않네.
내가 만약 초목 같다면
도(道)를 이룩하는 것은 언제나 가능한 일일 걸세.
세상 사람들 도를 알아보지 못하고
도를 앞에 두고 도를 꾸짖네.
가슴 아프다! 이런 무리들은
보배산에서도 보배를 얻지 못하네.
草木亦有性, 與我將不別.

---

5) 晚唐 范攄의 《雲溪友議》卷下에도 이 시가 인용되어 있으나 약간 다른
　곳이 있다.
　天公未生我, 冥冥無所知, 天公忽生我, 生我復何爲?
　無衣遣我寒, 無食生我飢. 還爾天公我, 還我未生時.

我若似草木, 成道無時節.
世人不會道, 向道却嗔道.
傷嗟此輩人, 寶山不得寶.

돈황문권(敦煌文卷) 중에도 p.5648에 도정시가 실려있는데, 첫 면에 한 수, 둘째 면에 다섯 수가 실려있다. 다섯 수 중 한 수를 보기로 든다.

머리 숙여 부처님께 귀의하니,
천화(千花)가 자리 위에 존귀하네.
옥빛이 비지는 곳에
복을 내리어 밝은 임금을 돕네.
稽首歸依佛, 千花座上尊.
玉毫交照處, 降福助明君.

불교의 '공(空)'의 사상이 도가의 '무(無)'의 사상과도 서로 통하는 점이 있기도 하지만, 도정이 불교의 영향을 받아 이루어진 것이어서 불교 사상을 도정에 담아 도교의 분위기와도 어긋나지 않는 범위에서 도정시나 도정게(道情偈)를 지은 것 같다.

그러면 '도정'이란 말은 무엇을 뜻하고 있는가? 시대가 뒤지지만 원대(元代)의 연남(燕南) 지암(芝菴)이 지은 《창론(唱論)》[6]에는 유·불·도 삼교(三敎)의 음악을 논하여

---

6) 元 楊朝英 選編 《陽春白雪》 卷 首 附錄 및 元 陶宗儀 《輟耕錄》 卷27 所收.

　도가에서는 정(情)을 노래부르고, 불가에서는 성(性)을 노래부르고, 유가에서는 이(理)를 노래부른다.[7]

라고 하였는데, 명(明) 주권(朱權, ?~1448)은 《태화정음보(太和正音譜)》 사림수지(詞林須知) 대목에서 이에 대하여 다음과 같이 설명을 자세히 하고 있다.

　도가에서 노래부르는 것은 하늘 위를 날아다니며 태허(太虛)를 유람하고 팔방(八方)을 굽어보며, 뜻은 아득한 허공 위에 두고 우주 사이에 오기(傲氣)를 기탁하며, 옛날에 대하여 생각하고 지금에 대하여 느끼며, 도(道)를 즐기면서 거니는 듯한 정(情)이 있으므로 그것을 도정(道情)이라 부르는 것이다.[8]

　곧 도정이란 말은 '도교의 정서(情緒)'를 뜻하는 말이다. 그러나 당대(唐代)의 지식인들은 도정시(道情詩)나 도정게(道情偈)를 지으면서, 도교적인 분위기와 어긋나는 내용이 아니라면 선적(禪的)인 내용도 읊었던 듯하다. 심지어 불승들도 도정을 읊고 있다. 그리고 위에 든 보기는 모두 도교적이라기보다는 불교적이라 하는 편이 더 정확한 것들이다.
　그런데 민간의 도사들은 불교의 영향을 받아 모화(募化)의 수단으로 도곡(道曲)을 지어 연창하였다. 당나라 때의 신선으로 팔선(八仙)의 한 사람인 남채화(藍采和)에 대하여 남당(南唐) 심분(沈汾)의 《속

<hr>

7) '道家唱情, 僧家唱性, 儒家唱理.'
8) '道家所唱者, 飛馭天表, 遊覽太虛, 俯視八紘, 志在沖漠之上, 寄傲宇宙之間, 慨古感今, 有樂道徜徉之情, 故曰道情.'

신선전(續神仙傳)》9)에서는 이렇게 말하고 있다.

늘 해진 남색 적삼을 입고 …… 한 발엔 신을 신고 한 발은 맨발로 다니며, 여름에는 솜을 둔 적삼을 입고, 겨울에는 눈 속에 누워 자는데 기운이 물건을 찌듯 솟아나왔다. 언제나 성안 저자를 노래하고 다니면서 구걸을 하였는데, 길이가 세 자 남짓한 큰 박판(拍板)을 들고 늘 취하여 발장단을 치며 노래불렀다.10)

그가 불렀던 답가(踏歌)의 가사는 다음과 같은 것이다.

남채화(藍采和)가 발장단치며 노래부르노니,
세상은 얼마나 살 수 있는 건가?
젊은 얼굴은 한 봄의 나무 같고
흐르는 세월 던져지는 북 같은데,
옛 사람들 모두 가서는 되돌아오지 않고
지금 사람들 자꾸 생겨나 더욱 많아지고 있네.
아침에 봉황새 타고 하늘나라에 갔다가
저녁에 푸르던 들판 보니 물결 이는 바다 되어있네.
길고 밝은 상서로운 빛 하늘 가에 비치고
금은 궁궐이 드높이 솟아있네.
踏歌藍采和, 世界能幾何?
紅顏一春樹, 流年一擲梭.

---

9) 《太平廣記》卷22 神仙類 藍采和 대목에 인용.
10) '藍采和, …… 常衣破藍衫, …… 一脚着靴, 一脚跣行. 夏則衫內加絮, 冬則臥於雪中, 氣出如蒸. 每行歌於城市乞索, 持大拍板長三尺餘, 常醉踏歌.'

古人混混去不返, 今人紛紛來更多.
朝騎鸞鳳到碧落, 暮見蒼田生白波.
長景明暉在空際, 金銀宮闕高嵯峨.

도정은 송대(宋代)에 와서 본격적으로 민간연예의 일종으로 발달하게 된다. 주밀(周密, 1222~1308)의 《무림구사(武林舊事)》권6 제색기예인(諸色伎藝人) 대목에 실린 탄창인연(彈唱因緣)의 연창자 명단에는 동도(童道)·비도(費道)·이도(李道)·심도(沈道)·감도(甘道)·유도(兪道)·장도(張道) 등의 이름이 보이는데, 이들은 모두 도사였을 것이며, '탄창인연(彈唱因緣)'이란 바로 도정이었을 것이다.[11]

그리고 뒤의 창쇄령(唱要令)의 기예인(伎藝人) 명단 중 섭도(葉道) 밑에는 '도정(道情)'이라 주(注)가 달려 있으니, 도정은 '쇄령(要令)'으로도 창하였고, 그도 역시 도사였음이 분명하다. 《무림구사(武林舊事)》권7 순희(淳熙) 11년(1184) 유월초일일(六月初一日) 대목에는

후원에서 남자 아이들 30명이 호흡을 크게 하면서 도정을 창하였다. 태상(太上, 高宗)께서 말하였다. "이건 장륜(張掄)이 지은 고자사(鼓子詞)로군."[12]

이라는 기록이 있다. 도정은 송대에 와서는 고자사(鼓子詞)와 비슷한 형식, 곧 강창(講唱)의 형식으로 발전하였음을 알게 된다.

후세 도정의 대표적인 반주 악기로 쓰이게 된 어고(漁鼓, 또는 愚鼓)는 대체로 남송(南宋) 무렵부터 유행하기 시작한 듯하니,[13] 도사

---

11) 葉德均 《宋元明講唱文學》 卷五 詩讚系講唱文學(下) 참조.
12) 後苑小廝兒三十人, 打息氣唱道情. 太上云 : "此是張掄所撰鼓子詞."
13) 宋 江萬里 《宣政雜錄》(說海本) 의거.

뿐만이 아니라 거지들이 도정을 장타령 삼아 부르는 것도 이 무렵부터 시작된 풍습인 듯하나 자세한 기록은 전하지 않는다. 그러나 송대에 이미 고사를 설창(說唱)하는 서사도정(敍事道情)이 생겨났다는 확실한 증거는 없다. 다만 그 반주 악기로 간자(簡子)와 어고(漁鼓)가 이 무렵에 굳어지기 시작했고 형식이 고자사와 비슷했다면 서사도정도 이미 그때에 생겨났을 가능성이 많다.

3. 도정의 발전

1) 원대(元代)

도정에 관한 보다 자세한 기록은 먼저 원(元) 잡극(雜劇) 속에서 발견된다. 마치원(馬致遠, 1251 전후)의 잡극 《악양루(岳陽樓)》 제4절을 보면 신선 여동빈(呂洞賓)이 간자(簡子, 簡板)와 우고(愚鼓, 漁鼓)를 들고 등장하여 춤을 추면서 다음과 같은 도정곡(道情曲)을 노래부르고 있다.

　　〔도정곡(道情曲)〕
　　한 끼는 굶고 한 끼는 배불리 먹고,
　　양가죽 장삼 둘러 입고서,
　　반쪼가리 벽돌과 한 줌의 풀 베고
　　비스듬히 옆으로 누워 자며
　　곁의 사람들 비웃도록 내버려 두네.

　　〔요(么)〕
　　우습고도 우스운 건 나도 잘 알지만
　　두둑한 집안 살림 모두 버린 것일세.

곰곰이 생각해 봐도 번뇌란 없으니
봉래산 찾아가는 길에
한바탕 소요악(逍遙樂)이나 춤추어 볼까 ! 14)

이 뒤로 〈삼쇄(三煞)〉·〈이쇄(二煞)〉·〈쇄미(煞尾)〉의 세 곡이 이어지고 있다. 〈쇄미〉의 앞 일부분만을 보기로 든다.

　　〔쇄미(煞尾)〕
옳고 그름은 장강(長江)의 물로도 깨끗이 씻어 버릴 수 없고,
삶과 죽음은 서로 다투며 두는 장기 같은 것.
나는 길거리의 점쟁이도 아니고,
또 집집마다 찾아다니는 비렁뱅이도 아니며,
늘 떠돌아다니는 장사꾼도 아니고,
유령(劉伶) 같은 술주정뱅이도 아닐세.
넓은 강바람에 물결은 우레와 같고
나뭇잎 같은 조각배 타고 다니기 질리어,
백 척 높은 누각에서 좋은 술 마시고
취하여 가을바람 불고 해 지는 속에 누워서
넓다란 강호(江湖)를 왔다갔다 누비네.15)

---

14) 〔道情曲〕一頓饑, 一頓飽, 番穿羊皮百衲襖. 半頭磚, 一把草, 側臥橫眠,
　　一任交傍人笑.
　　　〔么〕笑則笑, 俺知道, 萬貫家緣都棄了. 細尋思, 無煩惱, 向蓬萊道上,
　　舞一回逍遙樂(脈望館校古名家本 의거)
15) 是和非, 洗不盡三江水. 生共死, 爭先一着某. 我不是當街賣卦的, 也不是
　　沿門抄化的, 也不是行常貨墨的, 也不是劉伶般好酒的. 百頃風濤怒似雷,
　　一葉蓮舟飽掛席, 百尺高樓飲酥酷, 幾醉西風臥落暉, 浩湯江湖去復回.

앞의 제3절부터 이 작품에는 도정의 실상을 엿보게 하는 대목들이 많이 보인다.

다시 범강(范康, 1294 전후)의 《죽엽주(竹葉舟)》제4절을 보면, 열어구(列御寇)와 장자방(張子房)·갈선옹(葛仙翁) 세 신선이 우고(愚鼓)와 간판(簡板)을 들고 등장하여 진계경(陳季卿)을 제도(濟度)하여 주려고 하는데, 그들은 진계경이 아직 오지 않는 틈을 이용하여 거리로 나가 도정곡을 부르기로 한다. 그리고는〈촌리아고(村裏迓鼓)〉·〈원화령(元和令)〉·〈상마교(上馬嬌)〉·〈승호로(勝胡蘆)〉의 네 곡을 부르는데, 뒤에 다시 이것을 도정곡이라 스스로 말하고 있다.〈촌리아고(村裏迓鼓)〉한 곡을 보기로 든다.

　　[촌리아고(村裏迓鼓)]
　우리의 이곳 깊은 선계(仙界)에는
　전혀 세상 사람들은 오지 못하는 곳.
　나는 이름과 성도 숨기고
　영욕(榮辱)을 멀리하고 번뇌도 모르고 있네.
　보라. 달팽이 뿔 위에서 다투는 듯한 명성과
　파리 대가리 같은 이익이 얼마나 되나!
　나는 그저 밤부터 날 샐 때까지 자고
　날 샌 때부터 밤까지 자다가
　곧장 깰 때까지 자는데,
　금방 말이 달리듯 시간은 지나가 버린다네.16)

---

16) [村裏迓鼓] 我這裏洞天深處, 端的是世人不到. 我則待埋名隱姓, 無榮無辱, 無煩無惱. 你看那蝸角名, 蠅頭利, 多多少少. 我則待夜睡到明, 明睡到夜, 睡直到覺呀, 則似刮馬兒光陰過了.

　이상 원잡극(元雜劇)의 도정은 모두 신선들이 부르고는 있지만, 그
들의 행색이 거지나 다름없고, 지금에 이르기까지 도정의 대표적인
반주악기인 우고(愚鼓)와 간판(簡板)을 쓰고 있으니, 거지들이 부르
던 도정의 모양도 비슷하였을 듯하다. 다만 그 가사의 내용은 도교의
교리를 해설하는 것이어서, 거지들이 부르던 도정의 가사와는 격이
달랐을 것이다.

　그밖에 양경현(楊景賢, 1383 전후)의 《유행수(劉行首)》에 등장하
는 마단양(馬丹陽)도 제4절에서 '어고(漁鼓)를 치면서 등장하여 시를
읊고' 있으니, 도사들에게 있어 도정의 창설(唱說)은 일상적인 일이었
던 듯하다.

　원대 사람들 산곡(散曲) 속에도 도정이 여기저기에 보인다. 등옥빈
(鄧玉賓, 1294 전후)에게는 도정을 읊은 〈도도령(叨叨令)〉 네 수가
있다. 첫 수만을 보기로 든다.

　생각컨대 돈을 보고 재물을 쌓는 것은 평생의 해가 되고
　남녀가 결혼하는 것은 풍류(風流) 빚을 지는 걸세.
　귀밑머리 희끗희끗 머리털 눈처럼 되어 염라대왕 탓하겠지만
　공명(功名)을 추구하고 부귀(富貴)를 탐낸 것 지금 어디에 남아
있는가?
　그대는 알았는가, 그대는 알았는가?
　벗할 영감 찾아 일찍이 초가집이나 짓게나.17)

---

17) 〔叨叨令〕道情
　　想這堆金積玉平生害, 男婚女嫁風流債. 鬢邊霜頭上雪是閻王怪, 求功名
　　貪富貴今何在? 你省的也麼哥, 你省的也麼哥? 尋個主人翁早把茅菴蓋.
　　〈朝野新聲太平樂府〉卷一)

이치원(李致遠, 1354 전후)은 〈수선자(水仙子)〉로 도정을 노래하고 있다.

> 술독 곁의 봄빛이 불로장생(不老長生)케 하는 중에
> 베개 위에 선향(仙鄕)을 꿈꾸며 술을 깨고 있으니,
> 언제나 만물의 조화가 깨끗한 마음과 합치되네.
> 뒤뜰에는 한가히 밝은 달빛 머물러 있으니
> 여가가 있더라도 도경(道經) 베끼지 말게나.
> 정다운 부부와 초가집의 형제들이
> 요대(瑤臺)에서 만나고 있으리니 ! 18)

모두 도교의 청정한 경지를 노래한 것이다. 당송대를 거쳐 원대에 이르기까지도 도정은 민간의 연예로서 노래불려지는 한편 일부 문인들에 의하여 문학작품으로 지어지기도 했던 것이다.

2) 명대(明代)

도교적인 얘기를 설창(說唱)하는 서사도정(敍事道情)은 명대에 이르러 크게 성행되기 시작한다. 《금병매사화(金甁梅詞話)》 64회(回)를 보면 서문경(西門慶)이 자기 집으로 도정을 창하는 사람 둘을 불러다가 《한문공설옹남관(韓文公雪擁藍關)》과 《이백호탐배(李白好貪杯)》를 창하게 하고 있다. 앞의 것은 한유(韓愈)와 도사가 된 조카 한상(韓湘)에 관한 얘기로, 소설로도 명간본(明刊本)《한상자(韓湘子)》가 있다. 《이백호탐배》는 이백(李白)이 호기를 부리며 술을 마시

---

18) [水仙子] 甕頭春色是長生, 枕上華胥當解醒, 常將造物合心鏡. 後庭閒留月明, 得工夫休寫黃庭, 怕蕭郞夫婦, 茅家弟兄, 邂逅瑤京.

고, 빼어난 시들을 짓던 얘기들을 설창하는 것이다. 이익(李瀷)의 《계암노인만필(戒菴老人漫筆)》권5에는 도정얘기를 하면서 '사설(詞說)에 《서유기(西遊記)》와 《남관기(藍關記)》가 있다.'는 말을 하고 있는데, 《남관기》는 실상 《한문공설옹남관(韓文公雪擁藍關)》과 같은 것일 가능성이 많으며, 서로 다른 것이라 하더라도 서사적인 강창(講唱)의 일종임에 틀림이 없는 것이다. 《금병매사화》에서는 창하는 사람이 어고(漁鼓)를 반주로 도정을 창하는데, 이미 그 창하는 사람은 도사가 아니라 전문 연예인이라고도 볼 수 있는 가동(歌童)이다.

일본의 《박재서목(舶載書目)》에는 명대 자미산주인(紫微山主人) 운하자(雲霞子)가 지은 《신준용항의석설창십이도한문자(新鐫龍項義釋說唱十二度韓門(湘)子)》4권이 수록되어 있다는데, 역시 강창하던 한상자(韓湘子)에 관한 도정의 창본(唱本)인 듯하다.[19]

천계(天啓) 3년(1623) 초간(初刊)의 《한상자(韓湘子)》(九如堂本 30回)는 '전당치형산인편차(錢塘雉衡山人編次)', '무림태화선객평열(武林泰和仙客評閱)'이란 두 줄의 표제(標題)가 매회(每回) 앞머리에 실려 있는데 치형산인(雉衡山人)이란 명대 절강(浙江) 전당인(錢塘人) 양이증(楊爾曾)의 호이다. 《한상자》를 보면 제10회에서 한상자가 어고(漁鼓)와 간판(簡板)을 들고 거리로 나와 도정을 창하며 사람들을 권화(勸化)한다.

이때 그는 〈낭도사(浪淘沙)〉·〈편지금(遍地錦)〉·〈옥교지(玉交枝)〉등 여러 곡을 노래부르며 음식 등을 구걸하는데, 사람들에게서 받은 물건들을 다시 거지들에게 모두 나누어 준다. 이는 도정과 거지와의 관계를 암시하는 듯도 하다. 이 뒤로도 거의 매회마다 한상자는 등장하여 어고와 간판을 들고 도정을 창하는데, 그가 부르는 도정에는 곡

---

19) 葉德均 《宋元明講唱文學》 二, 樂曲系講唱文學 의거.

패(曲牌)가 명시된 악곡형식(樂曲形式)의 것과 한 정절(情節)을 얘기해 나가는 설창형식(說唱形式)의 것이 있다.

진여형(陳汝衡)은 《설서사화(說書史話)》에 자신이 갖고 있다는 책을 교정한 《신정고거진실상자전전(新訂考據眞實湘子全傳)》에서 한상자가 어고(漁鼓)를 치면서 부르는 도정으로 '솨해아(耍孩兒)' 세 곡을 인용하고 있는데, 보기로 첫 곡만을 소개한다.

> 한탄스럽게도 세상 사람들은 꿈속에서처럼
> 명(名)과 이(利)를 제대로 보지 못하고 있네.
> 하루종일 공연히 심기(心氣)를 써버리고
> 남북으로 동서로 왔다갔다하며 돈벌이에 애쓰네.
> 영화와 부귀란 연극과 같은 것이고
> 처와 자녀들이란 봄바람 같은 걸세.
> 당신에게 수도(修道)하라 일러주어도 말을 듣지 않다가는
> 깨어나서는 후회해도 아무 소용없을 걸세.[20]

청(淸) 황문양(黃文暘)의 《곡해목(曲海目)》[21]에는 청(淸) 무명씨(無名氏)의 〈남관도곡(藍關道曲)〉이 수록되어 있는데, 그 아래 '모두 〈솨해아〉 소조이다(皆耍孩兒小調)'고 하는 주(注)가 달려 있다. 〈솨해아〉는 도정에서도 가장 많이 노래불려지던 곡조였던 듯하다. 그리고 〈남관도곡〉도 한상자(韓湘子)와 한유(韓愈)의 얘기를 다룬 것이다.

---

20) 〔耍孩兒〕嘆世人, 如夢中, 名與利, 看不通. 終朝枉費心機用, 南北經商西復東. 榮華富貴如演戲, 妻子兒女似春風. 若敎你修行不聽, 醒來時懊悔無功.

21) 《揚州畵舫錄》 卷5 부록

이익(李瀷)의 《계암노인만필(戒菴老人漫筆)》 권5를 보면

　도가에서 창하는 것으로 도정이 있고 승가(僧家)에서 창하는 것
으로 포송(抛頌)이 있는데, 사설(詞說)로 서유기(西遊記)·남관기
(藍關記)는 실로 빼어난 것들이다.[22]

라고 하였다. 《남관기(藍關記)》는 《금병매(金甁梅)》에 보인 《한문공
설옹남관(韓文公雪擁藍關)》 및 앞의 《남관도곡》·《한상자》와 같은
얘기일 것이며, 《서유기》는 포송(抛頌)이었을 것이다. 명대의 도정에
서 특히 한상자의 얘기가 많이 설창되었음을 알 수 있다.

　풍몽룡(馮夢龍, 1574~1645)의 《성세항언(醒世恒言)》 권38에는 ‘도
정장자탄고루(道情莊子歎骷髏)’를 설창하는 장면이 나온다. 장님이
동악묘(東嶽廟) 앞에서 어고(漁鼓)와 간판(簡板)을 치면서 칠언사구
(七言四句)의 시를 먼저 읊고는 ‘장자탄고루(莊子歎骷髏)’라는 도가
적인 얘기를 설과 창을 엇섞어 연출하고 사람들에게서 돈을 받는다.
여기의 장님은 분명히 거지이다.

　일본의 대동급문고(大東急文庫)에는 두혜(杜蕙)가 편찬한 명판본
(明版本) 《신편증보평림장자탄고루남북사곡(新編增補評林莊子嘆骷
髏南北詞曲)》 상하(上下) 2권이 있는데, 시(詩)와 설(說)·가(歌)·
사(詞)가 엇섞여 이루어진 설창 형식으로, 동해원(董解元)의 〈서상기
제궁조(西廂記諸宮調)〉와 비슷한 구성이라 한다.[23] 내용은 도사가
어고와 간판을 가지고 ‘장자탄고루’ 얘기를 설창하는 도정이라 하니,

---

22) ‘道家所唱有道情, 僧家所唱有抛頌, 詞說如西遊記·藍關記, 實匹休耳.’
23) 波多野太郎 〈道情彈詞木魚書（上）〉－中國文學史硏究－에서 인용. 葉
　　德均의 《宋元明 講唱文學》에는 같은 책 明末刊本이 인용되고 있다.

이는 도정의 유명한 레퍼토리의 하나였음을 알 수 있다.

명대에 나온 소설《격렴화영(隔簾花影)》35회(回) 및 명말 청초 정요항(丁耀亢)의《속금병매(續金甁梅)》46회에도 한 도사가 어고와 간판을 들고 도정 '장자탄고루'를 설창하는 대목이 보인다.

문인이 지은 작품으로는 장록(張祿)의《사림적염(詞林摘艶)》병집 (丙集)에 명(明) 여경유(呂景儒) 원작을 영재(寧齋)가 증보(增補)한 반섭조(般涉調) '초편(哨遍)'의 '장자탄고루' 산투(散套)가 있다.

3) 청대(淸代) 이후

도정의 창사(唱詞)는 이미 명대부터 악곡계(樂曲系)의 것과 시찬계 (詩讚系)의 것이 있었다.[24] 청대에 와서는 그 중 시찬계의 것들을 중 심으로 하여 남부 지방의 여러 가지 설창도정(說唱道情)이 발전하고, 악곡계의 것들은 섬서(陝西)·산서(山西)·감숙(甘肅)·하남(河南)· 산동(山東) 등지를 중심으로 여러 가지 희곡도정(戱曲道情)으로 발전 한다. 그러나 민간의 도사나 거지들은 전문연예인이나 준전문인(準專 門人)들의 그러한 경향과는 관계없이 시종 청창(淸唱)의 도정을 주로 창하며 돌아다녔을 것이다.

그리고 청대에 발전한 설창도정(說唱道情)이나 희곡도정(戱曲道 情)은 모두 그 지방의 지방회(地方戱)의 나고(鑼鼓)와 창강(唱腔) 및 연출기법(演出技法) 등과 함께 여러 가지 극목(劇目)을 흡수하고, 또 민간에 유행하던 민가(民歌)나 소희(小戱)들의 영향도 받으면서 발전 을 이룬 것들이다.

청 말엽에 나온 문강(文康)의《아녀영웅전(兒女英雄傳)》제38회에 묘사된 도정의 연출 형식을 보자. 한 남포(藍布) 도포(道袍)에 종려

---

24) 葉德均《宋元明講唱文學》二. 樂曲系講唱文學 참조.

(棕櫚)나무 잎새로 만든 도립(道笠)을 쓴 거지 행색의 도사가 왼팔엔
어고(漁鼓)를 매달고 손에는 간판(簡板)을 들고 오른손으로는 북을
치면서 도정을 창한다. 먼저 '비단 같은 세월은 물처럼 흘러가고(錦樣
年華水樣過)'하는 구절로 시작되는 칠언사구(七言四句)의 시를 읊고,
'오직 이렇게 될 수밖에 없었으니, 달리 어찌하는 수가 없었다(只得如
此, 無可奈何)'는 제목의 도정을 창하여 '사람들의 어리석음을 깨우쳐
주고 번뇌를 없애주겠다'는 뜻의 설백(說白)을 한다.
　　그리고는 이어서 12곡의 도정을 창하는데, 그 첫곡은 다음과 같은
것이다.

　　　　북소리 둥둥 울리기 시작하니
　　　　떠들지 말고 자세히 들어 보소.
　　　　사람이 세상에 사는 것은 모두가 꿈 같은 것이니
　　　　봄꽃 가을달 모두 지고 없어지게 되고,
　　　　변화무쌍한 세상일들의 변화 속에
　　　　아지랑이 아롱거리듯 모든 일 그대로 있지 않네.
　　　　몇 마디 형편없는 얘기 창하는 것을
　　　　저녁 북소리나 아침 종소리라 여기고 들어 보소.25)

　　이어 10곡의 창과 끝머리 1곡의 미성(尾聲)을 노래하는데, 이를 들
은 사람들은 제각기 마음 내키는 대로 도사에게 돈을 주고 흩어진다.
　　이상이 송대부터 청대에 이르기까지 도사와 거지들이 창하던 도
정의 기본 형식이었을 것이다. 다음엔 청대로부터 지금까지 중국 각

---

25) '鼓逢逢, 第一聲. 莫爭喧, 仔細聽. 人生世上渾如夢, 春花秋月銷磨盡, 蒼
　　狗白雲變態中, 遊絲萬丈飄無定. 謅幾句盲詞瞎話, 當作他暮鼓晨鐘.

지에 연창(演唱)되고 있는 도정희(道情戱) 또는 도정을 아래에 소개한다.26)

산서(山西)는 옛부터 도정이 성행한 고장이다. 영제도정희(永濟道情戱)는 산서성(山西省) 남쪽 중조산(中條山) 일대의 지방에 유행되고 있는 것인데, 그 고장에서는 진(秦)나라가 한(韓)나라를 멸망시킨 뒤 장량(張良)이 한나라를 부흥시키려고 뜻있는 사람들을 모으려고 사방을 돌아다니면서 도정을 창했다는 전설이 전해온다고 한다. 어떻든 송·금·원을 거쳐 명·청에 이르기까지 이 고장에 도정의 전통이 이어져왔음을 짐작케 한다.

그러나 청대에 와서 이 영제(永濟)의 도정은 그 고장의 민가와 여러 가지 극종의 음악과 연출기법을 흡수하여 크게 발전을 이룩하였다. 반주악기도 어고와 간판 이외에 양금(揚琴)·이호(二胡)·삼현(三弦)·저호(低胡) 등의 현악기와 고판(鼓板)·전고(戰鼓)·방자(梆子)·마라(馬鑼)·수라(手鑼)·목어(木魚)·팽령(碰鈴) 등의 여러 가지 타악기가 보태졌다. 연출기법은 특히 그 지방의 포극(蒲劇)의 영향을 많이 받아 창강(唱腔)이 더욱 화려해지고, 곡예(曲藝)로서의 성격도 소극(小劇)의 일종으로 발전하여 소단(小旦)·소생(小生)·청의(靑衣)·노단(老旦) 등의 각색(脚色)이 등장하게 되었다.

그리고 극목(劇目)도 이미 청대에 '신선권화(神仙勸化)'의 성격을 벗어난 여러 가지 종류의 것들이 생겨났는데, 지금 가장 많이 상연되는 것으로 〈소고현(小姑賢)〉·〈격문현(隔門賢)〉·〈거중연(柜中緣)〉·〈연소거(燕鎖柜)〉 등이 있다 한다.

이밖에도 산서에는 명(明) 정덕(正德)·가정(嘉靖) 연간(1506~

---

26) 《中國戱曲劇種手冊》(李漢飛 編. 北京. 中國戱曲出版社, 1987) 및 《中國大百科全書》戱曲曲藝(北京, 上海, 中國大百科全書出版社, 1983) 참조.

1566)부터 성행했다는 홍동도정(洪洞道情)이 있는데, 이것도 연출기교나 극목 등 모두 포주방자(蒲州梆子)의 영향을 받아 발전한 것이다. 이 도정은 창강(唱腔)이 아름답다는 평을 받고 있으며, 지금도 30여종의 극목이 연출되고 있다 한다.

임현(臨縣)을 중심으로 하는 진서(晉西) 여러 현에 유행하고 있는 임현도정희(臨縣道情戲)도 오랜 전통을 자랑한다. 한상자(韓湘子)의 전통을 계승했나 하여 한상자와 관계되는 극목이 많으며, 홍(紅)·흑(黑)·생(生)·단(旦)·축(丑) 등의 각색이 등장한다. 전통적인 극목도 많으나 60년대 이후에는 새로 편극(編劇)한 현대희(現代戲)도 수십종이 있다 한다.

산서(山西)의 북부지방에도 진북도정(晉北道情)이 유행하고 있는데, 역시 송·원 이래의 전통을 이어받았고, 청대에 이르러 진북(晉北) 지방에 성행한 방자희(梆子戲)의 영향으로 그 음악과 연출기법을 개량한 것이라 한다. 주창자(主唱者)는 어고와 간판을 치며 설창(說唱)을 하지만, 그밖의 5, 6명의 죽저(竹笛)·사호(四胡)·판호(板胡) 등의 악기 반주가 따르고, 차츰 연출자수도 그 연출기법의 발전에 따라 크게 늘어났다.

그리고 민국초(民國初)에 이르러는 이 도정이 섬서성(陝西省) 동부와 하북성(河北省) 서북부 및 내몽고(內蒙古)의 일부 지방에 이르기까지 널리 퍼졌다 한다. 본시는 도교와 관계되는 극목이 많았으나 차츰 민간의 고사(故事)를 연출하는 소극(小劇)이 많아졌고, 근래에 와서는 방자희(梆子戲)의 연출방법을 그대로 응용한 〈오옥대(烏玉帶)〉·〈건곤대(乾坤帶)〉·〈금사추(金獅墜)〉·〈옥호추(玉虎墜)〉 등의 대희(大戲)도 생겨났으며, 다시 〈산촌위생진(山村衛生眞)〉·〈정혼지전(訂婚之前)〉 같은 현대희(現代戲)도 연출되고 있다 한다.

섬서(陝西)에도 옛부터 도정이 성행하여 지역에 따라 관중도정(關

中道情)·상락도정(商洛道情)·안강도정(安康道情) 등으로 나뉘어지고, 연창형식(演唱形式)으로는 도정 본래의 형식을 계승한 청창(淸唱)의 어고곡자(漁鼓曲子)와 그 지방의 민가(民歌)와 지방희(地方戲)의 음악과 연출기법을 받아들여 희극(戲劇)으로 발전시킨 피영희(皮影戲)와 대희(大戲)의 세 종류가 있다. 악기는 어고와 간판으로 박자를 치는 이외에도 피현(皮弦)과 호금(胡琴)을 주악기로 많이 쓰고 적자(笛子)가 보태지는 정도였으나, 지금 와서는 판호(板胡)·이호(二胡)·삼호(三胡)·관자(管子)·쇄납(嗩吶)·팽령(碰鈴) 등 수많은 악기가 보태어지고, 음악도 다양해진 위에 극목도 무수히 늘어났다.

　강서(江西)에는 도정에서 발전한 의춘평화(宜春評話)와 영신소고(永新小鼓)가 전한다. 두 종류 모두 청대 초기부터 각각 의춘(宜春)과 영신(永新)을 중심으로 하여 널리 유행하였고, 모두 장님들에 의하여 주로 연창되었다는 특징을 지니고 있다. 의춘평화(宜春評話)는 왼편 어깨에 어고 비슷한 평화통(評話筒)을 메고 왼손에 작은 대쪽을 들고 통벽(筒壁)을 치며 장단을 맞추고, 오른손으로 평화통(評話筒) 바닥을 치면서 설창을 한다. 대체로 민간설화를 설창하였는데, 근래엔 새로운 극목이 편연(編演)되는 한편, 반주악기도 나고(鑼鼓)·쇄납(嗩吶)·호금(胡琴) 등이 보태졌다 한다.

　영신소고(永新小鼓)도 장님이 소고(小鼓)를 치면서 설창하는 형식의 것인데, 본시는 짧은 고사들을 연창하던 것이 점차 장편의 얘기를 설창하게 되었고, 음악도 그 지역적인 특징을 갖추게 되었다. 본시 어고 대신 쌍면소피고(雙面小皮鼓)를 허리에 매달고 한 사람이 장단을 치면서 창을 하고, 간간이 약간의 설백(說白)이 보태지는 형식의 것이었는데, 여기에도 평강(平腔)·고강(高腔)의 음악이 보태지고 많은 새로운 곡목들이 창작되어 연창기교도 많은 발전을 이룩했다 한다. 특히 혁명투쟁의 좋은 선전수단으로 인정받아 한동안 민간에 크게 성행하였다.

호남(湖南) 각지에도 옛부터 어고(漁鼓)가 유행하여, 특히 형양어고(衡陽漁鼓)가 유명하다. 청초 이 고장 출신의 학자 왕부지(王夫之, 1619~1692)가 〈우고사(愚鼓詞)〉 27수를 짓고 있으니, 형양(衡陽) 지방에는 일찍부터 도정이 성행하였음을 짐작케 한다. 우고(愚鼓)는 어고의 별칭이며, 왕부지(王夫之)는 이 시를 빌어 청조(淸朝)에 대한 불만을 읊고 있다.

형양어고(衡陽漁鼓)는 본시 창이 위주이고, 약간의 설백(說白)이 보태지는 형식인데, 창은 앞머리의 인시(引詩)와 정강(正腔) 및 미성(尾聲)에 해당하는 쇄구(鎖口)의 세 부분으로 이루어진다. 창사(唱詞)는 1절(節) 4구(句)로 이루어지는 7자와 10자 형식이 보통이고, 간혹 곡패(曲牌)가 보태지기도 한다. 악기는 어고와 간판 외에 소뇨(小鐃)가 보태지는 정도였다.

그러나 이런 형식으로는 장편(長篇)의 연창에 불편하여 60연대 이후부터 음악을 개량하고 이호(二胡)·중호(中胡)·고호(高胡)·월금(月琴)·삼현(三弦) 등의 악기를 보태고, 한 사람이 아닌 여러 사람들이 연창하는 형식으로 발전시켰다 한다. 따라서 극목(劇目)도 전통적인 것 이외에도 민간고사를 활용한 새로운 중(中)·장편(長篇)의 것들과 현대희(現代戱)도 생겨나 유행하고 있다 한다.

하남(河南)에도 동남부지방을 중심으로 추자옹(墜子嗡)이라고도 부르는 도정이 유행한다. 이 하남도정(河南道情)은 어고 이외에 절박(節拍)을 위하여 추자(墜子)도 보태지고, 또 예동앙가(豫東秧歌)와 화고(花鼓)의 곡조(曲調)를 흡수한 위에 하남월조(河南越調)와 예극(豫劇)의 영향 아래 발전한 것이다. 본시는 청대만 하더라도 두 사람이 대창(對唱)하던 형식이었는데, 뒤에는 음악도 개량하고 반주악기도 늘리고 내용도 희극 형식으로 발전하였다. 그러나 전통극목(傳統

劇目) 속에는 설창(說唱) 형식에서 약간의 개량을 가한 듯한 것들이 많으나 완전히 새로운 내용과 형식을 지닌 창작극들도 있다.

사천(四川)에는 죽금(竹琴)이라 부르는 도정이 전하고 있다. 본시 청초에는 도사들이 어고와 간판을 들고 24효(孝) 같은 종류의 내용을 연창했었는데, 청말에 이르기까지 여러 가지 장편의 얘기를 연창하는 서사도정(敍事道情)이 생겨났다 한다. 그 때 쓰기 시작한 것이 길이 약 3척, 직경 약 2촌(寸) 굵기의 대통 한 편에 어피(魚皮, 또는 돼지 창자 가죽)를 씌운 북을 손가락으로 치면서 절박하는 죽금(竹琴)을 어고 대신 쓰기 시작하여 그런 이름이 생겨났다. 죽금은 한 사람이 앉아서 창하는데, 한 사람이 등장하여 몇 사람의 목소리를 내어 설창한다. 창하는 곡목으로는 장편으로 《삼국(三國)》·《열국(列國)》 같은 것이 있고, 중단편(中短篇)으로는 《비파기(琵琶記)》·《백사전(白蛇傳)》·《화목란(花木蘭)》 같은 것이 있다.

이밖에도 산동(山東)에는 산동어고(山東漁鼓)가 전해지며 《쌍배년(雙拜年)》·《요강주(鬧江州)》 같은 전통적인 곡목이 있다. 호북(湖北)에는 면양어고(沔陽漁鼓)라 부르던 피영희(皮影戲)와 합류한 호북어고(湖北漁鼓)가 전하며 《미로기(迷路記)》·《대도풍회(大刀風會)》 같은 작품이 있다. 강서(江西) 지방에는 남창도정(南昌道情)·영도도정(寧都道情)·길안도정(吉安道情)·파양어고(波陽漁鼓)·호구어고(湖口漁鼓) 등 여러 가지 도정이 유행하며, 전통적인 곡목도 《진주탑(珍珠塔)》·《대고(大姑)》·《양축(梁祝)》·《연도기(烟刀記)》·《오금기(烏金記)》 등 종류가 무척 많다.

절강(浙江) 지방에는 의오도정(義烏道情)·금화도정(金華道情)·태주도정(台州道情) 등이 전하며, 일부 지방에서는 온주연화(溫州蓮花)처럼 '연화(蓮花)'라고도 부르는데, 연화락(蓮花落)과 서로 비슷한 점이 있기 때문일 것이다. 광서(廣西)에도 계림어고(桂林漁鼓)·의산

어고(宜山漁鼓)·유주어고(柳州漁鼓)·전주어고(全州漁鼓) 등 여러 종류가 유행하고 있다. 청해(靑海) 지방에는 청해도정(靑海道情)이 전하고, 감숙(甘肅)에는 농동도정(隴東道情), 내몽고(內蒙古)에는 도가(道歌)라고도 불리는 내몽도정(內蒙道情)이 전해지고 있다.[27) 그러니 도정은 거의 전국에 유행하고 있음을 알 수가 있다.

청대에도 문인들이 도정을 빌어 시와 산곡(散曲)을 지었다. 앞에서 이미 호남(湖南)의 형양어고(衡陽漁鼓)를 소개하면서 왕부지(王夫之)가 〈우고사(愚鼓詞)〉 27수를 지었음을 얘기하였거니와, 특히 정섭(鄭燮, 1693~1765)의 〈도정(道情)〉 10수의 시가 유명하다. 그것은 도정의 청정(淸淨)한 이속(離俗)의 경지를 잘 읊고 있기 때문일 것이다. 그 중의 첫 수를 보기로 든다.

늙은 고기잡이 영감 낚싯대 하나 들고
산자락 의지하고 물굽이를 따라서
조각배 타고 아무 거리낌없이 왔다갔다하네.
갈매기 점점이 떠있는 가벼운 파도치는 물 아득하고
쓸쓸한 갈대 우거진 나루터는 대낮인데도 쌀쌀한데
한 곡조 소리 높여 부르는 노래와 함께 기운 해 저물고 있네.
잠깐 사이에 물결은 금빛으로 출렁이고
문득 머리 드니 달이 동산 위에 떠있네.[28)

생평을 알 수 없는 심철도인(心鐵道人)에게 남선려(南仙呂) 해정

27) 이상 《中國戲曲曲藝辭典》(上海 辭書出版社, 1981) 의거 보충.
28) 〈道情〉 老漁翁, 一釣竿, 靠山涯, 傍水灣, 扁舟往來無牽絆. 沙鷗點點輕波遠, 荻港蕭蕭白晝寒, 高歌一曲斜陽晚. 一霎時波搖金影, 驀擡頭月上東山.

가(解醒歌)의 소령(小令)으로 도정사(道情詞) 4수가 있는데,29) 도정
가사(歌辭)의 본래 모습에 가깝다. 그 첫 수를 보기로 든다.

　　[해삼정(解三醒)]
　　여러 사람에게 묻노니 누구 덕에 그대들 자랐는가?
　　짐승들이 아니라면 어떻게 부모님 거스리겠는가?
　　집집마다 산 부처님처럼 잘 모시되
　　거짓 뜻은 버리고 진실된 마음으로 해야 하네.
　　허튼 수작 하기에 바쁜 처의 말 듣지 말고
　　언제나 부모님 마음 기쁘고 즐겁게 해드리게나.

　　[배가(排歌)]
　　사람이 불효하면 재앙이 오게 되고
　　옛부터 효성스런 사람에겐 복이 찾아왔다네.
　　하나님도 감응하시어
　　복 더욱 내리실 것이니
　　효자를 잘 길러 내야 할 걸세.30)

　　효도를 권장하는 내용이다. 나머지도 형제간의 우애와 인덕을 강조
하는 두 수에 이어 끝 수에서만 세상의 명리(名利)는 헛된 것이라며

---

29) 凌景廷, 謝伯陽 編 《全淸散曲》(齊魯書社. 1985) 中冊.
30) 道情詞
　　[解三醒] 問大衆憑誰生長, 非畜類怎忤爺娘? 家家活佛該供養, 除假意
　　發眞良. 休聽妻語搬弄忙, 總要親心快樂長.
　　[排歌] 人不孝, 有災殃, 從來孝順召嘉祥. 天感格, 福昭彰, 也敎養個孝
　　兒郎.

도교의 교리를 강조하고 있다. 작자는 탄사(彈詞) 〈하필서상(何必西廂)〉이란 작품도 썼다니 민예작가(民藝作家)라 할 만한 사람이다. 서대춘(徐大椿, 1693~1771)에게는 또 〈회계도정(洄溪道情)〉 38수가 있는데,[31] '권효가(勸孝歌)'·'권장친(勸葬親)'·'계쟁산(戒爭産)' 등 교훈적인 내용의 작품이 대부분이다. 서대춘(徐大椿)이 자서(自序)에서

　　지금은 오래 실전(失傳)되어서 겨우 시속(時俗)에서 창하고 있는 쇠해아(耍孩兒)·청강인(淸江引) 몇 곡이 있을 따름인데, 비천(卑賤)하고 용탁(庸濁)해서 전혀 초세출진(超世出塵)의 울림이란 없으니 그 소리는 찾을 수가 없게 된 것이다.[32]

라고 말하고 있다. 이는 도정에 대한 상류층의 입장을 대변하는 말이라 할 수 있다.

4) 현재의 도정의 한 보기

　　필자는 1995년 2월 9일, 사천성(四川省) 재동(梓潼)에서 한 시골 마을로 탈놀이가 있다는 묘제(廟祭)를 보려고 옛 촉도(蜀道)를 따라 검각(劍閣) 방향으로 가다가, 옛날 장비(張飛)가 심었다는 노백(老栢)이 우거진 산 중턱에 있는 관제묘(關帝廟)를 찾은 일이 있다. 옛날에는 그곳의 묘제(廟祭)가 유명했고 탈놀이도 연출되었다고 한다. 그곳의 문창대군묘(文昌大君廟) 앞에 한 거지 도사가 앞에 돈바구니를 놓

---

31) 《散曲叢刊》 淸人散曲選刊 附錄.
32) '今久失其傳, 僅存時俗所唱之耍孩兒·淸江引數曲, 卑靡庸濁, 全無超世出塵之響, 其聲竟不可尋矣.'

고 어고와 길죽한 나무판에 방울이 달린 박판(柏板)을 치면서 도정을
창하고 있는 것을 발견하였다.

잔돈이 담겨 있는 대바구니에 필자가 돈을 넣어 주며, 가장 잘하는
곡목을 골라 몇 가지 창해 달라는 부탁을 하였다. 그는 곧 권화(勸化)
와 권선(勸善)의 내용인 듯한 비교적 짧은 곡목과 함께, 서사도정(敍
事道情)이라 할 수 있는 '목련구모(目連救母)'와 '맹강녀(孟姜女)' 이
야기의 한 대목을 비교적 길게 창하여 주었다.

창하는 사람의 나이는 72세이고 이름은 마명인(馬鳴人)이라 했다.
거지지만 차림새는 도사인데 이름은 불교의 존자(尊者)에게서 따고
있다. 그처럼 그가 설창하는 내용도 도교적인 것과 불교적인 것이 뒤
범벅이 되어 있었다. 창사는 반도 제대로 알아듣기 어려웠는데, 뒤에
그가 갖고 있는 창본(唱本, 대부분이 手抄本)을 보니 그럴 수밖에 없
다는 사실을 알게 되었다. 다행히도 동행했던 한 교수가 뒤에 남아
그가 갖고 있는 창본 중에서, 충분히 잘 외고 있어 주어도 괜찮겠다
는 창본 두 종류를 얻어 왔다. 제목이 하나는 〈향산보참(香山寶懺)〉
이고, 다른 하나는 〈지모진경(地母眞經)〉이라 붙어 있었다.

〈향산보참〉은 폐지를 활용한 표지의 위쪽 왼편에 '향산보참(香山寶
懺)'이라고 네 자가 수필(手筆)로 세로로 쓰여 있고 아래편 중간에는
또 '만고전문(萬古傳文)'이란 네 글자가 세로로 쓰여져 있다. 그 전체
적인 내용은 관음보살(觀音菩薩)의 전신인 장엄왕(莊嚴王)의 3녀
(三女) 묘선공주(妙善公主)가 도탈(度脫)하는 과정을 창하는 것이다.
그 구성은 1. 향찬(香讚), 2. 계경찬(啓經讚), 3. 지심조례(志心朝禮),
4. 개경게(開經偈), 5. 향산보참(香山寶懺)으로 이루어져 있다. 그러나
전체적으로 알 수 없는 글자와 분명히 잘못 베꼈다고 여겨지는 곳들
이 많으며, 많은 부분을 빼먹고 베긴 듯도 하다.

첫머리 향찬(香讚)은 서언이나 같은 성격의 내용인 듯하며, 둘째

계경찬(啓經讚)은 칠언팔구(七言八句)로 이루어져 있고, 셋째 지심조
례(志心朝禮)는 불경 네 구절을 인용한 것인데 초사(抄寫)한 솜씨가
형편없으며, 네 번째 개경게(開經偈)는 칠언사구(七言四句)인 듯 하
며, 그 뒤에야 칠언(七言)으로 된 〈향산보참(香山寶懺)〉의 본문이 초
사(抄寫)되어 있다. 〈향산보참〉의 본문은 설창(說唱) 형식으로 이루
어져 있는데, 창사는 칠언으로 되어 있다. 수십 또는 10여 구의 칠언
을 창한 다음 일단(一段)의 설백(說白)이 이어지는데, 이를 반복하며
설창이 이루어지고 있다. 그밖에 두 곳은 설백의 뒤에 다른 한 곳은
창사(唱詞)의 뒤에 '유시위증(有詩爲証)'이란 허두 아래 오언사구(五
言四句)의 시를 인용하고 있다.

먼저 첫머리의 칠언(七言) 창사(唱詞) 한 대목을 보기로 든다. 본
문의 괄호 안의 것이 본래의 글자이며, 필자가 수정한 것을 표시하기
위한 것이다.

자비하신 보살님은 옛부터 지금까지 전해지고 있으니,
중생을 제도하여 열반으로 들어가게 하는데,
서방으로 인도하여 정토에서 살도록 하시어
극락의 별천지에서 즐거움을 누리도록 해주시네.
　　(중간 생략)
궁전에 출생하여 부귀를 누리시다가
영화를 버리고 괴로움과 헐벗음 당하셨네.
〈향산보참〉을 사람들에게 권하노니
이것을 들으면 큰 연을 갖게 될 걸세.
만약 부질없이 〈향산참〉을 듣고 외우기만 하고
마음과 뜻 오로지 하지 않는다면 공연한 일만 될 걸세.
大悲菩薩古今(金)傳, 度盡衆生入涅槃.

接引西方生淨土, 受享(亨)極樂別有天.
　　(중간 생략)
生在皇宮享富貴, 捨了榮華(华)受苦寒.
香山寶懺將人勸(劝), 得聞(間)此懺大有緣.
若徒聽(聰)誦香山懺, 心意不專也枉(往)然.

다음엔 첫 번째 설백의 앞 대목을 보기로 든다.

'장왕(莊王)은 궁전으로 돌아와 생각하였다. 나는 바로 한 왕조의
제왕이나 슬하에 아들이 없으니 어쩔 수가 없구나. 세 공주만을 낳
았는데, 오직 묘선(妙善)만은 크게 달라서 과연 외모도 비범하다.
만약 그 애가 출가(出家)하여 수행(修行)을 한다면 문무백관(文武
百官)들이 듣기에도 아름답지 못한 일이다. 하물며 나의 딸은 바로
금지옥엽(金枝玉葉)이요 천금(千金)의 몸인데 어찌 가볍고 천하게
다룰 수 있겠는가? 나는 이미 벌로 화원(花苑)에서 지내도록 하였
는데, 거기엔 몸을 가릴 집도 없어서 비바람을 그대로 맞고 있을
것이라 내 마음이 편하지 못하다. 오늘 한가히 화원에 놀러 나가
그 애에게 권해 봐야겠다. 만약 마음을 돌리고 뜻을 바꿔 부마(駙
馬)를 잘 맞아들인다면 영화와 부귀를 누리게 될 것이다.

　莊王回宮思想, 朕乃一朝帝王, 奈膝下無子. 所生三個女公主, 惟
妙善大不相同, 果然相貌不凡. 若出家修身, 文武聽之不美, 況朕之
女乃金枝玉葉, 千金(斤)之體, 豈能輕賤? 朕曾罰在花苑(茵), 又無
房屋遮身, 風雨飄淋, 朕心難安. 今日閒遊花苑(茵)相勸, 若還心轉
意, 好招駙馬, 享其榮華富貴.

또 인용된 첫 번째 오언사구(五言四句)의 시는 다음과 같은 것이다.

어머니께서 셋째 공주님께 권하기를,
마음 돌려 시집을 가서
온갖 고생하지 말고
재난받지 않도록 하라는 것이었네.
母勸三公主, 回心招東床.
不受千般苦, 免得遭(曹)禍殃.

　글을 베끼면서 잘못 쓴 글자들도 무수히 많다. 칠언(七言)의 창사 중엔 육자구(六字句)로 된 곳이 두 곳 있는데, 그것은 모두 글을 베끼면서 한 글자를 빼먹었기 때문이다.

　〈지모진경〉도 표지는 폐지(廢紙) 위에 붓으로 네 글자를 새로 써놓은 것이다. 본문은 모두 옛날식으로 등사(謄寫)한 것인데, 안 표지엔 '중화민국 14년(中華民國拾四年, 1925)'이라고 오른편에 쓰여 있고, 왼편에는 후부(後附) 〈안광경(眼光經)〉·〈오곡경(五穀經)〉이라 쓰여 있다. 본문 앞머리에는 '광서 19년(光緒十九年, 1893) 5월 18일(五月十八日) 섬서(陝西) 한중부(漢中府) 성고현(城固縣) 지모묘비란전경(地母廟飛鸞傳經)', '무상허공지모현화양생보명진경(無上虛空地母玄化養生保命眞經)'이란 글이 표제(標題)로 적혀 있다.

　앞의 〈향산보참〉도 그러했지만 많은 글자들을 지금 중국에서 쓰고 있는 간자체(簡字體)로 베낀 점에서 미루어, 이들 창본은 모두 최근에 초사(抄寫)한 것인 듯하다. '중화민국 14년(1925)'은 등사된 모본(母本)이 만들어진 해일 것이고, '광서 19년(1893)'은 〈지모진경〉의 진짜 원본이 만들어진 해일 것이다. 그리고 그것은 섬서성 한중부 성고현(四川에 인접한 곳)에 있는 지모묘(地母廟)에서 묘제(廟祭)를 행할때 쓰인 창본이며, 본시의 완전한 제목이 〈무상허공지모현화양생보명진경〉인 듯하다.

구성은 첫머리에 대개가 사언(四言)으로 이루어진 짧은 향찬(香讚)과 지모보고(地母寶誥)가 있은 다음 본문이라 볼 수 있는 칠언(七言) 184구의 지모진경(地母眞經)과 칠언 128구의 지모묘경(地母妙經)이 자리하고, 끝머리에 오언사구(五言四句)의 시가 붙어 있다.

그 다음엔 표지에도 표시되어 있지 않은 지모구겁사죄보참(地母救刧赦罪寶懺)이 이어지고 있는데, 무극고불지모구겁사죄보참(無極古佛地母救刧赦罪寶懺) 또는 무상지모사죄구겁보참(無上地母赦罪救刧寶懺)33) 등으로 불려지고도 있다. 이 보참(寶懺)은 상(上)·중(中)·하(下) 세 권으로 나뉘어져 있다.34)

상권은 설백(說白)과 칠언사구(七言四句)의 시로 이루어진 봉향찬(奉香讚), 설백으로 이루어진 재신예청(再伸禮請), 설백과 육언(六言)으로 이루어진 천심참(天心懺), 사언(四言)과 설백·칠언(七言)으로 이루어진 지심귀명례(志心歸命禮)로 이루어져 있고, 중권은 칠언사구의 시와 설백·칠언으로 이루어진 미륵고불찬(彌勒古佛讚), 설백으로 이루어진 고불연보참(古佛演寶懺)으로 이루어져 있으며, 하권은 공득구겁사죄보참(功得救刧赦罪寶懺)이란 표제 아래 설백과 칠언 창사(唱詞)가 엇섞여진 형식으로 이루어져 있고, 끝머리엔 오언사구(五言四句)의 시를 붙여 놓고 있다.

그 다음엔 짧은 〈안광진경(眼光眞經)〉인데, 첫머리는

부처님께서 안광경(眼光經)을 설법(說法)하셨는데 눈 밝은 것이 마음의 등불이라 하셨네.

佛說眼光經, 眼明是心燈.

---

33) 本文 첫머리와 중간에 이와 같은 標題가 보임.
34) 중간에 '中卷'·'下卷'의 표시는 있으나, 앞머리에 '上卷'의 표시만은 없다.

라는 오언시(五言詩)로 시작되나, 그 다음부터는 무슨 뜻의 글인지
알기 어려운 글이 세네 줄 이어진 것이다.

그 다음엔 〈태상노군설오곡묘경(太上老君說五谷妙經)〉인데 설백과
칠언 창사로 이루어졌고, 옛 성인(聖人)들이 오곡(五穀)을 찾아내어
사람들이 살아갈 수 있도록 한 공덕을 칭송하는 내용이다.

〈지모진경(地母眞經)〉의 창사에서 보기로 알아보기 쉬운 대목을
골라 보겠다.

> 신(神)과 기(氣)가 조화되어 천지를 변화시키고
> 기와 신이 합쳐져 현명한 사람을 낳네.
> 참된 기는 어머니 되니 어머니는 기이고
> 참된 신은 자식 되니 자식은 신이네.
> 음양(陰陽)이 모이고 합치며 진실로 조화를 이루니
> 천지의 조화가 현명한 임금을 낳네.
> 비록 사람들이 하는 말은 못하지만
> 삼구이팔(三九二八)의 변화를 때때로 행하여,
> 자식 어머니 떨어지지 않고 잉태하게 되니
> 몸이 잉태한 지 꼭 10년 되자,
> 10년으로 태가 흡족해지고 괘효(卦爻)가 정해져서
> 태가 차자 여섯 현명한 임금 낳았으니,
> 천황씨 지황씨 인황씨와
> 복희씨 헌원씨 신농씨였네.
> ......
> 만약 아직도 지모(地母)님 말씀 듣지 않는다면
> 오곡 거둬들이지 못하여 먹을 것 없게 될 것이고,
> 만약 아직도 지모님 말씀 믿지 못한다면

큰 위해와 큰 재난으로 살아남지 못할 거라.
지모님은 10월 18일 생이시니
집집마다 지모경(地母經)을 외우고 읽어야 하네.
향기로운 등불 켜고 과일 깨끗이 차려 놓고
묘회(廟會)하며 경을 외워 충심을 표하네.
어떤 이가 내게 지모경을 전해 주면
자손 만대로 큰 은혜 받게 되고,
어떤 사람이 내게 지모경 전해 주면
대대로 자손 집안 가득히 흥성한다네.
神與炁和化天地, 炁與神合産賢人.
眞炁爲母母是炁, 眞神爲子子是神.
陰陽會合眞造化, 造化天地産賢君.
雖然不會人言語, 三九二八時時行.
子母不離懷胎孕, 身懷有孕十年整.
十年胎足卦爻定, 胎滿産出六賢君.
天皇地皇人皇氏, 伏羲軒轅與神農.
……

若還不聽地母話, 五穀不收吃不成.
若還不信地母話, 大刦大難活不成.
地母十月十八生, 家家誦念地母經.
香燈供果排齊整, 做會誦經申表衷.
有人傳我地母經, 子孫萬代受皇恩.
夫人傳我地母經, 代代兒孫滿堂興.

4. 맺는 말

　도정이란 중국의 민간곡예(民間曲藝)는 본시 도사들이 도교를 선양할 목적으로 불교를 본받아 창하기 시작한 것이다. 따라서 그 내용은 범속(凡俗)을 초탈(超脫)하는 경지를 노래하며 어리석은 세상사람들을 제도(濟度)하려는 뜻이 담긴 것이며, 그 형식은 한 사람이 어고(漁鼓)와 간판(簡板)을 치면서 창하는 것이었다. 당송 이후 지금에 이르기까지 도사와 거지들에 의하여 전창(傳唱)된 도정은 이러한 청창(淸唱)의 것이 전통적인 것이었다. 다만 그 내용에는 후세로 올수록 민속에 도교와 불교가 융합되고 있는 현상을 반영하여, 불교적인 것들이 더욱 많이 섞여들고 있다.

　그러나 명대로 오면서 서사도정(敍事道情)이 발전하여 성행한다. 청창이 서사적인 것으로 발전하면서, 창하는 사람도 한 사람에서 두 사람 이상으로 늘고 반주 악기도 경우에 따라 몇 가지 더 늘어나게 된다. 그리고 그 구성은 설백(說白)과 창이 엇섞이는 강창(講唱)으로 변하고, 창하는 사람도 도사나 거지뿐만이 아니라 전문 연예인 또는 준전문 연예인들이 하는 것으로 변한다. 청대에 와서는 각 지방의 민가(民歌)나 지방희(地方戲)의 영향으로 도정이 더욱 발전한다. 우선 연출형식에 있어 여러 명의 각색(脚色)이 등장하여 대창(對唱) 대무(對舞)를 하며 대화도 주고받는 소희(小戲)로도 발전한다. 그러한 경우 출연자의 수도 늘고 반주 악기도 지방희나 비슷한 수준으로 크게 늘어난다. 그리고 일부 지방에는 장편(長篇)의 도정희(道情戲)조차도 생겨나게 된다.

　따라서 현재 중국에 연창되고 있는 도정은 청창에서 서사도정(敍事道情) 및 도정희(道情戲)에 이르기까지 그 형식이 다양하며, 그 연창

방법이나 반주 악기 및 연창자들도 지방에 따라 여러 가지의 것이 있다. 이 점이 도정뿐만이 아니라 중국의 민간곡예들이 갖고 있는 가장 두드러진 특징인 듯하다.

그리고 청대 이후로 보여주는 다양한 도정의 발전은 무엇보다도 지방희의 영향이 가장 큰 듯하다. 지방희의 영향으로 창강(唱腔)이나 연출기법(演出技法)이 다양해지고, 반주악기의 수가 늘어나면서 전체적으로 희극화(戱劇化)하고 있는 것이다. 이 지방희의 영향은 중국의 고사(鼓詞)나 탄사(彈詞) 등 각종 곡예(曲藝)에 걸쳐 뚜렷이 드러나는 현상이며, 그것은 근래에 이르러 더욱 심해지고 있다고 여겨진다. 물론 중국의 전문가들은 이것을 곡예의 발전이라 치부하고 있다.

그러나 이제는 이러한 희극화가 진정한 곡예의 발전인가 냉정히 자성(自省)할 단계에 이르렀다고 여겨진다. 희극화를 하여야만 도시에서의 공연이 편리하고 그 희단(戱團)이 유지될 수 있다는 것은 쉽사리 이해되나, 곡예를 그러한 경제적인 면에서만 받아들여야 하는가 반성해 볼 필요가 있다는 것이다. 필자가 사천(四川) 재동(梓潼)에서 만났던 도정을 창하는 마명인(馬鳴人)의 세대가 지나가 버리면, 중국 민간에도 본래의 순수한 형식의 도정은 사라져 버리는 것이 아닐까 걱정이 앞선다.

Ⅳ. 우리의 옛 희곡

10. 우리나라에 전해진 목련구모(目連救母) 고사(故事)

1. 앞머리에

이 글은 우리나라에 전해진 목련구모(目連救母) 고사(故事)에 관한 자료와 그것들이 지금 전해지고 있는 실상 및 우리나라 학자들의 그에 관한 연구성과와 연구 현황 등을 중국 학계에 소개하기 위하여 보고서 형식으로 쓰인 글이다.

1991년 2월 26일부터 3월 5일 사이에 중국 복건성(福建省) 천주(泉州)에서 중국예술연구원(中國藝術硏究院) 주최로 열린 중국남희 목련희국제학술연토회(中國南戱目連戱國際學術硏討會)에 제출되었던 것이다.

다급하게 쓴 글이라 부족한 점이나 잘못된 점이 많을 줄 믿으나, 중국학자들이 한국의 목련희(目連戱) 얘기를 할 적에 잘 인용하고 있고, 또 많은 사람들이 이 글 보기를 바라고 있어서 이처럼 우리말로 다시 옮기어 공개하기로 하였다.

잘못된 점이나 부족한 점에 대하여 여러분들의 스스럼없는 가르침이 있기를 간절히 바란다.

2. 고려(高麗)시대의 《목련경(目連經)》

목련구모(目連救母)의 이야기는 고려시대(918~1392)에 이미 중국으로부터 전하여져 유행하였다. 《고려사(高麗史)》를 보면 예종(睿宗) 원년(1106) 7월 계묘(癸卯)날에

우란분재(盂蘭盆齋)를 장령전(長齡殿)에 마련하고 숙종(肅宗)의 명복(冥福)을 빌었다.[1]

하였고, 다음 갑진(甲辰)날엔

또 명승(名僧)을 불러 《목련경(目連經)》을 강(講)하게 하였다.[2]

라고 하였다. 그러니 고려시대에는 우란분회(盂蘭盆會)의 습속과 함께 목련구모의 고사가 실린 《목련경》을 강하는 습속도 이미 송(宋)으로부터 들어와 있었음을 알 수 있다. 다시 《고려사》에 의하면, 의종(毅宗) 7년(1153), 충렬왕(忠烈王) 11년(1285), 충목왕(忠穆王) 4년(1348)에도 우란분재가 거행되었으니, 고려시대에는 이미 《목련경》도 널리 알려졌을 것으로 여겨진다. 그러나 고려 이전에 《목련경》이나 목련 고사가 전래되었었는지 여부는 알 수가 없다.

고려에 전해진 《목련경》은 지금 전본(傳本)이 전하는 게 없다. 그러나 조선시대(1393~1910) 통행본(通行本)의 책 제하(題下)에 '서천

---

1) '設于蘭盆齋于長齡殿, 以薦肅宗冥祐.'
2) '又召名僧講目連經.'

삼장법사법천역(西天三藏法師法天譯)'이라 표제되어 있는데, 법천(法天)은 송나라 개보(開寶) 6년(973)에 인도의 나란타사(那蘭陀寺)로부터 중국으로 건너와 역경(譯經)을 했던 스님이니, 이 조선시대의 《목련경》은 고려로부터 전해 내려온 것이며, 또 그것은 송나라에 유행했던 판본에서 나온 것임을 알 수 있다.

고려시대에 《목련경》을 어떻게 강(講)하였는지 지금 와서는 알 길이 없다. 다만 고려 충목왕(忠穆王) 3·4년(1347·8)에 편찬된 《박통사(朴通事)》 하권에 이런 말이 보인다.

이 7월 15일은 여러 부처님이 해하(解夏)하는 날이어서 경수사(慶壽寺)에서는 여러 죽은 영혼들을 위하여 우란분재(盂蘭盆齋)를 한다기에 나도 사람들 따라서 구경을 갔다. 거기의 단주(壇主)는 고려의 스님이었는데, 새파랗게 깎은 둥근 머리에 새하얀 얼굴을 가졌고 총명과 지혜가 남보다 뛰어난 사람이었다. 창하고 읊는 소리가 여러 사람들을 압도하였고, 경률론(經律論) 삼장(三藏)에 모두 통달하고 있는 정말로 덕행이 뛰어난 스님이었다. 《목련존자구모경(目連尊者救母經)》을 설하는데, 승니도속(僧尼道俗)과 선남선녀들이 그 수를 헤아릴 수 없는 정도였으나, 모든 사람들이 두 다리를 꼬고 앉아 모두가 두 손을 들어 합장하고 귀를 기울이어 소리를 듣고 있었다.[3]

이를 통하여 고려에서의 스님이 강(講)한 《목련경》의 강설 방법은

---

3) '這七月十五日是諸佛解夏之日, 慶壽寺裏爲諸亡靈做盂蘭盆齋, 我也隨喜去來. 那壇主是高麗師傅, 靑旋旋圓頂, 白淨淨顔面, 聰明知慧過人, 唱念聲音壓衆, 經律論皆通, 眞是一個有德行的和尙. 說目連尊者救母經, 僧尼道俗, 善男善女, 不知其數, 人人皆盤雙足, 箇箇擎擧合掌, 側耳聽聲.'

중국의 당송(唐宋)시대의 속강(俗講)과 방법이 비슷한 것이 아니었나 추측이 된다. 그러나 더 이상 자세한 내용을 알아볼 수 있는 자료가 없음이 무척 아쉽다.

3. 조선시대의 목련구모 고사

목련구모 고사에 관한 기록은 조선시대로 들어와서야 발견된다. 조선시대 목련구모 고사의 기록은 대체로 다음과 같은 세 가지 종류가 있다.

첫째는 한문으로 된 《불설대목련경(佛說大目連經)》으로, 현재 아래와 같은 여덟 가지 판본이 전해지고 있다.

소요산연기사간본(逍遙山烟起寺刊本)(高麗大學校 圖書館 藏, 1537 年 刊)

안변석왕사간본(安邊釋王寺刊本)(國立中央圖書館 藏, 1546年 刊)

김제승가산흥복사간본(金堤僧迦山興福寺刊本)(上同, 1584年 刊)

청도구룡산수암사간본(清道九龍山水岩寺刊本)(個人 藏, 1654年 刊)

묘향산보현사간본(妙香山普賢寺刊本)(國立中央圖書館 藏, 1735年 刊)

금강산건봉사간본(金剛山乾鳳寺刊本)(上同, 1862年 刊)

삼각산지장암간본(三角山地藏庵刊本)(個人 藏, 1922年 刊)

순천조계산송광사사본(順天曹溪山松廣寺寫本)(松廣寺 藏, 抄寫年 未詳)

사재동(史在東) 교수의 연구(〈韓中目連故事之流變關係〉)에 의하면, 위에 든 연기사(烟起寺) 간본의 내용은 일본 중각(重刻) 원간본(元刊本, 1346)인 《목련구모생천경(目連救母生天經)》(京都金光寺 藏)

과 완전히 같은 것이라 하니, 이 《목련경》은 송대에 고려와 일본으로
전하여진 것이라 추측된다.

둘째는 위에 든 《목련경》의 우리글 번역이다. 이 최초의 우리글 번
역은 본시 조선 초기에 간행된 《월인석보(月印釋譜)》제23권 끝머리
에 본문의 글씨보다 가늘고 작은 글자로 각인되어 부주(附注)되고 있
는 것이다. 《월인석보》는 《월인천강지곡(月印千江之曲)》과 《석보상절
(釋譜詳節)》의 합간본이다. 세종(世宗) 28년(1446)에 소헌왕후심씨
(昭憲王后沈氏)가 별세하자 세종은 이 왕후의 명복을 빌기 위하여
다음 해(1447) 수양대군(首陽大君, 뒤에 世祖가 됨)에게 영을 내리
어 《석보상절》을 편찬토록 했는데, 그 결과 세종 31년에 간행되었다.

그 내용은 석가모니(釋迦牟尼) 일생에 관한 기록으로, 《석가보
(釋迦譜)》·《법화경(法華經)》·《지장경(地藏經)》·《아미타경(阿彌
陀經)》·《약사경(藥師經)》등에서 관계되는 기록들을 뽑아 모아 우
리글로 번역한 뒤에 편찬한 것이다. 비록 번역이기는 하지만 그 문장
이 아름답고 감동적이어서 한국문학사상의 보전(寶典)이라 추숭되고
있다. 《월인천강지곡》은 세종 29년(1447) 《석보상절》에 의거하여 우
리글로 석가모니의 일생을 송양하는 시가(詩歌)를 지은 것이다. 세종
31년(1449)에야 완간되었는데, 상·중·하 3권으로 이루어지고, 모두
5백여수나 되는 장편의 서사시이다. 이것 역시 우리 문자가 창제된
뒤에 거의 이와 동시에 지어진 《용비어천가(龍飛御天歌)》와 함께 조
선 시가의 쌍벽이라 일컬어지고 있다.

《월인석보(月印釋譜)》는 세조(世祖) 4년(1458) 《월인천강지곡(月
印千江之曲)》과 《석보상절(釋譜詳節)》의 두 책을 합편하여, 그 다
음 해에 찍어낸 것이다. 합편한 형식은 《월인천강지곡》의 시가 여러
수를 본문으로 삼고, 《석보상절》의 관계되는 글을 나누어 본문인 시
가의 뒤에 배열한 것이다. 결과적으로 운문과 산문을 엇바꾸어가며

쓴 강창(講唱)의 대본 같은 형식이 된 것이다.

우리글로 된 목련구모 고사는 지금 《월인석보》 끝머리 권인 제23권에 부주(附注) 형식으로 전한다. 곧 《월인천강지곡》의 시가 제519수 및 《석보상절》의 관계되는 한 대목의 글(現存本 第71葉 뒷면으로부터 第72葉 앞면 第1行까지)의 끝머리에 가늘고 작은 글자로 각인(刻印)되어 있다. 이 목련구모 고사는 《목련경》의 우리글 번역이어서, 경(經)의 본문과는 극히 적은 부분의 차이가 날 따름이다. 그 분량은 제72엽의 앞면 제1행 아래쪽에서 시작하여 제91엽 앞면의 맨 끝행에 이르기까지인데, 대략 1행이 15자이고 1면이 14행으로 된 41면에 이르는 상당히 긴 부주(附注)이다.

그 뒤로 제91엽의 뒷면 맨 끝행의 아래쪽에서 시작하여 맨 끝인 제98엽 앞면에 이르기까지는 부주로 《우란분경(盂蘭盆經)》의 번역을 써넣고 있다. 이것도 역시 목련구모 고사와 관계되는 내용이며, 목련구모 고사는 우란분회와 밀접한 관계가 있음을 알게 된다. 《월인석보》 23권은 명종(明宗) 14년(1559)에 순창(淳昌) 귀악산(龜岳山) 무량사(無量寺)에서 복각(復刻)한 책이 지금까지 전해지고 있다.

조선시대의 민간 불교신자들 사이에는 조선문 《목련경》이 상당히 유행하였다. 19세기에 각인한 언문(諺文)으로 편찬한 《팔상록(八相錄)》 속에도 《목련경》이 들어있고, 그밖에도 여러 가지 판본이 전하고 있다. 20세기에 들어와서는 단행본이 이루어져 불교신자들 사이에 더욱 널리 읽히게 된다.

최근에는 다시 현대의 우리말로 번역하여 출판한 《목련경》이 나왔는데, 대부분이 《부모은중경(父母恩重經)》의 번역과 합간(合刊)되어 있었으며, 거리의 서점에서 수시로 사서 볼 수가 있다. 조선시대에는 삼강(三綱)의 윤리 중에서도 특히 충효(忠孝)가 강조되었으므로, 목련구모 고사의 정신은 유가(儒家)의 효(孝)사상과 완전히 합치되어, 《목련경》은 우리 사회에 널리 유행하는 수밖에 없었다. 더욱이 한국 사회에서는 지금도 효사상이 여전히 중시되고 있어서, 《목련경》의 독자는 지금껏 줄어들지 않고 있는 듯하다.

셋째는 앞에서 이미 든 《월인천강지곡》으로, 그 내용은 우리글로 석가모니의 일생을 송양한 장편의 시가인데, 그 중에서 제500수에서 제519수에 이르는 내용이 목련구모 고사를 노래한 것이다. 《월인석보》의 끝머리, 《월인천강지곡》 시가 제519수 아랫면에 《목련경》과 《우란분경》의 우리말 번역을 부주한 까닭이 이상 20수 시가의 목련구모 고사의 내용을 설명하려는 데 있었다고 볼 수 있다.

《석보상절》의 목련구모 고사는 분명히 한문으로 된 《목련경》의 우리말 번역이다. 그러나 《월인천강지곡》의 목련구모 고사는 달리 한문으로 된 책이 없으므로, 대략 《석보상절》의 본문을 근거로 하여 창작한 것이라 보아야 할 것이다. 그러나 산문으로 쓰인 《석보상절》의 얘기 내용을 운문으로 바꾸어 노래할 적에는 표현상 적지 않은 제한을 받게 될 것이다. 그래서 《월인천강지곡》의 목련구모 고사는 상당히 축약되어 있다. 보기를 들면 《목련경》에는 여덟 종류의 지옥이 나오는데, 《월인천강지곡》에는 아비지옥(阿鼻地獄)과 흑암지옥(黑闇地獄)의 두 종류만이 보이고, 그에 관한 묘사도 매우 간략하다.

4. 한국의 연구현황

우리나라에 목련 고사와 관계되는 문제를 연구하는 사람은 별로 많지 않다. 이 방면의 개척자는 민영규(閔泳珪, 전 연세대학교 명예교수)인데, 1963년에 그는 연세대학 도서관에서 《월인석보》 제23권의 잔권(殘卷)을 발견하고 두 편의 글을 써서 발표하였다. 곧 〈월인석보

(月印釋譜) 제23 잔권(殘卷)〉《東方學志》 제6집, 延世大學 東方學研究所 刊) 및 〈목련경(目連經)과 돈황(敦煌)의 변문(變文)〉《史學會誌》, 第1輯, 延世大學 刊)의 두 편이다. 앞의 글은 새로 발견된 자료와 그 특징을 설명한 논문이고, 뒤의 글은 조선의 《목련경》과 돈황(敦煌)의 《목련변(目連變)》의 고사의 내원이 같다는 것을 증명하는데에 요점을 둔 논문이다. 이 두 편의 논문은 당시의 우리나라 국문학계에 큰 반향을 불러일으켰다.

그 뒤에 중국문학자인 정래동(丁來東, 이전 成均館大學 교수, 약 30년 전 별세)이 〈한중 목련고사의 비교〉《成均館大學論文集》 제1집, 1966)란 글을 발표하였다. 이는 간단한 비교에 그친, 특별한 연구 성과는 보이지 않는 논문이다.

그러나 이 무렵 전문적으로 이 방면의 연구를 집요하게 파고든 젊은 학자가 나타났다. 그의 이름은 사재동(史在東, 현 韓國 忠南大學 名譽敎授)이며, 현재 우리나라에 있어서의 유일한 이 방면의 연구가이다. 그가 발표한 관계논문과 저서는 아래와 같다.

〈목련전(目連傳)〉《韓國言語文學》 第3輯, 韓國言語文學會 刊, 1965)

〈불교계(佛敎系) 국문소설(國文小說)의 형성과정(形成過程) 연구〉(亞細亞文化社 刊, 1977)

〈불교계 서사문학(敍事文學)의 연구〉《語文研究》 第12輯, 語文研究會 刊, 1983)

〈목련경(目連經)의 유전관계(流轉關係)〉《韓國言語文學》 第22輯, 1983)

〈한중목련고사지류변관계(韓中目連故事之流變關係)〉《漢學研究》 第6卷 第1期, 漢學研究中心, 臺北, 1988)

이 방면에 대한 그의 연구열은 대단하다. 다만 그의 견해 속에는 주관이 너무 크게 작용하고 있는 듯하다. 예를 들면 불교관계 책 중에 발견되는 여러 가지 고사들, 곧 목련구모 고사를 비롯하여 안락국태자(安樂國太子) 고사, 선우태자(善友太子) 고사(이상 《月印釋譜》에 보임), 금우태자(金友太子) 고사(《釋迦如來十地修行記》 중에 보임) 등을 모두 소설로 보고, 《목련전(目連傳)》·《안락국태자전(安樂國太子傳)》 등으로 부르며, 우리글 소설의 연원이라 내세우는 것 같은 것이다.

5. 맺는 말

우리나라에 현재 전하는 목련구모 고사와 관계된 자료는 별로 많지 않다. 그리고 이 방면에 관한 연구자는 더욱 적다. 그러나 우리나라의 예부터 지금에 이르는 여러 가지 조건을 생각할 때, 곧 불교는 이미 신라에 들어와 성행하였고, 《고려사(高麗史)》 중에는 우란분회(盂蘭盆會)를 열었다는 기사가 여러 번 보이는데, 목련구모 고사와 우란분회는 밀접한 관계에 있으며, 또 음력 7월 15일의 백중날은 옛날부터 최근에 이르기까지 우리나라 민간에서도 매우 중시되어왔고, 우리 사회에서는 효사상이 예부터 매우 중시되어왔다는 등의 조건들을 전제로 할 때, 목련구모 고사는 민간에 강창(講唱)이나 희극(戲劇) 형식으로 성행하였을 가능성은 매우 크다. 다만 그에 관한 확실한 자료가 전해지지 않고 있을 따름이다.

끝으로 우리나라 백중날에 관한 기록을 몇 가지 참고자료로 소개하면서 이 보고를 끝맺을까 한다.

성현(成俔, 1439~1504?) 《용재총화(慵齋叢話)》권2, 제2조 :

7월 15일은 세속(世俗)에서 백종(百種)이라 부른다. 불가(佛家)
에서는 백종의 화과(花果)를 모아놓고 우란분(盂蘭盆)을 마련하는
데, 장안의 니사(尼社)에서는 더욱 심하였다. 부녀자들이 모여들어
쌀과 곡식을 바치며 죽은 부모의 영혼을 창(唱)하며 제사지내었다.
가끔 중들이 길거리에 탁자를 마련해놓고 그렇게 하기도 하였다.4)

우리집은 서산(西山)의 남쪽 기슭에 있는데, 거기에 니사(尼社)
가 있다. 갑술년(甲戌年) 7월 16일에 니사(尼社)에서는 우란분회
(盂蘭盆會)를 마련하는데, 선비 집안의 부녀자들도 많은 사람들이
참여하였다. 여자들은 뒤쪽 소나무 언덕에 올라가 피서를 하는데
소나무 사이에는 버섯이 많이 났다. ……그것을 조금 먹은 자들은
발광하여 부르짖기도 하고 혹은 노래부르며 춤추기도 하는데, 어떤
자는 구슬프게 울기도 하고, 어떤 자는 성이 나서 서로 치고받기도
하였다.5)

유득공(柳得恭, 1749~?) 《동경잡지(東京雜誌)》 7월조 :

세속(世俗)에서는 백종절(百種節)이라 부르며, 모두가 들어와 성
대히 음식을 차리고 산에 올라 노래하고 춤추며 즐긴다. 《우란분경
(盂蘭盆經)》에 의하면 목련비구(目連比丘)는 7월 15일에 백미오
과(百味五果)를 갖추어놓고, 분중(盆中)의 공양(供養)을 드러내고
있다.6)

---

4) '七月十五日, 俗呼爲百種, 僧家聚百種花果, 設盂蘭盆, 京中尼社尤甚. 婦
   女坌集, 納米穀, 唱亡親之靈而祭之. 往往僧人設卓于街路而爲之.'
5) '余家西山之陽, 有尼社, 甲戌七月旣望, 尼社設盂蘭盆會, 士家婦女多歸
   之. 女輩登後松岡避暑, 松間菌蕈多生, ……少食者發狂呼叫, 或唱歌起
   舞, 或悲惋啼泣, 或嗔怒相擊.'

김매순(金邁淳, 1776~1840) 《열양세시기(洌陽歲時記)》 7월조 :

세상에 전하기를 신라의 옛 풍속으로는 왕녀(王女)들이 육부(六部) 여자들을 거느리고 7월 16일부터 일찍이 궁정 마당에 모이어 삼실을 뽑기 시작하여 8월 15일에 결과를 놓고 겨루는데, 진 자들은 술자리를 마련해놓고 사과하고, 이긴 사람들은 서로 노래하고 춤추며 백희(百戲)를 벌인 다음 끝냈다 한다. 그래서 7월 보름날은 백종절(百種節)이 되고, 8월 보름날은 가배일(嘉俳日)이 되었다 한다. 어떤 이는 말하기를 신라와 고려는 불교를 숭상하여 우란분(盂蘭盆)을 차리는 것이 습속으로 전하여 7월 보름날에는 백종(百種) 화과(花果)를 갖추어놓고 공양하며 복을 빌었다 한다.7)

홍석모(洪錫謨, 朝鮮 末葉人) 《동국세시기(東國歲時記)》 7월조 :

보름날을 우리 풍습으로는 백종날이라 부르는데, 불도(佛徒)들이 재(齋)를 마련하고 부처를 공양하는 대명절이다. 《형초세시기(荊楚歲時記)》에 의하면 7월 보름날엔 승니도속(僧尼道俗)이 모두 분(盆)을 마련하여 여러 사원에 바친다 하였다. 다시 《우란분경(盂蘭盆經)》에 의하면 목련비구(目連比丘)가 오미백과(五味百果)를 갖추어 분(盆) 속에 담아가지고 십방(十方)의 대덕(大德)을 공양하고 있다. 지금 백종일(百種日)이라 말하는 것은 백과(百果)를 뜻하는 것 같다. 고려에서는 불교를 숭상하여 이 날이 되면 언제나 우란분

---

6) '俗稱百種節, 都入盛設饌, 登山歌舞爲樂. 按盂蘭盆經, 目連比丘, 七月十五日具百味五果, 以著盆中供養.'

7) '世傳, 新羅故俗, 王女率六部女子, 自七月旣望, 早集大部庭績麻, 至八月十五日考工, 負者置酒以謝, 勝者相與歌舞, 作百戲而罷. 故以七月望日爲百種節, 八月望日爲嘉俳日. 或曰 ; 羅麗崇佛, 做盂蘭盆供遺俗, 以中元日具百種花果, 供養祈福.'

회(盂蘭盆會)를 열었는데, 지금 풍속으로 재(齋)를 마련하는 것이
바로 그것이다.[8]

---

8) '十五日, 東俗稱百種日, 僧徒設齋供佛, 爲大名節. 按荊楚歲時記, 中元日,
   僧尼道俗悉營盆, 供諸寺院. 又按盂蘭盆經, 目連比丘具五味百果, 以著盆
   中, 供養十方大德. 今所云百種日, 似指百果也. 高麗崇佛, 是日每爲盂蘭
   盆會, 今俗設齋是也.'

11. 〈동상기(東廂記)〉를 읽고

1. 머리말

우리나라 한문학사를 들춰보면, 희곡은 단지 〈동상기(東廂記)〉와 〈만강홍(滿江紅)〉의 두 작품이 있을 따름이다. 그러나 〈만강홍〉은 중국의 설서(說書) 같은 형식의 글이고, 비교적 중국 옛 희곡의 형식에 가까운 것은 〈동상기〉임으로, 이곳에서는 우선 〈동상기〉에 관하여 검토해보려는 것이다.

〈동상기〉는 조선 정조(正祖, 1776~1800) 때에 이덕무(李德懋)가 쓴 《김신부부전(金申夫婦傳)》을 희극화한 것이다. 《김신부부전》은 혼기를 놓친 노총각 김희집(金禧集)과 노처녀 신씨(申氏) 두 사람을 임금의 칙명으로 관자(官資)로 혼수를 마련하여 성혼케 한다는 간단한 얘기이다. 이 작품도 순전한 사실의 기록이니 《정조실록(正祖實錄)》 권32 (15年 辛亥 6月)에는 소설의 내용과 부합하는 다음과 같은 기록이 있다.

오부에서는 결혼을 권할 남녀 281명을 보고해 왔다. 유학 신덕빈의 딸과 유학 김희집이 혼사를 의논하였는데, 호조판서 조정진과 선혜제조 이병모에게 특명을 내리어 혼자(婚資)를 마련하고 잔치를 베풀어 주어 빈틈없이 성혼시키도록 하였다. 그리고 조정의 글을 잘 짓는 사람에게 명하여 그 일을 기록으로 전하도록 하였다.

　　五部進勸婚男女別單凡二百八十一人. 幼學申德彬女與幼學金喜集議婚, 特命戶曹判書趙鼎鎭, 宣惠提調李秉模, 備資裝設宴, 牢以成之. 命閣屬官能文者, 作傳記其事.

《김신부부전》을 번안하여 〈동상기〉를 쓴 작자가 누구인지는 알길이 없다. 〈동상기〉 첫머리에 붙어 있는 김신사혼기제사(金申賜婚記題辭)에는 매화탕치농(梅花宕癡儂)이란 별호(別號)를 쓰고 있으나, 고작 당시 장안에 살던 한가한 어느 양반의 작품이라는 정도를 추측할 수 있을 뿐이다. 아이가 시중에서 돌아와 전하는 김신부부의 성혼 얘기를 듣고 삼일동안에 이 작품을 완성시켰다고 작자가 제사(題辭)에서 스스로 말하고 있으니 이 작품도 정조(正祖) 15년(1791)에 이루어진 사실만은 틀림없는 일일 듯하다.

〈동상기〉의 작자는 제사의 끝머리에서

　　일이 혹 잘못 전해졌을까 묻지도 말고, 문장이 무슨 체재인가 묻지도 말고, 또한 작자가 어떤 사람인가 전혀 묻지도 말고, 오직 이것을 심심풀이로 쓰려 한다면 반나절의 도움거리는 될 것이다.

　　勿問事之或訛, 勿問文之爲何體裁, 亦勿須問作者之爲誰某, 而只消閑爲用, 則亦可爲半晌之助云爾.

라고 독자들에세 말하고 있다. 그러나 불행히도 중국희곡을 공부하고 있는 필자는 심심풀이[消閑]를 위하여 읽은 책이 아니기에 한 가지 따져보려는 것이다. '일이 혹 잘못 전해졌다(事之或訛)'는 것은 문학 작품으로 읽는 것이기에 문제삼을 필요도 없겠고, '작자가 어떤 사람인가(作者之爲誰某)'고 하는 것은 다른 연구가들에게 미루기로 하고,

이곳에서는 다만 '문장이 무슨 체재인가(文之爲何體裁)'고 하는 문제만을 따지려 한다. 심술궂은 감도 없지 않으나 이미 우리나라에서 출간된 한문학사마다 〈동상기〉를 유일한 희곡작품으로서 내세우고 있는 이상 간과할 수 없는 일이라 여긴다.

그리고 이 작품의 '체재(體裁)'가 형편없다면 '작자가 누구인가' 하는 문제는 별로 따질 가치도 없어질 것이기에, '문장이 무슨 체재인가'고 하는 문제가 우선적으로 검토되어야 하리라 믿는다.

〈동상기〉는 그 제목으로 미루어 짐작할 수 있듯이 중국 원나라 시대 왕실보(王實甫)의 〈서상기(西廂記)〉를 모방한 작품이다. 우리나라에서 〈서상기〉는 김성탄(金聖歎)의 제육제자서본(第六才子書本)이 일반적으로 읽혀졌으니, 정확히 말하면 김성탄본(金聖歎本) 〈서상기〉를 본뜬 작품이라 할 수 있겠다. 그러나 〈서상기〉 판본 중에서 제육재자서는 편자(編者)가 함부로 고친 곳이 가장 많은 책인 것이다.

중국의 옛 희곡은 서양의 가극처럼 주로 여러 가지 악기의 반주를 수반하는 창(唱)과 춤에 의하여 극이 연출된다. 따라서 희곡작가는 문장이나 구성의 능력뿐만 아니라 음악에 대하여도 상당한 조예를 필요로 하게 된다. 다시 말하면 문장이나 구성상의 복잡한 규율과 함께 여러 가지 곡률(曲律)을 이해하여야만 작품을 쓸 수 있는 것이다. 곡률을 이해하기란 외국사람들에게는 지극히 어려운 일이다. 〈동상기〉는 겉보기에 원대 잡극과 비슷한 체재를 갖추고 있지마는 과연 얼마만큼이나 원 잡극에 접근한 것인지 앞으로 검토하여 보려는 것이다.

2. 결구(結構) 면에서 본 〈동상기〉

〈동상기〉는 전체적인 체재로 보아 일본사절(一本四折)이라는 원잡극의 표준형식을 따르고 있다. 원잡극의 통례로 제1절의 전반부에서는 대개 극중의 주요인물이 등장하여 자신의 처우와 회포같은 것을 서술하는데, 대부분의 극정(劇情)이 처음에는 주인공의 이상과 현실 사이가 괴리되어 있음으로 많은 경구의 사용으로 독자(또는 관객)에게 깊은 인상을 준다. 후반부에 와서는 비로소 이야기의 실마리가 나타난다. 그리고 제2절과 제3절에서 이야기는 전개되는데 특히 제3절에서 대부분의 작품이 극정을 최고조로 이끈다. 마지막 제4절은 대개가 이야기의 결속단계로서 이미 궁노지말(弓弩之末)의 감을 느끼게 하는 것이 보통이다.

〈동상기〉는 극정 자체가 간단한 것이기 때문에 전4절(全四折)을 통하여 눈에 뜨일만한 별반 기복은 없지만 대체적으로 원잡극의 체재를 형식면에서는 충실히 추종했다고 할 수 있겠다. 제1절 전단에서는 주인공인 노총각 김생(金生)이 홀로 등장하여 장가 못간 푸념을 늘어놓고 있고, 말미에 와서 동리서기(洞里書記)가 나타나 관명으로 노총각의 실태를 조사해 감으로써 얘기의 실마리를 연다.

제2절에서는 관리들이 등장하여 칙명에 의거, 하부로부터 보고해온 노총각 노처녀들의 명단을 가리어 관급(官給)으로 주선하여 성혼하며, 백성들을 자식처럼 사랑하는 임금의 성덕을 칭송한다. 뒤에 명단을 조사하다 최후로 아직도 성혼이 안된 28세의 김희집(金禧集)과 24세의 노처녀 신씨(申氏)를 발견한다. 제3절에서는 이상 두 남녀의 일을 임금에게 알린 결과 임금은 관급으로 혼수를 장만하여 이 두 남녀를 성혼토록 하라고 하명하여 관리들은 그대로 시행한다. 제4절에서는 성혼을 하고 신랑이 왕의 은덕을 찬양하는 대목으로 극을 끝마치고 있다.

중국고극에는 창(唱)·과(科)·백(白)의 세 가지 요소가 있다. 창은 노래요, 과는 출연인물들의 동작이며, 백은 극중의 대화를 의미한다.

이 세 가지 요소가 입체적으로 잘 운용되어야만 그 작품의 극정이 무대에서 살아날 수가 있는 것이다. 그리고 창인 곡사(曲詞)는 주로 주인공의 심회나 감정을 노래하고, 백은 중간중간에 끼어 극정을 연결하는 역할을 하는데, 극의 중심을 이루는 것은 아무래도 창이다. 중국 고극에서 대화인 백은 부대적으로 사용되었기 때문에 백은 또 주와 대가 되는 빈자(賓字)를 붙이어 '빈백(賓白)'이라고도 불렀다.

그러므로 곡본 중에는 원대의 작품이라 추정되는 극본 〈소손도(小孫屠)〉나 〈환문자제착립신(宦門子弟錯立身)〉〈永樂大典本)처럼 가끔 백을 생략하고 '설관자개(說關子介)' '설관(說關)'이라고 표기한 것이 많으며, 명초(明初) 주헌왕(周憲王)의 〈단원몽(團圓夢)〉 잡극도 제3절에 백(白)을 생략하고 '상견료설관목료(相見了說關目了)'라고 기입한 곳이 있다.

그런데 〈동상기〉는 이 창(唱)·과(科)·백(白)의 입체적인 구성이 결여되어 있다. 창보다는 백에 중점을 두어 소설식으로 고사의 서술에만 치중하고 있으며, 창은 심심풀이로 중간에 가끔 하나씩 끼워 놓은 듯한 느낌이다. 과의 운용은 더욱 결여되어 있으니 입체감이 거의 느껴지지 않을 정도이다.

제1절에서는 주인공 김희집(金禧集)이 홀로 등장하여 장가 못드는 푸념을 늘어놓다가 말미에서 잠간 동리서기가 한 사람 더 나타날 뿐이며, 제2절에서는 중(中)·남(南)·동(東)·서(西)·북부(北部)의 5부 서원(書員) 다섯 명이 처음에 함께 등장하는데 '소인들(小人每)'이라는 복수(複數) 제1인칭을 사용하여 전절(全折)의 창과 백을 한 사람의 어조로 끝까지 이끈다. 제3절도 등장인물은 호조서리(戶曹書吏)와 선혜청서리(宣惠廳書吏) 두 사람뿐이지만 전절이 한 사람의 어조이다. 제4절에 가서야 신랑이 된 김생(金生) 이외에 그를 달러 온 세 젊은이가 등장하는데 비교적 극적인 서술에 성공하고 있다.

그렇지만 전체적으로 볼 때 등장인물은 여럿이지만 그들 하나하나 의 개성이라든가 그들의 입체적인 활동은 전혀 감지할 수 없다. 시종 소설처럼 객관적인 고사서술에 가까운 구성이어서 중국의 강창문학 (講唱文學)적인 인상을 느끼게 하는 것이 고작이다. 사실은 작자 자 신이 원잡극을 판소리 정도의 연출형태로 상상하면서 이 작품을 썼는 지도 모른다.

〈동상기〉의 첫머리에는 '정목(正目)'이라 하여 다음과 같은 칠언사 구(七言四句)가 붙어있다.

> 궁한 총각 남동에서 홀로 탄식하고 있었는데
> 노처녀에 대하여 북쪽 궁궐에까지 알려진다.
> 제 상서가 서성에서 주혼하여
> 좋은 부부가 동상에서 성은(聖恩)에 감격하게 된다.
> 窮措大南洞窃歎, 老處女北闕徹聞.
> 諸尙書西城主婚, 好夫婦東廂感恩.

'정목(正目)'이란 원잡극의 '제목정명(題目正名)'을 본뜬 것이라 여 겨진다. 원잡극의 '제목정명'은 자수나 구수에는 일정한 규칙이 없다. 어떤 작품은 제목 1구에 정명 1구이며, 어떤 작품은 각기 양구(兩句) 가 있다. 단 이들의 구수(句數)는 몇 개이든 간에 자수는 전구(全句) 가 같아야 한다. 일반적으로는 6언·7언·8언이 가장 많으며, 제목을 앞에, 정명은 뒤에 나란히 극의 말미에 써놓는다. 그리고 정명의 최후 1구가 그 극의 정식 명칭이 되므로 그 구만을 극명으로서 전면에 기 입하며, 또 정식 극명에서 앞 또는 뒤의 3·4자를 따서 그 극의 약칭 으로 쓴다.

이 제목과 정명은 성격이 비슷하기 때문에 혹 예외로 둘 중에 한가지는 생략하고 제목이나 정명 한 가지 만을 쓴 작품도 있다. 명대(明代) 중엽 이후에 새로 나온 잡극에는 간혹 '제목정명(題目正名)'을 합칭하여 '정목(正目)'이라 쓴 작품도 있다.

〈동상기〉가 '제목정명'을 '정목'이라 한 것은 작자의 창작인지 또는 명대 중엽 이후의 용어를 차용한 것인지 확언할 수가 없다. 다만 '정목'을 작품의 첫머리에 끌어내어 놓은 것은 김성탄(金聖嘆)의 제육재자서(第六才子書)의 형식을 그대로 모방한 때문인 것 같다. 〈서상기〉도 제육재자서 이외의 판본은 모두 '제목정명'이 말미에 붙어 있다. 이처럼 '제목정명'이 첫머리로 나와 있는 것도 김성탄의 망개(妄改)의 일종인 것이다.

〈동상기〉는 '정목'을 앞에 내놓은 형식뿐만이 아니라 그 문체까지도 제육재자서 맨 첫머리에 놓여 있는 '제목정명'(西廂記는 五本의 劇으로 형성되었기 때문에 各本에는 各劇의 題目正名이 있다. 이것은 五本 全體의 題目正名이기 때문에 各本에는 各劇의 題目正名이 있다. 그리고 五本 全體의 題目正名이기 때문에 '總名'이라 칭한 것이다)을 모방하였다. 〈서상기〉의 제목 총명은 다음과 같다.

> 장군서가 교묘히 최씨집 사위가 되었고
> 법본 스님은 사원을 잘 관할하신다.
> 노부인께서는 북당에서 잔치를 벌이고
> 최앵앵은 서상에서 달을 기다린다는 얘기라.
> (張君瑞巧做東床壻, 法本師任持南禪地.
> 老夫人開宴北堂春, 崔鶯鶯待月西廂記.)

〈동상기〉는 7언인데 비하여 8언이라는 차이는 있지마는, 매구의 첫머리 세 자를 〈서상기〉가 인명을 사용한 것처럼 〈동상기〉는 사람을 지칭하는 말로 충당하였고, 〈서상기〉의 뒤로부터 셋째 번 글자가 동남북서(東南北西)인 데 비하여 〈동상기〉는 제4자가 남북서동(南北西東)으로 되어있으니 우연의 일치라고 보아 넘길 수는 없을 것이다.

〈동상기〉에는 끝머리에 '시왈(詩曰)'하고 7언시 8구가 붙어있다. 중국극에서는 이처럼 극의 말미에 붙어있는 시를 '하장시(下場詩)'라 부른다. '하장시'는 명대 전기(傳奇)에서는 대부분의 작품이 매착마다 사용하고 있지마는 원잡극에서는 오히려 예외에 속하는 형식이다. 〈서상기〉는 제육재자서본을 비롯하여 많은 판본에 이 '하장시'가 생략되어 있으나 현존하는 최고의 판본인 명(明) 홍치(弘治) 11년 간 금대악씨가각본(金臺岳氏家刻本, 臺灣 世界書局 影印本)에는 7언 8구의 '하장시'가 붙어있다. 〈동상기〉의 작자가 '하장시'를 붙인 데에는 반드시 어떤 근거가 있었으리라고 상정할 때 작자는 반드시 김성탄의 제육재자서본 만을 밑천으로 이 작품을 쓴 것은 아닌 것으로 보인다.

다시 〈동상기〉의 첫머리로 되돌아가 보면 작품의 주인공인 김생은 등장하여

대명천지의 집없는 나그네요, 태백산 중의 머리 기른 중이라.
大明天地無家客, 太白山中有髮僧.

는 '등장시(登場詩)'를 읊고 자기소개를 하는 '정장백(定場白)'으로 들어간다. 이 '등장시'는 원극(元劇)에서도 흔히 쓰이는 상투지마는 〈서상기〉에서는 제육재자서본은 물론 홍치간본(弘治刊本)에서도 '등장시'를 전혀 사용하지 않고 있다. 앞에서 언급한 '정목'이라는 명칭의 사용 및 '하장시'와 이 '등장시'로 미루어 보건대 〈동상기〉의 작자는 〈서상기〉뿐만 아니라 기타의 중국의 옛 희곡을 다소나마 읽은 일이 있는 사람임을 상상할 수 있겠다.

중국 고극에서는 잡극 전기(傳奇)를 막론하고 등장인물에 대하여는 각색명(脚色名)을 사용한다. 원잡극에서는 남자주인공을 '정말(正末)'(혹은 末泥)이라 부르며 여자주인공을 '정단(正旦)'이라 부른다. 그리고 '정말' 계통의 등장인물로서는 그밖에 부말(副末)·충말(沖末)·외말(外末)·소말(小末) 등이 있고, '정단' 계통으로는 부단(副旦)·첩단(貼旦)·외단(外旦)·소단(小旦)·대단(大旦)·노단(老旦)·화단(花旦)·색단(色旦)·차단(搽旦)이 있다. 그리고 얼굴에 '검보(臉譜)'에 따라 여러 모양의 색칠을 한다. 앞에 든 '각색' 이외에도 또 관리로 많이 분장하는 정(淨)·부정(副淨)·중정(中淨) 등과 함께 골계적인 역할을 전담하는 '축(丑)' 등이 있다.

그러나 〈동상기〉에서는 이러한 각색명을 사용하지 않고 직접 등장인물을 '김생(金生)'·'이(吏)'·'삼생(三生)'이란 호칭으로 사용하고 있다. 이것은 김성탄이 제육재자서본에서 '장생(張生)'·'부인(夫人)'·'홍낭(紅娘)' 등의 호칭을 그대로 사용하고 있음에서 영향을 받은 것일 것이다. 그러나 이것도 잡극의 원칙에서 벗어나는 김성탄의 망개(妄改)의 일종에 속하는 것임은 말할 필요조차 없다.

그밖에도 원잡극에서 주인공이 되는 '정말(正末)'이나 '정단(正旦)'은 어느 정도 풍도를 갖추어야만 한다. 〈동상기〉 제4절에서 주인공인 신랑 김생이 '축'에 가까운 거동을 하도록 꾸민 것도 잡극의 상례에서 벗어나는 일이다.

원극(元劇)에서는 주인공인 정말이나 정단의 상장(上場)은 대개 다른 각색이 먼저 등장하여 약간의 과백(科白)이 있은 다음에 있는 것이 원칙이다. 〈동상기〉에서는 다른 인물의 등장 없이 첫머리에 주인공인 김생이 혼자서 등장한다. 그리고 주요한 극정(劇情)이 전개되는 제2절과 제3절에 주인공들이 하나도 등장하지 않는데 이것도 원극에서는 볼 수 없는 구성이다. 원잡극은 처음부터 끝까지 정말이나 정단을 중심으로 극을 이끌어 가는 것이 원칙이다. 〈동상기〉는 주인공이 비록 동정을 받는 위치에 있는 사람이라고는 하나 극에서의 비중이 미미하다.

이상 대체적으로 〈동상기〉의 결구(結構)에 대하여 살펴보았다. 앞에서 논한 것처럼 〈동상기〉의 작자는 중국고극의 특징은 이해하지 못하고 〈서상기〉를 교본으로 삼아 잡극을 판소리 정도로 알고 작품을 쓴 것 같다. 따라서 외관상으로는 일견 2본 4절(二本四折)의 원잡극을 닮았지마는 자세히 살펴보면 극으로서의 입체적인 구성이 너무나 빈약하고, 잡극의 체제와는 다른 점이 많은 작품임을 알았으리라 믿는다.

3, 음악적인 면에서 본 〈동상기〉

중국의 고극(古劇)은 서양의 오페라처럼 주로 노래에 의하여 연출된 것이기 때문에 그 평가에 있어서는 음악면에서의 검토를 소홀히 할 수가 없다. 음악은 그 극의 문장보다 더욱 결정적으로 그 작품의 양부(良否)를 좌우하였던 것이다. 중국희곡사를 살펴볼 때, 청대(淸代)에 들어와서는 문장이 우아한 곤곡(崑曲)에 대신하여 문장이나 구성은 더 저속하다고 볼 수 있는 화부희(花部戲)가 발흥하였다는 것은, 중국극(中國劇)에 있어서의 음악의 중요성을 입증하는 좋은 예라 할 것이다.

잡극은 1본 4절(一本四折)로 구성되는데 그 4절은 각기 1절이 한 개의 투곡(套曲)으로 이루어진다. 투곡이란 동일한 궁조(宮調)에 속하는 여러 개의 소곡(小曲)들이 일정한 규율에 따라 모여 장편의 노래를 이룬 것을 말한다. 환언하면 1절은 음악면에서 볼 때 바로 일투

(一套)인 것이다.

〈동상기〉를 보면 각절 모두 전혀 투곡을 이루지 못하고 있다. 우선 제1절을 보면 상화시(賞花時)·후(後)·점강순(點絳脣)·혼강룡(混江龍)·금국향(金菊香)·분접아(粉蝶兒)·단정호(端正好)의 일곱 개의 소곡을 사용하고 있다. 원잡극에서는 제1절에 선려(仙呂) 점강순투곡(點絳脣套曲)을 사용함이 상례이다. 그러나 위에 든 소곡 중에서 상화시(賞花時)와 점강순(點絳脣)·혼강룡(混江龍) 3곡이 선려조(仙呂調)에 속하고 나머지 금국향은 상조(商調)에, 분접아는 중려조(中呂調)에, 그리고 단정호는 선려조와 정궁(正宮)에 속하는 두 개의 형이 있는데 선려조의 것은 설자곡(楔子曲)으로만 쓰인다. 제1절의 첫 번째 곡으로 상화시를 선택한 것은 바로 〈서상기〉를 그릇 모방한 때문인 것이다.

〈서상기〉의 상화시(賞花時)는 제1절의 곡이 아니라 설자(楔子)의 곡인 것이다. 원잡극은 1본 4절(一本四折)이 원칙이지마는 경우에 따라서는 '설자'라는 작은 한 대목을 극의 첫머리에 붙여 이야기의 개단(開端)을 서술한다. 간혹 '설자'가 절과 절의 중간에 끼어 절과 절 사이의 고사의 연결작용을 하는 작품도 있다. 그리고 '설자'에 사용하는 곡은 반드시 선려조의 상화시나 단정호(端正好)의 한두 곡이다.

김성탄의 제육재자서는 '설자'를 따로 표출하지 않고 제1절 속에 함께 포함시켜 놓았다. 이렇게 '설자'를 분명히 표출하지 않음은 원대(元代)나 명초(明初) 판본의 잡극 거의 전부도 그렇지마는(分析조차도 明 中葉 이후의 版本처럼 되어 있지 않다) 단 음악이나 극의 결구면에서 볼 때 설자는 명확히 드러나도록 되어 있는 것이다.

〈동상기〉의 작자는 이러한 사실들을 전혀 모르고 제육재자서본의 형식에 따라 제1절의 첫머리에 상화시를 쓴 것 같다. 작자가 함부로 고쳐놓은 제육재자서본을 모방하였다는 혐의는 그 뒤의 요편(么篇)을 후(後)라고 표기한 데서도 엿보인다. '요편'이란 앞의 곡패(曲牌)의 노래를 다시 한번 되풀이하여 사용할 때에 쓰는 용어인데, 학자에 따라서 '요(幺)'자는 '요(幺)'자의 오자(誤字)이며 '요(幺)'는 후(後)자의 성자(省字)라고 주장한 분들도 있으나 정설은 아니다. 여하튼 작품에서 '요(幺)'를 '후(後)'자로 바꾸어 놓은 것은 역시 김성탄의 망개(妄改)의 일종인 것이다.

투곡(套曲)의 첫머리에 오는 인자곡(引子曲)은 일정한 규정이 있다. 예를 들면 선려조의 투곡에서는 점강순(點絳脣)이, 정궁(正宮) 투곡에서는 단정호(端正好)가, 남려(南呂) 투곡에서는 일지화(一枝花)가, 쌍조(雙調) 투곡에서는 신수령(新水令)이, 월조(越調) 투곡에서는 투암순(鬪鵪鶉)이 각각 인자곡으로 쓰인다는 것 같은 것이다. 따라서 선려(仙呂) 투곡에서 상화시는 절대로 앞머리에 나올 수 없는 곡이며, 〈동상기〉처럼 1절 내에 선려와 상조(商調)·중려조(中呂調)·정궁(正宮)의 여러 가지 궁조의 곡패(曲牌)를 사용한다는 것은 원잡극에서는 상상조차도 할 수 없는 일이다.

원잡극에서도 간혹 투곡 속에 궁조 및 문장의 용운(用韻)이 완전히 다른 삽곡(揷曲)을 중간에 사용하는 경우가 있는데(饒戲라고도 부른다), 그것은 본극(本劇)의 정취와는 완전히 다른 성격의 노래로 표현하여야만 될 일이 생겼을 때에 국한되는 일이다. 〈동상기〉의 것들은 삽곡이라 볼 수도 없음은 물론이다.

투곡(套曲)의 끝머리는 미성(尾聲)이나 쇄미(煞尾) 같은 곡으로 끝맺어야 한다. '미성'이 반드시 아니더라도 최소한 '미성'처럼 종결의 성격을 가지고 있는 곡패(曲牌)로 끝을 맺어야만 한다. 〈동상기〉 제1절에 사용한 단정호(端正好)는 '미성'과는 정반대로 정궁(正宮) 투곡의 첫머리에 쓰이는 '인자곡(引子曲)'인 것이다.

〈동상기〉가 〈서상기〉를 본뜬 흔적은 그밖에 용운(用韻)에도 보인다. 잡극은 거의 매구를 압운하는데 첫 번째 상화시(賞花時)가 〈서상기〉는 동종운(東鍾韻, 잡극의 韻書로는 元代 周德淸의 《中原音韻》이 표준이다)의 종(終)·궁(窮)·궁(宮)·총(塚)·홍(紅)의 글자로서 압운하고 있고 요편(么篇)은 동(東)·중(中)·홍(紅)·종(種)·풍(風)의 글자로 압운한 데 비하여, 〈동상기〉는 중(中)·궁(窮)·궁(宮)·동(東)·홍(紅) 및 동(東)·웅(雄)·홍(紅)·종(種)·풍(風)의 거의 같은 글자들을 사용하고 있다. 우연이라 보아 넘기기에는 너무 공통자가 많다. 작자는 곡운(曲韻)에 자신이 없으나 세심한 나머지 이처럼 모방을 하게 된 것이라 믿는다.

그리고 점강순(點絳脣) 곡까지는 충실히 〈서상기〉의 곡패 형식을 모방하였으나 혼상룡(混江龍) 이하로 섬차 곡패의 구식(句式) 자식(字式) 및 용운(用韻) 등에 혼선을 보이는 것은 이 가정을 이증(裏證)한다고 할 수 있겠다. 원극은 1절 일운도저(一韻到底)가 원칙이며 한번 사용한 운은 딴 절에서 중복사용하지 않는다. 따라서 〈서상기〉의 제육재자서처럼 '설자'를 따로 표출하지 않는다 하더라도 용운만 보더라도 본문과 '설자'는 분명히 구분되는 것이다. 〈서상기〉는 '설자'에서는 동종운(東鍾韻)을 제1절에서는 선천운(先天韻)을 사용하고 있다. 〈동상기〉는 제1절 전운(全韻)을 〈서상기〉의 '설자'와 같은 동종운으로 압운하고 있으니 작자는 막연히나마 1절 일운도저의 원칙은 인식하고 있었던 듯싶다.

다음 잡극에서 제2절은 일반적으로 정궁(正宮)이나 남궁(南宮)의 투곡이 가장 많이 사용되고 있다. 그러나 〈동상기〉에서는 쌍조(雙調)에 속하는 금상화(錦上花)·요편(么篇)·원앙쇄(鴛鴦煞) 및 요편(么篇)의 네 곡을 사용하고 있는데 원잡극에서는 제2절에 쌍조곡(雙調曲)을 쓰는 일은 극히 드문 일이다. 그래도 시종 쌍조곡만을 사용한 것까지는 좋으나, 투곡을 이루지는 못하고 있다. 쌍조투곡(雙調套曲)

에서는 인자곡(引子曲)으로 언제나 신수령(新水令)이 사용되며 위와 같은 네 곡으로 된 투곡은 존재하지 않는다.

그밖에 곡패의 자식(字式)과 구식(句式)도 모두 비슷하기만 할뿐 따지기 거북할 정도로 곡률(曲律)에 맞지 않는다. 더욱이 금상화(錦上花)는 〈서상기〉에서 제3본 3절(第三本三折) 및 제4본 4절(第四本四折) 두 곳에 사용되고 있는데, 본시는 후(後)라고 표출한 요편(么篇)까지도 같은 곡인 것이다. 이것도 김성탄이 그의 재자서(才子書)를 함부로 둘로 쪼개어 후반부에 '후(後)'자를 붙이어 놓은 것을 〈동상기〉의 작자는 무조건 그대로 흉내낸 것으로 보인다. 제육제자서본 이외의 〈서상기〉에서 금상화(錦上花) 곡을 둘로 쪼개어놓은 예는 과문이나 아직 구경하지 못하였다.

제3절은 원잡극에서는 중려궁(仲呂宮)이 가장 많이 사용되고 다음으로는 정궁(正宮)과 월조(越調) 등이 흔히 쓰인다. 제3절은 잡극에서 일반적으로 가장 정채(精彩)가 있는 곳이어서 작자들도 이곳에 그의 창작 재능을 총동원하는 것이 보통이다. 따라서 문장도 전극(全劇) 중에서 이 절이 가장 뛰어나려니와 음악도 가장 다양하게 썼던 것 같다. 〈동상기〉는 이 절에 쇄해아(耍孩兒)・오쇄(五煞)・사쇄(四煞)・삼쇄(三煞)・이쇄(二煞)・우(又)・수미(收尾)의 일곱 개의 소곡(小曲)을 사용하고 있다. 이곳에서 우(又)라 한 것은 일쇄(一煞)의 잘못일 것이다.

쇄해아는 본래 반섭조(般涉調)에 속하는 곡패로서 마합라(魔合羅)라고도 하는데 정궁(正宮)과 중려(中呂)・쌍조(雙調)에도 모두 이 곡패가 들어있다. 〈서상기〉에서는 제1・제2・제3 및 제5본의 2절 중려분접아투곡(粉蝶兒套曲)과 제4본 3절 정궁단정호투곡(正宮端正好套曲) 속에 쇄해아가 각각 보인다.

〈동상기〉는 그 소곡의 배열 및 자식(字式)・구식(句式)에서 보아

제4본 3절(第四本三折) 정궁(正宮) 투곡 중에서 쇄해아 이하의 형식을 모방하여 제3절을 만든 것 같다. 김성탄은 제4본3절의 같은 곡 위에 반섭조(般涉調)라고 표기하고 있지마는 이곳에서 궁조(宮調)를 바꾼 것이 아니라 끝까지 다 정궁조(正宮調)의 투곡이라 보는 것이 타당하다.

앞에서 말한 것처럼 정궁의 투곡은 반드시 단정호(端正好)가 앞머리에 놓여야 된다. 〈동상기〉의 형식은 정궁투곡(正宮套曲)의 꼬리를 잘라놓은 것 같은 형상이다. 따라서 투곡을 이루지 못하였음은 말할 것도 없다. 그밖에 용운(用韻)도 엉망이다. 제3절에서는 진문(眞文)운을 사용하려 한 모양인데 한산(寒山)·환환(桓歡)·선천(先天) 등 비슷한 운들이 분별없이 사용되고 있다.

제4절은 원극에서는 쌍조(雙調)가 가장 많이 쓰인다. 〈동상기〉에서는 소량주(少梁州)·후(後)·작답지(鵲踏枝)·조소령(調笑令)·천하락(天下樂)·태평령(太平令)의 여섯 개의 소곡(小曲)을 사용하고 있다. 첫째로 소량주(少梁州, 或作 小梁州)곡은 정궁(正宮)과 중려(中呂)에 속하는 두 가지가 있는데 각기 구식(句式)이 다르다. 〈서상기〉에는 제1·제2·제3본의 중려 분접아투곡(粉蝶兒套曲)과 제4본 3절 정궁 단정호투곡(端正好套曲)에 소량주와 그 요편(么篇)이 보이는데 구식(句式)으로 보아 〈동상기〉는 정궁의 소량주를 모방한 듯하다.

그밖에 작답지(鵲踏枝)와 천하악(天下樂)은 선려조(仙呂調)에, 조소령(調笑令)은 월조(越調)에, 태평령은 쌍조에 각각 속하는 곡패이름이다. 이처럼 여러 궁조(宮調)의 소곡으로 한 투곡(套曲)을 이룰 수 없음은 두 말할 필요도 없겠으며 기타 세세한 곡률을 더 이상 따지지 않기로 한다.

원잡극의 다른 또 하나의 특징은 전극(全劇) 4절을 주인공 한사람이 노래부르는 것이다. 원극에서 주인공은 남자가 정말(正末)이고 여자는 정단(正旦)이기 때문에, 남자가 노래하느냐 여자가 노래하느냐에 따라서 잡극을 말본(末本)과 단본(旦本)으로 구분하기도 한다. 혹시 절에 따라서 창하는 사람이 다른 경우가 있지만(楊顯之의 酷寒亭, 孟漢卿의 魔合羅 등) 그 각색(脚色)은 변함없이 정말이나 정단인 것이다.

〈동상기〉는 창하는 사람도 일정치 않다. 1절과 4절에서는 주인공인 김생(金生)이 혼자 노래하지마들 2절과 3절에서는 몇 명의 관리들만이 등장하는데 누가 어떻게 노래하는 건지조차 분명치 않다.

이상 대체로 음악면에 입각하여 〈동상기〉를 검토하였다. 〈동상기〉의 작자는 형식상으로만 비슷한 희곡형식을 취했을 따름이지 사실은 곡률에 대하여는 완전히 문외한임을 알게 되었다. 이쯤 되면 이 작품은 상연할 수도 없는 것이며 소곡(小曲) 위에 기입한 곡패명(曲牌名)은 전혀 무의미한 장식품에 불과한 것임이 드러났으리라 믿는다.

4. 문장상으로 본 〈동상기〉

원극(元劇)의 문장은 '본색(本色)'을 가장 중히 여긴다. 희극은 무대상연이 전제가 되기 때문에 문장은 자연히 사조(辭藻)보다도 생동하고 자연스러운 것이 요구된다. 그리고 표현은 미려한 수식보다도 솔직해야 한다. 이처럼 생동하고 솔직함을 문장의 '본색(本色)'이라고 한다. 그리고 상연을 위주로 함을 '당행(當行)'이라고 하는데 결국 본색과 당행은 공통되는 것이라 할 수 있겠다.

〈서상기〉의 문장은 '본색'과 함께 청려(淸麗)하다는 정평이 나있는 작품이다. 그러나 이를 모방한 〈동상기〉는 정반대로 부자연스럽고 조잡한 문장으로 구성되어 있다. 문자의 우열은 고사하고 '백(白)'은 대화로서의 입체감을 상실한 채 설명적인 서술이며, '창(唱)'도 아무런 분별 없이 중간에 심심풀이로 소곡(小曲)을 하나씩 끼워놓은 것 같은 실정이다. 예를 하나 들어보자.

　　〔상화시(賞花時)〕〔김창(金唱)〕
　　세상 사람들이 사는 천하 중에서,
　　궁하고 궁하다 해도 누가 가장 궁할까?
　　한 칸의 집을 아방궁 삼아,
　　동리 문 작은 동굴에 살고 있는데,
　　홀몸의 남자 발가벗은 듯하네.

　지금은 무슨 달인가? 눈에는 공연히 꽃만 요란하고, 푸른 잔디 언덕엔 새 이파리 파릇파릇하네. 나팔새는 쩍쩍 울고, 종달새는 높이 날고 있네. 3년 썩은 말가죽처럼 이리 쳐지고 저리 쳐지니, 늙은 도령의 심사는, 매우 견디기 어려운지고!
　世上人間天下中, 窮也窮寒誰最窮?
　一間屋阿房宮, 住着里門小洞, 單隻漢條條紅.

　今月是那個月? 眼兒裏空花擾擾, 綠莎堤新葉尖尖, 亂芭子鳴也錚錚, 從地理鳥三丈浮. 三年陳的馬皮兒, 烏乎籠, 秪乎籠, 老道令心事, 最是難耐.

　　〔후(後)〕
　　자연은 쌍쌍이 살면서 서쪽으로 갔다 동쪽으로 갔다하고,
　　나비는 서로 희롱하면서 수놈과 암놈이 어울려 나네.
　　문득 복사꽃 붉게 핀 것 보고, 갖가지 생각 떠올라,

머리 긁적이며 봄바람 원망하네.

　탄식하면서. 휘! 삼신할머니께서 마련하시어 내가 세상에 태어났
는데, 입도 남들과 같고, 눈도 남들과 같고, 코도 남들과 같으니,
모든 갖추고 나온 내 몸에 달린 물건들 하나하나 모두 남들과 같거
늘, 어찌 반쪽만큼이라도 남만 못한 곳이 있으랴만, 오직 이 혼인
한 가지 일만은 남들만 못하네.
　紫燕雙栖西復東, 粉蝶翩飛雌與雄.
　忽見桃花紅, 思量種種, 搔頭怨春風.

　歎科. 揮! 三神帝釋指點俺出來, 這時口也似人, 眼也似人, 鼻也
似人, 凡諸一應俺身上懸來的物件, 件件也似人, 何嘗有半件不及人
處? 只這婚姻一事, 不及人.

　이곳에 인용한 부분은 〈동상기〉 중에서 비교적 곡사(曲辭)가 잘 된
곳을 골랐다. 우선 표식(標識)이 없으면 창(唱)인지 백(白)인지 구별
하기 힘든 곳이 있을 것이다. 상화시(賞花時)와 그 뒤의 '금월시사개
월(今月是邪個月)?' 운운한 백이 그 예인데(〔後〕에서는 '歎科' 이하
가 白임), 이러한 곳은 그밖에도 허다하다.
　다음 용어면에 있어서는 '당행(當行)'에 주의한 것 같으나 결과적으
로 조잡하기 짝이 없다.
　희극에서는 속어의 사용도 불가피하지마는 그 말투는 등장인물의
신분과 조화가 되어야 한다. 생경한 중국문장에다 한국식 속어와 용
어를 뒤섞어 놓았으니 문장은 괴상하여지고 등장인물은 국적 불명,
성격 불명의 인간이 되고 말았다.
　심지어는 '그 장인 되는 사람'이란 뜻의 말을 '나장인주적(那丈人做

的)'이라고 한 곳도 있다. 이곳에는 인용하지 않았으나 1절 김생(金生)의 등장백(登場白)에서 끝에 '정말로 가난함을 즐기는 삶……(正是樂貧的生涯……)' 운운하였는데 등장백 끝머리에 '정시(正是)'하는 용어를 쓰는 것은 잡극의 일반적인 상투이다.

그러나 '정시'하는 다음에 오는 말을 주인공이 그 전에 말한 그 사람의 처지나 심회(心懷)의 전체 성격을 대표할 수 있는 짧은 성어나 시구(詩句) 같은 것을 써야 한다. 그렇지 못하면 '정시'라는 말은 무의미한 강조가 될 것이다. 〈동상기〉의 작자가 이런 세세한 부분에까지 주의 못하였음은 오히려 당연지사라 할 것이다.

문장을 훑어보아도 〈서상기〉를 모방한 흔적은 쉽사리 발견된다. 다음은 눈에 뜨이는 대로 몇 가지 골라 두 가지를 대조하여 보기로 한다.

〈西廂記〉	〈東廂記〉
花落水流紅, 閑愁萬種, 無語怨東風.(楔子 賞花時 幺篇 後段)	忽見桃花紅, 思量種種, 搔頭春風.(第一折 賞花時 後 後段)
淋漓紅袖淹情淚, 知儞的青衫更濕……(第四本三折 耍孩兒)	幾番紅淚住春眼, 總角衣亦應濕盡……(第三折 耍孩兒)
四圍山色中, 一鞭殘照裏, 將遍人間, 煩惱塡胸憶, 量這般大小車兒, 如何載得起?(第四本三折 收尾)	前宵春雨中, 百花齊得綻, 流向人間, 川澤皆充滿, 量君恩大小, 東海猶有這畔.(第三折 收尾)

이상 작자는 문장에 있어서도 적지 않게 〈서상기〉를 모방하였음을 엿볼 수 있었으리라 믿는다. 희곡의 문장은 백(白)의 특성에서 오는 속적(俗的)인 성격에다가 창(唱)이 지니는 아(雅)의 성격도 겸하여야 되는 법이다. 다시 말하면 당시의 중국어나 속어에도 능통하고 그 위에 고문(古文)·시사(詩詞)까지도 겸할 수 있는 사람이어야 한

다. 그리도 또 곡률(曲律)이나 음악에도 상당한 조예가 있어야 하니 외국인으로서는 중국의 고전희곡을 창작한다는 것은 무리한 일이 될 것이다.

5. 맺는 말

이상 〈동상기〉의 흠집만 꼬집어 뜯어낸 감이 있으나 이 작품은 희곡의 체재도 제대로 못 갖춘 작품임이 드러났으리라 믿는다. 고래로 우리나라에서는 곡률(曲律)의 난해함 때문에 중국문학에서도 희곡은 별로 읽혀지지 않았으니, 우리나라 작가로서는 불가피한 현상이라 할 것이다. 가장 널리 보급된 〈서상기〉는 함부로 심하게 고친 김성탄(金聖歎)의 제육제자서본(第六才子書本)이었고, 곡률이나 희극에 대한 별반 지식도 없이 이 작품을 쓴 것 같다.

또한 작자의 창작태도도 유희적이어서 문장이나 내용이 보잘 것 없는 대단치 않은 작품이다. 그러나 중국 이상으로 보수적이던 우리나라 한문학계에 그나마 〈동상기〉라는 희곡작품이 나왔음은 학계를 위한 공신이라고도 할 수 있을 것이다.

(이상 사용한 〈동상기〉 판본은 大正 7年 刊 白斗鏞 懸吐 東廂記纂本임)

V. 중국희곡 연구상의 문제들

12. 중국의 희극개혁운동(戱劇改革運動)과 〈비파기(琵琶記)〉 토론

1. 서 론

중국(中國)의 희극개혁운동은 1910년대 말엽의 신문학운동과 함께 시작되었다. 유명한 《신청년(新青年)》 잡지를 중심으로 하여 자기네 신문학을 건설하려던 그 시대 지식인들의 일부는 서양의 화극(話劇)을 바탕으로 자기네 옛 연극을 개량하여 시대에 알맞은 신극을 만들 것을 주장하였다.[1] 호적(胡適)·부사년(傅斯年)·전현동(錢玄同)·유복(劉復)·구양여천(歐陽予倩) 등이 그 운동의 중심인물인데, 이 중 구양여천(歐陽予倩)을 제외한 모든 사람들이 희극의 전문가가 아니라는 것도 재미있는 사실이다. 이들은 대체로 자기네 옛 연극에서 쓰던 가극적(歌劇的)인 수법과 검보(臉譜) 등을 없애 버리고 완전히 사실적인 화극(話劇)을 만들자는 주장이었다.

《신청년》 4권 6기가 입센 특집호였고, 같은 6권 3기에는 호적(胡

---

1) 《新青年》제5권 4기(1918년 10월 15일)만 보더라도 胡適의 〈文學進化 觀念與戱劇改良〉, 傅斯年의 〈戱劇改良各面觀〉·〈再論戱劇改良〉, 歐 陽予倩의 〈我的戱劇改良觀〉 등의 글이 실려 있다.

適)이 〈종신대사(終身大事)〉라는 희곡작품을 발표한 것도 그러한 노력의 연속이었다. 어떻든 이들의 주장을 바탕으로 중국에 새로운 현대극이 생겨났지만, 이것은 여기에서 논하려는 희곡개혁과는 성격이 다른 것이다

그러나 서양극의 도입은 경극(京劇)을 중심으로 하여 중국 각지에 성행하던 고전극에 아무런 영향도 주지 못하였다. 이에 1926년에는 서지마(徐志摩)가 《북경신보(北京晨報)》의　부간으로 《극간(劇刊)》2)을 내면서 여상원(余上沅)·조태모(趙太侔)·문일다(聞一多)·웅불서(熊佛西) 같은 사람들이 모여 새로운 희극운동을 전개하였다.

이들은 《신청년》의 경우와는 달리 구극(舊劇)의 가치를 긍정하면서 그것을 현대에 알맞는 내용과 형식으로 개량하자는 것이었다.3) 이들은 예술적인 입장에서 자기네 구극을 현대의 상황에 부합하는 예술로 끌어올려 보자는 것이었다. 동기나 목적은 전혀 다르지마는 이들의 개혁방향은 뒤의 중화인민공화국에서의 희곡개혁운동과 상통하는 면이 있다.

중국의 고전극은 원대(元代)의 잡극(雜劇)에서 시작하여 명대(明代)에는 전기(傳奇)로 개진되었고, 다시 그 창강(唱腔)은 곤곡(崑曲)을 중심으로 발전하였는데, 청대(淸代)에 와서는 다시 경극(京劇)을 중심으로 한 각 지방의 지방희(地方戲)들이 크게 성행하였다. 그리고 청(淸) 말에는 왕소농(汪笑儂)·매란방(梅蘭芳)·정연추(程硯秋) 같은 경극의 명배우들이 나와 새로운 연극을 편연(編演)하고, 다시 담흠배(譚鑫培)·언국붕(言菊朋)·마련량(馬連良) 등이 창강을 개량함으로써 특히 경극(京劇)은 귀족으로부터 서민에 이르는 넓은 폭으로 중국

---

2) 《劇刊》은 겨우 1926년 가을까지 15기를 내고 정간되었다.
3) 趙太侔의 〈國劇〉, 余上沅의 〈舊劇評價〉 등 참조

사회에 성행을 극하게 되었다.

그 때문에 아무리 새롭고 수준 높은 서양의 연극이 도입되어도 대중예술로서의 경극의 유행은 조금도 흔들리지 않았다. 이에 힘입어 경극뿐만이 아니라 각 지방에는 그곳의 지방희(地方戱)와 형식이 간단한 여러 가지 곡예(曲藝)들이 아울러 성행을 계속하였다.

경극은 북경(北京)을 중심으로 하여 여러 지방희들의 장점들이 종합되어 발달한 것이어서 그 유행도 거의 전국에 걸치는 것이었다. 이밖에도 지방희는 섬서(陝西)의 진강(秦腔, 梆子腔), 하북(河北) 동부지방의 평극(評劇), 산서(山西)의 진극(晉劇, 山西梆子), 하남(河南)의 예극(豫劇, 河南梆子), 강서(江西)의 공극(贛劇), 사천(四川)의 천극(川劇), 호남(湖南)의 상극(湘劇), 절강(浙江)의 월극(越劇), 복건(福建)의 민극(閩劇), 광동(廣東)의 월극(粤劇), 운남(雲南)의 전극(滇劇) 등 이루 다 들기 힘들 정도로 많다.

그리고 이보다 형식이 간단한 곡예(曲藝)로는 동북(東北)의 이인전(二人轉), 강서(江西)의 화고(花鼓), 강소(江蘇)의 소탄(蘇灘), 북경(北京)의 대고(大鼓), 산동(山東)의 금서(琴書), 하남의 추자(墜子) 등 더욱 많은 종류의 것들이 유행하고 있다. 이러한 곡예들은 대부분 완전한 희극이라 할 수는 없는 것들이지만 내용과 형식이 간단하여 이용하기에 편리함으로 중국에서는 한때 새로운 희종(戱種)으로 이것들을 개혁하고 개발하려는 노력을 기울이기도 하였다.

중국의 희극개혁은 본시 중화인민공화국에 있어서 자기네 구극(舊劇)을 현대 예술로서 발전시키는 데 그 목적이 있는 것이 아니라 그것들을 자기들이 쓰기에 알맞은 정치적 선전용구로 개조하려는 것이었다.

중국의 구극은 여러 가지 형식으로 전국에 파고들어 유행하고 있었으므로 그것을 잘 개량하기만 하면 어떤 목적달성을 위해서든 가장 유효한 수단이 될 수 있는 것이었다. 그러기에 중화인민공화국에서는 일찍이 이에 착안하여 자기네 공산주의 이론에 입각한 구극의 개혁에 착안하였던 것이다.

그러나 중국의 입장에서 본다면 옛날의 희극이란 모두가 봉건사회의 유물이며 한때는 봉건통치계급을 위하여 봉사하였던 것들이다. 따라서 어떤 작품이 고도의 예술성을 지녔고 또 오랜 역사를 통하여 민중들이 좋아해 온 것이라 하더라도 이념이 달라진 중국에 있어서는 반동적인 것으로 판단하기 쉬운 것이다. 그러기에 희극뿐만이 아니라 모든 문화유산을 대하는 중국의 태도는 단순할 수가 없는 것이었다.

모택동(毛澤東)은 일찍이 레닌이 제시한4) 문화유산의 처리 방법을 원용하여 그 찌꺼기는 버리고 정화(精華)만을 취하여야 한다는 이른바 비판적 정신의 방법을 지시하였다.5) 말은 쉽지만 실지로 희곡에 있어 어떤 부분이 정화(精華)이고 어떤 부분이 찌꺼기인가를 가리는 일이란 지극히 어려운 일이다. 전국에 상연되고 있는 무수한 구극을 그대로 두자니 그것들은 모두가 중공(中共)의 정치이론과는 상반되는 봉건적 유물들이고, 이것들의 상연을 일시에 금지시키자니 국민들의 불만과 수많은 연예인들의 실직문제를 해결할 길이 없다. 따라서 이러한 구극의 독소를 제거하면서 그것을 잘 이용할 수 있는 가장 좋은 방법은 희극개혁밖에는 없었던 것이다.

그리하여 1951년 5월 5일 중국의 중앙 인민정부 정무원에서 반포한 '희극개혁공작에 관한 지시'에서는 다음과 같은 말을 하고 있다.

인민희곡이란 민주정신과 애국정신을 광대한 인민에게 교육하는

---

4) 레닌 〈무산계급의 문화를 논함〉(《레닌選集》 17卷).
5) 毛澤東 《新民主主義論》·《在延安文藝座談會上的講話》

중요한 무기이다. 우리나라는 희곡유산이 매우 풍부하고 인민과 밀접한 연관이 있으므로 이러한 유산을 계승하여 발양광대(發揚光大)시킨다는 것은 매우 필요한 일이다. 그러나 이러한 유산 중의 많은 부분이 일찍이 봉건통치자들에 의하여 인민을 마취시키고 독해하는 용구로 사용되었다. 그러므로 반드시 좋고 나쁜 것을 가리어 취하고 버리면서 아울러 새로운 기초 위에 개조하고 발전시켜야만 비로소 국가와 인민의 이익에 부합하게 된다.6)

따라서 희곡개혁의 가장 중요한 첫째 업무는 '정화(精華)와 찌꺼기' 또는 '좋은 것과 나쁜 것'을 가리는 일이다. 그런데 희곡유산 중의 '많은 부분'이 '인민을 마취시키고 독해하는 용구'이니 대체로 좋은 것은 적고 나쁜 것은 많으며, 취할 것은 적고 버릴 것은 많을 것이다.

그들이 대륙을 차지한 직후에 전국문련(全國文聯)의 편집부 부국장을 지낸 하기방(何其芳)은 다음과 같은 말을 하였다.

중국의 구극(舊劇)은 종류가 매우 많고 형식도 모두 다르다고 하지만 대체로 그 내용이 진실로 압박을 당하고 착취를 당하는 인민의 입장을 지니고 있는 것은 매우 적다고 할 수 있다. 경극(京劇)만이 그러할 뿐만 아니라 지방희(地方戱)나 가장 하층의 옛 앙가극(秧歌劇) 같은 종류들까지도 여러 가지 봉건도덕을 선양하는 내용과 정도는 다르지만 옛 사회의 인민 자신들의 생활과 그 요구를 반영하는 내용들이 엇섞이어 있는 데 불과한 것들이 지극히 많다.7)

---

6) 《人民日報》1951년 5월 7일자.
7) 《人民日報》, 1950년 4월 16일자 何其芳 〈中共舊劇이 하강하는 원인에 관하여〉.

따라서 좋은 것과 나쁜 것, 정화(正貨)와 찌꺼기를 가린다 하더라
도 이를 어떻게 떼어 버려야 하느냐가 또 큰 문제가 되는 것이다. 거
기에다 좋은 것은 취하고 나쁜 것은 버린다는 희극개혁공작의 진짜
목적은 자기네 구극(舊劇)을 예술적으로 발전시킨다는 데 있는 것이
아니라 그것이 자기네 정치목적을 위하여 큰 효용을 발휘케 하는 데
있다.

1952년 11월 14일에 중앙선전부 부국장이던 주양(周揚)은 제1차
전국희곡관마대회(全國戲曲觀摩大會)의 총결사에서 다음과 같은 말
을 하고 있다.

희곡은 말할 것도 없이 이처럼 수천 수백만 군중을 연결시키는
일종의 예술이다. 그렇다면 그것을 어떻게 하여 우리나라가 방금
개시한 대규모의 경제건설과 문화건설에 상응하여 더욱 인민을 교
육하고 사회를 개조하는 역량을 발휘해야 하는가? 그것은 마땅히
국가가 정확히 인민을 교육하도록 도와야 한다. 애국적 사상과 민
주적·사회주의적 사상으로 인민을 교육하고 사회의 새로운 기풍을
전파하고, 인민의 도덕적인 품질을 제창하고 인민의 정신생활을 풍
부히 해야 한다. 만약 그러지 못하면 새로운 인민의 생활 속에는
그것이 설 영광된 자리가 없게 될 것이다.[8]

이것은 구극의 개혁을 신극의 창작과 아울러 표현한 말이다. 중국
의 희극개혁운동은 그 뒤의 문화혁명기에는 전통적인 옛날 연극을 전
면적으로 부정하는 희곡혁명의 단계에까지 몰고 가려고 했지만 그 기

---

8) 《人民日報》, 1952년 12월 27일자, 周揚 〈民族戲曲藝術의 개혁과 발
   전〉

본정신에는 전혀 변동이 없다.

중국의 희극개혁운동의 동기와 목적은 이처럼 뚜렷하지만 그 실행은 그처럼 간단한 일이 아니다. 그것은 그 운동의 모든 것이 처음부터 끝까지 자기네 문화 또는 예술의 여러 가지 문제와 직접 관련이 되기 때문이다. 그러므로 이 운동은 그들의 문학·예술·정치·사회 등 여러 면에서 검토되어야 할 것이다.

한편 그들의 희곡개혁의 중점이 경극(京劇)을 중심으로 한 지방희와 각 지방의 곡예에 두어지고 있으므로 '전기지조(傳奇之祖)'라 일컬어지고 있는 〈비파기(琵琶記)〉와 연관시켜 그것을 검토한다는 것은 핵심에서 벗어난 듯한 느낌을 갖기 쉽다. 그러나 여기에서 전기(傳奇)의 대표작인 〈비파기〉를 끌어내는 것은 이들의 희극개혁운동을 통하여 중국의 문화유산을 대하고 계승하는 태도가 어떤 것인가를 밝히는 한편 그 운동이 어느 정도까지 성공을 거둘 수 있는 건가 따져보기 위한 것이다.

〈비파기〉는 전기(傳奇)의 대표작일 뿐더러 봉건적인 윤리관이 비교적 강하게 드러나면서 중국인들에게 최근까지도 가장 널리 읽혀지고 각 지방희로도 널리 상연되어온 작품이다. 가장 봉건적인 내용의 작품이면서도 예술성이 강하고 인민들의 사랑을 받아온 〈비파기〉는 중국 당국의 문화유산을 대하는 태도와 희극개혁운동의 한계를 무엇보다도 뚜렷이 제시해 줄 수 있을 것이다.

가장 봉건적이면서도 예술적이고 인민의 사랑을 받아왔다는 〈비파기〉가 지니고 있는 중국 당국의 입장에 대한 모순된 성격은 결국 1956년 여름에 중국희극개혁협회(中國戲劇改革協會)로 하여금 전국의 사계(斯界) 학자들을 북경에 모아 거국적인 〈비파기〉 토론대회를 열게 하였다. 그 결과 희극개혁운동과 그들의 〈비파기〉에 대한 태도를 알아보려는 데에는 그 대회가 무엇보다도 좋은 자료를 제공하고

있는 것이다.9)

이 때문에 희곡개혁은 전통적인 무대나 연출방식 등에 대한 개혁까지도 포함되어 있지만 여기서는 희곡작품 자체에 대한 개혁에만 문제를 국한하기로 한다. 이 소론은 희곡개혁운동을 통하여 중국의 문학예술에 대한 기본태도를 밟혀 보려는 데 중점을 두고 있기 때문이다.

2. 중국의 희곡개혁 개황

1) 희극개혁의 이론

중화인민공화국의 희극개혁 운동의 이론적인 근거는 말할 것도 없이 마르크스주의를 바탕으로 하여 모택동(毛澤東)이 제시한 문예관에 두고 있다. 모택동의 〈신민주주의론(新民主主義論)〉·〈재연안문예좌담회상적강화(在延安文藝座談會上的講話)〉·〈모순론(矛盾論)〉 같은 저술은 바로 중국의 문예론의 경전이나 같은 책들이다. 모택동은 맑스주의를 바탕으로 하여 경제와 정치문화의 관계를 이렇게 밝히고 있다.

정치문화와 같은 상층 구조가 경제기초의 발전에 장애가 되고 있을 적에는 정치상 또는 문화상의 혁신이 바로 주요한 결정적인 것이 된다.10)

---

9) 1956년 12월에 劇本月刊社에서 편집한 그 대회의 회의록인 《琵琶記討論專刊》(人民文學出版社, 北京)이 나와 있음.
10) 〈矛盾論〉《毛澤東選集》第1卷 人民出版社)

일정한 문화(관념형태의 문화를 뜻함)는 일정한 사회의 정치와
경제의 반영이며 또 일정한 사회의 정치와 경제에 위대한 영향과
작용을 가하는 것이다. 그런데 경제는 기초이고 정치는 바로 경제
의 집중적인 표현이다. 이것이 우리의 문화와 정치·경제의 관계
및 정치와 경제의 관계에 대한 기본관점이다. 그렇다면 일정 형태
의 정치와 경제는 먼저 그 일정형태의 문화를 결정하며, 그런 다음
에 그 일정 형태의 문화는 비로소 일정형태의 정치와 경제에 영향
을 가하기 되는 것이다.[11]

이상의 이론은 곧 '문예는 정치에 종속되는 것이다. 그러나 반대로
정치에 위대한 영향을 끼치게 된다.'[12]는 말로 요약되는 것이다. 여기
에서 한 발자국 더 나아가 일찍이 1905년에 레닌은 '문학이란 응당히
당의 문학이 되어야 한다.'[13]고 밝혔거니와 모택동도 문예의 당성원칙
(黨性原則)을 분명히 제시하고 있는 것이다.

우리가 오늘 회의를 개최하는 것은 바로 문예가 훌륭하게 온 혁
명기기(革命機器)의 한 조직성분이 되게 함으로써 인민을 단결시
키고 인민을 교육하고 적을 무찌르고 적을 소멸시키려는 유력한 무
기가 되고 인민이 한마음 한뜻으로 적과 투쟁하도록 돕는 것이 되
도록 하려는 것이다.……
　지금 세계에 있어서의 모든 문화나 문학예술은 모두 일정한 계급
에 속하여 있고 일정한 정치노선에 속하여 있다. 예술을 위하여 예

---

11) 〈新民主主義論〉(《毛澤東選集》第2卷 人民出版社)
12) 〈在延安文藝座談會的講話〉(《毛澤東選集》第3卷 人民出版社)
13) 레닌 〈당의 조직과 당의 문학〉

술을 한다거나 계급을 초월한 예술이나 정치와 병행하거나 또는 서로 독립되어 있는 예술이란 실제로는 존재하지 않는 것이다. ……

그러므로 당의 문예공작이 당의 모든 혁명공작 중에서 차지하는 위치는 확정적인 것이며 완전히 배정된 것이니, 당이 일정한 혁명기간 내에 규정해 놓은 혁명임무에 복종해야 하는 것이다.[14]

이 때문에 중국에 있어서도 희곡이나 연극은 모두 당의 혁명임무를 따르는 것이어야 하고 그들의 정치노선을 위해서 복무하는 것이어야 함은 자명한 것이다. 그러나 문제는 중국에 널리 유행하고 있는 구극(舊劇)이나 지방희(地方戱)들은 모두가 낡은 경제기초 위에서 생산된 상층구조여서 새로운 경제기초를 위하여 복무할 수 없는 것이라는 데 있다.

오사시기(五四時期)의 사람들이 주장했던 것처럼 이전의 옛 희곡은 다 버리고 새로운 서양화극(西洋話劇)을 도입하여 자기네 현실에 맞는 새로운 희극을 만들면 간단히 문제가 해결될 듯도 하다. 화극(話劇)은 현대생활을 표현하기에 편리하고 모든 사람들이 알아듣기 쉬운 형식이어서 정치적 선전효과도 중국의 전통희곡(傳統戱劇)보다 훨씬 크다. 그 때문에 오사(五四) 이후 화극이 도입된 이래 중국에서도 화극으로 옛 희극을 대체하려는 노력을 상당히 기울여왔다.

그러나 아무리 예술성이 높은 화극이 소개되고 또 그것이 훨씬 현대적이라 할지라도 위아래를 가릴 것 없이 전 인민들이 화극보다도 자기네 전통 연극을 훨씬 더 좋아하는 데에는 당의 조직과 정권을 가지고도 어찌할 수가 없었다. 이미 원대 이래로 600년의 역사를 통하여 중국인의 몸에 배어 버린 희곡의 음악이나 동작 또는 검보(臉譜)

---

14) 毛澤東 〈在延安文藝座談會上的講話〉

와 극정(劇情) 등은 외국에서 도입한 화극이 도저히 대적할 수 없는 성질의 것이었다.

중국 당국은 해방 초에 화극을 내세우며 전통희극의 상연을 금하기도 해보았지만 이는 성공할 수 없는 일임을 바로 깨달았다. 이에 그들은 전통희극을 자기네 문예관에 들어맞추기 위하여 '비판적으로 유산을 계승한다'는 이론을 전개하였다.15) 따라서 모택동은 소중한 자기네 문화유산을 계승할 것을 주장하면서 '절대로 무비판적으로 모든 것을 받아들여선 안되고', 또 '그 봉건성을 띤 찌꺼기는 떼어내 버리고, 그 민주성을 띤 정화(精華)만을 흡수해야 하며', '반드시 고대 봉건통치계급의 모든 썩어빠진 것들과 고대의 우수한 인민문화 곧 얼마간 민주성과 혁명성을 띠고 있는 것들은 구별을 해야만 한다.'16)고 하였다.

주양(周揚)도 〈더욱 많은 우수한 문학예술작품의 창조를 위해 분투하자〉라는 글에서 다음과 같은 말을 하고 있다.

우리는 유산을 대하는 데 있어서는 또한 반드시 분석적인 태도를 취하여야 한다. 우리는 유산을 아무 구별 없이 전부들 받아들이지 않고 반드시 선택적으로 그 중 건강하고 생명이 있고 인민에게 유익한 부분만을 받아들여야만 하는데, 무엇보다도 먼저 유산 중

---

15) 이것은 마르크스와 엥겔스가 〈共産黨宣言〉에서 '공산주의 혁명이란 바로 과거로부터 전해져 내려오는 모든 제도나 관계와 가장 철저한 決裂을 행하는 것이다.'고 한 이론과 모순된다. 그러나 레닌이 이미 엥겔스의 '영원한' '진리'를 바탕으로 '절대진리와 상대진리'의 이론을 발전시키고(唯物主義와 經驗批判主義), 다시 이를 근거로 문화유산을 처리하는 방법을 도출했었다(톨스토이와 그 시대).

16) 毛澤東 〈新民主主義論〉.

의 민주성과 진보성을 띤 부분과 봉건성과 낙후성을 띤 부분에
대해여 구별을 해야 하고, 현실주의적 부분과 반현실적인 부분에
대하여 구별을 하여야 한다.17)

그러면 희곡에 있어 그들이 말하는 민주성이나 봉건성은 어떤 것을
뜻하는가? 1951년 5월 7일자 《인민일보(人民日報)》 사설에서는 〈희
곡개혁공작(戱曲改革工作)을 중시하라〉는 제하(題下)에 다음과 같이
말하고 있다.

중국의 옛 희곡(戱曲)은 바로 중국인민이 장기간의 봉건사회 가
운데서 창조해낸 찬란한 문화의 중요한 부분의 하나이다. 그것들은
인민의 창조이기 때문에 곧 필연적으로 중국인민의 노동·용감·지
혜 및 선량한 성격과, 그들이 압박을 다하고 노역을 당하는 상태로
부터 벗어나려고 진행시킨 각양각색의 정의로운 투쟁과, 그들의 자
유·행복과 합리적 생활에 대한 갈망 등이 표현되어 있다. 그 때문
에 거기에는 민주성이 있게 되는 것이다. 이것이 바로 그것들의 정
화(精華)부분이다.
다른 한편으로는 그것들은 봉건사회의 산물이기 때문에 봉건사
상의 영향을 받지 않을 수가 없으며, 언제나 봉건통치자에 의한 여
러 가지 왜곡이 가해짐으로써 인민을 마취시키고 독해하는 용구가
되지 않을 수 없었다. 그 때문에 거기에는 봉건성이 있게 되는 것
이다. 이것이 바로 그것들의 찌꺼기 부분인 것이다.

이것은 곧 모든 중국의 옛 연극에는 민주성도 있지만 봉건성도 있

17) 周揚 〈爲創造更多的優秀的文學藝術作品而奮鬪〉(《人民文學》 1953년 11
월호).

음을 뜻한다. 중국의 전 국민이 자기네 옛 연극을 좋아하고 있는 데 반해 그 모든 것에는 봉건성이란 독소가 들어 있음을 뜻하는 것이다. 봉건성이 들어있는 모든 것을 버리면 문제해결이 간단하겠지만 전 인민이 그것을 좋아하고 있으니 버릴 수가 없다. 여기에서 중국이 생각해낸 것이 희극개혁을 통한 새로운 시대에 알맞는 희극의 건립이다.

곧 자기네 옛 연극 중에서 봉건성을 띤 찌꺼기 부분은 모두 잘라내 버리고 민주성을 띤 정화(精華) 부분만을 계승 발전시키고자 하는 것이다. 그러나 실제로 한 작품 중에는 어디서 어디까지가 찌꺼기이고 어디서 어디까지가 정화인가를 가려내는 일도 쉽지 않거니와 설사 가려낸다 하더라도 어떻게 작품의 예술성이나 내용·형식을 손상시키지 않고 그 찌꺼기를 떼어내느냐고 하는 문제는 더욱 어려운 것이다.

2) 희극개혁의 목표

중국의 희극개혁의 방향은 본시 '백화제방(百花齊放)'·'추진출신(推陳出新)'이란 여덟 글자로 요약되어 표현되었다. 이 말의 연원은 1942년 가을 중국에서 평극원(評劇院)[18]을 만들었을 때 모택동이 이 극원(劇院)에 '추진출신(推陳出新)'이란 네 자의 제액(題額)을 써준 것이다. 이 네 글자는 곧 중공희극개혁의 지도사상을 요약한 말로 부상되었다.[19] 다음으로 '백화제방(百花齊放)'이란 말은 훨씬 뒤에 중국의 전국극협(全國劇協) 주석(主席) 겸 문화희곡개진국(文化戲曲改進局) 국장이던 전한(田漢)이 전국희곡공작회의(全國戲曲工作會議)에서 한 다음과 같은 말에 처음으로 쓰였다.

---

18) 이때에는 評劇이 일반적인 호칭이었고, 뒤에 중화인민공화국이 대륙에 세워진 다음에는 京劇이 표준용어로 바뀌었다.

19) 郭漢城〈戲曲藝術推進出新的成就和經驗〉(《文藝報》1959년 제19-20기) 참조.

우리는 계속해서 경극(京劇)을 개혁하는 이외에 더욱 개혁의 중점을 지방희(地方戱)에 두어야만 할 것이며, 조직적 계획적으로 전국의 지방 희곡과 여러 소수민족의 맹아상태의 희곡의 보편적인 개혁을 진행시킴으로서 전국 각종 희곡예술의 백화제방(百花齊放)을 쟁취하여야 할 것이다.[20]

그러나 1952년 10월 북경(北京)에서 전국제일계희곡회연(全國第一屆戱曲會演)이 개최되었을 적에 모택동이 다시 이 회담을 위해 '백화제방'이란 말을 '추진출신'이란 말 위에 덧붙이어 제자(題字)를 씀으로서 중국의 희곡계는 '추진출신(推陳出新)'의 방침을 따르는 외에 다시 아울러 '백화제방'의 지시를 따라 공작(工作)을 전개하게 되었던 것이다.[21]

이 여덟 글자는 앞뒤의 말이 나온 시대가 다르므로 그 시대적 의의도 다를 수밖에 없다. 먼저 그 글귀의 뜻을 보면 '추진출신'이란 '낡은 것은 밀어내고 새것을 내어놓는다' 곧 '옛 희곡은 없애버리고 새로운 희곡을 만들어 낸다'는 것이고, '백화제방'이란 '모든 꽃들을 일제히 피게 한다' 곧 '모든 희곡은 다 상연케 한다' 는 것이다. 따라서 '옛 희곡은 없앤다'는 뜻을 지닌 '추진출신'과 '모든 희곡을 상연'한다는 뜻이 담긴 '백화제방'은 서로 모순되는 말이다.

그러나 1942년 이후 '추진출신'의 방침에 따라 자기네 정치목적에 해가 되는 옛 희곡들의 상연을 금하다 보니, 마침내는 옛 희곡은 상연할 수 있는 것이 거의 없게 되었다. 그렇다고 새 희곡을 필요한 만

---

20) 田漢 〈爲愛國主義的人民新戱曲而奮鬪〉(《人民日報》 1951년 1월 21일자).

21) 張庚 〈戱曲獲得了新生命〉(《文藝報》 1959년 第18期) 참조.

큼 만들어 낼 수도 없고, 전국 각지에 유행하는 여러 가지 지방희(地方戱)나 구극(舊劇)을 좋아하는 인민의 취향을 없애는 수도 없었다. 이에 다시 옛 희곡을 심사하여 약간의 수정을 가함으로써 그것을 선전 용구로 쓰는 한편 인민들의 욕구도 만족시키자는 뜻으로 '백화제방'을 생각해 낸 것이다.

따라서 '추진출신'을 버리지 않고 그 위에 '백화제방'을 덧붙인 것이므로, '백화(百花)' 곧 '모든 희곡'에는 자연히 제한이 따르고 있는 것이다. 곧 '백화제방'이란 '추진출신'의 수단이므로 '백화' 중에는 '추진(推陳)'하여야만 할 것, 곧 '없애버려야 할 낡은 희곡'들, 다시 말하면 '제방(齊放)'시켜서는 안될 것들이 있게 되는 것이다.

곽말약(郭沫若)은 모택동(毛澤東)이 〈신민주주의론(新民主主義論)〉에서 자기네 유산을 비판적으로 계승해야 한다고 한 말을 인용하면서, '추진출신'이란 용어의 뜻과 '백화제방'과의 관계를 다음과 같이 설명하였다.

추진(推陳)이란 곧 '고대문화의 발전과정을 분명히 정리하여 그 봉건성을 띤 찌꺼기는 떼어버리고, 민주성을 띤 정화(精華)는 흡수해야 한다'는 말이다. 거기에 떼어버릴 것이 있기 때문에 절대로 무비판적으로 모두를 받아들일 수는 없는 것이다. '출신(出新)'이란 바로 '민족의 신문화를 발전시킨다'는 것이다. 그러므로 '추진'은 '출신'의 필요조건이어서, '추진'을 할 수 있어야 비로소 '출신'을 할 수 있고 '민족의 신문화 발전'을 시킴으로써 '민족의 자부심을 제고(提高)'시킬 수 있게 되는 것이다.

그러므로 '추진출신'이란 네 글자는 매우 중요한 것이니, 문화유산을 물려받는 데에 요령있는 계시를 해줄 뿐만 아니라 '백화제방'의 방침에 따른 정책을 집행하는 데 있어서도 가장 구체적인 방법

을 제시해 주고 있는 것이다.22)

그러나 이것은 사후에 원인과 결과를 도치시켜 해설한 것이다. 실상 중국에서는 '추진출신'이 제대로 되지 않자 다시 '백화제방'의 방침을 내놓은 것인데, 곽말약(郭沫若)은 '백화제방'의 목표를 실현하기 위하여 '추진출신'의 방법을 내놓은 것처럼 말하고 있다. 이것은 자기네의 실패를 감추려는 뜻에서 엮어놓은 논리에 불과하다.

그러나 1959년 2월 상해(上海)에서 희극회연(戱劇會演)이 거행되었을 때 상해의 《문회보(文匯報)》는 사설을 통하여 이것을 축하하면서 이 여덟 자에 대하여 더욱 진일보한 해석을 하고 있다.

이 '백화제방'이란 다만 모든 대소의 극종(劇種)과 극단(劇團)에 대하여 동등하게 대우를 하여 보편적으로 뿌리를 박도록 하는 것을 가리키며, 또한 더욱 많은 극목(劇目)을 창작해내고 여러 가지 형식과 여러 가지 양식의 연출을 창조해낸다는 함의를 함께 지니고 있다. '백화제방'은 실제에 있어서는 바로 '전면발전(全面發展)'의 정신이라 하겠다. ……당의 희곡공작과 모든 희종(戱種)에 대한 중시와 애호로 말미암아 비로소 '백화제방'의 국면이 이루어질 수 있었던 것이다.

오직 이러한 기초 위에 있어서만 비로소 '백화제방'의 국면이 이루어질 수 있는 것이다. 오직 이러한 기초 위에 있어서만 비로소 '추진출신'이 가능하게도 되고 또 필요하게도 되는 것이다. 그리고 오직 끊임없이 다방면으로 '추진출신'하여 개량발전되어야만 비로소 더욱 번영하고 더욱 견고한 '백화제방'의 국면을 이룩할 수 있게 되

---

22) 郭沫若 〈進一步展開 '百花齊放, 百家爭鳴'〉(《文藝報》 1959년 第18期).

는 것이다.

그러므로 우리는 '추진출신'을 다만 전통극목(傳統劇目)과 전통표연예술(傳統表演藝術)의 개혁으로만 보아서는 안되며 응당히 예술과 예술공작(藝術工作) 및 예술공작자(藝術工作者)에 대하여 어디에나 적용되는 부단혁명론(不斷革命論)이라 이해하여야만 한다.[23]

곧 이들은 자기네에게 전해지고 있는 모든 희종(戲種)을 전면적으로 발전시키고 부단히 혁명시킴으로써 마침내 새로운 희곡을 건립하자는 뜻으로 해석하고 있는 것이다.

이 뒤로는 중공의 희곡개혁운동은 많은 곡절을 되풀이하였다. 특히 1956년 그들이 '백가쟁명(百家爭鳴)'을 제창한 이후로는 한동안 희곡개혁에 있어 '추진출신(推陳出新)'은 경시하고 '백화제방(百花齊放)'만을 중시하는 경향조차 있었다.[24] 그러나 1963년 8~9월 사이에는 북경(北京)에서 희곡공작좌담회(戲曲工作座談會)를 열고는 다시 '백화제방·추진출신'의 뜻을 분명히 하고 '전통을 타파하고 새로운 희곡을 건립하는 것'이 희곡개혁의 최종 목표임을 밝혔다.

이때 《희극보(戲劇報)》에 실린 〈수도(首都)의 희곡계가 거행하는 희곡공작좌담회〉[25]라는 글에서 이렇게 말하고 있다.

---

23) 1959년 2월 24일자 上海《文匯報》社說 : 〈進一步貫徹黨的文藝方針, 實現戲劇事業更大的躍進〉.

24) 1963년 9월號《戲劇報》社說 : 〈讓戲曲更好指摘應時代和人民的需要〉에서 '어떤 사람들은 '百花齊放'만을 이야기하면서 '推進出新'은 하지 않으려 한다. 이 완정한 방침을 둘로 쪼갬으로써 인민에게 유해한 일부 나쁜 희곡을 '百花齊放'이란 말을 빌어 무대 위에 끌어올려 놓고 있다.'고 비판하고 있다.

희곡의 '백화제방'·'추진출신'의 방침을 진일보 관철하고 집행함
으로서 우리나라가 지닌 유구한 역사와 광범한 군중의 기초를 갖고
있는 희곡을 더욱 잘 사회주의 신시대의 인민군중의 수요에 적응토
록 하여야 한다.

이것은 곧 새로운 시대의 수요에 적용하지 않는 희곡의 내용을 새
시대의 수요에 적용할 수 있도록 하고, 새로운 내용의 표현에 별로
적합하지 않은 희곡의 낡은 형식을 새로운 내용의 표현에 완전히 적
합하도록 하여야 한다는 것이다.

이로부터 희곡개혁(戲曲改革)은 희곡혁명(戲曲革命)으로 변신하게
된다. 그것은 곧 희곡개혁의 '문제의 중심이 점차 전통희(傳統戲)나
역사극(歷史劇)을 어떻게 개혁해야 하는가를 탐구하는 것으로부터 어
떻게 현대극을 잘 상연할 수 있는가를 연토(研討)하는 데로 전환되었
음을 뜻한다. 이러한 추세는 희극예술 중에 사회주의혁명을 일으키어
사회주의 시대를 반영하는 현대극(現代劇)을 제창하고 발전시키기에
온 힘을 기울여야 한다는 것을 밝히고 있는 것이다.'26) 그들은 이를
두고 '무대 위에 사회주의 문화혁명의 서막을 정식으로 연 것'27)이라
하였고, 강청(江靑)이 북경(北京)의 경극(京劇) 연출단체에게 현대희
(現代戲)를 편연할 것을 강요하기 시작한 것도 이 때문이다.

희곡의 개혁이 혁명으로 바뀐 다음에는 '백화제방'·'추진출신'에 대하
여도 이에 상응하는 새로운 해석이 나왔다. 중국의 중앙화동국(中央華
東局) 후보서기(候補書記)이던 위문백(魏文伯)은 이렇게 말하고 있다.

---

25) 1963년 9월號 《戲劇報》.
26) 1963년 3월 22일 《光明日報》 所載 湖錫濤의 〈戲劇·時代·人民〉 참조.
27) 1964년 1월 《文藝報》 所載 黃宗英의 〈生活的主人, 舞臺的主人〉.

우리가 사회주의 희극사업을 힘써 제창하고 발전시키기 위해서
는 반드시 확고하고 흔들리는 일 없이 모택동의 문예방향과 백화제
방(百花齊放)·백가쟁명(百家爭鳴)·추진출신(推陳出新)의 방침을
관철하여야만 한다. 마땅히 사회주의의 백화(百花)를 제방(齊放)
하여 봉건주의와 자본주의의 독초는 뽑아버려야 할 것이며, 사회
주의 새로운 것[新]을 들어내고[出] 봉건주의와 자본주의의 낡
은 것[陳]은 밀어냄[推]으로써 사회주의 역량이 무대 위에 우세를
차지하도록 해야 할 것이며, 희극이 사회주의와 공산주의사상으로
인민의 전투를 교육하는 작용을 충분히 발휘토록 하여야 한다.28)

여기에서 '백화(百花)'란 '사회주의의 꽃'만을 가리키며 봉건주의나
자본주의의 꽃은 '독초(毒草)'이지 '백화(百花)'속에 들어가는 '꽃'이
아님을 분명히 얘기하고 있다. 따라서 '추진'이란 봉건주의적 또는 자
본주의적 희곡을 없애버리는 것이며 '출신(出新)'이란 새로운 사회주
의적 희곡을 건립하는 것을 뜻한다. 결국 중국의 옛 희곡은 사회주의
선전에 아무런 효과도 없는 것들이기 때문에, 희극개혁의 목표는 자
기네 옛 전통극목(傳統劇目)은 모두 버리고 새로운 현대극을 건립한
다는 희곡혁명으로 바뀌지 않을 수가 없었던 것이다.
이러한 이론를 바탕으로 한 현대극의 편연(編演)에 대하여 하명
(何明)은 1964년의 경극회연(京劇會演) 전날에 다음과 같이 논하고
있다.

우리나라에서는 계급투쟁·생산투쟁과 과학실험이라는 삼대혁명
운동의 심화에 따라 상층구조의 하나인 희극도 일종의 혁명적 변혁

---

28) 1964년 1월號《戲劇報》: 魏文伯〈爲社會主義戲劇事業的發展和繁榮
而鬪爭〉

을 개시하고 있다. 이 변혁의 주요 내용은 직접 사회주의 혁명과
사회주의 건설을 위하여 복무하는 현대극(現代劇)으로서 역사가 자
기에게 부여한 무대상의 중요한 지위를 일어나 쟁탈하자는 것이다.
역사와 기타 여러 가지 원인으로 말미암아 이전 시기의 무대에는
여전히 제왕장상(帝王將相)이나 예쁜 아가씨 얘기를 연출한 구극
(舊劇)이 중요한 지위를 차지하고 있다. 이것은 사회주의 경제기초
와는 서로 알맞지 않은 것이다.

경제기초가 변하였고 시대가 변하였고 관중이 변하였으니 희극
의 상황도 반드시 바뀌어져야만 한다. ……경제기초가 상층구조를
결정한다는 규율이 완강한 작용을 가고 있는 이상 현대극이 구극의
무대상의 지위를 대신 차지하여야 한다는 것은 저항할 수 없는 역
사적 추세인 것이다. 우리는 혁명적 현대극을 제창하며 그로 하여
금 무대상의 중요한 지위를 모두 차지하도록 하여야 한다. 왜냐하
면 그것은 무산계급이 영도하는 광대한 인민의 혁명투쟁을 반영하
는 것이며, 또 그것은 역사상 전 문예작품을 통틀어 보아도 일찍이
있었던 일도 없고 있을 수도 없었던 새로운 내용이기 때문이다.

그러므로 역사상 아무리 우수하고 풍부한 유산이 많았다 할지라
도 우리의 오늘날과 같은 창조는 있을 수가 없었던 것이다. 훌륭한
역사극이라면 옛것을 빌어 지금에 맞게 사용할 수 있는 것이다. 그
러나 결국은 직접 현재의 혁명운동을 밀어주는 작용은 기대할 수가
없는 것이니, 역사극의 제재의 한계성은 승인치 않을 수가 없다.

사회주의시대를 반영하는 현대극이란 바로 오늘의 현실생활을
제재로 하고 오늘의 인민의 생활과 투쟁을 예술 창조의 원천으로
삼는 것이어서, 그것들은 직접 현재의 사회주의혁명과 사회주의건
설을 밀고 나가는 한 중요한 무기가 되는 것이다. 그것들은 사회주
의적 사상으로 사람들로 하여금 목전의 계급투쟁과 생산투쟁과 과

학실험의 혁명운동에 정확히 대처하고 적극적으로 참가하도록 교육
하고 고무하는 것이다. 그것들이 만들어내는 공산주의 도덕과 공산
주의 풍격을 체현(體現)하는 새로운 사람들의 형상은 군중학습의
모범이 되며 공산주의의 새로운 인간을 배양하는 데 있어서 중대한
작용을 일으키게 되는 것이다.

구극(舊劇)도 이러한 작용을 일으킬 수가 있겠는가? 봉건적 관
점으로 충만한 구극들은 사람들의 사상에 대하여 대단히 유해한 것
임은 말할 필요도 없고 역사유물주의(歷史唯物主義)를 지침으로
하여 개편한 구극이라 할지라도 비록 사람들에게 역사지식과 지혜
상의 계발은 줄 수 있으나 직접 목전의 혁명운동을 보여 주는 작용
은 발휘하기는 어려운 것이다.[29]

여기에서는 처음의 희곡개혁에서 주장했던 구극의 개편을 깨끗이
반대하고 있는 것이다. 이것은 옛 희극에 대한 비판적인 계승조차도
부정하는 것이며, 지난날에는 긍정적으로 받아들여지던 일부 극목(劇
目)의 존재가치조차도 깨끗이 말살해버리는 것이다. 다만 모택동의
사후엔 이처럼 과격한 문화혁명(文化革命)에 수반하는 희극개혁의 목
표도 다시 온건히 혁명으로부터 개혁으로 바뀌어졌을 것이다.

3) 희극개혁운동의 진행 상황

(1) 앙가극운동시기(秧歌[30]劇運動時期, 1942~1949)
중국이 강서(江西) 서금(瑞金)과 섬서(陝西) 연안(延安)에 있을 적

---

29) 1964년 〈紅旗〉 第3·4期, 何明 〈提唱現代戱劇〉.
30) 秧歌 : 중국 각지의 민간에 유행하는 농업노동에서 나온 춤놀이로서 명
    절 때 많이 상연된다. 이것은 유전된 지역이 넓어 陝北·河北·東北·

부터 이미 옛 형식을 이용하여 새로운 그들의 선전목적에 알맞는 내용으로 바꾸어 연출하는 간단한 희곡개혁공작(戲曲改革工作)이 진행되고 있다. 더욱이 1942년 5월 모택동이 〈재연안문예좌담회상적강화(在延安文藝座談會上的講話)〉를 발표한 뒤로는, 문예는 공·농·병을 위하여 복무해야 한다는 방침에 따라 희곡개혁운동에도 열기가 가해졌다.

이때 두드러진 현상은 농촌에도 무수한 극단이 생겨나 각지에 유행하는 민간가무형식(民間歌舞形式)의 앙가(秧歌)를 이용하여 새로운 앙가극(秧歌劇)을 만들어냈다는 것이다. 그 내용은 대부분이 자기네 정치목적에 부합하는 것으로 소형의 것들이었으나 〈백모녀(白毛女)〉31) 같은 민간희극을 개조하여 이룩한 유명한 작품도 나왔다. 어떻든 1943년에서 46년에 이르는 무렵은 연안을 중심으로 앙가극운동(秧歌劇運動)이 크게 일어났던 시기이다.

이때 연안(延安)에서의 희곡개혁운동은 노신예술학원(魯迅藝術學院)의 희극계(戲劇系)·음악계(音樂系)·문예공작단(文藝工作團)과

山東 등 각지마다 서로 다른 풍격의 놀이를 발전시키고 있다. 그러나 연출방식에 따라 地秧歌와 高蹻秧歌의 두 가지로 大分된다. 또 이것들은 대체로 여러 사람들이 함께 춤을 추는 大場과 서너 사람들이 간단한 歌舞小戲 등을 연출하는 小場이 합쳐 이루어진다. 秧歌는 거의 전국전역에 유행되고 있고 연출형식도 戲劇 종류 중에서는 매우 간단한 것이어서 中國에서는 일찍부터 이의 선전용구로서의 가치를 찾아 이용하였다.

31) 白毛女 : 賀敬之·張庚·呂驥·丁毅·馬可 등이 공동으로 河北에 유행하던 얘기를 근거로 만든 것. 한 지주의 압박으로 아버지조차 잃은 소작농의 딸이 산으로 도망하여 지내다가 팔로군을 만나 다시 지주와 투쟁하여 승리한다는 줄거리이다. 그 여자가 갖은 고생 끝에 산속에서 머리가 새하얗게 희어버렸다는 것에서 〈白毛女〉란 제명이 붙여졌다. 모택동도 이 歌劇을 보면서 눈물을 흘렸다는 중국의 현대희의 명작이다.

연안평극연구원(延安評劇硏究院)을 중심으로 진행되고 있었다.[32] 그러나 2차 세계대전이 끝난 뒤 1948년 10월에는 중국의 기노예구(冀魯豫區) 당위선전부(黨委宣傳部)의 지시에 따라 해당구(該當區)의 문학예술공작자협회(文學藝術工作者協會)는 구희개혁(舊戱改革)을 전담하는 희극음악공작자연합회(戱劇音樂工作者聯合會)라는 기구를 처음으로 설립하였다.

다시 1949년 7월에 전국문학예술공작자연합회(全國文學藝術工作者聯合會)가 성립되자 구양여천(歐陽予倩)을 주석(主席)으로 한 중국 전국의 희곡개혁을 주관하는 희곡개진회(戱曲改進會)가 조직되었다. 이해 10월에 중국의 중앙인민정부가 성립되자 문화부(文化部) 안에는 전국의 희곡개혁공작(戱曲改革工作)을 영도할 희곡개진국(戱曲改進局)이 설치되었다.

문화부 희곡개진국(戱曲改進局)은 국장(局長)이 전한(田漢)이었고, 그 밑에는 편심(編審)·보도(輔導)·예술(藝術)·곡예(曲藝)의 네 처(處)가 있고, 각처는 다시 여러 과로 갈리어 각각 희극개혁에 관한 여러 가지 업무를 분담하였다.

이밖에도 여기에는 경극연구원(京劇硏究院)·희곡실험학교(戱曲實驗學校)·대중실험극장(大衆實驗劇場)이라는 세 기관이 직속되어 있었다. 그리고 희곡개진국(戱曲改進局)에서는 전국의 희곡개혁을 추진함에 있어 북경(北京)과 천진(天津)을 희개(戱改) 실험의 중점지역으로 정하고 있었다.

이 무렵의 희곡개혁의 목표는 1948년 11월 13일 석가장(石家莊)에서 발행한 《인민일보(人民日報)》의 〈계획적으로 차근차근 구극개혁공작(舊劇改革工作)을 진행하자〉란 논설에 잘 드러나 있다.

---

32) 1950년 2월 26일자 《人民日報》, 艾靑의 〈談鴻鸞禧〉 참조.

개정의 대상으로는 경극(京劇) 이외에도 응당 지방희(地方戲)의
개혁에 특별히 노력해야 할 것이다. 각종 지방희의 극목(劇目)은
매우 많으므로 응당히 계획적·조직적으로 그것들을 수집해야 한
다. 이러한 희극들은 대부분이 구두(口頭)로 전수되어 민간예인들
의 머리속에 보존된 것이므로 응당히 그것들을 기록으로 남기고 연
구와 심정과 개정을 가하여야 할 것이다. 이 부분의 유산의 발굴은
중국민족의 신가극(新歌劇)의 개혁과 건설을 위하여 극히 진귀한
것이다.

한편 구극(舊劇)의 개편 이외에도 연안평극연구원(延安評劇研究
院)에서부터 추진되던 역사극과 현대희(現代戲)를 신편(新編)하는 공
작(工作)도 꾸준히 추진되었다. 여기서《수호전(水滸傳)》을 근거로
신편(新編)한〈핍상양산(逼上梁山)〉같은 역사극은 모택동도 극찬한
작품이다.33) 어떻든 이 시기는 구극의 개혁과 함께 새로운 극종(劇
種)을 창작하는 한편 역사극과 현대희(現代戲)의 개편과 신편(新編)
을 동시에 추진하던 희극개혁의 초보단계였다.

(2) 희개기구(戲改機構)의 완비(完備)시기(1950~1955)

이 시기는 희곡개혁이 본격적으로 추진되기 시작한 시기이다. 1950
년 7월 11일에는 문화부 직속으로 전국의 희곡개혁공작(戲曲改革工
作)의 최고 고문기구인 중앙희곡개진위원회(中央戲曲改進委員會)를
두었다. 당시 문화부 부국장(副局長) 겸 예술국장(藝術局長)이던 주
양(周揚)이 그 위원장을 겸하였는데, 그가 제1차 회의에서 선언한 공

---

33) 1944년 1월 9일 毛澤東이 延安評劇院에 보낸 편지, 1967년 5월 5일자
《人民日報》참조.

작임무는 다음과 같다.

첫째, 희곡개진국(戱曲改進局)에서 제출한 개정 또는 편사(編寫)한 극본을 심정(審定)한다.

둘째, 희곡개진공작에 관한 계획과 정책 및 유관사항을 문화부에 건의한다.34)

이에 이어 각 지구(地區)와 각 성(省) 또는 여러 대도시에도 모두 희곡개진협회(戱曲改進協會) 또는 희곡개진위원회(戱曲改進委院會)가 조직되었다.

1951년에는 북경에 신희곡연구회(新戱曲研究會)가 조직되었는데 그 아래엔 곡예(曲藝) · 지방희(地方戱) · 경희(京戱)의 3조(組)가 있어 각기 유관한 희곡개혁공작(戱曲改革工作)을 아울러 전개하였다.35) 그리고 문화부는 희곡개진국(戱曲改進局)과 예술국(藝術局)을 합쳐 예술사업관리국(藝術事業管理局)으로 바꾸고 (局長은 田漢) 그 밑에 있던 경극연구원(京劇研究院)은 따로 독립시켜 중국희곡연구원(中國戱曲研究院)으로 개칭되었다.36)

1952년에는 문화부 안에서 희곡심정소조(戱曲審訂小組)를 두어 전한(田漢) · 마언상(馬彦詳) · 매란방(梅蘭芳) · 정연추(程硯秋) · 노사(老舍) 등으로 하여금 극본을 심정(審定)케 하는 한편, 중국희곡연구원(中國戱曲研究院)과 북경시 문예처(文藝處)에 위탁하여 연합으로 수개소조(修改小組)를 결성케 하였다.37) 이 소조(小組)는 희곡공작가

---

34) 1950년 7월 29일자 香港 《文匯報》, 新華社 北京 27일電 〈開展全國戱曲改革工作中央成立戱曲改進委員會〉 참조.

35) 1951년 9월 21일자 香港 《大公報》, 北京通訊 〈北京新戱曲研究會展開業務研究工作〉 참조.

36) 1952년 8월 第3版 上海 《大公報》 참조.

37) 1952년 1월 18일자 香港 《大公報》, 北京通訊 〈北京新戱曲研究會展開

(戱曲工作家)와 연예인들이 힘을 합쳐 극본의 개정을 공동으로 진행
케 하자는 조직이었다. 이 방법은 전국 각지로 널리 보급되어 희곡의
개정은 지방에 따라 대중에게 영향이 큰 희종(戱種)들에 대하여 중점
적으로 진행케 된다.

1951년 11월 문화부에서 주최한 전국희곡공작회의(全國戱曲工作
會議)에서 전한(田漢)은 그들의 주요 공작업무를 대략 다음과 같은
네 가지로 나누어 얘기하였다.

첫째, 희곡극본과 그 상연에 대한 심사.

둘째, 희곡의 개정과 창작.

셋째, 희곡 개혁의 중점은 ① 각지의 군중에게 영향이 가장 큰 극
종(劇種)을 주요 개혁대상으로 할 것, ② 각지의 교육기관·희곡개진
기구는 모든 희곡계의 사람들을 동원하여 공동으로 개진 공작을 진
행하고 가능한 한 지방희곡학교를 설립하여 연예인과 희개간부(戱改
幹部)를 양성할 것, ③ 널리 기록을 수집하고 지방희와 민간극본을
간행할 것, ④ 매년 희곡경연대회를 개최할 것, 등임.

넷째, 연예인들의 단결과 학습.[38]

전한의 이 강연 내용을 문화부에서는 희곡개혁의 금후의 공작방침
으로 정하고 정무원(政務院)에 상신(上申)한 결과, 정무원에서는
1951년 5월 5일에 총리 주은래(周恩來)의 이름으로 대략 다음과 같
은 내용의 〈희곡개혁공작에 관한 지시〉가 공표되었다.[39]

1) 상연되는 극목(劇目)에 대하여 엄격한 심사를 함으로써 되도록
멋대로 버려 두어서는 안된다.

業務研究工作〉 참조.

38) 1951년 1월 21일자 《人民日報》, 田漢 〈爲愛國主義的人民新戱曲而奮
鬪〉 참조.

39) 1951년 5월 7일자 《人民日報》 참조.

2) 가장 널리 유행하는 구극(舊劇)의 극목을 위주로 필요한 수정을 진행시킨다.

3) 당지(當地) 군중에게 영향이 가장 큰 희종(戱種)을 주요 개혁과 발전의 대상으로 삼는다. 그리고 지방희, 특히 민간의 소희(小戱)를 중시한다.

4) 희곡 연예인들에게 정치·문화 및 업무상의 학습을 강화하도록 한다.

5) 옛날의 도제제도(徒弟制度)·양녀제(養女制)·경려과제도(經勵科制度)40) 같은 구희(舊戱)의 반사(班社) 중에 내려오는 불합리한 제도들은 개혁한다.

6) 희곡공작(戱曲工作)은 각지 문교주관기관(文敎主管機關)의 영도를 한결같이 따라야만 한다. 각 성시현(省市縣)에서는 옛날부터 있어온 조건이 비교적 좋은 극단과 극장을 기초로 하여 기업화한다는 원칙 아래 공영(公營)·공사공영(公私公營) 또는 사영공조(私營公助)의 방식을 취하여, 시범적인 극단과 극장을 건립함으로써 당지(當地) 희곡개혁공작(戱曲改革工作) 추진의 거점으로 삼는다.

이밖에도 이러한 사항들을 실천하는 방법이나 부대조건 등이 구체적으로 제시되어 있다. 곧 이들은 극본에서 시작하여 상연에 이르는 전 과정과 거기에 참여하는 전 인원을 자기네 기관을 통한 통제로써 완전히 개혁하겠다는 것이다. 그리고 1951년부터는 각지에 국영(國營) 희곡극단을 연이어 조직하게 하고는 그곳의 문화행정을 주관하는 기관에서는 희개간부(戱改幹部)들을 파견하여 직접 극단에 가입시킴

---

40) 經勵科制度~班社의 經理를 관리하는 제도. 經勵科는 안팎으로 班社에 대한 전 책임을 지고 절대적 권위를 발휘하며 소유 직원이나 연예인들은 절대로 이들의 지시를 따라야 한다.

으로써 직접 희곡개혁공작을 독려하도록 하였다.

예를 들면 1955년 북경에 조직된 중국경극원(中國京劇院)은, 원장 매란방(梅蘭芳)은 말할 것도 없고 부원장 마소파(馬少波)와 총도연(總導演) 아갑(阿甲)이 모두 최고의 희곡개혁 추진의 간부들이었다.

다음엔 이 기간에 실제로 행해졌던 희곡개혁의 상황을 보자. 중국은 전 대륙을 차지하자 곧 연안(延安)시대에 화북(華北) 농촌에 유행하였던 앙가극(秧歌劇)과 개편(改編) 또는 신편(新編)한 역사극을 전국의 대도시로 옮겨다 상연하였다. 이것은 양에 있어서도 형편없었거니와 질에 있어서는 더욱 도시인들의 눈을 만족시킬 수가 없는 것이었다. 그 결과 연예인들은 상연할 극목(劇目)이 없고 관중들은 구경할 연극이 없는 상태가 되었다.

이에 중국은 앞뒤를 재볼 겨를도 없이 민영극단(民營劇團)들에게 옛날에 상연해 오던 극목(劇目)의 상연을 허락하였다. 이때 그들은 사전에 상연할 극목을 주관기관으로 하여금 심사하여 가부를 결정케 하였지만, 일부 심사관들은 전문가가 아니었고 또 심사해야 할 극목의 요청이 너무도 많이 들어왔다. 따라서 그들의 뜻과 정면으로 충돌되는 희극조차도 간혹 상연되는 일이 있었다.

이어 문화부 희곡개혁위원회(戲曲改革委院會)에서는 1950년에 전체적으로 극목을 심사하여 절대로 상연해서는 안될 금연극목(禁演劇目) 12개를 발표하고 있다.[41] 그리고 1952년에 이르기까지 연이어 26개의 다음과 같은 금연극목(禁演劇目)을 발표하고 있다.[42]

---

41) 1950년 7월 29일 香港 《文匯報》, 新華社 27일 北京電 文化部 戲改會에 관한 보도 참조.

42) 1957년 5월 18일자 《人民日報》, 文化部의 禁演劇目 解禁에 관한 보도 참조.

1) 경희(京戱) : 살자보(殺子報)·해혜사(海慧寺)·쌍정기(雙釘記)·활유산(滑油山)·인랑입실(引狼入室)·구경천(九更天)·기원보(奇冤報)·탐음산(探陰山)·대향산(大香山)·관공현성(關公顯聖)·쌍사하(雙沙河)·활착삼랑(活捉三郎)·철공계(鐵公鷄)·대벽관(大劈棺)·전부종규(全部鐘馗).

2) 평극(評劇) : 황씨녀유음(黃氏女游陰)·활착남삼부(活捉南三婦)·전부소로마(全部小老媽)·활착왕괴(活捉王魁)·강시보구기(僵尸復仇記)·인과미보(因果美報)·음혼기안(陰魂奇案).

3) 천극(川劇) : 난영사범(蘭英思凡)·종규송매(鍾馗送妹).

4) 소수민족구(少數民族區)에서의 금연(禁演)된 것 : 설례정동(薛禮征東)·팔월십오살달자(八月十五殺韃子).

그러나 실제로 금연된 극목은 문화부에서 공포한 26개를 훨씬 넘었다. 각지의 주관기관에서 심사하여 금연하는 극목도 상당수에 달했다.

이 행정명령에 의한 금연은 그들 스스로가 비판을 하게 되었고, 또 금연을 하지 않더라도 사람들의 비판을 받은 극목은 상연하지 못하게 되는 정치상황이었으므로 금령은 필요없는 짓이 되었다. 그러나 실제로 이러한 비판대상이 되는 극목이야말로 전통적인 우수 곡목(曲目)들이어서 연예인들은 상연하고 싶은 극목이 없게 되었고 관중들은 구경할 만한 연극이 없게 되었다.

1956년 이후 중국 당국이 전국극목공작회의(全國劇目工作會議)를 열어 금연극목(禁演劇目)에 대하여 전반적인 해금을 하게 되는 것도 그것이 중요한 한 가지 이유였다.

전통 극목의 금연은 희곡개혁운동에 있어 소극적인 방법이며, 적극적인 방법으로는 구극(舊劇)의 개편과 역사극과 현대극(現代劇)의 신편공작(新編工作)이 있다. 이 기간에 특히 두드러지는 것은 각지 구희(舊戲)의 개편 또는 신편공작(新編工作)이다. 1950년에 주양(周揚)은 그것을 다음과 같이 강조하였다.

> 우리는 각종 개혁의 시도를 권장한다. 설사 그러한 시도 중의 일부가 초기에는 어쩌는 수없이 조잡하고 유치하다거나 실패를 한다 하더라도 희곡계 상호간에 탐구비평과 광대한 군중의 감정(鑑定) 선택을 거치면 반드시 우리 민족의 역사적 임무를 수행할 수 있게 되리라 믿는다.[43]

이에 따라 1월 21일자 《인민일보》에 실린 전한(田漢)의 보고[44]에 의하면 1950년에 각지에서 행해진 개희(改戲)나 편희(編戲)의 수량만 보더라도 대략 다음과 같다.

북경(北京) : 경희(京戲)와 평극(評劇)의 개편 약 100여종.
천진(天津) : 극본의 신편 49종, 전 연출 극목(劇目)의 38%.
상해(上海) : 신편(新編)한 월극(越劇) 133종, 호극(滬劇) 51종, 경희(京戲) 33종, 기타 용극(甬劇)·회양극(淮揚劇) 등을 모두 합치면 도합 346종.
동북구(東北區) : 경희(京戲)의 개편 412종, 경희(京戲)의 신편 237종, 평극(評劇)의 개편 462종, 평극(評劇)의 신편 233종.
중남구(中南區) : 희곡 개편 도합 119종.

---

43) 1950년 2월 26일자 《人民日報》, 周揚 〈關於地方戲曲的調査研究工作〉.
44) 田漢 〈爲愛國主義的人民新戲曲而奮鬪〉.

서북구(西北區) : 구극(舊劇)의 개정 70종, 신편희본(新編戱本)
37종.

서남구(西南區) : 천극(川劇)의 개편 10여종, 전극(滇劇)의 신편
5종, 신편 화등희(花燈戱) 50종.

이상을 보면 양에 있어서는 대단하지만 시원찮은 것들이 대부분이
어서 전한(田漢)이 앞에 인용한 보고 중에서 말하고 있듯이, 관중은
전통극목(傳統劇目)들을 훨씬 못미치는 수였다. 그것은 이 시기에 행
해진 금연(禁演)정책 때문에 신편 또는 개편극본을 함부로 또는 억지
로 만들어 냈기 때문이다. 그럼에도 불구하고 중국 당국은 이러한 정
책을 그대로 밀고 나갔다.

1952년 10월 6일에 11월 1일 사이에는 문화부의 지시로 제1차 전
국회곡관마연출대회(全國戱曲觀摩演出大會)가 열렸었다. 여기에는
각지의 예연대회(預演大會)를 거쳐 뽑혀 올라온 각 지방의 희극이 참
가하였는데, 경희(京戲)·평희(評戲)·월극(越劇)·예극(豫劇)·호극
(滬劇)·진강(秦腔)·산서방자(山西梆子)·회극(淮劇)·천극(川劇)·
월극(粤劇)·계극(桂劇)·전극(滇劇)·한극(漢劇)·초극(楚劇)·상극
(湘劇) 등 20여종의 도합 90여개의 극목이었다. 이 중 대부분이 약간
의 정리를 거친 전통극목(傳統劇目)이었고, 다음으로 개편한 전통극
목, 그밖에 신편된 역사극과 현대희는 아주 적은 수량이었다.

여기에서 오직 9개의 작품이 입상하였는데, 그 중 신편 현대극으로
평극(評劇) 소녀서(小女婿)·호극(滬劇) 나한전(羅漢錢)·회극(淮劇)
왕귀여이향(王貴與李香)의 세 작품이 있었고, 나머지 여섯 작품은 경
희(京戲) 장상화(將相和)·월극(越劇) 양산백여축영대(梁山伯與祝英
台)·월극(越劇) 서상기(西廂記)·천극(川劇) 유음기(柳陰記)·초극
(楚劇) 갈마(葛麻)·진강(秦腔) 유귀산(游龜山) 등 모두 전통극목(傳

統劇目)을 개편한 것들이었다.[45] 이로서도 이 시기에는 현대희(現代戲)의 신편 못지 않게 구희(舊戲)의 개편을 중시했음을 알 수 있다.

(3) 백가쟁명(百家爭鳴)과 대약진(大躍進)의 시기(1956～1962)

1956년 5월에 제창된 백가쟁명(百家爭鳴)이란 일종의 자유로운 언론 권장정책은 곧 희극에도 영향을 끼쳤다. 중국의 문화부는 같은 해 6월 1일부터 15일에 이르는 동안 북경에서 전국희곡극목공작회의(全國戲曲劇目工作會議)를 열고 전통희곡극목(傳統戲曲劇目)을 적극적으로 발굴·정리·개편하며 구극목(舊劇目)의 상연을 개방한다는 등의 안건을 결의하였다. 그리고 이 모임에서는 구극(舊劇)에 대한 규정을 다음과 같이 달리하고 있다.

역사상의 정치투쟁과 피압박 인민의 압박자에 대한 반항을 정확히 묘사한 극목(劇目)만이 인민성·예술성과 교육의의를 지니는 것이 아니라, 모든 적극적인 작용을 불러일으키거나 사람들로 하여금 분발하여 발전하도록 격려하거나 사람들에게 미의 향수와 정신상의 유쾌한 감각을 주는 극목들은 모두 긍정적으로 받아들여야 한다. 이와 상반되는 극목만을 꼭 반대하도록 해야 한다. ……여러 가지 청규(淸規)나 계율은 반드시 확호(確乎)히 깨쳐버려야 한다.

여기에서 우리는 중국의 구극에 대한 평가기준의 일대전환을 발견하게 되며, 이것은 한편 스스로 과거의 희극정책이 잘못이었음을 자인한 것이나 같다.[46] 그리고 이때 문화부 책임자가

---

45) 1952년 9월 27일자, 10월 7일자, 11월 15일자, 11월 16일자《人民日報》참조.

> 희곡의 상연극목(上演劇目)과 개변극목(改變劇目)의 결핍을 풍
> 부하게 하는 것이 이미 목전의 희곡예술사업중의 가장 중요한 문제
> 가 되고 있다.[47]

고 말하고 있는 정도이니, 이전의 구극에 대한 금연(禁演) 조치가 거
의 백지화되다시피 한 것이다.

따라서 1956년 후반부터 이전에는 감히 생각조차 하지도 못했던
극목(劇目)이나 한때 금연되었던 극목들까지도 아무런 수정 없이 무
대에 상연되기 시작하였다. 여기에는 지워버릴 수 없는 구극에 대한
인민의 애호도 크게 작용했을 것이다. 어떻든 이로 말미암아 각지의
구극 상연이 성황을 이루었고 관중들이 극장으로 모여들고 연예인들
의 생활도 훨씬 좋아졌다.[48]

1957년 4월 10일부터 24일에 이르는 동안에도 문화부는 북경에서
제2차 전국희곡극목공작회의(全國戲曲劇目工作會議)를 열고는 거듭
극목의 개방을 다짐하며 백화제방(百花齊放)·백가쟁명(百家爭鳴)의
방침에 보조를 맞출 것을 선언하였다.[49] 그리고 같은 해 5월 14일에
는 문화부에서 정식으로 이전의 금연극목(禁演劇目)을 전부 해금하였
다. 이 때문에 특히 북경·상해 같은 도시의 희단(戲壇)은 일찍이 없
었던 공전의 번영 현상[50]을 보였다.

---

46) 1956년 7월號《戲劇報》所載〈記全國戲曲劇目工作會議〉란 기자들의
　　보고 참조.
47) 1956년 7월號《戲劇報》〈文化部負責人談豊富戲曲上演劇目問題〉.
48) 1956년 11월 30일자 北京《北京日報》社說 참조.
49) 1957년《戲劇報》第9期〈記第二次全國戲曲劇目工作會議〉란 기자들의
　　보고 참조.
50) 1957년 7월 6일자 北京《中國青年報》, 肖剛〈僵尸跋扈劇舞臺〉중의 말.

이에 따라 전국 각지에서는 전통극목의 발굴에 힘쓰는 한편, 희개 (戲改)의 공작간부(工作幹部)들을 각지로 파견하여 극목의 수집과 필록(筆錄)을 하도록 하고, 나이 먹은 연예인들에게는 그들이 갖고 있는 희곡극본을 바치도록 하였다. 그 결과 1957년의 보도에 따르면 전국에서 발굴해낸 극목이 51,867개에 달했다고 한다.[51]

그러나 중국 당국에서는 공연히 금령을 내리지는 않았지만 이른바 여론을 이용하여 어느 정도 금연(禁演)의 효과를 거두고 있었다. 곧 신문·잡지에는 멋대로 구희(舊戲)를 상연하는 경향을 공격하는 '나쁜 희극의 상연을 반대한다'는 논란이 전국적으로 일어났던 것이다.

1957년 7월 21에 매란방(梅蘭芳)·주신방(周信芳)·정연추(程硯秋) 등 중국의 구희(舊戲)를 대표하는 명배우 일곱 사람의 이름으로 '나쁜 희극은 상연하지 않을 것을 희곡계에 건의함'이라는 선언문이 나왔던 것은 그 좋은 예이다.[52] 그러나 이러한 여론에 의한 금연은 오직 일부분의 희극에만 효력을 미치어 희단(戲壇)의 성황에는 아무런 영향도 없었다.

그러나 1958년 5월 6일 중국의 중앙에서 결정한 사회주의건설의 총 노선을 따라 문화부도 같은 해 6월 13일에서 7월 14일에 이르는 동안 북경에서 '희곡의 현대생활표현에 관한 좌담회'를 개최하는 동시에 현대희(現代戲)의 경연대회를 열었다. 이것은 주양(周揚)이 회의 석상에서 '희곡으로 현대생활을 표현한다는 것을 한가지 방향으로 제시하는 것은 희곡예술의 일대혁신을 뜻한다.'고 말하고 있듯이 다시 현대희의 중요성을 강조하기 위한 것이었다. 그리고 구희(舊戲)와 함께 현대희를 권장하는 방법으로 문화부 부부장(副部長) 유지명(劉芝

---

51) 1957년 7월 29일자 上海《文匯報》, 阿甲 〈無香不防有毒必除〉 참조.
52) 1957년 《戲劇報》 第14期 참조.

明)은 '한쪽 다리는 현대 극목에, 다른 한쪽 다리는 전통 극목에 걸치는' '양다리 걸치기 방법'을 폐막 연설에서 제시하고 있다.

그리고 이 좌담회의 결의에는 다음과 같은 내용이 담기어 있다.

희곡공작에 있어서 온 힘을 기울여 총노선의 집행을 관철시킴으로써 정치와 함께 예술도 움직이어 백화제방(百花齊放)케 하고 추진출신(推陳出新)케 해야 한다. 현대 극목을 강령으로 삼아 희곡공작의 전면적 대약진을 추진하며 현대 극목을 극력 발전시키는 동시에 계속하여 열심히 전통 극목을 발굴 정리하며 새로운 역사 극목도 아울러 상연토록 하여야 한다.53)

이것은 그들의 대약진(大躍進) 시대에 호응하려는 노력이어서 일부 극단에서는 이 뒤로 많은 현대희의 연출을 시도하기도 했으나 관중들의 호응이나 상연 성과는 도저히 전통 극목에 미칠 수가 없었다.

1960년 4월에는 다시 문화부에서 '현대를 제재로 한 희곡 좌담회'와 현대희경연대회(現代戱競演大會)를 소집하여 현대희의 보급공작을 더욱 강조해 보려고도 하였다.54) 그러나 1962년 말에 이르기까지 중국의 희곡무대는 여전히 전통 극목이 그 대부분을 차지하고 있었다. 그들의 양다리 걸치기 작전은 결국 절름발이를 면할 길이 없었던 것이다.

(4) 문화대혁명 시기(1963~1976)

1963년으로 들어서면서 희곡개혁운동의 양다리 걸치기 작전의 절

---

53) 1958년 《戱劇報》 제15기 참조.
54) 1960년 《戱劇報》 제7기 所載 〈文化部擧辦現代題材戱曲觀摩演出〉 참조.

름발이 상황은 일변한다. 이것은 1962년 9월에 중국 중앙에서 제시한 현대수정주의를 반대하고 계급 교육을 강화한다는 방침55)에 근거를 둔 것이다. 1963년 4~5월 사이에 전국문련(全國文聯)은 제3기 2차 위원회 확대회의를 열고, 지난날의 문학예술이 현실투쟁의 반영에 미흡했음을 자인하면서 앞으로 문예계는 중국인민의 위대한 정신과 이 시대의 여러 가지 모순과 투쟁을 표현하는 데 힘쓸 것을 다짐하였다.56)

이에 따라 희곡에 있어서는 현대희를 대대적으로 상연하자는 운동이 벌어졌고, 그들 스스로 이것은 희극혁명화운동(戲劇革命化運動)이라 불렀다. 한편 문화부에서는 중국희곡연구원에 명하여 같은 해 3월 1일부터 7월 9일에 이르는 사이에 희곡편극강습회(戲曲編劇講習會)를 열어 전국 각지의 극작가들을 모아놓고 '현대를 제재로 한 희곡창작의 내용과 형식 문제'를 중심과제로 삼았다.57)

이에 따라 《희극보(戲劇報)》나 《광명일보(光明日報)》 등 일간지에는 현대희를 강조하는 사설이나 논문들이 쏟아져 나왔다. 따라서 이때의 현대희는 1949년이나 1958년에 제창되었던 현대희보다도 더욱 사회주의혁명의 성격이 뚜렷한 것이었다.

그러나 본격적으로 현대희의 대대적인 상연이 시작된 것은 1964년 6월 5일부터 7월 31일 사이에 북경에서 열린 전국경극현대희관마연출대회(全國京劇現代戲觀摩演出大會)를 전후해서부터이다. 여기에서는 각 성시와 자치구별로 거행된 경극현대희회연(京劇現代戲會演)이나 희곡현대희관마연출(戲曲現代戲觀摩演出)을 거쳐 뽑혀 올라온 18

---

55) 1962년 9월 29일자 《人民日報》 참조.
56) 1963년 5월 22일자 《人民日報》 참조.
57) 1963년 《戲劇報》 제7기 〈文化部戲曲編劇講習會結業〉 참조.

개 성시와 자치구의 29개 경극단(京劇團)이 참가하여 35개의 현대
극목(劇目)이 상연되었다.[58] 이러한 현대희의 성황을 두고 그들 스스
로 '문화전선상의 일대혁명'이라 떠들어댈 정도였다.[59]

이러한 경향은 1965년으로 그대로 이어져 화동(華東)·화북(華
北)·동북(東北)·중남(中南)·서북(西北)·서남(西南)의 전국의 육
대지구(六大地區)에서 연이어 각종희곡의 현대희회연(現代戱會演)이
개최되었다. 그러나 이해까지도 전통 극목은 자취를 감추지 않고 극
장의 무대 위에 자주 상연되었다.[60]

그러나 모택동은 1963년 12월 12일과 1964년 6월 27일 두 차례에
걸쳐 문학예술계에 현저한 봉건주의·자본주의의 경향을 비판함으로
써[61] 이른바 문예정풍(文藝整風)의 길을 열었다. 그 결과 1965년 11
월에는 중국의 역사학자이며 북경 부시장이었던 오함(吳晗)이 쓴 신
편 경극인 〈해서파관(海瑞罷官)〉에 대한 비판이 일음으로써[62] 1966
년부터 불붙었던 문화대혁명의 불씨가 되었다. 그리고 이해부터 전통
극목을 금연하고 억지로라도 현대희의 상연을 권장토록 해야 한다는
이론들이 나왔다.[63]

그러나 1965년의 특징은 모택동과 강청(江靑)의 지시에 따라 주양

---

58) 1964년 8월 1일자 《光明日報》 참조.
59) 1964년 《紅旗》 제12기 사론 〈文化戰線上的一大革命〉.
60) 1965년 9월 28일자 《人民日報》 극장 광고 등 참조.
61) 1967년 5월 28일자 《人民日報》 참조.
62) 1965년 11월 10일 상해 《文匯報》 : 姚文元 〈評新編歷史劇海瑞罷官〉.
    1967년 《紅旗》 제9기 사론 〈兩個根本對立的文件〉에 쓰인 毛澤東의 海
    瑞罷官에 대한 비판 등 참조.
63) 1965년 7월 3일 廣州 《羊城報》 : 陶鑄 〈一定要演好革命現代戱〉 및
    1965년 8월 20일자 《羊城報》, 1966년 《紅旗》 제1기 : 周揚 〈高擧毛澤
    東思想紅旗做又會勞動又會創作的文藝戰士〉 등 참조.

(周揚)을 중심으로 진행된 문예정풍(文藝整風)운동에 있다 할 것이다. 같은 해 11월 29일에 열렸던 전국청년업여문학창작적극분자대회(全國靑年業餘文學創作積極分子大會)는 그 운동의 정점을 이루었던 감이 있다. 그러나 이 문예정풍 중의 구극(舊劇)에 대한 비판도 문화대혁명이 일어나면서부터는 다시 '가짜 비판'이었다는 비판을 받게 된다.[64]

1966년으로 들어서면서 무대 상황은 일변하여 전통 극목이나 신편역사극(新編歷史劇)은 완전히 자취를 감추고 현대희만이 남게 된다. 그리고 1965년까지 전국 각지에 유행된 여러 극종의 현대희목(現代戲目)으로서 중국 당국으로부터 좋은 작품이란 인정을 받았던 것만도 경극(京劇)에 76개, 지방극(地方劇)에 96개가 있다.[65]

그리고 중국의 중앙중남국(中央中南局) 선전부에서 중남부(中南部)와 전국 각지에서 연출된 현대 극목 중에서 100개의 우수 극목을 뽑아[66] 그것을 전국 각지에 이식시킬 것을 강조하였다. 중남부에만도 18개의 극종이 있었으니 이 100종을 그들 요구대로 이식하면 1800개의 극목이 되는 것이다. 그러니 1966년 초에는 현대희의 극목이 풍부하였던 셈이다.

그러나 1966년 4월 18일의 《해방군보(解放軍報)》는 〈모택동사상의 위대한 홍기(紅旗)를 높이 들고 적극적으로 사회주의 문화대혁명에 참가하자〉란 사설에서, 현대희에 대한 인문군중의 비판을 거쳐 합격되었다고 볼 수 있는 작품은 경희(京戲)의 〈홍등기(紅燈記)〉·〈사가빈(沙家浜)〉·〈기습백호단(奇襲白虎團)〉·〈지취위호산(智取威虎

---

64) 1967년 1월 3일자 《人民日報》, 姚文元 〈反革命兩面派周揚〉 참조.
65) 1966년 《戲劇報》 제1기, 동보 자료실 〈1965年革命現代戲大豐收〉 참조.
66) 1966년 《戲劇報》 제3기 참조.

山)〉의 네 가지뿐이라 지적하였다.67) 이것은 이밖에도 그들이 말하는 이른바 혁명 현대희가 많았지만 이 밖의 모든 것들은 공연에 실패를 하였거나 작품의 일부분에 문제가 있었음을 뜻하는 것이다.

1966년 11월 28일 북경에서 열린 문예계문화대혁명대회(文藝界文化大革命大會)에서 강청(江靑)은 구극(舊劇)이나 신편역사극(新編歷史劇)뿐만이 아니라 문제가 있다고 보는 현대희까지도 모두 〈귀희(鬼戲)〉라 몰아붙이고 있다. 강청은 본시 1962년부터 직접 극장으로 나가 현대희의 감독이나 연출 등을 맡았으나 이전 연극계의 세력이 강하여 뜻을 이루지 못하다가 이해부터 문화대혁명의 일환으로 완전히 극단을 지배하게 된 것이다.

그리하여 앞의 《해방군보(解放軍報)》에서 지적한 네 가지 현대희에다가 같은 해 강청의 지도아래 편연된 경극 〈해항(海港)〉을 합쳐 이 다섯 가지 현대희를 이른바 '양판(樣板)'이라 부르게 되었고, 그리고 이후 문화대혁명엔 적지 않은 기복이 있었으나 희극에 있어서는 이들 다섯 가지 '양판희(樣板戲)'와 함께 강청의 지도아래 편연된 현대희가 아니면 무대에 올릴 수 없는 형편이 계속되었다. 따라서 이 기간의 희곡혁명은 여기에서 논하려는 주제와는 거의 관계가 없는 성질의 것이다.

(5) 모택동(毛澤東) 사후(1977년 이후)

1976년 9월 모택동이 죽고 강청을 비롯한 이른바 '사인방(四人榜)'이 중국의 중앙에서 쫓겨나면서 중국 안팎의 정황은 급변하였다. 문학 예술면에 있어서도 문화혁명 때의 급진주의가 사라져 갔다. 그러나 희곡정책, 특히 여기서의 주제인 희극개혁공작이 어떻게 달라졌는

---

67) 1966년 4월 19일자 《人民日報》에도 전재됨.

지는 알 길이 없다.

　다만 1962년에 강청이 모택동이란 강력한 배경을 업고 극단에 등장했을 때 그의 과격한 경향을 한동안 저지시켰던 북경시위(北京市委) 팽진(彭眞)을 중심으로 한 집단과 중선부(中宣部) 부부장(副部長) 주양(周揚)을 중심으로 한 집단도 모두 복권되었고 구극(舊劇)들이 다시 상연되고 있는 실정이니 희곡개혁의 상황은 다시 1950년대 수준으로 되돌아간 것으로 보여진다. 그것도 1956·7년대의 백가쟁명(百家爭鳴) 시대, 구극에 대하여 가장 너그러웠던 시대로 되돌아간 것으로 여겨진다.

　따라서 1956년에 있었던 〈비파기〉에 대한 그들의 토론과 희곡개혁운동을 대비시켜 보는 것은, 중국의 문화유산을 대하는 기본태도를 문제로 삼을 때에는 지금에 와서도 의의있는 일이 되는 것이다.

3. 〈비파기〉 토론과 희곡개혁

1) 〈비파기〉 토론의 개황

　〈비파기〉 토론은 중국희곡가협회(中國戲曲家協會)의 주관으로 1956년 6월 28일부터 같은 해 7월 23일에 이르는 동안 북경에 전국의 희곡을 연구하는 학자와 전문가들을 한자리에 모아놓고 〈비파기〉의 주제와 등장인물들의 성격 및 그 개작문제 등을 토론케 했던 일을 말한다.

　한편 그것은 대략 1356년을 전후하여 고명(高明)이 〈비파기〉를 썼다는 것이 통설이므로 작자의 600주년을 기념한다는 뜻도 지녔던 것으로 보인다.

　〈비파기〉는 중국문학사에서 '남희지조(南戲之祖)'라 일컬어질만큼

원말(元末) 명초(明初)에 나온 전기(傳奇)의 대표작이다. 그리고 이
작품이 지니는 감동적인 구성과 아름다운 문사는 명(明) 이래 어떤
작품보다도 널리 읽히고 자주 상연되어 가장 민중들이 좋아하는 작품
의 하나로 전해지게 되었다.

그러나 〈비파기〉의 주인공인 채백개(蔡伯喈)와 조오낭(趙五娘)만
을 두고 보더라도, 채(蔡)는 가난한 살림에 노부모를 자기 처에게 맡
겨놓고 과거를 보러 가서는 급제한 다음 우승상(牛丞相)의 딸과 결혼
하여 봉건 지배계급으로서 화려한 생활을 하고, 그의 처 조오낭은 흉
년이 들자 겨와 술지게미로 연명을 하며 갖은 고생을 하다 시부모를
여의고는 거지 행색으로 출세한 남편을 찾아나선다. 이러한 채백개나
조오낭의 삶이나 행동이 사회주의적 혁명문학을 내세우던 중국의 문
예노선과는 크게 어긋나는 것임은 부정할 길이 없다.

그렇다고 무조건 이 작품을 봉건적이라고 내쳐 버릴 수도 없는 것
은 그들이 내세우는 인민들 자신이 이 작품을 너무나 사랑하고 있고,
또 이것이 독자나 관중들에게 주는 감동과 그 문학적인 성취는 부정
할 길이 없었기 때문이다. 그대로 두자니 너무나 봉건적이요 버리자
니 인민을 배반하는 꼴이 된다. 이래서 그들이 내세운 '백가쟁명(百家
爭鳴)'의 정책을 따라 이러한 문제를 해결하고자 거국적인 토론회를
조직하였던 것이다.

1956년 6월 28일 하오에 열린 제1차 〈비파기〉토론회에는 중국희
곡가협회(中國戱曲家協會) 주석(主席) 전한(田漢), 중국인민대학(中
國人民大學) 역사과(歷史科) 주임(主任) 상월(尙鉞), 북경대학(北京
大學) 교수 왕요(王瑤)·포강청(浦江淸), 북경사범대학(北京師範大
學) 교수 이장지(李長之), 희곡사학자(戱曲史學者) 황지강(黃芝岡),
중앙희곡학원(中央戱曲學院) 교수 주이백(周貽白), 곤곡(崑曲) 연출
가(演出家) 백운생(白雲生), 산동대학부교장(山東大學副校長) 육간

여(陸侃如) 등 사계의 권위들을 비롯하여 문예평론가·배우·기자 등 160여명이 참가하였다.

전한(田漢)의 개회사에 이어 상월(尚鉞)·대불범(戴不凡)·황지강(黃芝岡) 등의 열띤 발언으로 토론회를 끝맺고, 그날 저녁과 다음날 저녁에 걸쳐 상극단(湘劇團)이 연출하는 〈비파기〉의 전본(全本)을 감상하였다.

29일 하오에 열린 제2차 토론회에서는 호남성(湖南省) 문화국(文化局) 부국장(副局長) 유비장(劉斐長), 사천성(四川省) 천극원(川劇院)의 곽명이(郭銘彛), 중국희극사의 저자인 주이백(周貽白) 등에 이어 많은 사람들이 열띤 토론을 전개하였다.

제3차 토론회에서는 〈비파기〉의 부정파(否定派)로서 강절사범학교(江浙師範學校) 교수이며 중국희곡사(中國戲曲史) 연구에 많은 업적을 낸 서삭방(徐朔方)이 긍정파(肯定派)인 왕계사(王季思)·조경심(趙景深)·동매감(董每戡) 등의 대가와 벌인 열띤 토론이 이채를 띤다. 그 토론회는 7월 5일에 열렸다.

7월 12일에는 상오에서 하오에 걸쳐 전한(田漢)·진다(陳多)·왕요(王瑤)·유평백(兪平伯)·양소훤(楊紹萱)·범녕(范寧)·두려균(杜黎均)·종점비(鍾惦棐)·동매감(董每戡)·정천범(程千帆) 등이 제각기 〈비파기〉에 대한 서로 다른 견해를 갖고 제4차 토론회를 벌였다.

다시 7월 18일에는 〈비파기〉 연구소조회의(研究小組會議)가 있었는데, 〈비파기〉의 주제사상을 다루는 제1조, 그 예술의 전형문제를 논하는 제2조, 문예기교와 개편문제를 토론하는 제3조로 나뉘어 회의가 진행되었다. 제1조는 포강청(浦江淸)·유평백(兪平伯)·진다(陳多)의 3인, 제2조는 황지강(黃芝岡)·왕계사(王季思)·서삭방(徐朔方)의 3인, 제3조는 동매감(董每戡)·조경심(趙景深)·이장지(李長之)의 3인이 각각 조장으로서 토론을 분담하여 회의를 진행시켰다.

7월 19일에는 다시 제5차 토론회가 열렸는데 허지교(許之喬)·주묘중(周妙中)·온릉(溫陵)·등소기(鄧紹基)·이소창(李嘯倉) 등의 발언이 특히 두드러졌다.

다시 7월 20일의 제6차 토론회는 분조회의(分組會議)로서 주제의 사상을 다룬 제1조, 예술의 전형을 다룬 제2조, 예술기교와 개편문제를 다룬 제3조로 나뉘어졌다. 제1조의 주석은 포강청(浦江淸)이었고, 정력(丁力)·서삭방(徐朔方)·진다(陳多)·등소기(鄧紹基) 등이 중요한 발언을 하였다. 제2조는 주석이 황지강(黃芝岡)이었고, 부정파(否定派)인 서삭방(徐朔方)이 그의 스승 왕계사(王季思)를 비롯한 많은 긍정파(肯定派)들을 상대로 고군분투한 느낌의 토론회였다.

제3조는 주석의 개회사에 뒤이어 백운생(白雲生)·조경심(趙景深)·진정사(陳丁沙)·오소약(吳少若)·동매감(董每戡)·동니(冬尼) 등이 주로 〈비파기〉의 개정문제를 두고 얘기를 하였으나 많은 문제에 비하여 토의는 별로 활발하지 못했던 듯한 느낌이다.

제7차 토론회는 7월 23일에 열렸는데 다시 대조변론회(大組辯論會)였다. 변론에 참여한 주요인물은 서삭방(徐朔方)·진다(陳多)·황지강(黃芝岡)·종점비(鍾惦棐)·허지교(許之喬) 등이었고, 조경심(趙景深)이 사회를 맡았다. 처음부터 긍정파와 부정파 사이의 정면충돌이 예상되었고, 오전부터 오후까지 늦게까지 장시간에 걸쳐 회의가 진행되었으나 앉을 자리가 모자랄 정도로 대만원을 이루었으며, 무더위에 땀을 흘리면서도 말소리를 똑똑히 들으려고 선풍기조차 다 꺼버리는 열띤 분위기였다고 한다.

이 토론회의 경과나 그 중의 중요한 발언은 연이어 《극본(劇本)》 월간과 《희극보(戱劇報)》에 발표되었다. 그리고 한달 뒤에는 《극본(劇本)》 월간의 편집부가 이 토론회의 전체 발언을 수록한 《비파기토론전간(琵琶記討論專刊)》을 편집하여서 인민문학출판사(人民文學出

版社)를 통해 출판하였다. 따라서 이 《비파기토론전간》은 이 토론회의 전모를 알 수 있는 가장 자세한 자료이다.

그리고 이 책에는 토론회에서의 발언 이외에도 전백찬(翦伯贊)의 '비파기의 역사적 배경'이란 회의에서의 강연원고와 토론회에서의 중요한 발언을 재정리한 논문인 상월(尙鉞)의 '비파기의 시대', 동매감(董每戡)의 '비파기 중의 채백개(蔡伯喈)', 백운생(白雲生)의 '비파기를 논함', 조경심(趙景深)의 '소흥고강(紹興高腔) 비파기'란 글과 전남양(錢南揚)의 '비파기 작자 고명전(高明傳)', 대불범(戴不凡)의 '고칙성사략(高則誠事略)' 및 고명(高明)의 《유극재시집(劉克齋詩輯)》 같은 참고자료까지도 포함되어 있다.

2) 〈비파기〉의 평가

(1) 〈비파기〉에 대한 일반적 견해

중앙에서는 모택동이 제시한 '백화제방(百花齊放)·추진출신(推陳出新)'의 방침을 따라 희곡을 개혁하되 '마땅히 사회주의의 백화(百花)는 제방(齊放)케 하고 봉건주의(封建主義)·자본주의(資本主義)의 독초(毒草)는 뽑아버려야만 하며, 사회주의(社會主義)의 새로운 것은 발전시키고[出新] 봉건주의·자본주의의 낡은 것은 밀어내야만(推陳)한다.'[68]고 역설하고 있다.

그러나 실제로 작품을 놓고 볼 때, 이것이 봉건주의적인 것인가 사회주의적인가, 또는 그 작품의 어떤 부분이 봉건주의적인 것이고 어떤 부분이 사회주의적인 것인가를 판단하기란 쉽지 않은 일이다. 작품에 대한 그러한 올바른 평가가 이루어진 다음에야 그것을 어떻게 버리고 어떻게 발전시켜야 하느냐 하는 개혁의 문제에 착수할 수가

---

68) 註 28 참조.

있는 것이다.

그것을 개작한다는 것은 더욱 어려운 일이지만, 그 작품의 봉건성·반인민성 여부를 판단한다는 것도 쉬운 일은 아니다. 그것은 〈비파기〉 토론 이전이나 당시의 여러 전문가들의 〈비파기〉에 대한 구구한 견해에서도 잘 나타나고 있다.

《극본(劇本)》 월간의 편집인 대불범(戴不凡)은 당시의 신문 잡지 등에 발표된 여러 사람들의 글을 종합하여 그들의 〈비파기〉에 대한 여러 가지 견해를 다음과 같이 요약하고 있다.[69]

① 고명(高明)은 인민의 심령과 연계되어 있는 현실주의 작가이며, 〈비파기〉는 현실주의적인 작품이다.

② 고전작가에게는 동시에 비교적 진보된 사상과 매우 뒤진 사상이 공존할 수 있으며, 그들의 작품에도 반인민적인 성분이 한데 어울려 있을 수 있다. 고명도 꼭 인민의 입장을 지켰다고 할 수는 없을지 모르지만, 그가 봉건사회가 지녔던 특징적인 현실을 대량 묘사하고 있는 것은 사실이다.

③ 고명은 민간전설을 개작했는데, 개작을 통하여 작품의 주제를 훨씬 심각하게 만들었다. 따라서 인민에 대한 계발과 교육의 의의가 더욱 커졌다.

④ 민간전설은 부모와 본처를 버린 채백개가 벼락을 맞아 죽는 것이었는데, 고명은 채백개를 부정하지 않고 끝머리를 대단원으로 이끌고 있으니 민간전설을 봉건화시킨 것이다.

⑤ 고명은 〈비파기〉에서 전충전효(全忠全孝)의 채백개를 노래하였

---

69) 제1차 〈비파기〉 토론회에서의 발언(《琵琶記討論全刊》 p. 3~6)을 더욱 요약했음.

으니 봉건도덕을 제창한 작품이다.

⑥ 〈비파기〉의 주제사상은 비교적 복잡하다. 봉건적인 설교를 하는 반면 또 과거제도의 해독을 폭로하기도 하고, 지식분자의 유약성을 비판하는 반면 노동을 하면서도 용감히 고난과 싸우는 부인을 송양하기도 했으며, 그밖에 인민의 재난과 통치계급의 호사(豪奢)를 드러내고 사회여론의 힘을 만들어내는 등 다양하다.

⑦ 〈비파기〉의 내용은 '인현사미(人賢事美)'로 요약되는데, 이것은 바로 봉건통치계급의 소망이다.

⑧ 채백개는 전제적 만횡(蠻橫)을 싫어하고 속박과 압박에서 벗어나고자 하였으나 다만 정면으로 반항할 용기가 없었다. 이것은 봉건지식분자의 한 유형이며 작자의 시대적 상황과 부합하는 것이다. 동시에 봉건사회 속에서 압박과 고난을 당하는 젊은 조오낭의 형상을 그려낸 점도 전형성을 지닌 것이다.

⑨ 〈비파기〉 속에서의 채백개는 선량 정직한 인물이다. 작자는 사회비극의 원인을 전부 봉건사회제도에 돌리고 있는 것이다.

⑩ 고명은 불충불효(不忠不孝)한 채백개를 전충전효(全忠全孝)한 채백개로 개작하여 이 비극을 결미 없는 안건으로 만들었다. 작품 속 인물들의 행동과 행동동기 사이에는 많은 모순이 있어 객관적 생활규율과 부합되지 않는 점이 많다.

⑪ 〈비파기〉의 기본 사상은 채백개와 조오낭 사이의 대단원을 노래한 것으로 인민들의 소망에 부합한 것이다. 따라서 이 작품은 비극성이 단원(團圓)을 통해서 봉건제도의 죄악을 심각하게 폭로한 것이다.

⑫ 고명은 민간전설을 개작하여 충효를 설교하는 작품으로 만들었으나 남희(南戲)를 중흥시켰다는 점에서 '남희지조(南戲之祖)'로서의 공적을 지울 수가 없는 것이다.

⑬ 〈비파기〉는 반동적인 사상 내용을 지녔으나 그 예술성만은 매우

강하여 배울만한 것이다. 다만 어떤 이는 예술성이 강하면 강할수록 인민을 해치는 작용도 더 강해진다고 주장하였다.

⑭ 〈비파기〉의 기본 경향은 반동적이지만 그 속에는 또한 생활의 진실을 표현한 현실주의적이고 인민성을 띤 부분도 있다. 그러나 어떤 이는 그것은 고명의 업적이 아니라 본시 민간전설이 지니고 있던 그가 수정하고 남은 부분이라 주장하였다.

⑮ 〈비파기〉를 너무 높이 평가해서는 안된다. 그것은 완전무결한 작품이 아니며, 그 속에는 소극적인 부분도 섞여있다. 특히 끝머리의 '일문정표(一門旌表)'는 봉건적인 사상이 뚜렷하다.

⑯ 〈비파기〉는 명 태조 주원장(朱元璋)이 좋아한 작품이므로 좋은 희곡이 될 수가 없다.

이처럼 중국 학자들의 〈비파기〉에 대한 견해는 다양하다. 좀 더 자세히 따지면 16종이 아니라 수십 종의 서로 다른 견해를 추출할 수 있을 것이다. 전한(田漢)도 토론회 개회사에서

어떤 이는 〈비파기〉의 주요 경향은 봉건 윤리도덕을 선전하는 것이며 봉건설교극(封建說教劇)이라 하고, 어떤 이는 고명(高明)이 봉건 사대부의 입장에서 민간 희곡을 멋대로 고치어 본시 민간극(民間劇)이 지녔던 인민성과 현실주의 정신을 약화시켰다고 한다. 동시에 어떤 이는 이와는 의견을 달리하여, 〈비파기〉의 주요 경향은 봉건 윤리도덕을 선전하는 것이 아니라 상당히 강한 인민성과 현실주의 정신을 지닌 것이라고 주장한다.

라고 말하고 있다. 그것은 뒤에 이어지는 여러 날에 걸친 〈비파기〉 토론을 통해서도 쉽사리 발견되는 현상이다. 그리고 그것은 〈비파

기>뿐만 아니라 모두 자기네 문화유산에 대한 중국학자들의 태도를 대변하는 것으로도 볼 수 있다.

그런데 실제로 《비파기토론전간》의 내용을 따져보면, 40여명의 발언자 가운데 〈비파기〉가 인민성이 강한 현실주의적 작품이라는 입장을 취하는 긍정파가 24명이고, 거기에는 봉건주의를 선양하는 내용도 있지마는 반봉건적인 요소도 약간 또는 다분히 섞여 있다는 절충파(折衷派)가 19명이며, 〈비파기〉는 반인민적인 작품이라 보는 부정파는 2명에 불과하다.

긍정파나 부정파가 모두 그 긍정이나 부정의 논거나 작품의 해석방향을 달리하고 있음은 물론, 절충파라 하더라도 그 절충의 정도가 사람마다 다름은 말할 것도 없다. 그러면 이들은 어떤 각도에서 〈비파기〉를 보고 긍정 또는 부정을 하거나 절충론을 펴고 있는가 보기로 한다.

(2) 긍정론

〈비파기〉에 대하여 적극적인 긍정론을 펴는 사람들이 부정론자보다는 수에 있어 훨씬 우세하다. 희곡사가인 황지강(黃芝岡)을 비롯하여 양소훤(楊紹萱)·두려균(杜黎均)·정천범(程千帆)·이소창(李嘯倉) 등 수많은 학자들의 〈비파기〉는 인민성이 강한 봉건적인 현실주의적 작품이라 주장하고 있다.

이들은 늙은 부모와 본처를 버려두고 낙양으로 과거를 보러가 장원이 된 뒤에 우승상(牛丞相)의 딸에게 다시 장가들어 호화로운 생활을 하는 사이 부모들을 거의 굶어 죽게 만들었던 채백개까지도 봉건사회의 모순을 적극적으로 고발하는 인물이라 주장한다. 채백개의 고향인 진류(陳留)는 낙양(洛陽)에서 그다지 먼 곳도 아닌데 자기만이 호화로운 생활을 누리면서 집에 편지 한 장 쓰지 않은 그를 정면적(正面

的)인 인물로 보는 것이다.

이들은 과거는 부친의 강요 때문에 보러 갔던 것이고, 고향에 본처를 두고도 우씨(牛氏)에게 다시 장가든 것은 황제의 명이었기에 어쩔 수 없는 일이었고, 벼슬을 그만두려 했어도 황제가 윤허하지 않아 고향으로 돌아갈 수 없었다는 이른바 '삼종론(三從論)'의 이론70)을 내세워 채백개의 잘못을 변호해 주고 있다.

흉년에 늙은 시부모를 갖은 고생을 하며 모시다 사별한 뒤에는 손수 장례까지 치르는 무력하고 가련한 조오낭이나, 채백개가 과거보러 떠난 뒤에도 끝까지 조오낭 집의 딱한 사정을 돌봐주는 장광재(張廣才) 같은 인물을 인민성을 띤 긍정적 인물로 받아들이는 태도에는 어느 정도 이해가 간다.

그러나 긍정파들은 권력을 이용하여 채백개를 자기 딸과 결혼시킨 우승상(牛丞相)이나 채(蔡)와 결혼한 뒤 본처인 조오낭이 찾아오자 불평 한마디 없이 그의 작은 부인으로 안주하는 우씨(牛氏)까지도 봉건사회의 허위성을 고발하는 인물이라 주장한다.

따라서 부당하게 온갖 고생을 하여 온 조오낭이 부모와 본처를 버리고 우승상의 딸과 재혼하여 호사를 누려온 남편 채백개와 다시 원만히 재결합한다는 대단원에 대하여도 이들은 이 작품의 필연적인 결말이라 주장한다.

부모와 본처를 버리기는 하였지만 채백개는 양심까지도 버렸던 것은 아니며, 온갖 고난과 불행만을 겪어온 착하고 연약한 조오낭을 위해서는 연극이 대단원을 이루지 않을 수 없다(丁力 등의 의견)는 것

---

70) '三從論'이란 '辭試不從', '辭婚不從', '辭官不從'의 세 가지를 합친 말로, 〈琵琶記〉第37齣 書館悲蓬에서 '只爲三不從生出這禍苗'라 노래하고 있다.

이 그들의 이유이다. 인민이 이러한 대단원을 바라고 좋아하니 이것을 비인민적인 잘못된 결말이라 할 수는 없다는 것이다.

이들은 〈비파기〉의 주제를 파악하는 데 있어서도 고명(高明)이 비충비효(非忠非孝)한 채백개에 관한 민간전설을 '전충전효(全忠全孝)'의 완벽한 작품으로 개작한 것이라는 전통적인 견해71)를 거의 그대로 받아들이는 학자까지도 있다(黃芝岡). 그리고 채백개로 하여금 실제로는 '살아서는 봉양하지 못하고(生不能養)', '죽어서는 장사지내드리지 못하고(死不能葬)', '장사지내고 나서는 제사지내드리지 못했다(葬不能祭)'는 삼대불효(三大不孝)를 행하게 하면서, 지식인으로서의 참된 효가 무엇인가를 보여주고 있는 것은 이 작품의 가장 위대한 성취라 주장한다(上同人).

그러나 대부분의 사람들은 충효가 봉건주의적인 윤리임을 부인할 길이 없으므로 이 작품은 '충효의 모순'을 그린 것이라 주장하기도 한다(王季思·鍾惦棐·周妙中 등). 다만 이들이 얘기하는 모순의 성격에는 사람마다 큰 차이가 있다. 따라서 긍정파들은 대체로 〈비파기〉의 주제사상을 파악함에 있어 다음과 같은 몇 가지 점들을 지적하고 있다.

첫째 : 〈비파기〉는 원대(元代)의 지식분자들이 외족(外族)으로부터 받고 있던 압박으로 말미암은 정치적 고민을 잘 나타내고 있다.

둘째 : 과거제도에 대한 풍자가 엿보인다.

셋째 : 원대 사대부들의 벼슬살이에 대한 태도가 잘 나타나 있다.

넷째 : 봉건도덕의 허위성을 잘 폭로하고 있다.

다섯째 : 억눌리어 고난 속에 살아가는 인민들의 생활이 잘 반영되

---

71) 〈琵琶記〉 第1齣 副末開場 題詞에서도 스스로 '全忠全孝蔡伯喈'라 선언하고 있다.

어 있다.

이상과 같은 이유 때문에 〈비파기〉는 위대한 인민성을 띤 현실주의적인 작품이라 보아야 한다는 것이다. 그리고 역사학자인 상월(尚鉞)을 비롯하여 이장지(李長之) 같은 사람들은 〈비파기〉는 봉건시대의 계급적인 모순뿐만이 아니라 외족들에게 지배당하던 민족적인 모순까지도 표현한 작품이라 하였다.

그러나 긍정파라 볼 수밖에 없는 사람들 중에도 백운생(白雲生)처럼 등장인물 중 채백개가 과거에 급제한 뒤 부모에게 편지 한 장도 쓰지 않았다는 점은 문제라고 보는 이도 있고, 진정사(陳丁沙)처럼 끝에 가서 아무 말 없이 전처인 조오낭을 받아들이는 우씨(牛氏)에게 진실성이 결여되고 있다는 등의 지적을 한 이도 있다.

또 착하면서도 죽을 고생을 한 조오낭이 편히 지내온 채백개와 무난히 재결합하여 일부이처가 되는 대단원은 약간 봉건적이라고 말한 이가 있는가 하면(肖滌・王季思), 막연히 후부에는 약간의 문제가 있기는 하다고 말한 이도 있다(李長之).

이밖에 허지교(許之喬)처럼 학자는 시대적 제한은 벗어날 수 없었다던가, 조경심(趙景心)처럼 약간 봉건도덕을 선양한 부분도 있기는 하다면서 지엽적인 결점을 들추어낸 사람들도 있다.

그러나 긍정파의 이론을 읽다보면 중국의 문화유산 중에 그렇다면 봉건적・반인민적이 작품도 있을 수 있는 건가 하는 의아심을 갖게 한다. 절충파나 부정파들조차도 〈비파기〉의 예술적 문학적인 성취나 문학사적인 의의는 완전히 부정 못하고 있으니 이들 긍정의 세력은 대단한 것이다.

(3) 절충론

절충론을 편 사람들도 사실은 모두 〈비파기〉를 긍정적으로 받아들이면서도 이 속에는 또 적지 않는 결함도 있다고 본 사람들이다. 결국은 이들이 희곡개혁론과 가장 밀접한 관계를 지니게 된다. 그리고 이 절충론도 좀더 긍정파에 가까운 사람들과 중간파 및 상당히 부정파에 접근한 사람들로 나누어 볼 수 있는데, 이 중에서도 긍정파에 가까운 절충론이 대다수를 차지하고 있다.

긍정에 가까운 절충론을 편 사람들의 발언을 보면, 〈비파기〉의 등장인물 중 채백개와 우씨(牛氏)의 성격 가운데에는 약간의 봉건적인 요소와 부진실한 점이 발견됨을 지적한 이들이 가장 많다(范寧·李希凡 등). 이밖에 채백개와 우씨를 따로 떼어 채(蔡)에게는 적지 않은 문제나 모순이 있다거나(鍾惦棐·董每戡 등), 작자가 채에게 동정을 표시하고 있는 점이(傅曉航) 잘못되었다고 지적하고 있는 이들이 있는가 하면, 우씨의 성격이 봉건적임을 지적한 이들(侯岱麟·周貽白 등)도 있다.

이밖에 막연히 이 작품에는 봉건주의의 영향을 받았거나 봉건적인 성격을 띤 곳도 있음을 지적한 이들이 있고(郭彝銘·浦江清·董每戡·趙越·侯岱麟 등), 여러 곳에 결점이 있다거나(周妙中), 군신관계를 쓴 것은 봉건적이라거나(范寧), 시대적인 국한성은 어쩔 수 없는 것임을 지적(傅曉航)하기도 하였다.

그리고 조오낭이 다시 우씨와 결혼한 채백개와 원만히 결합한다는 결미 부분인 대단원은 잘못된 것임을 지적한 이들도 상당수가 있다(浦江清·侯岱麟·董每戡).

절충파에서도 중간론을 펴는 사람들은 대체로 〈비파기〉에는 우수한 곳도 많지만 잘못된 곳도 적지 않다는 이론을 편 사람들이다. 그중에서도 작품의 등장인물을 중심으로 하여 유비장(劉斐章)과 등소기(鄧紹基)는 조오낭과 장광재(張廣才)는 인민성을 띤 긍정적인 인물들이지만 채백개와 우승상(牛丞相)은 봉건적인 인물이라 보는 수밖에 없다고 주장하였다.

　유평백(兪平伯)은 〈비파기〉에 대하여 긍정을 하는 한편 비판도 가해야만 한다고 하면서 다음과 같이 주장하고 있다. 첫째 〈비파기〉에는 표면상으로만 볼 적에는 봉건적인 것들로 가득 차 있지만, 봉건도덕의 허위성을 폭로하는 면도 적지 않으며, 특히 수백년동안의 독자들의 견해는 무시해버릴 수가 없는 것이다. 둘째 채백개에게는 중혼(重婚) 같은 많은 모순이 있지만 한편 그것은 봉건사회의 모순을 들어내는 것으로도 볼 수 있다. 셋째 채백개의 모순과 동요의 모습은 작자의 성공적인 조사(措寫)이며, 우씨의 등장도 완전한 실패라고만 할 수는 없다고 그 이유를 지적하고 있다(《琵琶記討論專刊》 pp. 75~78). 그리고 〈비파기〉는 정절이 자연스럽지 못하고 등장인물들의 성격에 많은 모순과 부진실성을 내포하고 있기는 하지만, 이 결점들이 이 작품의 우수한 점을 다 가려 버리지는 못하는 것이라 하였다(〈專刊〉 pp. 108~109).

　진우금(陳友琴)은 또 〈비파기〉에 농후한 봉건주의를 설교하는 낌새가 있는 것은 사실이지만, 그보다도 더 중요한 것은 작품 가운데 살아있는 깊고도 참된 인간미라 주장하고 있다. 그는 그 예로서 자기 옆집에 사는 공산당원 부부는 며느리가 시어머니와 살 수 없다는 바람에 노모를 집안에서 쫓아내는 것을 보았는데, 그보다는 자기를 희생해가며 늙은 시부모를 섬기는 조오낭이 더욱 진실하고 인간적이라는 것이다(〈專刊〉 p. 34). 그러나 이상 중간파들도　모두 원칙상으로는 〈비파기〉를 긍정하고 있는 사람들이다.

　절충파 중에서도 가장 부정에 가까운 의견을 지닌 이가 북경대학 교수인 왕요(王瑤)이다. 그는 〈비파기〉 중에는 봉건성을 지닌 내용이 상당히 많으며 작자의 사상만을 놓고 본다면 반동적이라고 말할 수 있다고 전제하면서, 그러나 이 작품은 우리에게 감동을 주는 곳도 많고 등장인물 중에는 잘 그려진 사람들도 있다고 말하였다. 그리고 작자는 '전충전효(全忠全孝)'의 작품을 쓰려 하여 결과적으로 충효의 모순은 한편 봉건제도와 인민 생활의 모순도 들어내게 되어, 우리로 하여금 특히 조오낭같은 인물에게는 많은 동정을 기울이게 하고, 또 그를 통하여 사람들로 하여금 구제도의 불합리함을 느끼게도 한다는 것이다.

특히 등장인물 중 우씨(牛氏)와 우승상(牛丞相)의 성격은 진실되지 못하며, 그 시대에는 채백개처럼 우물쭈물하고 동요하는 모순된 지식인도 있을 수 있고, '삼불효(三不孝)'나 '삼부종(三不從)'도 괜찮지만 작자가 이를 비판하는 입장이 아니라 변호하는 입장에 선 것은 잘못된 것이라 보았다. 따라서 그는 이 작품은 개작되어야 함을 강조하고 있다.(〈專刊〉 pp. 73~75)

(4) 부정론

100여명의 토론참가자들 중에서 〈비파기〉에 대하여 분명히 부정적인 견해를 드러내고 있는 사람은 절강사범학원(浙江師範學院)의 강사인 서삭방(徐朔方)과 중앙희극학원(中央戲劇學院) 화동분원(華東分院)의 진다(陳多) 두 사람뿐이다. 이들 중에서도 진다(陳多) 쪽에 좀더 긍정의 요소가 많은 부정적 입장을 취하고 있고, 서삭방(徐朔方)은 가장 철저한 부정론자이다.

진다는 무엇보다도 작가 고명의 주제의식이 봉건적임을 공격하면서도, 〈비파기〉는 전부터 전해져오던 민간전설을 개작한 것이기 때문에 본시 민간전설이 지니고 있던 우수한 성격도 많이 보존하고 있다고 보고 있다. 특히 이 작품에서는 조오낭의 인물 소조(塑造)는 성공적이어서, 조오낭이 추구하고 있는 효는 인민 감정에도 합치되는, 지금의 공산주의 사회에서도 높이 평가받아야 할 윤리라 주장한다.

조오낭이 존장(尊長)에게 효도와 공경을 다하면서 고난을 회피하지 않고 온갖 노고를 다하는 품성은 바로 중국민족의 우수한 전통이라는 것이다.

쌀쌀한 가을날 조오낭이 치마폭에 흙을 담아 날아다가 시부모의 봉분을 만들고 있을 때 산신이 이를 도와준다는 내용의 제27척 감격분성(感格墳成)은 미신적이고, 재혼하여 화려하게 살아가고 있는 남편 채백개를 거지꼴의 조오낭이 찾아가 만나는 내용의 제37척 서관비봉(書館悲逢)에서 조오낭의 투쟁성이 상실되어 있다는 등의 비판을 일부 사람들이 하고 있지만, 조오낭이 여성 공산당원이 아닌 이상 그런 정도로 그의 성격을 부인할 수는 없는 것이라 주장한다.

그와 함께 급공호의(急公好義)하고 인리상휼(鄰里相恤)하는 장광재(張廣才)의 행위도 중국민족의 전통적인 미덕이며 오늘날에도 살릴 만한 것이라 보고 있다.

그러나 그는 전체적으로 볼 때 작자인 고명이 자신의 봉건적 성격 때문에 민간전설을 그릇된 방향으로 고쳐놓은 것이라 보고 있다. 충효의 모순을 표현함에 있어서도 이야기의 전개가 필연적인 규율에 따르지 않고 모두 다 우연적인 결과로 이루어지고 있으니 인민에게 아무런 교육 효과도 있을 수 없는 것이라는 것이다.

그리고 채백개의 경우도 그의 성격과 환경이 전혀 불합리하며, 우물쭈물 동요하는데 그치지 않고 창백무력(蒼白無力)한 인물이 되어 있다고 한다. 따라서 '삼부종(三不從)'으로 그를 '전충전효(全忠全孝)'하게 만들어 마침내는 대단원으로 작품을 끝맺고 있는데, 채백개 같은 배신자를 호인으로 만든 것 같은 작자의 태도는 잘못되었다는 것이다.

조오낭 같은 인물도 그 사회에서는 끝까지 비극으로 끝날 수밖에 없는 것이어서 '조오낭이 말발굽에 밟혀 죽거나' '채백개가 벼락을 맞

아 죽는 것' 같은 민간전설72) 결말이야말로 합리적이라는 것이다. 그
래야만 봉건주의를 고발하는 뜻도 더욱 잘 살았을 것이라는 것이다.
곧 작자가 배신자인 채백개를 지나치게 옹호하려 들고, 조오낭의 비
극의 근원을 그들 부부의 관계에서 떼어내어 황제와 채백개의 집 또
는 충효의 모순에다 밀어붙인 것이 〈비파기〉의 근본적인 결함이라는
것이다.

이에 비하면 서삭방(徐朔方)의 부정론은 더욱 철저하여 〈비파기〉
는 전체적으로 볼 때 봉건주의를 가송(歌頌)한 작품이라 단언한다.
작품의 주인공들만 보더라도 채백개는 걸핏하면 봉건교조를 이야기하
고 있으며, 그의 효라는 것도 봉건의 테두리를 조금도 벗어나지 않는
것이라 한다. 작자가 내세운 '삼부종(三不從)' 자체가 구체성 없는 봉
건교조요 모순덩어리이며, 현실에 대한 풍자나 폭로 의도는 전혀 없
는 작품이라는 것이다.

조오낭의 경우도 특히 전반부는 봉건교조에 충실한 실패작이며, 그
의 현실과 환경의 묘사가 전혀 어울리지 않는 내용들이라 한다. 다만
후반의 제23척 대상탕약(代嘗湯藥)·제25척 축발매장(祝髮買葬)·제
29척 걸개심부(乞丐尋夫) 같은 부분의 묘사만이 성공을 거두고 있다
는 것이다.

따라서 우씨(牛氏)는 너무나 이상화시킨 나머지 진실성이 결여되
고, 우승상(牛丞相)은 앞뒤의 성격이나 행동이 서로 모순된다고 말하
고 있다. 그리고 작품의 구성에 있어서도 본시 비극의 가능성이 전혀

---

72) 徐渭《南詞敍錄》宋元舊篇의 '趙貞女蔡二郎'의 주에 雷擊蔡伯喈의 민
간고사가 인용되어 있고, 湖南에 유행하는 몇 가지 劇種의 결미도 그렇
게 되어 있다. 皮黃戱《小上墳》의 唱詞에도 '賢慧的五娘遭馬踐, 到后來
五雷轟頂是那蔡伯喈'란 구절이 있다.

없는 것을 억지로 비극화시켰고, 채백개와 조오낭의 처지가 너무나도 불합리하다는 것이다. 다시 말하면 〈비파기〉는 반현실주의적 작품이며 조오낭의 비극과 채백개의 동요는 서로가 합치될 수 없는 배척적인 것이라는 것이다.

그러나 이들 부정론자들도 그들 문학사상 또는 희곡사상의 중요성과 고명이 이룩한 예술적인 업적까지도 부정하는 것은 아니다.

3) 〈비파기〉의 개혁문제

중국희극가협회(中國戱劇家協會)의 주석인 전한(田漢)은 이 〈비파기〉토론의 개회사에서

우리의 토론이 우리가 당면하고 있는 희극개혁상에 실제적인 지도의식을 지니게 될 것으로 믿는다.

라고 말하고 있다. 그러나 100수십 명이 여러 날에 걸쳐 토론을 전개하고, 심지어 제4차 토론회부터는 몇 차례의 소조토론회도 개최하여 제3조에서는 '〈비파기〉의 예술기교와 개편문제'를 전문적으로 토의시켜 보기도 하였지만 〈비파기〉개혁에 관한 구체적인 의견은 별로 눈에 뜨이지 않는다. 그것은 개혁에 앞서 진행되어야만 할 작품의 평가에 있어서도 통일된 의견이 집약될 수가 없었기 때문일 것이다. 곧 그들은 개혁을 해야 한다고 주장하고 있으면서도 실제로 작품을 놓고서는 무엇을 개혁해야 할 것인지 갈피를 잡지 못하고 있는 것이다.

원칙적으로 〈비파기〉를 현실주의적이며 인민성이 강한 소중한 자기네 문화유산이라고 보는 긍정파들의 입장에서 본다면 이 작품은 아무런 개혁도 필요치 않은 것이다. 전한(田漢)은

그 봉건성과 인민성을 매우 공정히 구별해내야 한다. 그런 뒤에
야 어떤 것은 잘라내야만 하고 어떤 것은 발양(發揚)시켜야만 한다
는 것이 가려지게 되는 것이다.'(〈專刊〉 p. 63)

라고 개혁의 방법까지 제시하였지만, 그들이 보기에 〈비파기〉에는 봉
건성이 별로 없는 작품인 것이다. 그러기에 긍정파들 중에는 〈비파
기〉에는 개혁문제에 언급한 이들이 매우 적다. 그러나 긍정파들 중에
서도 이 작품의 결미만은 약간의 문제를 지니고 있다고 보는 이들이
있다.

이장지(李長之)는 이 작품의 기본사상과 기본경향은 뒤쪽으로 와서
는 약화되고 있다고 하면서 상극(湘劇)에서처럼 끝머리에 장태공(張
太公)이 채백개의 잘못을 꾸짖으며 매를 치도록 고치는 것이 좋다고
말하고 있다(〈專刊〉 p. 38).

그러면서도 그는 대단원은 인민의 요구라 주장하고 있으나, 왕계사
(王季思)는 단원만은 문제가 있다고 주장하면서 '칠분(七分) 정도는
긍정하되 삼분(三分) 정도는 수개(修改)해야 할 것으로 생각한다.'고
말하고 있다(〈專刊〉 p. 54). 이밖에 백운생(白雲生)과 서소청(徐紹淸)
은 제37척 서관비봉(書館悲逢, 全作 42齣)에서 끝맺어도 좋을 것이
라 하였고(〈專刊〉 p. 32, p. 58), 다시 서소청은 이 작품 중에 '조박
(糟粕)'부분이 있는 것은 확실하니 민간전설대로 조오낭이 말발굽에
짓밟히고 채백개는 벼락맞아 죽는 결말도 시도해 볼만은 하다고 말하
고 있다(〈專刊〉 p. 58).

긍정파 중에서도 희곡개혁에 대한 의견을 가장 구체적으로 표시하
고 있는 이는 곤곡(崑曲)의 배우인 백운생(白雲生)이다. 그는 토론회
에서는 채백개가 과거에 급제한 뒤에도 별로 멀지 않은 고향집에 편
지 한 장도 보내지 않는다는 점은 고쳐야 한다고 말하고 있지만, 《비

파기토론전간》에 덧붙여진 〈담비파기(談琵琶記)〉란 글(pp. 293~302)
의 끝머리에서는 개혁에 대한 의견을 좀더 자세히 쓰고 있다.

우선 그는 〈비파기〉 42척 전부를 곤곡(崑曲)으로 연출할 때 너무
길어 관중들이 도저히 전부를 구경할 수가 없는 형편이다. 따라서
원본 중에서 가장 정채(精彩)있는 몇 척만을 골라 상연하는 것이
좋겠다.

그리고 전 42척을 양장(兩場) 정도로 줄이는 것도 좋겠다. 제1척
부말개장(副末開場)은 떼어버리고, 제2척 고당칭수(高堂稱壽)·제4
척 채공핍시(蔡公逼試)·제5척 남포촉별(南浦囑別) 등은 하나로 합
칠 수 있다. 제3척 우씨규노(牛氏規奴)와 제6척 승상교녀(丞相敎女)
는 빼버리거나 개작하여 하나로 합치고, 제7척 재준등정(才俊登程)·
제8척 문장선사(文場選士)·제10척 행원춘연(杏園春宴)·제40척 이
왕회화(李旺回話)·제42척 일문정장(一門旌獎) 등은 아주 빼버리고,
제37척 서관비봉(書館悲逢)에서 끝맺는 것이 좋겠다는 것이다.

작품의 길이가 너무 길다는 것은 〈비파기〉뿐만 아니라 전기(傳奇)
대부분에 해당하는 문제여서, 절충파라고 본 곽이명(郭彝銘)도 천극
(川劇)의 성공적인 사례를 들면서 축연(縮演)할 것을 주장하고 있고
(〈專刊〉 p. 23), 포강청(浦江淸)은 정채있는 영척(零齣)들을 따로 뽑
아 연출하거나 길이를 단축시키는 것이 좋을 것이며, 결미는 문제가
많으니 서관비봉(書館悲逢)에서 끝맺는 게 좋겠다고 하였다(〈專刊〉
p. 31). 한편 주묘중(周妙中)은 전(全) 작품의 연출과 영척(零齣)의
연출을 병행시킬 것이며, 가능하면 개편하여 압축한 뒤 전편을 연출
하는 것이 좋겠다고 하였다(〈專刊〉 p. 123).

긍정에 가까운 절충론을 편 사람들의 〈비파기〉 개혁에 관한 견해도
긍정파로서 개혁론을 편 사람들과 큰 차이가 없으나 그 입장은 각기
서로 다르다. 주이백(周貽白)은 "조박(糟粕)은 떼어버리고 정화(精

華)는 보류시켜야 한다."하였고(〈專刊〉p. 27), 종점비(鍾惦棐)는 꼬리부분은 개정해야 한다 하였고(〈專刊〉p. 89), 포강청(浦江淸)은 정화(精華)만을 취하여 산개(刪改)하되 끝머리를 민간전설에 따라 주인공들이 불행한 결말을 맞이하도록 상극(湘劇)처럼 고치는 것은 반대하며, 결미가 좋지 않다면 서관비봉(書館悲逢)에서 끝맺을 것을 고려해 보는 것도 좋다 하였고(〈專刊〉pp. 29~31), 동매감(董每戡) 같은 이는 조오낭이 말발굽에 밟혀 죽는 결말도 반대하지만 또 대단원도 그대로는 찬성할 수 없으니 개작해야만하다고 하였다(〈專刊〉p. 55). 모두가 막연한 개혁론에 불과하다.

이들의 개혁론의 입장을 좀더 구체적으로 얘기하고 있는 이는 후대린(侯岱麟)이라 할 것이다. 그는 〈비파기〉란 역대의 저명한 문학작품인 《삼국지연의(三國志演義)》·《수호전(水滸傳)》·《서상기(西廂記)》·《장생전(長生殿)》등과 함께 이미 작가들이 내용상으로나 예술상으로나 부단히 가공하고 개조하여 '추진출신(推陳出新)'을 해놓은 작품들이라는 입장에서 개혁론을 펴고 있다. 따라서 〈비파기〉의 개혁은 〈비파기〉 원작(原作)을 바탕으로 하여 수정하되 되도록 새로운 재료의 첨가는 적게 하며, 원극(原劇)의 압축과 결미의 수정이란 두 가지 방법에 중점이 두어져야 한다는 것이다.

그는 합리적으로 결미를 개정하되 일부이처(一夫二妻)로 끝맺어지는 대단원이 잘못된 것이라고 보지는 않으며, 많은 사람들이 불합리하다고 지적한 채백개가 과거에 급제한 다음에도 집에 돌아가지 않고 우승상(牛丞相)의 딸에게 장가든다거나, 그의 고향인 진류(陳留)는 낙양(洛陽)과 그리 멀지 않는 곳인데도 편지 한 장 보내지 않는다거나, 채백개와 그의 노부모의 나이 차가 너무 심하다거나 하는 문제들은 관중의 입장에서 볼 때에는 모두 문제가 되지 않는 사실들이라는 것이다. 그는 결미는 소관비봉(書館悲逢)에서 끝맺는 방법은 한 번 생각해 볼만한 일이라 하였다(〈專刊〉 pp. 43~46).

이처럼 긍정에 가까운 절충파들은 대체로 작품의 길이를 상연에 편리하도록 정화만을 골라 압축하는 것과 결미를 좀더 합리적으로 고친다는 데 개혁의 의견이 집약되고 있는 듯하다.

그러나 절충파도 중간론자나 부정에 가까운 의견을 지닌 사람들은 개혁에 좀더 적극적인 자세를 보이고 있다. 우선 중간론자라고 본 유비장(劉斐章)(湖南省文化局 副局長)은 모든 전통극목(傳統劇目)들은 모택동의 '추진출신(推陳出新)'의 지시에 따라 가공정리를 할 필요가 있다는 입장에서 발언하고 있다.

그는 〈비파기〉는 불충불효(不忠不孝)한 채백개에 관한 민간전설을 작자인 고명이 '전충전효(全忠全孝)'의 것으로 개작함으로써 통치계급을 위하여 봉사하는 것으로 만든 것이기 때문에 개편방향은 민간전설을 많이 참작할 것을 주장하고 있다.

그는 〈비파기〉에서 표현한 어리석은 충(忠)이나 어리석은 효(孝)의 윤리는 인민성에 어긋나는 것이며, 그 점이 조오낭에게 있어서도 조박(糟粕) 부분이 되고 있다고 보고 있다.

그는 민간전설을 근거로 하여 〈비파기〉를 개편하되 당분간은 개편본과 원본을 공존시켜야 한다 하였다. 작품의 끝머리를 상극(湘劇)에서처럼 조오낭이 말발굽에 밟혀 죽는 것으로 하면 그의 죽음과 비극은 훨씬 강한 통치계급에 대한 항의의 성격을 띠게 된다. 채백개가 벼락에 맞아 죽는 것은 인과응보(因果應報)적이어서 현실적 의의가 적으므로 소용없는 것이라 본다.

그러나 상극의 개편에 대한 반응을 보면 구희(舊戱)를 잘 모르는 청년학생과 간부들은 조오낭이 죽어버리는 결미를 더 좋아하는 데 비하여, 일반 시민들은 조오낭이 죽어버리는 결말을 반대하는 것이다. 그러니 당분간은 개편본과 원본을 공존시켜 시연(試演)하는 수밖에 없다는 것이다(〈專刊〉pp. 17~21).

그리고 부정적인 경향을 가장 뚜렷이 나타낸 왕요(王瑤)는 〈비파기〉에는 봉건성을 지닌 내용이 상당히 많으니 어떤 방법으로든 개작해야 한다, 끝머리를 서관비봉(書館悲逢)에서 끝맺기만 해서는 안된다고 주장하고 있지만 구체적인 개혁방법이나 내용에 대하여는 말하지 않고 있다(〈專刊〉pp. 74~75).

제6차 토론회의 분조회의에서 제3조는 '예술기교와 개편문제'를 주제로 토론을 벌였는데(〈專刊〉pp. 190~216), 참가자들이 모두 긍정파에 가까운 입장을 취하는 사람들이라는 이유 때문인지도 모르지만 이상에서 얘기한 개혁의 범위를 넘는 발언은 하나도 없다. 이들은 '고전은 멋대로 개정해서는 안된다.'(白雲生), '개편은 원저에 충실해야 한다.'(陳丁沙), '개편은 원작의 정신을 손상시켜서는 안된다.'(董每戡·呂端明), '개편은 고본(高本)의 결구(結構)를 기초로 하여야 한다.(蘇俗)'는 기본 입장을 취하고 있기 때문이다.

그러기에 오소약(吳少若)처럼 중국의 희개운동(戲改運動)이 자기네 옛 작품의 내용을 잘라내는 일만을 능사로 하고 있는 경향을 비판한 이도 있고, 소속(蘇俗)도 개편은 너무 잘라내어서는 안된다고 경고를 하고 있다. 따라서 이들의 개혁은 작품의 지엽적인 일부분의 개편만을 용인하는 결과가 되지 않을 수가 없다. 여단명(呂端明) 같은 이는 희곡의 개편은 관중들의 습관을 따라야 한다는 이론을 펴고 있는데, 동니(冬尼)가 지적한 것처럼 대부분의 관중이 이 작품에 큰 감동을 받고 있는 것이 사실이니 이는 본격적인 개편 자체를 반대하는 거나 같은 말이 된다.

그러나 〈비파기〉 개혁에 대한 부정파들의 견해는 약간 복잡하다. 이들은 작자 고명이 민간전설을 반현실적인 내용으로 개작한 것이기 때문에 일부분의 개정으로는 문제 해결이 불가능하다는 입장이다. 진다(陳多)는 끝머리 단원이 잘못되었다는 것이 많은 사람들의 의견이지만, 그것은 앞의 내용과 관계있는 것이기 때문에 그것을 잘라내어 버린다고 문제가 해결되는 것은 아니라 하였다.

조오낭이 비극으로 끝맺게 된다는 것은 앞의 내용에서 보아 필연적인 것이고, 채백개 같은 배신자는 응징받는 게 당연하므로 민간전설대로 '조오낭이 말에 밟혀 죽고, 채백개는 벼락에 맞아 죽는 내용'으로 고친다면 현실적인 의의가 어느 정도 강화되기는 한다. 그러나 그것만으로도 문제는 해결되지 않지만, 고명의 원작 줄거리를 그대로 두고 개편하는 것은 더욱 좋지 않다는 의견이다(〈專刊〉 pp. 66~72).

서삭방(徐朔方)도 〈비파기〉의 결미는 앞에 등장한 인물들의 성격 발전에 따른 필연규율(必然規律) 아래 필연적으로 얻어진 결과이기 때문에, 무턱대고 결말이 잘못되었다고 결말만을 고쳐도 안된다고 보고 있다. 이 점이 〈비파기〉 개혁에 있어서의 최대 난점이라는 것이다.

따라서 작품을 서관비봉(書館悲逢)에서 끝맺으면 결점이 줄어드는 것은 사실이지만 그것으로 문제가 해결되지 않는 것이라 하였다(〈專刊〉 p. 116).

따라서 그는 이것을 개편하는 데 있어서는 꼭 고명의 원작모습을 그대로 따를 필요가 없다고 보고 있다. 앞으로 이를 개편함에 있어서는 조오낭 일가의 일들을 중심으로 삼는 것이 좋을 듯하며, 고명 원작의 정채있는 부분은 그대로 받아들이되 전반부는 대대적으로 압축을 가하여야 할 것이라 말하고 있다. 고명 원작의 정채있는 부분이란 일부 정채있는 내용과 함께 생동하는 필치를 뜻한다. 그리고 인민들이 모두 대단원을 좋아한다면 그 내용을 대단원이 되도록 하는 것은 고려해볼 문제라 하였다.

최후로 개편작업이란 창작과는 달리 아무래도 원작의 제한을 많이 받게 되는 것이기 때문에, 지금의 실제적인 입장으로서는 되도록 결점을 적게 줄이는 수밖에 없을 것이라 주장하고 있다(〈專刊〉pp. 50~52). 부정파는 개혁에 대한 태도가 긍정파나 절충파와 다른 것은 사실이지만 그들에 비하여 개혁방법이나 그 내용은 별로 더 구체화시킨 것이 없다.

그때까지 실제로 중국에 나왔던 개편본은 서삭방(徐朔方)의 말에 의하면(〈專刊〉p. 52), 주신방(周信芳)의 개편본과 상극본(湘劇本)의 두 가지가 있다 한다. 그는 또 주신방의 개편은 옛것을 많이 개정한 반면 원극(原劇)의 우수한 부분도 많이 잃고 있고, 상극(湘劇)은 구극(舊劇)의 우수한 점을 많이 보존하면서 적지 않은 창조성을 띤 개작을 하였지만 본래의 좋지 않은 부분도 수정을 한 것이 적다는 것이 결점이라 평하고 있다.

그리고 〈비파기〉 토론회가 시작된 첫날인 1956년 6월 28일과 29일 양일에 걸쳐 토론회 참가자들에게 상극 〈비파기〉 전편의 연출을 참고로 감상케 하였는데, 개편에 대한 적극적인 반응은 별로 보이지 않고 있다. 그것은 상극의 개작 내용이 극히 일부분에 국한되었던 데 아닌가 짐작케 한다.

이상 〈비파기〉 토론회에서 여러 학자들과 연극계 인사들이 발언한 희극개혁에 대한 의견을 바탕으로 미루어 보더라도 대대적인 개편이란 불가능한 실정이 아닐까 짐작케 한다. 주신방의 개편은 상극보다 더 많은 부분을 개작한 것인 듯한데, 부정론자의 눈으로 볼 적에도 상극보다도 못한 개작이었던 듯하니 더 문제삼을 것도 없을 것인 듯하다.

4. 맺는 말

앞에서 검토한 바와 같이 중국의 희곡개혁은 시작도 하기 전에 자기의 문화유산에 대한 평가에서부터 이미 벽에 부딪히고 있다. 무엇을 어떻게 개혁하느냐는 문제에 있어 '무엇'에서부터 갈피를 잡지 못하고 있는 것이다. 따라서 '어떻게' 하느냐는 문제는 실제로 손도 댈 수가 없는 형편인 것이다.

모택동은 '봉건적인 찌꺼기 부분은 떼어버리고, 민주적인 정화(精華)만을 흡수하라' 또는 '봉건주의적·자본주의적 독초는 뽑아버리고 사회주의적인 것만을 발전시켜라'하고 '추진출신(推陳出新)'의 원칙을 지시했지만, 실제로 작품을 놓고 볼 적에는 전문가들조차도 이것이 봉건적이고 자본주의적인 것인가 또는 민주적이고 사회주의적인 것인가를 판단하기가 어려웠다. 그러니 그 작품 속에서 어떤 부분이 떼어버려야만 할 조박(糟粕)이고 어떤 부분이 더욱 발전시켜야만 할 정화인가 하는 문제에는 더욱 의견이 분분할 수밖에 없다.

〈비파기〉는 남편을 떠나보낸 본처인 조오낭이 자기는 겨와 술지게미로 끼니를 때우면서도 늙은 시부모에게는 낱알을 구하여 죽을 쑤어 올리는 등 온갖 고생을 하고, 마침내는 시부모가 죽자 자기의 머리를 잘라 팔아 장례비용에 충당하고도 스스로 치마폭에 흙을 담아 날라다가 봉분을 만들고는 거지꼴로 비파를 뜯으며 구걸하면서 남편을 찾아가는 반면, 집 떠난 남편 채백개는 과거에 급제한 뒤 우승상(牛丞相)의 딸과 결혼하여 호화스런 생활을 하면서도 그리 멀지도 않은 노부모가 있는 고향집에는 편지 한 장도 전하지 않고 살아가는 모습을 그린 작품이다.

결미에서는 조오낭이 홀로 우승상의 딸과 사는 남편에게 거지꼴로 찾아가 마침내는 우승상의 딸의 너그러운 태도로 두 여자가 한 남편을 받들며 잘 살아가게 되는 것으로 끝맺어지고 있다. 이것은 지금 우리가 보더라도 중국의 고전 소설·희곡 중 어느 작품보다도 낡은 시대의 윤리를 바탕으로 한 불합리한 줄거리의 얘기로 이루어진 희곡이다.

그런데도 중국의 학자나 전문가들은 거의 모두가 이 작품을 현실주의적이고 인민적인 것으로 받아들이고 있는 것이다. 그 봉건성을 인정하는 사람들도 전체 작품 중의 극히 일부분만이 그런 경향을 띠고 있다고 보고 있으며 가장 강력한 부정론자인 진다(陳多)와 서삭방(徐朔方)의 경우도 실제로 따지고 보면 그 작품에서 부정하고 있는 부분은 긍정 부분보다도 훨씬 적은 분량에 속한다.

그러기에 그토록 여러 날에 걸친 전국의 유명한 학자와 전문가들이 한자리에 모인 거국적인 토론회였고, 주최측에서는 〈비파기〉 개혁에 관한 의견을 각별히 요청한 위에 분조토론회의 주제중의 하나로 삼기까지 했지마는, 실제로 드러난 〈비파기〉 개혁에 관한 의견은 보잘것없는 형편이다.

설혹 이들이 〈비파기〉의 어느 부분이 조박(糟粕)이니 버려야 하고 어느 부분이 정화(精華)이니 취하여 발전시켜야 한다는 데 의견이 일치하였다 하더라도, 어떤 작품을 일부는 떼어버리고 일부는 더 보태어 새로운 경향의 작품으로 개작한다는 것은 쉽지 않은 일이다. 그런데 이들은 여러 해를 두고 구극(舊劇) 개혁을 외쳐 왔으면서도 실제로 구극의 개편이 그들의 목표대로 가능한가 어떤가는 본격적인 시험조차도 해보지 못하고 있는 실정인 것이다.

그들의 정치 윤리인 공산주의와 그들 과거의 문화유산은 전혀 다른 성격의 것이어서, 두 가지 중에서 한편만의 척도로 상대방의 것을 공정히 평가할 수 없는 것인지도 모른다. 아무리 정치이념이 바뀌고 사람들의 사상이나 윤리가 달라졌다 해도 그들을 있도록 한 과거의 문화는 사람들에게 현재의 것 이상으로 소중한 것인지도 모른다.

그리고 희곡개혁의 최종목표가 희곡이라는 예술형식을 빌어 그들의 혁명을 선전하고 현대 인민에게 사회주의적 교육효과를 얻으려는 것

이었다면, 처음부터 그들의 구극들은 그들의 목표와 무관할 수밖에
없는 것인지도 모른다. 중국의 현재는 과거의 문화와 모든 면에서 서
로 모순되지 않을 수가 없는 성질의 것이기 때문이다.

원(元) 잡극(雜劇)의 대표작으로 알려진 왕실보(王實甫)의 〈서상기
(西廂記)〉의 경우는 중국의 개편공작(工作) 중에서도 어느 정도 성공
을 거둔 극목(劇目)으로 알려져 있다. 그것은 이 작품의 내용이 장생
(張生)과 앵앵(鶯鶯)의 사랑 얘기로 시종하고 있어 개편이 비교적 쉽
다는 원인도 있었을 것이다.

중국에서는 여러 가지 〈서상기〉의 개편본이 나왔지만 그 중에서
도 가장 뛰어난 것은 전한(田漢)의 개편본이다. 개편의 요점은 원작
에서 장생과 앵앵 사이에 하녀 홍낭(紅娘)이 끼어 그의 기지와 활
약으로 두 남녀의 사랑이 맺어지는 것으로 되어 있으나, 개편본에서
는 직접 앵앵이 주동적으로 장생을 만나며 어머니 최부인(崔夫人)
의 봉건적 의식과 투쟁하는 것으로 바뀐 것과, 원작의 결미는 장생
이 장원급제(壯元及第)하고 돌아와 앵앵과 원만한 부부를 이루는
것이었으나, 개편본에서는 장생이 과거에 낙방하고 돌아오자 어머니
최부인은 앵앵을 정항(鄭恒)이라는 사람에게 출가시키려 한다.

앵앵은 감연히 장생에게 달려가 둘이서 도망칠 궁리를 하는데, 최
부인이 장생에게 물러날 것을 강요한다. 그러나 앵앵은 굽히지 않고
어머니에게 항변을 하고 마침내는 어머니를 버리고는 이른 새벽에 장
생과 말을 타고 달려 나와 초교(草轎)의 객점(客店)에 이르러 두 사
람의 출분(出奔)의 성공이 확인되자 훨훨 춤을 춤으로써 승리를 표시
하는 것으로 되어 있다. 이 개편본은 분명히 봉건주의에 대한 투쟁이
라는 면에서 사상성이 강화된 것이 사실이다.

그러나 1959년 봄에 이 개편본이 상연되자 많은 사람들이 그 개편
을 찬양하기도 했지만 또 더욱 많은 사람들이 원작만 못해졌다고 비

판을 가하였다. 왕동청(王冬淸) 같은 이는 이 개편본은 '새로운 공식주의적 회극의 결말'이며 두 사람이 말을 타고 나란히 도망친다는 것은 쓸데없는 '혁명적인 꼬리'라 하였다.[73]

다시 어떤 이는

이러한 개편은 우리를 승복시키지 못한다. 원작 〈서상기〉에서 장생이 급제하고 돌아와 봉건계급과 타협하는 대단원으로 끝맺고 있는 것은 당시의 역사조건 아래에 있어서는 부득이한 것이며, 그렇지 않으면 비극성의 결말이 될 수밖에 없는 것이다. 개편본은 앵앵의 근신(謹愼)·함축(含蓄)을 나타낸 '뇌간(賴簡)'·'요간(鬧簡)'으로부터 무뢰한 같은 '항명병기(抗命幷騎)'로 발전하고 있는데, 유력한 발전의 실마리를 제공하지 못하는 것일뿐더러 우리로 하여금 필연적으로 그렇게 되어야만 할 논리적 추단(推斷)을 얻지 못하게 하고 있는 것이다.

사실은 근본적으로 그러한 발전의 필요조차 없는 것이다. 앵앵의 곡절있는 반항방식과 분열된 성격은 사람들로 하여금 구체적으로 봉건세력의 인민에 대한 통할(統轄)과 해독(害毒)의 잔혹함을 느끼게 하고 있고, 또 그럼으로써 더욱 앵앵의 투쟁의 어려움을 깨닫게 해주고 있는 것이다. 투쟁과 인물의 처리를 모두 간단하게 처리했기 때문에 필연적으로 원래 인물의 빛나는 전형적 형상을 손상시키고 만 것이다.'[74]

이상의 인용은 관중들의 목소리이다. 〈서상기〉는 중국의 대표적인

---

73) 1959년 2월 3일 上海 《文匯報》, 王冬淸 〈從西廂記的結尾談起〉

74) 1959년 2월 19일 《北京晚報》: 〈京劇西廂記結尾應怎樣？ 觀衆熱烈發表意見〉

극작가 전한(田漢)에 의하여 개편되고, 중국경극원(中國京劇院)과 북경경극단(北京京劇團)의 명배우인 두근방(杜近芳)·장군추(張君秋) 등을 동원하여 상연하였고, 많은 당국으로부터의 찬사가 있었지만 관중들의 이러한 반응 때문에 얼마 못 가서 이것도 보류(保留) 극목(劇目) 속에 끼게 되었다.

문화유산에 대한 중국의 교조선전을 위한 개편은 결국 원작의 희극성과 예술성을 손상시키고 마는 것이기 때문에 관중들에게 받아들여지기는 매우 어려웠을 것이다. 1957년 6월 23일자 상해(上海) 〈신문일보(新聞日報)〉에 실린 기사는 관중들이 구극(舊劇)에 대한 반응을 잘 보여준다.

(本報訊) 어제 저녁 천섬무대(天蟾舞臺)에서는 마침 강소성(江蘇省) 양극단(揚劇團)이 현대극(現代劇) 〈방신영웅(防汛英雄)〉을 연출하려 하였는데, 갑자기 소수의 관중이 손뼉을 치고 괴성을 지르며 현대극을 보지 않겠으니 전통극목(傳統劇目)으로 바꾸어 상연하고 배우 고수영(高秀英)을 출장(出場)시키라고 요구하였다. 그러자 영문을 잘 모르는 다른 관중들까지도 맹목적으로 들고일어나 소란을 피워 한때 질서가 문란하여 무대 위의 배우들은 연출을 계속할 수가 없었고, 방송국도 실황중계를 일시 중단하지 않을 수 없었다.

뒤에 극단은 임시로 〈원초파도(袁樵擺渡)〉·〈홍안전서(鴻雁傳書)〉·〈종대맥(種大麥)〉의 세 가지 전통극(傳統劇)으로 바꾸어 연출하기로 결정함으로써 일장(一場)의 풍파는 조용해지게 되었다.

그들은 인민성을 중시하고 인민을 위한다고 떠들고 있는데 실제로 연극에 대한 취향은 공산당의 노선 방향과는 판이하였던 것이다. 이

때문에 문화혁명이 시작되고 강청(江青)이 연극계에 나서기 시작한
1963부터는 전통극목(傳統劇目)이나 신편역사극목(新編歷史劇目)들,
곧 옛날과 관계있는 모든 희극은 아주 없애버리고 현대극만을 내세우
려는 방향으로 발전하지 않을 수가 없었다. 그들은 이것을 스스로 '희
극혁명화운동(戲劇革命化運動)'이라 불렀다. 그 결과 1966년에 와서
는 강청과 관계있는 다섯 개의 이른바 '양판희(樣板戲)'만이 상연되는
극단적인 현상을 빚기도 하였다.

그러나 중국 당국에서는 1964년 여름 북경에서 경희현대희관마연
출(京戲現代戲觀摩演出)을 할 때에는 여러 신문을 통하여 '공농병(工
農兵)은 혁명현대희(革命現代戲)를 환영한다.'는 등의 말을 떠들어댔
고, 전국극협(全國劇協)에서는 경희(京戲)의 원로 연예인들을 모아
좌담회를 열어 모두가 혁명현대희(革命現代戲)가 아주 훌륭하다고
찬양케 하였다.[75] 심지어 '노관중(老觀衆)은 고개를 끄덕이었고 신관
중(新觀衆)은 찬미를 하며 모두가 이구동성으로 말하기를 이것이 현
대희이며 진정한 경희라 하였다'[76]고 떠들어대기도 하였다.

실제로는 1963년 이후에도 관중들은 현대희를 외면하였다. 예를
들면 강소성(江蘇省) 해문현(海門縣)의 월극단(越劇團)이 1964년 1
월 초에 인민공사(人民公社) 순회공연에 나섰을 때 7일엔 전통희
인 〈화정회(花亭會)〉, 8일에는 현대희인 〈야침산호담(夜闖珊瑚潭)〉
을 연출하도록 되어 있었는데, 하루 전에 다른 지방에서 현대희를 연
출하자 관중들이 전통희를 하라고 소란을 피웠다.[77] 또 상해에서 한
극단은 현대희를 하고 한 극단은 전통희를 하였는데, 전통희 쪽은

---

75) 1964년 7월 15일자 《光明日報》 第2版 등 참조
76) 1965년 1월 25일자 中國新聞社 廣州通訊稿인 陶雄의 〈京劇的偉大變
革〉 참조
77) 1964년 2월 29일자 《光明日報》 第2版.

언제나 관중이 넘쳐나는 반면 현대회 쪽엔 관중이 적어 앞의 극단
도 상연 극목(劇目)을 전통회로 바꾸는 수밖에 없었다 한다.78)

이밖에도 어떤 이는 현대회는 한줄기 바람 같다고 비꼬고 끓인 맹
물 같다고 비웃고, 빈 의자에게 보여주는 연극이라 꼬집기도 하였다
한다.79) 또 어떤 사람은 현대회의 인물들은 정치적 원칙성은 풍부하
지만 인정미는 없다고 하였고,80) 또 어떤 사람은 현대회는 희곡의 전
통을 파괴하는 것이라 하였다.81) 이밖에도 관중들이 현대회를 외면하
고 비판한 상황을 알려주는 기사는 무수히 많다.

상해(上海) 복단대학(復旦大學) 교수인 조경심(趙景深)의 경우를
보면, 그는 1957년 곤곡(崑曲)의 전통극목(傳統劇目) 중의 극사(劇
詞)들은 개정하거나 깎아버려서는 안되는 것이라 하면서 고전 명극에
대한 개편운동에 반대하였고,82) 1963년에는 역시 관한경(關漢卿)의
잡극(雜劇)이나   왕실보(王實甫)의 〈서상기(西廂記)〉·고명(高明)의
〈비파기(琵琶記)〉·탕현조(湯顯祖)의 〈모란정(牡丹亭)〉·홍승(洪昇)
의 〈장생전(長生殿)〉·공상임(孔尙任)의 〈도화선(桃花扇)〉 같은 명작
들의 창사(唱詞)는 개정해선 안된다, 만약 여기의 글이 어려워 관중
이 알아듣지 못한다면 원작은 그대로 두고 통속적인 연출본을 하나

---

78) 1958년 2월 9일자 上海《文滙報》: 楊江橋의 〈爲現代劇掃淸道路〉에
　　보임.
79) 1964년 1월 11일자 上海《新民晚報》第1版 : 虞丹의 〈演戱也是鬪爭〉
　　에 보임.
80) 1964년 4월 7일자 北京《大公報》第3版 : 繆宗의 〈現代戱沒有人情味
　　嗎?〉에 보임.
81) 1964년 9월 16일자 廣州《南方日報》第3版 : 江南月의 〈是起家不是敗
　　家〉에 보임.
82) 《文藝活動》第136期 : 趙景深〈崑劇劇本可以刪改嗎?〉.

더 만들도록 해야 한다고 하였다.[83] 이것은 앞에서 얘기한 〈비파기〉 토론회의 개편문제를 다룬 소조회의에서 거의 모든 사람들이 개편에 있어 '원작에 충실할 것'을 주장한 것과 통하는 것이다.

모택동이 죽은 뒤로는 자유화 물결에 따라 사정이 다시 많이 달라 졌다. 지금은 대륙 각지에서 다시 전통희(傳統戲)들이 희장(戲場)의 자리를 관객으로 메우게 하고 있을 것이다. 그렇다고 이들이 희극개 혁정책을 전면 포기하리라고 생각되지는 않는다. 당에서는 자기네 노 선에 맞고 자기네 정책을 선전할 수 있는 현대희를 내세우려 하지만, 인민들은 변함없이 전통희 곧 구극(舊劇)을 좋아한다.

그래서 그들은 그 구극을 자기네 사회주의 노선에 맞도록 개편하려 했지만 대부분의 전문가들이 고전 명작들에 손을 대서는 안된다는 의 견들이다. 설혹 전문가들 중에는 정치적인 요구에 따라 개편을 고려 하는 사람들이 있기도 하지만, 어떻게 고쳐야 하는가는 고사하고 무 엇을 또는 어떤 부분을 고쳐야 하는가 하는 문제에 있어서조차 의견 이 구구하다.

결국 당의 입장과는 달리 인민이나 전문가들은 봉건주의시대의 유 물이라 할지라도 자기네 문화유산은 그대로 소중히 계승하려는 경향 이 뚜렷하다. 이 때문에 수십년에 걸친 중국의 희곡개혁운동은 거듭 되는 우여곡절 끝에 아직도 해결의 실마리조차 잡지 못하고 있는 상 태이다. 이러한 실패의 경험이 앞으로의 중국의 희곡개혁정책 또는 문화정책에 어떤 영향을 주게 될지는 두고 보아야 할 일이다.

---

83) 1963년 10월 18일자 上海《文匯報》第4版 : 趙景深〈試談崑劇的推進 出新〉.

13. 중국에서의 희곡사(戲曲史)와 희곡개혁(戲曲改革)이 지니는 문제들

1. 들어가는 말

중국의 희곡 연구는 왕국유(王國維, 1877~1927)의 《송원희곡고 (宋元戲曲考)》(1912)[1]에서 시작되었고, 그 뒤의 수많은 중국 고전극 (古典劇)에 관한 연구업적에도 불구하고 지금까지도 이 책은 중국 희곡을 공부하는 사람들이 반드시 읽고 공부하는 중국 희곡연구의 전범(典範)처럼 인식되고 있다. 왕국유는 이 책의 발표에 앞서, 1908년에 《곡록(曲錄)》, 1909년에 《희곡고원(戲曲考原)》·《녹귀부교주(錄鬼簿校注)》·《우어록(優語錄)》·《당송대곡고(唐宋大曲考)》, 1910년에 《녹곡여담(錄曲餘談)》, 1911년에 《고극각색고(古劇脚色考)》를 내고, 이상의 연구업적들을 집대성하여 1912년에 문제의 대저 《송원희곡고(宋元戲曲考)》를 냈던 것이다.

왕국유 이전에는 희곡은 중국의 정통문단에 있어서는 소도(小道)

---

1) 이 책은 뒤에 商務印書館에서 다시 出版하며, 책이름을 《宋元戲曲史》라 고치었고, 中國戲劇出版社에서 낸 《王國維戲曲論文集》(1957)에선 다시 原題를 써서 收錄하고 있다.

라 여겨져 왔고, 그에 관한 용어조차도 '산악(散樂)'·'백희(百戲)'·
'희악(戲樂)'·'희롱(戲弄)' 등의 말과 '희문(戲文)'·'잡극(雜劇)'·'전
기(傳奇)'·'산곡(散曲)' 등의 말이 서로 엇섞이어 쓰이고 있었다. 그
에 관한 자료들도 경사자집(經史子集)과 역대 문인들의 필기(筆記)
나 잡저(雜著)와 '곡(曲)'에 관한 저술 속에 여기저기 보이고 있을
따름이었다.

다만 악무(樂舞)와 백희(百戲)에 관한 자료들이 《고금도서집성(古
今圖書集成)》이나 《연감류함(淵鑒類函)》 같은 유서(類書) 중에 분류
되어 들어있기는 하나, 아무도 이것들에 대한 학술적인 관심을 갖지
않았다. 왕국유가 '희극'의 개념을 새로이 정립하고 이에 관한 자료들
을 모아 정리하고 연구함으로서 중국문화의 새로운 일부분을 분명히
들어내게 되었던 것이다.

왕국유는 '희곡'이란 '가무로서 고사(故事)를 연출하는 것'이란 정의
를 내린 위에, 원잡극(元雜劇)이야말로 진정한 성숙된 희곡이라 단정
하였다. 특히 그는 원잡극의 문학적인 측면을 중시하여, 《송원희곡고
(宋元戲曲考)》의 서문에서

모든 시대에는 그 시대의 문학이 있다. 초(楚)나라의 소(騷), 한
(漢)대의 부(賦), 육조(六朝)의 변어(騈語), 당(唐)대의 시(詩), 송
(宋)대의 사(詞), 원(元)대의 곡(曲)은 모두가 이른바 그 시대의 문
학이어서, 후세에는 이를 계승할만한 것이 없었던 것이다.

유독 원인(元人)들의 곡은 시대가 가깝지만 사용한 문체가 비루
(鄙陋)하여, 두 왕조의 사지(史志)와 《사고전서(四庫全書)》의 집부
(集部)에도 모두 수록되지 않았고, 후세의 대학자들도 모두 비루하
다고 버리고는 거들떠보지도 않았다. ……그리하여 마침내는 일대
(一代)의 문헌이 모르게 묻히어 있은 지 수백년에 이른 것이다. 나

는 매우 이에 대하여 미혹되었다.'2)

라고 선언하면서, 원잡극을 원곡(元曲)이라 부르며 '일대(一代)의 문학'의 지위에 올려놓은 것이다.

그러나 중국의 희곡사를 오랜 중국 전통문화의 관점에서 보지 못하고 그 시대를 원(元) 일대에 국한시켜 이해하고 있다는 것은 누가 보아도 문제가 있다고 느껴질 일이다. 무엇보다도 원 이후의 명청(明淸)시대는 희곡이 극성(極盛)한 시대인데도, 왕국유는 그의 희곡사에서 그 시대의 희곡을 제대로 다루지 않고 있음에 착안하여, 일본학자 청목정아(靑木正兒)가 1930년에 《지나근세희곡사(支那近世戲曲史)》라는 역저를 내었다.

다시 세계대전이 끝나면서 성행한 희곡연구의 성과에 힘입어 1953년에는 주이백(周貽白, 1900~1977)에 의하여 왕국유의 부족을 보전한 《중국희극사(中國戲劇史)》상·중·하(人民文學出版社)가 나왔다. 이는 그가 이전에 낸 《중국희극사략(中國戲劇史略)》(1936)·《중국극장사(中國劇場史)》(1936) 및 《중국희극소사(中國戲劇小史)》(1945) 등의 업적을 종합하여 이룩한 것이다.

그리고 그는 뒤에 다시 이를 수정하여 《중국희극사장편(中國戲劇史長編)》(1960)을 내었다. 그리고 《중국희극사강좌(中國戲劇史講座)》(1958)·《희곡연창론저집석(戲曲演唱論著輯釋)》(1962)·《명인잡극선주(明人雜劇選注)》(1958)·《중국희곡론집(中國戲曲論集)》(1960) 등을 내면서 중국희곡사를 꾸준히 연구한 끝에 유저(遺著)로

---

2) '凡一代有一代之文學：楚之騷, 漢之賦, 六代之騈語, 唐之詩, 宋之詞, 元之曲, 皆所謂一代之文學, 而後世莫能繼焉者也. 獨元人之曲, 爲時旣近, 託體稍卑, 故兩朝史志與四庫集部, 均不著於錄, 後世儒碩, 皆卑棄不復道. …… 遂使一代文獻, 鬱埋沈晦者且數百年. 愚甚惑焉.'

1979년에는 《중국희곡발전사강요(中國戲曲發展史綱要)》(上海古籍出版社)를 내었다.

끝으로 1980년에 당시의 여러 중국의 저명한 희곡학자들의 여러 해에 걸친 공동 작업 끝에 장경(張庚)·곽한성(郭漢城) 주편(主編)으로 나온 《중국희곡통사(中國戲曲通史)》(中國戲劇出版社)는 중국의 가장 대표적인 희곡사라 할 것이다. 그러나 여기에서도 《송원희곡고(宋元戲曲考)》가 안고있던 문제들이 모두 해결된 것은 아니다.

중요한 몇몇 희곡사의 문제들에 있어서는 해결은커녕 오히려 더욱 복잡해진 느낌마저 든다. 여기서는 첫째로 이러한 중국희곡사의 문제들을 검토해보려는 것이다.

다음으로 희곡개혁의 문제들은 실상 모두 희곡사의 문제들과 관련이 있는 것이다. 중국 고전극의 개혁운동은 주로 1902년 양계초(梁啓超, 1873~1929)가 일본에 망명하여 발간하기 시작한 《신소설(新小說)》의 소설희곡론에서 촉발된다. 그리고 1904년에 진거병(陳去病)과 경극(京劇)의 명예인(名藝人) 왕소농(汪笑儂)이 창간한 최초의 희곡잡지인 《20세기대무대(二十世紀大舞臺)》에서는 본격적으로 희곡개혁이 추진된다.

이 무렵부터 시작하여 민국(民國)이 성립된 1911년 전후에 이르기까지 그 시대를 반영하는 새로운 구극(舊劇)들(雜劇·傳奇와 京劇 및 地方戱, 단 京劇이 중심)의 창작 발표가 성행한다. 심지어 우리 신파조(新派調)의 백화(白話)로 된 희극도 유행하기 시작한다. 그리고 민국 이후로는 매란방(梅蘭芳)이란 명배우를 필두로 평복을 입고 구극을 연출하는 이른바 시장희(時裝戱)도 여러 가지로 시도된다.

1919년 5·4운동 시기에 와서는 연극계가 전통희극인 구극과 서양연극의 개념을 그대로 받아들인 신극(新劇)의 두 길로 갈라진다. 구극은 경극(京劇)을 중심으로 하여 국극(國劇)이라 불려지기도 한다.

5·4운동 당시 진독수(陳獨秀)·전현동(錢玄同)·호적(胡適)·부사
년(傅斯年) 등 청년 지식분자들은 구극을 모든 면에서 철저히 배격하
고, 이는 전근대적인 유물이라 맹렬히 공격하며 사실주의적인 서양의
화극(話劇)3)으로 바꿀 것을 주장한다.4) 이 시기의 이들은 자기네 구
문화(舊文化) 구사상(舊思想)은 철저히 배격하던 때라 이상할 것 없
는 일이다.

  이처럼 연극계의 엇갈리는 시비가 있었지만, 각자 다른 관점과 의
식을 가지고 1920~1940년대에는 모두 자기네 영역을 지키며 여러
도시에서는 구극과 신극의 충돌 없이 연극이 크게 성행하였다. 신극
계(新劇界)는 새로운 희곡을 창작하고 서양의 희극이론을 받아들여
새로운 연출을 시도하기에 여념이 없었고, 구극계(舊劇界)는 국극(國
劇)의 개량과 진흥에 대한 관중들의 요망이 뜨거웠고, '사대명단(四大
名旦)'5)과 '사대수생(四大鬚生)'6)이라 불리던 명배우들이 관객을 끌
어 구극의 열기를 이끌었던 때문일 것이다.

  민국 이후의 이른바 시장현대희(時裝現代戱)는 대체로 내용이 군
벌과 국민당(國民黨) 지배의 모순과 일본 침략에 대한 항거를 표현하
는 내용이었다. 그러나 공산당 점령지역에 있어서는 일찍부터 여러
가지 민간연예와 희곡이 혁명선전의 용구로 중시되었다. 이에 1940년

---

3) 1928년 戱劇作家인 洪深이 南國社의 모임에서 新劇을 話劇이라 바꿔
   부르자고 제의하여, 그 뒤로 널리 이 용어가 쓰이게 되었다 한다.
4) 《中國新文學大系》 권1 建設理論集 및 권2 文學理論集 第8編 中國劇
   的總結賑 참조.
5) 20년대를 전후하여 이름을 날린 京劇의 旦役 名優 네 명. 곧 梅蘭芳·
   程硯秋·荀慧生·尙小雲.
6) 1930년대를 전후하여 이름을 날린 京劇의 鬚生(老生)役 名俳優 네 명.
   곧 馬連良·譚富英·楊寶森·奚嘯伯.

대에도 이른바 해방구(解放區)에서는 여러 가지 혁명현대희가 활발이 연출되었다. 그리고 이후 지금에 이르기까지 구극의 현대화운동, 곧 희극개량운동은 끊임없이 경극과 지방희를 가리지 않고 꾸준히 진행되어오고 있다.

그러면 이 구극은 얼마나 현대화되었는가? 희곡개량은 어느 정도의 성과를 올리고 있는가? 여러 가지 면에서 갖가지 현대화의 노력이 진행되었고, 희곡의 개량은 계속 진행되어 왔지만, 아직도 중국의 구극이 어느 정도 현대화되었다거나 현대적인 방향으로 개량되었다고 말하기는 어려운 실정이다. 그러면 어째서 중국 구극은 현대화되지 못하고 있는가? 무엇 때문에 그 희곡은 개량이 되지 못하는가? 이런 여러 가지 문제는 검토해볼 시점에 와 있다고 생각한다.

이 소론의 목적은 이상 얘기한 중국 희곡사와 희곡개량에 있어서의 문제점들을 여러 각도에서 검토해 보자는 것이다. 우리의 연극 발전을 위해서도 타산지석(他山之石)이 되기 바라는 마음 간절하다.

2. 왕국유의 《송원희곡고(宋元戱曲考)》와 여타 희곡사의 문제

《송원희곡고(宋元戱曲考)》는 상고시대의 무격(巫覡)으로부터 시작하여, 진한(秦漢)대의 우령(優伶), 위진수당(魏晉隋唐)의 가무희(歌舞戱)와 참군희(參軍戱), 송(宋)대의 골계희(滑稽戱), 송금(宋金)의 잡극과 원본(院本)을 거쳐, 원(元)대의 잡극과 남희(南戱)에 이르는 희곡발전의 과정을 추구하고 있다. 그리고 왕국유는 송금의 잡극과 원본 이전의 것들을 '고극(古劇)'이라 부르며, 이것은 순수한 연극이라 할 수 없는 것이라 보고,[7] 원대의 잡극과 남희야말로 '순수한 희곡'[8] 또는 '진짜 희곡'[9]이라 하였다. 따라서 그가 본격적인 희곡사로다룬 것은 원대의 잡극과 남희뿐이다.

앞에서 왕국유의 중국문학사상의 공로는 원곡(元曲)을 일대(一代)의 문학으로 자리잡아 놓은 것이라 하였다. 그러나 그가 중국의 희곡사를 씀에 있어서, 희곡의 연극적인 면은 덮어두고 문학적인 면에서만 자료에 접근했다는 것은 문제가 되지 않을 수 없다. 그러기에 일본학자 청목정아(靑木正兒)가 왕국유의 뒤를 계승하여 명청희곡사(明淸戱曲史)의 저작 뜻을 세우고 1925년 북경으로 왕국유를 찾아가 자신의 뜻을 말하자 왕선생은 냉담하게 '명(明) 이후의 것은 볼 것도 없다. 원곡(元曲)은 살아있는 문학인데 비하여, 명청(明淸)의 곡(曲)은 죽은 문학이다'고 잘라 말했다 한다(《支那近世戱曲史》 自序). 명청대는 희곡이 성행하였지만 문학적인 면에서 그 대본을 본다면 별로 대단한 것이 못된다고 할 수도 있을 것이다.

다시 청목정아는 1912년 왕국유가 경도(京都)에 와 머물고 있을 적에, 대학을 막 졸업하고 중국희곡을 계속 연구하려고 지도를 받고자하여 그를 찾아갔으나, 이때 왕국유는 희곡작품을 읽기만 했지 공연을 보는 것은 좋아하지도 않았고, 음률에 대하여는 더욱 아무런 관

---

7) 《宋元戱曲考》 七, 古劇之結構 : '古劇者非盡純正之劇, 而兼有競技遊戱在 其中. ……蓋古人雜劇, 非瓦舍所演, 則於諓集用之. 瓦舍所演者, 技藝甚 多, 不止雜劇一種 : 而諓集時所以娛耳目者, 雜劇之外, 亦尙有種種技藝.'

8) 《宋元戱曲考》 十六, 餘論 : '我國戱劇, 漢魏以來與百戱合, 至唐爲歌舞 戱及滑稽戱兩種. 宋時滑稽戱尤盛, 又漸藉歌舞以緣飾故事. 於是, 向之 歌舞戱不以歌舞爲主, 而故事爲主. 至元雜劇出, 而體製遂定, 南戱出而 變化更多, 於是我國始有純粹之戱曲.'

9) 《宋元戱曲考》 八, 元雜劇之淵源 : '此二者之進步, 一屬形式(大曲으로부터 套曲으로 발전한 것), 一屬材質(敍事體로부터 代言體로 발전한 것), 二者兼備, 而後我中國之眞戱曲出焉.'

심도 없었으며, 이미 이 시기부터 사곡(詞曲)은 멀리하고, 금석(金石)
과 고사(古史)의 연구로 돌아서려 하고 있어서 매우 실망했다고도 쓰
고 있다(上同).

실상 왕국유는 1908년에서 1912년에 이르는 약 5년 동안만을 희곡
연구에 종사하고 나머지 생애는 금석과 고사 연구에 큰 업적을 남기
고, 스스로 이화원(頤和園) 연못에 몸을 던졌던 것이다.

이처럼 자기네 전통극을 잘 알지도 못하고 또 별로 좋아하지도 않
는 사람이 중국희곡사의 개산조(開山祖)가 되었다는 것은 그 사실 자
체가 문제였는지도 모른다. 왕국유는 1907년에 30의 나이로 강남(江
南)으로부터 북경으로 올라와 학부도서관(學部圖書館)의 편집을 맡
아 누구보다도 자유로이 희곡에 관한 많은 자료에 자유로이 접근할
수가 있었다 한다. 거기에 명석한 두뇌까지 갖추어 있어 불후(不朽)
의 대저(大著)를 완성시키어 중국희곡의 연구를 선도하였지만, 다른
일면에서 볼 적에는 처음부터 중국희곡연구를 오도(誤導)하였다고도
할 수 있다.

앞에서도 얘기한 것처럼 송원(宋元)을 뒤이은 명청(明淸)의 희곡사
는 일본학자 청목정아에 의하여 1930년에 나온다. 그는 송(宋) 이전
의 희곡은 대체로 왕국유를 의존하여 제1편에 모두 다루고, 명청 희
곡은 다음과 같은 세 시기로 크게 나누어 다루고 있다.

　　제2편 남희부흥기(南戲復興期)(元 中葉부터 明 正德까지, 1324~
　　　　　1521).
　　제3편 곤곡창성기(崑曲昌盛期)(明 嘉靖부터 淸 乾隆까지, 1522~
　　　　　1795).
　　제4편 화부발흥기(花部勃興期)(乾隆 末부터 淸朝 末까지, 1795~
　　　　　1911).
　　청목(靑木)의 저술은 왕국유와는 달리 곡(曲)을 중시하는 면에서

쓰여졌지만, 학문방법은 완전히 왕국유의 방법을 따르고 있다. 그는 풍부한 자료를 활용하며 새로운 세계를 개척하여 중국학자들을 발분(發奮)케 하였다. 명청(明淸)대의 중요한 작가들을 소개하고, 중요한 작품의 줄거리와 그 얘기의 내원(來源) 및 곡사(曲詞) 성률(聲律)과 판본(板本) 등에 대하여 비교적 전반적인 소개와 분석 등을 가하고 있다.

그리고는 1950년에 이르러서야 주이백(周貽白)에 의하여 중국학자에 의한 전면적인 희곡사가 출현한다. 작자는 우선 중국희곡은 '종합예술'이란 기본입장에서 '이제까지 중국희곡을 연구하는 사람들은 음률과 장구(章句)나 따지고 분석하여, 이를 곡으로 다루기만 하였지 극(劇)이라 보지는 않았다'고 하면서 '희곡'이란 용어를 쓰지 않고 '희극'이란 말을 써서 《중국희극사(中國戲劇史)》를 완성한다.

왕국유와 청목정아(靑木正兒)의 '희곡' 개념과는 달리 중국의 역대 희곡들을 장상예술(場上藝術)이란 면과 안두문학(案頭文學)이란 면 양쪽을 다 중시하여, 그 사이 중국학자들에 의하여 연구된 업적들을 종합하였다. 그러나 아직도 그의 장상예술(場上藝術)이나 안두문학(案頭文學)에 대한 개념은 그다지 분명하다고 할 수는 없다. 청(淸)대 이전 희극의 장상(場上)에 대하여는 실상 확인할 자료가 거의 없기 때문이다.

따라서 여전히 왕국유의 '고극(古劇)'과 청목(靑木)의 명청극(明淸劇)이 송원(宋元)의 잡극 남희와 제대로 이어지지는 못하고 있는 것이다. 그것은 가장 최근에 나온 장경(張庚)과 곽한성(郭漢城) 주편(主編)의 《중국희곡통사(中國戲曲通史)》에 있어서도 아직 해결되지 않고 있는 과제인 것이다. 따라서 희곡사를 쓰는 입장은 오히려 왕국유 편이 아직도 최근의 학자들보다도 확실하다고 말할 수도 있을 것이다.

3. 왕국유 이후의 희곡연구

앞에서도 얘기한 것처럼 민국(民國) 초기(1911)에서 5·4 문화운동(1919)에 이르는 기간 전후는 희극계가 구극(舊劇)과 신극(新劇)으로 나뉘어 논쟁이 치열했던 시기이고, 1920년대에서 40년대에 이르는 기간은 구극과 신극이 모두 공전의 성행을 이루었던 시기이다. 그리고 이 시기는 문화적인 매개체도 발달하여, 신문·잡지·책과 방송 등을 통해서 희극에 관한 보도와 평론 등이 넘쳐나기 시작한 시기이다. 그리고 희극에 관한 전문적인 간행물만도 30여종이 나와 수많은 희극에 관한 논문과 글이 발표되었다.

희곡사면에 있어서는 신극(新劇)은 이루어진 지 얼마 되지 않아 '사(史)'를 말할 입장이 아니었고, 구극에 있어서는 많은 학자들이 왕국유의 영향 아래 안두상(案頭上)의 작업을 중시하여 희곡에 관한 문헌과 작가 및 작품 연구에 업적을 남겼다. 그러나 장상(場上)을 중시하여 연출을 중심으로 한 연구에 힘을 기울인 학자도 나왔다.

우선 문헌을 중시하는 학자들은 희곡에 관한 자료들을 수집 정리하고 분석하여, 마침내 문학계에 시사(詩詞)와 맞먹는 이른바 '곡학(曲學)'을 형성시켰다. 거기에는 희곡에 관한 연구문헌을 모아 정리한 동강(董康)이 집각(輯刻)한 《독곡총간(讀曲叢刊)》(1917, 鍾嗣成 《錄鬼簿》, 徐渭 《南詞敍錄》 등 7종), 진내건(陳乃乾)편의 《곡원(曲苑)》(1922, 淸대 重要戲曲論著 12종), 《중정곡원(重訂曲苑)》(1926, 《녹귀부(錄鬼簿)》, 왕기덕(王驥德) 《곡률(曲律)》 등 20종), 육예서국(六藝書局) 간행의 《증보곡원(增補曲苑)》(1932, 《碧鷄漫志》, 《樂府雜錄》 등 26종), 임중민(任中敏)이 편집한 《신곡원(新曲苑)》(1940, 《창론(唱論)》, 《입옹극론(笠翁劇論)》 등 34종), 동강(董康)의 《곡해총목

제요(曲海總目提要)》(1928) 46권 등이 '곡학(曲學)' 또는 '극학(劇學)'을 성립시키는 근간이 되었다.

그리고 이 시기에 나온 정진탁(鄭振鐸)의 《삽도본중국문학사(揷圖本中國文學史)》(1932)와 《중국속문학사(中國俗文學史)》(1938) 및 담정벽(譚正璧)의 《신편중국문학사(新編中國文學史)》(1935), 양음침(楊蔭琛)의 《중국문학사대강(中國文學史大綱)》 등에서 여러 가지 민간곡예와 희곡을 정식으로 문학사면에서 다루었다.

연출을 중시하는 장상예술(場上藝術)의 관점에서도 이 시기에는 새로운 연극이론을 확립하지는 못했지만 우선 가까운 청(淸)대의 궁정 및 민간의 희곡사 자료인 《오십년내북평희극사자료(五十年來北平戱劇史資料)》(1932) 및 제여산(齊如山)의 《승평서월령승응희(升平署月令承應戱)》(1936) 등 여러 종류의 책이 간행되었고, 문화사 또는 민속학적인 견지에서 쓴 이가서(李家瑞)의 《북평속곡략(北平俗曲略)》(1933), 《북평풍속류징(北平風俗類徵)》(1937)과 풍원군(馮沅君)의 《고극설회(古劇說滙)》(1947) 등도 나왔다.

희곡사 종류도 이 시기에는 앞에서 소개한 주이백(周貽白)의 3종이외에도 오매(吳梅)의 《중국희곡개론(中國戱曲槪論)》(1926), 노전(盧前, 冀野)의 《명청희곡사(明淸戱曲史)》(1935)와 《중국희극개론(中國戱劇槪論)》(1936), 서모운(徐慕雲)의 《중국희극사(中國戱劇史)》(1938), 동매감(董每戡)의 《중국희극간사(中國戱劇簡史)》 등이 나왔다. 이들이 '희곡' 또는 '희극'이라 호칭은 달리 하고 있지만 대부분 왕국유의 범위를 크게 벗어나지는 못하였고, 주이백의 《중국극장사(中國劇場史)》와 서모운의 《중국희극사》만이 연출 쪽을 보다 중시하고 있을 따름이다.

여기에서 특기할 일은 중국희곡 연구는 중국 자신보다도 일본 학자들의 연구가 이 시기까지는 한 발 앞서 있어서 그들의 연구업적이 적지 않게 중국어로 번역 소개되어 중국학자들을 자극하였다는 것이다. 이 시기에 번역 소개된 책들로 중요한 것들은 다음과 같은 것이 있다.

십청화(辻聽花)의 《중국극(中國劇)》(中文版 1920), 염곡온(鹽谷溫)의 《중국문학개론(中國文學槪論)》(1926)과 《원곡개론(元曲槪論)》(1947), 파다야태랑(波多野太郎)의 《경극2백년역사(京劇二百年歷史)》(1926), 청목정아(青木正兒)의 《중국근세희곡사(中國近世戲曲史)》(1933)와 《중국문학개론》(1938) 및 《원인잡극서설(元人雜劇序說)》(1941).

1930년대 후기부터 40년대에 이르는 기간은 전쟁과 동란으로 연구 업적이 별로 많지 않다. 그러나 1949년 중화인민공화국(中華人民共和國)이 성립된 이래 학술과 문화예술은 다시 자기 길을 찾게 된다. 50년대에 들어서면서 중앙희극학원(中央戲劇學院, 1950), 상해희극학원(上海戲劇學院, 1952), 중국희극학교(中國戲劇學校, 1950, 1978년에 中國戲曲學院으로 바뀜), 중국희곡연구원(中國戲曲研究院, 1951, 1979년에 中國藝術研究院 戲曲研究所가 됨) 등이 설립되어, 중국 희곡에 관한 연구와 교육 및 훈련 등이 다각도로 진행된다.

그리고 이 시기에는 이른바 고극(古劇)에 대한 눈부신 업적들이 쏟아져 나와 중국 전통희곡에 대한 개념을 반성케 한다. 손해제(孫楷第)의 《괴뢰희고원(傀儡戲考原)》(1952), 이소창(李嘯倉)의 《송원기예잡고(宋元伎藝雜考)》(1953), 임이북(任二北)의 《돈황곡초탐(敦煌曲初探)》(1954)과 《돈황곡교록(敦煌曲校錄)》(1955), 전남양(錢南揚)의 《송원희문집일(宋元戲文輯佚)》(1956), 섭덕균(葉德均)의 《송원명강창문학(宋元明講唱文學)》(1957), 호기(胡忌)의 《송금잡극고(宋金雜劇考)》(1957), 임반당(任半塘)의 《당희롱(唐戲弄)》(1958) 등등이다.

다시 한편으로는 구양여천(歐陽予倩)이 자신과 주이백(周貽白) 등

의 경극과 지방희에 관한 논문들을 골라 편집한《중국희곡연구자료
(中國戱曲硏究資料)》초집(初輯)을 내어, 청(淸)대의 고전극들을 재
평가하려 하였다. 주이백의《중국희극사(中國戱劇史)》(1950)와《중
국희극사장편(中國戱劇史長編)》(1960) 등은 이런 희곡학계의 움직임
을 반영하고 집결한 것이다.

1958년 전후에는 이른바 대약진운동(大躍進運動)의 영향으로 문학
이나 예술도 현실생활을 적극적으로 반영하려는 요구가 거세어져, 희
곡현대희(戱曲現代戱)의 운동은 성황을 이루었다. 그러나 곧 60년대
로 들어서면서 좌경(左傾)의 주장이 두드러져,10) 1965년 강청(江靑)
일당의 오함(吳晗)의〈해서파관(海瑞罷官)〉에 대한 정치적인 비판운
동을 계기로 이른바 문화대혁명이 전개된다. 문화대혁명 초기만 하더
라도〈지취위호산(智取威虎山)〉·〈홍호적위대(洪湖赤衛隊)〉·〈홍암
(紅岩)〉·〈홍색낭자군(紅色娘子軍)〉 등 혁명을 구가하는 현대희들은
높은 평가를 받았다.

그러나 1966년 중앙문화혁명령도소조(中央文化革命領導小組)에서
는 조장(組長) 강생(康生)의 발표로, 경극인〈지취위호산(智取威虎
山)〉·〈홍등기(紅燈記)〉·〈해항(海港)〉·〈사가빈(沙家濱)〉·〈기습
백호단(奇襲白虎團)〉과 발레 무극(舞劇)이라는〈백모녀(白毛女)〉·
〈홍색낭자군(紅色娘子軍)〉 및 교향음악이라는〈사가빈(沙家濱)〉의
도합 8개 작품을 '혁명양판희(革命樣板戱)'라 규정하고, 앞으로 전국
각지의 극장과 극단은 이것들만을 공연하도록 하였다. 이 양판희의

---

10) 예를 들면 1963년 12월 12일 毛澤東 主席의 批示에 이런 말이 있다.
"各種藝術形式 …… 戱劇·曲藝·音樂·美術·舞蹈·電影·詩和文學
等等, 問題不少, 人數很多, 社會主義改造在許多部門中, 至今收效甚微.
……至于戱劇等部門, 問題就更大了. ……許多共産黨人熱心提唱封建主
義和資本主義的藝術, 却不熱心提唱社會主義的藝術, 豈非咄咄怪事?"

경극은 다섯 종목인데, 뒤에 〈용강두(龍江頭)〉와 〈두견산(杜鵑山)〉도
계속 연출되어 양판희 대우를 받게 되었다.

어떻든 이 양판희라는 것은 세계의 문화사상 다른 곳에서는 생각도
할 수 없는 기현상이라 할 것이다. 이러한 양판희의 형성은 당 상부
의 그릇된 사회주의혁명의 지도방법에도 문제가 있지만 중국의 전통
희극 자체에도 그렇게 될 수 있는 요인이 있었다고 여겨진다. 이 문
화대혁명은 70년대 말엽에야 끝이 난다.

80년대 이후로는 다시 희곡연구와 희곡 활동이 활발해진다. 1981
년에 나온 장경(張庚)과 곽한성(郭漢城) 주편(主編)의《중국희곡통사
(中國戲曲通史)》, 80년대 이래 중국예술연구원 희곡연구소에서 계획
하여 내고 있는《극종사총서(劇種史叢書)》(80~81년에 戲曲研究所
에서 낸 통계에 의하면 현재 중국 각지에 연출되고 있는 戲曲 劇種은
모두 317종이나 되는데, 그 사이《中國崑曲發展史》·《中國京劇
史》·《中國評劇史》·《河北梆子簡史》·《豫劇史》·《川劇史》·《粤劇
史》등이 이미 나와있다),《중국대백과전서(中國大百科全書)·희곡곡
예권(戲曲曲藝卷)》(1983), 중국예술연구원(中國藝術研究院) 희곡연
구소(戲曲研究所)에서 계획하여 각 성(省)·시(市)·지구(地區) 단위
로 편찬한《중국희곡지(中國戲曲志)》등 무수한 업적이 나왔다.

그러나 무엇보다도 큰 사건은 80년을 전후하여 발견되기 시작한
중국 각지의 탈놀이인 '나희(儺戲)'의 등장이다. 1987년 가을 귀주민
족민간나희면구전(貴州民族民間儺戲面具展)을 보고 당시의 중국문련
(中國文聯) 주석이었던 조우(曹禺, 1910~1997)가 '기적이다! 장성
(長城)이 우리의 기적이라면 '나희'도 우리의 기적이니, 중국에 또하
나의 기적이 많아진 것이다. 이 전람회를 보고 나서 나는 중국의 희
극사는 다시 고쳐 써야만 한다고 생각하게 되었다.'[11])는 말을 하고 나
서, 나희 연구열은 중국뿐만이 아니라 대만(臺灣)과 일본 및 서양의

중국학계에 큰 반향을 일으켰다.

그리고 '나희'를 발굴조사하고 연구하며 그 보존을 꾀하는 한편, '나희'를 바탕으로 새삼 중국의 전통희곡이란 어떤 것인가, '나희'에서는 무엇을 배워야 할 것인가, 등을 반성하게도 되었다. '나희'가 80년대 중반 이후 '희극학' 속으로 끼어들게 되면서, 중국희곡사와 희곡개혁에 까지도 큰 영향을 끼치게 된 것이다.

4. 《희사변(戲史辨)》의 경우

근래 중국희극출판사에서 호기(胡忌) 주편(主編)의 《희사변(戲史辨)》(1999. 11)이란 책이 엮어져 나왔다. 이 책에는 호기 자신을 비롯하여 진다(陳多)·낙지(洛地)·주화빈(周華斌)·주희(朱喜) 등 모두 16명의 희곡학자의 20편의 글이 실려있다. 호기는 전언(前言)을 대신한 〈아편(我編)《희사변(戲史辨)》적일사상법(的一些想法)〉이란 글에서 아직도 중국희곡을 연구하고 공부하는 많은 사람들이 젊은 사람들까지도 '흔히 90년대 이래로 출판된 중국희극사에 관한 논저에 대하여는 이해하지 못하고, 계속 10만자도 못되고 이미 87년의 세월이 지난 《송원희곡사(宋元戲曲史)》에서 벗어나지 못하고 있다.'고 한탄하면서, 앞에서 소개한 50년대의 당송(唐宋) 곡예(曲藝)에 관한 연구업적과 경극 및 지방희에 관한 연구업적들을 소개하면서, 희곡의 대본보다도 연출을 중시한 그들의 태도를 높이 평가하고 있다. 그리고 그는 동매감(董每戡)의 〈설 '과개'(說 '科介')〉(《說劇》, 人民文學出

---

11) 廣修明 〈中國儺文化發掘展覽與硏究成果及意向〉(《中國儺戲儺文化專輯》 下, 1991) 所引.

版社, 1983 所載)의 다음과 같은 대목을 인용하고 있다.

'희극이란 문체는 기타의 다른 문학작품과는 다르다. 그 가장 기본적인 것은 '행동'…… 혹자는 '희극행위'라고도 부른다 ……이다. 오직 '행동'이 있어야만 형상화가 가능하며, 언어는 그 다음의 보조적인 지위를 차지할 따름이다. 마치 외국의 '속담'에서 말하고 있는 것처럼 '행동은 언어보다도 표현이 더욱 확실하다.' 진정으로 천만 관중을 격동시키는 것은 바로 '행동'이다.12)

따라서 이 '희극행위'를 중심으로 하여, 중국희곡사의 발전면에서 단절현상을 보여주고 있는, 북송(北宋) 이전의 고극(古劇) 또는 소희(小戲)13)와 청(淸)대 이후의 경희와 지방희를 원(元)대의 잡극과 남희(南戲) 그리고 명(明)대의 전기(傳奇)와 연결시키는 노력을 해보자는 것이다.

다시 진다(陳多)는 〈희사하이수변(戲史何以需辨)〉이란 글에서 자신이 1986년 고전희곡학회의 모임에서 중국희곡사에 대한 '비주류파(非主流派)'의 추진 의견을 호기(胡忌)를 비롯한 여러 학자들에게 제시한 얘기를 하고 있다. 이 '비주류파'의 개념이 《희사변(戲史辨)》을 낳게 한 것이라면 '주류'와 '비주류'가 대체로 무엇을 뜻하는가도 짐작할 수가 있을 것이다.

---

12) '戲劇這个文體和其他文學作品不同, 它最基本的東西是 '行動'…… 或者稱之爲 '戲劇行爲', 只有 '行動' 才是形象化的, 語言只占次要的補助地位 正如一句外國 '行話' 所說 : '行動比言語說得更嚮亮.' 眞正激動上千上萬觀衆的就是 '行動'.

13) 臺灣의 曾永義는 〈中國地方戲曲形成發展的徑路〉《詩歌與戲曲》, 臺北 聯經出版社)에서, 중국 희극을 크게 '大戲'와 '小戲'로 구분하고 있다.

그리고 1998년에는 호기(胡忌)가 진다(陳多)에게 편지를 보내면서 무인(戊寅)년에 자신이 쓴 〈비주류파희곡사고연기(非主流派戲曲史稿緣起)〉라는 글도 동봉했었음을 말하고 있다. '비주류파' 운동이란 곧 새로운 중국희곡사를 쓰자는 운동인 것이다. 그러나 진다가 이 글에서 다음과 같이 말하고 있는 것은 이들 모든 학자들의 의견이라 보아도 좋을 것이다.

　　우리가 합의하여야 할 가장 중요한 일은 바로 '비주류파의 희곡사고(戲曲史稿)'를 저술할 조건은 아직도 성숙되지 않고 있다는 것이다. 그러므로 준비를 위해서 먼저 《희사변(戲史辨)》이란 논문집을 계속 써서 편찬함으로써 자료를 쌓아가고 시야를 넓히어 서로 호흡을 맞추며 동호인들을 끌어 모아야 한다는 것이다.'14)

그리고 이런 움직임의 중심에는 '희극의 민족화'를 이룬 완전한 중국희곡사를 쓴다는 생각이 바닥에 깔려 있음을 그들은 도처에서 얘기하고 있다. 그리고 희곡개혁에 있어서도 민족문화를 건설할 수 있는 뒷받침을 하는 데 목표가 있게 되는 것이다.(이 글을 쓰고 난 뒤 2001년 9월에 《戲史辨》 第二輯이 나왔다)

5. 5·4기(期) 중국학자들의 구극(舊劇) 비판

5·4문화운동 기간에 신극(新劇)과 구극(舊劇)을 두고 격렬한 논쟁

---

14) '商定的最重要的事就是以爲撰寫 '非主流派戲曲史稿' 的條件尙不成熟, 因而準備先陸續編寫名爲 《戲史辨》 的論文集, 積累資料, 開拓視野 : 聲氣相求, 吸引同好.'

이 벌어졌을 때 구극을 배격하던 지식분자들은 구체적으로 구극의 어떤 점을 반대했는가 보기로 하자. 부사년(傅斯年, 1895~1951)의 〈희극개량각면관(戱劇改良各面觀)〉이란 논문을 보기로 들어본다.

　예를 들면 타검(打臉)은 인정에도 가깝지 않은 것인데, 어째서 타검을 하는가? 똑같은 각색이 있는데 어째서 각색이 있는가? 그것은 하급의 작난의 유전 때문이다. 예를 들면 행두(行頭) 같은 것은 모두가 사람이 입는 옷이 아니다. 어째서 사람이 입지 않는 옷을 입어야만 하는가?……예를 들면 화검(花臉)은 언제나 사람으로서는 있을 수가 없는 조폭(粗暴)한 모양을 들어낸다. 무엇 때문에 사람으로서는 있을 수가 없는 조폭한 모양을 들어내야 하는가? 놀이를 하자니 그렇게 하지 않을 수가 없는 것이다. 예를 들면 타파자(打把子)가 있다. 땅재주도 훌렁 훌렁 넘는데 어찌 그럴 수가 있는가?

　그리고는 창공(唱工)의 모순을 지적하며, 특히 경조(京調)에 있어서는 가사가 7자 또는 두 개의 3자에 한 개의 4자를 보탠 10자 구(句)로 이루어져 있어, 희곡의 문학적인 진화를 막고 있고, 노래도 조성(助聲)이나 전성(轉聲) 같은 것들을 많이 보태지 않을 수가 없게 만들어 부자연스럽게 한다는 등의 비판을 계속하고 있다.

　호적(胡適, 1891~1962)도 〈문학진화관념여희극개량(文學進化觀念與戱劇改良)〉이란 글에서 이렇게 말하고 있다.

　무대 위에서 여전히 땅재주를 넘고 곤봉을 휘두르며, 칼을 들고 춤추고 창을 가지고 작난치며 무파자(武把子) 놀이를 한다. 이것 모두가 유형물(遺形物)인 괴현상이다. ……어떤 사람들은 이들 유

형물……검보(臉譜)·상자(嗓子)·태보(台步)·무파자(武把子)·창
공(唱工)·나고(鑼鼓)·마편자(馬鞭子)·포용투(跑龍套) 등등을 중
국희극의 정화(精華)라고까지 여기고 있다.

이들 이외에도 진독수(陳獨秀, 1879~1942)·전현동(錢玄同, 1897~
1938) 등 많은 5·4운동의 주역들이 구극을 배격하고 있지만 그들이
구극 중 엉터리라고 지적하고 있는 부분들은 대체로 이런 것들이다.
중국의 구극에 대하여는 대체로 한국사람들이 가장 냉담한 편인데,
이것들은 바로 한국 사람들이 부자연스럽다고 여기는 점들과 일치하
는 것이라 여겨진다. 곧 중국 구극은 연극의 구성부터 시작하여 연출
방법이며 노래와 춤 및 화장이며 복장 등 모두가 부자연스럽다는 것
이다.
　그리고 왕국유가 '가무로 고사(故事)를 연출하는 것'이라 중국 희곡
을 정의(定義)하였지만, 말을 바꾸면 '창념주타(唱念做打)로 고사를
연출하는 것'이다. 그러니 '가무'나 '창념주타(唱念做打)'가 '고사'를
연출하기 위한 것이라면, 그것은 절대로 고사를 연출하기엔 합리적이
고 좋은 방법이 되지 못한다. 원 잡극(雜劇)에서는 '창과백(唱科白)'
이었던 것이 '창념주타(唱念做打)'로 발전한 것이다.
　어떻든 이것들이 고사를 연출하기에는 불편한 것들이라면, 지금껏
모든 사람들이 중국희곡의 정의라 믿고있는 왕국유의 말은 옳은 것일
수가 없는 것이다. 중국 희곡에서 실상 고사는 별로 중시되지 않고
있었다면, 여기의 가무나 '창념주타'가 연출하려 한 것은 고사 이외의
다른 무엇이 있는 것이다. 우선 경극만 보더라도 경극을 좋아하는 사
람이라면 누구나가 달달 외고있을 정도의 일정한 극본들이 늘 연출되
고 있지 않은가?
　당문표(唐文標)는 《중국고대희극사초고(中國古代戲劇史初稿)》의

자서(自序) 상편(上篇) : 여하면대고극만출적명제(如何面對古劇晚出的命題)에서 다음과 같은 평을 하고 있다.

중국의 고극(古劇)은 한편으로는 시대적인 유행극이며 다른 한편으로는 시간을 거슬러 올라가서 자기자신에 대하여 행하는 일종의 부성항의(負性抗議)이다.

중국극(中國劇)이란 시(詩)의 세속화이며, 사람들의 영원하고 어찌할 수도 없는 자아수축(自我收縮) 속의 일종의 집체적(集體的) 비물질성 자조(自嘲)이다.

당문표(唐文標)도 중국 고극이 왜 그렇게 되었는지에 대하여는 분명히 얘기하지 않고 있다. 중국의 희곡학자들은 자기네 희곡에 대하여 아직도 적지 않은 사람들이 부정적인 견해를 품고 있고, 또 그렇지 않은 사람이라 하더라도 자기네 희곡이란 무엇인지를 잘 모르고 있음을 뜻한다.

호적(胡適)이 앞에서 말한 '이러한 유형물들을 깨끗이 치워버리지 않는다면 중국희극은 영원히 완전히 혁신될 희망이란 없는 것이다.'고 말한 것은 사실일지도 모른다. 그런데 문제는 그러한 유형물 없이는 중국희곡이 이루어질 수가 없다고 생각하는데 있다. 그러니 올바른 희곡사를 쓸 수 없음은 말할 것도 없고, 제대로 희곡을 개혁할 수도 없는 것이다.

그러면 호적이 말한 것 같은 유형물은 어째서 이루어진 것일까? 그것은 말할 것도 없이 이민족(異民族)인 원(元)과 청(淸)의 통치 때문이다. 역사학자들은 흔히 몽고족(蒙古族)이나 만주족(滿洲族)은 중국을 통치하면서 한족(漢族)에 동화되었다고 생각한다. 따라서 원나라나 청나라 문화는 자기네 전통문화의 일부라 생각한다.

그러나 중국희곡사를 보면 북송(北宋) 말년(1126)을 전후하여 갑자기 희문(戱文)이 생겨나고 곧이어 잡극이 나와 성행한다. 이것은 중국의 희곡이 갑자기 소희(小戱)에서 대회(大戱)로 바뀐 것을 뜻한다. 중국희곡사의 고민의 하나는 이 대회가 갑자기 생겨난 것을 설명할 아무런 자료도 없다는 것이다. 소희로부터 대회로의 변화는 희곡의 형식의 변화뿐만이 아니라 거기에 쓰이는 음악과 노래와 춤과 복장이며 도구 등이 모두 변했음을 뜻한다. 곧 음악·미술·무용 등의 미의식이 모두 변한 것이다. 이것은 그 사회 문화의 변화를 뜻한다고 하여도 좋을 것이다.

대체로 북송 말을 고비로 하여 중국문학사를 보면 시를 중심으로 발전하여 온 전통문학도 변하고, 사회생활 전반에 걸쳐 변화가 일어난다. 이것은 이족(異族)의 지배로 말미암은 강압 없이는 불가능한 일이다. 명(明)대의 서위(徐渭, 1521~1593)도 《남사서록(南詞敍錄)》에서 자기네 희곡 중 원잡극 북곡(北曲)을 상당히 높이 평가하면서도, 그것은 '호곡(胡曲)'이며 '변두리 국경 넘어 오랑캐들이 위조한(邊鄙裔夷之僞造耳)' '이적지음(夷狄之音)'이라 하였다. 그리고

  중원(中原)을 김(金)·원(元) 두 오랑캐들이 어지럽힌 뒤로 호곡(胡曲)이 성행하게 되었다.'15)

라고 단정하였다.

악기만 보더라도 현악기는 소리가 큰 이호(二胡, 南胡·高胡·中胡·大胡·低胡 등 여러 종류)와 경호(京胡, 그밖에도 胡琴·板胡 등이 있음)가 중심을 이루고, 관악기는 새납(嗩吶, 喇叭·大吹·海

―――――

15) '中原自金元二虜猾亂之後, 胡曲盛行.'

笛·小靑 등이 있음)이 중심을 이루어 다른 소리 큰 타악기들과 어울리어 소음(騷音)을 이루는 것이 보통이다. 이를 송(宋) 휘종(徽宗) 때 우리나라에 건너왔다는 아악(雅樂)과 비교할 때 세련면에서 천지의 차이가 있다 할 것이다.

몽고(蒙古) 초원에서 쓰던 악기의 영향임이 분명하다. 이 경호(京胡)와 새납 같은 악기들은 희곡 음악만을 망쳐놓았을 뿐만 아니라 민간의 모든 곡예(曲藝)에 영향을 미치어 예술을 '비물질적인 자조(自嘲)'가 되게 하고 있는 것이다. 원(元)대의 남희며 잡극이 이족(異族)의 통치자들을 즐겁게 하기 위하여 그들 취미에 따라 만들어진 것이라면, 청대의 경희와 여러 지방희는 만주족 통치자들을 위하여 그들의 취미에 따라 발전한 것이다.

6. 맺는 말

지금도 중국에서는 〈홍루몽(紅樓夢)〉·〈사랑탐모(四郞探母)〉·〈소삼기해(蘇三起解)〉·〈패왕별희(覇王別姬)〉·〈타어살가(打漁殺家)〉 등 누구나 다 아는 연극이 거듭거듭 상연되고 있고, 또 관중들은 그것을 되풀이해서 보고 있는 것이다. 그러니 문화대혁명 시절에 전국의 연극을 7·8종으로 규정하는 양판희가 있었던 것도 이상할 것이 없는 것이다. 지금까지도 중국에는 양판희의 팬들이 상당히 있다는 것이다.

그래서 당문표(唐文標)는 중국에 있어서 '희극은 또한 저자태(低姿態)의 사람으로서의 만족'이라면서, 아편이나 같은 것이라 하였다. 필자가 만나본 인상으로는 《희사변(戲史辨)》의 주편자인 호기(胡忌)부터가 구극의 창공(唱工)의 매력에서 벗어나지 못하고 있는 듯하다.

그리고 보니 정말 아편 같은 생각조차 든다.

이런 상황 아래에서는 아무리 비주류파가 나오고 《희사변(戱史辨)》이 계속된다 하더라도, 올바른 희곡사의 정립과 희곡개혁의 성공은 어려운 것이다. 중국학자들은 이미 남송(南宋) 때부터 자기네 전통이 그대로 계승되지 못하고 있다는 것을 까맣게 잊고 있다. 남희(南戱)고 잡극이고 모두 후세에 계승되지 못하고 일시적인 유행에 그쳤으며, 명(明)대의 전기(傳奇)도 공연이 청(淸)대에 들어와 끊겼다.

지금 중국에서 공연되고 있는 곤곡(崑曲)은 청대에 일단 전승이 끊겼다가 10여년 뒤에 다시 사람들을 불러모아 만든 것이다. 그러니 순수한 명대의 곤곡 그대로라 보기 어렵다. 결국 중국에서 고악(古樂)이라 하여 지금도 연주되는 것들이 있지만 실은 명대 것도 제대로 전해지지 않고 있는 것이다.

우선 고극(古劇)을 제대로 살리고 자기네 전통을 올바로 잇기 위하여는 몽고족과 만주족의 지배에서 온 문화적인 변질을 극복하지 않으면 안된다. 그런 위에 자기네 전통연극이란 어떤 것이었는가, 앞으로 중국의 민족연극은 어떤 방향으로 발전해야 하는가, 제대로 알아야만 희곡사의 문제도 해결되고 희곡개혁도 제 궤도에 오를 것이다. 곧 무엇보다도 반성의 토대 위에 선입견을 버리고, 현대화와 민족화의 문제, 전통과 개혁의 조화 등을 잘 추구해야 할 것이다.

한편 중국에서는 서양식 화극(話劇)도 상당한 열의 아래 공연되고 실험되고 있음을 지난 8월 북경 인민대희당(人民大戱堂)에서 관람한 조우(曹禺)의 〈원야(原野)〉 공연에서도 느꼈다. 그러나 서양의 것을 어떻게 소화하여 자기 것으로 만드느냐고 하는 문제는 더 크고도 절실한 과제라 여겨졌다.

14. 동양(東洋, 또는 中國) 희극 연구를 통해 밝혀야 할 전통문화상의 두 가지 큰 문제

1. 동양 희극의 특징

왕국유(王國維)는 그의 《희곡고원(戲曲考原)》에서 '희곡이란 가무 (歌舞)로 고사(故事)를 연출하는 것을 이른다'고 하였다. 중국에는 지금도 각 지방에 경희(京戲)를 비롯한 각종 지방희(地方戲)가 연출되고 있고, 이 중국의 전통희곡들은 가무와 음악에다 잡기(雜技)까지도 보태어진 창(唱)·염(念)·주(做)·타(打) 등의 '사공(四功)'을 기본으로 하여 연출되고 있음은 누구나가 다 알고 있다.

그런데 실상은 약간의 차이는 있을지언정 우리나라를 비롯한 동양 여러나라들의 전통연극이 모두 그러한 특징을 지니고 있다. 우리의 대표적인 전통연극이라 할 수 있는 탈놀이가 그러하며, 일본의 능(能) 과 가무기(歌舞伎), 인도의 산스크리트 연극을 비롯한 여러 가지 종류의 연극 및 인도네시아 등지의 연극이 모두 그러하다.[1] 이것은 곧 동양의 희극이 서양의 희극 또는 근대적 희극개념과는 전혀 다른 성

---

1) 高勝吉 《東洋演劇研究》(1993, 中央大出版部) 참조.

격의 것임을 뜻한다.

중국희극을 보면 그 대본은 운문과 산문이 엇섞여 있고, 연출에는 가창(歌唱)과 빈백(賓白)이 엇섞여 쓰이며, 그 창념(唱念)에는 또 음악과 배우의 동작이 어우러지게 되고, 그 음악에는 배우의 춤과 동작이 함께 어울리며, 그 춤에는 무술과 잡기까지도 함께 섞여 연출된다. 따라서 그것은 창(唱) · 염(念) · 주(做) · 타(打)를 두루 갖춘 일종의 종합예술이라 할 수 있다.[2] 이러한 특징은 대체로 동양연극 전반에 걸쳐 적용되는 것이라 할 수 있다.

이처럼 가무를 주요 표현수단으로 하는 희극은 서양연극에서 중시되는 얘기줄거리를 잘 표현할 수가 없기 때문에, 중국학자들이 이미 자인했듯이 '그 내용과 사상이 협착하고, 현실의 반영면이나 시대정신의 표현이란 면에서 뒤지게 되는 것'[3]이 사실이다. 그러나 그것이 운문과 산문을 모두 동원하고 있다면 어떤 종류의 예술보다도 그 지역과 그 시대의 문학을 가장 잘 대표할 것이다. 그리고 노래와 춤과 음악은 그 나라와 그 시대의 문화를 가장 잘 드러낼 수 있는 것이기 때문에, 그것들로 연출되는 연극은 다른 어떤 종류의 예술보다도 그 나라와 그 시대의 문화를 잘 대표하게 될 것이다.

따라서 동양에 있어서는 희극의 연구를 통하여 동양 전통문화상의 여러 가지 문제 해결에 접근을 시도하는 것은 가장 현명한 길이 될 수 있을 것이다. 사실 이 방법은 이미 동양 일부 지역에 있어서의 특정 예술의 발생이나 그 특징을 추구하는 데 이용되고 있다. 여기서는 중국문화를 중심으로 하여, 동양의 문학과 예술의 이해에 있어서 해

---

2) 曾永義 〈中國古典戱劇的特質〉(《中國古典戱劇論集》, 1975, 聯經出版社) 참고.

3) 上注와 같음.

결해야만 할 두 가지 중요한 문제를 논하려는 것이다.

2. 문학에 대한 올바른 개념의 파악 — 첫째 문제

중국의 고전문학 또는 전통문학은 시를 중심으로 하여 발전해왔다. 산문조차도 다른 어떤 지역의 운문보다도 운문적인 문장이다. 당(唐) 나라 중엽까지도 대표적인 산문체로 쓰여져왔던 변려문(駢儷文)이 그러하고, 사부(辭賦)도 중국학자들은 대체로 운문이 아니라 산문으로 다루어왔으며, 고문에 있어서도 문장의 리듬과 문자의 독음 및 성조 (聲調)가 매우 중시되는 정도이다.

중국의 희극은 노래와 음악과 춤을 중심으로 하여 연출되는데, 노래의 가사는 바로 시이며, 음악과 춤이라는 것도 상징과 함축을 특징으로 하는 시적인 표현수법이다. 하사시(夏寫時)가 중국희극의 심미적 특징을 논하면서, 그것을 '종합성·서정성·전신성(傳神性)'의 세가지로 나누어 얘기한 것도[4] 중국희곡의 시적인 성격을 잘 말해준다.

유사배(劉師培)가 《원희(原戲)》에서 '송(頌)이 시(詩) 속에 끼어있는 것은 희곡이 시사(詩詞) 속에 끼어있는 것이나 같다'[5]고 논하고, 당문표(唐文標)가 '중국극은 또한 시의 세속화'[6]라고 한 것도 모두 같은 맥락에서이다. 양회석(梁會錫)도 역저 《중국희곡(中國戲曲)》에서 희곡과 시가(詩歌)의 관계를 논하면서 '다시 말해 중국희곡의 연기수단을 창(唱)·염(念)·주(做)·타(打)라 했을 때, 창이 차지하는

---

4) 夏寫時 〈論中國戲劇的審美特徵〉(《論中國戲劇批評》, 1988, 齊魯書社).
5) '頌列於詩, 猶戲曲列於詩詞中也.'
6) 唐文標 《中國古代戲劇史初稿》自序.

비중은 압도적이며 ──극본상으로 보면 이 창은 곧 시가이다 ──염백
(念白), 즉 대사에도 시가는 폭넓게 운용된다. 이외에 중국시가가 발
전시킨 각종 표현수법 역시 희곡에 널리 채용된다'고 하였다.[7] 실상
중국희곡과 시가의 관계는 영향관계에 그치는 것이 아니다. 중국희곡
은 처음부터 시적인 성격을 지니고 생겨났던 것이다.

중국에도 고대에 희극이 있었고 그것은 노래와 춤을 중심으로 하여
간단한 고사(故事)를 연출하는 가무희(歌舞戲) 같은 것이었다고 할
때, 《시경(詩經)》에 실린 시들이나 《초사(楚辭)》의 초기 작품이나 초
기 한부(漢賦) 같은 것의 많은 부분들이 희극의 창사(唱詞)였을 가능
성이 많다. 그것을 《초사(楚辭)》〈구가(九歌)〉 정도에만 국한시키려
는 것은 좁은 견해의 소치라 여겨진다.

중국의 전통문학이 시를 중심으로 발달해왔다는 것은 바꾸어 말하
면 중국의 전통문학은 곧 모두가 시적임을 뜻한다. 희극뿐만이 아니
라 산문이나 소설까지도 포함하여 모두가 시적이라는 것이다. 소설조
차도 설화인(說話人)들에 의하여 연창(演唱)되던 강창(講唱)에서 나
온 것이다.

강창에 있어서도 '강설' 쪽보다는 '가창' 쪽이 더 중시되어, 설화의
기본이 된다고 상식적으로 여겨지는 얘기줄거리는 오히려 경시되는
경향이 있었다. 그것은 우리나라 판소리가 청중들에게 얘기줄거리를
전달해주려고 창을 하는 것이 아니라 얘기를 빌어 그때그때의 상황이
나 감동을 재현하는데 목표를 두고 있는 것과 같다.

따라서 관중들은 설화인의 얘기에서 재미를 느끼는 것이 아니라 설
창자의 기예를 감상하고 즐기는 것이다. 관중들은 강창하는 얘기 제
목을 보고 모여드는 것이 아니라 설창자의 기예를 보고 모여든다. 그

---

7) 제2부 문학으로서의 중국희곡 1)희곡과 시가.

것은 중국의 고전연극을 두고, 중국사람들은 '연극을 보러 가는 것이 아니라 배우를 보러간다'고까지 말하는 것과 상통한다.

이것이 서양의 소설이나 희곡과 중국의 소설 희곡이 크게 다른 점이다. 서양의 소설이나 희곡은 얘기줄거리의 멋지고 복잡한 구성을 통하여 예술창작의 이상이며 목적 또는 재미를 추구한다.

그러나 중국의 소설이나 희곡에 있어서는 얘기줄거리란 이차적인 의의밖에 지니지 못한다. 심지어 중국의 정통문학은 더 이상의 발전을 이루지 못하고 희곡과 소설이 문학창작의 중심으로 자리가 굳혀졌던 원명(元明)대 이후에도 소설과 희곡 창작에 고사의 창신(創新)은 별로 중시하지 않는 경향을 보여주고 있는 것이다.

고승길(高勝吉)은 산스크리트 연극에 있어서의 '라사의 미학(美學)'에 대하여 다음과 같은 설명을 하고 있다.[8]

산스크리트 연극은 플롯 대신 라사를 중요시한다. 아리스토텔레스는 비극을 구성하는 6가지 요소 중에서 제일 중요한 것으로 플롯을 들고 있다. 그러나 산스크리트 연극에 있어서 플롯은 제2의 중요성밖에 지니고 있지 않다. 말이 위주가 되는 플롯이 복잡하게 되면 관객의 흥미는 끌지 몰라도 그들을 감동과 정감(情感)의 세계로 이끌기는 어렵다. ── 라사는 일반적으로 맛·액체·엣센스 등을 의미한다. 라사의 이론은 〈나타야시스트라〉에 소개된 이래 연극뿐만이 아니라 시·문학·회화·조각·건축 분야까지 침투하여 인도예술 전반에 광범위한 영향을 주었다. ── 라사는 관객이 공연중에 느끼는 형언할 수 없는 심리적 만족감을 나타내는 미학적 용어이다.

이에 의하면 산스크리트 연극의 라사의 미학은 꼭 같을 수는 없겠

───────────────

8) 《東洋演劇硏究》 제1장, 2.산스크리트 演劇史의 이해, 14)라사의 美學.

지만 중국 고전연극에 있어서의 시적인 미학개념에 아주 유사한 것이다. 그리고 그것은 서양과는 다른 동양 대부분 나라에 걸친 희극의 특징 또는 문학 전체에 적용되는 미학적인 특징이 될 듯하다. 곧 하사시(夏寫時)가 말한 중국희극의 심미적인 특징인 '종합성·서정성·전신성(傳神性)'은 '라사'의 개념과 아주 가까운 것이기 때문이다.

중국의 전통희극은 특히 지금까지도 가무와 음악을 통하여 연출되고 있어 그 시적인 미학의 특징을 다른 어떤 예술보다도 잘 보여주고 있다. 따라서 중국희극의 연구는 동양 여러 나라의 희극연구를 종합하여, 먼저 동양연극의 특징을 밝히고 나서, 그 시적인 미학구조의 성격과 특징을 밝혀야 할 것이다. 이것은 실상 여러 희극을 연구하는 학자들이 이미 설정하고 있는 연구의 목표일 것이다.

여기서 강조하고자 하는 것은 이 희극에 직접 관계되는 문제에서 한 발자국 더 나아가 동양문학 또는 동양문화의 기본을 이루는 시적인 미학의 추구는 어디에서 왔는가, 어떻게 형성되고 발전되어 왔는가 하는 문제를 해결하기에 힘써야 한다는 것이다.

그러면 동양문화 또는 동양문학의 특징, 곧 동양에 있어서의 시나 소설·희곡은 무엇인가를 분명히 할 수 있게 될 것이다. 이 작업은 그 시적인 미학상의 특성을 가장 잘 발휘하고 있는 희극의 연구를 통하는 길이 첩경이 됨이 분명한 것이다. 따라서 동양에 있어서의 희극의 연구는 적어도 동양문학의 올바른 개념을 정립하는 책임까지도 스스로 도맡아야만 할 것이다.

3. 예술에 대한 올바른 개념의 정립 — 둘째 문제

지금도 중국의 각 지방에는 어디를 가나 경희(京戲)를 비롯한 여러

가지 지방희와 각종의 곡예(曲藝)들이 상연되고 있다. 1996년 음력
정초(2월 22일~2월 28일 사이) 산동(山東)지방으로 제3차 희곡탐사
여행을 하면서 우리가 5일 동안에 감상했던 극종만 하더라도 산동에
유행하는 지방희로 오음희(五音戲, 淄博)·여극(呂劇, 濟南)·유자희
(柳子戲, 濟南)·내무방자(萊蕪邦子, 萊蕪)·예극(豫劇, 聊城) 등의
지방희를 감상할 수 있었고,9) 또 여러 명창들이 창하는 서하대고(西
河大鼓)·산동쾌서(山東快書)·상성(相聲)·하남추자(河南墜子)·산
동평서(山東評書)·팔각고(八角鼓)·경운대고(京韻大鼓) 등의 곡예
(曲藝)도 들을 수가 있었다.

그때 오음희는 산동에 도착하는 첫날 저녁을 먹은 뒤 버스를 타고
치박시(淄博市) 교외로 어둠 속을 달려나가 길가 가설무대 위에서 공
연되고 있는 것을 천명은 넘을 듯한 중국 관중들 틈에 끼어서 감상하
였다. 땅바닥은 축축한 밭이었고 쌀쌀한 날씨를 무릅쓰고 널판지 위
에 앉아 두 시간 가까이 중국 관중들의 열기에 휩싸여 시간 가는 줄
도 모르고 구경했던 기억이 새롭다. 그리고 자기네 문화를 지닌 중국
의 백성들과 중국의 농민들이 우리나라의 경우와 견주어지며 부럽게
느껴졌다.

그러나 중국 학자들의 자기네 전통희극을 보는 눈에는 부정적인 경
향도 있다. 증영의(曾永義)는 〈중국고전희극지특질(中國古典戲劇之
特質)〉에서 왕국유(王國維)가 《송원희곡사(宋元戲曲史)》에서 원잡극
(元雜劇)의 자연스러움과 그 의경(意境)이 실린 문장을 높이 평가한
말을 인용한 뒤에 이어 '근래의 피황(皮黃)에 이르러서는 그 탁체(托
體)가 비속함으로 말미암아 언어의 변화가 사곡계(詞曲系) 희극의 활

---

9) 山東에만도 유행하고 있는 地方戲가 우리가 본 것보다 몇 배나 더 많은
   종류가 있다(《中國戲曲曲藝詞典》, 1981, 上海辭書出版社 참조).

발하고 자연스러움만 못하게 되어, 비록 그 예술적인 성취가 이미 화
경(化境)에 이르렀다 하더라도 만약 순전히 곡사(曲辭)만을 놓고 말
한다면은 아마도 문학의 경지에 들어가기는 어려울 것이다'고 말하고
있다.10)

이는 희곡계의 일반적인 견해여서 결국 경희나 지방희의 대본은 전
혀 문학작품의 대우를 받지 못하고 있는 실정이다. 심지어 당문표(唐
文標) 같은 이는 '중국극은 시의 세속화이고 사람들의 영원하고도 어
쩔 수 없는 것에 대한 자아수축(自我收縮) 속에서의 일종의 집체적
(集體的)인 비물질성의 자조(自嘲)이다.'고 규정하고, 다시 '나는 중
국문명은 본시 희극의 보족(補足) 속에서 성숙되어온 것이지만 동시
에 서서히 용속화(庸俗化)됨으로써 노쇠하여갔다고 생각하지 않을 수
가 없다.'고도 하였다.

일찍이 명(明)대의 서위(徐渭)도 《남사서록(南詞敍錄)》에서 명전
기(明傳奇)는 원잡극만 못해졌고 다시 원잡극은 송원(宋元) 남희(南
戱)보다 못해진 것임을 분명히 밝히고 있다. 곧 중국의 고전극은 송
이후 점점 시원찮아졌으니 청(淸)대 난탄(亂彈)에 이르러서는 형편없
어진 것이 당연한 일이다.

그런데 서위가 원잡극이 남희보다 못하다고 여긴 것은 북곡(北曲)
은 '요금북비살벌지음(遼金北鄙殺伐之音)'이며 '호곡(胡曲)'이요, '변
비예이지위조(邊鄙裔夷之僞造)'이며 '이적지음(夷狄之音)'11)이라 그
렇다고 생각한 때문이다. 곧 원잡극은 오랑캐화한 연극이기 때문에
이전의 중국문화의 전통을 계승한 연예들에 비하여 처질 수밖에 없다
는 것이다. 그리고 명대의 전기(傳奇)가 잡극보다 더 못하게 된 것은

---

10) 前引 《中國古典戱劇論集》.
11) 여기의 인용부호 안의 글은 《南詞敍錄》에서의 인용임.

'시문(時文)을 가지고 남곡(南曲)을 짓고' '빈백(賓白)조차도 문어(文語)를 쓰고 또 고사를 흔히 쓰고 대구(對句)도 썼기 때문'이라고 하였다. 이는 문장의 귀족화를 의미한다.

결국 중국의 고전희극은 오랑캐화하고 귀족화하여갔기 때문에 날로 더 시원찮아졌다는 것이다. 이는 중국극을 '비물질적인 자조'라고까지 보며 그 까닭을 '세속화' '용속화(庸俗化)' 때문이라고 한 당문표의 견해보다는 옳다고 본다.

'세속화' '용속화'만으로는 어떤 예술의 가치가 떨어질 수는 없는 것이다. 서위(徐渭)가 시에 있어서도 '악부(樂府)란 민속적인 노래를 취한 것이어서 마치 옛날의 국풍(國風)과 같은 것이다. 지금의 동서남북이 지방은 다르지만 부녀자와 아이들 농부와 뱃사람들이 부르는 변경(汴京)의 노래와 전쟁에 나가는 이의 노래 및 저자의 노래와 거리의 노래, 이른바 죽지사(竹枝詞) 같은 것도 모두 그러한 것이다. 이것들이야말로 진실로 천기가 스스로 움직이어 사물을 접하는 데 따라 소리가 나는 것이다.'[12] '그러므로 시라는 것은 옛날의 〈강구(康衢)〉가 지금 와선 점점 이속화하여 배우들이 창하게 되고 옛날의 〈분(墳)〉이 점점 이속화하여 창하는 사람들의 이른바 빈백(賓白)이 된 것이다.'[13]라고 논한 것은 올바른 견해이다.

오히려 서위가 송(宋)대의 남희인 영가잡극(永嘉雜劇)을 높이 평가한 것은 《남사서록(南詞敍錄)》에 의하면 '그 곡은 송인(宋人)의 사(詞)에다가 이항가요(里巷歌謠)를 덧보탠 것'이기 때문이며 그것은 '촌방소곡(村坊小曲)으로 이루어진 것'이며 '농부들과 도시여자들이 입으로 되는대로 노래부르던 것을 취한 것'이며 '본시가 시리지담(市

---

12) 《徐渭集》 卷16 〈奉師季先生書〉.
13) 《徐渭集》 卷17 〈論中四〉.

里之談)'이며, '중국 촌방지음(村坊之音)'이기 때문이라는 것이다. 곧 남희는 본시 세속적이고 용속(庸俗)한 것이어서 훌륭했다는 것이다.

물론 그 세속이나 용속에는 조건이 붙는다. 그것은 '중국'의 것이어야지 오랑캐의 것이어서는 안된다. 서위는 원잡극이 뛰어났던 이유는 '원인(元人)은 당시(唐詩)를 배워서 또한 글이 천근(淺近)하고도 완미(婉媚)하였으며 사(詞)로부터도 심히 멀리 떨어지지 않았기 때문에 그 곡도 절묘하였다.'고 하였다. 그래서 명전기(明傳奇)보다는 훌륭한 것이지마는 또한 '북곡(北曲)이란 진실로 당송(唐宋) 명가지유(名家之遺)는 아니기 때문에' 별로 존중할 것은 못된다고 하였다. 곧 훌륭한 희극이란 중국의 전통을 계승한 '촌방(村坊)' 또는 '이항(里巷)'의 것이어야 한다는 것이다.

지금의 중국 전통연극은 오랑캐화한데다가 귀족화까지 하여 (元과 淸은 오랑캐이기 때문에 오랑캐화와 귀족화는 동시에 진행된 것이라 볼 수 있다), 중국학자들 스스로도 자탄하는 지경에 빠져있는 것은 사실이지마는 아직도 중국의 전통적인 희극연출방법과 시적인 미학을 바탕으로 하고 있기 때문에 중국이나 동양문화의 본래의 성격에 대하여 암시해주는 바가 많다.

특히 연극의 관중은 서민들이고 음악과 무용 등 전통적인 예술을 연출수단으로 삼고 있기 때문에, 다른 어떤 종류의 예술보다도 그 시대와 사회를 잘 대변해준다. 아무리 중국극이 오랑캐화하고 귀족화했다 하더라도 다른 어떤 예술보다도 중국 사회에 광범하게 유행되고 있는 것이다. 민간의 묘회(廟會)나 사화(社火)에도 쓰이고 궁중이나 귀족들의 각종 의식이나 오락에도 쓰였다. 낮은 백성들로부터 제왕과 귀족들에 이르기까지 온 국민이 모두가 즐겼던 것이다.

그처럼 사회 온 계층의 지지를 얻는 예술이나 문학이야말로 진정 위대한 예술이라 믿어진다. 우리가 지금 경희나 지방희 극본을 문학으로 대우하지 않고 그 중국극의 예술적인 가치를 깔보고 있는 것은 우리의 예술관 또는 문학관에 문제가 있는 것인지도 모른다. 중국인들 스스로도 전통극을 소외하는 경향이 있는 것은 시대의 변화뿐만이 아니라 그 오랑캐적인 성격 및 귀족적인 성향 때문인지고 모른다.

어떻든 우리는 중국 전통극의 연구를 통해서 보다 올바른 예술의 개념을 정립해야만 할 것 같다. 우리는 지금 너무 좁은 극히 일부의 계층에서만 받아들여지는 것들만을 예술이라고 생각하고 있는 것은 아닌가 반성해볼 필요가 있다. 오랑캐화되지 않고 귀족화도 되지 않은 연극에 대한 이해는 우리의 옛 연극에 대한 연구가 큰 시사를 줄 수 있을 듯하다. 우리는 동양의 전통연극의 연구를 토대로 하여 예술에 대한 올바른 동양적인 개념을 정립해야만 할 것이다.

4. 결 론

중국을 비롯하여 동양의 대부분 지방의 전통연극은 모두 노래와 춤과 음악을 바탕으로 하는 이른바 종합예술이다. 그것은 다른 어떤 예술보다도 중국이나 동양의 전통문화를 잘 대변한다. 따라서 동양희극의 연구는 동양문화의 여러 가지 면에 걸친 연구들과 연관을 갖게 된다. 동양에 있어서의 희곡연구는 그 시대의 각종 문학과 음악·무용·미술 등 문화 전반에 걸쳐 연관이 되기 때문에 무척 어려운 연구 분야라는 점은 이 방면에 관계하는 모든 학자들이 절감하고 있는 일일 것이다.

그러기에 고전희곡연구는 한편 다른 분야의 연구로는 해결하기 어려운 중국이나 동양의 문학이나 예술에 관한 당면하고 있는 기본 문제들을 해결할 책임이 주어진다고도 볼 수 있다. 오늘 여기에서는 우

선 희극연구자들이 해결할 수 있는 그리고 또 앞으로 해결해야만 한
다고 여겨지는 두 가지 문제를 들어 강조한 것이다. 곧 희극 연구를
바탕으로 동양에 있어서의 문학에 대한 올바른 개념을 파악하고 또
예술에 대한 우리 나름대로의 개념도 정립하여야 한다는 것이다. 여
러분들의 분발을 기원한다.

색 인(索引)

[ㅂ]

[ㅊ]

[ㅎ]

중국의 희곡과 민간연예(民間演藝)

初版 印刷 ● 2002年　7月　10日
初版 發行 ● 2002年　7月　15日

著　者 ● 金 學 主
發行者 ● 金 東 求

發行處 ● 明 文 堂
　　　서울특별시 종로구 안국동 17~8
　　　대체　010041-31-001194
　　　전화　(영) 733-3039, 734-4798
　　　　　　(편) 733-4748
　　　FAX 734-9209
　　　Homepage　www.myungmundang.net
　　　E-mail　　om@myungmundang.net
　　　등록　1977. 11. 19. 제1~148호

값 20,000원
ISBN 89-7270-691-4 93820

中國學 東洋思想文學 代表選集

공자의 생애와 사상 金學主 著 신국판
공자와 맹자의 철학사상 安吉煥 編著 신국판
老子와 道家思想 金學主 著 신국판

[신간] 改訂增補版 新完譯 論語 張基槿 譯著 신국판
[신간] 中國古典漢詩人選❶ 改訂增補版 新譯 李太白 張基槿 譯著 신국판
[신간] 개정증보판 中國 古代의 歌舞戲 金學主 著 신국판 양장
[신간] 중국고전희곡선 元雜劇選 (社)한국출판인회의 이달의 책 선정도서(2002. 1·2월호) 金學主 編著 신국판 양장
[신간] 修訂增補 樂府詩選 金學主 著 신국판 양장
[신간] 修訂新版 漢代의 文人과 詩 金學主 著 신국판 양장
[신간] 漢代의 文學과 賦 金學主 著 신국판 양장
[신간] 改訂增補 陶淵明 金學主 譯 신국판 양장

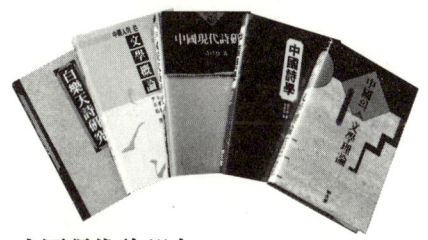

仁과 中庸이 멀리에만 있는 것이드냐 孔子傳 김전원 編著
백성을 섬기기가 그토록 어렵더냐 孟子傳 安吉煥 編著
영원한 신선들의 이야기 神仙傳 葛洪稚川 著 李民樹 譯

中國現代詩研究 許世旭 著 신국판 양장
白樂天詩研究 金在乘 著 신국판
中國人이 쓴 文學槪論 王夢鷗 著 李章佑 譯
中國詩學 劉若愚 著 李章佑 譯 신국판 양장
中國의 文學理論 劉若愚 著 李章佑 譯
梁啓超 毛以亨 著 宋恒龍 譯 신국판
동양인의 哲學的 思考와 그 삶의 세계 宋恒龍 著
東西洋의 사상과 종교를 찾아서 林語堂 著·金學主 譯
中國의 茶道 金明培 譯著 신국판
老莊의 哲學思想 金星元 編著 신국판
原文對譯 史記列傳精解 司馬遷 著 成元慶 編譯
新譯 史記講讀 司馬遷 著 진기환 譯 신국판
新完譯 淮南子(上.中.下) 劉安 編著 安吉煥 編譯 신국판
論語新講義 金星元 譯著 신국판 양장
自然의 흐름에 거역하지 말라 莊子 安吉煥 編譯 신국판

戰國策 김전원 編著 신국판
宋名臣言行錄 鄭鉉祐 編著
人間孔子 李長之 著 김전원 譯
基礎漢文讀解法 제33회 문화관광부 추천도서(2000. 11. 17.) 최수도 엮음 4·6배판
漢文讀解法 崔完植·金榮九·李永朱 共著 신국판
基本生活漢字 제34회 문화관광부 추천도서(2001. 11. 6.) 崔完植·金榮九·李永朱·閔正基 共著
東洋古典41選 安吉煥 編著 신국판
東洋古典解說 李民樹 著 신국판 양장